HEYNE <

DIE PHILEASSON-SAGA

Nordwärts
Himmelsturm
Die Wölfin
Silberflamme
Schlangengrab
Totenmeer

Weitere Bände
sind in Vorbereitung.

BERNHARD HENNEN
ROBERT CORVUS

SCHLANGENGRAB
DIE PHILEASSON-SAGA

FÜNFTER ROMAN

WILHELM HEYNE VERLAG
MÜNCHEN

MIX
Papier aus verantwortungsvollen Quellen
FSC® C083411

Verlagsgruppe Random House FSC® N001967

Originalausgabe 04/2018
Redaktion: Catherine Beck

Neumarkter Str. 28, 81673 München
Dieses Werk wurde vermittelt durch
die Michael Meller Literary Agency GmbH, München
Printed in the Czech Republic
Umschlaggestaltung: DAS ILLUSTRAT GbR, München
Umschlagillustration: Kerem Beyit
Innenillustrationen: Nadine Schäkel
Karte: Daniel Jödemann
Satz: Leingärtner, Nabburg
Druck und Bindung: CPI books GmbH, Leck

ISBN: 978-3-453-31849-6

www.heyne.de

www.twitter.com/HeyneFantasySF@heyneFantasySF

PROLOG

Südliches Perlenmeer,
siebzehnter Tag im Kornmond

»Halt still! Ist besser für dich«, raunte der kahlköpfige Söldner. Er sprach das Garethi mit schwerem südlichem Akzent.

Ein genagelter Stiefel quetschte Beorn Asgrimmsons linke Hand unbarmherzig gegen das Wrackstück, auf das er gebunden wurde.

Der Hetmann blinzelte gegen das Blut, das aus der leeren Höhle rann, wo gestern noch sein rechtes Auge gewesen war. Die Schnittwunden an Armen und Beinen spürte er kaum. Es war sein verletzter Stolz, der ihm zu schaffen machte. Noch nie war er so gedemütigt worden wie von diesem Grandenbalg.

Ein Söldner in schwarzem Lederharnisch fesselte ihn an einen Rest der Bordwand seiner geliebten *Eisvogel.* Beorn hatte selbst geholfen, die schlanke Otta zu bauen, hatte die Eiche ausgesucht, aus der er gemeinsam mit den Zimmerleuten ihren Kiel gefertigt hatte.

Dünne nasse Lederriemen schnitten in seine Handgelenke. Der Stiefel hob sich. Wütend kämpfte Beorn gegen seine Fesseln an. Es war sinnlos. Er vermochte die weit abgespreizten Arme kaum zu bewegen.

»Noch irgendwelche ergreifenden letzten Worte, Pirat?« Emilio

Zornbrecht sah mit spöttischem Lächeln auf ihn herab. Auch das Tageslicht machte ihn nicht stattlicher. Der ziselierte Brustharnisch mochte seine Eitelkeit schützen, eines wirklichen Kriegers war solche Protzerei unwürdig. Allerdings war sein Flügelhelm ein schönes Stück.

»Den Namen des Fechters, der mich besiegt hat!«, verlangte Beorn.

»Glaubst du wirklich, dass ihr euch noch einmal wiederseht?« Emilio Zornbrecht wandte sich zur Seite. »Gib mir deine Klinge!«, befahl er.

Jemand reichte dem Grandenspross ein blankes Rapier. Mit boshaftem Lächeln senkte er die schlanke Klinge. Die Spitze tastete über die zarte Haut unter Beorns verbliebenem Auge. »Soll ich dir diese törichte Hoffnung lassen? Oder ist es edel, dir zu helfen, dich blind in dein Schicksal ergeben zu können?« Er lachte laut über seinen billigen Scherz.

»Soll er nicht sehen, was die Räuber ihm und seinen Gefährten antun?«, fragte der Kerl, der ihn gefesselt hatte. »Wenn wir ihn blind ins Meer werfen, ist das wahrlich eine Gnade.«

Beorn spannte die Arme an, aber die Fesseln gaben nicht nach. Die Planken, auf die er gebunden war, knarrten leise. Es war aussichtslos. Der kahle Söldner verstand sein Handwerk. Beorn begriff, er würde sich nicht befreien können.

»Über Bord mit ihm!«, erklang Zornbrechts harscher Befehl. Die Stimme war unverwechselbar, rau, durchdringend. Geformt von Jahren auf See, in denen sie gegen Sturmwinde angebrüllt und den Lärm von Seeschlachten übertönt hatte. Beorn würde sie ebenso wenig vergessen wie den Mann, dem sie gehörte. Schließlich hatte die kleine Galeerenflotte des kurz geratenen Grandensprosses ihnen diese tödliche Überraschung bereitet.

»In fünf Tagen lichtet die Silberflotte Anker«, sagte Zornbrecht. »Wir haben uns hier lange genug aufgehalten.«

Emilio Zornbrecht. Diesen Namen würde sich Beorn merken. Und den Namen des blonden Fechtmeisters würde er auch noch herausfinden. Er würde überleben, ganz gleich, was sie ihm antaten. Und er würde wiederkommen.

»Bete zu deinem Fischgott, Thorwaler«, raunte der Glatzkopf. »Wär besser gewesen, du wärst im Kampf gestorben.«

Das Stück Bordwand wurde angehoben und über die Reling gewuchtet. Der Sturz währte nur einen Herzschlag. Das Wrackstück tauchte ins warme Wasser. Sein langes Haar umspielte Beorns Gesicht wie treibende Algenstränge. Silberne Perlen stiegen der Wasseroberfläche entgegen, während die Bordwand der *Eisvogel* noch tiefer sank. Dann stand sie still.

Das Salz des Meerwassers brannte in Beorns zerstörtem Auge und in den Schnittwunden. Er hatte nicht daran gedacht, tief durchzuatmen, bevor sie ihn über Bord gestürzt hatten. In seiner Brust wuchs ein Druck … Der Zwang zu atmen.

Ganz langsam begann das Fragment aus Spanten und Planken aufzusteigen. Schwebte der Grenze aus spiegelndem Morgenlicht entgegen. Beorn biss sich auf die Lippen. Kämpfte gegen den Wunsch an, tief einzuatmen und seine Lunge zu füllen. Er würde Boron, dem Gott des Todes, den diese Südländer verehrten, einen Kampf liefern. Noch war seine Stunde nicht gekommen!

Der Hetmann schmeckte Blut. Nicht aufgeben! Er dachte an den blonden Stutzer mit der flinken Klinge. Sie würden sich wiedersehen, und dann würde es anders ausgehen!

Endlich! Sein Trümmerfloß brach durch die Wasseroberfläche. Keuchend atmete er. So köstlich war die salzige Seeluft!

Vor ihm ragte eine schwarz gestrichene Dromone aus der See. Vom Rumpf blickte ein großes gelbes Glasauge auf ihn herab. Die

Schwarzen Galeeren aus der Stadt des Totengotts hatten in dieser Nacht reiche Ernte gehalten. Wrackteile umgaben Beorn. Auf viele waren andere Überlebende gefesselt. Aber auch jene, die ihren letzten Kampf schon gefochten hatten, trieben im Wasser.

»Bringt die Riemen aus!«, erklang ein scharfes Kommando.

Klappernd schoben sich die langen Riemen aus dem schlanken Rumpf der Dromone. Im von der Peitsche erzwungenen Gleichtakt tauchten sie ins Wasser, zerwühlten die spiegelglatte See.

Schiff um Schiff schwenkte die kleine Flotte aus Schwarzen Galeeren gen Süden.

Nur zwei Meilen entfernt, im Westen, lag die Küste. Doch die einsetzende Ebbe zog sie weiter auf das Meer hinaus. Beorn wusste, was sie erwartete.

Der östliche Horizont schwelgte in Rosa und zartem Blau, während sich das Praiosgestirn aus dem Meer erhob. Die meisten seiner Gefährten würden die Sonne nicht mehr untergehen sehen.

»Ich bin Beorn Asgrimmson!«, rief er aus Leibeskräften und legte all seine Wut in seine Stimme. »Wer hat noch überlebt?«

»Ich bin Zidaine Barazklah«, meldete sich links von ihm eine Reckin, die an den zersplitterten Vordersteven einer Otta gefesselt war.

»Ich bin Warulf Ulfson, Hetmann von Stainakr!«

Beorn konnte den alternden Krieger nicht sehen, erinnerte sich aber an ihn und seine ungewöhnlich große Axt.

»Ich bin Haakon Olafson …«

Siebenunddreißig meldeten sich. Manche waren so schwach, dass sie kaum den Namen röcheln konnten.

»Wir werden durchhalten!«, rief Beorn entschlossen. »Swafnir schaut auf uns! Letzte Woche hat er gesehen, wie wir dem wütenden Sturm getrotzt haben. Jetzt soll der Walgott Zeuge sein, wie zäh wir uns auch dieser Unbill stellen. Bald werden unsere Brüder und Schwestern von der Mondinsel kommen! Haltet durch!«

Sieben Tage zuvor
Südliches Perlenmeer, zehnter Tag im Kornmond

Fast waagerecht peitschte der Wind den Regen über die See. Beorn Asgrimmson vermochte kaum das Steuerruder zu halten. Blitze zuckten über das Firmament.

»Sigwald!«, schrie er gegen den Sturm an. Voraus sah Beorn den Schattenriss einer Insel. Dabei sollte es hier nichts als offene See geben.

Der stämmige Krieger, der bei den Signallaternen kniete, erhob sich und eilte mit platschenden Schritten heran. Ein Drittel der Mannschaft schöpfte mit Ledereimern und Helmen, um der Fluten Herr zu werden, die in das offene Boot prasselten. Selbst seinen geliebten Flügelhelm hatte Beorn zum Wasserschöpfen hergegeben.

Sigwald eilte ihm zu Hilfe. Eine schwarze Welle, gekrönt von weißer Gischt, rollte ihnen entgegen.

Verzweifelt stemmten sie sich gegen die Eichenstange des Heckruders. Sie mussten die Welle mit dem Bug im rechten Winkel nehmen, oder sie würden kentern.

Quälend langsam schwang die *Eisvogel* herum.

»Steuerbord, Riemen bei!«, brüllte Beorn.

Die Steuerbordriemen hoben sich aus dem aufgewühlten Wasser. Jetzt schwang die Otta schneller herum.

Die Welle hatte sie fast erreicht. Wie ein Schwert wies das schlanke Schiff auf das Herz der schwarzen Wassermauer.

»Backbord, Riemen bei!«, befahl Beorn.

Der Rumpf stieg an. Sie ritten die Welle hinauf, dem Kamm entgegen. Regen und Gischt peitschten auf sie ein. Blitze zerrissen den Himmel.

»Swafnir, schau auf unseren Mut«, flüsterte Beorn und dachte daran, dass diese Reise von Anfang an unter einem Unglücksstern gestanden hatte. Arnora Bjartasdottir hatte eine Flotte aus siebzehn Ottas zusammengestellt. Nur vierzehn waren hierher bis in den Norden Al'Toums gekommen. Und den nächsten Morgen würden noch weniger begrüßen.

Immer steiler richtete sich die Otta auf. Fast hatten sie den Kamm erreicht. Wahre Sturzbäche strömten durch das Schiff zum Heck. Das Wasser reichte Beorn bis halb die Wade hinauf.

Sigwald betete laut zu Swafnir und auch zu Efferd, dem Gott des Meeres. Beorn kam das unnütz vor. Ein echter Thorwaler sollte wissen, dass sich Efferd nicht durch weinerliches Gewinsel erweichen ließ. Wenn ihnen hier ein Gott Schutz gewähren würde, dann allenfalls Swafnir, der Wal, der ewige Kämpfer gegen die verderbte Schlange Hranngar.

Noch fünf Schritt bis zum Wellenkamm. Wenn sich die *Eisvogel* noch ein wenig mehr nach hinten neigte, würde sie über Heck kentern, und sie alle würden in der brodelnden See ersaufen.

Beorn biss die Zähne zusammen. Mit eiserner Härte hielt er das Ruder umklammert. Er würde hier nicht sterben! Er würde in dieser Nacht nicht ertrinken! Er würde der berühmteste Plünderfahrer Thorwals werden, so hatte es ihm einst ein Godi in seiner Jugend prophezeit. Und er oder der verfluchte Phileasson würde den Titel König der Meere erringen. Es war ihm nicht bestimmt, in dieser Nacht zu sterben!

Steuerbord erkannte er gelbe Lichtpunkte auf der Flanke der Welle. Signallampen, so wie die gelbe Lampe, die an ihrem Mast schaukelte. Arnoras Flotte kämpfte.

Der Bug der *Eisvogel* stach durch den Wellenkamm. Einen Herzschlag lang verharrte die Otta auf dem Gipfel des wogenden Wasserbergs. Dann neigte sich der Rumpf in steilem Winkel nach vorn.

Wieder zeigte ein Blitz die schwarze Silhouette der flachen Insel, nun weniger als eine Meile voraus. Beorn sah Palmen, deren Wipfel der Sturmwind niederdrückte. Und er sah den Halbkreis aus schäumender Gischt, der die Insel umschloss wie eine schützende Palisade. Korallen!

Nur eine einzige Lücke machte er in dem Bollwerk aus. Vielleicht zwanzig Schritt breit … wenn sie Glück hatten.

»Setz die blaue Lampe!«, schrie er zu Sigwald. Der Wind riss ihm die Worte von den Lippen. »Und dann kommst du zurück!«

Sigwald nickte heftig, zum Zeichen, dass er verstanden hatte. Im Augenblick jedoch blieb ihm keine andere Wahl, als sich neben Beorn am Ruder festzuklammern. In rasanter Schussfahrt stürmte die *Eisvogel* die Welle hinab.

Beorn hielt den Blick fest auf den Halbkreis aus Gischt gerichtet. Sie mussten es durch die Lücke zwischen den Riffen schaffen. Nur so gab es noch Hoffnung, dem Kauca, dem wütenden Tropensturm, zu entkommen.

Als sie das Wellental erreichten und die Otta für kurze Zeit fast waagerecht lag, stürmte Sigwald los, schlitterte zwischen den Ruderplätzen hindurch zum Mast, hob die blaue Laterne aus ihrer Verankerung im Rumpf und fädelte eine Leine durch den Eisenring. Mit fliegender Hast zog Sigwald die Laterne hoch, bis sie dicht unter der Mastspitze unterhalb ihrer gelb leuchtenden Schwester hing.

Gelb über Blau, das war das Zeichen, dass ein Schiff den Kurs vorgeben wollte. Beorn war sich nicht sicher, ob die anderen Drachenführer und Steuermänner die Lücke im Riff bemerkt hatten.

»Steuerbord pullt!«, schrie er in die Nacht.

Die Riemen schwangen aus. Mit aller Kraft stemmte sich der Hetmann gegen die Ruderpinne. Wenn sie den Kurs nicht korrigierten, würden sie auf die Riffe auflaufen.

Wieder stieg die *Eisvogel* einen Wellenkamm empor. Sie lagen leicht querab.

»Riemen bei!«

Die Riemen hoben sich aus dem Wasser.

Wie von einer unsichtbaren Kraft gezogen, eilten sie dem Wellenkamm entgegen. Dieses Mal wurden sie nicht ganz so weit angehoben. Die Wellen flachten ab, je näher sie den Riffen kamen.

Sigwald eilte an Beorns Seite. Das lange, blonde Haar hing ihm in nassen Strähnen ins Gesicht. »Es wird knapp!«

Beorn sah selbst, dass sie immer noch nicht auf dem rechten Kurs waren, um die schmale Lücke zwischen den Riffen zu treffen. Sie war doch eher zehn als zwanzig Schritt weit. Wenigstens war sie durch die über den Korallen weiß schäumende See deutlich zu erkennen. Eine dunkle Pforte, die sie in ruhigeres Fahrwasser bringen würde.

Sie stießen vom Kamm in das nächste Wellental hinab. Die Insel geriet außer Sicht. Ringsum gab es nur noch zu Bergen aufgetürmtes Wasser.

Beorn blickte zurück und sah vor dem bleichen Gewitterhimmel die Rümpfe dreier weiterer Ottas durch den Wellenkamm über ihm stoßen. Einer davon war ihnen gefährlich nahe! Die *Bärenodem*. Keine zwanzig Schritt entfernt ragte der unverwechselbare Vordersteven mit dem Bärenkopf aus der See. Wenn sie einander rammten, wäre das für alle an Bord das Todesurteil.

»Riemen steuerbord! Pullt!«

Die Recken, die mit dem Blick nach achtern auf ihren Kisten saßen, sahen die Gefahr noch deutlicher als er. Mit der Kraft der Verzweiflung warfen sie sich in die Riemen.

»Pullt!«

Die *Eisvogel* schwenkte nach steuerbord.

Schon rollte ihnen die nächste Welle entgegen. Zu weit durften sie nicht ausweichen, oder sie würden quer zum Brecher liegen und kentern.

»Ruder hart backbord, Sigwald!«

Die nächste Welle erfasste die *Eisvogel* und hob sie an.

Die Backbordriemen stießen ins Wasser.

Beorn riss das Ruder in die entgegengesetzte Richtung.

Durch die Querlage zur Welle verloren sie an Fahrt. Die *Bärenodem* zog an Backbord vorüber. So nah, dass die Riemen der *Bärenodem* kurz auf die achtersten Riemen der *Eisvogel* schlugen.

Unendlich langsam schwang der Rumpf seines Schiffs herum.

Die andere Otta schnitt bereits durch den Kamm der Woge.

»Pullt!«, rief Beorn verzweifelt. Sie mussten die Welle mit dem Rumpf voran abreiten, oder sie würden kieloben gegen das Riff gespült werden.

Wasser stromte uber die Reling und durchtrankte die Recken auf der Backbordseite.

»Durchhalten!« Beorn stemmte die Füße gegen die rutschigen Planken. Er stellte sich vor, Wurzeln getrieben zu haben. Fest verwachsen zu sein mit seiner Otta. Nicht nachgeben!

Die *Eisvogel* durchstieß den Wellenkamm. Es war kein sauberes Abreiten, anders als zuvor. Das Schiff trudelte. Stürzte dem Abgrund des Wellentals entgegen. Und dort unten, tödlich nah, lag der Gischtring der Korallenriffe.

Beorn hatte das Gefühl, die Muskelstränge in seinen Schultern müssten reißen, so sehr stemmte er sich mit Sigwald gegen das Ruder.

Die *Bärenodem* verpasste die Durchfahrt. Selbst über das Wüten des Sturms war das Splittern ihrer Planken zu hören. Der Mast wurde aus dem Rumpf gerissen und stürzte mitten in die Ottajasko. Die Brandung schob das Unglücksschiff vor und zurück, sodass die Korallen durch den Rumpf sägten.

Fast alle aus seiner Ottajasko blickten auf Beorn. Er entschied über Leben oder Tod. Sie würden es schaffen! Die Durchfahrt war keine zehn Schritt mehr entfernt.

Eine Böe griff nach der Otta. Wie eine unsichtbare Faust stieß sie das Schiff nach backbord, gerade als es in die gefährliche Passage einfuhr.

»Riemen steuerbord! Pullt!«

Der Rumpf schrammte über das Riff. Das kratzende Geräusch peinigte Beorn, als schlügen sich Krallen in sein Herz. Er keuchte auf.

Dann waren sie durch. Das Wasser jenseits des Korallenrings war ruhiger. Etwa hundert Schritt entfernt erhob sich sanft ein Sandstrand aus der dunklen See.

»Steuerbord, pullt!«, rief Beorn. Sein Ruder reagierte wieder leichter auf seinen Druck. »Backbord. Riemen einholen. Sucht euch Leinen!«

Der Rumpf der Otta schwang herum und zeigte wieder auf das Riff. Die *Fang*, die große Otta Arnora Bjartasdottirs, schob sich durch die Einfahrt. Ein weiteres Langboot folgte ihr dichtauf.

»Rettet die Besatzung der *Bärenodem*!« Beklommen erkannte Beorn, wie wenige Köpfe in der sanfteren Dünung in der Bucht zu sehen waren. Das Korallenriff forderte einen grausamen Blutzoll.

Sieben Tage später
Südliches Perlenmeer, siebzehnter Tag im Kornmond

Trocknend zogen sich die Lederfesseln um Beorns Handgelenke enger. Die Sonne stand im Zenit. Unerbittlich brannte sie auf die Überlebenden herab.

Der Hetmann drehte den Kopf. Seine linke Hand war purpurrot. Das Blut war fast völlig abgeschnürt. Er schlug sie auf das Holz des Wrackstücks, auf dem er gefesselt lag, um das Taubheitsgefühl zu vertreiben.

Seine Beine hingen ins Wasser hinab. Er verhielt sich ruhig, war sich der Räuber nur zu bewusst, die sie umkreisten.

Irgendwo ertönte ein gellender Schrei. Beorn biss die Zähne zusammen. Aus dem Schrei wurde ein sich überschlagendes Kreischen, das nichts Menschliches mehr an sich hatte.

»Bleibt ruhig!«, raunte er. Er vermied, die Stimme zu erheben, war ihm doch unklar, ob auch Laute sie anlockten. »Nicht bewegen.«

»Das Blut lockt sie«, sagte Warulf Ulfson, der stämmige Hetmann aus Stainakr. »War selbst schon auf Haie angeln. Hab ein paar Eimer mit blutigen Abfällen an Bord gehabt. Hab …« Die Stimme des in die Jahre gekommenen Kriegers begann zu zittern. »Sie werden uns alle holen.«

»Haltet einfach still«, zischte Beorn. »Unsere Gefährten von der Mondinsel werden kommen. Sie werden …« Etwas streifte seinen linken Fuß. Ein eisiger Schauer rann Beorn den Rücken entlang.

»Da!«, raunte Warulf. »Siehst du die Rückenflosse? Das ist einer von den Großen.«

Beorn sah nicht hin. Schon seit Stunden kreisten die Haie. Zuerst hatten sie jene geholt, die ins Wasser bluteten. Selbst wenn sie stillhielten.

In weiten Kreisen zogen sie um die Wrackteile. Ganz gleich, wohin man auch sah. Überall waren die schrecklichen dreieckigen Flossen zu sehen.

Beorn schloss das ihm verbliebene Auge. Er mochte nicht mehr beten. Swafnir verachtete Jammerlappen, er erwartete, dass ein Recke sich selbst half.

Der Hetmann dachte an den Frühlingstag vor fünf Monden zurück, als ihre Flotte aus dem Hafen von Olport ausgelaufen war. Er erinnerte sich an seinen Stolz, einer der Ausgewählten Arnora Bjartasdottirs zu sein. Arnora Goldhand nannten sie die meisten, denn seit Jahren schon bewies sie mehr Geschick auf ihren ausgedehnten Plünderfahrten als jeder andere Drachenführer. Mehr als ein Dutzend Sagas trugen die Skalden über sie vor. So reich war Arnora Goldhand, dass sie jedem in ihrer Otta ein Kettenhemd und einen eisernen Helm geschenkt hatte.

Sie blieb oft über ein Jahr fort und errichtete auf einer der kleinen Inseln im südlichen Perlenmeer ein Winterdorf für ihre Mannschaften.

Doch dieses Mal hatte Goldhands große Fahrt in den tiefen Süden von Anfang an unter einem schlechten Stern gestanden. Liebfeldische Karavellen hatten den Verband aus siebzehn Drachenschiffen aufgebracht und verhindert, dass sie an der Küste ihrer Heimat landeten, um Wasser aufzunehmen. Ein Teil der Frauen und Männer war vor Mengbilla von einem Fieber dahingerafft worden, sodass sie zuletzt zwei Schiffe hatten aufgeben müssen, weil nicht mehr genug Recken für die Riemen geblieben waren.

In der Alemitischen Bucht hatte eine Seeschlange ihre Flotte angegriffen. Vielleicht hatte sie die hochgeschwungenen Vordersteven der Ottas für Rivalen gehalten. Jedenfalls hatte sie ein weiteres Schiff zerschmettert.

Arnora, die das südliche Perlenmeer gut kannte, hatte die Straße von Sylla, die Durchfahrt zwischen dem südlichsten Zipfel Aventuriens und der großen Insel Al'Toum, gemieden, denn dort wachten starke Verbände der Flotte Al'Anfas. Stattdessen waren sie der Südküste Al'Toums gefolgt, wo Eingeborene aus dem Dschungel sie dreimal beim Wassernehmen angegriffen hatten.

Nachdem ihrer auf vierzehn Ottas geschrumpften Flotte die Umrundung der großen Insel endlich gelungen war, hatte Arnora sie nach Norden auf die offene See geführt. Bis zu diesem Tag hatte sie immer noch nicht verraten, was das Ziel ihrer Reise sein sollte. Dort waren sie vom Kauca überrascht worden, dem plötzlich aufziehenden Tropensturm, der ihrer kleinen Flotte den schwersten Schlag dieser Reise versetzt hatte.

Ein neuerlicher Schrei riss Beorn aus seinen Gedanken. Etwas zerrte an Haakon Olafson. Die Planken, auf die er gefesselt lag, tauchten tiefer in die See, die sich bereits rot färbte. Ein keilförmiger Kopf schob sich aus dem Wasser. Der klaffende Kiefer verbiss sich in Haakons Hüfte.

Der Tigerhai warf sich hin und her. Das Wrackstück wurde hinabgezerrt. Überall waren jetzt die großen Rückenflossen. Blut wirbelte in dunklen Wolken durch das Wasser.

Nicht einmal mehr zwanzig Überlebende trieben auf dem Meer. Einige wimmerten leise. Die meisten jedoch verharrten in entsetztem Schweigen.

Das Wrackstück, auf das Haakon gefesselt gewesen war, schoss aus dem Wasser empor. Zwei Arme baumelten noch in den Lederfesseln. Der Rest des Recken blieb verschwunden.

Sechs Tage zuvor
Mondinsel, Südliches Perlenmeer, elfter Tag im Kornmond

Er war fort. Beorn Asgrimmson versuchte seinen Zorn zu beherrschen. Sein Flügelhelm war gestern Nacht beim Wasserschöpfen über Bord gegangen. Seine Schwester hatte ihm den Helm vor vielen Jahren geschenkt. Er war das Einzige gewesen, was er noch von Gilda besessen hatte, außer seinen Erinnerungen. Der Helm hatte ihm in den letzten Jahren Glück gebracht, und zugleich hatte er ihn jede Stunde an jenen schrecklichen Tag in den Klippen erinnert. Phileasson! Ohne diesen selbstverliebten Mistkerl würde sie noch leben.

Das Klirren von Klingen riss ihn aus seinen Gedanken. Zidaine Barazklah übte mit Sigwald. Leichtfüßig umtanzte sie ihn, stieß zu wie eine Viper.

Der große blonde Recke hatte Mühe, ihre Angriffe zu parieren. Sigwald hatte sein langes Haar zu zwei Zöpfen geflochten. Er kämpfte mit nacktem Oberkörper, wohl auch, um den prächtigen Wal zu zeigen, den ihm ein Bilderstecher in Olport auf den Bauch tätowiert hatte.

Zidaines Klinge berührte sanft seine Kehle. »Tot«, sagte sie lakonisch. »Schon zum dritten Mal.«

»Ein Kampf auf Schiffdecks ist kein Spiel!«, wetterte Beorn. »Eine Übung ist das hier nicht. Du solltest ein gutes thorwalsches Schwert führen, wenn du kämpfst.«

»Zu schwerfällig«, entgegnete die Fechterin selbstbewusst. »Wie ja auch deutlich zu sehen war.«

»Für deine Tanzeinlagen gibt es im Schiffkampf keinen Platz. Schild an Schild steht man, den Schwertarm über Kopf gehoben. Dein Rapier ist viel zu lang. Im Gedränge wird es dir nicht von Nutzen sein.«

Sie hob ihren Parierdolch.

»Zu schwach!« Beorn war sich bewusst, dass er sie vor allem deshalb anging, weil er schlechte Laune hatte. »Kannst du mit dem Zahnstocher einen Schild durchstoßen? In dem Kampf, der uns erwartet, ist eine Klingentänzerin wie du von keinerlei Nutzen. Wir brauchen Recken, die ordentlich dreinschlagen. Entweder dieser Kinderkram bleibt hier, und du besorgst dir ein ordentliches Schwert, oder du kannst dir eine andere Otta suchen.«

»Aber ...«, begann Sigwald, doch Beorn wandte sich ab. Ein Drachenführer diskutierte nicht über seine Entscheidungen. Nicht einmal ... oder vielleicht eher: vor allen Dingen dann nicht, wenn sie ungerecht waren.

Er stapfte weiter, den Strand entlang. Arnora wollte endlich ihren Kriegsplan vorstellen. Bis jetzt hatte sie sich, aus Furcht vor unbedachtem Geschwätz in Hafenschänken, in Schweigen gehüllt. Nun war es höchste Zeit zu erfahren, auf welche Weise sie ihre Gefolgschaft reich machen wollte.

Die überlebenden Hetleute versammelten sich im Schatten der sturmzerzausten Palmen. Ein wolkenloser, strahlend blauer Himmel spannte sich über ihnen. Nichts erinnerte mehr an die grauschwarzen Wolkentürme, die vor kaum einem Tag ihr Verhängnis angekündigt hatten. Außer vielleicht der Schwarm Möwen, der in den Wipfeln kauerte. Bei manchen besudelten noch Blutstropfen vom Mahl, das ihnen die letzte Nacht beschert hatte, das Gefieder. Ein Mahl, das ganz anders als Fisch und Muscheln gewesen war.

Beklommen blickte Beorn zu den Ottas, die auf dem flachen Strand lagen. Sieben Drachenschiffe hatten es weitestgehend unbeschadet zwischen den Korallen hindurchgeschafft. Zwei waren mit aufgeschlitztem Rumpf noch bis zum Strand gekommen. Drei hatte das Riff zerstört. Ihre Trümmer lagen weit verteilt auf dem schneeweißen Sand. Die letzten beiden waren spurlos verschwunden. Dass sie den Sturm überstanden hatten, glaubte niemand hier.

Mehr als dreihundert Thorwaler waren auf diesem winzigen Eiland gestrandet, das sich wie ein Sichelmond krümmte. Nahm man den vorgelagerten Korallenbogen hinzu, war es fast kreisrund. Beorn wusste nicht, wer diesem Eiland, dem Ort ihrer Rettung, den Namen gegeben hatte, aber schon gestern Nacht hatten sie begonnen, von der Mondinsel zu sprechen. Ein trostloser Flecken Land in der Weite des Perlenmeers, wahrscheinlich zu klein, um auf irgendeiner Karte verzeichnet zu sein. Swafnir belohnte die Stärke der Überlebenden, denn es gab eine kleine Quelle, die sie mit trinkbarem Wasser versorgte. Das Palmenholz hingegen war allenfalls zum Feuermachen zu gebrauchen. Für Schiffsplanken taugte es nicht. Sie hatten die angespülten Wrackstücke gesammelt, in der Hoffnung, dieses Holz nutzen zu können.

Eine der Möwen stieß einen verärgerten Schrei aus.

Es klang wie Spott in Beorns Ohren. Durchnässt, zerschunden und mutlos, sah ihre Schar auch alles andere als eindrucksvoll aus.

Der Hetmann blickte zu den Vögeln auf. Ein besonders großes Tier rangelte mit einer leicht zerzausten Möwe, die neben ihm auf dem Palmwedel gelandet war. Es war also gar nicht um Spott gegangen … Beorn lächelte. Wie töricht, alles auf ihre Lage zu beziehen!

Arnora Goldhand kam vom Strand herauf zu ihnen. Ihr linker Arm ruhte in einer Schlinge. Gestern war sie angeleint in die tosende See gesprungen, um Überlebende vom Korallenriff zu holen. Jedenfalls so lange, bis eine Welle sie selbst auf die messerscharfen Korallen geworfen hatte.

Dunkle Ringe lagen unter den himmelblauen Augen der Anführerin. Mit fast zwei Schritt war sie eine der Größten ihrer Flotte. Sie hatte ein Kreuz wie ein Bär. Eine auffällige Tätowierung auf ihrem rechten Arm zeigte Swafnir, dessen mächtige Kiefer sich um eine der Windungen Hranngars schlossen. Der tiefe Süden war das Reich der Verderberin, die in Gestalt einer gewaltigen Seeschlange über die ewige Nacht am Meeresgrund herrschte.

Arnora strich sich eine widerspenstige Strähne aus der Stirn. Ihr mehr als schulterlanges goldblondes Haar war mit einem Lederriemen zu einem lockeren Zopf gebunden.

»Wer hinaus auf See geht, um sein Glück zu machen, der weiß, dass wir dem Tod fest ins Antlitz blicken müssen, bevor wir nach einer goldenen Zukunft greifen können«, verkündete Arnora voller Leidenschaft. »Den düsteren Teil der Reise haben wir nun überstanden.« Sie bedachte sie alle mit einem verschwörerischen Lächeln. »Nun kommen wir zum Gold.« Die Hetfrau zog die langstielige Axt aus ihrem Gürtel, kniete nieder und zeichnete eine gewundene Linie in den Sand.

»Dies ist die Nordküste Al'Toums«, erklärte sie und bohrte den Axtgriff ein Stück darüber in den Boden. »Hier, irgendwo im Nordosten von Al'Toum, liegt unsere Mondinsel, und hier …«, Arnora bohrte den Axtstiel in die Küstenlinie, »… liegt Porto Paligan. In der dritten Woche des Kornmondes trifft dort eine kleine Galeerenflotte aus Charypso ein. Ihre Aufgabe besteht darin, den Kauffahrern Geleit zu geben, die sich in der genannten Woche im Hafen von Porto Paligan versammeln. Auch nimmt die Galeerenflotte Schätze an Bord, die im Laufe der letzten zwölf Monde in der Hafenfestung eingelagert wurden.«

»Willst du etwa den Hafen stürmen?«, fragte Warulf Ulfson misstrauisch. Der große Hetmann aus Stainakr war ein mürrischer Geselle, der stets ein Haar in der Suppe suchte. Allerdings war er ebenso bekannt dafür, mit seiner gewaltigen Axt ordentlich dreinzuschlagen, wenn es zum Kampf kam. Und so widersprach ihm niemand ohne Not.

Arnora seufzte. »Ich gestehe, dass ich mit diesem Gedanken gespielt habe, aber wir haben nicht mehr genug Schiffe und Recken für so ein gewagtes Unternehmen. Also tun wir das Zweitbeste.« Jetzt fand sie wieder zu ihrem gewinnenden Lächeln zurück. Einem Lächeln, das alle Widerstände überwand und Beorn an die einführenden Worte erinnerte. Nun kam der Teil mit dem Gold!

»Etliche der kleinen Kontore auf den Inseln weiter im Osten sammeln das ganze Jahr über ihre Schätze, um sie in der vermeintlichen Sicherheit eines Schiffsverbands nach Porto Paligan zu bringen. So wähnen sie sich vor den kleinen Piratengruppen auf den Inseln sicher. Mehrere Koggen und vielleicht gar eine Karracke … so ein Bissen ist zu groß für die Piraten auf den Inseln hier. Nicht aber für sieben Ottas mit zu allem entschlossenen Recken an Bord. Wir werden uns die Schätze eines Jahres in einer Nacht holen! Und das werden wir folgendermaßen angehen …«

Vor der Abenddämmerung, am selben Tag
Nahe der Nordküste Al'Toums, elfter Tag im Kornmond

Dolorita war die schönste Frau, der er seit Langem begegnet war, dachte Orelio, als er durch einen Spalt zwischen den Seidentüchern hindurch zu ihrem Lager spähte. Seit kurz nach Sonnenaufgang lag sie hingestreckt zwischen den bunten Kissen. Feine Schweißperlen standen auf ihrer gebräunten Stirn, die von schwarz gelocktem Haar gerahmt wurde. Ihre sinnlichen vollen Lippen waren leicht geöffnet. Er sah, wie sich ihre Augäpfel unter den geschlossenen Lidern bewegten. Wovon sie wohl träumte?

Ihr hochgeschlitztes grünes Kleid war verrutscht. Orelio rang mit sich, nicht der Versuchung nachzugeben, sich ein wenig weiter vorzubeugen, um nachzusehen, was der Stoff alles nicht mehr bedeckte.

Abrupt wandte sich der junge Fechter ab. All seinen Charme hatte er in den vergangenen drei Wochen aufgeboten, um Doloritas Gunst zu gewinnen, doch mehr als ein gelegentliches Lächeln und einen koketten Augenaufschlag hatte sie ihm bislang nicht geschenkt. Das setzte ihm zu! Üblicherweise fiel es ihm leicht, die Aufmerksamkeit von Damen zu erwecken.

Aber Dolorita war ja auch keine Dame im herkömmlichen Sinne. Sie war eine Hexe. Der überwiegende Teil der Männer an Bord der Dromone *Vipernstoß* schätzte sich vermutlich glücklich, wenn der Blick der schwarzhaarigen Schönheit nicht auf ihm verweilte. Um die Blicke von Hexen rankten sich viele Geschichten …

Orelio ging ein Stück über den nur zwei Schritt breiten Steg, der Vordeck und Achterdeck miteinander verband. Das Segel am Hauptmast war herabgelassen worden. Die Rah diente nun als Halt für das Dach des seidenen Zelts, das man aufgeschlagen hatte, um Dolorita einen Ort zu geben, an dem sie vor Blicken geschützt war. Nicht dass die Hexe zimperlich gewesen wäre, aber solange sie hilflos in Trance lag, schätzte sie es nicht, angestarrt zu werden.

Orelio blickte auf die Reihen der angeketteten Ruderer, die links und rechts des Stegs auf ihren niedrigen Bänken kauerten. Schwere Eisenringe waren um ihre Fußgelenke geschmiedet. Ketten verbanden ihr Schicksal untrennbar mit dem des Schiffs.

Die meisten der Gefangenen saßen vornübergebeugt, die erschöpften Leiber auf die Riemen gestützt. Die mit Striemen und Narben gezeichneten, vom Wetter gegerbten Rücken erzählten die immer gleiche Geschichte vom Leid der Galeerensklaven.

Der Fechtmeister hob den Blick. Man musste kein Verbrechen begangen haben, um auf diesen Ruderbänken zu enden. Es genügte, zu verarmen. Eines Tages auf der Galeere zu landen war Orelios Albtraum. Er war sich nur zu bewusst, wie ungewiss seine Stellung in der schwarzen Perle des Südens war, wie die von seinem Glanz Geblendeten oft das prächtige Al'Anfa nannten. Seine Mutter war lange Jahre die Konkubine eines Granden gewesen, bis die unerbittlich verrinnende Zeit ihr die Schönheit geraubt hatte. Sie beide hatten Glück gehabt. Selbst als Orelios Vater sie nicht mehr heimlich besucht hatte, hatte er für ein Auskommen gesorgt. Auch hatte er ihn bei den besten Fechtlehrern des Lieblichen Felds ausbilden lassen. Orelio hatte sich in Duellen, in denen er die reichen Söhne und Töchter der Stadt vertrat, einen Namen gemacht. So war Emilio Zornbrecht auf ihn aufmerksam geworden. Jener Grandenspross aus irgendeiner Nebenlinie der Zornbrechts, der das kleine Geschwader der Schwarzen Flotte führte. Der Befehlshaber über zwei Dromonen und fünf altertümliche Biremen hatte ihn zum Leibwächter seiner schärfsten Waffe ausersehen, der Hexe Dolorita.

Auf dem Achterdeck der *Vipernstoß* dösten die Seeoffiziere. Das ganze Schiff schien wie Dolorita zu ruhen. Nur zwei Söldner auf der Gefechtsplattform über dem Bug hielten Wache.

Die Hexe hatte sie gestern frühzeitig vor dem heraufziehenden Sturm gewarnt, sodass die Dromone in einer tiefen Bucht Schutz suchen konnte. Wie es den Thorwalern draußen auf offener See ergangen sein mochte, überstieg Orelios Vorstellungskraft. Seit Dolorita die Flotte der Piraten südlich der Straße von Sylla entdeckt hatte, folgten sie den Plünderern. Dabei waren sie stets außer Sicht geblieben. Ganz gewiss ahnten die Piraten nichts von dem Unheil, das sich über ihnen zusammenbraute.

Eine große Möwe kam von der offenen See. Orelio erkannte das Tier sofort. Er eilte zum Zelt Doloritas und zog die Seidenvorhänge zurück.

Der Vogel landete unmittelbar neben dem Lager der Hexe. Er wirkte erschöpft, torkelte. Dann schob er seinen Kopf unter die Hand der Schlafenden, wie Orelio es von Katzen kannte.

Ein Raunen ging durch die Bänke der Ruderer.

Von achtern eilten Schritte über Deck. Der Kapitän der *Vipernstoß* wollte zugegen sein, wenn Dolorita erwachte.

Die Augenlider der Hexe flatterten. Sie stieß ein leises Seufzen aus. Ihre grünen Augen trafen Orelio tief ins Herz. Alles würde er für diese Frau tun!

»Ich bin durstig«, flüsterte sie mit rauer Stimme.

Der Fechtmeister kniete nieder, nahm die Karaffe auf, die neben dem Lager stand, und füllte einen kristallenen Pokal mit lauwarmem schalem Wasser. »Entschuldigt, dass ich Euch keinen kühlen Trunk anbieten kann.«

Sie nahm den Pokal. Ihre Hand zitterte leicht. »Danke«, hauchte sie. Dann trank sie in langen Zügen.

»Wie lauten Eure Befehle, Herrin?«, fragte der ergraute Kapitän.

Dolorita leerte den Pokal bis zur Neige, bevor sie ihn Orelio zurückreichte.

»Die Thorwaler haben den Kauca überlebt.« Sie tätschelte der Möwe den Kopf. »Bringt Fisch für Pepito. Er ist erschöpft. Durch ihn konnte ich sehen und hören. Ich weiß um alle Pläne unserer Feinde. Segeln wir nach Porto Paligan! Emilio Zornbrecht wird wissen wollen, wie unsere Feinde zu besiegen sind.«

Fünf Tage später, Abenddämmerung
Nordküste Al'Toums, sechzehnter Tag im Kornmond

Beorn stand im Bug der *Eisvogel* und starrte mit zusammengekniffenen Augen hinaus auf See. Das letzte Abendlicht wich schnell der Dunkelheit. Obwohl keine Wolken über den Himmel zogen, würde diese Nacht besonders finster werden. Heute hüllte sich das Madamal in seinen dunklen Umhang, nur noch das Licht der Sterne blieb. Den ganzen Tag über hatten sie kein einziges Schiff gesichtet. Das Unglück, das über ihrer Reise stand, setzte sich fort.

Arnora Bjartasdottir hatte alle noch seetüchtigen Ottas an diesen stickigen, unheimlichen Ort geführt. Sie lagen in einer Bucht, in der Bäume auf Stelzenwurzeln bis ins Wasser wuchsen. Es gab hier kein Ufer, keine Grenze zwischen Land und Meer. Der Dschungel wucherte einfach in die See hinein.

Bunt schillernde Vögel und fette Echsen bevölkerten das Geäst über ihnen. Die Thorwaler hatten die sieben Ottas ein Stück in diesen Meerwald hineingezogen. Sie waren perfekt getarnt. Jetzt fehlte nur noch die Beute, auf die sie sich stürzen konnten.

Sigwald trat an Beorns Seite und reichte ihm einen Wasserschlauch. »Feuchte dir die Kehle an, Hetmann. Bald haben wir nur noch unseren Schweiß zu trinken.«

Beorn nahm einen tiefen Schluck. Das Wasser war lauwarm und schmeckte nach Leder.

»Wieder ein Tag verloren«, murmelte Sigwald verdrossen. »Uns geht das Wasser aus. Wir sollten fort von hier. Ich hab ein schlechtes Gefühl …«

Obwohl Beorn genauso dachte, schwieg er. Er wollte Arnora nicht in den Rücken fallen. Außerdem war mürrisches Geschwätz Gift für die ohnehin schon schlechte Moral.

»Geduld ist die erste Tugend des Jägers, Sigwald. Geduld ist alles, was wir jetzt noch brauchen, um uns das Gold des Südens zu holen.«

Sigwald schnitt eine Grimasse, sagte aber nichts mehr.

Beorn blickte wieder auf die See hinaus. Das Abendlicht war vergangen. Die Dämmerung dauerte hier im Süden nicht lange. Nur ein lauer Wind wehte. Er vermochte die stickige Hitze zwischen den Meerbäumen nicht zu vertreiben.

Etwas zwackte ihn in den Nacken. Beorn schlug danach. Das brackige Wasser brütete blutsaugende Plagegeister aus. Jede Nacht fielen sie in Heerscharen über sie her.

»Dort!«, erklang eine raue Stimme. »Dort draußen auf Nordost. Hecklaternen!«

Der Rufer musste einer der Späher sein, die Arnora hinauf in die Baumwipfel geschickt hatte.

»Auf, Recken!«, befahl Beorn scharf.

Sein Befehl wäre unnötig gewesen. Die dösende Ottajasko war binnen weniger Herzschläge auf den Beinen. Sie hoben die langen Riemen von den hölzernen Gabeln mittschiffs.

»Koggen!«, verkündete der Ausguck oben im Baum. »Vier Stück. Machen wenig Fahrt.«

Wie auch, dachte Beorn. Bei der lauen Brise würden die Kauffahrer kaum von der Stelle kommen. »Bewaffnet euch«, befahl er ruhig. Dann ging er zur Seekiste, um sein Kettenhemd anzulegen.

»Sigwald, ans Ruder!«

Beorn zwängte sich in sein wattiertes Waffenhemd. Es stank nach altem Schweiß. Bei dieser Hitze müsste er sich nicht einmal bewegen, um es mit neuem Schweiß zu durchtränken.

»Anker auf!«, hallte Arnoras markante Stimme zwischen den Meerbäumen.

Sigwald half Beorn in sein Kettenhemd.

Die einfachen Steinanker der *Eisvogel* wurden an Bord gehoben. Die Ottajasko nutzte die Riemen, um das schlanke Drachenboot zwischen den Meerbäumen hindurch in freies Fahrwasser zu staken.

Jetzt sah auch Beorn die Hecklaternen auf offener See. Blasse honigfarbene Lichter. In der nur von den Sternen erhellten Finsternis waren die Laternen so markant wie Leuchtfeuer. Neben ihnen ragten die Schatten von Masten über dem Wasser auf.

Beorn gürtete sein Schwert und trat an das Heckruder der *Eisvogel*.

Arnora Goldhands Otta war als Erste dem Wald der Meerbäume entkommen. Sie brachte die Riemen aus. Dunkles Wasser schäumte auf. Wie ein Falke, der sich auf einen Hasen stürzte, schnellte die Otta auf See hinaus.

Heute waren keine Laternen an den Masten der Drachenboote aufgezogen. Vor der dunklen Küste Al'Toums mussten die Ottas für die Bordwachen der Kauffahrer so gut wie unsichtbar sein.

Nun brachte auch seine Ottajasko die Riemen aus.

»Pullt!«, befahl Beorn mit gedämpfter Stimme.

Zischend schnitten die Ruderblätter ins Wasser.

Vergeblich versuchten sie, mit Arnoras *Fang* gleichzuziehen. Die berühmte Plünderfahrerin hatte die besten Recken der Flotte auf ihrer Otta. Aber immerhin vergrößerte sich der Abstand zu ihr kaum.

Auch die anderen Ottas glitten aus den Verstecken im Meerwald. Sie alle lieferten sich ein Rennen. Nach den Monden der Gefahren und Entbehrungen wollte jeder als Erster Beute machen.

Beorn biss sich auf die Lippen, um seine Ottajasko nicht mit lautstarken Befehlen anzufeuern. Keinesfalls sollten die Kauffahrer im letzten Augenblick noch auf sie aufmerksam werden.

Gegen das Seitenruder gestemmt, hielt er auf den östlichsten der Schatten zu, während sich die *Fang* steuerbord dem größten Segel näherte.

Die Augen fest auf das Ziel gerichtet, träumte Beorn von den Schätzen in den Frachträumen. Gold und Silber aus den geheimen Minen, die es angeblich auf einigen der Inseln gab. Kisten voller Perlen, Fässer mit erlesenen Gewürzen.

Etwas stimmte nicht. Es waren keine Schiffsrümpfe zu erkennen. Nur Segel. Waren die Kauffahrer denn immer noch so weit entfernt?

Die Laternen waren jetzt deutlich auszumachen.

»Sigwald! Übernimm das Ruder«, zischte er seinem Gefährten zu.

Kaum dass der Recke die Pinne in Händen hielt, stürmte Beorn zum Bug. Schweiß rann ihm den Rücken hinab.

Die Laternen voraus verloschen! Trotzdem hatte Beorn noch sehen können, was dort im Wasser dümpelte. Flöße, auf denen kleine Masten aufgerichtet standen. Im Dunkeln und auf die Entfernung eine perfekte Illusion von Schiffen.

»Riemen bei!«, rief Beorn.

Die Riemen der *Eisvogel* schnellten aus dem Wasser.

Das war eine Falle!

Beorn blickte zur *Fang*. Auch Arnoras Schiff verlangsamte die Fahrt.

Die übrigen Ottas holten auf.

»Holt mir den Kerl dort! Lebend!«, klang Arnoras markante Stimme über die nächtliche See.

Jetzt sah auch Beorn die kauernde Gestalt auf dem mittleren der Flöße. Sie schien mit Feuerstein und Stahl zu hantieren. Funken blitzten auf. Plötzlich stieg eine grelle Stichflamme empor. Der Mann schrie auf.

Geblendet vom hellen Licht, kniff Beorn die Augen zusammen.

»Zurück!« Das hier war eine Falle. Er war sich unklar, welche Gefahr sie hier erwartete, aber jemand hatte gewusst, dass sie im Meerwald lauerten. »Zurück!«, befahl er erneut und wandte sich von den hellen Flammen ab.

Das Feuer entriss alle Ottas ihrer kleinen Flotte der Finsternis.

Die Riemen tauchten ins Wasser. Die *Eisvogel* entfernte sich vom brennenden Floß.

Etwas klirrte auf Deck. Es klang wie ein zerbrechender Weinkrug. Eine Flamme wuchs keinen Schritt vor dem Mast.

Fassungslos blickte Beorn auf das Feuer, das wie von Zauberhand gekommen war.

Zidaine Barazklah ließ von ihrem Riemen ab, schnappte sich einen der Ledereimer, die zwischen den Ruderbänken lagen, warf ihn angeleint über Bord, holte ihn ein und goss geistesgegenwärtig Wasser in den Brand. All dies hatte kaum mehr als drei Atemzüge gedauert.

Ein Feuerball sprang aus den Flammen empor, versengte Zidaine das Gesicht und stieg fast bis zur Mastspitze auf.

Krachend schlugen die Riemen aneinander. Die Recken unmittelbar um das Feuer hasteten in Sicherheit.

Zidaine taumelte geblendet zum Mast.

»Hylailer Feuer!«, schrie Beorn. Er hatte diese Schreckenswaffe noch nie im Einsatz gesehen, aber schon unzählige Geschichten darüber gehört.

Auch auf der *Fang* wuchs eine Flammenblüte aus dem Deck.

»Nicht löschen!«, befahl Beorn. Seine Gedanken überschlugen sich. Ein Feuer im Rumpf … die Planken der *Eisvogel* waren nicht einmal einen Finger dick. Wie lange würde es dauern, bis sie durchgebrannt wären?

Ein Schatten mit großen gelben Augen glitt keine zwanzig Schritt hinter der *Eisvogel* aus der Finsternis. Eine al'anfanische Bireme.

»Beidrehen!«, befahl Beorn. Gewiss lauerten noch mehr Feinde in der Dunkelheit, und die *Eisvogel* lag mit ihrer Breitseite vor den Rammspornen der unsichtbaren Gegner.

Seine Ottajasko gehorchte nur zögerlich. Keiner wagte sich in die Nähe des Feuers, das sich langsam durch den dünnen Rumpf fressen würde.

»Wir brauchen ein neues Schiff!«, rief Beorn ihnen zu. »Die *Eisvogel* wird uns keine halbe Stunde mehr tragen. Wir entern einen dieser Bastarde, bevor …«

Holz splitterte. Männer und Frauen schrien auf. Die Bireme, die an ihnen vorübergezogen war, hatte ein Opfer für ihren Rammsporn gefunden.

»Los!«, schrie Beorn. »Steht nicht rum wie verängstigte Küken.« Er packte Zidaine bei den Schultern.

»Ich kann nichts mehr sehen«, stammelte die Kriegerin mit dem rot verbrannten Gesicht.

»Um zu rudern, muss man nichts sehen!« Beorn schob sie vor sich her zu einer der freien Seekisten. »Setzen!«

Eingeschüchtert gehorchte Zidaine.

Beorn drückte ihr eine Riemenstange in die Hände. »Du kannst das!« Er wandte sich an den Rest der Mannschaft. »Los! Alle zurück auf ihre Plätze. Die Kisten beim Feuer bleiben unbesetzt. Wir sind Thorwaler! Und wenn ihr nur halb so wütend seid wie ich, dann werden es die verfluchten Al'Anfaner noch bereuen, uns angegriffen zu haben.«

Beorn ging weiter nach achtern und stieß Zauderer zurück auf ihre Ruderplätze. »Vergesst das Feuer!«, zischte er wütend.

Erste Riemen tauchten wieder ins Wasser.

»Riemen bei steuerbord! Backbord pullt!«, befahl er.

Die Ottajasko gehorchte, und das brennende Schiff schwenkte um seine eigene Achse.

Weitere Biremen mit großen gelben Glasaugen hoch am Rumpf tauchten aus dem Dunkel auf. Eine ganze Flotte hatte ihnen hier aufgelauert.

Pfeile sirrten auf sie nieder.

Die Recken duckten sich hinter ihre Schilde an der Bordwand. Auch Sigwald ging in Deckung.

Beorn blieb aufrecht stehen. Zwischen den Schiffen der Feinde hatte er eines entdeckt, über dessen Rumpf sich eine Kampfplattform erhob. Dort oben stand eine Rotze, ein Torsionsgeschütz, das die Brandkugeln verschoss. Das war sein Ersatz für die *Eisvogel*, entschied der Drachenführer.

»Annar, Rollo, Gilda!«, rief Beorn. »Gebt die Riemen auf. Nehmt eure Bögen!« Er deutete voraus auf das Schiff mit der Kampfplattform. »Lasst Blut über das Deck laufen, bevor wir entern.«

Die drei nahmen ihre Jagdbögen und Köcher auf und eilten zum Bug. Sie waren die mit Abstand besten Schützen, die er hatte.

Beorn gesellte sich zu Sigwald. »Schwenk steuerbord.«

Sigwald drückte gegen das Ruder.

»Mehr!«

Sein Gefährte sah ihn fragend an.

»Mehr!«, wiederholte Beorn gereizt.

»Aber wir werden sie …«

»Wir spießen uns frontal auf ihren Rammsporn, das wohl«, bestätigte Beorn. »Die *Eisvogel* ist verloren. Dann soll sie auf eine Art gehen, von der die Skalden auch in zehn Jahren noch zu singen haben.«

Von der Dromone voraus erklangen Hornsignale. Sie erinnerten Beorn an eine Hetzjagd im Wald. »Manchmal holt sich der Keiler den Jäger«, murmelte er grimmig.

Aus dem Augenwinkel sah er, wie eine Otta von einer Bireme mittschiffs erwischt wurde. Der kupferbeschlagene Rammsporn schnitt durch das Drachenboot wie eine gut geschliffene Klinge durch ein dampfendes Stück Braten. Der gesplitterte Rumpf wurde unter Wasser gedrückt. Bogenschützen schossen auf die Schwimmer, und Söldner mit Speeren stachen jeden ab, der versuchte, sich an der Bordwand der Bireme festzuhalten.

So wird es uns nicht ergehen, dachte Beorn. Er stemmte die Füße gegen die Planken, wappnete sich für den Aufprall. »Pullt!«, schrie er seine Ottajasko an. Je mehr Fahrt sie machten, wenn sie sich auf dem Rammsporn aufspießten, desto besser.

Wieder ertönten die Hornsignale. Sie hatten etwas von Hilferufen, fand Beorn.

Zwei Biremen schälten sich steuerbord aus dem Dunkel. Auf den Vordecks beider Galeeren drängten sich Bogenschützen.

»Pullt!«, befahl Beorn mit grimmiger Entschlossenheit. Er hörte, wie auf den Biremen die Trommler, die die Schlagzahl der Riemen vorgaben, ihren Rhythmus beschleunigten.

»Pullt!«

Pfeile prasselten auf die *Eisvogel* nieder.

Sigwald neben ihm schrie auf. Ein Pfeil hatte seine linke Wange durchschlagen. Die blutige Spitze war an der rechten Wange wieder ausgetreten.

Sigwald ließ die Ruderpinne los und griff mit beiden Händen nach der befiederten Hälfte des Pfeilschafts. Mit entschlossenem Ruck brach er den Schaft entzwei und zog das verbliebene Stück samt Spitze aus der Wunde.

»Das ist nichts«, murrte er. Blut quoll ihm dabei über die Lippen. »Die machen wir …«

Ein weiterer Pfeil schlug in sein linkes Auge.

Sigwalds Mund klappte auf und zu, als wollte er noch etwas sagen. Dann sank er auf Deck.

»Pullt!«, schrie Beorn. Kaum zehn Schritt trennten sie noch von der Dromone. Die Kriegsgaleere hob die Riemen waagrecht aus dem Wasser. Ahnte ihr Kapitän, auf welche Weise die *Eisvogel* in den Tod gehen wollte?

»Pullt!« Die Hälfte seiner Ruderer war tot oder verwundet auf ihren Kisten zusammengesunken. Die Otta verlor mit jedem Herzschlag an Fahrt, obwohl sich die Überlebenden mit aller Kraft in die Riemen warfen.

Ein Pfeil ritzte Beorns Wange und schlug hinter ihm in den steil aufragenden Achtersteven. Er dachte an den Herbst, in dem das Holz für die *Eisvogel* geschlagen worden war, um dann einen Winter lang zu lagern. An Sigwald, wie sie beide mit nacktem Oberkörper Bäume gefällt hatten. Wie sie abends am Lagerfeuer gezecht hatten. Daran, wie er im Frühling in der Grube des Zimmermanns gestanden hatte, um die Planken mit einem Beil zurechtzuschlagen.

»Du warst eine gute Otta. Du …« Obwohl Beorn sich für den Aufprall gewappnet hatte, riss er ihn von den Beinen. Die Ottajasko wurde wie Herbstlaub durcheinandergewirbelt.

Der Ruck hatte auch die Söldner auf der Kampfplattform der Dromone von den Beinen geholt.

»Entert!«, rief Beorn und rappelte sich auf. Er riss seinen Schild von der Bordwand. Ein Pfeil schrammte sirrend über sein Kettenhemd.

Entschlossen stürmte er zum gesplitterten Bug der *Eisvogel*. Er setzte über die Gestürzten und Verwundeten hinweg. Wer noch die Kraft zu kämpfen hatte, schloss sich ihm an. Immer weitere Pfeile prasselten auf die *Eisvogel* ein.

Beorn schwang sich auf den Rammsporn der Dromone. Kämpfte kurz auf dem muschelverkrusteten Kupfer um sein Gleichgewicht, griff nach der niedrigen Bordwand und zog sich über die Reling hoch. Vier hölzerne Pfeiler trugen die Kampfplattform des Kriegsschiffs. Er befand sich jetzt unmittelbar darunter und war für die Schützen über ihm nicht mehr zu treffen.

Mit Getöse bohrte sich der Rammsporn einer der Biremen mittschiffs in die *Eisvogel*. Die stolze Otta brach entzwei. Die Verwundeten und Toten verschwanden in der aufgewühlten See.

Nur zwei seiner Gefährten hatten es hinter Beorn noch an Bord der Dromone geschafft. Er war überrascht, dass Zidaine Barazklah dabei war. Sie blinzelte, als könne sie immer noch nicht richtig sehen, aber sie machte ein zu allem entschlossenes Gesicht. Sie zog ihr Schwert. Die plumpe Waffe wirkte falsch in ihrer Hand. Er bereute, sie gezwungen zu haben, ihr Rapier zurückzulassen. Hier gab es kein Gedränge. Es wäre gut gewesen, wenn sie mit vertrauten Waffen hätte fechten können.

»Lassen wir sie in thorwalsches Eisen beißen!«, rief Beorn und stürmte unter dem Vorderkastell vor auf den Steg zwischen den Ruderern.

Einige Söldner stellten sich ihm in den Weg. Sie wirkten überrumpelt, als hätten sie niemals damit gerechnet, dass es ein Thorwaler an Bord schaffen könnte.

Beorn rammte dem Vordersten von ihnen seinen eisenbeschlagenen Schildrand unters Kinn, dass es dem bärtigen Kerl den Unterkiefer zerschmetterte. Mit rudernden Armen taumelte der Kerl zurück und behinderte seine Kameraden.

Sofort setzte Beorn nach, rammte einem Al'Anfaner sein Schwert mit geradem Stich in die Kehle und nutzte gleichzeitig seinen Schild, um eine Kämpferin anzurempeln, sodass sie vom Steg zwischen die angeketteten Ruderer stürzte. Ihre gellenden Schreie ließen ahnen, wie lange die Galeerensklaven auf den Augenblick der Rache gewartet hatten.

»Haltet mir den Rücken frei!«, befahl Beorn, ohne nach hinten zu blicken. Er war sich sicher, dass die Bogenschützen auf der Kampfplattform von der *Eisvogel* abgelassen hatten und nur darauf warteten, ihn von hinten niederzustrecken.

Die Söldner in ihren schwarzen Lederrüstungen hatten sich weiter mittschiffs hinter den Mast zurückgezogen. Drei Krieger waren es. Hinter ihnen wartete jedoch noch ein weiteres Dutzend auf dem Achterdeck. Überrascht erkannte Beorn dort eine schöne hochgewachsene Frau, die ein weißes, mit schillernden Perlmuttsplittern geschmücktes Kleid trug, das besser auf einen Ball in einem Grandenpalast gepasst hätte als in eine Seeschlacht.

»Dich werde ich schonen«, murmelte er mit einem grimmigen Lächeln, wobei er sich nur zu bewusst war, dass er auf dem Deck der Dromone sterben würde, wenn keine zweite Otta längsseits kam, um die Galeere zu entern.

Wenn schon verrecken, dann glorreich! »Swafnir, schau auf unseren Mut!«, schrie er und stürmte vor, ohne sich weiter um die Bogenschützen hinter ihm zu scheren.

Wie ein lebender Rammbock prellte er hinter seinen Schild geduckt in die Söldner. Krachend fuhren ihre Schwerter auf seinen Eichenschild. Eine Klinge streifte seine Schulter, aber das Kettenhemd bewahrte Beorn vor Schaden. Die Wucht des Aufpralls brachte beide aus dem Gleichgewicht. Beorn nutze die Gelegenheit, auch sie mit schnellen Schildstößen vom Mittelsteg hinab zu den Ruderern zu befördern.

Der dritte Söldner führte eine gewaltige Streitaxt. Breitbeinig stand er zwischen dem Hetmann und den Kämpfern auf dem Achterdeck.

»Komm!«, forderte ihn sein Gegner mit abfälligem Lächeln auf. »Und glaub nicht, dass ich mich herumschubsen lasse.«

So siehst du nicht aus, dachte Beorn beklommen.

Hinter ihm klirrten Waffen. Waren die Söldner vom Vorderkastell herabgestiegen? Er wagte es nicht, über die Schulter zu blicken, um zu sehen, was hinter ihm geschah. Ein einziger unachtsamer Moment mochte genügen, und die Axt dieses Hünen führe ihm in die Schulter.

Zögern half nicht. Beorn hob sein Schwert über den Schildrand, wie ein Skorpion seinen Stachel hob, bereit, jeden Augenblick zuzustechen.

Der Hüne wirbelte herum und ließ die beidhändig geführte Axt in den Rundschild krachen. Der Treffer riss Beorn um. Holz splitterte. Sein Schildarm fühlte sich an, als habe er einen Pferdetritt abbekommen.

Bevor Beorn auf die Beine kam, sauste ein zweiter Hieb auf ihn nieder. Gerade rechtzeitig konnte er den Arm hochreißen, aber unter der Wucht des Treffers wurde der Schild gegen seinen Helm geprellt. Das Axtblatt hatte sich tief ins Holz gegraben.

Der Thorwaler ließ seinen Schild los, als der Hüne die Axt hochriss. Einen Herzschlag lang behinderte der Eichenschild, der noch immer an der Axt hing, die Sicht des Söldners. Beorn rutschte auf dem glatten Deck vor und stieß sein Schwert bis fast zum Heft zwischen die Beine des Söldners.

Quiekend wie ein angestochenes Schwein, ließ der Hüne seine Axt fallen und griff sich mit beiden Händen in den Schritt, als würde das helfen.

Mit einem kräftigen Ruck zog Beorn die Klinge frei. Abgetrennte Finger purzelten vor ihm auf das Deck.

Der Thorwaler richtete sich auf, versetzte dem kreischenden Hünen einen Stoß mit der Schulter und beförderte auch ihn hinab zu den Rudersklaven.

Zwischen den Streitern auf dem Achterdeck trat ein schlanker junger Mann mit einem auffälligen Flügelhelm vor. Er klatschte in langsamem Rhythmus in die Hände. »Großartig, Pirat. Du wärst ein Publikumsliebling in der Arena. Wenn du dein Schwert niederlegst und meine Stiefel küsst, werde ich dir die Gunst erweisen, dich dort fechten zu lassen.«

Beorn spukte dem blasierten Kerl vor die Füße. »Tritt vor und kämpf mit mir. Dann werde ich dir den Wanst aufschneiden, auf dass dir deine Därme auf deine hübschen Stiefel fallen.«

»Ich hatte befürchtet, dass du mir mit so einem einfältigen Barbarengestammel kommen würdest.« Er seufzte und legte in theatralischer Geste eine Hand auf die ziselierte Brustplatte seiner Rüstung. »Ich nehme deine Herausforderung zum Duell an.«

Beorn nickte zufrieden. Der Kampflärm hinter ihm war verstummt. Das konnte nur bedeuten, dass Zidaine und ihr Gefährte nicht mehr auf den Beinen standen. Er war besiegt, aber wenn er diesem Stutzer noch die Kehle durchschneiden konnte, würde er sich in sein Schicksal fügen, noch in dieser Nacht neben der zerschmetterten *Eisvogel* auf dem Grund des Perlenmeers zu liegen. Dieser eine Sieg noch, einmal noch seinen Mut beweisen … vielleicht rief der Gottwal ihn dann in seinen Schildwall!

»Orelio! Erledige das für mich.« Der Geck mit dem schönen Flügelhelm winkte einen blonden Krieger aus seinem Gefolge nach vorn.

»Was wird das?«, fuhr Beorn den Al'Anfaner an. »Wir beide tragen ein Duell aus. Der Kerl hat damit nichts zu tun. Hast du keine Ehre im Leib?«

Der Al'Anfaner lachte. »Die Zwölfe haben mich reich beschenkt. Neben meiner Ehre besitze ich auch noch Verstand. Aber wie mir scheint, bist du nicht mit den Gepflogenheiten meiner Heimatstadt vertraut, Barbar. Du stehst an Bord eines al'anfanischen Kriegsschiffs, Pirat, und hier gelten die Gesetze meiner Stadt. Womöglich ist dir nicht klar, mit wem du es zu tun hast. Ich bin Emilio Zornbrecht, Kommandant der Galeerenflotille, welche die Schatzflotte aus Porto Paligan eskortieren wird. Als Angehöriger einer Grandenfamilie darf ich kein Duell austragen. Schließlich wäre es allzu einfach, auf diese Art unliebsame Rivalen zu töten. Wir wollen nicht, dass die schnellste Klinge in unserer Stadt regiert. Wir setzen auf die Herrschaft des schärfsten Verstands. Deshalb werden die Ehrenhändel der Grandenfamilien von Fechtmeistern ausgetragen.«

»Wenn du im Schwertkampf so gut wärst wie darin, deine Feigheit hinter schönen Worten zu verstecken, könntest du mich vielleicht besiegen.« Voller Verachtung musterte Beorn den Südländer. Einen solchen Wurm würde man in ganz Thorwal nicht finden.

Emilio schnaubte. »Hohlköpfe kommen doch immer mit demselben Gestammel. Werter Fechtmeister, sei so gut und durchbohre dem Piraten den linken Oberarm. Schmerz verhilft manchmal zu Einsicht.«

Der junge blonde Fechter trat vor seinen Herrn. Er trug keinerlei Rüstung und war nur mit einem feinen Leinenhemd und einer geckenhaften roten Hose angetan.

In fließender Bewegung zog er ein langes Rapier und einen Parierdolch mit verschlungenem Korb.

In den Knien federnd, hob er seine Klinge zum Gruß. »Wollen wir mit dem stählernen Tanz beginnen?«

Vor der Nordküste Al'Toums,
sechzehnter Tag im Kornmond

Orelio hatte dem Thorwaler bei dessen Sturm über den Mittelsteg fasziniert zugesehen. Er fragte sich, ob der Pirat vielleicht einer jener Männer war, die im Kampf der Walwut anheimfielen. Die zu Berserkern wurden und die keinen Gedanken mehr an ihr eigenes Leben verschwendeten. Jedenfalls war er froh, dass der Kerl keinen Schild mehr hatte.

Kaum dass Orelio sein Rapier wieder senkte, stürmte der schwarzhaarige Kerl vor.

Der Fechtmeister lenkte die schwere Thorwalerklinge zur Seite ab und wich mit einem tänzelnden Schritt aus, als sein Gegner versuchte, ihn mit der Schulter zu rammen. Jetzt schon hätte er ihm den Parierdolch in die Flanke stoßen können, aber Emilio hatte sich ja einen Stoß in den linken Oberarm gewünscht …

Der Thorwaler wich schnell zurück. Etwas Lauerndes lag in seinem Blick. Er war ganz anders, als sich Orelio die Barbaren von der Westwindküste vorgestellt hatte. Schwarzhaarig und rasiert. Fast jedenfalls … Reichlich Stoppeln bedeckten seine Wangen. Dass er nicht blond war … oder wenigstens rothaarig …

Wieder griff der Pirat an. Täuschte einen Stich in die Brust an, um dann die Klinge sinken zu lassen und zu versuchen, ihm das Standbein zu durchbohren.

Orelios Rapier fing das Schwert ab. Der Parierdolch schnellte hoch. Die schmale Spitze zwängte die Ringe des Kettenhemdes auseinander und drang tief in den Oberarm des Thorwalers.

Der Fechtmeister wich zurück, das Rapier vorgestreckt, um den Piraten auf Abstand zu halten. »Wo soll ich ihn als Nächstes verwunden, Herr?«

»Gibst du auf, Thorwaler?«, fragte Emilio Zornbrecht. »Wenn du für mich in der Arena kämpfst, wirst du viel Silber gewinnen können. Meine Familie ist vor langer Zeit auch aus Thorwal gekommen. Du siehst also, wer Härte und Entschlossenheit zeigt, kann es in Al'Anfa weit bringen. Hier hingegen erwartet dich nur ein nasses Grab.«

»Schick mir wieder dein Schoßhündchen«, keuchte der Pirat. »Ich werde ihm dieses Mal das Fell abziehen, und dann bist du dran, Feigling.« Dunkles Blut rann ihm den Arm hinab.

Orelio mochte den Kerl. Kaum ein Al'Anfaner hätte es gewagt, so mit Emilio Zornbrecht zu sprechen.

»Durchbohre ihm den rechten Oberschenkel!«, befahl der Grandenspross. »Aber durchtrenne keine der großen Adern im Bein. Ich möchte nicht, dass er verblutet.«

Das war ein wenig heikel, dachte Orelio. Ein winziger Fehler und er würde eine der großen Arterien treffen. Er hatte schon einige Duelle auf diese Art beendet. Wer so verletzt wurde, überlebte nur, wenn er die Waffen streckte und sich sofort in die Obhut eines Wundarztes oder Heilzauberers begab.

Orelio dachte an Dolorita, die hinter ihm stand und zusah. Manchmal träumte er davon, vor ihren Augen in der großen Arena zu fechten. Er wusste, dass die Hexe gern die Kämpfe besuchte. Vielleicht würde seine Klinge erreichen, was er mit schönen Worten nicht hatte vollbringen können. Sie liebte geschickte Krieger …

»Bist du bereit, Stutzer?« Der Pirat hob sein Schwert und äffte den Fechtergruß nach.

Orelio hatte für diesen plumpen Versuch, ihn zu erzürnen, nur ein abfälliges Lächeln. Statt den Gruß zu erwidern, griff er an.

Der Thorwaler verteidigte sich gut. Aber sein wuchtiges

Schwert war zu schwerfällig. Er konnte den flinken Klingen von Rapier und Parierdolch nicht folgen. Ja, er versuchte es gar nicht und vernachlässigte seine Deckung!

Mit Schrecken begriff Orelio, dass der Kerl lediglich auf seinen rechten Oberschenkel achtete, weil er genau wusste, dass nur dieses Körperglied bedroht war. Emilio hatte unabsichtlich dafür gesorgt, dass der Kampf zwischen ihnen beiden nun annähernd ausgeglichen war.

Orelio machte einen Satz zurück, um einem Tritt auszuweichen. Ein wuchtiger Schwerthieb folgte, den er nur mit gekreuzten Klingen abzufangen vermochte.

Der Pirat bedachte ihn mit einem spöttischen Lächeln.

So leicht siegst du nicht, dachte Orelio und ertappte sich dabei, erzürnt zu sein. Kaltes Blut bewahren, das war die wichtigste aller Lektionen in seinen Fechtstunden gewesen. Der Barbar glaubte, dass er ihn bei den Eiern hatte? Dummer Fehler!

Orelios Linke schnellte vor. Er versetzte dem Thorwaler einen schweren Schlag ins Gesicht.

Mit dem Rapier in der Rechten drückte Orelio das Schwert nieder und landete noch einen Schwinger mit dem Korb des Parierdolchs.

Diesmal ging der Pirat auf die Planken. Während er noch benommen versuchte, wieder auf die Beine zu kommen, versetzte Orelio ihm einen sauberen Stich in den rechten Oberschenkel. Nah am Knochen, wo keine großen Adern verliefen.

Der Thorwaler fluchte.

»Nicht schlecht!«, lobte Emilio, während Orelio einen Fuß auf das Schwert des Thorwalers setzte.

»Nun, Pirat? Bist du bereit für die Arena?«

»Eher paart sich Hranngar mit dir, als dass ich zu deiner Belustigung kämpfe, Feigling.«

Orelio musste sich beherrschen, um nicht zu grinsen. Der Thorwaler gefiel ihm!

»Offensichtlich taugst du nicht für die Arena, Pirat. Orelio, nimm ihm sein rechtes Auge!«

Entrüstet wandte sich der Fechtmeister um. »Das kann ich nicht tun, Herr!«

»Was?«, brauste Emilio auf. »Hast du vergessen, wer dir dein Silber zahlt?«

»Keineswegs, aber wie Ihr schon sagtet, stehen wir hier auf Al'Anfaner Boden. Die Regeln des ehrenhaften Duells verbieten mir, einen Gegner, der unbewaffnet und verwundet am Boden liegt, zu verletzen. Wie könnte ich es wagen, gegen diese Regel zu verstoßen, kämpfe ich doch in Eurem Namen? Niemals würde ich Eure Ehre besudeln.«

»Wie überaus freundlich von dir, so besorgt um meinen guten Ruf zu sein«, entgegnete Emilio eisig. »Ich werde dir das nicht vergessen, Orelio. Hauptmann Boromeo!« Der Grandenspross schnippte mit den Fingern. »Dieser Pirat braucht keine zwei Augen mehr.«

Der bullige Offizier trat vor. Wie alle Krieger aus dem Bund des Kor hatte er den Ballast moralischer Skrupel längst abgeworfen. Er winkte zweien seiner Krieger. »Sorgt mir dafür, dass der Kerl nicht zappelt.«

Seine Kameraden knieten neben dem verwundeten Thorwaler und drückten ihn auf das Deck, während Boromeo seinen Dolch zückte.

»Einen Augenblick noch!«, befahl Emilio. »Willst du nicht doch noch meine Stiefel küssen, Thorwaler? Kein hoher Preis für ein Auge, oder?«

»Was weiß ein Mann ohne Ehre, welchen Preis selbige hat?«

Orelio war verblüfft, wie geschliffen sich der Barbar ausdrücken konnte. Man hörte, dass das Garethi nicht seine Muttersprache war, aber die Wortwahl verriet Bildung.

»Boromeo!«, fauchte Emilio. »Das rechte Auge.«

Der Dolch fuhr herab. Auf dem Lid aufliegend verharrte die Klinge kurz. Ein Blutstropfen rann von der dünnen Haut. Dann drang der Stahl ins Auge. Langsam. Der Hauptmann drehte seinen Dolch, genoss sein Zerstörungswerk.

Ein halb unterdrücktes Keuchen entrang sich der Kehle des Piraten. Seine Hände verkrampften sich zu Fäusten. Er bäumte sich gegen die beiden Söldner auf, die ihn niederhielten.

»Sehr schön, Boromeo!«, lobte Emilio. »Und nun das linke Auge! Blende den Bastard.«

»Halt!«, erklang die Stimme Doloritas. »Wenn Ihr ihm beide Augen nehmt, Herr, dann erweist Ihr ihm die Gnade, nicht mehr ansehen zu müssen, was seinen überlebenden Kameraden widerfährt.«

Der Grandenspross strich sich nachdenklich übers Kinn. Schließlich nickte er. »Ein guter Einwand, meine Liebe. Boromeo! Schick ihn schlafen!«

Die Faust des Söldnerhauptmanns sauste nieder und schmetterte in die blutige Augenhöhle des Thorwalers.

»In der Morgendämmerung werfen wir den Abfall über Bord«, entschied Emilio Zornbrecht.

Südliches Perlenmeer,
siebzehnter Tag im Kornmond

Beorn Asgrimmsons Lippen waren aufgesprungen. Seine Zunge fühlte sich an, als sei sie auf die Größe einer dicken Wurst angeschwollen.

Nur ab und zu war noch leises Stöhnen zu hören. Die Dünung zog das Feld der treibenden Wrackstücke auseinander. Wie viele Recken aus ihrer Flotte noch lebten, vermochte er nicht zu schätzen. Das gleißende Praiosgestirn hatte im Laufe des langen Tages den Willen, Fragen zu stellen, aus ihm herausgebrannt. Sie waren verloren. Von ihren Kameraden auf der Mondinsel würde sich keiner hierher verirren. Und sollte ein Kauffahrer ihren Weg kreuzen, würde die Besatzung bestimmt keine thorwalschen Plünderfahrer aus der See retten.

Beorn schloss sein verbliebenes Auge. Auch das Lid des zerstörten Zwillings zuckte. Sengender Schmerz ließ ihn aufstöhnen. Die Pein entfachte seine Wut. Ein Messer und eine Stunde mit diesem Emilio Zornbrecht … alles würde er dafür geben! »Gib mir die Kraft, hier herauszukommen, Swafnir, und ich werde den Rest meines Lebens der Stachel im Fleisch der Hure Al'Anfa sein. Mit Freuden werde ich Ströme ihres Bluts ins Perlenmeer fließen lassen und das Übel, das von dieser Stadt ausgeht, mit Feuer und Schwert bekämpfen …« Immer weiter spie er seinen Hass hinaus. Seine Stimme war nur ein raues Gemurmel, aber sie verstummte nicht. Immer neue Flüche brachen sich den Weg von seinen Lippen.

Die Sonne küsste die See im fernen Westen und tauchte das Wasser in blutrotes Licht. Noch einen Sonnenuntergang würde er nicht erleben, wusste Beorn. Die Prophezeiung des Godi war offensichtlich ein Irrtum gewesen. Es würde nie zu einem großen Wettstreit mit Phileasson kommen.

Hatte Beorn sich etwa schon jetzt als unwürdig erwiesen?

Phileasson, so sagte man, hatte das Güldenland erreicht. War damit die Sache entschieden?

»Kannst aufhören zu fluchen, Junge«, krächzte Warulf Ulfson ein Stück entfernt. »Swafnir ist wohl genauso müde, dir zuzuhören, wie ich es bin. Er hat Drachen geschickt.« Der alte Recke winkte mit dem Arm, dessen Fessel er mit seiner Bärenkraft hatte lösen können. »Dort im Norden. Da …«

Ein großer gestreifter Hai schnellte aus der roten See und schnappte nach Warulfs Arm. Ein nasses Knacken war zu hören, als sich die Kiefer schlossen.

Der Hetmann von Stainakr schrie nicht. Mit schreckensweiten Augen presste er den Stumpf gegen seine Brust. Der Arm war eine Handbreit über dem Ellenbogen abgetrennt. Blut schoss in pulsierenden Stößen aus der schrecklichen Wunde.

»Speere!«, rief eine fremde Stimme. »Vertreibt die Biester!«

Ein Schiffsrumpf schob sich in Beorns Blickfeld.

Ein Haken an einer langen Stange krallte sich in das Wrackstück, auf dem der alte Hetmann lag.

»Beeilt euch!«, forderte die fremde Stimme. »Holt ihn an Bord. Wir müssen die Wunde abbinden, oder er ist gleich hinüber.«

Beorn sah, wie der gestreifte Hai, der Warulf verstümmelt hatte, eine weite Kehre schwamm und nun auf ihn zuhielt.

Der Thorwaler erstarrte, wagte nicht einmal zu atmen. Die Rettung war so nah! Es durfte ihn nicht im letzten Augenblick noch erwischen. Er wollte Rache nehmen. Wollte sehen, wie das überhebliche Lächeln dieses Grandenbalgs einer Grimasse des Entsetzens wich.

Der Hai zog an ihm vorbei.

Beorn atmete auf.

Dann sah er aus dem Augenwinkel, wie das Biest umkehrte. Es wollte ihn. Sein Mahl war noch nicht beendet.

»Vorsicht! Da vorn!«

Der Haken krallte sich die Planken, auf denen Beorn lag. Er wurde in den Schutz der Speere gezogen.

»Passt bloß auf, dass mich das Biest nicht zu packen bekommt!«

Ein junger Recke von höchstens fünfzehn Sommern sprang auf sein Wrackstück und schnitt Beorn los, während die Speerträger darüber wachten, dass der Hai ihnen nicht zu nahe kam.

Der gestreifte Räuber drehte ab.

Kräftige Hände packten Beorn und zogen ihn an Bord. Blinzelnd starrte er in die braun gebrannten Gesichter der Männer und Frauen. Kein einziges kam ihm vertraut vor. Was für eine Otta war das? Er hatte gehofft, dass es eines der beiden Schiffe sein könnte, die im Kauca verschwunden waren.

Gellende Schreie erklangen steuerbord.

Er sah einen Bogenschützen zur Reling stürmen.

»Verfluchtes Biest!«, rief jemand.

Beorn setzte sich auf.

Keine zwei Schritt entfernt lag Warulf in einer Pfütze seines eigenen Bluts. Sein Arm war mit einem schmalen Ledergürtel abgebunden worden. Der alte Recke war ohnmächtig.

Dies war Warulfs letzte Kriegsfahrt, dachte Beorn. Er würde den Hetmann aus seiner Erinnerung streichen. Schon mit zwei Armen war er ein alternder Mann ohne Glück gewesen. Jetzt würde er schnell zum verbitterten Greis werden. Eine Last …

Eine schlanke, schwarz gekleidete Gestalt trat neben den alten Recken. Zidaine Barazklah! Sie war also auch gerettet worden. Sie sah auf Warulf hinab. Ihr Gesicht war von Verbrennungen gerötet. Es lag etwas in ihrem Blick, das Beorn erschauern ließ.

Zidaine schien bemerkt zu haben, dass sie beobachtet wurde. Sie sah auf. Ihre Blicke kreuzten sich. Sie schenkte ihm ein angedeutetes Lächeln, dann zog sie sich zum Heck zurück.

Er wurde aus dieser jungen Frau nicht schlau. Sie umgab eine Düsternis, die er nicht deuten konnte. Und sie gab sich auch so.

Eine schwarze Lederrüstung, hohe Stiefel, Hemd und Hose aus schwarzem Tuch und dazu dieser alberne, breitkrempige Hut, den sie stets trug. Von schlanker, fast zierlicher Gestalt, hatte sie Spott, aber auch lüsterne Blicke angezogen, als sie an Bord seiner Otta gekommen war. Drei Duelle hatte es gegeben ... Jetzt spottete niemand mehr. Die meisten aus seiner Ottajasko würden lieber einer schwarzen Viper den Kopf tätscheln, als in Zidaines Gegenwart eine anzügliche Bemerkung zu machen.

Beorn war sich sicher gewesen, dass es so kommen würde. Zum allerersten Mal war er während einer Kneipenschlägerei in Olport auf sie aufmerksam geworden. Das war etwa ein halbes Jahr vor ihrer großen Fahrt in den Süden gewesen. Ein betrunkener Trottel hatte sie zu sich auf den Schoß gezogen und versucht, ihr einen Kuss zu stehlen. Sie hatte ihm die Unterlippe abgebissen und binnen weniger Herzschläge auch noch zwei seiner Gefährten niedergeschlagen. Alles gestandene Recken mit breiten Stiernacken. Wenn man die schlanke Frau sah, unterschätzte man sie. Ein tödlicher Fehler!

Beorn sah sich weiter an Deck des fremden Drachenboots um. Da war niemand mehr aus seiner Ottajasko. Er ballte die Fäuste, versuchte, die Wut und die Verzweiflung zu beherrschen. Alle tot. Dahingemordet von dem Gecken, der die schwarzen Biremen befehligt hatte.

»Du bist ein Hetmann?« Ein drahtiger, vor der Zeit ergrauter Recke musterte Beorn abschätzend mit wintergrauen Augen.

Beorn erwiderte den Blick. »Und wer bist du?«

»Leif Katlasson. Ich befehligte die beiden Ottas, denen ihr vor den Bug getrieben seid. Und jetzt erzähl mir mal, was Thorwaler hier machen.«

Beorn schwieg. Das war nicht die Art, wie man so was fragte. Aber der Kerl, der vor ihm stand, hatte eine Menge von seiner ursprünglichen Thorwaler Art hinter sich gelassen. Er trug eine längs gestreifte Tuchhose, ein schmuddeliges Leinenhemd und ein Kopftuch, dazu drei goldene Ohrringe im linken Ohr. Er sprach zwar Thorwalsch, doch auch das mit einem seltsamen, breiten Akzent. In seinem Gürtel steckte jedoch eine Axt, er befehligte ohne Zweifel eine Otta, und es waren Rundschilde entlang der Reling aufgehängt.

»Genug geglotzt?«

»Einen Thorwaler wie dich habe ich noch nicht gesehen, Leif.«

»War auch lange nicht mehr im Norden …« Ein leicht zerzauster, von reichlich Grau durchsetzter Bart umrahmte sein Gesicht. »Wirst du mir jetzt deine Geschichte erzählen?«

Zwei Ottas, dachte Beorn. Er blickte nach achtern, wo das zweite Langboot nach Überlebenden suchte. Vielleicht würden sie eine oder zwei Ottas auf der Mondinsel wieder auf See bekommen, und es würde noch ein paar Tage dauern, bis die Schatzflotte Porto Paligan verließ.

»Wir sind nicht allein, Leif. Wir sind mit siebzehn Drachen von Thorwal gekommen und lagern auf einer kleinen Insel, etwa dreißig Meilen entfernt.«

»Siebzehn …«

Beorn genoss es zu sehen, wie es Leif die Sprache verschlug. Natürlich würde er das Schicksal der Flotte verschweigen. Vorerst. Erst Leif in Stimmung bringen, etwas Unvernünftiges zu wagen. Beorn brauchte die Recken, vor allem aber die beiden Ottas, die unter Leifs Befehl standen.

Mondinsel, Südliches Perlenmeer,
achtzehnter Tag im Kornmond

»Das ist alles?« Leif Katlasson blickte über das Lager der Verwundeten, die nach dem Schiffbruch auf der Mondinsel geblieben waren, und dann hin zu den beschädigten Ottas am Strand. »Wo sind die siebzehn Langboote, von denen du gesprochen hast? Und sag mir endlich, wer euer Anführer ist!«

»Arnora Bjartasdottir, auch Goldhand genannt«, entgegnete Beorn Asgrimmson ruhig.

»Arnora …« Ein Lächeln umspielte Leifs Lippen. »Ich hätte es wissen müssen.«

»Du kennst sie?« Beorn war verblüfft. Ihre Anführerin hatte Leif nie mit einem Wort erwähnt.

»Sie war im letzten Sommer in Llanka.« Leif blickte zu den Palmwipfeln auf. »Eine sehr besondere Frau, das wohl … sehr einnehmend. Ich Tropf hatte von ihr bis dahin nicht gehört. Dachte, sie wäre nur irgendeine Drachenführerin …« Er seufzte. »Wir sind in Llanka halt verdammt weit weg von Thorwal.«

Beorn wusste nicht viel über die Stadt im Golf von Perricum. Nur, dass es dort eine Thorwalersiedlung gab und natürlich auch eine Ottajasko. Sie nannten sich die Drachen von Llanka.

»Arnora war eine gute Zecherin«, fuhr Leif fort. »Und sehr spendabel. Und sie steckte voller Fragen. Hat auch ein paar gute Geschichten erzählt. Aber rückblickend muss ich mir wohl eingestehen, dass sie mich vor allem ausgehorcht hat. Aber das will man nicht wahrhaben, wenn man mit so einer Frau trinkt, oder?«

Beorn hätte Arnora auch nicht schön genannt. Aber sie war ohne Zweifel sehr charismatisch gewesen. Also nickte er.

»Sie konnte gar nicht genug Geschichten über das Perlenmeer hören, über die Schwarze Flotte, über Porto Paligan und fette

Kauffahrer. Sie versammeln sich in diesen Tagen, um eskortiert von Biremen nach Al'Anfa zu segeln.« Sein Lächeln schwand. »Deshalb seid ihr hier, nicht wahr?« Abschätzend blickte er über den Strand. Trotz aller Verwundeten verfügten sie immer noch über mehr als doppelt so viele kampftüchtige Recken, wie beide Mannschaften von Leif zusammengenommen aufbieten konnten. Leif würde also höchstwahrscheinlich höflich bleiben.

»Arnora ist tot«, sagte Beorn knapp. »Al'anfanischer Stahl.«

Leifs Miene verfinsterte sich, aber er schwieg.

»Wir sollten mit den anderen Hetleuten reden.« Beorn deutete zu einem Sonnensegel, das zwischen den Palmen gespannt war. Dort standen Kalf »Armbrecher« Sigurdson, Ova Gurlisdottir und Hralf Eskildson, die letzten Hetleute ihrer Flotte. »Sie werden erfreut sein, dich kennenzulernen.«

Leif schnitt eine Grimasse. »Ich bin zum Plündern hier …«

»Wir auch«, entgegnete Beorn gut gelaunt.

»Nur euch fehlen die Ottas.« Jetzt lag eine Spur von Beklommenheit in Leifs Worten. Fürchtete er, dass sie ihm seine Schiffe abnehmen würden?

»Komm!«

Leif folgte ihm, blickte aber zweimal zu seinen Ottas zurück. Die meisten seiner Recken hatten die Drachenboote bereits verlassen und mischten sich unter die gestrandeten Mannschaften.

»Ich bringe euch den Mann, von dem Arnora ihr Wissen über die Kauffahrer und Porto Paligan hatte«, stellte Beorn den Grauen vor. »Leif Katlasson, er führt die Drachen von Llanka an.«

Abwehrend hob Leif die Hände. »Sag das nicht zu laut, sonst schlägt Eldgrimm mich tot. Er ist der Hetmann in Llanka, ich führe nur zwei Ottas.«

»Wo ist Arnora?«, fragte Ova Gurlisdottir. Die stämmige Kupferhaarige war übel von der südlichen Sonne zugerichtet. Obwohl sie sich regelmäßig mit Robbenfett einrieb – was man auch in einiger Entfernung noch roch –, waren ihr Gesicht und ihre nackten Arme rot verbrannt.

»Die Al'Anfaner haben uns eine tödliche Falle gestellt. Sie müssen gewusst haben, wo wir lauerten und wie viele wir waren.« Beorn berichtete von der Seeschlacht und dem Ende ihrer Flotte. Dabei achtete er mehr auf Leifs Reaktionen als auf seine Gefährten. Der in die Jahre gekommene Drachenführer war sichtlich betroffen.

Kalf »Armbrecher« fand als Erster die Sprache wieder. »Wir konnten nur ein Langboot wieder seetüchtig bekommen. In ein paar Tagen wird ein zweites flott sein. Wir haben mehr Recken hier auf der Insel, als Platz auf unseren Schiffen ist. Wenn du verwegene Kämpfer suchst, Leif ...«

»So wird das hier nicht enden«, unterbrach ihn Beorn zornig. »Willst du etwa hinnehmen, was uns die Al'Anfaner angetan haben, Kalf?«

»Arnora ist mit sieben Ottas besiegt worden!«, schalt ihn Ova. »Was willst du da mit drei Langbooten ausrichten? Für diese Fahrt fielen die Runen niemals günstig. Wir sollten heimkehren, solange wir es noch können. Ich sehe nicht, wie wir die Al'Anfaner noch besiegen könnten.«

»Die Arroganz dieser Bastarde wird unsere schärfste Waffe sein. Sie halten uns für besiegt. Glauben, wir sind tot oder gestrandet. Sie sind überzeugt davon, dass die letzten Überlebenden wie geprügelte Hunde ihren Schwanz einziehen werden.«

»Wir sind Hunde ohne Zähne«, zischte Ova zornig. »Sieh dich doch an, Beorn. Du hast ein Auge verloren, hinkst den Strand hinauf, und dein linker Arm liegt in einer Schlinge. Ein Knabe mit einem Knüppel könnte dich besiegen.«

Kurz dachte er daran, sie zu einem Zweikampf herauszufordern, doch dann lächelte er. »Genau darin liegt unsere Stärke. Die Al'Anfaner werden niemals damit rechnen, dass wir noch einmal wiederkommen. Ich habe einen Plan. Er ist kühn, aber wir können ...«

»Gar nichts können wir mehr!«, schrie Ova. »Stell dich der Wirklichkeit! Oder haben sie auch deinen Verstand angestochen, als du dein Auge verloren hast? Ich will von diesem Unsinn nichts mehr hören. Es ist allein deine Gier nach Rache, die dich ...«

»Ich will hören, was er für einen Plan hat«, sagte Leif ruhig, aber auf eine Art, die keinen Widerspruch duldete.

Nordküste Al'Toums,
zwanzigster Tag im Kornmond

Leif Katlasson duckte sich unter dem Speer weg, den die große Karracke voraus abgeschossen hatte. Der schwere Schaft der Waffe verfehlte ihn so knapp, dass er den Luftzug spürte.

Der Speer flog längs über die *Drachenzahn* hinweg und richtete keinen Schaden an. Auf Beorns Befehl hatten sie auf allen drei Ottas die Segel eingeholt und die Masten niedergelegt. Selbst die geschnitzten Drachenköpfe am Vorder- und Achtersteven waren herabgenommen worden, damit die Schiffe eine möglichst flache Silhouette hatten.

Wie Haie waren sie nördlich von Al'Toum durch die See gestreift. Porto Paligan lag keine zehn Meilen westlich. Sollte es noch letzte Handelsschiffe geben, die unter dem Schutz der Biremen nach Al'Anfa wollten, mussten sie hier entlangkommen.

Und Beorn hatte Glück gehabt. Das war es, was ein Drachenführer mehr als alles andere brauchte, wenn er zum Helden in den Liedern der Skalden werden wollte: Glück. Arnora schien all ihr Glück aufgebraucht zu haben, dachte Leif traurig. Er hätte sich gefreut, sie wiederzusehen, auch wenn sie wahrscheinlich nur mit ihm angebandelt hatte, um ihn auszuhorchen. Der Drachenführer lächelte. Es waren dennoch schöne Tage gewesen. Und an ihrer Stelle hätte er genauso gehandelt. Ein Drachenführer tat alles, um seiner Ottajasko reiche Beute zu verschaffen.

»Pullt!«, rief Beorn Asgrimmson, als sei die *Drachenzahn* seine Otta. Der junge Hetmann schien wie von einem Fieber gepackt. Vielleicht war er das auch. Er ignorierte seine Wunden und war besessen davon, Arnoras große Plünderfahrt zu einem erfolgreichen Ende zu bringen.

Leif blickte zu dem riesigen Schiff. Vorder- und Achterkastell der Karracke erhoben sich hoch wie Türme über die ruhige See. Ihre schweren Segel hingen schlaff von den Rahen. Kein Lüftchen regte sich. Das war das Todesurteil für das große Schiff, das ihnen bei einer frischen Brise vielleicht entkommen wäre.

Mehr als dreißig Schritt lang, war die Karracke ein Leviathan unter den Schiffen.

Der nächste Speer verfehlte die *Drachenzahn*. Das war es, dachte Leif zufrieden und beobachtete die Geschützmannschaft auf dem Hauptdeck. Sie konnten den Aal nicht mehr weit genug neigen, um sie noch zu treffen. Sie hatten den Schusswinkel unterlaufen. Noch zwanzig Schritt.

Leif hob den schweren Wurfanker auf, der vor ihm im Rumpf lag, und prüfte den Knoten, mit dem ein zähes Hanfseil daran befestigt war. An Bord der Karracke zu kommen wäre wie eine verdammte Stadtmauer zu erklimmen.

»Ich gehe als Erster hoch«, sagte Beorn an seiner Seite.

Leif belächelte ihn. »Mit deinem Arm? Wohl eher nicht.«

»Ich bestehe darauf, dass …«

»Mein Schiff, ich gebe hier die Befehle!«, unterbrach er den jungen Hetmann barsch. Er mochte Beorn, aber manchmal kannte dieser Heißsporn seine Grenzen nicht.

»Steuerbord! Riemen auf!«, befahl Leif ruhig. Die *Drachenzahn* schwang herum und ging längsseits zum großen Kauffahrer.

Polternd wurden die Steuerbordriemen eingezogen. Seine Recken hoben die Schilde von der Reling und eilten nach backbord, um ihre Kameraden vor den Geschossen zu schützen, die jeden Augenblick vom Hauptdeck der Karracke auf sie herabprasseln mussten.

Leif ließ das Seil mit dem Wurfanker kreisen. Das schwere Eisen schnellte hoch und verkrallte sich in der Reling. Mit einem Ruck am Seil prüfte er den Sitz. Dann begann er, sich Hand über Hand hinaufzukämpfen, die Füße gegen den Rumpf der Karracke gestemmt. Er wusste, unten in der *Drachenzahn* warteten jetzt zwei Bogenschützen, ob sich jemand über ihm an der Reling zeigte. Sie würden ihm Deckung geben, damit er ungeschoren an Bord kam. Ihm war aber auch klar, wie wenig das nutzte, wenn dort oben erfahrene Kämpfer lauerten. Sie würden sich einfach hinter das Schanzkleid der Karracke kauern und jedem, der seinen Kopf über die Reling erhob, eine Klinge ins Gesicht rammen.

Seine Hände waren schweißnass. Zugleich hatte er das Gefühl, eine eisige Hand hielte fest seinen Nacken gepackt. Jetzt erst wurde Leif bewusst, was für ein übler Gestank von dem Schiff ausging. Ein Geruch von Fäkalien und Elend.

Leif fluchte. Er wusste, was das bedeutete.

Seine Hand griff über die Reling. Kein Stahl fraß sich in seine Finger.

Er zog sich hoch.

Zwei Dutzend Männer standen um den Hauptmast versammelt. Vor ihnen an Deck lagen Waffen. Sie alle hoben die Hände. Ein hagerer Kerl in eng anliegender schwarzer Hose und weitem Rüschenhemd trat vor.

»Wir ergeben uns! Bitte verzeiht, wenn wir auf euch geschossen haben. Ich schulde es unseren Eignern, dass es zumindest einen Anschein von Widerstand gab. Ich habe meine Geschützmannschaften angewiesen, über euch hinwegzuschießen.«

Leif glaubte dem Kerl kein Wort.

Nordküste Al'Toums,
zwanzigster Tag im Kornmond

Beorn Asgrimmson atmete flach durch den Mund, so sehr stank es an Bord. Sie hatten den großen Kauffahrer erobert, ohne einen einzigen Verlust zu erleiden. Dennoch hatte er üble Laune. Mit der verletzten Schulter war er nicht aus eigener Kraft an Bord gekommen. Er hatte sich an einem Seil festhalten und hochziehen lassen müssen.

»Du weißt, was dieser Gestank bedeutet?« Zidaine Barazklah neben ihm war außer sich. »Diese Ratten! Wir sollten ihnen allen die Kehle durchschneiden. Nein, das ist noch zu gut. Kielholen! Sollen sie von den Muscheln am Rumpf zerschnitten werden ...«

Beorn ignorierte sie. Es wäre dumm gewesen, die Besatzung zu töten. Er hatte noch Pläne mit ihr. Zwei oder drei Handelsschiffe zu kapern war ihm zu wenig. Ganz Al'Anfa sollte seinen Namen kennen und fürchten. Sie alle sollten bereuen, was Emilio Zornbrecht ihm angetan hatte. Er rieb sich über die entzündete Augenhöhle. Mit nur einem Auge konnte er Entfernungen nicht mehr einschätzen. Nie mehr würde er eine Otta durch gefährliche Riffe steuern. Er hatte sein Augenmaß verloren ...

Entschlossen ging er zum Abstieg zum Frachtraum.

»Ihr solltet Euch ein wenig hiervon unter die Nase reiben.« Ein hagerer Kerl mit strähnigem schwarzem Haar reichte ihm einen kleinen Tiegel, in dem blassgelbe Salbe glänzte. »In einem Schweinestall riecht es besser als dort unten.«

Beorn bemerkte den schweren Schlüsselbund am Gürtel des Mannes. Er war wohl der Kapitän. »Begleitet mich.«

Der Drachenführer warf Zidaine einen warnenden Blick zu. Die Fechterin war aschfahl. Eine Hand lag am Parierdolch mit dem prächtigen Korb aus sich windenden Schlangen. Noch nie hatte er sie so aufgebracht gesehen. Sonst war sie stets kühl wie ein Eisberg in nordischer See. Nichts berührte sie.

Beorn tauchte einen Finger in die Salbe und strich sie über die Stoppeln auf seiner Oberlippe. Ein starker Minzduft ging von ihr aus. Das Zeug brannte auf seiner Haut.

Der hagere Kapitän ließ sich eine Laterne reichen und stieg ihm voran über eine schmale Treppe in den Frachtraum. Mit jeder Stufe wurde die Luft dichter, der Gestank unerträglicher. Auch der Minzduft vermochte ihn nicht zu überlagern.

Der Frachtraum war voller Reihen mit Pritschen. Mit nur einem halben Schritt Abstand waren sie übereinander angebracht, bis hinauf zur Decke. Vier Lagen bildeten sie. Und auf ihnen lagerte Menschenfleisch. Weit über hundert Augen starrten Beorn aus dem Halbdunkel an. Augen, in denen jegliche Hoffnung erloschen war. Mit eisernen Schellen waren die Sklaven an die Pfosten der Pritschen gekettet. Jeweils zwei oder drei mussten sich das enge Lager teilen.

Unmittelbar vor dem Aufgang zum Deck hing ein großer dunkelhäutiger Krieger angekettet. Sein Kopf war ihm auf die Brust gesunken, das Fleisch von unzähligen Striemen zerfurcht. Fliegen umschwirrten ihn, und Maden tummelten sich in den offenen

Wunden. Beorn hatte schon viele Schrecken gesehen, aber das hier … »Was hat er getan?«

»Forderungen gestellt. Wann und wie oft wir etwas zu trinken bringen. Wann sie heraufdürfen, ein paar Runden auf Deck drehen oder sich mit einem Eimer voll Wasser abspülen. Es gibt immer einen, der von Anfang an eine dicke Lippe riskiert«, erklärte der hagere Kapitän herablassend. »Ich mache es auf jeder Fahrt so, dass der Erste, der auffällig wird, halb totgepeitscht wird. Dann hängen wir ihn auf, zum Fraß für die Fliegen. Den anderen vor die Nase. Wenn sie ihn immer vor Augen haben, bleiben sie still. Auf meinem Schiff gab es noch nie eine Revolte. Und ich bin berühmt dafür, dass ich weniger als jeden Fünften aus der Fracht verliere.«

Beorn starrte fassungslos auf die angeketteten Utulus. Er hatte von der Sklaverei gehört. Vom schwarzen Gold der Waldinseln. Er wusste, dass es solche Schiffe gab … Aber er hätte sich niemals vorgestellt, dass es so war.

Die Gefangenen wagten nicht, ihn anzusehen.

»Dort drüben gibt es ein paar, bei denen wir darauf geachtet haben, dass sie sich sauber halten und gut im Futter bleiben.« Der Kapitän zeigte auf Pritschen, die nahe beim Abstieg standen. »Weiches Fleisch. Nette Gesichter … Wenn du dich vergnügen willst, Thorwaler, stelle ich dir gerne meine Kajüte zur Verfügung. Dort gibt es ein großes Bett, und du wirst sehen, dass …« Die Stimme erstarb wie abgeschnitten.

Beorn drehte sich um. Eine schmale, silberne Zunge ragte aus dem weit aufklaffenden Mund des Kapitäns. Dann glitt sie zurück.

Zidaine stand unmittelbar hinter dem Al'Anfaner. Sie zog ihren Dolch aus seinem Nacken.

Mit panisch rollenden Augen sank der Kapitän zu Boden. Unfähig, auch nur ein Glied zu bewegen oder ein Wort zu sagen, lag er dort.

»Ich bin mir sicher, deine *Fracht* wird eine angemessene Art finden, sich für deine Gastfreundschaft zu bedanken.« Damit beugte sie sich vor und löste den Schlüsselbund von seinem Gürtel.

Beorn hatte andere Pläne mit dem Kapitän gehabt. Er blickte die Reihen der Pritschen entlang. Das hier war der bessere Weg.

Leif kam mit einigen seiner Recken in den Frachtraum herab. »Bei Swafnirs Fluke!« Fassungslos sah er sich um.

»Wir bringen sie zurück«, entschied Beorn. »Jeden Einzelnen von ihnen. Und wenn wir dafür ein halbes Jahr durch das Perlenmeer kreuzen.«

Eine junge Frau mit kurz geschorenem Haar, die an eine der Pritschen nahe beim Abstieg gekettet war, rief etwas in ihrer Muttersprache. Leises Raunen ging durch den Frachtraum. Jetzt sahen sie ihn an. Und Beorn fühlte sich unwohl.

»Schließ die Eisen auf!«, befahl er Zidaine.

»Dich hat Obaran geschickt, Einauge!«, sagte die junge Frau in schwerfälligem Thorwalsch.

Verblüfft wandte sich Beorn ihr zu. »Du sprichst unsere Sprache?«

»Eines Tages hat das Meer einen Mann mit Haar wie Sonnenlicht und einer Haut so hell wie Muschelherzen an das Ufer meiner Insel gespült. Er hatte viele Geschichten zu erzählen. Von einer Reise in ein Land voller Riesen … Er hat mich deine Sprache gelehrt, Einauge.«

»Was ist aus ihm geworden?«, fragte Beorn.

»Er hat viele Jahre bei meinem Volk gelebt. Dann ist er zu den Geistern seiner Ahnen gegangen. Wir haben ihn auf ein Boot gelegt, auf ein Bett aus Treibholz, und es brennend mit der Ebbe auf das Meer hinaustreiben lassen. Das war sein letzter Wunsch.«

Beorn schluckte. »Wie heißt du?«

»Ich bin Mulga.«

»Ab jetzt gehörst du zu meiner Otta, Reckin Mulga.«

Er blickte zu Zidaine, die bereits begonnen hatte, die Fesseln zu lösen. Dann öffnete er seinen Schwertgurt und ließ die Waffe zu Boden sinken. »Ich gehe jetzt nach oben und schicke den Rest der Mannschaft herunter.«

Leif zog seine Handaxt aus dem Eisenring an seinem Gürtel und ließ sie ebenfalls zu Boden fallen. »Das wohl!«, sagte er entschieden.

Nordküste Al'Toums,
einundzwanzigster Tag im Kornmond

Nur noch ein paar Stunden und sie hätte Porto Paligan erreicht. Kapitänin Hannah war überaus zufrieden mit dem bisherigen Verlauf der Reise. Der Frachtraum war übervoll mit Kostbarkeiten. Bis zu den östlichen Perleninseln war sie in den vergangenen Monden gereist. Sie hatte Stürme überstanden, war den Piraten aus dem Weg gegangen und hatte in göttervergessenen Außenposten und auf keiner Karte verzeichneten Dörfern Handel getrieben. Sie hatte ihre Waren für einen Bruchteil des Werts erstanden, den sie dafür in Perricum erzielen würde. Wenn sie obendrein ihre Kogge verkaufte, würde der Gewinn genügen, um eine Schivone auf Kiel legen zu lassen. Mit so einem schnittigen Segler würde sie künftig die Reise zu den fernsten Waldinseln in der halben Zeit schaffen.

Hannah klopfte mit der flachen Hand auf die verwitterte Reling des Achterdecks. »Nicht böse sein, altes Mädchen. Hast mich viele Jahre treu getragen. Ich werde dich nur in gute Hände geben.« Vierzehn Jahre war die *Rose von Ilsur* nun alt. Nicht viel für eine Kogge, deren Rumpf aus bester Steineiche gefertigt und obendrein mit Kupferblechen beschlagen war.

Sie blickte hinüber zur *Wogenstolz*. Beide Koggen stammten aus der Festumer Werft. Keine schnellen Segler waren sie. Beileibe nicht. Aber zuverlässige Arbeitspferde. Hatten ein bornländisches Temperament, dachte Hannah lächelnd. Ein bisschen träge, aber absolut verlässlich.

Kapitän Barroso winkte ihr vom Achterkastell der *Wogenstolz* zu und deutete mit weit ausholender Geste nach Nordwest. Dichter schwarzer Rauch trieb dort über der See.

Hannah kniff die Augen zusammen. Ein Dreimaster. Prächtiges Schiff. Ein Feuer an Bord war der Albtraum eines jeden Seemanns. Sie mussten helfen!

»Setz Kurs auf die Rauchschwaden!«, wies sie ihren Steuermann an.

Auch die *Wogenstolz* schwenkte auf den Kauffahrer in Seenot ein.

Hannah rief den dösenden Matrosen mittschiffs ihre Befehle zu, und bald lag die *Rose von Ilsur* auch auf dem neuen Kurs gut am Wind. Es war noch nicht einmal Mittag. Sie würden die schwierige Passage ins Hafenbecken von Porto Paligan immer noch bei Tageslicht machen. Und einen Seefahrer in Not ließ man nicht im Stich! Es mochte der Tag kommen, an dem sie darauf angewiesen war, dass ein anderer Kapitän genauso darüber dachte wie sie.

Jetzt erkannte sie das Schiff. Eine Karracke. Die Takelung war ihr vertraut. Die *Schwarzer Turm*! Ein götterverfluchter Sklavenhändler. Ein Grund mehr zu helfen, dachte sie nach kurzem Zögern. Die Besatzung würde sich in Beibooten davonmachen – falls sie denn welche hatten –, die Sklaven aber würden sie angekettet auf dem brennenden Schiff ihrem Schicksal überlassen.

»Nicht solange ich da auch ein Wörtchen mitzureden habe«, murmelte sie grimmig.

»Was sagt Ihr, Kapitänin?«

Hannah blickte zu ihrem Steuermann und schüttelte den Kopf. »Nichts.« Es passte ihr nicht, so einem verfluchten Sklavenhändler bei seinen Geschäften zu helfen. Aber welche Wahl hatte sie schon? Sie blickte hinüber zur *Wogenstolz*. Ob Barroso auch erkannte, wem sie da zu Hilfe eilten?

Vielleicht hatte es ja einen Sklavenaufstand ein Bord gegeben? Jeder Seemann wusste, wie leicht ein Schiff in Brand geraten konnte. Eine umgestürzte Laterne mochte genügen ...

Hannah konnte verzweifelt winkende Matrosen entlang des Schanzkleids der *Schwarzer Turm* sehen. Flammen sah sie nicht. Aber die Rauchentwicklung war beträchtlich. Vermutlich tobte das Feuer unter Deck. Ganz gewiss hatten die Sklaven versucht, sich ihre Freiheit zu erkämpfen!

Die *Wogenstolz* erreichte die stolze Karracke zuerst. Sie legte steuerbord dicht unter dem Achterkastell an. Die Decks des großen Schiffes lagen um so viel höher, dass sie immer noch nicht einzusehen waren.

Auch die *Rose von Ilsur* hatte das Schiff fast erreicht. Wenige Schritt fehlten noch, als ihr Ausguck rief. »Beidrehen! Da stimmt was nicht.«

Im selben Augenblick flogen Wurfanker zu ihrer Kogge und griffen in die Reling. Die Seile spannten sich.

Hannah stürmte die kurze Treppe zum Hauptdeck hinab und enterte in die Wanten.

Endlich konnte sie das Deck der *Schwarzer Turm* einsehen. Große Kupferschalen standen zwischen den Masten. Aus ihnen stieg der ölige Rauch auf. Vermutlich wurde irgendein Tran verbrannt. Dutzende Utulus drängten sich auf dem Deck. Es gab aber auch Bogenschützen, von denen zwei auf sie angelegt hatten.

Ein schlanker schwarzhaariger Mann mit einer Augenbinde winkte ihr zu. »Danke, dass du uns dein Schiff ausleihst, Kapitänin.« Sie kannte diesen Akzent, er war ein Thorwaler. »Dafür bleibst du am Leben und wirst es mit einem Drittel deiner Ladung zurückbekommen, wenn wir es nicht mehr brauchen.«

Porto Paligan,
einundzwanzigster Tag im Kornmond

»Kommandant!«

Emilio Zornbrecht erkannte die Stimme der wachhabenden Kapitänin auch durch die geschlossenen Türen. Nicht einmal im Bad bekam man seine Ruhe.

»Was?«, schnauzte er in einem Tonfall, der die beiden Kurtisanen zusammenzucken ließ.

»Drei Schiffe steuern die Hafendurchfahrt an, aber es beginnt schon zu dämmern. Was sollen wir tun? Eigentlich sollten wir ihnen zu so später Stunde die Einfahrt verwehren und …«

»Was für Schiffe?«, raunzte Emilio.

»Eine Karracke und zwei Koggen.«

Die Karracke musste die *Schwarzer Turm* sein. Ihre Sklavenfracht war etliche Tausend Dublonen wert. Und er bekam einen Anteil davon, wenn sie den Schutz seiner Flottille in Anspruch nahm. Sollte den Schiffen die Einfahrt verwehrt werden, mochte ihren Kapitänen in den Sinn kommen, auf eigene Gefahr nach Al'Anfa zu segeln. In einem Verbund von drei waren sie schon ganz gut vor Piraten geschützt. Ihm würde ein kleines Vermögen durch die Finger gleiten.

»Lasst sie passieren! Der Hafenmeister soll noch am Abend an Bord gehen und die Fracht inspizieren. Wir segeln morgen im ersten Tageslicht. Ich möchte vorher genaue Listen über die Ladung der drei Schiffe vorliegen haben. Und sorgt mir dafür, dass nicht eine einzige Kiste von Bord geht. Ich kenne diese Krämerseelen. Sie werden nichts unversucht lassen, um mich um meinen Anteil an der Fracht zu betrügen.«

»Aber der Hafenmeister ...«

»Steck dir deinen Hafenmeister wohin, wo keine Sonne scheint. Wir haben die einzigen Piraten weit und breit an die Fische verfüttert. Lasst die drei Schiffe in die Bucht einlaufen.«

»Jawohl, Kommandant!«

Emilio sah im Geiste vor sich, wie die füllige Kapitänin strammstand, und lächelte. Sie waren absolut sicher in der Stadt. Die übliche Garnison der Festung wurde durch mehr als einhundertfünfzig beinharte Söldner aus dem Bund des Kor verstärkt, die auf seinen Schiffen Dienst taten. Dazu kamen noch mal fast genauso viele raubeinige Seeleute. Sollte sich ein Piratenschiff in den Hafen schleichen, würde es ein weiteres Fest für die Haie geben.

Er streckte sich in der vergoldeten Zinkbadewanne, die sich der Gouverneur von Porto Paligan als besonderen Luxus gönnte. Für Emilios Geschmack war sie etwas klein. Er schätzte größere Bäder, die es erlaubten, sich mit einer Dame in jedem Arm zu vergnügen.

Er blickte zu den beiden Kurtisanen auf, und seine Laune besserte sich nicht. Al'Anfa hatte so unendlich viel mehr zu bieten. Selbst Charypso war noch besser als dieser von den Göttern vergessene Außenposten. Emilio war froh, morgen schon Porto Paligan zu verlassen.

»Sollen wir dich nicht doch im Bade erfreuen, Herr?«, fragte die kleinere der beiden mit einem fast ehrlichen Lächeln. Sie hatte dunkle Haut. Wahrscheinlich war ihre Mutter eine der Eingeborenen von den Inseln. Die Gesichtszüge der Kurtisane waren jedoch feiner, als man sie bei den Weibern aus dem Dschungel für gewöhnlich vorfand. Sein Blick blieb an ihren leicht vorgestülpten Lippen haften. Vielleicht würde sie ihn ja doch erfreuen. Der anderen Hure mit ihren hängenden Brüsten, die an leere Wasserschläuche erinnerten, traute er das nicht zu. Sie hatte zwar ein sehr hübsches Gesicht, aber der Rest …

Emilio erhob sich mit einem Seufzer aus dem Bad und blickte an sich hinab. Sein Pfahl war eher ein Ästchen. Ein Mond noch, und er wäre wieder in Al'Anfa. Dort erwarteten ihn die erlesensten Freuden, und mit den Taschen voller Gold würde er sie sich alle leisten können.

Er streckte die Arme seitlich aus. Die beiden Huren verstanden und begannen ihn mit parfümierten Tüchern abzutrocknen.

Emilio stieg aus der Wanne. Die Dunkelhäutige streichelte sein Ästchen, das sich langsam doch wieder erinnerte, einst ein Pfahl gewesen zu sein.

Er trat aus dem Bad in das Zimmer mit dem Himmelbett. Wo der Gouverneur jetzt wohl nächtigte?, fragte er sich kurz. Emilio konnte sich nicht vorstellen, dass dieser jämmerliche Außenposten ein zweites Bett wie dieses zu bieten hatte. Ein Himmelbett mit einer Decke aus rotem Samt, einem Baldachin aus bedruckter Seide, der ineinander verschlungene Leiber zeigte. Und dann noch die Platten aus poliertem Silber an der Wand, die es erlaubten, das Geschehen im Bett aus ungewohnter Perspektive zu verfolgen. Es gehörte nicht viel Fantasie dazu, sich vorzustellen, womit der Gouverneur sich die Zeit vertrieb. Andere Unterhaltung hatte Porto Paligan auch nicht zu bieten.

Emilio ließ sich in die Kissen fallen. Die Dunkelhäutige schmiegte sich an ihn und zeigte ihm, dass sie es verstand, ihre Lippen zu nutzen. Die zweite Hure setzte sich hinter ihn, hob seinen Kopf in ihren Schoß und begann seine Schläfen zu massieren, während sie zu ihm hinabblickte und ihm ein verheißungsvolles Lächeln schenkte.

Seine Gedanken schweiften zu Dolorita ab. Verdammte Hexe! Zweimal hatte er sie zum Abendessen hierher in den Festungsturm geladen. Sie war gekommen, hatte von den erlesenen Speisen und Weinen gekostet, seine Wünsche aber nicht erfüllt, obwohl offensichtlich gewesen war, was er als Gegenleistung erwartete. Stattdessen zeigte sie sich seit der Seeschlacht dem verfluchten Fechter zugeneigt, den er als ihren Leibwächter angeheuert hatte. Seine Befehlsverweigerung würde Orelio noch teuer zu stehen kommen. Sobald sie in Al'Anfa wären, würde er dafür sorgen, dass der Mistkerl seine Strafe bekam. Pfählen, das wäre angemessen für ihn. Und Dolorita könnte dabei zusehen!

Emilio setzte sich auf. Er konnte sich einfach nicht entspannen.

»Habe ich etwas falsch gemacht, Herr?«, fragte die Dunkelhäutige und wagte es nicht, ihm in die Augen zu blicken.

»Bei diskreten Küssen will ich nur deine Lippen spüren und nicht auch deine Zähne. Vielleicht sollten wir deine großen, weißen Zähne alle entfernen lassen, Schlampe!«

Sie sprang auf und wich erschrocken zur Tür zum Badegemach zurück. Ihre Furcht zu sehen verbesserte seine Laune.

Emilio verließ das Schlafzimmer und trat in das Audienzgemach des Gouverneurs mit seinem großen Tisch und den samtbezogenen Stühlen.

Warum fand er nicht zur Ruhe? Objektiv gesehen, waren die beiden Kurtisanen bei Weitem nicht die schlechtesten, die je versucht hatten, ihm eine schöne Nacht zu bereiten. Und Dolorita würde er für ihre herablassende Art büßen lassen, sobald sie in Al'Anfa wären. Auf Knien würde sie ihn anbetteln, ihm seine Wünsche erfüllen zu dürfen, und sei es nur, weil sie glaubte, dass sie so ihren kleinen Fechter retten könnte. Jetzt brauchte er sie noch.

Emilio sah zur Tür. Die drei Schiffe … seit die Kapitänin der Wache von ihnen berichtet hatte, schwelte etwas in ihm. Normalerweise konnte er sich auf seine Ahnungen verlassen.

Er ging hinaus auf die südliche der vier Bastionen. Der Wachposten drehte sich kurz zu ihm um und tat dann so, als habe er nichts gesehen. Emilio trat nackt an die Brustwehr und blickte auf die Fahrrinne, die keine hundert Schritt entfernt zur geschützten Bucht führte, die den natürlichen Hafen von Porto Paligan bildete.

»Macht es dir Spaß, einen nackten Zornbrecht anzugaffen?« Emilio war in aufgekratzter Stimmung. »Oder steht dir eher der Sinn danach zu lauschen, welchen Vergnügungen ich mich hingebe?«

»Weder noch, Herr«, entgegnete die Wache kleinlaut.

»Das heißt, mein Anblick bereitet dir kein Vergnügen?« Emilio genoss es, sich an der Verlegenheit des einfachen Kriegers zu weiden.

»Das wollte ich damit nicht sagen, Herr.«

Emilio blickte hinaus auf die See. Die Karracke war schon ins Hafenbecken eingelaufen. Die beiden Koggen folgten ihr dichtauf.

Etwas stimmte mit den Schiffen nicht, raunte ihm seine innere Stimme zu. Da ging irgendeine Betrügerei vor sich! In der einbrechenden Nacht waren die Segler wenig mehr als Schatten vor der Küstenlinie. Da war nichts Verdächtiges. Und dennoch …

das Leben in Al'Anfa war zu gefährlich, um düstere Ahnungen einfach in den Wind zu schlagen.

»Wache!«

»Ja, Herr!« Der ganz in Schwarz gerüstete Krieger starrte verlegen auf einen Punkt irgendwo vor Emilios Füßen.

»Sag dem Hafenmeister, er soll doppelte Mannschaften mitnehmen, wenn er die Frachträume der drei Segler inspiziert. Mit denen stimmt etwas nicht ...«

»Zu Befehl, Herr!«

»Und noch etwas ...«

»Ja, Herr?«

»Ich brauche hier oben niemanden, der darauf lauscht, wie ich mich mit zwei Huren vergnüge. Schließ dich dem Hafenmeister an. Sollte mich nicht wundern, wenn ihr an Bord der Schiffe, die sich da in aller Heimlichkeit zu meiner Flotte schleichen, reichlich Schmuggelgut finden würdet, das in dieser Nacht noch rasch von Bord soll. Aber wer einen Zornbrecht betrügen will, muss sich schon mehr einfallen lassen!«

Porto Paligan,
einundzwanzigster Tag im Kornmond

»Verdammt, das sind viele«, raunte Leif Katlasson. »Was machen wir jetzt?«

»Jetzt ist es zu spät für neue Pläne.« Beorn Asgrimmson bemühte sich, gelassen zu klingen, obwohl ihn die Anspannung schier zerriss. Sein Plan war auch ohne solche Überraschungen schon tollkühn. »Wir machen weiter. Nichts ändert sich.«

»Das sind deutlich mehr Krieger, als wir erwartet haben«, mahnte Leif.

»Wenn wir früh damit beginnen, diese Sklavenhalter abzustechen, haben wir hinterher weniger Arbeit mit den Klingen.« Zidaine Barazklah sagte das völlig humorlos und mit einer eisigen Entschlossenheit, die Beorn einen Schauer über den Rücken laufen ließ.

Er blickte ein letztes Mal prüfend über Deck. Nur eine einzige Laterne brannte. Die Dunkelheit war ihr bester Verbündeter.

Steuerbord stand eine große Gruppe Utulus. Sie holten mit Ledereimern Wasser hoch und schütteten es sich über die geschundenen Leiber. Zwanzig von Leifs Recken taten so, als würden sie die befreiten Sklaven beaufsichtigen. Sie alle waren offensichtlich bewaffnet, worüber sich aber bei Wachen niemand wundern würde. Sie hatten Leifs Recken ausgewählt, weil ihre Kleidung den Seeleuten des Perlenmeers ähnelte und im Gegensatz zu der von Beorns Thorwalern nicht auf den ersten Blick Verdacht erwecken würde.

An den Aufgängen zum Hauptdeck und in der Vorder- und der Achtertrutz hielten sich bis an die Zähne bewaffnete Recken verborgen. Kampfkraft hatten sie genug. Aber es musste lautlos gehen.

»Atar-ator, *Schwarzer Turm!*« Im Heck des vorderen der beiden sich nähernden Ruderboote stand ein kleiner Mann auf und winkte ihnen zu. »Ich bin der Hafenmeister und komme jetzt an Bord, um die Fracht zu prüfen.«

»In der Nacht?«, antwortete Leif. Er sprach Garethi ohne Akzent. Zumindest klang es für Beorns Ohren so. Er würde das Reden übernehmen, bis die Klingen sprachen.

»Befehl von Emilio Zornbrecht. Er führt zurzeit das Kommando im Hafen.«

Leif zuckte mit den Achseln. »Dann willkommen an Bord, Hafenmeister. Wir haben viel schwarzes Fleisch zu bieten. Frisch gewaschen. Kannst ruhig deine Rojer mit raufbringen. Wir handeln hier nicht mit Jungfrauen.«

Anzügliches Gelächter erklang von den Booten. Sie kamen rasch näher.

Beorn blickte über den Hafen. Am Eingang der Bucht, dicht bei der Fahrrinne, lag die Festung. Es war eine dieser neuartigen Befestigungsanlagen, wie sie auch im Lieblichen Feld viel gebaut wurden. Vier runde Basteien – niedrige, sehr massive Wehranlagen –, waren angeordnet wie ein Kleeblatt, aus dessen Mitte eine fünfte Bastei erwuchs, die ein kleiner Turm krönte. Jede dieser Basteien war mit einem schweren Katapult bestückt. Wegen der bogenförmigen Flugbahn der Geschosse waren dies in Beorns Augen nicht die idealen Waffen, um bewegliche Ziele wie Schiffe zu bekämpfen. Wenn aber ein Stein von einem solchen Katapult traf, zerschmetterte er mühelos jede Bordwand.

Der Zugang zur Festung war so gelegen, dass er von zwei Seiten ins Kreuzfeuer genommen werden konnte, wenn die Besatzung auf einen Angriff vorbereitet war. Beorn war sich bewusst, dass er nicht annähernd genug Recken hatte, um die Festung zu erstürmen, wenn sie ernsthaft verteidigt wurde. Und dann war da noch die verdammte Flotte. Sein Blick wanderte zur Bucht, in der die Schiffe ankerten.

In der westlichen Hälfte lagen die fünf Biremen und die beiden Dromonen, die Arnoras Flotte versenkt hatten. Lagerfeuer brannten am Strand. Ab und an drang Gelächter bis zur *Schwarzer Turm*. Die Sieger der Nacht vor Al'Toums Küste ließen es sich gut gehen, und er konnte nichts dagegen unternehmen. Das waren mindestens hundert kampferprobte Söldner, und es gab keinen Weg, sich ihnen zu nähern, ohne ihren Verdacht zu erregen. Natürlich könnte er den Kampf Schild an Schild suchen, aber in diesem Sommer waren schon genug Recken aus Thorwal im Perlenmeer verblutet. Diejenigen, die noch lebten, wollte er reich zurück in die Heimat bringen.

Nah bei der Festung ankerten die Handelsschiffe. Er mochte sich gar nicht vorstellen, was für Schätze in den Frachträumen schlummerten. Kaum einen Bogenschuss entfernt, waren auch sie unerreichbar. Eines oder zwei würden sie vielleicht plündern können. Aber jedes Schiff hatte eigene Bordwachen. Gerade weil sie so kostbare Fracht führten, würden die Kapitäne selbst in der vermeintlichen Sicherheit eines Hafens vorsichtig bleiben. Nicht weil sie Piraten fürchteten, sondern einfache Diebe. Nach diesen Schätzen zu greifen, würde sehr schnell einen Tumult auslösen, und das würde die Söldner bei den Kriegsschiffen alarmieren. Arnora mit ihrer ganzen Flotte hätte eine Schlacht riskieren können. Er durfte das nicht, sosehr es ihn auch danach gelüstete, an den Al'Anfanern Rache zu nehmen.

Porto Paligan,
einundzwanzigster Tag im Kornmond

Zidaine Barazklah betrachtete die Boote mit kalter Wut. Sechs Ruderer und sechs Krieger saßen in jedem.

Sie bedachte Leif Katlasson mit einem Seitenblick. Ihr missfiel, mit welcher Leichtigkeit er von schwarzem Fleisch gesprochen und wie er die Utulus angepriesen hatte, als seien sie Vieh auf einem Markt. Nein, schlimmer. An Vieh verging man sich nicht.

Sie blickte auf die fernen Feuer am Strand. Hatte Angst vor der Dunkelheit, die in ihr nistete, die sie nie hatte vertreiben können. Die Dunkelheit der Höhle in den Klippen bei Stainakr. Zidaine hatte sich mit ihr verbündet, und sie war ein Teil von ihr geworden.

Zwei Fallreeps gingen an der Bordwand hinab. Leitern aus Seilen mit hölzernen Sprossen, die gegen den Rumpf klapperten. Sie sah die Männer und Frauen hinaufsteigen. Ein Kerl mit dem Gesicht eines Buchhalters, lang, mürrisch, ein wenig wie ein alter Gaul. Und hinter ihm die Söldner. Alle in Schwarz. Sie hatten harte Augen. Auch die Frauen. Augen, in denen Lüsternheit und Bosheit nisteten.

Schwarz, wie sie waren, sahen sie aus wie die Gestalten, die nachts aus ihren Albträumen krochen, dachte Zidaine. Sie selbst war so eine Gestalt aus ihren Albträumen geworden.

Die Fechterin legte ihre Rechte auf die Reling, damit sie aufhörte zu zittern. Die Angst aus den endlosen Winternächten fraß sich immer noch in ihr Herz. Sie hatte sie gehasst, ihre Peiniger. Hatte sich ausgemalt, wie sie sie töten würde … Und dann, wenn sie zu lange allein gewesen war … wenn es nur das Heulen des Winterwinds gegeben hatte, die eisige Kälte und den Hunger, wenn sie zwei oder drei Tage nichts zu essen bekommen hatte … dann hatte sie herbeigesehnt, dass sie Geräusche in der Felsspalte hörte. Dass einer von ihnen zu ihr hinabstieg. Wenn sie dann gingen, hatte sie sich vor sich selbst geekelt. Vor ihrer Schwäche.

Die Schwäche zumindest hatte sie überwunden.

Ihre Rechte glitt von der Reling auf den Korb ihres Rapiers. Sie würde nie mehr einem Mann ausgeliefert sein.

Der Hafenmeister war nun mit allen Kriegern an Bord. Zidaine fühlte sich seltsam entrückt. Sie hörte sie sprechen, aber die Worte waren lediglich Geräusche ohne Sinn für sie. Sie schüttelte den Kopf, als gälte es, Blütenblätter in ihrem Haar loszuwerden.

»… und ich verspreche dir, wir haben für jeden Geschmack etwas«, erklärte Leif lächelnd und wies zu den Utulus, die fast mit der Dunkelheit vor dem Vorderkastell verschmolzen.

Die Söldner starrten gierig zu der vermeintlichen Beute. Keiner von ihnen bemerkte die gespannten Armbrüste, die am Schanzkleid lehnten. Sie folgten Leif.

Zehn Armbrüste. Zidaine blickte hinab zu den Ruderern. Das waren zwölf. Und ganz gewiss würde nicht jeder Bolzen sein Ziel finden. Das konnte nicht gelingen!

Ein Utulu trat vor und packte den Hafenmeister bei der Kehle. Beorn Asgrimmson und Leif zogen ihre Schwerter und rammten sie zwei überraschten Söldnern in die Seite.

Leifs Leute, die an der Reling gelehnt hatten, vier Männer und sechs Frauen, hoben die Armbrüste auf und legten Bolzen auf die gefetteten Führungsschienen.

Zidaine war mit einem Satz auf der Reling. Sie zog Rapier und Parierdolch. »Schießt nur auf das vordere Boot!«, befahl sie den Recken aus Llanka. Dann sprang sie hinab in das Boot, das unter ihr vertäut lag.

Sie landete auf dem Rücken eines Ruderers. Zidaine hörte Knochen brechen. Sie war schlecht aufgekommen. Ihr linkes Fußgelenk knickte um. Die Klingen wirbelten im Kreis, zerschnitten Gesichter und Kehlen.

Eine Frau vorne im Boot versuchte ins Wasser zu springen. Zidaine warf den Parierdolch. Die Klinge verschwand bis zum Korb im Rücken der Ruderin.

Sie sank auf das linke Knie. Ihr Bein wollte sie nicht mehr tragen. Zwei Stöße noch. Fast ohne Widerstand glitt die schlanke Klinge des Rapiers ins Fleisch der Seeleute. Es war nicht das erste Mal, dass der Stahl Herzen durchbohrte.

Sie blickte zu dem zweiten Ruderboot. Es begann, voll Wasser zu laufen. Einige der Bolzen mussten den Rumpf durchschlagen haben.

»Hört auf zu schießen!«, fuhr sie die Recken an der Reling an.

»Kommt runter. Bringt Holzpfropfen. Ihr Trottel habt fast das Boot versenkt.«

Zidaine richtete sich auf. Sie ließ das Bild der Dunkelheit aus der Höhle vor sich erstehen. Aller Schmerz verblasste.

Die Finsternis wich, als ein Mann ihr mit einer Laterne ins Gesicht leuchtete. »Geht es dir gut? Bist du verletzt?«

Sie blinzelte. Jetzt erkannte sie Leif. Noch benommen sah sie sich um. Auch im zweiten Boot lebte niemand mehr.

Sengender Schmerz brannte in ihrem Knöchel. »Ich brauch etwas Stoff für eine Bandage«, presste sie zwischen zusammengebissenen Zähnen hervor. »Der Hafenmeister?«

»Alle tot«, entgegnete der Drachenführer knapp.

Porto Paligan,
einundzwanzigster Tag im Kornmond

»Sie ist wie besessen«, flüsterte Leif Katlasson ihm ins Ohr. »Die solltest du besser schnell loswerden. Sie ist, ohne zu zögern, fünf Schritt in die Tiefe gesprungen, um die Ruderer niederzumachen.«

Beorn Asgrimmson blickte zu Zidaine Barazklah, die ein Stück entfernt auf einem gestutzten Speerschaft lehnte. »Lieber eine Besessene als Recken, die beinahe die Boote versenken, die sie kapern sollen.«

»Verdammte Armbrüste«, murmelte Leif zerknirscht. »Mit ordentlichen Bögen wäre uns das nicht passiert.«

Schweigend blickten sie auf die Boote. Sie schleppten die Karracke zu einem Ankerplatz unterhalb der Festung. An Bord machten sich die vermeintlichen Lastenträger fertig.

Sie hatten den toten Söldnern die Waffenröcke und Kettenhemden ausgezogen. Beorn hatte darauf bestanden, dass seine Recken die Rüstungen anlegten. Jeder von ihnen trug eine schmale Armbinde aus weißem Stoff, damit es nicht zu Verwechslungen kam, wenn sie gegen die Besatzung der Festung kämpften. Falls sie überhaupt hineingelangten.

Beorn war sich sicher, dass sie von den Basteien beobachtet wurden.

Mulga – die Utulu, die ihre Sprache beherrschte – kam über das Hauptdeck auf sie zu. Einen Schritt entfernt verharrte sie und deutete eine Verbeugung an. »Einauge, Gesandter des Obaran, wir haben die Kriegerinnen und Krieger ausgewählt, die dich an Land begleiten werden.«

Beorn verstand nicht. »Was …«

»Wir können nicht dulden, dass allein Fremde für unsere Freiheit kämpfen. Dann hätten sich die Ketten zwar von unseren Gliedern gelöst, aber unser Stolz wäre noch immer in Eisen geschlagen.«

»Das ist … Wenn wir euch zur Festung mitnehmen, werden wir auffallen. Es gibt keinen Grund, mitten in der Nacht Sklaven dorthin zu bringen.«

»Wir sind jetzt frei«, bemerkte Mulga beleidigt.

Beorn hob beschwichtigend die Hände. »Aber wir müssten euch als Sklaven ausgeben. Das Wild, das wir jagen, ist wie … wie eine Waldlöwin, die sich in einer Höhle verschanzt hat. Wir werden sie überlisten müssen oder blutige Verluste erleiden.«

Sie nickte ernst. »Und du wirst das Waldlöwenweibchen nicht töten. Dann wird deine Flucht sehr gefährlich werden, Einauge.«

Beorn war sich der Schwachstelle seines Plans sehr wohl bewusst. Der vielen Schwachstellen!

»Ich hätte einen Vorschlag für dich, Kriegshäuptling. Wir werden die beiden kleinen Boote brauchen …«

Porto Paligan,
einundzwanzigster Tag im Kornmond

»Der Drecksack hat für die Eskorte in Silber bezahlt«, schimpfte Leif Katlasson wild gestikulierend. »Und jetzt mach auf, oder willst du, dass meinen Leuten das Kreuz bricht?«

Nur eine winzige Klappe hatte sich im schweren Festungstor geöffnet.

Beorn Asgrimmson spähte zu den Zinnen und dann zu den Schießscharten der Basteien links und rechts des Tors. Dort mochten zwanzig Armbrustschützen im Verborgenen lauern. Sie waren nur zu acht! Zwei von Leifs Recken trugen eisenbeschlagene Kisten. Natürlich waren sie nicht mit Silber gefüllt. Überlebende aus Arnoras Flotte bildeten die Eskorte. Sie alle hatten die schwarzen Waffenröcke der Söldner angelegt, die an Bord der Karracke gekommen waren. Auch Zidaine Barazklah war dabei. Sie hinkte kaum. Wie sie das schaffte, war Beorn ein Rätsel. Die Fechterin hatte ihn nicht lange überreden müssen. Mit ihrer Kaltblütigkeit und ihrer flinken Klinge war sie mindestens so viel wert wie drei andere Recken.

Das Tor schwang auf. Nur ein einzelner Wachposten erwartete sie. »Bringt die Kisten hinab zur Schatzkammer!«

»Jawohl!«, antwortete Leif zackig.

Beorn sah sich misstrauisch um. Bloß ein Mann am Tor? Die Al'Anfaner schienen sich verdammt sicher zu fühlen. Drei Torbögen führten aus dem Kreuzgewölbe hinter dem Eingang ins Innere der Festung. Leif wählte den linken.

»Wo gehst du denn hin?«, fluchte der Wächter. »Sag mal, bist du …« Weiter kam er nicht. Zidaine hatte ihm ihren Dolch in die Kehle gerammt.

»Musst du immer gleich jeden umbringen?«, schnarrte Leif sie an.

»Wolltest du abwarten, bis er Alarm gibt, alter Mann?«

»Genug!«, unterbrach Beorn die beiden. »Leif, du bleibst mit den Kistenträgern hier. Schließt das Tor. Der Rest folgt mir!«

Alle gehorchten ohne Widerspruch. Die Garnison mochte fünfzig oder mehr Krieger umfassen. Sie sollten sich so schnell wie möglich um Verstärkungen kümmern. Wenn die Besatzung aus ihren Quartieren stürmte, waren sie verloren. Die Männer und Frauen vom Schwarzen Bund des Kor waren nicht dafür bekannt, zimperlich zu sein. Sie kannten keine Gnade, und sie erwarteten auch nicht, dass man ihnen Gnade gewährte. Sobald sie aufgescheucht waren, würden sie bis zum letzten Blutstropfen kämpfen. Aber wenn ihr Glück anhielte, würde es vielleicht gelingen, sie in ihren Quartieren einzusperren.

Beorn stieß die Tür auf und erstarrte. Vor ihm lag die Unterkunft der Garnisonstruppen. Eine weite runde Kammer voller Doppelstockbetten. Die Krieger dort sahen ihn genauso verblüfft an wie er sie. Es waren nur vier oder fünf anwesend. Platz bot das Quartier für mindestens dreißig.

Schon griff der Erste von ihnen nach seinem Schwert, als sich Zidaine an Beorn vorbeidrängte. »Was ist hier los?«, blaffte sie in akzentfreiem Garethi.

»Wer will das wissen?«, fragte der Mann mit dem Schwert. Auch die anderen erhoben sich jetzt von ihren Pritschen und griffen nach ihren Waffen.

Beorns Hand sank auf sein Schwert, doch Zidaine bedachte ihn mit einem warnenden Blick. »Ich bin Hauptfrau Valeria Delazar! Adjutantin des Oderin du Metuant, der vor einer halben Stunde als Eskorte von drei Handelsschiffen an Bord der *Golgari* im Hafen eingetroffen ist. Und ich muss sagen, mein Gebieter ist entsetzt über den Schlendrian, der hier herrscht. Feuer am Strand, als würden Wilde feiern, Krieger, die nicht auf ihren

Wachposten stehen …« Zidaine musterte die Anwesenden einen nach dem anderen. »Es ist höchste Zeit, dass die Rabengarde hier aufräumt!«

Beorn beobachtete fasziniert, wie die Krieger bei jedem ihrer Worte ein wenig mehr in sich zusammensanken.

»Mag mir jemand erklären, was hier vorgeht?«

»Die Seeschlacht …«

»Was für eine Seeschlacht?«, polterte Zidaine erneut los. »Warum wurde keine Nachricht an den Patriarchen von Al'Anfa geschickt? Was für eine Intrige wird hier gesponnen? Wo steckt der verdammte Spross aus dem Haus Zornbrecht, dem der Patriarch leichtfertig eine kleine Flotte anvertraut hat?«

»Oben …«, flüsterte der Söldner aus dem Bund des Kor.

»Geht das deutlicher?«

»In der zentralen Bastei, Hauptfrau Delazar.«

»Und das Fest?« Zidaine trat jetzt in die Mitte des Truppenquartiers.

»Sie feiern den Sieg über die Thorwaler. Sie verbrennen die Vordersteven der Drachenboote, die wir nach der Schlacht aus der See geborgen haben. Die sind mit so Tierköpfen geschmückt, die …«

»Wie kommst du zu der Annahme, mich belehren zu müssen, wie Ottas aussehen, Krieger? Erwecke ich den Anschein, dumm zu sein?«

Der Mann zuckte zusammen, als habe ihn ein Peitschenhieb getroffen. Er starrte auf Zidaines Lederrüstung. »Ist das Blut, Herrin?«

Beorn hielt den Atem an. Das Blut der Toten aus dem Ruderboot …

»Das hast du ganz richtig erkannt.« Zidaine schnippte mit den Fingern in Beorns Richtung. »Diese pflichtvergessenen Kreaturen hier stehen unter Arrest. Zumindest haben sie nicht die Festung verlassen. Für sie gibt es noch ein klein wenig Hoffnung, wenn der Großmeister des Ordens des Schwarzen Raben über sie zu Gericht sitzen wird. Ihr alle hier steht unter Arrest. Zeigt meiner Eskorte, wo sich der Kerker der Festung befindet, und lasst euch dort einsperren. Wir sehen uns zu Sonnenaufgang wieder. Ein bisschen zackig jetzt!«

Die Truppen aus dem Quartier reihten sich auf. Der Krieger, den Zidaine abgekanzelt hatte, deutete auf einen Ring mit Schlüsseln, der an der Wand hing.

»Noch etwas!«, fuhr Zidaine die überrumpelten Wachen an. »Wo finde ich den Rest der Besatzung?«

»Es gibt keinen Rest«, entgegnete der Wortführer kleinlaut. »Der Hafenmeister, der gerade in der Festung war, als der Befehl des Kommandanten Zornbrecht kam, hat kurzerhand die Wache mitgenommen, um die Order schneller ausführen zu können.«

»Und das ist alles?«, fragte Zidaine misstrauisch.

»Die übrige Besatzung ist beim Fest am Strand!«

»Was für ein Schlendrian«, empörte sich die Fechterin. »Das wird ein Nachspiel haben!«

Beorn musste sich auf die Lippen beißen, um nicht zu schmunzeln, und nahm den Schlüsselbund an sich. Dann ging es zur Rückseite des Quartiers, wo Stufen abwärtsführten. Leif folgte ihnen neugierig.

Die Treppe mündete in eine runde Kammer mit vier schweren Eichentüren. Auf einem kleinen Tisch stand eine Laterne mit rußgeschwärzten Scheiben. Es gab keine Wachen.

»Der Kerker dort ist nicht belegt«, murmelte der Söldner, der Zidaine Rede und Antwort gestanden hatte.

»Und die anderen Gewölbe?«, fragte Leif.

Beorn hütete sich, den Mund aufzumachen. Sein Akzent würde den Schwindel augenblicklich auffliegen lassen.

»Dort hält der Gouverneur ein paar …« Der Söldner wand sich. »Ein paar Händler gefangen, die sich widerrechtlich auf al'anfanisches Hoheitsgebiet …«

»Du meinst, er hält ein paar Geiseln, von denen er sich erhofft, dass kaiserliche oder bornländische Handelshäuser sie freikaufen werden.«

Der Söldner gab jeglichen Versuch auf, es schönzureden, und ließ den Kopf sinken. »Ja.«

Leif klopfte dem Mann väterlich auf die Schulter. »Deine Offenheit wird dir morgen bei der Verhandlung helfen. Und was ist da?« Der Drachenführer deutete auf die Tür hinter ihnen.

»Die Schatzkammer.«

Leif hatte es sehr eilig damit, die Söldner wegzuschließen. Andächtiges Schweigen legte sich über den kleinen Trupp Thorwaler. Nur Zidaine fehlte.

Der Drachenführer zeigte auf den Schlüsselbund in Beorns Hand. »Du hast uns hierhergebracht. Die Ehre gebührt dir.«

Beorn betrachtete den Ring mit den Schlüsseln. Ob es eine Ehre war? Was, wenn die Schätze schon verladen waren? Morgen sollte die Flottille in See stechen.

Der dritte Schlüssel, den er ins Schloss führte, ließ sich drehen. Beorn zog die schwere Tür auf.

Leif trat mit der Laterne in der Hand neben ihn. »Kack den Mast an«, raunte der Drachenführer ergriffen. »Du hast uns alle reich gemacht. Jetzt müssen wir das nur noch an Bord schaffen …«

Die Schätze, die jene Kauffahrer, die nicht mit der Flotte nach Al'Anfa segeln wollten, in den vergangenen Monden in die Hafenfestung gebracht hatten, türmten sich bis unter die gewölbte Decke. Allerlei Kisten und Truhen, Fässer mit unbekanntem

Inhalt, aber auch Tierhäute, Stoßzähne, eine merkwürdige Skulptur, Säcke, die nach Zimt dufteten.

Leif trat ein, nahm einen Samtbeutel, der in einer zierlichen Kiste mit Bronzeecken lag. Er zog die Verschlussschnur auf. »Perlen!«, jauchzte er. »Wir sind so reich wie der Kaiser in Gareth!«

»Nehmt nur das Kostbarste mit«, dämpfte Beorn die Begeisterung seines Gefährten. »Wir werden nicht allzu viel Zeit haben.«

»Was denn … Die verdammten Blutsäufer fühlen sich in Sicherheit. Sie feiern mehr als eine halbe Meile entfernt am Strand. Die Hälfte von ihnen ist besoffen, und die andere Hälfte wird nachtblind sein, weil sie in die Feuer glotzen. Die merken gar nicht, wenn wir mit den Booten auf der Rückseite der Festung anlegen und die Schätze dorthin schaffen.«

»Zwei Stunden«, beharrte Beorn. »Mehr gestehe ich dir nicht zu, Grauer. Wir sollten unser Glück nicht über Gebühr herausfordern.«

Leif lachte erleichtert. »Zwei Stunden sind gut. Ich sag dir, meinen Recken werden beim Rudern Flügel wachsen, wenn ich ihnen sage, was sie hier erwartet, und wir werden …«

Das Klirren von Klingen unterbrach seinen Jubel.

Porto Paligan,
einundzwanzigster Tag im Kornmond

Zidaine Barazklah hatte den Fechter und die dunkelhaarige Frau in einem anderen Mannschaftsquartier aufgestöbert, und diesmal war es nicht gut gelaufen. Sie hatte denselben Trick wie vorhin versucht, aber der Fechter hatte sie wiedererkannt. Er war dabei gewesen, als sie auf ein Wrackteil gebunden worden war. Und er führte eine verflucht schnelle Klinge.

Mit knapper Not parierte sie einen Stich, der auf ihren Oberschenkel zielte, und wich zurück. Sie konnte den verletzten Knöchel nicht mehr richtig belasten. Ihrem erfahrenen Gegner war diese Schwäche bereits aufgefallen. Gnadenlos nutzte er aus, dass sie nicht mehr in Balance war, und trieb sie vor sich her.

Sein flinkes Rapier wurde zu wirbelndem Silber, so schnell folgten seine Hiebe und Stöße aufeinander. Allein ihre Reflexe retteten ihr bislang das Leben.

Ein Stoß auf ihr Herz! Sie fing die Klinge, drückte sie nach links. Einen Hauch zu spät. Der Stahl schlitzte ihr Hemd und versetzte ihr eine tiefe Schramme am linken Oberarm.

Der Fechter trat einen Schritt zurück. Die schwarzhaarige Frau, die ihn begleitete, raunte ihm etwas ins Ohr. Er schüttelte den Kopf, hob sein Rapier zum Gruß. »Bereit, weiterzumachen?«

Zidaine nickte grimmig. Sie gab niemals auf! Zugleich war ihr bewusst, dass es dieses Mal die blanke Unvernunft war.

»Ergib dich!«, rief ihr die dunkelhaarige Frau zu. Eine Möwe saß auf ihrer Schulter und betrachtete das Duell mit schief gelegtem Kopf.

Zidaine schüttelte den Kopf.

Das Rapier des Al'Anfaners schnellte vor. Stahl kreischte auf Stahl. Dieses Mal war sie noch schnell genug. Dieses Mal ... Sie trennten sich, suchten eine Lücke in der Deckung des anderen.

Zidaine täuschte einen Stich in sein Gesicht an, machte einen Ausfallschritt, und ihr Fuß knickte um.

Ein überraschender Hieb prellte ihr das Rapier aus der Hand. Klirrend schlitterte es über den Boden davon.

»Das reicht!«, erklang die wohlvertraute Stimme Beorn Asgrimmsons.

Der Fechter lächelte. »Das ist kein guter Einfall, Thorwaler.

Du warst mir mit zwei Augen schon unterlegen. Ich werde euch beide besiegen.«

Aus dem Augenwinkel sah Zidaine den Hetmann nicken. »Mag sein, Fechter. Vielleicht auch nicht. Aber wenn ich sterbe, steht hinter mir noch ein Mann und noch einer … Und irgendwann begegnest du einem mit einer Armbrust. Du hast mir nicht mein Auge nehmen wollen, dafür bin ich dir etwas schuldig. Du kannst gehen.«

»Sehr ritterlich für einen Piraten …«

»Dann geh jetzt!«, beharrte Beorn.

Der Fechter schüttelte den Kopf. »Ich kann nicht.«

»Du willst wirklich dein Leben für Emilio Zornbrecht geben? Ist er das wert?«

»Zornbrecht?« Der junge Fechter wirkte verblüfft. »Nein. Er wird mir niemals verzeihen, dass ich ihn bloßgestellt habe, als ich seinen Befehl missachtete. Wenn es nach ihm geht, wird er mich in der Arena mit bloßen Fäusten gegen einen Löwen antreten lassen. Ich stelle mich mit meinem Leben schützend vor Dolorita. Dazu habe ich mich in meinem Kontrakt verpflichtet. Und daran werde ich mich halten, ganz gleich, was mich am Ende meines Wegs erwartet.«

»Du hast ihn lange genug hingehalten, Beorn. Wir haben gefunden, wonach wir gesucht haben.« Leif Katlasson trat in das Truppenquartier und zielte mit einer gespannten Armbrust auf den Fechter. Drei weitere Recken, ebenfalls mit Armbrüsten bewaffnet, folgten ihm.

Zidaine lachte leise. Beorn wusste, wie man siegte!

Porto Paligan,
einundzwanzigster Tag im Kornmond

Beorn Asgrimmson mochte den jungen Fechter. Er würde ihn nur ungern tot sehen.

Er musterte die dunkelhaarige Frau, vor der sich der junge Geck schützend aufgebaut hatte. Die Möwe auf der Schulter … ihr Blick … Beorn sah rasch zu Boden. Er würde seinen Anteil am Schatz wetten, dass sie eine Hexe war, und der Vogel … War das eine der Möwen, die in den Palmen gehockt hatten, als Arnora ihre Pläne für den Hinterhalt an der Küste erläutert hatte? War das möglich? Wenn er diese Frage stellte, während die anderen Thorwaler zuhörten, dann gäbe es für die beiden keinen Weg mehr hinaus aus dieser Festung.

»Wenn ich dir mein Wort gebe, dass wir die Frau verschonen, wirst du dann dein verdammtes Rapier sinken lassen?«

Der Fechter schüttelte den Kopf. »Das wird nicht genügen.«

»Was?«, entfuhr es Beorn. Genug war genug.

»Du wirst uns mitnehmen müssen. Dolorita und ich werden einen Ort finden müssen, an den der lange Arm Al'Anfas nicht reicht, wenn ich jetzt nicht versuche, dich aufzuhalten.«

Beorn nickte zustimmend. »Wir nehmen euch beide mit.«

Die Schönheit flüsterte dem Fechter etwas ins Ohr, doch der schüttelte den Kopf und schob sein Rapier zurück in die Scheide. »Wir können ihm vertrauen. Ich bin mir sicher.«

Leif Katlasson knurrte verärgert.

»Wo steckt Emilio Zornbrecht?«, wollte Beorn wissen.

Der Fechter deutete eine Treppe hinauf. »In der zentralen Bastei, in den Gemächern des Gouverneurs, die er beschlagnahmt hat.«

»Ist er gewarnt?«, wollte Beorn wissen.

»Ich glaube nicht, dass er unsere Klingen gehört hat. Er …« Der aufgeputzte Stutzer hüstelte. »Er ist in der Gesellschaft zweier … Damen. Ich schätze, er ist abgelenkt.«

»Wachen?«

Der Fechter schüttelte den Kopf. »Nach Einbruch der Dunkelheit nicht mehr. Man muss durch die Festung, um hinaufzukommen. Die Wachen unten genügen ihm.«

Beorn nickte sinnend. Das war besser, als er es sich erträumt hatte. »Deinen Parierdolch, Al'Anfaner.«

»Was …?«

»Mein Preis für deine Schiffspassage!« Beorn streckte fordernd die Hand aus.

Der Fechter gab ihm die Waffe.

»Auch deinen Parierdolch!«

Zidaine reichte ihm ihre Klinge mit einem kalten Lächeln. Ahnte sie, was er wollte?

»Was immer dort oben passiert«, sagte er mit Nachdruck. »Ich wünsche, ungestört zu bleiben.« Mit diesen Worten stieg er die Treppe hinauf.

Der Weg führte Beorn durch das massive Mauerwerk des Turms. Schließlich erreichte er eine Tür. Sie war unverschlossen. Dahinter fand sich ein Raum mit einem großen Tisch und protzigen Stühlen.

Er hörte Keuchen und das Klatschen von Fleisch.

Gelbes Licht fiel durch einen Türspalt.

Der Thorwaler trat ein. Emilio lag mit zwei Frauen in einem großen Himmelbett. Die fülligere, eine Blondine mit hübschem Gesicht, stieß einen spitzen Schrei aus, als sie Beorn bemerkte.

Emilio hielt in seinen rhythmischen Bewegungen inne und blickte über die Schulter. »Ich hatte mir schon gedacht, dass ich dir besser die Kehle durchgeschnitten hätte, Thorwaler.«

Die beiden Frauen flüchteten aus dem Bett. Beorn winkte sie aus dem Schlafgemach. Dann warf er dem Al'Anfaner den Dolch des Fechtmeisters zu.

»Wagen wir noch ein Duell?«

Statt zu antworten, griff Emilio nach der Waffe.

»Diesmal streiten wir nach thorwalschen Regeln. Zwei Männer, zwei Dolche, keine Stellvertreter.«

Porto Paligan,
einundzwanzigster Tag im Kornmond

Beorn Asgrimmson lehnte an der Brüstung der zentralen Bastei und blickte auf die Bucht hinter der Festung. Neben ihm auf der Zinne stand der Flügelhelm des Emilio Zornbrecht. Er würde Beorn den verlorenen Helm ersetzen. Ein wenig protzig war er geraten, der Stahl mit verschlungenen Mustern ziseliert. Aber er passte Beorn, als sei er für ihn gemacht. Und er würde ihn an Gilda erinnern, so wie der verlorene Helm.

Immer noch brannten die Feuer am Strand. Und auch das Feuer in ihm war nicht verloschen, obwohl Beorn sich sehr viel Zeit mit Emilio Zornbrecht gelassen hatte.

Seine geschundene Augenhöhle schmerzte. Zornbrecht hatte sich heftiger gewehrt, als er erwartet hatte. Beorn hatte zwei weitere Wunden davongetragen. Oberflächliche Schnitte an den Armen. Nichts Ernstes.

Er hörte Schritte hinter sich.

»Ich bin überrascht, dass er noch lebt.« Leif Katlasson stellte sich neben ihn an die Brüstung. »Vielleicht sollten wir ihn einfach im Hafenbecken versenken. Wenn man ihn so findet …«

»Ich will, dass er überlebt!«, brach es aus Beorn heraus. »Der Tod ist zu leicht. Diese Gnade gönne ich ihm nicht.«

»Ich glaube, was du da getan hast, würde niemand eine Gnade nennen …«

»Er soll damit leben!«

»Du hast noch keinen Beinamen, Beorn. Wenn diese Geschichte über Emilio die Runde macht … möchtest du vielleicht der Blender genannt werden?«

»Ein Auge für ein Auge …«

»Du hast ihm noch mehr als das genommen …«

Schweigend standen sie beieinander und beobachteten die fernen Flammen.

»Ich hab mir die Katapulte angesehen«, begann Leif schließlich nach einer ganzen Weile. »Sie stehen auf drehbaren Plattformen. Wir könnten sie ohne Weiteres auf die Biremen ausrichten. Es gibt drei große Tongefäße mit Hylailer Feuer. Wir könnten der Flotte Al'Anfas einen empfindlichen Schlag versetzen und Arnora rächen.«

»Nein. Die Rudersklaven sind noch auf den Schiffen, die Seesöldner aber an Land. Wir würden die Falschen töten.«

»Fünf Biremen und zwei Dromonen«, beharrte Leif.

»Und Hunderte von Sklaven«, entgegnete Beorn. »Wir kehren zu den Schiffen zurück und fliehen.«

Leif tat einen tiefen Seufzer. »Wenn die sehen, wie wir mitten in der Nacht den Hafen verlassen, werden sie wissen, dass etwas nicht stimmt. Eine Stunde später werden sie uns folgen. Und es weht nur ein lauer Wind. Die Galeeren werden uns einholen!«

Beorn zuckte mit den Achseln. »Der Wind könnte auch auffrischen, und wir segeln ihnen davon.«

Porto Paligan,
einundzwanzigster Tag im Kornmond

Mit wachsender Sorge beobachtete Beorn Asgrimmson vom Heck der *Schwarzer Turm*, was sich zwischen den Feuern am Ufer abspielte.

Seine Recken hatten ein halbes Dutzend Boote von den Anlegern vor der Festung gestohlen. Fischerboote, Lastkähne, um Frachten von den Schiffen zum Ufer zu bringen. Alles, was gerudert werden konnte. Sie schleppten die beiden Koggen und die Karracke aus dem Hafen. Obwohl sie Glück hatten und die Ebbe sie zusätzlich hinaus aufs Meer zog, kamen sie nur quälend langsam voran. Und Leif hatte natürlich recht behalten. Es war den Seesöldnern nicht entgangen, wie sich mitten in der Nacht drei große Schiffe aus dem Hafen davonstahlen. Hörner ertönten am Ufer. Schatten hasteten zu den Biremen.

»Da!« Zidaine Barazklah deutete zu den anderen Handelsschiffen, die unterhalb der Festung vertäut lagen. Das größte trieb von seinem Ankerplatz fort.

Beorn kniff sein verbliebenes Auge zusammen und spähte ins Dunkel, während Leif Katlasson Befehle über Bord rief. Die halbe Mannschaft stand in der Takelage. Bereit, die gerefften Segel zu lösen, sobald sie die gefährliche Passage durch das Korallenriff gemeistert hätten.

Die *Rose von Ilsur* hatte es bereits geschafft. Ihre Segel gingen nieder. Doch sie blähten sich kaum. Nur ein laues Lüftchen wehte von Land her aufs Meer.

»Das sind die Utulus«, sagte Zidaine.

Jetzt erkannte auch Beorn die beiden Boote, um die die Stammeskrieger ihn gebeten hatten. Sie pullten erfüllt von selbstbewusster Kraft und schleppten einen Zweimaster mit plumpem Rumpf zur Fahrrinne.

Eine erste Bireme löste sich vom Ufer.

»Hranngarverfluchte Bastarde«, brach es aus Leif hervor. »Die verstehen ihr Handwerk! Möge Swafnirs Fluke sie zermalmen.«

»Zermalmen ist wohl eher ihr Geschäft«, bemerkte Zidaine kühl.

Beorn sah, wie der Rammsporn der Bireme das dunkle Wasser des Hafens zerteilte.

Die Utulus erreichten die Fahrrinne. Dumpfe Schläge hallten über die See.

Beorn blickte zur Takelage auf. »Segel fallen!«, befahl er.

»Wir sind noch nicht in freiem Fahrwasser«, gab Leif zu bedenken.

Das schwere Leinen ging nieder und fing den Wind. Deutlich war zu spüren, wie das träge Schiff an Fahrt aufnahm.

Beorn sah zu den Utulus. Wollten die auf einem eigenen Schiff zurück in ihre Heimat segeln?

»Sag mal, spinn ich?«, polterte Leif los. »Bekommt der Kahn da hinten jetzt auch noch Schlagseite? Man hätte den Wilden kein Schiff …«

Einige Gestalten sprangen vom Vorderkastell in die See und schwammen mit kräftigen Zügen auf die Ruderboote zu.

Der große Segler in der Fahrrinne neigte sich immer bedrohlicher nach steuerbord. »Bei allen Göttern, Grauer!«, brach es aus Beorn hervor. »Sie blockieren die Fahrrinne! Sie haben die verdammten Al'Anfaner in ihrem eigenen Hafen eingesperrt!«

Der Drachenführer aus Llanka glotzte wie eine Seekuh. »Tja … das wohl! Was hat das Weib, das vernünftig reden kann, noch erzählt? Da ist ein Rieslandfahrer gestrandet. Ich bin sicher, der eine oder andere von denen da drüben hat mehr als nur ein paar Tropfen Thorwalerblut in seinen Adern.«

»Dann säßen uns jetzt die Al'Anfaner im Nacken«, bemerkte

Zidaine spitz. »Ihr seid schließlich nicht darauf gekommen, die Fahrrinne zu blockieren.«

Mit langsamer Fahrt trieben sie hinaus auf das offene Meer. Beorn fühlte sich unendlich erleichtert. Und plötzlich so schwach, dass er sich an das hohe Schanzkleid lehnen musste.

Die Boote mit den Utulus schlossen schnell zu ihnen auf, und die Stammeskrieger wurden euphorisch an Bord willkommen geheißen.

»Was wirst du jetzt tun?«

Leif sah ihn lange an. Im Licht der Hecklaternen, die sie entzündet hatten, lag ein goldener Glanz auf seinen grauen Haaren. »Ich werde meine beiden Ottas so voller Beute laden, dass sie noch so gerade seetüchtig sind, und dann eilends das Weite suchen. Dir ist klar, dass dich nach dieser Nacht die halbe Flotte Al'Anfas jagen wird. Du solltest sehen, dass du auf dem schnellsten Weg nach Thorwal kommst.«

»Ich habe den Utulus versprochen, jeden von ihnen zurück auf seine Heimatinsel zu bringen.«

Leif verdrehte die Augen. »Die kommen schon irgendwie klar. Setz sie auf Al'Toum ab. Sollen sie ein neues Dorf gründen. Sie verdanken dir ihr Leben. Ist das nicht genug?«

Beorn blickte zu dem Schiff in der Fahrrinne zurück, das gerade eben noch zu erkennen war. »Ich schätze, vorhin haben sie unser Leben gerettet. Damit sind alle Schulden beglichen.«

»Sei kein Narr, Mann. Die Al'Anfaner werden dich im ganzen Perlenmeer suchen. Komm mit uns nach Llanka. Einen wie dich wird Hetmann Eldgrimm mit Freuden willkommen heißen.«

Beorn rieb sich das schmerzende Auge. »Wer würde mir je folgen, wenn mein Wort so viel wert ist wie ein Wind, den ein alter Hund fahren lässt? Ich segle nach Osten und werde mein Versprechen einlösen.«

»Verdammter Narr!«, schalt ihn Leif. »Heute Nacht wurden die ersten Strophen der Beorn-Saga geschrieben. Ich würde mich freuen, wenn die Skalden einst bis zum Morgengrauen von deinen Taten singen können und nicht bloß so lang, wie ich alter Mann brauche, um ein Methorn zu leeren.«

Beorn hörte ihm nicht mehr zu. Ob die Skalden von ihm singen würden, kümmerte ihn nicht. Die Gefechte mit den Al'Anfanern waren nur ein Vorgeplänkel. Er dachte an die Weissagung des Godi. Seinen eigentlichen Kampf würde er gegen Phileasson Foggwulf führen. Und er würde sein Leben dafür geben, dass er der *König der Meere* wurde und nicht der Kartentuscher, der seine Schwester auf dem Gewissen hatte!

I DIENST AN DEN GÖTTERN

Wildnis südwestlich von Salderholt,
neunter Tag im Vinmond

»Sie gefällt mir nicht.« Pardona die Vielgestaltige beobachtete die in schwarzes Leder gekleidete Frau, Zidaine Barazklah, die abseits des Lagerfeuers am Seeufer hockte. »Was macht sie da?«

»Wasser holt sie jedenfalls nicht«, sagte Selime.

Pardona betrachtete die Novadi im Licht der Abenddämmerung. Beinahe alles an ihr war sechzehn Jahre alt, aber ihr Blick war nicht der einer Heranwachsenden. Die braunen Augen hatten Dinge geschaut, die Sterblichen für gewöhnlich verwehrt blieben, und ihr Körper hatte in der Qual, die Pardona ihm zugefügt hatte, einen Schritt auf die Vollkommenheit zugemacht. Pein konnte läutern wie Feuer, sie brannte weg, was niedrig und erbärmlich war.

»Ich glaube, sie liest«, meinte Galayne, den die Thorwaler der-im-Schildwall-steht nannten, weil er im Totenmoor an ihrer Seite gekämpft hatte. Ob Beorn wirklich dachte, der stets weiß gekleidete Elf sei jetzt einer von ihnen?

Mit einem schadenfrohen Lächeln betrachtete Pardona Galaynes feine Züge. Menschen glaubten stets, was sie glauben wollten. Ihre Helden verfielen dieser Narretei noch häufiger als die gewöhnlichen Sterblichen. Vielleicht lag es an ihrer naiven

Zuversicht, ihre Träume Wirklichkeit werden zu lassen. So wie bei Beorn, diesem Plünderfahrer, dessen Namen man an jeder Küste Aventuriens kannte.

Sie vergaßen leicht, dass für jeden, der den Berg seiner Träume erklomm, tausend in tiefen Schluchten verschwanden, wo sich niemand an sie erinnerte.

Galayne war Pardonas Geschöpf. Er gehörte ihr, auch wenn er das in den letzten Monden manchmal vergessen hatte.

Pardona sah wieder zu Zidaine hinüber. Eine entzündete Laterne stand vor ihr, obwohl es auch für Menschenaugen noch hell genug war. Eigentlich hätte ihr das Licht lästig sein müssen, es lockte die Mücken an, die die Hitze dieser Tage am Seeufer ausbrütete.

»Ist das ein Pergament auf ihrem Schoß?«, fragte Selime.

»Du hast scharfe Augen«, lobte Pardona.

Galayne lüpfte eine Braue.

»Damit habe ich nichts zu tun«, wiegelte Pardona ab. »Diese Augen hat sie mit in den Himmelsturm gebracht.«

Die junge Novadi war eitel. Sie trug das wohl kostspieligste Rüstungsstück in Beorns Ottajasko, eine Brigantina, eine Weste, zwischen deren zwei Lagen aus edlem, rotem Leinen Eisenschuppen genietet waren. Der eiserne Schutz blieb unter der äußeren Stoffschicht verborgen. Zu sehen waren lediglich die Schmucknieten, die wie Schneeflocken gestaltet waren. Selime ging ein paar Schritt den sanften Hügel hinab, wohl, um besser sehen zu können, was die Neue tat. »Was liest sie da?« Das wuchtige Krummschwert der Novadi lag bei den Zelten, aber die Rüstung trug sie noch. Das Gewicht der eingenähten Metallplatten schien ihr nichts auszumachen.

»Sie liest nicht.« In Galaynes Stimmen schwang eine Spur Ungeduld mit. »Sie malt oder sie schreibt.«

»Sie benutzt ein Stück Holzkohle«, bestätigte Pardona.

Zidaine öffnete das Windglas ihrer Laterne und hielt das Pergament an die Flamme. Sie hob es auf Kopfhöhe an und sah zu, wie das Feuer verzehrte, was immer sie notiert hatte, und der sanfte Wind die Asche auf den See hinaustrug. An der Rechten trug sie keinen Handschuh, also musste sie die Hitze unvermindert spüren, als die Flammen sich näherten. Dennoch ließ sie nicht los, sondern wartete ab, bis ihnen die Nahrung ausging. Erst dann zerriss sie das letzte Stückchen, warf die Reste ins Wasser, nahm die Laterne auf und kehrte zum Lagerfeuer zurück.

»Sie scheint Gefallen an Schmerzen zu finden«, stellte Pardona fest. »Schade, dass sie den Himmelsturm so übereilt verlassen hat.«

»Ich dachte, du magst sie nicht?« Offen sah Selime ihr in die Augen. Das Heldenherz in ihrer Brust verlieh ihr Mut.

Pardona lächelte. »Möglicherweise hätten wir gemeinsame Vorlieben entdeckt.«

»Dann hätte sie nicht für den Blender spionieren können«, gab Galayne zu bedenken.

»Aber ihr zu helfen, ihren Geist zu befreien, hätte mir Vergnügen bereitet«, sagte Pardona. »Ich habe die Vielfalt unartikulierter Laute lange studiert. Manchmal haben sie etwas Animalisches, selten sogar etwas Kindliches, und doch drücken sie das, was in einem Herzen vorgeht, besser aus als wohlgesetzte Worte. Wenn man gut achtgibt, hört man am Stöhnen den Moment heraus, in dem die Hoffnung stirbt. Es ist faszinierend. Mit ihr wäre ich wohl einen langen Weg gegangen …«

»Mir scheint, Beorn ist sehr zufrieden damit, sie zurückzuhaben.« Galayne klang für Pardonas Geschmack einen Hauch zu herablassend.

»Du wirst doch den lächerlichen Eid, den du auf ihn geschworen hast, nicht ernst nehmen?«, spottete die Göttin. »Wirst du mir etwa zu einem jener Mimen, die vergessen, wann sie auf der Bühne stehen und wann im wirklichen Leben? Beginnst du dich in deiner Rolle zu verlieren, Galayne, der im Schildwall steht?«

»Ohne Zidaines Hilfe wäre der Punkt für die letzte Aufgabe möglicherweise an den Foggwulf gegangen«, warf Selime in dem plumpen Versuch ein, dass Gespräch wieder in ein sicheres Fahrwasser zu lenken.

»Denkt ihr, mich interessiert, wer diesen albernen Titel gewinnt? *König der Meere* ... dieser König hat keinen Palast, keinen Hofstaat, kein Volk, noch nicht einmal ein Heer.«

»Bei den Thorwalern ist es eine große Ehre, wenn ...«

Mit einer knappen Geste brachte sie Galayne zum Schweigen.

Selime war nicht so leicht ruhigzustellen. »Sollen wir dem Blender etwa unsere Unterstützung versagen?«

»Für den Moment verhaltet ihr euch so, wie er es erwartet«, befahl Pardona.

»Indem wir uns mit der Traviageweihten auf einen Hügel zurückziehen, wo sie in vertraulichem Plausch unsere Seelen stärkt?«, fragte Selime ironisch.

Pardona zog ihr orangefarbenes Gewand zurecht. »Die Stunde, die Masken fallen zu lassen, ist noch nicht gekommen. Spielt dem Blender vor, ganz die Seinen zu sein, solange es mir gefällt.«

Am Lagerfeuer prahlten die Thorwaler lautstark mit ihren Taten. Beorn ermunterte sie dazu, er wusste, wie man den Mut simpler Gemüter hochhielt. Im richtigen Moment machte er sich gemein mit seinen Leuten. Jetzt etwa hatte er den geflügelten Helm abgelegt und auch das Kettenhemd ausgezogen. Es lag vor dem an sein Zelt gelehnten Rundschild, der eine graue Schlange auf schwarzem Grund zeigte. Dieser Schild war der einzige, der mit einer Eisenfassung beschlagen sein durfte. Das war ein Symbol der Hetmannswürde, noch so etwas, das mit thorwalscher Ehrsucht zusammenhing. Er war sichtbar, stand aber abseits … Ob Beorn diese Zeichen absichtlich setzte, oder war das ein Instinkt wie bei einem Affen, der sein Rudel führte?

Er ließ Selflanatil herumgehen, die Silberflamme, das Elfenschwert. Eine wundervolle Arbeit, meisterlich geschmiedet, sie verband sphärische Eleganz mit tödlicher Härte. Pardona empfand es als überaus ärgerlich, dass sie das Artefakt nicht berühren konnte. Sie durfte sich ihm noch nicht einmal nähern, solange es nicht in seiner Scheide steckte. Trotz der Armreife, die sie vor dem Blick der Götter verbargen, würde Selflanatil ihren Bund mit ihrem namenlosen Herrn verraten. Man hatte es geschmiedet, um gegen Ihresgleichen zu Felde zu ziehen.

Die Thorwaler behandelten die Silberflamme wie gewöhnliches Plündergut. Tjorne Warulfson, der nach mehreren Humpen unsicher auf den Beinen stand, führte damit Schläge gegen unsichtbare Feinde.

Olav Stirson, der Steuermann, dessen breite Schultern nicht zu seiner drahtigen Gestalt passen wollten, bewies immerhin einiges Geschick. Er suchte den Schwerpunkt der Klinge knapp vor dem Handschutz und ließ sie um seine Finger kreisen. Verblüfft stellte er fest, dass sie seinen Handschuh zerschnitt.

Das veranlasste Eilif Sigridsdottir zu röhrendem Gelächter. Sie war die massigste Frau, die Pardona jemals erblickt hatte, und die vieltausendjährige Elfe hatte viele Frauen gesehen. Dabei konnte man Eilif noch nicht einmal fett nennen, ihre Muskeln standen ihren gewaltigen Brüsten in nichts nach. Beorn brachte sie eine seltsame Art von Respekt entgegen, die auch eine stets schwelende Herausforderung einschloss. Er wiederum hatte ihr den Ehrennamen Donnerfaust zuerkannt, neckte sie aber auch manchmal, indem er sie vor aller Ohren mit einem brünstigen Wasserbüffel verglich.

Iskir Svenson, der Jüngste in der Runde, war ebenfalls sehr kräftig. Er fasste Selflanatil mit der Linken am Griff und legte die Rechte vorsichtig nahe der Spitze um das Metall. Zum Entsetzen der anderen bog er das Schwert, als versuchte er, es zu zerbrechen. Ihre protestierenden Schreie ignorierte er. Mit lautem Lachen ließ er den Stahl zurückschnellen und reichte die Waffe an Eimnir Hermson weiter.

Der Rothaarige spielte nicht mit Selflanatil herum. Stattdessen richtete er die Spitze auf das Lagerfeuer und beobachtete, wie sich die tanzenden Flammen im Metall spiegelten.

Zidaine schien seltsam abwesend. Auch jetzt setzte sie sich nur stumm in den Kreis.

»Ich war mir nicht sicher, ob sie den Stich überleben würde, den ich ihr versetzt habe«, sagte Galayne.

»Hat deine Treffsicherheit gelitten?«, fragte Pardona.

»Nach ein paar Hundert Jahren auf dem Meeresgrund könnte ihm das schwerlich jemand verübeln«, warf Selime ein.

»Um mein Auge und meine Hand braucht sich niemand zu sorgen«, erwiderte Galayne kühl. »Aber es musste lebensbedrohlich sein. Hätten die Heiler des Foggwulfs sie nur ein wenig später gefunden, wäre der Plan gescheitert.«

»Beorns Plan«, erinnerte Pardona. »Nicht meiner. Mir wäre lieber gewesen, sie wäre verblutet. Diese Frau bringt Unruhe in die Gruppe.«

»Sie mag dich auch nicht«, sagte Selime. »Sie meint, du hättest dich verändert. Also – Lenya hätte sich verändert, natürlich. Du verhieltest dich nicht mehr so, wie es einer Geweihten ansteht.«

Überrascht registrierte Pardona einen Anflug von Ärger. Der

Mut des fremden Herzens brachte ganz neue Züge an Selime zum Vorschein. Mühelos hätte sie die kleine Novadi zu einer respektvollen Haltung zwingen können. Aber nicht jetzt, nicht hier. Es würde der Tag kommen, an dem sie in den Himmelsturm zurückkehrten. Nur der Tod mochte Selime davor erretten. Bis dahin würde sie ihre Rolle spielen, ebenfalls Galayne. Und nicht zuletzt auch sie selbst. In die Maske einer Traviageweihten geschlüpft zu sein … dem Namenlosen musste es Vergnügen bereiten, sie so zu sehen. Sie würde es erdulden, denn hinter dieser Wettfahrt steckte sicher mehr als ein alberner Titel. Praios hatte sein Licht vom Himmel geschickt, um die beiden Gletscherwürmer zu töten, die ihre Nachtalben Phileasson hinterhergehetzt hatten. Es war lange her, sehr lange, dass die Götter auf so plumpe Weise ihre Macht gezeigt hatten. Etwas verschob das Gleichgewicht in Aventurien. Die Götter waren beunruhigt. Diese Wettfahrt hatte den Himmelsturm aus dem Vergessen der Welt geholt. Und wie Tjorne berichtete, war Phileasson sogar Niamh Goldhaar begegnet. Orimas Schwert war wiedergefunden, und sie hatte gesehen, was Salarin wirklich war, auch wenn der Elf sich dessen gar nicht bewusst war, wie es schien.

Diese Wettfahrt war womöglich wie der erste Stein, der eine Lawine auslöste. Und wenn sie ganz am Anfang dabei war und mitbestimmte, welchen Weg der Stein nahm, dann hieß es auch mitentscheiden, was die alles zerstörende Kraft der Lawine am Ende vernichtete.

Sie blickte auf die zechenden Thorwaler. Diesem Häuflein von Barbaren galt die Aufmerksamkeit der Götter gewiss nicht. Eher schon Phileassons Ottajasko. Doch wem genau? Um diesen kümmerlichen Geweihten Praioslob konnte es nicht gehen. Wäre er von Bedeutung, hätte der Herr der Sonne schon eingegriffen, als man seinen Diener in den Himmelsturm verschleppt hatte. Also musste es wohl etwas mit Phileasson oder doch mit dieser Wettfahrt zu tun haben. Die Zwölfgötter wollten nicht, dass man sich einmischte. Aber warum?

Was für die Zwölfe bedeutsam war, das war auch für den Namenlosen wichtig. Und damit für Pardona. Wenn sie herausfände, worum es bei den Aufgaben wirklich ging, und dieses Wissen geschickt einsetzte, mochte sie in seiner Gunst weiter steigen. Noch zählte sie zum Kreis seiner Favoriten, aber in seinem Gefolge gab es beunruhigende Kräfte. Vielleicht hatte sie sich allzu lange darin genügt, Herrscherin über ein weltabgewandtes Volk zu sein.

»Zidaine passt also nicht, wie ich mich gebe«, griff sie Selimes Worte auf. »Und was ist mit den anderen? Was reden sie?«

»Die Entrückung aus dem Himmelsturm hat ihnen gefallen«, berichtete die Novadi. »Jeder von ihnen hängt an seinem kümmerlichen Leben. Als Eilif zu uns gestoßen ist, hat es sie überrascht, wie du mit Beorn umgehst.«

»Er ist eben unerfahren.« Galayne trug seinen Einwurf halbherzig vor. »Im Vergleich zu einer Göttin, meine ich.«

Spott zuckte um Selimes Lippen. »Dass du uns im Tal der Türme so lange allein gelassen hast, hat den Unmut geschürt.«

Das war auch nicht beabsichtigt gewesen. Hätte Pardona damit gerechnet, im Himmelsturm auf einen Boten ihres Herrn zu treffen, der ihr sofortiges Erscheinen verlangte, hätte sie den Tausch gegen die echte Lenya Yasmadottir vorbereitet. Mit falschen Erinnerungen versehen, hätte man der blonden Geweihten, in deren Gestalt sie nun schon seit Monden wandelte, allenfalls eine leichte Unsicherheit angemerkt, was Einzelheiten bestimmter Ereignisse anging. Doch für diesen Zauber hatte die Voraussicht gefehlt.

»Dein Ritt auf dem Drachen war natürlich eine Dummheit …«

Blitzschnell fuhr Galaynes Hand zum Schwert. Er hätte Selime wohl enthaupten können, bevor sie begriffen hätte, was überhaupt geschah.

Aber Pardona war noch schneller als Galayne. Ihre Hand legte sich sanft auf die seine, bevor die Klinge die Scheide verließ. Glücklicherweise lärmten die Thorwaler so weit entfernt, dass sie nichts davon bemerkten, dass sie diesen Körper besser beherrschte, als es einem Menschen möglich gewesen wäre.

Selime aber begriff es. In ihrem jugendlichen Gesicht stand jedoch keine Furcht, sondern Trotz.

»Ich frage mich, was unsere Herrin an dir findet«, flüsterte Galayne, als stünde Pardona nicht bei ihnen. »Ohne ihre unverdiente Gnade hätten deine Respektlosigkeiten dich schon lange das Leben gekostet.«

»Sei geduldig mit ihr«, wies Pardona ihn an. »In ihrer Brust schlägt das Herz eines Helden. Daran muss sie sich noch gewöhnen.«

Selime bewegte sich wie eine erfahrene Kriegerin – jedenfalls, wenn man menschliche Maßstäbe anlegte. Aber wenn sie still stand, wirkte die Panzerweste an ihr so, als hätte eine Heranwachsende sich mit der Rüstung ihrer Mutter verkleidet.

»Glaubst du, dein Onkel hat dich erkannt, als wir Phileassons Pack vor der Höhle gegenüberstanden, Selime saba Anaram?«, fragte Pardona.

»Nein. Es war dunkel.«

»Nicht so sehr. Die Sterne, ein paar Laternen …«

Selime lächelte kalt. »In seinem Verstand gab es kein Licht.«

Pardona nickte sinnend. »Der Himmelsturm ist ein Ort der Entscheidung. Die meisten bricht er, aber in einigen erblüht eine dunkle Schönheit.« Sie streichelte über die Wange der jungen Frau.

Galayne stand gleichmütig daneben. Auch Pardonas scharfe Sinne erkannten keine Spur von Eifersucht an ihm. Die Nähe zu den Barbaren veränderte ihn.

Das missfiel ihr. Bei jemandem, den man nicht verstand, musste man auf überraschende Aktionen gefasst sein. Nach der neuesten Offenbarung, die ihr im Himmelsturm zuteilgeworden war, wollte sie keine Überraschungen riskieren. Eine Zeitenwende bahnte sich an. Die Welt, die Beorn und Phileasson kannten, würde untergehen. Wenn sie die richtigen Entscheidungen traf, dann würde sie schon bald zu jenen gehören, die das neue Zeitalter formten.

Galayne setzte seinen wie einen Hundekopf geformten Helm auf. Der Mond würde bald aufgehen.

»Geh zu ihnen«, forderte Pardona ihn auf. »Schaff mir Selflanatil aus den Augen. Es wird Zeit, dass wir uns wieder zu den Barbaren gesellen.«

Sie sah ihm nach, während er zum Feuer ging. Inzwischen war es so dunkel, dass sich seine weiße Kleidung hell abhob.

Pardona runzelte die Stirn. Galaynes Gestalt verwischte vor ihren Augen, alles in ihrem Blickfeld zerlief wie Farbe auf Wasser.

Sie stützte sich auf Selimes Schulter ab.

Aber ihr wurde nicht schwindelig. Nur ihre Sicht … sie zerlief weiter, ein neues Bild erschien. Das Weiß von Galaynes Rücken wurde heller, es veränderte die Form, bewegte sich … Pardona sah schlagende Flügel, einen langen Hals. Das war ein Schwan! Er flog, aber er blieb dennoch auf der Stelle.

Die nur nebelhaft erkennbare Umgebung dagegen wanderte. Sie schob eine gebogene Form unter die schwarzen vorgestreckten Füße des Vogels, an denen sich Schwimmhäute zwischen den Zehen spannten. Das Tier landete.

Die Form war ähnlich gewunden wie sein Hals, doch es war kein anderer, riesenhafter Schwan, auf dem es sich niederließ. Aber es war ein Kopf. Die Konturen wurden deutlicher, auch Farbe sickerte in die Vision. Braun … das war Holz … ein Drachenhaupt! Der Schwan saß auf dem Vordersteven eines Drachenboots, wie die Thorwaler sie benutzten. Er begann, sein Gefieder zu putzen.

Mit einem Schlag verschwand das Bild.

Die Barbaren begrüßten Galayne johlend am Lagerfeuer. Zumindest wenn sie genug getrunken hatten, sahen sie ihn als einen der Ihren an.

Aber das interessierte Pardona jetzt nicht. Was war das für eine Vision gewesen?

Ein Schwan …

»Ifirn?«, flüsterte sie.

»Was meint Ihr, Herrin?«, fragte Selime.

Das Mädchen wankte nicht unter Pardonas Griff. Dennoch löste die Elfe die Hand.

»Der Schwan ist Ifirns heiliges Tier …«, murmelte sie.

Sie blinzelte. Befand sich ein Magier in der Nähe, der ihr diese Vision geschickt hatte? Oder war sie von ihrem Herrn gesandt?

Doch was wollte er ihr damit sagen? Ifirn, die milde Tochter des Wintergotts, verehrte man vor allem im Norden. Dort hatten die Menschen sogar einen Ozean nach ihr benannt, und auch andere Orte.

Aber der Namenlose hatte ihre Aufmerksamkeit nach Süden gelenkt. In der Wüste Khôm ereignete sich Wichtiges, ja, Entscheidendes. Dort musste sich bewähren, wer künftig in seiner Gunst stehen wollte. Pardona war beileibe nicht die Einzige, die das anstrebte. Und sie wusste, was mit denen geschah, die so große Aufmerksamkeit erregt hatten wie sie und dann aus der

Gnade ihres Herrn fielen. Es kam häufig vor, dass er sie zum Spielzeug jener machte, denen sie unterlegen waren. Wenn sie die Andeutungen richtig auslegte, würde sehr bald jemand kommen, der ihr womöglich ebenbürtig war. Pardona schauderte.

Sie musste diese Sache in der Khôm ernst nehmen. Aber auch diese Wettfahrt der Thorwaler, an der die Zwölfe solches Interesse zeigten ... Das Wissen darum mochte der überraschende Vorteil sein, der ihr vor allen anderen die Gunst des Dreizehnten sicherte.

Wenn sie bei Beorn bliebe ... wen sollte sie in die Khôm schicken?

Galayne? Selime?

Oder sollte sie jemanden erwählen, der sich bereits im Süden befand?

Natürlich verharrten die Feinde ihres Herrn nicht untätig. War sie trotz der Armreife, die sie unter der orangefarbenen Kutte trug, ausfindig gemacht worden? Der Schwan auf dem Drachenboot mochte eine Ablenkung sein, ein Versuch, sie von dem Ort fortzulocken, an dem die Entscheidung fiele.

»Es wäre klug, wenn ...« Pardona brachte den Satz nicht zu Ende. Mit einem Aufschrei schlug sie die Hände gegen die Schläfen.

Im Gegensatz zu der rätselhaften Vision war diesmal überdeutlich, woher die Eingebung kam. Lenya empfing im Himmelsturm die Prophezeiung für die fünfte Aufgabe der Wettfahrt, und über die zauberische Verbindung traf sie Pardona mit aller Wucht der Göttin, die sie gesandt hatte. Travias Macht überwältigte sie, ließ sie das fühlen, was sie am meisten fürchtete: Hilflosigkeit. Sie war dem Göttlichen ausgeliefert.

Travias Dogma riss all die Lügen und Selbsttäuschungen nieder, aus denen Pardona den Turm ihres Lebens gebaut hatte.

Anderen vermochte sie einzureden, dass sie Ometheon nie geliebt hatte, aber das stimmte nicht. Und Ometheon, der Philosoph, der keinen Gedanken zu kühn gefunden hatte, war ihr ebenfalls in Liebe zugetan gewesen. Hatte sein Intellekt die Niederungen der stofflichen Welt auch stets mit Spott betrachtet, so hatte das niemals für Pardona gegolten. Oder Pyrdona, wie sie sich damals genannt hatte. Er hatte ihrer Klugheit und Schönheit mit Gedichten gehuldigt. Seine sanften Finger hatten es nicht etwa als ihre heiligste Aufgabe empfunden, das Licht seines Geists auf edlem Pergament zu verewigen, sondern ihr Freude zu bereiten, indem sie zärtlich über ihre Haut strichen, wie nur ein Liebhaber mit unendlicher Geduld und Aufmerksamkeit es vermochte.

Die Frage, die sich Pardona niemals gestattete, rammte die Türen ihrer Selbstdisziplin ein: Was wäre geschehen, wenn sie sich damals nicht gegen ihn gestellt hätte? Wenn ihre Throne nebeneinander gestanden hätten? Ja, sie hatte schwer ertragen, dass sein Geist dem ihren überlegen gewesen war. Aber seine Liebe hätte sie emporheben können …

Sie riss sich von dieser Erinnerung los, nur um sich einer ebenso schmerzhaften gegenüberzusehen. Ometheons Stadt war nur eine von vielen gewesen. Simyala, Tie'Shianna, Vayavinda, Isiriel … In all diesen Metropolen hatte das Licht der Elfen feste Gestalt angenommen, um im Wortsinne begreifbar zu werden. Die Zauberschiffe aus Amalaias Werft in Liretena, die Gesänge an Fenvariens Hof, Orimas Orakelsprüche … diese Schönheit war Pardonas Heimat gewesen. Sie hatte sie nicht nur verloren. Sie hatte sie zerstört. Sie hatte die Gemeinschaft zu den Ihrigen aufgegeben. Nun war sie von ihren eigenen Geschöpfen umgeben, Wesen, in denen sie niemals Ebenbürtige erblicken könnte. Sie kannte keine Freundschaft, nur Rivalen. Den Wenigen, die über ihr standen, lag nichts daran, sie zu behüten und zu fördern. Sie benutzten sie und redeten ihr ein, das sei zu ihrem Vorteil.

Pardona hatte sich von der Gemeinschaft losgesagt, die ihr bestimmt war. Sie hatte sich selbst verstoßen. Jetzt war sie verloren … einsam, auf immer …

Die göttliche Präsenz wich so plötzlich von Pardona, wie sie gekommen war. Blinzelnd versuchte sie, die widerstreitenden Gefühle von Verlust und Erleichterung unter ihren Willen zu zwingen.

»Was ist hier los?«, fragte Beorn Asgrimmson mit fester Stimme.

Sie lag auf dem Gras, beide Hände in den Boden gekrallt, wie ein Tier.

»Lenya hat eine Vision«, sprang Selime ihr bei.

Wütend erkannte Pardona, dass sie die Hilfe der Kleinen gut gebrauchen konnte. Es war entwürdigend. Sie hasste diese Prophezeiungen!

Wenigstens passten die Tränen der Überwältigung, die sie auf ihren Wangen spürte, zur Rolle einer schwächlichen Traviageweihten. Sie brabbelte unverständliche Silben, bevor sie aufstand und die Worte verkündete, die sie in ihrem Geist empfangen hatte:

»Es wird kommen der Tag, an dem sich die Kinder
der Hranngar aus den Fluten der Meere erheben
und ihre schrecklichen Schlangenleiber an Land wälzen,
um Städte zu zermalmen.«

Beorn stand ihr voller Stolz und Selbstbewusstsein gegenüber und musterte sie aus seinem grauen Auge. Er konnte es nicht erwarten, sich um seiner Ehre willen einer weiteren kaum lösbaren Aufgabe heldenhaft zu stellen.

*»Selbst die Geringsten unter den Kindern der Dämonenechse,
die sich schon in diesen Tagen unruhig in den Abgründen
der Meere winden, können mit ihren Leibern
die gewaltigsten Schiffe zerdrücken wie
die übermütige Kinderhand die Schale eines Eis.
Verschafft euch den unversehrten Reißzahn einer Seeschlange!
Er gewährt euch Schutz in der Stunde, da keine Waffe
von sterblicher Hand euch noch zu retten vermag.
Vor der Ostküste …«*

Etwas stimmte nicht.

»Vor der Ostküste …«

Sie hielt inne.

Die Worte der Prophezeiung standen klar in ihrem Kopf. Doch da war noch etwas anderes …

Ein Lachen …

Nicht fröhlich, sondern höhnisch. Abgrundtief spöttisch, verneinend.

Das kam nicht von Travia. Von keinem der Zwölfgötter.

Neue Worte formten sich in ihrem Verstand. Pardona konnte ein boshaftes Grinsen nicht unterdrücken.

*»An der Ostküste Maraskans,
wo sich die Finsternis, das Meer und der Fels
miteinander vermählen,
werdet ihr finden, was ihr sucht.«*

Sie fiel in das Lachen ein, das in ihrem Kopf erklang.

Diese Botschaft konnte nur ihr Herr geschickt haben. Sie kam nicht von Lenya, und kein anderer Gott würde die Tarnung durchschauen, die ihre Armreife ihr verschafften.

Der Namenlose wusste um die Bedeutung dieser Wettfahrt! Er erkannte an, dass sich Pardona auf einer wichtigen Mission befand. Er hatte in die Prophezeiung eingegriffen, die Lenya und Shaya, die beiden Geweihten, erhalten hatten. Der große Täuscher hatte den letzten Satz verändert, und nur ihr, Pardona, die wahre Botschaft enthüllt.

Beorn, Olav und die anderen musterten sie besorgt. Das Gelächter war wohl wieder etwas, das nicht zu einer Betschwester passte.

Pardona gaukelte Erschöpfung vor und ließ sich ins Gras fallen.

Beorn hockte sich neben sie.

»Sei unbesorgt, Blender«, flüsterte sie ihm zu. »Phileasson wird nicht an der Küste suchen, sondern auf dem offenen Meer. Der Foggwulf segelt in die Irre. Der nächste Punkt ist dein.«

Der Drachenführer bedachte sie mit einem nachdenklichen Blick.

Hulga,
dreizehnter Tag im Vinmond

»Wohin jetzt, Strickschwester?«, röhrte Eilif Sigridsdottir. Ihre regennassen Zöpfe lagen schwer auf ihrer nietenbesetzten Lederrüstung. Mit ihrer Körpergröße von über zwei Schritt fiel es ihr leicht, auf Pardona herabzuschauen, während sie sich auf ihre Barbarenstreitaxt stützte.

»Es ist eure Aufgabe, den Reiseweg festzulegen.« Scheu blickten Lenyas braune Augen zur Hünin auf. »Ich bin nur die Schiedsrichterin.«

Beorn Asgrimmson fand, dass die falsche Göttin die Geweihte beeindruckend gut spielte. Sicher brauchte sie keine groben Fäuste zu fürchten. So, wie er sie einschätzte, würde sie leicht mit der rabiaten Thorwalerin fertigwerden. Bestimmt schützte sie über Jahrtausende angesammeltes Zauberwerk.

Andererseits hatte Beorn häufig erlebt, dass rohe Gewalt, im richtigen Moment eingesetzt, Probleme löste, die Zauderer niemals angingen. Und was das betraf, brauchte Eilif hinter niemandem zurückzustecken. Vielleicht wäre es unterhaltsam, sich einmal nicht zwischen sie und Pardona zu stellen, sondern einen Schritt zur Seite zu treten und zuzuschauen, ob Eilifs Axt die Göttin nicht doch zu spalten vermochte. Die Sagas sangen oft von Recken, die derlei mit Mut und Stärke vollbrachten. In Olport etwa schmückte der Schädel einer gewaltigen Seeschlange den Swafnirtempel. Dieses Ungeheuer war von der legendären Heldin Jurga erschlagen worden, der Beorns Vorfahren einst nach Aventurien gefolgt waren.

Innerlich seufzte er. Jetzt lag es an ihm, der Ahnin seines Volks nachzueifern und eine Seeschlange zur Strecke zu bringen, um mit ihrem Reißzahn den nächsten Sieg bei dieser Wettfahrt zu erringen, die ihn zum König der Meere machen würde. Einen Sieg, auf den er unmöglich verzichten konnte. Nachdem die falsche Göttin ihn bei der dritten Aufgabe für ihre eigenen Ziele missbraucht hatte, lag er nach der vierten gleichauf mit Phileasson. Es stand drei zu drei. Er konnte sich keine Ablenkung leisten, und gerade wenn es galt, eine Seeschlange niederzuzwingen, war Eilifs Kraft wertvoll.

»Besorge uns ein Quartier«, wies er die Reckin an. »Und

erkundige dich, ob wir in diesem Nest ein paar Pferde kriegen können.«

Hulga war ein Ort mit kaum mehr als zwei Dutzend Häusern. Beorn hatte das Gefühl, dass sich die Bewohner nicht nur wegen des Regens verkrochen. Seine zehnköpfige Ottajasko hätte das Dorf leicht verheeren können. Da wartete man lieber ab und beobachtete, wie sich die reisenden Krieger aufführten, bevor man versuchte, mit ihnen Geschäfte zu machen.

»Sicher können wir hier Pferde kriegen, da kommen schon welche!« Grinsend zeigte Eilif hinaus auf den Born, dessen Wasser der Regen kräuselte.

Ein breites Boot ruderte vom Ostufer herüber. Es war wohl für Viehtransporte ausgelegt, sodass auch die vier Pferde, ein Schimmel und drei Braune, leicht darauf Platz fanden. Die farbigen Decken unter den Sätteln und der Zierrat am Zaumzeug verrieten, dass ihre Besitzer nicht ganz unvermögend waren.

»Das sind Bronnjaren«, sagte die falsche Lenya. »Man erkennt es daran, dass sie Bärenpelze tragen. Mit denen legt man sich besser nicht an.«

»Auf die Entfernung will unsere Betschwester erkennen, was das für Pelze sind?«, höhnte Eilif.

»Du hast recht«, gestand Pardona zu. »Woher soll ich wissen, ob hier im Bornland die Karnickel so groß wachsen, dass man einen nahtlosen Umhang aus ihrem Fell schneidern kann?«

»Du kannst auf keinen Fall sehen, ob diese Mäntel genäht sind oder nicht«, polterte Eilif.

»Ja, meine Augen sind viel schwächer als deine. Erkennst du, ob sie Pelzmützen tragen oder ob sie ihr Haar zu Türmen frisiert haben?«

»Vorsicht, Betschwester.« Eilif löste eine Faust von der Axt und knackte mit den Fingern. »Sonst werfe ich dich in den Fluss, damit du ihnen entgegenschwimmst und nachsiehst.«

»Mein Bedarf an frischem Wasser ist gedeckt.« Die orangerote Kutte klebte an der schlanken, aber an den entscheidenden Stellen sanft gerundeten Gestalt, und die beiden hüftlangen Zöpfe hingen lustlos herab. »Und überhaupt sollte ich als Schiedsrichterin wohl besser schweigen …«

»Das wohl!«

»… aber es bleibt dennoch ein dummer Gedanke, sich mit dem Adel dieses Landes anzulegen. Hier kann man zu Tode gepeitscht werden, wenn man die Scholle verlässt, auf der man geboren wurde.«

Eilif schnaubte.

»Ich hätte auch gern mal wieder ein bisschen Spaß«, gestand Beorn. Das langsame Vorankommen auf den Schlammstraßen an den vergangenen Tagen schlug aufs Gemüt. »Aber heute suche mir ein paar Pferde, die man mit Silber bezahlt. Nicht mit einem Tänzchen, nach dem man Knochensplitter zusammenfegen muss.«

Eilif warf Pardona noch einen herausfordernden Blick zu, schulterte ihre Axt und ging zur wartenden Ottajasko.

Beorn sah auf den Fluss hinaus. Die Besatzung der Fähre benutzte Riemen, keine Staken, also musste er tief sein. Breit war er auch, wenigstens dreihundert Schritt, vermutete Beorn. Allerdings fiel es ihm schwer, Entfernungen zu schätzen, seit er sein rechtes Auge verloren hatte. Jedenfalls verschleierte der Regen das gegenüberliegende Ufer. Die Kronstraße, auf der er hoffte, rascher voranzukommen, war nicht zu erkennen.

»Wir setzen also heute nicht mehr über?«, fragte Pardona.

Er spie in ein Rinnsal, das dem Fluss entgegengurgelte. »In zwei Stunden wird es dunkel. Wir würden kaum noch Strecke machen und schon wieder im Freien nächtigen. Besser, wir schlafen heute unter einem Dach, trocknen unsere Ausrüstung und sind morgen ausgeruht.«

Die Ottajasko beratschlagte kurz und ging dann mitsamt der drei Pferde zum nächstgelegenen Haus, wo Eilif lautstark klopfte. Die Tür bebte.

Beorn blieb mit Pardona auf der Uferböschung.

»Ich nehme an, du willst noch immer nach Festum«, sagte sie.

Die Ruderer mühten sich, gegen die Strömung den Anleger zu erreichen.

»In achtzig Wochen sollen wir Aventurien umrunden«, erinnerte Beorn. »Davon ist schon ein Viertel verstrichen. Wir sollten sehen, dass wir vorwärtskommen.«

»Hast du schon eine Lösung für den Schwan, den ich gesehen habe? Wie passt er dazu?«

»In der Prophezeiung kommt kein Vogel vor.«

»Ich glaube dennoch, dass dieser Hinweis mit der Aufgabe zusammenhängt. Bist du sicher, dass der Schwan nicht für Ifirn steht? Dann müssten wir wohl nach Norden.«

»Wir? Ich dachte, dir sei unsere Wettfahrt gleichgültig.«

Die falschen Lippen in dem falschen Gesicht lächelten spöttisch. Er hasste es, wenn sie ihn behandelte wie ein Kind, das an einer Aufgabe rätselte, deren Lösung für jeden Erwachsenen offensichtlich war.

»Es brächte mich um den Spaß, wenn du wegen eines dummen Fehlers ausscheiden würdest«, sagte sie. »Also gib dir Mühe. Liegt in der Heimat der Drachenschiffe nicht auch eine Stadt namens Ifirnshavn? Vielleicht verweist der Schwan darauf.«

Beorn schnaubte. »Willst du mich veralbern? Wir wären mondelang unterwegs, und ich bezweifle, dass wir dort Seeschlangen finden würden. Die bevorzugen das warme Wasser des Perlenmeers, und die Prophezeiung spricht von Maraskan. Das liegt bekanntlich ein ganzes Stück südlich von hier. Wenn das wieder eine List sein soll, um mich nochmals für deine Intrigen einzuspannen, ist es deine bisher schlechteste.«

»Auch dich kennt man für listenreiches Vorgehen«, meinte Pardona. »Ich sehe dir an, dass du etwas ausheckst.«

Beorn sah zu, wie ein Mann mit einem Lederhut, dessen schlaffe Krempe ihm über die Schultern fiel, auf den Anleger sprang und das Boot vertäute. »Ich frage mich, wie viel so ein Fährmann verdient ...«

»Die Überfahrt wirst du dir leisten können.«

»Sicher.« Wieder spuckte er ins Wasser. »Aber wie teuer wäre es wohl zu verhindern, dass sie jemand anderes übersetzen?«

»Du denkst, Phileasson liegt hinter dir?«

»Wir sind früher aus dem Tal der Türme aufgebrochen, und er kann uns nicht überholt haben. Dafür war die Straße zu eng. Er wird ebenfalls in Hulga an den Born gelangen, und durchschwimmen lässt er sich nicht.«

Auf dieser Seite stand nur ein Anleger, also konnte es nicht sehr viele Boote geben. Vielleicht ein paar Nachen für Flussfischer.

»Aber was sollte einen Fährmann hindern, doppelt zu kassieren ...?«, überlegte Beorn. »Nur, wenn er kein Boot mehr hätte, das über den Born trägt ... Ich glaube, ich habe doch noch einen speziellen Auftrag für Eilif heute Nacht. Sie ist die Richtige, um alle Boote in diesem Dorf zu zerstören bis auf das eine, das uns tragen soll. Und das wird nicht zurückkehren.«

»Was findest du an diesem rabiaten Weib?«, fragte Pardona. »Manchmal scheint mir, du ziehst Brackwasser vor, wenn du edelsten Wein kosten kannst ...« Ihre Augen leuchteten golden auf. Verführerisch strich ihre Zunge über die Lippen.

Beorn war froh, dass Zidaine Barazklah zu ihnen kam. »Wir haben gleich beim Ersten Glück. Er besitzt eine Scheune, die groß genug sein müsste.«

»Sehr gut. Das ist also geregelt.« Er wandte sich von Pardona ab und legte einen Arm um Zidaines Schultern. »Lenya hat mich gerade daran erinnert, dass man die Freuden gastlicher Unterbringung nutzen sollte, wo immer sie sich bieten. Wie wäre es, wenn wir einen Becher *Wein*«, er betonte das Wort, »leeren würden? Nur wir zwei, Zidaine. Du und ich, ohne die Langeweiler …«

»Nur einen Becher? Wirst du geizig, Blender?«

Beorn lachte auf. »Na gut, schauen wir, ob wir hier irgendwo ein Fässchen auftreiben können.«

Zidaine bewegte ihre Schultern so, dass sie Beorns Arm geschickt abstreifte. »Wenn ich den Bauern richtig verstanden habe, gibt es hier eine Schenke.« Sie zeigte auf ein längliches Haus. An der grob gezimmerten Tafel, die davor stand, saß im Regen natürlich niemand.

Sie ließen Pardona stehen.

Mit jedem Schritt, den er sich von der falschen Göttin entfernte, fühlte sich Beorn besser. »Du gefällst mir, Zidaine«, sagte er. »Immer schon.«

»Wie meinst du das?«

»Du magst keine Reckin sein, die sich anderen Menschen gegenüber öffnet.« Er suchte nach den richtigen Worten, während sie über den schlammigen Boden stapften. »Aber mir ist jemand, der schweigt, lieber als jemand, der lügt. Du hast einen harten und ehrlichen Kern.«

»Wenn du es sagst …«

Er blickte zurück zu Pardona.

Unbewegt im Regen stehend, sah sie ihnen nach.

Ihm war klar, dass er in ihr Netz geraten war. Aber ihre Arroganz war ihre Schwäche. Vielleicht fand er eine Masche, durch die er hinausschlüpfen könnte.

Festum,
siebzehnter Tag im Vinmond

»Das Langohr soll endlich mal ein ordentliches Horn leeren, das wohl!« Entschlossen erhob sich Olav Stirson aus dem Sessel, den man aus Brettern gezimmert hatte, die nicht würdig waren, zu Schiffsplanken zu werden.

Offenbar war das für sein metversetztes Blut zu forsch. Statt zu Galayne zu gehen, schwankte er, stieß einen Rülpser aus und plumpste zurück. Ein Schwall der rot durchscheinenden Flüssigkeit schwappte aus dem Stierhorn in seiner Rechten.

Beorn Asgrimmson streckte die Beine aus und faltete die Hände vor dem Bauch. Er saß in einem Sessel, der ebenso gefertigt war wie der von Olav. Ein wenig hart vielleicht, ein Wolfsfell als Unterlage wäre angenehm gewesen. Ein ganzes Dutzend dieser Sitzgelegenheiten stand hier am Festumer Hafen in der brennenden Nachmittagssonne, dazu allerlei sonstige Möbel. Wenn die Thorwaler ihr höchstes Fest feiern wollten, erfüllten ihnen die Reeder, Wirte und Kaufleute zähneknirschend nahezu jeden Wunsch. Sie wussten, dass sie sonst Gefahr liefen, das Ziel der recht handfesten Ausschweifungen zu werden, die Sumarblot immer wieder befeuerte. Wenn eine Sturmflut unausweichlich war, war es klüger, bei Zeiten Dämme zu setzen. Auch wenn sie keineswegs Freunde der Thorwaler waren, hatten die Festumer gelernt, wie man den rauen Seefahrern das Silber aus den Taschen holte, auch wenn dies Geschäfte waren, die viel Fingerspitzengefühl erforderten.

Es war Sitte der Thorwaler, Taten zu geloben, die den Göttern und den Ahnen Mut und Stärke bewiesen, und wenn ein Geizhals in der Nähe war, der die thorwalschen Bräuche missachtete, konnte man sich gleich an ihm beweisen. Hier in Festum mischte sich Beorns Ottajasko mit hundert weiteren Thorwalern, die hielt man nicht so leicht im Zaum. Die Stadtwache war in voller Stärke in Bereitschaft, vermied es aber allzu offensichtlich präsent zu sein.

Olav allerdings hatte dem Trunk zu früh und zu reichlich zugesprochen. »Das Fest hat noch nicht einmal richtig begonnen«, meinte Beorn, »und schon kannst du den Kurs nicht mehr halten, Steuermann.«

»Würde das jemand anderes sagen als du, Blender, würde ich seine Zähne in mein Horn streuen, damit sie lustig darin klappern, während ich auf das Blut der Götter trinke!« Sein Grinsen bewies, dass er nicht erbost war, sondern sich nur für das Prahlen warmredete, das ebenfalls zu diesem Fest gehörte. »Aber der Elf …«, er zeigte auf Galayne, »… der muss das Saufen noch lernen! Den trinkt ja ein Rotpelz unter den Tisch.«

Die Goblins zählten zu den wenigen Nichtthorwalern an diesem Abschnitt des Strands. Es war lustig anzusehen, wie sie mit hüpfendem Gang zwischen den Recken umhereilten. Manche boten Bratfisch an, einige auch Ratte am Spieß, und natürlich waren die Fässchen mit Met, Premer Feuer oder dem Meskinnes, den man hier im Bornland schätzte, besonders beliebt. Auch wenn die Goblins manierliche Gewänder trugen – Westen, Hosen, Stiefel, Kleider, die meisten nach Festumer Schnitt –, schien ihnen ein gelegentlicher Tritt nichts auszumachen, solange sie Kupfermünzen für ihre Waren bekamen. Einer ließ sich sogar zwischen Eilif Sigridsdottir und einer ebenfalls sehr kräftigen Thorwalerin hin- und herwerfen. Sie zahlten einen Kreuzer für jedes Mal, bei dem die Fängerin ihn erwischte, bevor er auf den Boden schlug. Löhnen musste diejenige, die ihn fallen ließ. Die johlenden Reckinnen machten es interessanter, indem sie den Abstand zueinander fortwährend vergrößerten.

Beorn lächelte. Eilifs Kraft beeindruckte jeden, aber was er noch mehr an ihr schätzte, war ihre Sorglosigkeit. Sie vertraute darauf, dass ihre Stärke sie aus jeder brenzligen Lage herausbringen würde, und komplizierte Erwägungen überließ sie dem Drachenführer, der sie schon zu Kampf und Reichtum führen würde.

Olav unternahm einen weiteren Versuch aufzustehen.

Beorn fasste in den Gürtel des Mannes, dessen Oberkörper die Form eines Keils hatte, mit einer Taille, als hätten die Götter sich erst im letzten Moment entschieden, statt einer Wespe einen Menschen zu formen, und Schultern, deren Muskeln die Arbeit am Ruder hatte schwellen lassen. Er zog ihn zurück in den Sessel.

»Lass dem Elfen seine Ruhe«, bat er.

Galayne der-im-Schildwall-steht saß am Rand der Versammlung mit dem Rücken an einem umgedrehten Ruderboot. Selflanatil stand zwischen seinen verschränkten Beinen, der edle Griff der Waffe lehnte an seiner Schulter. Beorn hatte ihm den Auftrag gegeben, auf die Silberflamme aufzupassen. Er wusste, dass der Elf ohnehin nichts trank. Er aß noch nicht einmal Brot, wenn es mit Hefe gebacken war. Dennoch fand er Gefallen an der groben Feier der Thorwaler. Wenn Beorn seine Miene richtig deutete, genoss es der Elf, die Melodie des Fests in sich aufzunehmen, wie er es wohl ausgedrückt hätte.

»Der muss noch lernen, wie man Spaß hat«, murrte Olav.

»Freie doch eine von den Maiden, wenn du Spaß suchst«, schlug Beorn vor.

Olav schien es zu erwägen. Sein Blick schweifte über die Thorwaler, von denen die meisten in kleinen Gruppen zusammenstanden.

Eilif rempelte in dem Versuch, den quiekenden Rotpelz zu fangen, eine Reckin mit Knöchelchen in den roten Zöpfen aus dem Weg, der die linke Hand fehlte. Eilifs Mitspielerin, deren Gesicht und blaue Kleidung staubbedeckt waren, verlangte grölend, dass sie den Burschen zurückwarf.

Drei andere Frauen hatten ihre rechten Füße ineinander verhakt und hüpften im Kreis. Ein beliebtes Spiel, bei dem es darum ging, möglichst wenig aus den bis zum Rand gefüllten Hörnern zu verschütten. Die Schildmaiden trugen Lederpanzer, und die Narben auf ihren nackten Armen zeugten davon, dass auch die Kleinste von ihnen schon im Kampf gestanden hatte. Die Anstrengung rötete die Gesichter der drei, aber sie lachten vergnügt. Beorn glaubte, dass es ein gelungenes Fest werden würde.

»Du brauchst gar nicht wegzuschauen«, stichelte Olav. »Ich habe gemerkt, dass du dein Auge auf die Bunte geworfen hast.«

Er meinte Moschane Kusper. In ihrem Gasthaus hatte die Ottajasko bei ihrem letzten Aufenthalt in Festum genächtigt. Beorn hatte mit der Wirtin über den Preis verhandelt, zu dem sie die *Bilderfrau* verkauft hätte. Der Drachenführer hatte sie Salda schenken wollen, der Reckin, die in der Hochelfenfestung im Totenmoor einen Arm verloren hatte.

»Wie eine Otta mit geborstenem Kiel«, flüsterte Beorn.

»Sprich lauter!«, forderte Olav. »Womit willst du dich rausreden?«

Mit bitterem Lächeln schüttelte Beorn den Kopf. So hatte sich Salda gesehen, als Otta mit geborstenem Kiel. Sie hatte als Kriegerin leben wollen – oder gar nicht. Ihr neues Kettenhemd hatte sie auf den Grund des Born gezogen, hier ganz in der Nähe. Man konnte die Brücke sehen, von der sie gesprungen war. Um sich einem Leben zu stellen, das sie nicht kannte, war die im Schildwall so tapfere Reckin zu feige gewesen.

Das war nichts, worüber Beorn an Sumarblot sprechen wollte. Heute sollte seine Ottajasko Mut für die Aufgabe schöpfen, die vor ihnen lag.

»Du musst zugeben, dass Moschanes Hautbilder hübsch anzusehen sind«, sagte er.

Olav zuckte die Achseln. »Der blaue Vogel auf ihrer Wange hat keine Kraft. Er sieht aus, als wäre er schlapp aus dem Nest gefallen.« Verschwörerisch beugte er sich herüber. »Aber sie mag natürlich an anderen Stellen einen interessanteren Anblick bieten. Welche Hautbilder zieren sie denn noch so?«

Beorn war nicht in der Stimmung für eine schlüpfrige Unterhaltung. »Es sind Luloas«, sagte er. »Die Bilder sind aufgemalt, nicht in die Haut gestochen.«

Olav zog die Brauen zusammen. »Ich könnte schwören, dass sie den blauen Vogel auch vor einem Mond schon hatte. Wäscht sie sich denn nie?«

»Man kann diese Bilder nicht abwaschen. Moschane rührt ihre Farben ebenso an wie die Eingeborenen auf den Waldinseln.« Er hatte wirklich ausgiebig mit ihr verhandelt, dabei war das Gespräch mehrfach abgedriftet.

Mit missbilligendem Ausdruck im Gesicht nahm Olav einen tiefen Schluck. »Ich will noch ein echtes Hautbild. Am liebsten von dir, Blender! Stich mir den Himmelsturm. Mit Flügeln.«

Der Gedanke, mit langen Nadeln und Farbtöpfen zu hantieren, brachte Beorn zum Lachen. »Ich bin kein Bilderstecher.«

»Das wird ganz einfach!« Mit der freien Hand zog Olav das Hemd an der linken Flanke hoch. »Die Narbe vom Lanzenstoß nimmst du als Umriss. Die haben mir ohnehin die verdammten

Nachtalben geschenkt. Siehst du? Sie hat die richtige Form für die Felsnadel.«

Noch immer amüsiert, brummte Beorn seine Zustimmung.

Olavs Mittelfinger fuhr die raue Haut an der Seite seines Brustkorbs nach. »In Grau«, erklärte er. »Nur ein paar Lichter an der Spitze. Das kriegst du hin. Ich werde der Erste, dem der Blender ein Hautbild gestochen hat!«

»Und die Flügel?«

»In Gold! So wie dieses Symbol, das die Nachtalben dort überall angebracht haben. Ein geflügelter Himmelsturm. Die Schwingen stichst du entlang der Rippen, dann kannst du ganz leicht … Ah, der Stier kommt!« Er ließ sein Hemd los.

Ein Goblin sprang um ein fettes Tier mit weißem Fell herum. Eine Handvoll Halbwüchsiger trieb es mit Rutenschlägen zwischen die Thorwaler. Eine junge Frau mit einem Dutzend Bronzeringen im rechten Ohr führte sie an, sie war sichtlich stolz.

Olav spie aus.

Seine Missbilligung galt sicher nicht dem Stier. Eher schon der Frau, die er für Lenya Yasmadottir halten musste und die hinter der Gruppe auf den Strand kam. Wie eine echte Geweihte hatte sie die Hände in die Ärmel ihrer orangefarbenen Kutte geschoben. Ob noch jemandem außer Beorn auffiel, wie sauber sie trotz des Staubs war, der nach den trockenen Tagen in der Luft trieb?

Pardona stellte sich vor den Stier und breitete die Arme aus. »Ihr guten Männer und Frauen, lasst mich den Segen der Götter auf unser Fest herabrufen!«

Beorn stützte sich auf den Lehnen seines Sessels ab und stemmte sich hoch. »Das wird nicht nötig sein, Schwester! Swafnir weiß, wann wir Sumarblot begehen! Der Gottwal wartet schon auf seinen Trunk.«

»Das wohl!« Als er diesmal aufstand, hielt sich Olav auf den Füßen.

»Bringe du das Opfer für uns dar, Blender!«, rief Eilif.

Neben ihr torkelte der Goblin, offenbar war das Spiel beendet.

»Das wohl!«, bekräftigte Iskir. »Niemandes Ruhm ist größer als der des Blenders!«

Die Versammelten nahmen den Ruf auf. »Das wohl!« und »Blender!« scholl es in den stahlblauen Himmel.

Beorn lächelte kalt zu Pardona hinüber. Gegen die urtümliche Kraft dieses Fests richtete ihre verlogene Zunge nichts aus.

Iskir Svenson eilte herbei und reichte ihm einen sanft gebogenen Dolch mit kaum fingerbreiter Klinge. »Ich habe ihn selbst geschärft«, versicherte der hünenhafte Recke. »Habe mich sogar dabei geschnitten.« Er zeigte die rote Linie, die nahe dem Daumen durch seine linke Handfläche lief.

Beorn nahm den Dolch und schritt zum Stier. Er bemerkte den Neid im Blick der wuchtigen Frau, die mit Eilif gespielt hatte. Sie ignorierte den quengelnden Goblin, der an ihrer Weste zog. Der in ihre linke Schulter gestochene Drache tanzte auf den Wogen ihrer zuckenden Muskeln. Ob sie gehofft hatte, selbst diese ehrenvolle Aufgabe zu erfüllen?

Ein Knabe, an dessen rechter Hand die verkrüppelten Finger miteinander verwachsen waren, brachte eine weite Schale mit silberbeschlagenem Rand.

Der Stier hatte so viel Kraft wie fünf Recken. Beorn spürte die Körperwärme, als er sich neben ihn stellte. Er strich durch das kurze weiße Fell. Es fühlte sich an wie der grobe Sand am Strand des Nader.

Das Tier konnte den Dolch sehen. Ein entschlossener Hornstoß hätte ihm das Leben retten können.

Aber trotz seiner Kraft war es kein Kämpfer. Ihm fehlte der Mut. Es hatte sich in sein Schicksal ergeben, abwartend stand es im Kreis seiner Schlächter.

Beorn hoffte, niemals so zu werden.

Mit der Linken griff er in den Nasenring.

Noch nicht einmal jetzt wehrte sich der Stier.

Iskir hatte nicht zu viel versprochen, die Klinge war wirklich scharf. Mit einem einzigen Zug zerschnitt Beorn die Gurgel und teilte den Hals, dass es eine weit klaffende Wunde gab.

Der Stier glotzte aus großen, schwarzen Augen zu ihm empor.

Beorn zog den Kopf des Tiers zurück. Dennoch besudelte der dicke Blutstrahl das weiße Fell.

Die Vorderbeine des Opferstiers knickten ein. Er rang darum, nicht gänzlich zu Boden zu gehen, aber auch die Hinterläufe gaben bald nach.

Der Knabe mühte sich, möglichst viel vom Blut in der Schale aufzufangen.

Die Muskeln des Stiers zuckten so verhalten, als versuche er, sich noch im Sterben zurückzuhalten, um nur ja niemandes Unwillen zu erregen. An dieses Tier war die Kraft wahrhaft verschwendet. Beorn hatte keine Mühe, es niederzuhalten und den Kopf so zu ziehen, dass der Blutfluss kräftig blieb.

War das Schweigen der Thorwaler dem Umstand geschuldet, dass sie sich für die Feigheit des Stiers schämten? Oder war das doch nur die Andacht, die Sumarblot einforderte?

Als das Blut zu einem Rinnsal wurde, legte Beorn den Kopf des Tiers auf dem Boden ab. Blöde und glasig starrten die gebrochenen Augen.

Unergründlich lächelte Pardona ihn an. Hatte sie das Tier etwa besänftigt?

Missmutig tauchte er drei Finger in das warme Blut und färbte sich damit Stirn und Wangen. Mit einer Geste lud er die anderen ein, es ihm gleichzutun.

»Ist ein Skalde zugegen?«, fragte er. »Jemand, der die Runen werfen kann?« Trotzig schielte er zu Pardona. »Er könnte uns wohl sagen, wo wir den Schwan auf dem Drachenhaupt finden.«

Eilifs kräftige Gegenspielerin war unter den Ersten, die sich zeichneten. Das Stierblut glänzte feucht auf ihrem Gesicht. »Ilsur führt den Schwan im Stadtwappen«, sagte sie. »Ich komme gerade von dort. Da feiern die Drachen von Llanka sicher auch Sumarblot.«

Beorn horchte auf. »Eldgrimms Leute? Die kenne ich!«

»Eldgrimm selbst ist nicht dort«, berichtete die Reckin. »Aber Leif Katlasson, den sie den Grauen nennen.«

»Leif!«, rief Beorn begeistert. »Und wer bist du?«

Sie traten ein paar Schritt zur Seite, um den anderen, die an die Blutschüssel drängten, aus dem Weg zu gehen. Mit Wohlwollen bemerkte Beorn, dass auch Galayne zu ihnen zählte.

»Rangnid Thorkilsdottir«, stellte sich die Frau vor. »Die Pfeffersäcke küssen ihre Heiligenbildchen an jedem Tag, den sie mich nicht auf dem Walsach sehen.«

Beorn lachte auf. »Das kann ich mir denken! Also liegt ein Drachenboot in der Stadt unter dem Schwanenwappen …« Er bedachte Pardona mit einem triumphierenden Blick. »Du bringst willkommene Nachricht, Rangnid! Ich würde gern auf dich trinken, aber wo ich herkomme, gibt der Brauch die Rangfolge vor.«

Ihre Augen wurden schmal. Sie überlegte wohl, ob seine Worte eine Demütigung beinhalteten, die ihr gestatteten, ihn zu fordern.

Er schlug ihr eine Hand auf die Schulter. »Nichts gegen dich, Rangnid! Erst die Götter, dann die Ahnen, dann die Ehre der Anwesenden. So wollen wir es halten.«

»Die Ahnen, das wohl!«, rief Rangnid. »Meine Großmutter hat das Stadttor von Kendrar mit bloßen Händen aus den Angeln gerissen, und der Vater meines Großvaters hat einen Walwütigen niedergerungen, bevor er die Kinder der Hetfrau morden konnte, das wohl! Nur sein Enkel, mein Vater, ist ein Schwächling. Ich sehne den Tag herbei, an dem mich die Kunde von seinem Tod erreicht. Dann werde ich nach Thorwal zurückkehren und das Erbe von meinen läppischen Brüdern fordern, das wohl! Habt ihr das alle gehört? Das soll mein Schwur zu Sumarblot sein.«

»Es ist etwas früh dafür«, mahnte Beorn.

»Na und? Ich werde das jederzeit wiederholen! Rangnid Thorkilsdottir wird sich das Erbe, das ihre Großmutter und ihr Großvatervater angesammelt haben, von niemandem nehmen lassen!«

»Warum holst du es dir nicht gleich?«, fragte Iskir. Mit blutigen Strichen auf Stirn und Wangen erhob er sich aus der Hocke neben der Schale.

Rangnid schnaubte. »Thorkil ist ein Schwächling, aber er bleibt mein Vater. Ich werde keine Hand an ihn legen. Deswegen lebe ich auch hier, wo er mich nicht zu etwas reizen kann, das ich hinterher bereuen würde.«

»Du gefällst mir«, versicherte Beorn. »Und die Nachricht von den Drachen von Llanka … Ich will später mit dir trinken, Rangnid!«

»Was steht ihr alle so faul herum?« Eilif, ebenfalls mit Blut gezeichnet, näherte sich mit einem drei Schritt langen Bratspieß. »Ich dachte, ihr hättet den Stier schon längst gehäutet! Hat denn außer mir keiner Hunger?«

Festum,
siebzehnter Tag im Vinmond

Die Bratenstücke füllten Tjorne Warulfsons Holzteller. Er legte das unterarmlange Messer zurück in den Eimer. Mittlerweile bot der Stier einen traurigen Anblick, er ähnelte einem Fisch, aus dem ein Schwarm Haie Brocken herausgerissen hatte.

Mit einem Grollen, das tief aus ihrer Brust aufstieg, tanzte Eilif Sigridsdottir zu ihm heran. Sie sah wahrhaft furchterregend aus. Bis auf ihre kurze Hose hatte sie sich entkleidet und dann die Stierhaut übergeworfen. Der gehörnte Schädel krönte ihren Kopf, Tjorne wusste nicht, wie sie es schaffte, dass er nicht herunterfiel. Das dunkle Blut färbte ihr Gesicht, die Arme, die schweren Brüste. Wäre sie auf den Waldinseln so herumgehüpft wie hier am Strand des Born, hätten sich ihr die Wilden wohl zu Füßen geworfen und sie als Dämonin angebetet. Die Trommelschläge, die Eilifs Tanz begleiteten, und die johlende Menge betrunkener Thorwaler machten diese Vorstellung noch lebendiger. Dazu kam das flackernde Licht der in den Boden gesteckten Fackeln und des Feuers, über dem der Stier briet.

Tjorne wich der Hünin aus. In einem Bogen ging er zurück zu Olav Stirson, um ihm etwas vom Braten zu bringen. Zu seiner Überraschung sah er, dass Beorn Asgrimmson neben ihm saß. Bis auf die beiden waren die Sessel leer.

»Willst du auch etwas?« Natürlich bot Tjorne die Speise zuerst dem Drachenführer an.

Beorn hob abwehrend die Hand. Er starrte in den Brand einer Fackel. Deren Licht war zu spärlich, um seine Miene auszuleuchten.

Vorsichtshalber ließ sich Tjorne auf Olavs anderer Seite nieder. »Was hat er denn?«, raunte er dem Gefährten zu.

Olav griff sich ein Bratenstück. »Der Foggwulf.« Er schob das Fleisch in den Mund und erzählte kauend weiter. »Er liegt nicht hinter uns. Gnorhild hat ihn in Vallusa gesehen.«

»Die Mollige mit der gestreiften Hose?«

»Und der Kette aus Wolfszähnen.« Olav nickte schmatzend. »Kommt gerade mit einer Kogge von dort. Man hat den Foggwulf gesehen, muss vor drei oder vier Tagen gewesen sein.«

»Aber das ist unmöglich!«, protestierte Tjorne. »Er hat uns nicht überholt, und wenn er das Raulsjoch zurück nach Westen gereist ist, um sich am Drachenhaupt wieder nach Süden zu wenden … Er kann noch nicht an der Misa sein!«

»Kein Zweifel.« Tjorne roch den Met in Olavs Atem, aber der Steuermann vertrug eine Menge. Außerdem würde er sich auch betrunken keinen Scherz über die Wettfahrt erlauben, die Beorn so wichtig war, während dieser neben ihm saß. »Sie haben nicht nur den Foggwulf erkannt, sondern auch die Elfen, die mit ihm fahren. Gleich drei hat er jetzt bei sich.«

Salarin und Galandel kannte Tjorne aus den Monden der gemeinsamen Reise. »Diejenige, der Lenya einen Pfeil ins Bein gejagt hat …«

»Wahrscheinlich.«

Tjorne nahm sich selbst ein Stück Braten. Es war angenehm heiß an den Fingern.

Er kämmte sich das Fett ins Haar und musterte Beorn aus dem Augenwinkel. Sumarblot war ein heiliges Fest, das höchste, das man in Thorwal beging. Es sicherte die Unterstützung der Götter und der Ahnen. Ob der Drachenführer dennoch bereute, dass sie den heutigen Tag damit verbrachten? Sie könnten schon hundert Meilen südlich sein, auf einem Schiff …

»Ihm scheint die Feierlaune gründlich vergangen zu sein«, flüsterte Tjorne.

»Ach was!« Olav rülpste. »Heute ist Sumarblot. Heute gedenken wir vergangener Heldentaten und geloben künftige!«

Er stand auf und stellte sich auf seinen bedrohlich knackenden Sessel. »Hört alle mal her!«

Die Trommeln verstummten, Eilif hielt in ihrem Tanz inne. Alle Blicke richteten sich auf den breitschultrigen Steuermann.

»Ich, Olav, der Sohn von Stir, werde eisern Kurs halten, wenn wir der Seeschlange entgegenfahren, das wohl! Swafnir, höre meinen Schwur: Mit der Haut des Ungeheuers werde ich meinen Schild beziehen!«

Anerkennendes Gemurmel erhob sich unter den Thorwalern. Man erörterte, ob dieses Vorhaben dem von Rangnid gleichwertig sei, die gelobt hatte, jedes Schiff, das sie im kommenden Jahr auf dem Walsach aufbrächte, als Erste zu entern.

Tjorne nahm sein Horn aus dem Ständer und nippte daran.

»Was hast du dir eigentlich vorgenommen?«, wollte Olav von ihm wissen. Er sprach noch immer so laut, dass ihn alle hörten. Die Blicke der Thorwaler richteten sich auf Tjorne.

»Ja, er soll auch seinen Mut beweisen!«, rief Eimnir Hermson, obwohl er selbst in dieser Nacht ebenfalls noch keinen Eid abgelegt hatte.

Vielleicht war das sogar eine gute Idee, überlegte Tjorne. Noch immer war er weniger Teil der Ottajasko als Iskir, Selime oder sogar Galayne. Seine neuen Gefährten vergaßen nicht, dass er bei den ersten drei Aufgaben für Phileasson gestritten und erst dann zu ihnen gefunden hatte. Eine herausragende Tat konnte ihm Anerkennung einbringen.

Er stellte das Horn ab und stand auf. »Ich werde …«

»Fang klein an!«, rief Zidaine Barazklah.

Als wäre sie zuvor unsichtbar gewesen, tauchte die in schwarzes Leder gekleidete Fechterin aus dem Dunkel jenseits des

Fackelkreises auf. Tjorne schluckte. Außer Irulla kannte er niemanden, der sich in so vollkommener Meisterschaft anschleichen konnte.

»Schwöre dem Wal doch, dass du ein Mädchen als Kriegsbeute heimbringst«, schlug sie vor.

»Ja!«, grölte Olav und sprang von seinem Sessel. Wenn man bedachte, wie viel er getrunken hatte, hielt er sich überraschend gut auf den Füßen. Jetzt, da er etwas im Magen hatte, besser als am frühen Nachmittag. »Nimm ein Gör, das noch keinen Flaum zwischen den Beinen hat. Das kannst du dann aufpäppeln, Tjorne.«

Die anderen lachten, und auch Beorn grinste.

Tjorne zwang sich, zu Zidaine zu sehen. Scham brannte rot in seinen Wangen. Ein Mädchen …

Diese gnadenlose Reckin hatte nichts gemein mit dem verschüchterten Opfer aus der Höhle damals. Sie spielte mit ihm! Der Schwur der Ottajasko hatte sie schon bei ihrem letzten Aufenthalt in Festum nicht davon abgehalten, ihn den Krebsen auszuliefern. Aber noch einmal ließe er das nicht mit sich machen.

»Auf Maraskan soll es ganz besondere Mädchen geben«, sagte Zidaine. »Ein bisschen verrückt im Kopf, aber die könnte dir jeden Tag etwas kochen, das dir den Mund ausbrennt.«

Tjorne wandte sich ab, schritt an Olav und Beorn vorbei und verließ den Fackelkreis. Das Gelächter der Recken folgte ihm. Er wollte nicht in die Dunkelheit zwischen den Lagerschuppen gehen, wo Zidaine ihm auflauern mochte, und hielt stattdessen auf die erleuchteten Fenster der Wohn- und Wirtshäuser zu.

Als er eine gepflasterte Gasse erreichte, setzten hinter ihm die Trommeln wieder ein. Er hielt noch immer den Teller mit den Bratenstücken in der Hand. Mit der Rechten versicherte er sich, dass die Axt noch im Ring an seinem Gürtel hing. Sein Mittelfinger tastete über den eingeätzten Keilerkopf.

Er verlangsamte seine Schritte.

Was tat er eigentlich? Er wollte doch zur Ottajasko gehören. Die feierte, wie alle Thorwaler in Festum, Sumarblot. Und er hatte das Fest verlassen. Das war doch das Gegenteil von dem, was er vorhatte! Jetzt würden die anderen ihn erst recht als Sonderling sehen, und dazu noch als Schwächling, der davonlief, schon wenn man ihn mit Worten bedrängte. Das war auch eine Art, ihn zu ermorden, dachte er bitter.

Zidaine machte ihm Angst, gestand er sich ein.

Aber er durfte nicht vor ihr davonlaufen, sondern musste sich ihr stellen. Einmal hatte sie ihn überwältigt, ja, aber jetzt war er gewarnt. Und sie waren nun beide in Beorns Ottajasko. Bei ihm würde sie vielleicht nicht wagen, was sie sich bei Phileasson herausgenommen hatte. Beorn verzieh bestimmt weniger leicht.

Allmählich beruhigte sich sein Herzschlag. Er lehnte sich an eine Wand und blickte zweifelnd zurück zum Fest. Er sah die Fackeln und die Gestalten, die sie beschienen, vor allem Eilif, die ihren Tanz wieder aufgenommen hatte. Sollte er sofort zurückkehren? Oder würden die Recken das als Eingeständnis seiner Unentschlossenheit sehen?

Er wandte den Blick zur anderen Seite. Die Laterne an einem der Häuser beleuchtete ein Schild, das einen Mann mit einem Holzbein zeigte. Es war nur zehn Schritt entfernt, aber Tjorne hörte nichts. Er wäre wohl der einzige Gast. Möglich, dass sich heute Nacht niemand so nah an die feiernden Thorwaler herantraute.

Zweifelnd betrachtete er den Teller in seiner Hand. Er hatte zu essen, und genug getrunken hatte er ohnehin schon. Er würde sicher nicht so zuschlagen wie Olav, auch nicht, um Swafnir und die Ahnen zu ehren. Er wollte tiefen Schlaf vermeiden, jedenfalls solange sie noch nicht wieder auf See waren. In einer Stadt mochte sich Zidaine versucht fühlen, es auszunutzen, wenn der Trunk Tjorne träge machte. Sofort nach ihrer Ankunft in Festum hatte sie sich einen neuen Parierdolch gekauft, genauso lang und spitz wie der alte, über dessen Verbleib sie sich ausschwieg. In einem Weglager an der Kronstraße hatte Tylstyr über die Bronzeschlangen gescherzt, die den Korb an Zidaines Kleinod bildeten. Er hatte sie »Gewürm« genannt. Ihr kalter Blick war genug gewesen, ihn zu lehren, das besser nie wieder zu tun.

Er ließ sich an der Hauswand nieder und aß einen Bissen. Das Fleisch war jetzt nur noch lauwarm, und irgendwie hatte es auch seinen Geschmack eingebüßt. Ob er ein Stück erwischt hatte, über das der Pinsel mit dem Bier nicht gestrichen hatte?

Laufende Schritte näherten sich aus der Gasse, die vor dem Wirtshaus auf die Straße traf, in der sich Tjorne befand. Zidaine konnte das nicht sein. Sie würde er nicht kommen hören. Dennoch zog er vorsichtshalber die Axt aus dem Ring.

Angespannt wartete er ab, wer nahte.

Es war ein Mädchen in einem braunen Kleid mit einer verwaschenen Schürze, die im Schein der Laterne so aussah, als wäre ihr Karomuster einmal hell- und dunkelblau gewesen. Es lief barfuß auf dem Kopfsteinpflaster, was ihm aber augenscheinlich nichts ausmachte. Das mochte an den ledrigen Sohlen unter seinen Füßen liegen, denn das Mädchen war ein Goblin. Schütterer Pelz bedeckte seine überlangen Arme, kleine Hauer schoben sich aus der vorspringenden Schnauze, und die in tiefen Höhlen liegenden Augen saßen so weit oben in dem Gesicht, dass gerade noch Platz für die wulstigen Brauen blieb, aber nicht mehr für eine Stirn. Unschlüssig verharrte es und sah die Straße erst hinauf, dann zu Tjorne herab.

Offenbar hatte es keine Mühe, ihn im Schatten auszumachen. »Hassssst du Katzzze gesehen?« Tjorne, der selbst vor dieser Reise kein Garethi gesprochen hatte, fiel es schwer, die seltsam artikulierten Worte zu verstehen, zumal ein bornländischer Dialekt sie färbte.

»Eine Katze?«, versicherte er sich. »Suchst du ein Tier, das dir weggelaufen ist?«

»Ja.« Das Kind legte eine Hand auf den Bauch. »Hunnnnnger.«

Tjorne lachte. »Willst du etwa eine Katze essen?«

Mit zögerlichen Schritten, aber heftig nickend kam das Mädchen näher. »Leckerrrr … fette Katzzze.«

Der Thorwaler schüttelte den Kopf. Andererseits – wenn schon Ratten als Delikatesse galten … die Recken, die heute Nachmittag von den Spießen probiert hatten, sagten, das Fleisch erinnere an Karnickel.

Er hielt dem Kind seinen Teller hin. »Probier davon«, lud er die Kleine ein.

Im Gegenlicht konnte er das Gesicht nicht erkennen, aber die Schritte wurden immer kürzer. Schließlich beugte sich das Kind vor und streckte den langen Arm, um mit den Fingerspitzen ein Bratenstückchen zu angeln und blitzschnell zurückzuziehen.

In Festum waren die Goblins wohl eher geduldet als geliebt, dachte Tjorne. Die Kleine tat ihm leid.

Er stellte den Teller auf den Boden und rückte ein Stück davon fort. »Ich bin satt. Du kannst alles haben.«

Einen Moment lang stand das Mädchen still, aber dann überbrückte es den Abstand mit zwei schnellen Schritten, hockte sich hin, und schaufelte das Fleisch mit beiden Händen in seinen Mund.

»Sag einmal, wie heißt …«, setzte Tjorne an, wirbelte aber mit erhobener Axt herum, als er auf seiner rechten Seite eine Bewegung wahrnahm.

Es war nicht Zidaine, sondern Lenya Yasmadottir, die sich vom Strand her näherte. Erleichtert atmete er aus.

»Was machst du denn hier?«, fragte die Geweihte mit milder Stimme. »Willst du nicht zu uns zurückkommen?«

»Doch, ich …« Er sah wieder zu dem Goblinmädchen. »Ich warte nur, bis meine Freundin aufgegessen hat und ich den Teller wieder mitnehmen kann.«

»Freunnn…dinnnn«, wiederholte das Kind. Zu seiner Überraschung kannte es auch das thorwalsche Wort.

Ja, er hatte sich diesem elenden Geschöpf in dieser Nacht als Freund erwiesen, überlegte Tjorne. Das war zwar keine Heldentat, aber es fühlte sich ebenso warm in seiner Brust an wie ein guter Schluck Premer Feuer.

Er erhob sich, weil er es unpassend fand, auf dem Boden zu sitzen, wenn die Geweihte neben ihm stand.

Das Goblinmädchen beendete sein Mahl. Auf seinen vergleichsweise kurzen Beinen watschelte es auf ihn zu und gab den Teller zurück. »Leckerrrr … bessserrr alsss Katzzze, Freunnnnnd …« Es schlang seine langen Arme um Tjornes rechtes Bein und drückte sich kurz an ihn. »Freunnnnnd …«, wiederholte es mit gurrender Stimme. Dann wich es von ihm zurück.

Tjorne blinzelte.

»Die anderen feiern«, erinnerte Lenya.

Er winkte der Kleinen zum Abschied und ging neben Lenya zum Strand hinab. »Dies ist eine Nacht für heilige Schwüre«, sagte er mehr zu sich selbst.

»Ja«, bestätigte sie. »Davon haben wir heute schon einige gehört.«

Er blieb stehen. »Dann höre auch meinen.«

Das Sternenlicht beschien Lenyas fragende Miene. Sie war nicht mit dem Stierblut gezeichnet.

Tjornes Herz pochte. Sollten die anderen doch ihrer Eitelkeit frönen! Er wusste jetzt, was er wollte. »Bis zum nächsten Sumarblot werde ich den Schwachen meine Stärke leihen, das wohl! Dies soll meine Ehre sein, Swafnir sei mein Zeuge.«

Lenya legte den Kopf ein wenig schief, eine Bewegung, die wegen der langen hellen Zöpfe gut zu erkennen war. Tjorne glaubte, Betroffenheit auf ihrem Gesicht zu sehen, aber da war er nicht sicher.

Er ahnte, was in der Traviageweihten vorging.

»Das schließt dich mit ein, Lenya«, versprach er sanft. »Ich werde nicht länger zulassen, dass Eilif so grob mit dir umspringt, obwohl du doch so viel für uns tust.«

2 SCHWÄNE UND HAIE

Mendena,
achtzehnter Tag im Vinmond

»Ich habe selbst Thorwalerblut in den Adern.« Kapitänin Siralina stemmte die Fäuste in die Hüften und drückte die Brust heraus. »Lass dich von meinem sanften Namen nicht täuschen, Foggwulf!«

Asleif Phileasson fand, dass die Stupsnase und die runden Wangen der Frau durchaus zum Siral passten, wie man den ruhigen Wind des südlichen Perlenmeers nannte. Das Licht der warmen Mittagssonne spielte auf den brünetten Locken, die weit über ihre rote Samtweste fielen. Allein der breite Ledergürtel mit der wuchtigen Kupferschnalle gab ihrer Erscheinung ein wenig Härte.

Scherzhaft befühlte Ohm Follker den Oberarm der Kapitänin. »Starke Muskeln, das wohl! Ich nehme an, du hast schon ein paar Haie mit Harpunen gespickt?«

»Das wohl.« Siralina lachte auf eine Weise, die Phileasson bewies, dass sie die thorwalsche Abschlussformel selten benutzte. Das Garethi sprach sie akzentfrei, und sie machte auch keine Anstalten, ins Thorwalsch zu wechseln. »Meine Mannschaft und ich werden heute Sumarblot nachholen. Gestern konnten wir ja nicht feiern, wir waren ja noch auf der Jagd. Aber heute Nacht fließt der Rum in Strömen! Leistet uns Gesellschaft.«

Phileasson grinste verkniffen. Er hatte gestern darauf bestanden, dass sie dem Alkohol nur maßvoll zusprachen. Seine Ottajasko sollte für den sofortigen Aufbruch bereit sein. Er wusste, dass es Ohm lieber gewesen wäre, die Götter mit einem Gelage zu ehren, wie es schon die Hjaldinger getan hatten. Er konnte nur hoffen, dass Siralinas Rede den alten Freund nicht aufstachelte.

Ohm ging jedoch nicht darauf ein, sondern zeigte auf einen gestreiften Raubfisch, den die Matrosen mit einem Flaschenzug aus dem Laderaum hievten. Die Sonne brach sich auf der weißen Salzkruste, die die Haut überzog. Der Bauch war aufgeschnitten, offenbar hatte man das Tier bereits auf hoher See ausgeweidet. Das Seil umschlang den länglich geschwungenen Leib knapp unter der Schwanzflosse. Bis zum leicht geöffneten, mit mehreren Reihen von Reißzähnen bewehrten Maul maß das Tier sechs Schritt. »Den da hast du auch harpuniert?«

»Das nicht.« Lachend legte Siralina eine Hand auf das Steuerrad. »Ich steige nicht mehr selbst in die Fangboote, sondern führe das Kommando.«

Phileasson beherrschte sich, um nicht die Augen zu verdrehen. Er verachtete Anführer, die sich zu schade waren, die Mühen ihrer Reisen mit ihrer Ottajasko zu teilen. Aber Ohm und Shaya Lifgundsdottir hatten ihn überzeugt, dass es ihnen nicht half, wenn sie den Kapitänen in Mendenas Hafen bewiesen, dass der Foggwulf der einzig würdige König der Meere war. Stattdessen müssten sie »die Gespräche sanft gestalten und vermeiden, jemanden vor den Kopf zu stoßen«, meinte Shaya.

Die Geweihte hatte eine Vision empfangen, noch bevor eine Prophezeiung die fünfte Aufgabe der großen Wettfahrt enthüllt hatte. Dabei war ihr ein »Schattenmann« erschienen, der hier in Mendena auf sie warten sollte. Aber bei einem Schatten konnte man schlecht sagen, ob es sich um einen Mann oder um eine Frau handelte, also mochte auch Siralina die Gesuchte sein, die ihnen helfen sollte, den Zahn einer Seeschlange zu erringen.

»Deine Leute arbeiten gut zusammen«, lobte Shaya die Kapitänin. Nach den Monden der Reise erschien die kleine Geweihte, die breitbeinig neben Ohm stand, um das sanfte Schaukeln des Schiffs auszugleichen, härter als die Haijägerin. Obwohl die sommersprossige Shaya ebenfalls keine thorwalsche Kleidung trug, sondern die orangefarbene Kutte der Traviakirche, hätte er in ihr sofort eine Tochter der Sturmklippen erkannt. Ihre grünen Augen musterten ruhig die drei Matrosen, die mit schweißglänzenden Oberkörpern das Seil Richtung Bug und damit die Last in die Höhe zogen. Am Kai standen zwei stämmige Besatzungsmitglieder in gestreiften Hemden neben einem leeren Ochsenkarren bereit, mit dessen Hilfe der Hai wohl zum Markt gebracht werden sollte.

»Die Jagd auf die Räuber der Meere gelingt nur, wenn jeder genau weiß, was er zu tun hat!«, verkündete Siralina. »Ein Harpunier, vier Ruderer und einer, der steuert – in einem Jagdboot ist man mindestens zu sechst. Sonst ist man zu langsam.«

»Mit acht oder zehn Ruderern wäre man doch noch schneller«, vermutete Ohm.

»Mit sechs oder vielleicht noch acht kann man es probieren, aber wenn das Boot zu lang wird, ist es nicht wendig genug«, erklärte die Kapitänin. »Wir stellen Haien nach, keinen Walen.«

Sie bemerkte wohl die finsteren Blicke der Thorwaler. »Natürlich keinen Walen«, fügte sie hastig an. »Niemals.«

Ohm nickte zu dem Hai, der jetzt über die Reling hinausschwenkte. »Ein solcher Meeresrecke ist sicher viel gefährlicher als ein geduldiger Riese der See.«

Die Matrosen auf dem Kai winkten, um den erlegten Raubfisch an die rechte Stelle über den Karren zu dirigieren.

»Das ist ein Tigerhai.« Stolz lag in Siralinas Stimme. »Wenn den die Wut packt, zerlegt er ein Boot schneller, als ein strammer Zecher einen Becher Premer Flammen leert.«

»Es heißt ›Premer Feuer‹«, korrigierte Phileasson, ohne zu überlegen.

Irritiert sah Siralina ihn an.

»Jedenfalls muss man sehr mutig sein, um auf solche Ungeheuer loszugehen, das wohl!« Ein angenehm kühler Windhauch aus Nordost spielte mit Ohms grauen Schläfenzöpfen. »Über so eine Heldentat würde ich gern eine Saga dichten.«

»Dann bist du ein Barde?«, fragte Siralina erfreut. »Du wirkst gar nicht wie ein Spielmann.« Kichernd erwiderte sie den Kniff in den Oberarm.

Ohms Miene wurde nun doch säuerlich. Thorwalsche Skalden waren viel mehr als Saitenzupfer und Versedrechsler. Sie studierten die Runen, konnten die Botschaften der Altvorderen lesen, waren das Gedächtnis des Volks, die Wahrer der Tradition und kundig im Recht, das an den Feuern der Hjaldings gesprochen wurde. Es mochte angehen, dass Siralina die Frucht der Liebe eines Recken oder einer Schildmaid war, die sich in irgendeinem Hafen zu einer Schönheit des Landes gelegt hatte, aber von den Bräuchen der Westwindküste wusste sie nichts.

»Ich dichte die Phileasson-Saga«, sagte Ohm mühsam beherrscht. »Die Geschichte, wie der Foggwulf den Blender in heroischem Ringen bezwingt und zum König der Meere wird.«

»Und dabei könnte auch dein Name gesungen werden!«, fiel Shaya ein. »Wir wollen nämlich auf einem Schiff anheuern.«

Siralina musterte die Geweihte vom kupferroten Schopf bis zu den in Ledersandalen steckenden Füßen. Ob sie sich vorstellte, wie sie statt ihres Wanderstabs eine Hailanze umfassen könnte?

»Der legendäre Foggwulf auf meinem Schiff«, murmelte sie.

»Das mag auch andere anlocken. Und bei euch müsste ich wohl keine Sorge haben, dass ihr es mit der Angst zu tun bekommt, wenn es gegen einen Tigerhai geht.«

Die Matrosen nutzten Bootshaken an drei Schritt langen Stangen, um den Fisch auf den Karren zu ziehen. Ihr Schnaufen und die roten Gesichter kündeten von ihrer Anstrengung.

»Vielleicht könnte ich dann auch auf einen Utharshai gehen.« Sie rieb sich das Kinn. »Einen großen weißen.«

Phileasson vermutete, dass sie mit »ich« nicht meinte, dass sie sich selbst ins Boot stellen würde. Aber immerhin fand sie Gefallen an dem Gedanken, mit ihrem Schiff eine ruhmreiche Tat zu vollbringen. »Wir sind sogar auf eine noch größere Beute aus.«

Shaya warf ihm einen warnenden Blick zu, aber er sah keinen Sinn darin, ihre Absicht zu verschweigen. Früher oder später würden sie ohnehin darauf zu sprechen kommen müssen.

Siralina legte den Kopf leicht in den Nacken. »Noch nicht einmal ein Malmer ist größer als ein Utharshai. Aber vielleicht wäre es trotzdem eine gute Idee, denen nachzustellen. Obwohl wir uns da überlegen müssten, wie wir die Sache angingen. Vielleicht direkt vom Schiff aus. Malmer sind weniger wendig als Haie, da brauchen wir die Boote nicht in Gefahr zu bringen.« Sie rieb sich das Kinn. »Sehen nicht nur aus wie übergroße Hummer, die Malmer, sondern schmecken auch so. Eine Delikatesse. Ich werde mich erkundigen, was man derzeit im *Admiral Doran* für Malmerfleisch zahlt.«

»Kommen dort auch Seeschlangen auf den Teller?«, fragte Phileasson.

Die Kapitänin lachte laut.

Als sie bemerkte, dass die drei Thorwaler nicht einfielen, verstummte sie.

»Seeschlangen?«

»Wir wollen nur die Zähne«, erklärte Phileasson. »Den Rest kannst du behalten.«

Stirnrunzelnd sah sie Shaya an. »Ihr seid hinter einer Seeschlange her?«

Shaya seufzte ergeben. »Das wohl.«

Fünf der Kapitäne, die sie bislang angesprochen hatten, waren in Gelächter ausgebrochen. Der sechste hatte sich wortlos abgewandt, war zu seinem Bootsmann gestapft und hatte diesen aufgefordert, »die Selbstmörder von Bord zu werfen«.

Siralina umfasste eine Strebe des Steuerrads, als wollte sie sich der Wirklichkeit jenseits kühner Fieberträume versichern. »Eine Seeschlange misst gut und gern dreißig Schritt. Die reißt mit einem Biss das Ruder vom Heck und schmettert gleichzeitig ihren Schwanz in den Bug. Mit meinem Dreimaster macht sie dasselbe, was ein Tigerhai mit einem Jagdboot anstellt.« Sie trat nahe an Phileasson heran, als sei er ein Kind, dessen Aufmerksamkeit sich die Mutter bei einer Ermahnung versicherte. »Man jagt keine Seeschlangen, sondern bleibt ihnen fern. Wenn der Ausguck so ein Ungeheuer sichtet, ruft man die Boote zurück und setzt die Segel.«

»Nur in der Gefahr beweisen sich Helden«, hielt Phileasson kühl dagegen.

»Ich werde gespannt lauschen, wenn man in den Schenken von Festum bis Elburum davon erzählt, wie du dich mit einer Seeschlange angelegt hast, Foggwulf. Das wird sicher eine spannende Geschichte, der Höhepunkt eines jeden Saufabends. Und auch der Schlusspunkt deines Lebens. Ein würdiges Ende für den größten aller Entdecker«, sie grinste schief, »das wohl. Aber mit mir und meinem Schiff wird diese Geschichte nichts zu tun haben. Ich lege nämlich keinen Wert darauf, bei denen aufgezählt zu werden, die dir in ein nasses Grab gefolgt sind.«

»Uns würde es schon reichen, wenn du uns in die Nähe einer Seeschlange brächtest«, lenkte Phileasson ein. »Du gibst uns ein Boot, den Rest erledige ich mit meiner Ottajasko.«

Sie kniff die Augen zusammen und legte den Kopf schief. »Ist etwas mit meiner Aussprache nicht in Ordnung? Ich sagte doch gerade: Man jagt keine Seeschlangen, man wird von ihnen gejagt. Ich werde euch ganz sicher nicht in einer Nussschale aussetzen, damit ihr so ein Monstrum reizt. Nachdem es euch als Vorspeise verputzt hätte, könnte meine *Donnerlanze* ihm nämlich als lohnender Hauptgang erscheinen. Seht ihr die Bireme da?«

Sie zeigte auf die Werft, wo ein Schiff gefertigt wurde, dessen Länge Phileasson auf etwa fünfundzwanzig Schritt schätzte. Es hatte nur einen Mast, dafür aber einen hohen Rumpf, in dem die Ruderer auf zwei Decks übereinandersitzen konnten. Diese Galeere musste beinahe fertig sein, nur vereinzelt hallten die Hammerschläge der Zimmerleute herüber. Vornehmlich beschäftigte man sich mit der Takelage und der Bemalung in Rot und Gelb.

»So ein Schätzchen hat eine Seeschlange im letzten Sommer vor Tuzak auf Grund gezogen. Zum Glück für die armen Seelen an Bord waren sie nicht allein unterwegs, ein Versorgungsschiff hat die meisten aus dem Wasser gefischt.«

»Und was geschah mit der Seeschlange?«, fragte Shaya.

»Sie ist wieder aufs Meer hinausgezogen, nachdem sie sich den Bauch vollgeschlagen hat!«, rief die Haijägerin. »Eine Balliste hat ihr zwei lange Speere in die Schuppen geschossen, sagt man. Scheint für sie auch nicht lästiger gewesen zu sein wie für unsereins, wenn man in Dornen greift.«

»Also brauchen wir mit Sicherheit etwas Größeres als Harpunen …«, überlegte Phileasson.

»Also«, schnappte Siralina, »schlagt ihr euch besser schnell aus dem Kopf, dass ihr eine Seeschlange erlegt! Das könnt ihr vergessen. Wir jagen Haie, das ist gefährlich genug. Ich bin eine der Wenigen, bei der nach zehn Jahren in diesem Geschäft noch alles dran ist.« Sie hob die Hände und ließ die Finger flattern. »Das liegt auch daran, dass ich mich zu keinen Wahnsinnstaten hinreißen lasse.«

»Dann wünsche ich dir, dass du sicher lebst, bis du alt und fett wirst«, knirschte Phileasson.

»Besser, als wenn die Fische sich an mir fett fressen!«

Phileasson wandte sich ab und schritt über die Planke zurück auf den Anleger, wo die Matrosen das Seil vom Tigerhai lösten. Aus der Nähe sah der Raubfisch wirklich beeindruckend aus. Zweifellos war er imstande, einen Menschen zu verschlingen. Und Seeschlangen waren fünfmal so groß … oder noch riesiger.

»Kommt wieder, wenn ihr zu Verstand gekommen seid!«, rief Siralina ihnen nach.

Phileasson winkte über die Schulter, ohne sich umzuwenden.

»Wir haben bald alle Schiffe durch«, meinte Ohm.

Phileassons Blick schweifte über den Hafen. Zwei Türme bewachten die Einfahrt, eine imposante Mauer schützte die Stadt zur Seeseite hin. Darauf bewegte der Wind träge die weißen Flaggen mit den drei roten Lilien und dem Torbogen darüber. Shaya hatte sie sofort erkannt, als die Ottajasko gestern auf dem Lastensegler eingetroffen war, der sie von Vallusa hierhergebracht hatte. Also befanden sie sich in der richtigen Stadt. Aber wo steckte der Kapitän, der furchtlos genug war, sie zu ihrer nächsten Heldentat zu bringen? Und wie lange würde Beorn brauchen, um zu ihnen aufzuschließen?

Mendena,
neunzehnter Tag im Vinmond

Solange kein Schiff gefunden war, gab es für die Ottajasko wenig zu tun. Phileasson verlangte lediglich, dass sich alle zum gemeinsamen Abendessen an der Herberge einfänden, damit man niemanden suchen müsste, wenn ein Kapitän seine Zusage erteilte.

Daher war es nicht erstaunlich, dass sich Praioslob zum Mittagsgebet in den Tempel des Sonnengotts begab. Viel mehr wunderte sich Tylstyr Hagridson darüber, dass er selbst dem Geweihten in einigem Abstand über den Marktplatz folgte. Er konnte sich nicht entsinnen, jemals ein Haus des Götterfürsten betreten zu haben. In Thorwal gab es seines Wissens kein ihm geweihtes Gebäude. Überhaupt war er selten einem Verehrer dieses Gotts begegnet. Die Thorwaler sahen sich als Kinder Swafnirs. Beinahe jeder, mit dem sich Tylstyr darüber ausgetauscht hatte, richtete seine Gebete ausschließlich an den Gottwal, die anderen allenfalls noch an Efferd, den Herrn der Meere, und an Travia. In der Fremde sehnte sich wohl jeder Seefahrer ab und zu nach den Feuergruben der heimatlichen Langhäuser. Aber Praios, der Herr des Gesetzes, der Gott des Adels, der Verächter der Magie …? Erst durch die Bekanntschaft mit Praioslob hatte sich Tylstyr überhaupt mit dem Götterfürsten auseinandergesetzt.

Auf dem Markt roch es nach Haifischtran, den man hier nicht nur in Fässern feilbot. Man fertigte auch Kerzen daraus oder füllte ihn in Fläschchen ab, wobei man ihn mit Kräutern versetzte, wodurch er, glaubte man den blumigen Reden der Marktschreier, auf mannigfaltige Art heilkräftige Wirkung erhielt. Der Tran half gegen Haarausfall, blutigen Rotz, den Schlagfluss und allzu schläfrige Begierde. Ähnliches galt angeblich für klein geriebene Haifischzähne, die gestreifte Rückenflosse eines Tigerhais, eingelegte Haiaugen und Schuppen, die man hinter den Kiemen entnahm. Weniger mystisch waren die Verwendungsmöglichkeiten für die Häute, aus denen sich ein festes Leder fertigen ließ, oder das Fleisch, das die Köchinnen aus den Gasthäusern der Stadt begutachteten. Ein Kaufmann, der Kessel, Geschirr und Schmuck aus Kupfer anbot, feilschte um den Preis für einige Fässer Tran, die er wohl auf dem Rückweg mitnehmen wollte. Er war nicht der einzige Händler aus dem Landesinnern, auch Schweineschinken, Kiefernholz und gewebte Stoffe lagen aus.

Der Praiostempel beherrschte die Südseite des Platzes. Er hatte in etwa die Abmessungen von zwei nebeneinanderstehenden Langhäusern, wobei das Spitzdach nur eine geringe Schräge aufwies. Auf dem Giebel hockte ein gläserner Drache. Die Sonne funkelte im Rumpf und dem zum Himmel emporgereckten Haupt, die farblos, aber offenbar im Innern vielflächig angeschliffen waren. In den ausgebreiteten Schwingen dagegen lief verschiedenfarbiges Glas ineinander, sodass sie zum Teil dunkel und undurchsichtig, an anderen Stellen aber gelb oder hellgrün und so klar wie verwässerter Saft waren. Diese Figur enthob das Gebäude der Profanität des Lärms und der Gerüche auf dem Marktplatz.

Praioslob war nicht zu übersehen, als er die wenigen Marmorstufen hinauf- und durch das hohe Portal hindurchschritt, das zwischen Marmorsäulen weit offen stand. Gestern hatte er seine Tunika gewaschen, sodass sie jetzt in leuchtendem Rot strahlte, und auch den blonden Haarkranz hatte er barbieren lassen.

Tylstyr folgte ihm, wobei ihm das Klacken seines Zauberstabs auf dem Stein unpassend laut vorkam. Er schüttelte den Kopf über seine Bedenken, konnte dieses Geräusch im Markttrubel doch gar nicht auffallen.

Im Innern öffnete sich eine weite Halle. Breite Bleiglasfenster zogen sich an der Südostwand bis zur gelb gestrichenen Decke. An einigen Stellen waren bernsteinfarbene Rundelemente eingesetzt, wo die Spitzen der rautenförmigen Scheiben einander überlappten. Die Sonnenstrahlen, die durch die Kreise stachen, schufen honigfarbene Lichtfinger, besonders, wo sie auf die träge in der Luft hängenden Weihrauchschwaden trafen. Insgesamt machte der Tempel einen hellen und offenen Eindruck, wirkte aber auch kahl. Es gab einige Lesepulte, die jedoch am Rand aufgestellt waren, als ob man die Mitte der Halle für eine Festtafel hätte freihalten wollen. Niemand nutzte diesen Bereich. Offenbar war einige Zeit seit der letzten Messe vergangen, und der Tempel hatte sich geleert. Lediglich elf Gläubige hatten sich eingefunden, sie standen zu zweit oder dritt beieinander. Auch Praioslob hielt sich nahe der Fensterwand, während er sich zu dem Greifenbildnis begab, das dem Eingang gegenüberstand.

Tylstyr blieb stehen und griff den Zauberstab mit beiden Händen. Das Wesen mit dem Adlerhaupt und dem Löwenleib erinnerte den Magier an die lebende Statue im Himmelsturm, die sie nur mit knapper Not überwunden hatten.

Dieses Bildnis bewegte sich jedoch nicht, und es war auch weniger lebensecht gefertigt, als es die Hochelfen zustande gebracht hatten. Dafür waren Flügel, Krallen und Schnabel mit Gold überzogen, sodass sie hell im Sonnenlicht glänzten. Ein Bein war angewinkelt, der Fang spreizte sich über einer mit rotem Samt bezogenen Kniebank, auf der zwei Gläubige beteten. Einer von ihnen lehnte dabei die Stirn auf die gefalteten Hände, der andere pendelte leicht im Oberkörper vor und zurück.

Praioslob führte beide Hände in Form der Sonnenscheibe – ein Kreis auf Brusthöhe – und ordnete sein Gewand, um sich hinzuknien. Dabei wandte er sich halb um, sodass er Tylstyr im Portal stehen sah.

Der Geweihte verharrte mit fragender Miene.

Trotzig schob Tylstyr das Kinn vor. Er hätte selbst nicht in Worte fassen können, was er in diesem Tempel suchte, aber da er nun einmal hier war, hatte er nicht vor, wieder zu gehen, ohne sich ein wenig umzusehen. Schließlich tat er nichts Unrechtes!

Er bemerkte, wie sich die Blicke der Gläubigen auf ihn richteten. Natürlich trug er, wie es der Codex Albyricus gebot, das graue Reisegewand der Magier. Kurz überlegte er, ob er wenigstens den spitzen Hut absetzen sollte, ärgerte sich aber sofort über diese Unsicherheit. Immerhin hatte er das gute Stück erst gestern gekauft, den alten hatte er in den Drachensteinen verloren.

Mit entschlossenem Schritt, vielleicht sogar den Stab etwas fester aufsetzend als üblich, durchquerte er den Saal. In den sandfarbenen Marmor war der Umriss einer zwölfstrahligen Sonne geschnitten, wie er jetzt bemerkte.

Als er bei Praioslob angelangte, hatte er die allgemeine Aufmerksamkeit auf sich gezogen. »Findest du hier Gerechtigkeit?«, fragte er den Geweihten.

»Wir wollen die Betenden nicht stören.« Praioslob fasste den Ärmel von Tylstyrs Robe und zog ihn auf die Seite, vor eine rot lackierte Tür, neben der zwei leere Kerzenständer standen. »Mit der Gerechtigkeit ist es wie mit der Sonne«, erklärte er dann. »Sie scheint in diesen Tempel, aber auch in der ganzen Welt. Hier ist man sich ihres Lichts nur etwas stärker bewusst.« Er zeigte auf den Staub, der in den honiggelben Lichtstrahlen tanzte.

Er schien schwerelos zu sein. Auch die Kühle der Halle war an einem solch heißen Tag angenehm.

Dennoch …

»Kein Ort ist frei von Schatten«, meinte Tylstyr.

Praioslob sah ihn offen an. »Welche Frage trägt dein Herz vor den Greifen?«

»Wer sagt, dass ich eine Frage habe?«

»Magier sind seltene Gäste in einem Haus meines Herrn.«

Das ließ sich nicht leugnen.

Tylstyr erwog zu behaupten, dass er sich nur einmal hätte umsehen wollen. Aber das kam ihm albern vor. »Ich will lernen, was Gerechtigkeit ist.« Nun, da er es aussprach, bemerkte er, dass dies tatsächlich sein Wunsch war.

Überrascht runzelte er die Stirn. Wenn er das, was er in den Gebeten des Geweihten gehört hatte, nicht völlig missverstand, stand der Sonnengott auch dafür: Wahrheit. Fiel es bei einem Besuch seines Hauses leichter als andernorts, ehrlich mit sich selbst zu sein?

Praioslob legte eine Hand auf Tylstyrs Unterarm. »Zidaine ist fort …«

»Ja, das ist sie!«, rief er so laut, dass die Gläubigen, die gerade begannen, sich mit seiner Anwesenheit abzufinden, wieder herübersahen.

Tylstyr presste die Zähne aufeinander und senkte den Blick. Mit der freien Hand tastete er über den Dolch, um den Zidaines Haarsträhne gebunden war. Zweimal nur war der Zauber gelungen, mit dem er bei jeder Abenddämmerung versuchte, durch ihre Augen zu schauen. Er schätzte, dass seine magische Kraft dabei an die vierzig Meilen weit reichte, vielleicht fünfzig. Wie er in Vallusa erfahren hatte, führte der Weg, den Beorns Ottajasko eingeschlagen hatte, in einem weiten Bogen auf die Bornstraße, von wo aus er nach Festum gelangen konnte, um das Meer zu erreichen. Bestimmt würde auch der Blender versuchen, den Zahn einer Seeschlange zu erbeuten, aber es mochte lange dauern, bis sich Zidaine und Tylstyr erneut ausreichend annäherten. Falls einer der Drachenführer einen großen Vorsprung herausfuhr, konnte es sein, dass sie sich erst in Thorwal wieder begegneten. Ob Zidaine auf ihn warten würde?

»Sie hatte Gründe zu gehen.« Praioslobs Stimme klang sanft, ohne schmeichlerisch zu sein.

Er meinte nicht die Verabredung, dass Zidaine Botschaften an Tylstyr übermitteln würde, indem er durch ihre Augen sah, während sie etwas aufschrieb. Diese Abmachung hatte Phileassons Zustimmung gefunden, die List entsprach seinem Geschmack. Dem Drachenführer gefiel jedoch auch die Vorstellung, bei dieser Aufgabe so weit vorn zu liegen, dass der Kontakt noch unmöglich war.

»Ich weiß, dass du mit ihr gesprochen hast«, sagte Tylstyr. »Du hast ihr gedroht, sie zu verraten.« Weinend hatte Zidaine ihm davon berichtet. Eine solche Offenbarung hätte die Ottajasko nicht toleriert.

»Paktiererei ist eine ernste Sache«, sagte Praioslob, »aber sie muss kein Weg ohne Wiederkehr sein.«

Tylstyr betrachtete den Greifen.

Was war Gerechtigkeit?

Zidaine hatte grausame Taten begangen. Von dem, was sie Tjorne angetan hatte, schien Praioslob zu wissen. Davon, dass sie schon zuvor mindestens drei Menschen zu Tode gefoltert hatte, wohl nicht. Aber wie hatte der Geweihte damals gesagt, als er den Druiden verhört hatte? Nur dann war etwas wahr, wenn es auch vollständig war. Und der Schreckenswinter von Stainakr, in dem Tylstyr versprochen hatte, Zidaine zu retten, und es doch nicht getan hatte, gehörte zu ihrer Geschichte.

Ob sie ihre Seele wirklich Blakharaz verpfändet hatte? Dem erzdämonischen Herrn der Rache und erbitterten Widersacher des Praios?

Tylstyr hatte nicht gewagt, danach zu fragen. Aber selbst das hätte er verstanden. Manche Verbrechen mussten um jeden Preis gesühnt werden.

Gehörte die Trennung von der Frau, die er liebte, zur Strafe für Tylstyrs Versagen? So, wie der Verlust seines Freunds Tjorne, der zwar überlebt, aber der Ottajasko den Rücken gekehrt hatte, um sich Phileassons Erzrivalen anzuschließen? Oder hatte seine Bestrafung bereits viel früher begonnen, schon in jenem Winter vor zehn Jahren, als er Stainakr verlassen hatte? Er war froh gewesen, seine Schritte aus dem Dorf seiner Jugend zu lenken, aber damit hatte er auch den letzten Rest seiner Familie verloren. Meister Eddrik hatte das eine Zeit lang ersetzt, aber auch er war nun verschwunden, in der Khôm, wie man sagte.

»Können wir wirklich umkehren?«, fragte er. »So wie auf einem Weg, wenn man merkt, dass man eine falsche Abzweigung genommen hat? Gestatten die Götter, dass man den Pfad zurückgeht und die Entscheidungen ungeschehen macht, die unser Leben geformt haben?«

Tylstyr erschrak, weil plötzlich ein Geweihter an sie herantrat. »So wie die Entscheidung, den Verführungen der Magie nachzugeben?«, fragte er scharf. Er trug eine rote Robe, in der einzelne Goldfäden leuchteten. Der Stoff sah schwer aus, wozu auch das schweißglänzende Gesicht des mittelalten Mannes passte. Vor der Stirn hatte sich der weiße, spitz zulaufende Hut vollgesogen, sodass dort ein dunkler Fleck entstand.

»Das Haus unseres Herrn steht jedem offen«, sagte Praioslob fest.

»Doch für Frevler ist es nicht ohne Gefahr, ins Licht der Wahrheit zu treten«, versetzte der andere Geweihte.

Hinter ihm brachten zwei Knaben in weißen Roben und roten Überwürfen Körbe mit Talgkerzen in den Raum hinter der lackierten Tür.

»Er frevelt nicht.« Die Sonne schimmerte auf dem vergoldeten Amulett, das Praioslob vor der Brust trug. Es zeigte ein Auge.

Vielsagend musterte der Mann Tylstyr von der Spitze des Huts über das graue Reisegewand bis zu den Stiefeln.

»Magier besitzen verbriefte Rechte«, grollte Praioslob.

»Und wer kennt sich damit so gut aus?«, verlangte der andere zu wissen.

»Donator Lumini Praioslob.« Der Gefährte verbeugte sich.

Bei seinem Gegenüber war es eher ein Nicken. »Custos Lumini Urischion.«

Tylstyr beschloss, ebenfalls mit Arroganz zu dienen, da man ein solches Betragen in diesem Haus schätzte. »Tylstyr Hagridson, Adeptus Maior in der Großen Grauen Gilde des Geists, Absolvent und Gastdozent der Magischen Akademie zur Erforschung seherischer Phänomene sowie deren Umsetzung Neu-Hjaldingard.« Grüßend zeigte er dem offenbar höherrangigen Geweihten seine linke Handfläche, in die mit bunten Farben das verschlungene Siegel der Schule der Hellsicht gestochen war.

»Kennt Ihr gar keine Scham?«, rief Urischion. »Brüstet Euch gefälligst nicht auch noch damit, dass Ihr auf Irrwegen wandelt!«

»Du bist ungerecht, Bruder!«, klagte Praioslob. »Zwar sind die Vorbehalte unseres Herrn unbestritten, doch bin ich selbst Zeuge geworden, wie Magie Gutes bewirkte.«

Drohend verengten sich Urischions Augen, während sich seine Nasenlöcher weiteten.

»Bei den Sairan-Hokke, einer Nivesensippe«, fuhr Praioslob unbeirrt fort, »gab die Zauberei vielen Kraft, die von einer Seuche befallen waren. Und hier in Tobrien war ich zugegen, als einer Frau, der Oger den Arm weggefressen hatten, ebendieser durch magischen Heilgesang nachwuchs. Ein Geschehen, das ich – wüsste ich es nicht besser – für ein Wunder hätte halten können.«

»Du vergisst dich!«, blaffte Urischion.

»Keineswegs, denn das Begreifen der Sterblichen ist begrenzt.« Praioslob schien unbeeindruckt. »Wer anderes behauptet, maßt sich göttliche Klugheit an. Und niemand von uns kann die Wege der Ewigen vollständig erkennen. Wer weiß, welche Werkzeuge sie nutzen, um ihren Ratschluss Wirklichkeit werden zu lassen? Bei jener Frau wurde ein schreiendes Unrecht gerichtet, das wohl!«

»Bist du etwa auch ein Thorwaler? So siehst du nicht aus, Bruder!«

»Ich reise mit ihnen.«

»Umso mehr ist es deine Verpflichtung, sie das Licht unseres Herrn schauen zu lassen, anstatt sie womöglich noch in ihren Irrungen zu bestärken.«

»Die Magie ist meist ein Übel«, lenkte Praioslob ein, »doch bei diesen Vorgängen, deren Zeuge ich wurde, bewirkte sie Gutes.«

Urischion atmete tief ein, Tylstyr hatte den Eindruck, dass er um seine Selbstbeherrschung rang. »Die Kirche unseres Herrn hat mich beauftragt, durch die Tempel zu ziehen und unsere Geweihten vor Ort im Glauben zu bestärken. Ich denke, dieser Auftrag erfasst im weitesten Sinne auch unsere Begegnung. So will ich denn deinen Blick schärfen, *Donator Lumini*«, er betonte Praioslobs Rang, der wohl unter dem seinen lag. »Ich werde dir sogleich beweisen, dass ein solches Übel wie der Einsatz von Magie nur dann als gut und richtig erscheinen kann, wenn zuvor vermessene Zauberei ein noch viel größeres Übel herbeigerufen hat. Die Mächte der Finsternis trachten, uns zu täuschen, indem sie uns den Gebrauch solch verruchter Mittel als Erlösung erleben lassen.«

Tylstyr schnaubte abfällig, wovon sich der Praiot jedoch nicht irritieren ließ.

»Wohlan!«, forderte Urischion. »Erläutere die Umstände! Woher rührte die Unbill, von der die Nivesen geheilt werden mussten? Steckte vielleicht ein brünstiger Schamanentanz dahinter?«

»Nein, die Sairan-Hokke trugen keine Schuld an ihrem Leid.« Praioslob klang kleinlaut, und Tylstyr vermutete den richtigen Grund dafür, wie er bestätigt fand, als der Gefährte weitersprach: »Wir vermuten, dass die Nachtalben des Himmelsturms Dämonen ausgesandt haben, um die Seuche zu den Jurten zu tragen.«

»Aha!«, triumphierte Urischion. »Eine Beschwörung! Die finsterste aller finsteren Schattierungen der Magie, jene Praktik, zu der die Widersacher der Götter die Menschenkinder verführen wollen, auf dass ihre Seelen für immer den Niederhöllen anheimfallen!« Seine große Nase erinnerte Tylstyr an einen Adlerschnabel, als er zu ihm herumruckte und ihn mit flammenden Augen ansah. »Ich hoffe, du hast dich noch nicht auf diesen Pfad begeben, Sohn!«

»Nur kleinere Beschwörungen im Zuge meiner Ausbildung. Niedere Geister, sonst nichts.« Tylstyr hoffte, dass er lässig und selbstsicher klang, aber hinter dieser Fassade zeigte die mit fester Überzeugung vorgetragene Rede des Praiosgeweihten unerwartete Wirkung. Der Magier spürte, dass er keinen Heuchler vor sich hatte, sondern jemanden, der zwar unbarmherzig urteilte, aber auch ehrlich glaubte, was er sagte. Er erinnerte sich an die chimärischen Wächterkreaturen der Nachtalben, vor allem aber an den Tentakel, der aus einem Loch, das in eine andere Sphäre führte, nach den Gefährten gegriffen hatte. Das war wahrhaftig eine Begegnung mit *dem Bösen* gewesen, und es konnte kein Zweifel bestehen, dass die Magie des Himmelsturms die Wesenheit heraufbeschworen hatte. Die von Praioslob angesprochene

Seuche hatten Dämonen zu den Menschen gebracht. Und diese waren sicher ebenfalls von Zauberern der Nachtalben ausgeschickt worden.

Befriedigung zeigte sich in Urischions Miene, er schien den Sieg zu spüren, den er in Tylstyrs Geist errungen hatte. Doch das reichte ihm noch nicht. »Zum zweiten Casus, diesem abgefressenen Arm, der durch Magie nachgewachsen ist! Welche Umstände haben zu dieser Unbill geführt?«

»Eine Ogerfrau und ihre zwei Kinder«, begann Praioslob vorsichtig, »im Bunde mit ...«

»Sprich weiter!«, forderte Urischion unnachgiebig.

»Mit einem Druiden«, erlöste Tylstyr den Gefährten.

»Ha!«, rief Urischion. »Das ist ja noch eindeutiger, als ich dachte. Wisset: Das Ogergezücht fiel auf Geheiß des verruchten Galotta über die guten Menschen dieses Landes her. Eben jenes Hofmagiers, von dem selbst verblendete Angehörige unserer Kirche glaubten, er unterwerfe sich der von den Göttern gefügten Ordnung.« Er klang betroffen. Auch darin lag nichts Gespieltes. »Vielleicht wäre es niemals zum Blutmahl von Ysilia gekommen, wenn wir der Häresie früher und entschlossener entgegengetreten wären. Doch leider«, er schlug sich gegen die Brust, »verwechseln selbst in unseren Reihen viele den Auftrag, den Herrschern die Weisheit des Herrn Praios anzudienen, mit der bloßen Nähe zu den Mächtigen. Auch wir sind nicht frei von den Versuchungen der Macht.«

Das diesen Worten folgende Schweigen lastete so schwer auf den dreien, dass Tylstyr froh über die leisen Geräusche war, die von den anderen Besuchern des Tempels und durch das offene Portal herüberdrangen.

»Du siehst, Mensch«, die Feuchtigkeit löschte die Flammen in Urischions Augen, »ich will nicht dein Verderben, sondern dein

Heil, wenn ich dich ermahne.« Er legte eine Hand auf Praioslobs Schulter, sah aber Tylstyr an. »Dies sind die schattigen Pfade, auf denen das Böse in unsere Herzen kriecht, um uns zu verderben. Eine Ausnahme hier, eine Besonderheit dort. Die kleinen Erfolge, die uns die finstere Kunst gewährt, lassen uns glauben, wir seien die Herren der Welt. Immer ein bisschen mehr, bis unser eigenes Spiegelbild eben jenen Platz in unserem Herzen einnimmt, der allein den Göttern gebührt. Gebrauche deinen Verstand und schaue hinter die Maske. Noch ist es nicht zu spät.« Bei dieser Bitte versagte seine Stimme beinahe.

Nachdenklich lehnte Tylstyr den Zauberstab gegen seine Schulter. Er war in den Tempel gekommen, um etwas über Gerechtigkeit zu lernen. Hatte er stattdessen eine Wahrheit gefunden, mit der er nicht gerechnet hatte?

Unmöglich konnte alles falsch sein, was er bislang geglaubt hatte! Meister Eddrik etwa war ein guter Mensch, daran bestand kein Zweifel. Und Tylstyrs magische Kräfte halfen der Ottajasko, immer wieder erwiesen sie sich als sehr nützlich.

Und doch, dieser so selbstsichere und sich zugleich der Aussichtslosigkeit aller Versuche, die Magie aus der Welt zu tilgen, bewusste Praiosgeweihte öffnete in seinem Denken eine neue Tür.

Urischions Stimme klang wieder fest, als er sich Praioslob zuwandte. »Besinne dich auf deinen Stolz, Donator Lumini! Sei deinen Gefährten ein Segen, indem du eine klare Grenze ziehst! Wenn meine Rede dich bekümmert hat, so will ich wegen der forschen Worte um Verzeihung bitten. Komm mit mir, ich schenke dir ein Gewand, das eines Boten der Wahrheit in einer Welt voller Fragen würdig ist.«

Die beiden Geweihten luden Tylstyr nicht ein, ihnen in den Raum hinter der roten Tür zu folgen. Sie hätten es ihm wohl auch nicht verwehrt, aber er blieb zurück und lehnte sich an einer Stelle an die Wand, die die Sonnenstrahlen beschienen. Tief in Gedanken umfasste er Zidaines Dolch.

Mendena,
neunzehnter Tag im Vinmond

Asleif Phileasson verbarg seine Enttäuschung vor der Ottajasko. Vorgestern Nachmittag waren sie in Mendena eingetroffen, und die Jarlakstatue, die mit Siegerpose das Schwert in den Himmel reckte, war ihm wie eine Bestätigung dafür erschienen, dass er bei der fünften Aufgabe der Wettfahrt triumphieren würde. Nun aber waren sie zum Nichtstun verdammt. Das forderte seine Geduld heraus, viel mehr noch als die wochenlange Reise durch die Steppen und Wälder der Nivesen. Damals waren sie wenigstens jeden Tag ein Stück weitergekommen. Jetzt lockte der Salzgeruch des Perlenmeers, aber ihm fehlte das Schiff, um dort eine Seeschlange zu jagen.

In der Stadt erzählte man von einem weiteren Haijäger, der gerade eingelaufen war. Deswegen begab sich Phileasson erneut zum Seehafen. Diesmal begleiteten ihn nicht nur Ohm Follker und Shaya Lifgundsdottir, sondern auch Mirandola Ernathesa. Eigentlich war die Ausrüstung der Ottajasko seit ihrem zweiten Aufenthalt in Vallusa wieder vollständig, aber die Almadanerin fand immer einen Grund, Schneider mit Aufträgen zu versorgen und die Auslagen der Juweliere zu studieren. Ein neues Paar Ringe, deren Kupfer in die Form von Schmetterlingen gestanzt war, pendelte an ihren Ohrläppchen. Dafür hatte sie sich sogar bei Praioslob und Salarin Silber geliehen. Wenn ein Sonnenstrahl den Weg unter die breite Krempe ihres mit einer bauschigen Feder verzierten Huts fand, funkelten die Smaragdsplitter auf den Flügeln.

Sie schwatzte Belangloses mit Shaya, während sie die Straße zwischen den Speicherhäusern hinuntergingen. Phileasson war froh, dass die beiden Frauen nicht erwarteten, dass er sich an dem Gespräch beteiligte. Er brütete über seiner Sorge, zu spät gekommen zu sein und den Kapitän aus Shayas Vision verpasst zu haben. Noch schlimmer: Was wäre, wenn sich herausstellte, dass das gerade eingelaufene Schiff bereits dem Blender verpflichtet war? Seine Faust schloss sich um den Wolfsgriff seines Breitschwerts.

Die letztlich erfolglose Jagd nach der Silberflamme hatte die Reisekasse arg strapaziert, aber Phileasson besaß noch den Schuldschein, den der Handelsherr Stoerrebrandt ihm ausgestellt hatte. Sollte er ihn einlösen, um ein Schiff zu kaufen und auf eigene Faust in See zu stechen?

Der Gedanke gefiel ihm. Zwar könnte keine Thalukke oder Karavelle der *Seeadler* gleichkommen, aber er wäre dennoch wieder ein Drachenführer, der auf einem eigenen Schiff den Kurs vorgab. In der eigentlichen Prophezeiung war keine Rede von dem Schattenmann gewesen, den Shaya gesehen hatte. Solange Phileasson den Zahn einer Seeschlange erbeutete, sollte er einen Punkt für diese Aufgabe gewinnen …

Als der Kai in Sicht kam, pfiff Ohm Follker anerkennend. »Das ist ein Kriegsschiff.«

Phileasson verstand sofort, was sein alter Freund meinte, obwohl der Dreimaster, von dem die Matrosen die Fässer mittels eines Flaschenzugs entluden, sicher weder zur kaiserlichen Marine noch zur Schwarzen Flotte Al'Anfas gehörte. Keine Hoheitszeichen schmückten ihn, und er starrte auch nicht vor Geschützen. Zwar verfügte der Segler mit Vorder- und Achtertrutz über befestigte Aufbauten an Bug und Heck, aber Phileasson machte gerade einmal eine Hornisse und einen schweren Aal aus. Die Hornisse war so etwas wie eine fest montierte, übergroße Armbrust, der Aal dagegen verschoss wuchtige Speere. Auch wenn Phileasson ein solches Geschoss ungern abbekommen hätte, war der Segler nicht für ein Seegefecht ausgelegt.

Jedenfalls nicht gegen menschliche Gegner. Den Haien jedoch hatte dieses Schiff den Kampf angesagt. Die Reling am Hauptdeck war ein offenes Geländer, durch dessen Handlauf man die Zähne riesiger Raubfische getrieben hatte, die den Jägern zum Opfer gefallen waren. Dazwischen boten Belegnägel den Leinen Halt, mit denen die Jagdboote auf dem Deck festgezurrt waren. Auch die Wanten und die Taue, die die Rahen in Position hielten, waren hier befestigt. Phileasson erkannte sofort, dass der Kapitän seine Mannschaft im Griff hatte. Nicht die kleinste Schlampigkeit beeinträchtigte die Einsatzbereitschaft dieses Schiffs, das jetzt am Anleger schaukelte, als könnte es seine Kraft nur mit Mühe unterdrücken.

»Ob die Zähne von Utharshaien stammen?«, flüsterte Shaya. »Den großen Weißen, von denen Kapitänin Siralina erzählt hat?«

Phileasson schnaubte. Er kannte große Weißhaie aus den Nordmeeren, die Ifirnshaie. Deren Zähne sahen ebenso aus wie jene, die vom Handlauf drohten. Aber diese Kapitänin Siralina hielt er für eine Aufschneiderin, unwert, einen weiteren Gedanken an sie zu verschwenden.

»Eine Gasse!«, forderten die Schauerleute, die die Fässer über den Kai rollten. In der Sommerhitze trug ein sehniger Mann mit einem enormen Schnurrbart nur eine Weste auf dem ansonsten nackten Oberkörper, sodass Phileasson das Hautbild von der barbusigen Meerjungfrau auf dem Bauch sehen konnte. Eine Matrosin zeigte ihre Vorliebe für Kupferringe, die sie nicht nur in Ohr und Nase, sondern auch im Nabel trug, wie das hochgeknotete Hemd offenbarte.

Phileasson und seine Begleiter machten den Seeleuten Platz und näherten sich weiter dem Schiff, vor dem sich eine Menschenmenge ansammelte. Noch immer glitt sein Blick über den Segler. »Ein hoher Rumpf«, murmelte er, »aber keine Öffnungen für Riemen.«

»Zwei Decks für Laderäume«, vermutete Ohm.

»Wird ziemlich auf den Wellen tanzen. Vor allem, wenn der Wind auf der Breitseite steht.«

»Sie brauchen Ballast, sonst könnten sie gleich mit einem Korken in See stechen.«

Der Drachenführer nickte. Dennoch verstand der Schiffsbauer, der diesen kühnen Segler erdacht hatte, sein Handwerk. Der Rumpf war nicht nur hoch, sondern auch schlank. Dadurch konnte das Schiff viel laden, würde zugleich aber erheblich mehr Fahrt machen als etwa eine Knorr.

Auf einem Fass gestikulierte ein gedrungener Mann, in dessen Blond sich weiße Strähnen mischten. »Wir zahlen die beste Heuer!«, rief er in die Menge. »So schwer werdet ihr an euren Dukaten tragen, dass ein Matrose ein halbes Jahr nicht mehr auf See muss, und ein Harpunier kann es sich ein ganzes im Hafen gut gehen lassen! Und unsere Halda kocht so gut, dass ihr rund und fett wieder von Bord gehen werdet!«

»Ihr würdet uns wohl eher für die Haie mästen!« Der Zwischenrufer war ein bleicher Wicht, den Phileasson noch nicht einmal zum Schafehüten geschickt hätte. Bei seiner schrillen Stimme vermutete man unwillkürlich einen Hasenfuß, der schon vor einem einzelnen Wolf Reißaus nahm. »Jeder weiß doch, dass Kapitän Bacha nicht umkehrt, bevor wenigstens ein Jagdboot gesunken ist.«

»Unsinn!« Der Mann auf dem Fass verschränkte die Arme. Er war nicht besonders groß, aber kräftig. Das Wetter hatte seine Haut gegerbt, unter dem rechten Auge schwoll eine helle Narbe. »Komm an Bord und überzeuge dich, dass wir alle vier Boote zurückgebracht haben. Du kannst doch bis vier zählen?«

»Aber Karim und Herwulf haben es nicht geschafft!«, rief ein dunkelhäutiger Mann, der gerade das Schiff verließ. Sein linker Arm lag in einer Schlinge.

Die Reling erhob sich zu hoch über den Kai, als dass man eine Planke hätte ausbringen können. Stattdessen stand der Mann gemeinsam mit drei weiteren auf einigen Kisten, die man mit einem Netz über den am Hauptmast befestigten Flaschenzug abließ.

»Und ich werde wohl ein Krüppel bleiben.« Der Schwarze spie aus. »Ich hoffe, der Wahnsinnige verdient gut am Tran des Utharshais. So gut, dass er nie wieder hinausfährt, um die Seelen, die sich ihm anvertrauen, in den Rachen der Bestien zu schleudern.«

»Du wusstest, dass du nicht auf einem Lastkahn anheuerst, der Getreide die Tobimora hinaufschippert«, gab der Redner zurück.

»Du hast recht, Buckmann, ich wusste Bescheid.« Er sprang auf den Kai. »Ich hätte es besser wissen sollen. Wenn ich auf diejenigen gehört hätte, die uns vor Bacha gewarnt haben.« Die Umstehenden machten ihm Platz, sodass er sich unmittelbar vor das Fass stellen konnte.

Dadurch sah Phileasson jetzt auch eine sehr bunte Erscheinung. Die Frau trug eine leuchtend blaue Pluderhose und ein weites ockerfarbenes Hemd, auf dessen Stoff die Sonne glänzte. Darauf war ein violettes Blumenmuster gedruckt. Diese Methode, Tücher zu färben, benutzte man auf Maraskan, wie Phileasson von Mirandola erfahren hatte. Auch der eigenwillige Haarschnitt sprach für die Herkunft von Aventuriens größter Insel: Auf der linken Seite war der Kopf raspelkurz geschoren, rechts drehten sich karottenrote Locken hinunter bis auf die Schultern. Dieses fremde Aussehen machte es schwierig, das Alter zu schätzen. Phileasson nahm an, dass die Frau ein wenig jünger war als er selbst, gut dreißig Jahre vielleicht.

»Aber du weißt, dass Bacha nicht im Hafen bleiben wird«, rief der Mann mit dem verwundeten Arm, »sogar wenn mehr Silber in seinen Truhen liegt, als ein Mann in seinem ganzen Leben ausgeben kann! Ihm geht es nicht darum, sich selbst oder gar seine Mannschaft reich zu machen. Aber ihr anderen«, er streckte den unverletzten Arm zur Seite, als wollte er die Menge umarmen, und drehte sich um die eigene Achse, wobei sein Blick von Gesicht zu Gesicht sprang, »ihr wisst es nicht! Die Rachsucht treibt Bacha aufs Meer hinaus! Er wird euch weiter auf die See zwingen als jeder andere Kapitän.«

»Dort draußen jagen die größten Haie«, sagte die Buntgekleidete.

»Nicht nur die Haie, Cessimasab«, versetzte der Schwarze. »Du weißt, dass Bacha Tran und Leder gleichgültig geworden sind. Er glaubt, er kann jene strafen, die ihm den Arm genommen hat, und das ist alles, was ihn antreibt!«

»Habt ihr die gelbe Rirgit gesehen?«, fragte jemand.

»Nein!«, rief der Schwarze. »Aber wir sind so lange auf der Suche nach ihr gekreuzt, bis uns das Trinkwasser ausging. Wären wir früher umgedreht, hätte ein guter Heiler vielleicht meinen Arm retten können.« Er hob die Schulter. »Doch das war Bacha gleichgültig. Zwei Dukaten zusätzlich hat er mir für meinen Verlust zugestanden.« Bitter lachte er auf.

»Du wirst nicht mehr mit uns fahren«, sagte Buckmann kalt. »Also verschwinde und mach Platz für jene, die genug Mut haben, sich gutes Gold zu verdienen.«

»An Mut hat es mir nie gefehlt!«, rief der Matrose. »Nur an

Verstand. Die Rirgit ist eine Seelenfresserin. Ihr hier könnt euch glücklich schätzen, wenn ihr so endet wie ich.« Wieder hob er die Schulter. »Solltet ihr dem Monstrum jedoch begegnen … dann stoßt euch ein Messer ins eigene Herz, damit ihr zu den Göttern findet, bevor euch das Ungeheuer in sein nasses Reich zieht und ihr so werdet wie Bacha!«

Gemurmel wogte durch die Menge, während der Schwarze abzog und den Redner augenscheinlich etwas ratlos zurückließ.

»Die *Sturmvogel* ist ein Unglücksschiff«, raunte eine füllige Frau Phileasson ungefragt zu. Sie trug eine Schürze, die nach ausgenommenem Fisch stank, und trug sich bestimmt nicht mit dem Gedanken, auf einem Haijäger anzuheuern. »Es liegt am Hauptmast.« Bedeutungsschwer blickte sie nach oben, wo die Rah dunkel unter dem blauen Himmel hing.

»Was ist damit?«, fragte Phileasson.

»Die Utulus von Benbukkula haben ihn verflucht.«

Phileasson hatte die südlichste der Waldinseln selbst einmal angesteuert und dort Hesindigo erhandelt.

»Vor vier Jahren ist Bacha in einen Sturm geraten«, wisperte die Füllige. »Er hat Bäume fällen lassen, den größten für einen neuen Mast. Aber er war den Wilden heilig, also hat der Schamane einen Fluch auf das Schiff der Frevler gelegt.«

Unauffällig zog Phileasson sein Schwert ein Stück aus der Scheide und berührte die Klinge. Ohm fasste ans Blatt seiner Axt. Das Volk in Hafenstädten schwatzte viel Unsinn, aber es konnte nicht schaden, sich auf diese einfache Art gegen bösen Zauber zu schützen.

Shaya stieß ihren Wanderstab auf den Steg. »Wenigstens haben diese Jäger Mut!« In diesem Moment strahlte sie selbst Tapferkeit aus, vielleicht gerade, weil sie die Kleinste in der Menge war.

Die Maraskanerin lächelte sie an.

»Du als Geweihte solltest einen Schinder wie Bacha nicht in Schutz nehmen!«, rief ein Mann, dessen linke Gesichtshälfte Brandnarben entstellten. Sein Ohr war verschrumpelt. »Er hat den Eid auf den Herrn Boron geschworen, aber in seinem Wahn hat er sich vom Totengott abgewandt. Diese Rirgit hat ihn nicht zufällig angefallen, sondern seinen Arm eingefordert. Der war das Opfer, das er seinem neuen Herrn versprochen hatte!«

»Was ist eigentlich eine Rirgit?«, fragte Mirandola.

»Ein Seeungeheuer«, erklärte Ohm. »Es gibt Sagas darüber. Halb Molch, halb Krake. So groß, dass es ein Drachenboot unter Wasser ziehen kann.«

»Das hört sich so an, als würde ein Seefahrer, der einem solchen Monster begegnet, mehr verlieren als nur einen Arm«, befand Mirandola.

»Es sei denn, er *soll* nur einen Arm verlieren.« Der verbrannte Matrose zeigte auf die Almadanerin, eine Mischung aus Bestätigung und Anklage. »Weil der Namenlose weiß, dass Bacha ihm immer neue Opfer zuführen wird. Die besten Harpuniere des Perlenmeers will er in seinen Hallen. Sie will er zwingen, gegen Efferds Kreaturen …«

Er verstummte. Langsam drehte er sich zur *Sturmvogel* um.

Oben an der Reling stand ein einarmiger Mann. Sein Gesicht lag im Schatten eines breitkrempigen Huts, aber aus seiner Haltung ließ sich schließen, dass er den Sprecher ansah.

Der Verbrannte räusperte sich.

»Die *Sturmvogel* ist nicht das richtige Schiff für dich«, befand der Werber auf dem Fass.

»Nein«, bestätigte er tonlos. Ein halbes Dutzend Männer folgte ihm, als er ging.

»Aber ihr scheint Blüten mit einem anderen Duft zu sein!«

Breit grinsend kam die Maraskanerin auf sie zu. »Kommt doch mit an Bord.«

Phileasson sah wieder zur Reling hoch, aber der dunkle Mann war verschwunden.

»Haltet euch einfach am Netz fest!«, lud die Maraskanerin sie ein und machte es vor, indem sie in die Maschen griff und den rechten Fuß hineinschob. »Sie ziehen uns hoch.«

Inzwischen waren die Kisten entladen, das Netz hing schlaff.

Phileasson sah Ohm an. »Das will ich mir ansehen.«

Der Gefährte nickte ihm zu.

Alle vier fanden Halt. Die bunt gekleidete Frau stieß einen lauten Pfiff aus, mit einem Ruck hoben sie vom Kai ab.

Die Maraskanerin legte einen Arm um Shayas Schultern, wohl, um ihren Halt zu verstärken. »Ich bin Cessimasab die Fröhliche«, stellte sie sich vor.

»Ja, du hast ein schönes Lächeln«, bestätigte Shaya.

Cessimasab lachte. »Und du hast dieses Leben der gastlichen Schwester geweiht?«

»Wenn du die Herrin Travia damit meinst, hast du recht.«

Die Maraskanerin nickte zufrieden.

Der Holm, an dem der Flaschenzug befestigt war, schwenkte herum. Die Matrosen ließen sie auf dem Hauptdeck neben einem Jagdboot ab. Phileasson sah, dass hier tatsächlich vier Stück vertäut waren, aber eines davon war in so ramponiertem Zustand, dass er sich ihm nicht anvertraut hätte. Zwei rechteckige Steinplatten lagen neben den Öffnungen, die zu den tieferen Decks führten. Von dort klangen die Geräusche der arbeitenden Mannschaft herauf.

»Bring mir meinen Mantel, Pritt!«, rief der Einarmige einem Knaben mit verfilztem Haar zu. »Mir ist kalt. Mein Arm treibt in eisigem Wasser.«

Der Junge rannte zur Achtertrutz.

»Swafnir zum Gruße!« Phileasson streckte ihm die Hand hin. Er fand nichts dabei, den rechten Arm hatte sein Gegenüber schließlich noch. »Ich nehme an, Ihr seid Kapitän Bacha.«

Der breitschultrige Mann musterte ihn ruhig mit Augen, deren Farbe der von Blei glich. Sein schwarzer Oberlippenbart fiel drei Fingerbreit neben den Lippen herab. »Wer will das wissen?«

»Unsere neuen Mannschaftsmitglieder, Kapitän!«, rief Cessimasab.

Noch immer musterte Bacha seine Besucher. »Ihr lasst euch nicht so leicht Angst einjagen, was?«

»Wir Thorwaler sind für unsere Furchtlosigkeit bekannt, das wohl!«, behauptete Ohm.

»Euch gebricht es auch nicht an Mut«, meinte Phileasson. »Jedenfalls, wenn es stimmt, dass Ihr einer Rirgit nachstellt.«

»Das«, sagte Bacha langsam, »ist eine persönliche Angelegenheit.«

»Aber das Perlenmeer ist voll von Schätzen, die auf den Wagemutigen warten!«, meinte Cessimasab. »Habt ihr vom märchenhaften Reichtum gehört, den Ruban der Rieslandfahrer hier angehäuft hat?«

Endlich schüttelte Bacha Phileassons Hand. Sein Griff war so kräftig, wie die muskulösen Schultern vermuten ließen.

»Man nennt mich den Foggwulf«, stellte sich Phileasson vor. »Das hier ist Ohm Follker, den man für seine Sagas rühmt …«

»Wäre er für einen festen Wurf bekannt, wäre mir das lieber«, unterbrach ihn Bacha mit rauer Stimme.

»Oh, ich kann sehr treffsicher sein«, versicherte Ohm.

»Damit?« Bacha zeigte auf den Gurt mit den Dolchen, den der Skalde quer über der Brust trug. »Die werden die Haut eines Tigerhais nicht durchdringen. Die Schuppen sind so hart wie Zähne.«

Er sah die Frauen an. »Sind diese beiden überhaupt schon zur See gefahren?«

»Sie haben so manches Abenteuer mit mir bestanden. Und eine heroische Queste führt uns auch auf das Perlenmeer. Wir wollen eine Seeschlange erjagen.« Würde diese Eröffnung das Gespräch ebenso beenden wie bei den anderen Kapitänen? Phileasson hielt den Atem an.

»Ich fahre ein Vierteljahrhundert zur See.« Bacha neigte das Haupt, sodass die Hutkrempe das Gesicht bis beinahe zum Kinn verdeckte. »Seeschlangen bin ich erst dreimal begegnet. Es ist unwahrscheinlich, dass wir auf eine treffen.«

Ohm und Phileasson sahen sich an. Er hatte nicht abgelehnt! Und da die Götter bei diesem Wettkampf die Hände im Spiel hatten, wovon sie inzwischen alle überzeugt waren, würden sie sicher auf eine Seeschlange treffen, wenn sie sich an die Anweisungen in der Prophezeiung hielten.

»Ihr kreuzt östlich von Maraskan?«, versicherte sich Phileasson.

»Ja, im tiefsten Grund«, bestätigte Bacha, »wo die größten Haie jagen.«

Und auch die gewaltigsten Ungeheuer, dachte Phileasson. »Dann wollen wir auf unser Glück vertrauen, was die Seeschlange angeht.«

»Langsam«, mahnte Bacha. »Ich bin noch nicht überzeugt, dass ich euch vier anheuern soll.« Er zeigte auf Mirandola, die in den vergangenen Monden sichtbar an Gewicht zugelegt hatte. »So sieht keine Seefahrerin aus. Und eine Geweihte …«

»Der Beistand der Götter kann niemals ungelegen kommen«, meinte Phileasson.

»Ich bin kein frommer Mann«, sagte Bacha.

»Shaya ist auch eine hervorragende Köchin«, warf Ohm ein.

Die Gefährtin bedachte ihn mit einem Blick, aus dem Verärgerung sprach. Zu Beginn der Reise hatte sich Shaya noch geweigert, der Ottajasko zu helfen, da sie als Schiedsrichterin den Ausgang des Wettkampfs nicht beeinflussen dürfe. Inzwischen ergrimmte sie, wenn Phileasson versuchte, sie aus der größten Gefahr herauszuhalten, wie beim Kampf gegen die Oger.

»Wir sind noch mehr«, sagte Phileasson. »Insgesamt vier Thorwaler mit Salzwasser im Blut, einer davon ein Magier.«

»Wir haben sogar zwei Magier«, Mirandola verschränkte selbstgefällig die Arme, »und drei Elfen dazu. Große zauberische Kraft.«

»Versteht sich einer davon aufs Wettermachen?«, fragte Bacha. »Kann er die Wellen beruhigen oder einen günstigen Wind in unsere Segel rufen?«

Phileasson wünschte, er hätte Ragnild mitnehmen dürfen. Die Magierin konnte genau das bewirken, was Bacha beschrieb, und hatte ihm auf vielen Fahrten wertvolle Dienste geleistet. Sie war jedoch die Tochter seiner Tante und somit eine Angehörige der Glutströhm-Ottajasko, weswegen die Regeln verboten, dass sie ihn begleitete.

Tylstyr und die Elfen hatten nie entsprechende Fähigkeiten gezeigt. Bei Abdul wusste niemand, was er vermochte. Der aus dem Himmelsturm befreite Novadi war selten klar. Keinesfalls durfte man sich darauf verlassen, dass er im richtigen Moment das Wetter beeinflussen würde.

»Tylstyr kann Flammenlanzen schleudern«, berichtete Mirandola.

»Nichts ist gewonnen, wenn man einen Hai nur tötet«, erklärte Bacha. »Man muss ihn auch bergen. Dazu braucht man eine Hailanze.«

Er zeigte auf das Vorderkastell. An dem Aufbau war eine Haltevorrichtung angebracht, in der man längliche Waffen befestigt hatte. Sie waren unterschiedlich groß, aber die Machart war bei allen gleich. An die Enden des zweischneidigen Blatts schlossen sich eingeklappte Verlängerungen an. Die Scharniere würden sich öffnen, wenn der getroffene Hai zu entkommen versuchte, und die Harpune so im Fleisch verankern. Diese Spitze war auf ein Rundeisen geschmiedet, das etwa einen Schritt lang war. An seinem unteren Ende befand sich ein Ring, der es ermöglichte, das Wurfgeschoss mit einer Leine zu sichern. Unter dem Eisen schloss sich ein hölzerner Schaft an, den man wohl auswechseln konnte, wenn der Raubfisch ihn brach.

»Wir haben eine sehr gute Speerwerferin«, setzte Phileasson neu an.

»Sie versteht sich auch aufs Spurenlesen wie keine Zweite«, ergänzte Ohm.

»Auf dem Meer findet man keine Spuren«, stellte Bacha klar. »Und eine Hailanze wirft sich anders als ein Speer. Sie ist vorn viel schwerer.«

»Irulla lernt bestimmt schnell, damit umzugehen«, meinte Shaya.

»Ich habe es auch gelernt, Bacha«, erinnerte Cessimasab. »Trotz dem hier.« Die Maraskanerin hielt die rechte Hand hoch und schloss sie zur Faust. Oder wenigstens beinahe. Erst durch die Bewegung fiel Phileasson auf, dass sie die vordersten Fingerglieder nicht krümmen konnte.

»Du fährst auch nicht mit den Jagdbooten raus«, brummte Bacha. »Aber jetzt muss ich die ersetzen, die der Mut verlassen hat. Ich brauche vor allem Harpuniere. Könnt ihr mir dafür noch jemand anderen anbieten als die Speerwerferin?«

Phileasson verzichtete darauf, Praioslob, Vascal della Rescati und seine Nichte Leomara zu erwähnen. Er schüttelte den Kopf.

»Ich kann es mit euch beiden versuchen«, Bachas Geste umfasste Ohm und Phileasson, »von mir aus noch mit dem thorwalschen Magier. Die anderen brauche ich nicht.«

»Wir sind eine Ottajasko. Wir bleiben zusammen.«

»Wie viele seid ihr eigentlich insgesamt?«

»Dreizehn«, gestand Phileasson.

»Die bruderlose Zahl!«, rief Cessimasab.

»Vierzehn«, korrigierte Shaya.

Fragend sah Phileasson sie an.

»Orkengriff«, brachte die Geweihte Irullas Spinne in Erinnerung.

»Zu viele Münder, die ich füttern muss«, befand Bacha. »Der Platz auf der *Sturmvogel* ist knapp, und je mehr wir verzehren, desto schneller ist der Proviant aufgebraucht, und umso früher müssen wir umkehren.«

»Überlegt es Euch«, bat Phileasson. »Es mag nicht so scheinen, aber diese Ottajasko hat sich in heroischen Taten bewiesen. Oben im ewigen Eis haben wir …«

Der Flaschenzug brachte eine Handvoll Bewerber an Bord, denen Phileasson auf den ersten Blick ansah, dass sie genau das waren, was Bacha suchte. Die ledernen Hosen und gestreiften Hemden wiesen sie als Seeleute aus, und sie brachten sogar ihre eigenen Harpunen mit.

»Genug geschwatzt.« Bacha schritt auf die Neuankömmlinge zu.

Phileasson senkte den Blick und presste die Zähne aufeinander. Hatte er auf der Reise die falschen Leute verloren und weggeschickt? Tjorne, Zidaine … hätte er sich mehr bemühen müssen, sie in der Ottajasko zu halten? Oder lag der Fehler schon in Riva, als er mit Swafnild auch die fähigsten Seefahrer heimgeschickt hatte? Hatte er zu kurzsichtig gehandelt, nur die unmittelbar anstehende Aufgabe gesehen, die sie über Land geführt hatte? Beorn dagegen setzte auf Thorwaler, von Beginn an. Mit dieser Mannschaft hatte er die Silberflamme errungen. Und jetzt, bei dieser neuesten Herausforderung, hatte er Tjorne und Zidaine an seiner Seite. Dazu das wuchtige Weib, das sich ihm irgendwo in Tobrien angeschlossen hatte ... alle Vorteile aufseiten des verfluchten Blenders!

»Er ist es«, raunte Shaya.

Phileasson folgte ihrem Blick.

»Der Schatten.« Ihre Stimme zitterte. »Er wirft den Schatten, den ich im Tal der Türme gesehen habe. Das ist der Kapitän.«

Bacha hatte den Mantel angelegt, den der Junge ihm geholt hatte. Da er noch immer den Hut trug und Phileasson den Rücken zuwandte, war er in diesem Moment nicht mehr als eine dunkle gesichtslose Gestalt. Die im Westen stehende Sonne warf seinen Schatten auf das Hauptdeck.

»Bist du sicher?«, flüsterte Phileasson.

»Er ist es«, bekräftigte Shaya. »Das wohl.«

Phileassons Gedanken rasten. Er war auf dem richtigen Weg, aber er musste jetzt klug handeln, um auf Bachas Schiff zu kommen. Sollte er ihm das Gold anbieten, das Stoerrebrandts Schuldbrief einbrachte?

Cessimasab gesellte sich zu den Gefährten. »Was überlegst du, Bruderschwester?«

Phileasson überging die seltsame Anrede. »Denkst du, wir könnten Bacha bezahlen, damit er mit uns hinausfährt?«

Zweifelnd legte die Maraskanerin den Kopf schief, was den Eindruck erweckte, als wollte die gelockte Hälfte ihres Haars auch noch vom Kopf rutschen und sie gänzlich kahl zurücklassen. »Ich fürchte, das würde den Kapitän beleidigen. Er arbeitet nicht für andere, nur für die eigene Börse.«

»Was ist mit der Rache an dieser gelben Rirgit?«, fragte Mirandola. »Ist da etwas dran?«

»Die Schönheit des Menschenherzens liegt in seiner Vielfalt«, orakelte Cessimasab. »Bacha jagt ein Vierteljahrhundert lang Haie, aber, ja: Buckmann sagt, er ist früher, bevor das Ungeheuer seinen Arm abgerissen und ihn für Wochen auf das Fieberlager geschickt hat, nicht so oft so weit hinausgefahren.«

»Also sucht er sie?«

»Er wird sich von niemandem seinen Kurs vorschreiben lassen, falls ihr das vorhabt.«

»Ich glaube nicht, dass das nötig sein wird.« Phileasson war es recht, wenn sie in tiefe Gewässer fuhren, wo sich solche Monstren aufhalten mochten, denn das konnte die Wahrscheinlichkeit erhöhen, auf eine Seeschlange zu treffen. Laut Prophezeiung mussten sie sich lediglich östlich von Maraskan halten. »Vor der Ostküste Maraskans, das Meer durchpflügend, werdet ihr finden, was euch bestimmt ist«, zitierte er.

Phileasson ballte die Hände zu Fäusten. Seefahrer hin oder her – seine Ottajasko war jeder Herausforderung gewachsen. Aber wie konnte er das Bacha begreiflich machen?

Doch mit Gold?

Im Moment war er in das Gespräch mit den Harpunieren vertieft.

»Besser, ihr stört ihn jetzt nicht«, erriet Cessimasab seine Gedanken. »Wenn man Bacha bedrängt, verhärtet sich seine Meinung nur. Trefft uns morgen Abend im *Mendenischen Brauhaus*. Bis dahin mag die Lage eine andere sein.«

»Das klingt, als würdest du uns ein Wunder in Aussicht stellen«, meinte Shaya.

Schalkhaft zwinkerte Cessimasab der Geweihten zu. »Wir selbst sind das Wunder, Schwester, und die Welt ist schön.«

Mendena,
zwanzigster Tag im Vinmond

»Er ist sehr kräftig, aber er wird nie galoppieren«, sagte Mirandola Ernathesa bedauernd. Sie riss ein Büschel frisches Gras aus und hielt es dem riesigen Kaltblüter hin.

Die dicken feuchten Lippen des Hengsts öffneten und schlossen sich schon, während sich der große Kopf näherte. Er hätte dichter an den Zaun der Koppel treten können, aber das traute er sich wohl nicht.

Praioslob sah in eines der dunklen Augen und tätschelte den hellbraunen Hals. Er verstand, was Mirandola meinte: Dies war kein Reitpferd, stattdessen würde man es vor einen Pflug oder einen Karren spannen. Es würde keinen Sattel, sondern ein Joch tragen.

Immerhin klang sein Schmatzen glücklich.

Hinter der Pferdekoppel stakste ein Stelzenläufer vorbei. Er traute sich wohl nicht in das Gedränge des Viehmarkts, der das Gebiet außerhalb der Stadtmauer belagerte. Dünne Bänder hingen von seinem hellblauen Gewand herab. Bei Wind wären sie wohl lustig hinter ihm hergeflattert, aber heute herrschte eine drückende Hitze. Immerhin bewegte er sich in luftiger Höhe, er erreichte die Dächer der lang gestreckten Scheunen, an denen Bauern Heu für die Tiere feilboten.

»Besucht das Gauklerlager am Pfad, der zur Burg hinaufführt!« Die Stimme des Stelzenläufers klang hohl, weil er eine orangefarbene Holzmaske trug, die in einen gebogenen Schnabel auslief. »Lacht beim komödiantischen Schauspiel! Ergötzt euch an der bärtigen Frau und am elffingrigen Mann!«

»Meinen elften Finger wollen auch alle sehen!«, rief ein schmerbäuchiger Mann mit Schlapphut hinauf und nestelte an seiner Hose.

Praioslob sah zu Burg Talbruck hinüber, einer kantigen Wehranlage, die sich westlich der Stadt auf einem Hügel erhob. Die blauen Flaggen hingen schlaff in der warmen Luft. Über den Zinnen glänzte ein Helm.

Wenigstens blieb der Wächter dort oben von den Ausdünstungen des Viehs verschont, dachte Praioslob. Die Pferdekoppel stand am Rand des Marktgeländes. Schafe, Rinder und Schweine drängten sich zwischen den Gattern, und aufgeregte Hunde zerrten kläffend an den Leinen, die ihr Besitzer an einen Baumstamm gebunden hatte. Das verhinderte, dass man unter der weit ausgreifenden Krone Schatten suchte.

Mirandolas Kleidung war zu fein für diesen Ort. Die rot-weiß gestreifte Tunika hatte sie erst gestern erworben, und die bauschige Feder auf ihrem breitkrempigen Hut schien sich über das profane Treiben der feilschenden Marktbesucher erheben zu wollen.

Nun ja, auch Praioslob war hier ein Sonderling mit dem roten Festgewand, das sein Glaubensbruder ihm geschenkt hatte. Dennoch zog Galandel die-von-Ometheon-singt die meisten Blicke auf sich. Das war wohl nicht ihrer neuen weißen Wildlederkleidung, sondern dem Umstand, dass sie eine Elfe war, geschuldet. Sicher sah man in Mendena ab und zu einen Angehörigen ihres Volks, aber allzu häufig war der Anblick bestimmt nicht.

Auch der Stelzenläufer bemerkte die Aufmerksamkeit. Breitbeinig, leicht in der Hüfte verdreht, blieb er stehen. »Wollt Ihr Euch nicht zu uns gesellen, werte Frau Elfe?«, rief er herab. »Wir spendieren Euch von unserem Spanferkel, wenn Ihr Euch von den Kindern bestaunen lasst!«

Verständnislos sah Galandel Praioslob an.

»Beachte ihn nicht«, riet der Geweihte.

Er bückte sich und riss ein Grasbüschel aus, um es dem Pferd anzubieten, das Mirandola angelockt hatte. Innerhalb der Koppel war der Boden zertreten.

»Wird dir das Gedränge auch nicht zu anstrengend?«, fragte Mirandola die Elfe. »Wegen der Vielzahl der Melodien, meine ich?«

Eigentlich hatten sie einen Spaziergang über die Weiden machen wollen, um dem Trubel der Hafenstadt zu entkommen. Für sie gab es nichts zu tun, solange sie kein Schiff fanden. Erst heute Abend würde sich die gesamte Ottajasko im *Mendenischen Brauhaus* einfinden. Und Galandel erschien schon träge, seit sie Mendena erreicht hatten. Anders als die anderen bewegte sie sich kaum aus ihrer Unterkunft heraus, also vermuteten sie, dass die Elfe vielleicht vom Stadtleben eingeschüchtert sein könnte.

Aber der Viehmarkt hatte Mirandola und Praioslob angelockt. Sie beide liebten Pferde. Umso mehr schmerzte der Anblick der traurigen Kreatur. Auch das Vertrauen, dass der Herr Praios jedem Wesen seinen Platz im Leben zuwies und diese Tiere wohl zum Dienen geboren waren, tröstete Praioslob nicht.

»In diesem Lärm klingt eine Melodie der Stille.« Galandel sah zur nächstgelegenen Scheune hinüber. »Todesstille.«

In ihrer blumigen Ausdrucksweise waren die Elfen oft schwer zu verstehen, aber Praioslob hatte gelernt, sie besser ernst zu nehmen. Das mäßig spitze Dach schien erschöpft auf dem lang gezogenen Haus zu liegen. Im rötlichen Holz der Wand waren einige schmale Öffnungen ausgesägt. Praioslob kannte das vom elterlichen Gestüt, man musste der Luft ein wenig Bewegung gestatten, damit Heu und Stroh nicht faulten. Anders als bei den anderen Scheunen, wo die Bauern Futter anboten oder mit Marktbesuchern schwatzten, war hier das Tor geschlossen. Ein Mann in einer verwaschenen roten Tunika lehnte daran und sah sich ständig um.

»Todesstille?« Im Schatten ihres Huts runzelte Mirandola die Stirn.

Das Pferd schnaubte.

»Da stimmt etwas nicht.« Mit einem Blick versicherte sich Praioslob, dass Galandel noch immer zur Scheune sah. »Schauen wir uns das doch einmal an.«

Sie umrundeten die Koppel, hinter der das Gedränge merklich abnahm.

Der Mann in der roten Tunika setzte an, das Tor zu öffnen, überlegte es sich dann aber anders. Er blickte in ihre Richtung, sah sie jedoch nicht direkt an, bis sie unmittelbar vor ihm standen. »Praios zum Gruße«, sagte er dann.

»Praios zum …«, setzte der Geweihte an.

Ein Schmerzensschrei klang gedämpft aus der Scheune.

»Was ist da …«

Mirandola packte den Mann und zog ihn vom Tor fort.

Praioslob öffnete.

Das Dämmerlicht im Innern reichte aus, um ein knappes Dutzend Gestalten auszumachen. Sie umringten einen großen Mann mit langem weißem Haar, aus dem sich spitze Ohren schoben. Seine Augen waren jedoch merklich kleiner als etwa bei Galandel, weswegen Praioslob einen Halbelfen in ihm vermutete. Er war nur leicht bekleidet, mit einem Hemd, das seine schlanke Taille freiließ, und einem bis zu den Knien fallenden Schurztuch. Eine Flöte hing an einem Lederband an seinem Hals. Seine Körperhaltung kündete von Wachsamkeit. Er hielt in jeder Hand zwei Klingen, sie waren wohl jeweils durch einen gemeinsamen Griff miteinander verbunden, den er mit den Fäusten umschloss. Am Daumen und unter dem kleinen Finger bogen sich die Schneiden krallenartig nach vorn.

Zwei Schritt von ihm entfernt kam ein junger Mann auf die

Beine und stolperte in den Kreis zurück. Er trug eine graue Kutte und quer über die Brust ein Stoffband, dessen Farbe Praioslob im Halbdunkel nicht ausmachen konnte. Dunkle Flecken besudelten das Gewand am Kragen und auch die Hand, mit der sich der Jüngling Hals und Wange hielt.

Der Halbelf beobachtete den Verwundeten mit eisig drohendem Blick und stieß ein dunkles Grollen aus.

»Haltet ein!« Mirandola griff an ihren Degen.

Praioslob legte eine Hand auf ihren Arm. Eine weitere Waffe würde nicht zur Befriedung der Situation beitragen.

»Wer seid ihr?«, fragte er stattdessen mit der festen Stimme eines Predigers.

Der Blick des Halbelfen wechselte zwischen Galandel und ihm, wobei sich ein Hauch von Verwirrung in seine zornige Miene mischte.

Es waren offensichtlich einfache Leute, die ihn umringten. Ihre Füße steckten in Sandalen oder Holzschuhen, ihre Kleidung war aus Leinen oder grober Wolle gefertigt und oft mehrfach geflickt. Die meisten trugen allerdings darüber hinaus Schärpen, und auf einer von ihnen erkannte Praioslob die Sonne seines Gottes, wenn auch von ungeschickter Hand gestickt.

»Wir sind bescheidene Streiter des Herrn von Ordnung und Gesetz, der die Zauberei hasst!«, rief ein Mann, dessen Gesicht Praioslob an das Pferd erinnerte, das er gerade gefüttert hatte. »Dieser Magier«, er zeigte auf den Halbelfen, »missachtet seinen Willen!«

Die entschlossenen Mienen der anderen verrieten, dass sie seinen Zorn teilten.

»Wie ist dein Name?«, fragte Praioslob.

Er verbeugte sich, aber aus dieser Geste sprach mehr Trotz als Respekt. »Arnfried, Donator Lumini.«

Sein neues Gewand machte Praioslobs Rang offensichtlich. Er nickte. »Und du?«, fragte er den Halbelfen.

»Ich bin Utharion Firwyn.«

»Nur was vollständig ist, ist auch wahr!«, ereiferte sich eine dickliche Frau mit langen Zöpfen. »Stell dich mit deinem schändlichen Titel vor, Magier!«

Utharion presste die Lippen aufeinander. Seine Haltung kündete noch immer von Kampfbereitschaft, aber er schien nicht angreifen zu wollen. Das wäre angesichts der schieren Anzahl seiner Gegner auch Wahnsinn gewesen.

Praioslob straffte die Schultern. Gerade bei einfachem Volk erlangte nur Respekt, wer mit Autorität auftrat. Man machte ihm Platz, als er in den Kreis schritt. Er drehte sich um die eigene Achse und sah in die Gesichter der Menschen, die eine seltsam gegensätzliche Mischung aus Entschlossenheit und Unsicherheit zeigten. Das Auftauchen des Geweihten und seiner Begleiter überraschte sie verständlicherweise, in den nächsten Herzschlägen mochte die Entwicklung zur einen oder zur anderen Seite kippen.

Zwei von ihnen hatten ihre Knüppel weggelegt und kümmerten sich um den Verwundeten. Mirandola nahm ihren Hut ab und erwiderte Praioslobs Blick abwartend, mit der Hand am Heft des Degens. Galandel dagegen wanderte am Kreis entlang, um hier und da durch eine Lücke im Gedränge einen Blick auf den Halbelfen zu erhaschen. Die Menschen waren allesamt größer als die zierliche Elfe.

Utharion trug eine Zeichnung auf der Stirn, wie Praioslob jetzt sah. Vielleicht ein gestochenes Hautbild. In einem Kreis zeigte es eine Raute, die zwei nach innen gebogene Linien überlagerten.

»Was werft ihr Utharion Firwyn vor?«, fragte Praioslob.

Soweit er sah, gab es nur den einen Verletzten. Falls noch weitere Verwundungen erlitten hatten, waren sie so geringfügig, dass er sie im Dämmerlicht nicht erkannte.

»Ein Magier hat sich erkenntlich zu kleiden!«, rief Arnfried. »So steht es im Codex Albyricus. Auf Reisen muss er eine graue Robe anlegen, damit die Eltern ihre Kinder von ihm fernhalten können und er sie nicht mit seiner Verderbnis ansteckt. Gerade die Kleinsten sind so leicht zu beeindrucken!«

»Eine Robe wäre mir in dieser Hitze unerträglich«, sagte Utharion.

In der stickigen Luft der Scheune konnte Praioslob das verstehen, und auch auf dem Viehmarkt, wo kein Wind ging, war es kaum besser. Am Hafen in der Meerbrise allerdings hätte er im beinfreien Aufzug des Halbelfen gefroren, und auch die Nächte konnten kühl werden.

»Die Bequemlichkeit des Zaubererpacks geht uns nichts an!« Tröpfchen sprühten aus dem Mund der rundlichen Frau. »Es ist das Gesetz! Er muss eine graue Robe tragen! Und einen Hut mit Krempe, nicht so ein Stoffband.« Sie schwenkte einen Streifen, dessen Enden verknotet waren.

»Was hast du da?«

»Damit hat er versucht, das Zauberzeichen auf seiner Stirn zu verbergen. Befühlt es einmal selbst, Donator Lumini.« Vorsichtig Abstand zu Utharion und seinen Faustklingen haltend, kam sie zu Praioslob und gab ihm das Band.

»Es ist kalt!«, stellte er überrascht fest.

Es war nicht nur kühl, wie Metall es manchmal war, sondern so eisig wie das Wasser eines Bachs, der aus einer schattigen Höhle plätscherte.

»Jawohl!«, triumphierte die Frau. »Seine Kleidung tritt die Gesetze der Natur und der Götter mit Füßen. Nicht nur wegen seiner Erscheinung! Bei diesem kalten Stoff geht es nicht mit rechten Dingen zu.«

Fragend sah Praioslob Utharion an.

»Ich schwitze leicht«, erklärte der zu seiner Verteidigung. »Kein Gesetz verbietet einen Kältezauber.«

»Aber die Robe!«, rief Arnfried aufgebracht. »Würde er eine Robe tragen, könnte man sich fernhalten. In seinem Aufzug mag man sich ihm jedoch versehentlich nähern und mit dem unheiligen Kältehauch verseucht werden.«

Auch Praioslob fühlte sich unwohl mit dem verzauberten Band in der Hand, aber er sah keine Möglichkeit, es auf die Schnelle loszuwerden, ohne die Situation zu verschärfen. Diese Menschen handelten nicht aus Selbstsucht, sondern weil sie sich als Streiter für eine gute Sache wähnten. Er musste einen Weg finden, die Gemüter zu beruhigen.

»Ist überhaupt erwiesen, dass Utharion ein Magier ist und somit dem Codex Albyricus unterliegt? Elfen verfügen über angeborene zauberische Fähigkeiten, ohne dass sie …«

»Und ob er dem verderbten Magierpfad folgt!« Arnfried zeigte zur Wand der Scheune, wo ein Rucksack stand. Daneben lehnte ein merkwürdiger Stab. Er bestand aus keinem dafür üblichen Material, weder Holz noch Metall. Er hatte eine gewisse Ähnlichkeit mit kantig gebrochenem Glas, aber das hätte bei einer Länge von zwei Schritt keine Stabilität haben dürfen. Es war offensichtlich, dass magische Kraft dieses Gebilde durchtränkte.

»Ein Zauberstab …«, murmelte Praioslob.

»So ist es!«, triumphierte Arnfried. »Und deswegen hätte er eine Robe tragen müssen!«

Zustimmendes Gemurmel erhob sich.

Praioslob war froh, dass Galandel ihren mit schratischen Fetischen behängten Stab in ihrem Zimmer gelassen hatte. Ansonsten hätte sie leicht in dieselbe Erklärungsnot gelangen können wie Utharion, obwohl sie ganz sicher keine Gildenmagierin war.

»Dieses Ding hier …« Arnfried ging auf den Zauberstab zu.

Utharion wechselte blitzschnell die Faustklinge aus der Rechten in die andere Hand und stieß den Zeigefinger vor. »Frigifaxius!«, rief er.

Ein blauweißer Strahl schoss auf Arnfried zu und traf ihn in die Brust.

Röchelnd krümmte sich der Mann zusammen.

Mit Wutschreien warf sich die Menge auf Utharion. Praioslob wurde so heftig angerempelt, dass er stürzte. Knüppel und Fäuste wurden geschwungen. Ein stämmiger Stallbursche mit einem Dreschflegel drängte voran, fand in dem Tumult aber keinen Platz, um seine Waffe einzusetzen.

Mit einem Ächzen stemmte sich Praioslob hoch. Wenigstens konnte er jetzt das widerliche verzauberte Stirnband auf dem Boden liegen lassen, aber das war natürlich das geringere Problem.

»Haltet ein!«, rief er, doch im Geschrei der aufgebrachten Menge ging seine Stimme unter. »Ihr könnt nicht für den Herrn des Rechts streiten, wenn ihr das Recht missachtet!«

Offenbar behinderten sich die Angreifer gegenseitig. Zu Praioslobs Erstaunen entkam Utharion dem Tumult, indem er sich schlangengleich zwischen ihren Beinen hindurchwand. Er steckte einige Tritte ein, erreichte aber die Leiter, die zum Heuboden führte, und kletterte hinauf.

Ein schlanker Mann mit einer Maurerkelle am Gürtel folgte ihm auf die Sprossen, aber Utharion kippte die Leiter um. Sie fiel in die Menge, die den Stürzenden auffing.

Hell und klar drangen Galandels Stimmen an Praioslobs Ohr: »Bian bha la da'in …«

Die Gefährtin stand mit ausgebreiteten Armen neben Mirandola, die nun zwar den Degen gezogen hatte, die Spitze der Waffe aber senkte.

Praioslob merkte, wie sich sein Pulsschlag beruhigte. Auch die Menschen wurden stiller, und Utharion hockte sich abwartend an die Kante des Heubodens.

Galandels sanfter Gesang wurde zum lautesten Geräusch.

Praioslob blinzelte. Er wischte mit einer unwirschen Handbewegung in Richtung der Elfe. »Das reicht jetzt mit der Zauberei!«

Galandel verstummte.

Praioslob sah zu Utharion auf. Seine Ankläger hatten recht: Er war ein Magier. Darauf deutete nicht nur der Zauberstab aus Glas oder Kristall hin. Er zauberte auch auf andere Weise, als Galandel es tat. Die Elfe sang, sie webte ihre Melodie in das Lied der Welt ein, wie Salarin es ausdrückte. Utharion dagegen hatte eine Formel gesprochen, so wie Tylstyr es immer tat. Er folgte der Schule der Gildenmagier.

»Welcher Gilde gehörst du an?«, wollte Praioslob wissen.

»Der Großen Grauen Gilde des Geists«, antwortete Utharion sichtlich widerstrebend.

»Von welcher Akademie kommst du?«

»Das werde ich nicht offenbaren.«

»Was spielt das für eine Rolle?« Wenigstens klang Arnfried weniger aufgebracht als zuvor. »Er ist ein Magier, er hätte eine Robe tragen müssen. Wenn er nicht runterkommt, zünden wir eben die Scheune an.«

»Und wie erklärst du das dem Bauern, dem sie gehört?«, donnerte Praioslob. Er streifte die falsche Sanftmut des Zaubers ab wie eine klamme Decke. Es war ein gutes Gefühl, wieder seine echten Empfindungen zu spüren.

»Der Bauer kann wirklich nichts dafür«, sagte der Mann mit

der Wunde am Hals. Er presste ein Tuch auf die Verletzung und stand gebückt.

»Das stimmt«, gestand Arnfried murrend zu. »Also holen wir ihn runter und verpassen ihm eine Abreibung!«

Zögerlich legte man die Leiter an. Utharion ließ es zu, beobachtete es aber wachsam.

»Nach welchem Recht wollt ihr ihm *eine Abreibung verpassen?*«, fragte Praioslob. »Wer von euch bemisst die Strafe? Wollt ihr ihn nackt durch Mendena treiben? Ihn verprügeln? Ihm die Knochen brechen? Oder ihn gleich totschlagen?«

Arnfried wich seinem Blick aus. »Wir vertrauen auf dein Urteil, Donator Lumini. Sage uns, welche Strafe das Recht vorsieht.«

»Der Codex Albyricus verlangt«, Praioslobs Stimme fand zu alter Sicherheit zurück, »einen zu bestrafenden Magier an die Gerichtsbarkeit seiner Gilde zu überstellen.«

»Wir können das Urteil doch nicht den Magiern überlassen!«, protestierte Arnfried. »Das kann nicht der Wille des Herrn Praios sein! Er verdammt die Zauberei!«

»Auch wenn er es nicht gern sieht«, verkündete Praioslob, »ist es erlaubt, die magische Kunst zu studieren. Ist der Herr Praios etwa nicht der Herrscher der Götter und der Gott der Herrscher? Wer, wenn nicht er, gab eurem Grafen, eurem Kaiser und deren Vorgängern die Macht, Gesetze zu erlassen? Und diese Gesetze weisen den Magiern ihren Platz zu.«

»Soll er denn ungeschoren davonkommen?«, klagte Arnfried. »Das kann nicht die Gerechtigkeit des Praios sein, Donator Lumini.«

»Wenn ihr so von eurer Rechtschaffenheit überzeugt seid, dann lasst uns doch hinaustreten«, schlug Praioslob vor. »Warum verkriecht ihr euch in einer Scheune? Tut, was ihr tun wollt, im hellen Licht der Sonne!«

Die Menschen zögerten.

»Sicher habt ihr auch bedacht«, fuhr Praioslob fort, »dass die Anmaßung einer Gewalt, die euch nicht von eurem Herrscher gegeben ist, ebenfalls unter Strafe steht. Oder hat er euch zu Bütteln ernannt?«

»Wir folgen dem Willen des Herrn Praios«, nuschelte Arnfried.

»Dann hat euch der Vorsteher des Tempels zu seinen Handlangern ernannt?«

Mulmige Blicke wichen ihm aus.

Praioslob legte die Arme auf dem Rücken zusammen. »Mir scheint jedoch, eine Strafe ist gar nicht notwendig. Für niemanden. Praios findet Gefallen am Recht, nicht am Elend desjenigen, der eine Verfehlung begangen hat. Stellen wir also das Recht wieder her.«

»Ich kann diese Wunde gesund singen«, bot Galandel mit Blick auf den Verletzten an.

Der sah die Elfe unsicher an.

»Nichts wird zurückbleiben.« Mirandola schob ihren Degen zurück in die Scheide. »Wir haben das oft gesehen. Glaube mir, Galandel hat Wunden geheilt, die schartige Säbel geschlagen haben. Sie macht das länger, als du lebst.«

Um Erlaubnis heischend, blickte der Mann zu Praioslob.

Der Geweihte schaute weg. Er wusste nicht, wie tief der Schnitt ging. Sicher hätte sich auch ein Heiler mit einem Verband und Salben darum kümmern können. Es hätte Tage, wenn nicht Wochen gedauert, und wenn Schmutz in die Wunde gelangt war, mochte sie sich entzünden. Zudem sah der Mann mit seinem groben Gewand nicht so aus, als könnte er sich eine Behandlung leisten.

Galandels Heilgesang erklang. Die Mienen in der Menge sprachen von Neugier, Hoffnung und Erleichterung. Sosehr die Magie sie ängstigte, diese Menschen wollten keinen der Ihren leiden sehen.

»Nicht Strafe, sondern Recht ist das Ziel jener, die den Gott der Sonne verehren«, nahm Praioslob seinen Gedanken wieder auf. »Ein Magier hat einen von euch verletzt, und Zauberei heilt ihn wieder.«

»Also brauchen wir den Zorn des Herrn nicht zu fürchten?«, versicherte sich Arnfried.

Praioslob merkte, wie ihm der Schweiß auf die Stirn trat. Hätte er vor Urischion rechtfertigen können, wie er hier vorging?

Aber es war der beste Weg, den er sah, um ein Blutvergießen zu vermeiden, das niemandem nützen und das niemand wollen konnte. Erst recht nicht Praios. Diese Eiferer folgten einem naiven Glauben, den der Geweihte bis zu einem gewissen Grade durchaus bewunderte. Vielleicht hatte das Schicksal ihre Überzeugungen nie einer ernsthaften Prüfung unterzogen. Oder möglicherweise doch, auch Praioslob hatte den Himmelsturm mit stärkerem Glauben verlassen, als er hineingegangen war.

Jedenfalls hatten auch sie durch ihr eigenmächtiges Handeln das Recht gebrochen. Ebenso wie der Magier Utharion durch seine unangemessene Kleidung. War es da nicht ebenso gerecht, ihnen allen mit Milde zu begegnen, wie, sie alle einer Strafe zuzuführen?

Praioslob war froh, als der elfische Heilgesang zum Ende kam.

»Ihr sprecht wahr«, urteilte er, »wenn ihr darauf hinweist, dass der Codex Albyricus ein graues Reisegewand von jedem Magier fordert.«

Er sah den Geheilten an. Die dunklen Flecken auf seiner Kutte erinnerten an die Verletzung, aber am Hals gab es keine Wunde mehr, auch keine Narbe, nicht mal eine Rötung.

»Glücklicherweise trägt unser Freund ein Gewand von rechter Farbe und passendem Schnitt. Da du bereit warst, dein Leben für das Recht zu geben, wird es dir nicht schwerfallen, ein wenig Wolle dafür zu verschenken, nehme ich an. Erlaubst du, dass der Magier sich mit deiner Kutte bedeckt?«

»Es wäre nicht recht, wenn Tralbert einen Verlust erlitte!«, rief die dicke Frau, die Praioslob das Stirnband gegeben hatte.

Praioslobs Blick fiel auf Mirandolas neue Ohrringe. Die Saphire darin waren nur Splitter, aber dennoch überstiege ihr Wert sicher den der Kutte.

»Nein, ich will dem Recht dienen!«, rief Tralbert und zog sein Gewand über den Kopf.

Darunter trug er lediglich einen Schurz. Sorgfältig löste er die Schärpe und legte sie sich quer über die Brust. Sein Leib war vom Hunger so ausgemergelt, dass Praioslob jede Rippe sehen konnte.

Ein Sonnenstrahl fiel durch eine der Öffnungen in der Scheunenwand auf Tralberts Schärpe und offenbarte, dass sie tatsächlich so rot war wie die prächtige Tunika, die Praioslob von Urischion erhalten hatte.

Er nahm die zusammengelegte Kutte des armen Mannes. Die Wolle kratzte.

Praioslob wandte sich um und streckte Utharion das Gewand entgegen. »Komm herunter und lege diese Kleidung an!« In Gedanken fügte er an, dass das wahrhaft eine Strafe war. Auch der Geruch war nichts für empfindliche Nasen, und der Halbelf besaß vermutlich schärfere Sinne als ein Mensch.

Utharion benutzte die Leiter wie eine Treppe, er stieg die Sprossen vorwärts hinab und brauchte die Hände nicht, um sich festzuhalten. Er schien der Entwicklung zu trauen, die Faustklingen baumelten nun in Lederscheiden an dem schmalen Gürtel, der seinen Schurz hielt.

Als er die Kutte überzog, schauderte Praioslob in der Kälte, die vom knappen Hemd des Magiers ausging. Galandel dagegen gab dem Halbelfen das kühle Stirnband nur mit sichtlichem Widerwillen zurück.

»Ich danke Euch«, sagte Utharion. »Und jetzt werde ich diesen ungastlichen Ort verlassen.«

Unter den teils unentschlossenen, teils feindseligen Blicken der Menge nahm er Rucksack und Zauberstab an sich. Er machte einige schnelle Schritte auf Tralbert zu und streckte ihm etwas entgegen.

Der dürre Mann sah ihn furchtsam an.

»Nimm es für dein Gewand«, ermutigte Utharion ihn mit Grabesstimme. »Es ist gutes Trockenfleisch. Aus dem Humus genährt von Nurtis Kraft, im Eis genommen mit Zerzals Macht.«

Während Tralbert zaudernd zugriff, blickte Praioslob schaudernd zu Galandel. Aus ihren und Salarins Erzählungen wusste er von der luchsköpfigen Göttin des Todes, die die Elfen vor langer Zeit verehrt hatten.

Die Elfe sah jedoch Utharion nach, der die Scheune mit seinem Rucksack über der Schulter verließ. Den Blick, mit dem Galandel ihn dabei beobachtete, vermochte Praioslob nicht zu deuten.

Ilsur,
zwanzigster Tag im Vinmond

Kaum dass Beorn Asgrimmson seinen Fuß auf festen Boden setzte, bemerkte er einen jungen Mann, der aus dem engen Hafen stürmte, als habe die verfluchte Hranngar ihr Haupt aus dem trüben Wasser des Dogul erhoben.

»Das nenn ich mal einen Empfang!«, erklang Eilif Sigridsdottirs volltönende Stimme hinter ihm. »Der zarte Jüngling eilt in die Stadt, um die frohe Botschaft meiner Ankunft unter den männlichen Bewohnern zu verbreiten.« Sie spuckte von der Laufplanke in den Fluss hinab. »Auf Schiffen, die nicht gerudert werden, findet man keine richtigen Männer.«

Beorn war froh, dass sie die *Hammer des Nordens* verlassen konnten. Noch einen Tag länger an Bord der kleinen Kogge, und Eilifs beständiger Spott über die Besatzung hätte in Blutvergießen geendet. Wobei es zweifellos zutraf, dass sie stärker war als jeder der Schiffer.

Neugierig sah sich Beorn in dem kleinen Hafen um. Ilsur war eine beschauliche Stadt, die sich über zwei Inseln an der Mündung des Dogul erstreckte, verbunden durch eine mit trutzigen Türmen befestigte Brücke. Im Hafen westlich der Brücke, die hochgeklappt werden konnte, um Schiffe passieren zu lassen, lagen nur Fischerboote und kleine Küstenfahrer. Trotz ihrer bescheidenen Abmessungen war die *Hammer des Nordens* das größte Schiff, das hier vor Anker lag.

Keine halbe Meile entfernt ankerten zwei kaiserliche Biremen in der Flussmündung. Sie waren längsseits der Kogge gegangen, und ein Enterkommando hatte den Frachtraum des Kauffahrers durchsucht. Außer Heringsfässern gab es dort nichts zu finden, doch Beorn war sich bewusst, dass seine Ottajasko das Misstrauen der Kapitäne geweckt hatte. Offenbar erwartete man Ärger, wo Thorwaler waren.

Er blickte zurück über den träge zum Meer strömenden Fluss. Ein großes Beiboot eilte wie ein riesiger Wasserkäfer über die trägen Fluten dem Hafen entgegen. Vielleicht waren die Kapitäne der Biremen ja in Sorge, dass Ilsur der Invasion einer schlagkräftigen Thorwalertruppe nicht gewachsen war.

Pardona, in Gestalt der Traviageweihten Lenya, verließ als Letzte die *Hammer des Nordens*.

Ein korpulenter rotgesichtiger Mann mit aufgekrempelten Hemdsärmeln kam zu ihnen herab an den gemauerten Kai. »Efferd zum Gruße, Fremde!«, schmetterte er ihnen entgegen.

Von ihm abgesehen gab es nur einige Fischer, die netzeflickend im Schatten breitkrempiger Strohhüte auf der Mole hockten, hinter der sich große hölzerne Lagerhäuser erhoben.

Drückende Sommerhitze lag am frühen Abend über dem Hafen. Jenseits der Lagerhallen erkannte Beorn niedrige Fachwerkbauten. Irgendwo in der Ferne hörte er das rhythmische Klacken von Webstühlen.

»Swafnir zum Gruße«, entgegnete der Drachenführer. »Wer bist du?«

Sein Gegenüber lächelte unter einem silbergrauen Schnäuzer, dessen Enden stolz in die Höhe gezwirbelt waren. »Der Hafenmeister. Es sollte an mir sein, hier die …«

»Wo finde ich ein Nachtquartier für meine Recken?«

Eine Zornesfalte erschien auf der Stirn des Hafenmeisters. Er setzte an, etwas zu sagen …

»Heho, edle Krieger aus Ifirnsland!«, schmetterte eine Stimme durch den Hafen. Ein Hüne trat an der Spitze einer kleinen Gruppe von Männern und Frauen in dunklen Waffenröcken, auf denen das Stadtwappen mit dem stattlichen Schwan auf blauer Spitze prangte, aus einer Gasse zwischen den Lagerhallen. Er musste fast so groß sein wie Eilif.

Mit langen Schritten kam er näher. »Das nenne ich mal eine stattliche Menge von Waffen, die ihr mit euch herumschleppt.«

»Wir wissen sogar, wie man damit umgeht«, bemerkte Olav Stirson knurrig.

»Daran zweifle ich nicht.« Der Hüne hatte sie erreicht und

blickte mit Augen, blau wie der Sommerhimmel, auf Beorn herab.

»Wir suchen eine Gruppe von Thorwalern«, erklärte Beorn. »Die Drachen von Llanka …«

Der Anführer der Stadtbüttel setzte schon an, etwas zu sagen, als ihm der Hafenmeister zuvorkam. »Hier in Ilsur gibt es weder Thorwaler noch Drachen.« Er lächelte. »Ihr könnt also wieder an Bord gehen und weitersegeln.«

Aus dem Augenwinkel sah Beorn, dass das Ruderboot fast die Mole erreicht hatte. Es glitt aus seinem Blick.

»Wir haben nur eine Reise bis Ilsur bezahlt«, bemerkte Pardona. Ihre Stimme klang höflich und doch bestimmt. Sie ging meisterlich in ihrer Rolle auf. »Wenn Ihr uns vielleicht freundlicherweise eine Unterkunft nennen könntet?«

»Eine, in der es was Stärkeres gibt als die Bullenpisse, die man in Festum Bier nennt«, meldete sich Eilif zu Wort.

Wie sehr er Zidaines Schweigen doch liebte, dachte Beorn.

»Damit können wir dienen!« Der Hüne von den Stadtbütteln bedachte Eilif mit einem breiten Lächeln. »Das gut! Nicht wahr? So sagt man doch in Thorwal.«

»Das wohl, heißt es«, stellte Beorn klar.

»Machen diese Piraten Schwierigkeiten?« Einer der Biremenkapitäne war auf der Mole erschienen. Rojer um Rojer kletterte hinter ihm eine Schar seiner Seekrieger auf den steinernen Anleger. Allesamt wettergegerbte Kerle und Schwertmaiden. Im Gegensatz zu den Stadtbütteln, die dem hünenhaften Anführer folgten, wären sie eine Herausforderung, wenn es hart auf hart käme.

»Diese *Piraten*«, erklärte der Hafenmeister, »sind – wie Ihr auch, Kapitän – Gäste Ilsurs, und wir unterhielten uns gerade darüber, welches Gasthaus wohl eine angemessene Unterkunft sei.«

Der Hüne glotzte so dämlich, dass sein Blick genügte, um die Lüge auffliegen zu lassen.

»Wir waren dabei stehen geblieben«, sponn Beorn das Garn weiter, »dass wir uns trotz unseres Aussehens durchaus ein gutes Quartier leisten können.«

»Das man danach wird ausräuchern müssen …« Der Kapitän der Bireme warf einen abfälligen Blick in Olavs Richtung. Reinlichkeit oder das Streben nach makelloser Kleidung gehörten nicht zu den Leidenschaften des Steuermanns. Er sah meist so aus, als käme er von einem mondelangen Marsch durch die Wildnis und roch auch entsprechend. Selbst Eimnir, der nicht sonderlich wählerisch war, lehnte es ab, mit Olav ein Zimmer zu teilen.

»Wir sollten es im *Efferdshaus*, direkt neben dem Tempel des Gottes der Wogen, versuchen. Es hat einen ausgezeichneten Ruf …«

»… und nur zwei Ausgänge.« Der Kapitän der Bireme nickte zustimmend. »Sehr gute Wahl!«

Beorn riss langsam der Geduldsfaden. »Gibt es einen Grund, warum wir hier behandelt werden, als seien wir plündernde Raubmörder?«

Der Kapitän der Bireme blieb unbeeindruckt. »Du bist erkannt worden. Ein Ruderer an Bord meiner *Plankenfresser* hat dich schon einmal gesehen, Beorn Asgrimmson, genannt der Blender, die Geißel des Südens. Er war an Bord einer al'anfanischen Bireme und hat mit angesehen, was du den Offizieren und Seekriegern angetan hast. Du hast jedem höchstpersönlich ein Auge ausgestochen, obwohl sie sich ergeben hatten!«

»Du sagtest, dein Mann sei Ruderer?«

»Rede mich nicht an wie einen gemeinen …«

Beorns Hand sank auf den Griff seines Schwerts. Er ließ den Rucksack mit seinen Habseligkeiten von den Schultern gleiten.

»Ich bin Thorwaler. Ich verbiege mir nicht die Zunge, um mich bei Männern, die sich für was Besseres halten, einzuschmeicheln. Aber ich schaue gerne in deiner Brust nach, ob dort das Herz eines Kämpfers oder eines Windbeutels schlägt.«

»Du …« Der Kapitän wich ein Stück zurück und legte ebenfalls seine Hand ans Schwert. Einer seiner Krieger, ein dunkelhaariger Kerl, in dessen Arme ineinander verschlungene Rosen gestochen waren, zog sein Entermesser.

»Du sagtest, dein Mann sei ein Ruderer«, griff Beorn den Faden wieder auf. Auch seine Recken ließen ihre Rucksäcke, umgebundenen Decken und Leinenbeutel zu Boden sinken. »Dann gehe ich davon aus, dass er als Sklave auf der Bireme diente, die ich aufgebracht habe. Ich schätze, er hat nicht schlecht von mir gesprochen.«

Der Kapitän gab einen grunzenden Laut von sich. Dann nickte er.

»Was also stört dich, Kaiserlicher?«, setzte Beorn nach. »Wenn ich nicht irre, ist die kaiserliche Flotte nicht mit der Schwarzen Flotte Al'Anfas verbündet. Eher das Gegenteil. Und wie man hört, legt Al'Anfa viele neue Galeeren auf Kiel und heuert jeden Söldner an, der sich auftreiben lässt. Du solltest dir nicht wegen Männern wie mir Sorgen machen, wenn die größte Seemacht des Südens für einen Krieg rüstet.«

»Sie führen Krieg gegen die Piraten in der Charyptik«, entgegnete der Kapitän, doch ihm war anzuhören, wie wenig er von seinen eigenen Worten überzeugt war.

»Man muss keinen Panzerhandschuh anlegen, um eine Fliege zu erschlagen.«

»Du nennst dich Fliege?«, entgegnete der Kapitän gehässig lächelnd.

»Ich sehe in mir keinen Piraten«, konterte Beorn.

»Ich würde es begrüßen, den Herrn Kapitän zur Abendstunde in meinem Haus zu empfangen und den Herrn Drachenführer nun zu seinem Gasthof zu bringen«, unterbrach sie der Hafenmeister. »Ulan«, er wandte sich an den Hünen. »Geleite mit den Bütteln die Thorwaler zum *Efferdshaus*. Herr Kapitän? Mögt Ihr mir folgen?«

»Alrik«, befahl der Kapitän. »Nimm die Männer und folge ebenfalls den Thorwalern. Ich wünsche, dass ihr diese … *Gäste* der Stadt Ilsur nicht aus den Augen lasst.«

Mendena,
zwanzigster Tag im Vinmond

Dumpf stieß der Tisch, den Tylstyr Hagridson, Vascal della Rescati und Asleif Phileasson verschoben, an die längere Tafel, wo die Gefährten bereits Platz nahmen. Leomara della Rescati trug mit beiden Händen einen Stuhl heran, wartete aber ab, bis Phileasson sich setzte, bevor sie ihn neben dem Foggwulf abstellte. Die Neunjährige war nicht gewillt, das spannende Gespräch zu verpassen, das sie sich von der anstehenden Begegnung mit den Haijägern versprach.

Die anderen Gäste im *Mendenischen Brauhaus* sahen neugierig zur bunten Truppe herüber, die hier ihr Abendmahl einzunehmen gedachte. Das wunderte Tylstyr nicht. Vor dieser Reise hatte er noch nie einen Elfen gesehen, und jetzt saßen mit Salarin Trauerweide, Galandel die-von-Ometheon-singt und Lailath gleich drei an seinem Tisch. Dazu die Waldmenschenfrau Irulla, die bei dem warmen Wetter nur ein Tuch um die Brust geschlungen hatte, sodass ihre haarige Spinne über die nackten Schultern spazierte. Abdul el Mazar und er selbst, zwei Magier, erkenntlich an ihrer grauen Reisekleidung ... Shaya Lifgundsdottir und Praioslob in ihrer Geweihtentracht, die beim Diener des Sonnengotts in frischem Rot strahlte ... Phileasson und Ohm, sofort als dem Volk Swafnirs zugehörig erkennbar ... Mirandola Ernathesa in ihrer auffällig gut geschneiderten Tunika, die ihren neuen Hut vorsichtig auf einem Schemel ablegte, den sie sich zuvor höflich von einem Liebespaar an einem runden Tisch erbeten hatte ...

»Träumst du?«, fragte Vascal.

Außer Tylstyr saßen bereits alle. Schmunzelnd ließ auch er sich nieder. »Wir sind schon eine merkwürdige Ottajasko.«

»Die Götter lieben die wunderbare Vielfalt.« Der Liebfelder strich über seinen sorgfältig getrimmten Schnurrbart.

Die beiden Schankmaiden – eine dicke und eine Bohnenstange, die aber ebenso viele Humpen heranschleppte – verteilten das Tobrische Helle an die Gäste.

»Ich will auch ein Bier!«, forderte Leomara.

»Du kannst bei mir einen Schluck probieren.« Vascal nahm der Drallen den Becher mit Apfelsaft ab und stellte ihn vor seine Nichte.

Phileasson holte den Geldbeutel hervor. Es hatte ihn überrascht, dass er Stoerrebrandts Schuldbrief auch teilweise einlösen konnte. Das Kontor hatte ihm ein neues Dokument über den Restbetrag ausgestellt, das er Vascal und Tylstyr zur Prüfung gegeben hatte. Soweit erkennbar, war es in Ordnung.

»Ihr könnt alles zusammen bezahlen, wenn ihr geht«, bot die Dürre an.

»Sehr gut«, befand Phileasson. »Und bringt reichlich, wir haben noch eine weite Reise vor uns.«

Die Unzufriedenheit war dem Drachenführer anzuhören. Seit gestern Mittag wartete die Ottajasko untätig, das lag ihm nicht.

Tylstyr nahm einen Zug aus dem Humpen. Das Bier war bitter und kühl. »Nicht übel«, befand er.

»Das wohl«, stimmte Ohm zu. »Die Tobrier verstehen sich aufs Brauen.«

»Das wohl!«, rief ein Bürger mit einer hellen Filzkappe vom Nachbartisch herüber und hob feixend seinen Krug, was ihm das Gelächter der Trinkkumpane einbrachte.

Ohm prostete ihm zu. »Ob die Mendener wohl einen Sangesvortrag nach dem Essen zu schätzen wissen?«

Vascal beschäftigte eine andere Frage. »Ich weiß, es ist verrückt, aber ich würde gern dieser Rirgit begegnen.«

Sofort hatte er Leomaras ungeteiltes Interesse. Geschichten über Monstren aller Art begeisterten das Mädchen.

»Ich habe von einem Magiermogul gelesen, dessen Thalukke von einer Rirgit in eine andere Welt entführt worden ist«, erzählte der Liebfelder. »Dort brannte eine vielfarbige Sonne am Himmel.«

»Und er kam zurück, um davon zu berichten?«, fragte Tylstyr.

»Offenbar ja. Leider habe ich die Geschichte nicht mehr gut im Gedächtnis. Ich weiß nur noch, dass die Rirgit aussah wie eine gehörnte Kobra, der Tentakel seitlich aus dem Hals wachsen.«

»Und an solch ein Biest soll Bacha seinen Arm verloren haben …«, überlegte Tylstyr.

»Das hat er!«, rief eine kräftige Frau mit kurzem schwarzem Haar, die an ihren Tisch trat. »Aber die Besessenheit des Kapitäns von der Rache an der gelben Rirgit ist nicht das Schlimmste. Bei Efferd, ich muss mit euch reden, sonst finde ich keinen Schlaf mehr!«

Sie zog einen Stuhl heran.

»Ich heiße Morlitte, und ich bin zweimal mit Bacha rausgefahren.« Zwei ihrer oberen Schneidezähne fehlten, was flötende Töne in ihre Rede mischte. »Die Fröhliche hat geträumt«, sagte sie bedeutungsschwanger.

»Wir alle träumen!«, warf Shaya ein.

»Aber nicht so.« Morlitte war offensichtlich beunruhigt. Das lag bestimmt nicht nur daran, dass sie mit einer Ottajasko am Tisch saß, die sie schlecht einschätzen konnte. Das, was sie zu sagen hatte, trug ebenfalls zu ihrer Nervosität bei. »Die Maraskaner träumen anders als wir. Überhaupt machen sie alles anders. Sie sind Boron näher.«

»Dem Tod?«, fragte Tylstyr.

»Dem auch … sie sind alle schon oft gestorben, sagen sie. Und dann wiedergekommen. Tod, Wiedergeburt … angeblich erinnern sich einige von ihnen an ihre früheren Leben. Man wird ganz wirr im Kopf, wenn man darüber nachdenkt. Aber das meine ich nicht. Cessimasab hat vom verfluchten Baum geträumt. Nein, Unsinn!« Morlitte kniff die Augen zu. Das kannte Tylstyr von einigen Mitschülern, manche Menschen taten das, um sich zu konzentrieren. »Der Baum ist heilig. Oder er war es, und jetzt ist die *Sturmvogel* verflucht, weil sie ihn als Hauptmast benutzt.«

»Aber das soll doch schon seit Jahren so sein«, wandte Phileasson ein.

»Ja, aber jetzt ist ihr der Schamane erschienen, der den Fluch auf das Schiff gelegt hat. Er trägt einen Fingerknochen in der Nase, sagt Cessimasab. In ihrem Traum hat sein Gesicht den Himmel ausgefüllt, und er hat mit blutunterlaufenen Augen auf die *Sturmvogel* herabgestarrt. Dann sind die Hautbilder auf seinen Wangen in Flammen aufgegangen …«

Die Gefährten warteten einige Herzschläge lang, während sich die Matrosin sammelte.

Leomara hielt es nicht mehr aus. Begeistert klatschte sie in die Hände. »Weiter! Was hat der Schamane dann gemacht?«

Irritiert sah Morlitte das Mädchen an. »Ihr wollt doch nicht etwa ein Kind mit auf die Haijagd nehmen?«

Ohm zog Leomara auf seinen Schoß. »Mach dir um sie keine Sorgen.«

Er ließ sie gewähren, als sie mit beiden Händen nach seinem Humpen griff.

»Die hat schon mit uns gegen Dämonen gekämpft.«

Morlitte sah zu, wie Leomara einen Schluck Bier nahm, nur ganz leicht das Gesicht verzog und das bittere Gebräu tapfer schluckte. Der Schaum auf ihrer Oberlippe minderte den dramatischen Effekt dieser Vorführung ein wenig.

»Es ist eine lange Geschichte«, wiegelte Tylstyr ab. »Was ist nun mit dem Baum?«

Blinzelnd fand Morlitte zu ihrer Erzählung zurück. »Der brennende Schamane … er sagte, er habe eine neue Verbündete gefunden. Groß wie unser Schiff soll sie sein, und aus dem Himmel über dem Meer soll sie sich abseilen, um uns zu töten und den Mast zurückzuholen. Eine riesige rote Spinne …«

»Eine Spinne?«, rief Irulla vom anderen Ende der Tafel. Orkengriffs vorderste Beine tasteten bereits an ihrer rechten Hand, aber der Spinnenmann schien skeptisch, ob er dorthin überwechseln sollte. Vorerst verharrte der kugelförmige behaarte Leib auf der Linken.

»Buckmann hat erzählt, dass er euch gleich hier treffen wird«, sagte Morlitte tonlos. »Ich dachte, ich sollte euch warnen, wo doch die Hälfte der bisherigen Mannschaft eingesehen hat, dass wir besser nicht mehr mit Bacha fahren. Diese Maraskaner … die träumen nicht einfach nur so. Manche erinnern sich auch an Dinge, die noch geschehen werden.«

»Wir werden also einer riesigen roten Spinne begegnen?«, versicherte sich Irulla. »Dann sollte ich mein Hautbild in dieser Farbe ausmalen, als Zeichen der Freundschaft.« Gestochen war nur der weiße Umriss auf ihrem halb geschorenen Schädel. Die vorderen beiden Beinpaare streckten sich bis zu den Wangen.

Die Bedienung stellte zwei dampfende Braten auf dem Tisch ab.

»Diese Fahrt hört sich nach einem Abenteuer an, das wahrer Schildmaiden und echter Recken würdig ist, das wohl!«, rief Phileasson. »Haltet euch nicht zurück mit dem Essen. Außer Mut werden wir auch Kraft brauchen.«

Ohm gab Leomara einen seiner Dolche. »Magst du uns ein ordentliches Stück absäbeln?« Da das Mädchen dafür beide Hände brauchte, gelangte er auf diese Weise zurück in den Besitz des Humpens.

Shaya stand auf, breitete die Hände über den Tisch und betete. »Herrin Travia, segne diese Speise, auf dass sie uns nährt und unseren Hunger stillt!«

Seit Ratheln achtete die Ottajasko darauf, nichts mehr ohne den Segen der Gänsemutter zu essen.

Die Sorglosigkeit von Phileassons Truppe war wohl eine Enttäuschung für Morlitte. »Mir scheint, der wahnsinnige Kapitän hat seine verrückte Mannschaft gefunden!« Sie stand auf und wandte sich so heftig der Tür zu, dass sie mit einem knochigen Mann zusammenstieß.

Dessen Gewand war nicht nur sprichwörtlich, sondern tatsächlich ein Getreidesack, in den er Löcher für Kopf und Arme geschnitten hatte. Er hielt eine Bettelschale in der sehnigen Hand, deren Inhalt wegen des Remplers auf den Boden klimperte. Tylstyr fühlte sich an einen Krüppel aus Stainakr erinnert. Einen der Jungmannen, mit denen er aufgewachsen war, Stig. Er war bei der Suche nach Möweneiern aus der Klippe gestürzt und hatte seither gehumpelt. In einer Stadt wäre er vielleicht auch zum Bettler geworden. In Stainakr dagegen hatten ihn alle bemitleidet, weil er wohl nie einen Platz an den Riemen eines Drachenschiffs erhalten hätte. Tjorne hatte erzählt, dass man Stig tot in einem kleinen Boot gefunden hatte, aufgefressen von Krebsen …

Morlitte brummelte eine Entschuldigung und verschwand, während der Mann die Kupfermünzen wieder aufsammelte. Ein orangefarbenes Stoffband ersetzte ihm den Gürtel. Ein Blick in seine hellen Augen ließ Tylstyr erkennen, dass er zwar arm war, aber seinen Stolz noch besaß.

Phileasson fingerte ein Silberstück aus dem Beutel und legte es in die Schale. »Mir scheint, du hattest wenig Glück im Leben.«

»Im Gegenteil«, widersprach der Mann, »ich bin ein geliebtes Kind der gütigen Mutter, deren Gnade die Schwester soeben auf euer opulentes Mahl herabrief.«

Shaya hatte sich wieder gesetzt, stand nun aber auf, um den Mann genauer in Augenschein zu nehmen. »Gehörst du dem Orden des heiligen Badilak an, Bruder? Travia zum Gruße! Setz dich und sei unser Gast.«

Der Angesprochene runzelte die Stirn. »Hier gehöre ich nicht hin, Schwester. Ich nehme mein Mahl mit den«, er schielte zu Phileasson, »weniger Glücklichen, die auf den Efferdswiesen hausen, seit die Menschenfresser ihre Heime verwüstet haben.«

Ob Tylstyr die Anklage in dieser kurzen Rede hörte, weil Urischions Worte noch immer in ihm nachhallten? Die Magie, ein ewiges Übel, das nur Schlechtes hervorbrachte …

Das war verrückt!

Und doch … Urischion war genau davon überzeugt. Wie konnte man seinen ganzen Glauben auf etwas so offensichtlich Falsches bauen?

Unschlüssig betrachtete Tylstyr das dampfende Bratenstück an seiner Messerspitze.

»Aber Bruder Sanftbert!« Die dürre Bedienung eilte herbei. »Du weißt doch, dass du nicht in den Speisesaal kommen sollst. Du verdirbst den Gästen den Appetit. An der Hintertür kannst du die Reste abholen, so haben wir es doch verabredet.«

»Es geht nicht nur um die Armen!«, protestierte der Badilakaner. »Die Seelen der Prasser sind in noch größerer Not …«

»Ja ja.« Sie legte ihm den Arm um die Schultern und führte ihn weg vom Tisch. »Das haben wir doch schon oft …«

»Preiset die Schönheit!«, rief Cessimasab die Fröhliche, die mit einem verkniffen schauenden Buckmann im Eingang stand. »Da sind sie ja. Und stärken sich für die Haijagd.«

»Das wohl!«, bestätigte Ohm trotzig. »Wir lassen es uns schmecken!«

»Lass mich reden«, forderte Buckmann seine Begleiterin im Näherkommen auf. »Sonst vergraulst du mir die hier auch noch.«

Shaya löste den Blick von der Schankmaid und dem Traviabruder. »Wieso? Heuern diese Harpuniere jetzt doch nicht an?«

Cessimasabs Lächeln wurde noch breiter. »Die fünf aus Perricum? Doch, die sind dabei. Aber viele haben sich entschlossen, ihre Dukaten zu nehmen, statt noch einmal mit der *Sturmvogel* rauszufahren.«

»Von denen haben wir gerade eine getroffen«, sagte Phileasson.

»Ich will nicht darum herumreden, dass wir derzeit etwas knapp sind.« Buckmann setzte sich auf den Stuhl, den Morlitte geräumt hatte. Cessimasab blieb hinter dem hellblonden Mann stehen und zupfte Leomara neckisch am Haar, das sie heute in einen Pferdeschwanz gebunden hatte.

»He!«, rief das Mädchen, schien aber unentschlossen, ob es verärgert oder belustigt sein sollte. »Nimm dich in Acht, ich bin eine Dämonenjägerin!«

»Wirklich?« Cessimasab beugte sich zu ihr herab. »Kannst du mal in meinen Locken schauen? Ich glaube, da hat sich ein Dämönchen versteckt.«

Kichernd fuhren Leomaras vom Braten ein wenig fettige Finger durch das rote Haar an der rechten Seite von Cessimasabs Kopf.

Tylstyr lächelte. Leomara nannte ihn oft Onkel, und tatsächlich fühlte er sich ihr verbunden wie dem Kind eines Bruders. Jedenfalls stellte er sich das so vor, er hatte keine Geschwister.

»Jetzt auch noch Dämonen«, stöhnte Buckmann.

»Nur ein ganz kleiner.« Beschwichtigend zeigte Cessimasab die Größe mit Daumen und Zeigefinger an. »Der tut einem gestandenen Steuermann wie dir nichts.«

»Bist du ängstlich?«, fragte Leomara den Mann, ohne von den Locken abzulassen.

»Nein, *ich* bin nicht ängstlich«, erwiderte er mit einer Spur Schärfe. »Ich fürchte keinen Schamanen auf einer Insel im Südmeer.«

»Und auch keine gelbe Rirgit?«, erkundigte sich Vascal. Bei solchen Gelegenheiten wie dem Essen in einem Gasthaus, wenn er mit Messer und Becher hantierte, fiel Tylstyr das Fehlen des kleinen Fingers an der linken Hand des Liebfelders noch auf. Ansonsten hatte er sich zu sehr daran gewöhnt, um die Verstümmelung noch zu bemerken.

»Seit eineinhalb Jahren sind wir dem Ungeheuer nicht mehr begegnet«, berichtete Buckmann. »Wieso sollte es ausgerechnet auf dieser Fahrt unseren Kurs kreuzen?«

Diese Auskunft enttäuschte Vascal sichtlich.

»Es besteht überhaupt kein Grund«, Buckmann fasste seine Begleiterin ins Auge, »wieso man jedem, der bei uns anheuern will, mit dieser alten Geschichte kommt.«

»Die erzählt man doch ohnehin überall im Hafen«, meinte Shaya.

»Ganz recht!«, rief die Maraskanerin. »Ich bin vollkommen unschuldig daran, dass die Leute davon erfahren.«

»Vollkommen unschuldig?«, hakte Buckmann mit eisiger Stimme nach. »Daran, dass mich jeder Harpunier und jeder Matrose zuerst nach der Rirgit fragt, noch bevor es ihm um die Heuer geht?«

»Vielleicht haben sie es durch mich ein wenig früher erfahren«, gestand Cessimasab zu. »Aber ich wollte nur, dass alle wissen, worauf sie sich einlassen.«

»Bei uns könnt ihr euch da gewiss sein, das wohl!«, rief Phileasson. »Ich hoffe, dein Erscheinen bedeutet, dass ihr nun doch in Erwägung zieht, uns an Bord zu nehmen?«

»Ich frage mich, wieso ihr als Einzige so versessen darauf seid …« Buckmann sah Phileasson in die Augen, bevor er per Handzeichen einen Humpen orderte.

»Um die Heuer brauchen wir jedenfalls nicht zu feilschen«, versicherte Phileasson. »Ihr kennt unsere Bedingung.«

»Die Seeschlange.«

»Das wohl.«

»Und solange wir keine sichten …«

»… werden wir unsere Pflicht auf der *Sturmvogel* so gut versehen, dass ihr dieser Mannschaft noch in zehn Jahren nachtrauern werdet.«

Zweifelnd strich der Blick des Steuermanns über die Ottajasko. Mit einem Seufzen sah Buckmann wieder Cessimasab an. »Deinen Traum hättest du nicht zu erwähnen brauchen.«

»Es war nur ein Traum!«, rief die Maraskanerin mit gespielter Entrüstung. »Ist die Welt nicht voller Träume? Ich habe eben auch im Schlaf eine große Vorstellungskraft.«

Grinsend zwinkerte sie Shaya zu.

»Also gut.« Buckmann streckte Phileasson die Hand hin. »Morgen ergänzen wir unsere Vorräte, übermorgen laufen wir aus.«

Der Drachenführer schlug ein.

Lautlos erhob sich Irulla und ging zu Cessimasab. Sie war einen Kopf größer als die bunt gekleidete Maraskanerin, und ihr dunkelhäutiges Gesicht erinnerte Tylstyr an eine Schnitzerei am Giebel eines Langhauses. »Erzähl mir von dieser Spinne«, verlangte die Waldmenschenfrau.

Ilsur,
zwanzigster Tag im Vinmond

Beorn Asgrimmson erhob sich und streckte seine Glieder. Die lange Dämmerung hatte er mit der Ottajasko vor dem Gasthaus sitzend gezecht. Er hatte ein ordentliches Fass Bier spendiert, sich selbst aber zurückgehalten.

Irgendwie war es Eilif Sigridsdottir gelungen, Ulan, den Hauptmann der Stadtbüttel, zu umgarnen und dazu zu bringen, mit ihnen zu trinken. Bislang hatte der Kerl aber dichtgehalten und nicht verraten, was es mit Ilsur und den Thorwalern, die angeblich niemals in der Stadt gewesen waren, auf sich hatte.

Vielleicht lag es auch daran, dass die Seekrieger der *Plankenfresser* sie argwöhnisch im Auge behielten. Nur ein paar Schritt entfernt kauerten sie am Straßenrand oder lehnten an den Wänden der bunt getünchten Fachwerkhäuser. Sie ließen einen einzelnen mitgebrachten Wasserschlauch kreisen und machten einen überaus mürrischen Eindruck.

Olav Stirson hob sein Horn und prostete den Kaiserlichen zu.

»Zum Wohl, ihr vertrockneten Küstenfahrer. Wer mit dem Blender fährt, muss niemals darben, dem klingeln immer reichlich Silbergroschen in der Tasche.«

»Reizt sie nicht zu sehr«, zischte Beorn seinen Steuermann an. Er nickte dem Elfen zu, der seinen hundsköpfigen Helm neben sich auf das Pflaster gestellt und die Silberflamme gegen die Schulter gelehnt hatte. »Achte darauf, dass sie nicht zu sehr über die Stränge schlagen. Wir wollen kein Landgefecht mit der kaiserlichen Flotte beginnen.«

Galayne der-im-Schildwall-steht sah kurz zu ihm auf. Die makellos weiße Lederrüstung knirschte leise bei der leichten Bewegung. Er sagte nichts, aber Beorn wusste, dass er sich auf den Elfen verlassen konnte. Er hatte den ganzen Abend noch keinen Schluck getrunken. Das tat er nie.

Missmutig trat er in das Gasthaus ein. Die große Schankstube beherbergte keine Gäste mehr. Alle hatten es nach dem Eintreffen der Ottajasko eilig gehabt, ihr Mahl zu beenden und die Becher zu leeren.

Tjorne Warulfson saß in ein Gespräch vertieft bei Pardona, die er für Lenya Yasmadottir halten musste. Beorn fragte sich, was die beiden wohl zu bereden hatten. Ein wenig abseits, mit der Wand im Rücken und gutem Blick auf den ganzen Schankraum, hatte sich Zidaine Barazklah niedergelassen. Vor ihr stand ein Steingutkrug auf dem Tisch. Beorn wäre jede Wette eingegangen, dass sie ebenso wenig wie Galayne getrunken hatte.

Mit finsterem Blick beäugte sie Tjorne und die selbst ernannte Göttin.

Als er vorüberging, warf Pardona ihm ein Lächeln zu, das ihm wohlige Schauer über den Rücken jagte. Er hasste das und fühlte sich zugleich hingezogen. War es Magie oder nur ihre Sinnlichkeit, gepaart mit der Erinnerung an ihre leidenschaftlichen Umarmungen, die ihn die Stunden mit ihr nicht vergessen ließen?

Der Drachenführer ging an den beiden vorüber, er wollte zu Zidaine, als Eilif Sigridsdottir durch den Flur kam, der zum Hof führte. Sie zeigte mit dem Daumen nach hinten. »Die kaiserlichen Kettenhunde haben auch den Hinterausgang im Blick. Hab mich direkt vor sie gekauert … Unglaublich, wie dieses dünne Wässerchen, das man hier in Ilsur Bier nennt, treibt. Ich glaub, die haben jeden Tropfen gezählt, den ich gelassen hab.« Sie stieß ein bellendes Lachen aus und verschwand durch die Vordertür.

»Ich hoffe, sie wird zu Seeschlangenfutter«, sagte Zidaine.

»Sie wird in den Kämpfen, die kommen, noch nützlich sein.« Beorn zog einen Stuhl zu sich heran und ließ sich, die Lehne vor der Brust, darauf nieder.

»Eine Seeschlange …«, sagte die schwarzhaarige Fechterin, diesmal leiser, und es schien Beorn, als habe sie zum ersten Mal, seit er sie kannte, Angst vor etwas.

»Wir werden das schaffen. So wie damals Porto Paligan …«

»Ich mochte die Nächte auf den Inseln. Den unendlichen Sternenhimmel. Die langen warmen Tage …« Ihr Blick war in sich gekehrt. »Fast hätte ich die langen kalten Nächte vergessen. Ich …« Mit einem Satz war sie auf den Beinen und zog ihren Parierdolch. »Hinter dir!«

Beorn fuhr herum. Neben dem schweren Eichentresen der Schenke stand ein Mann, etwa von der Statur eines sechsjährigen Kindes. Sein Kopf war unproportional groß. Drahtiges schwarzes Haar fiel ihm in die hohe Stirn. Die weiße Iris ließ seine Augen kalt und berechnend erscheinen. Ein Lächeln spielte um die schmalen Lippen des großen Munds. Er war ganz in Grün gekleidet. Nur seine Stulpenstiefel und eine Tasche an seiner Seite waren aus Leder. Er schien keine Waffe mit sich zu führen.

»Ich bin keine Bedrohung«, sagte er deutlich zu selbstsicher für Beorns Geschmack.

»Und du gehörst nicht zu meiner Ottajasko. Deshalb hast du hier nichts verloren in dieser Nacht, bartloser Zwerg!«

»Kein Zwerg«, sagte Pardona amüsiert. »Das ist ein Grolm.«

Der kleine Mann in Grün deutete eine Verbeugung in Richtung der falschen Göttin an. »Danke, meine Dame. Ihr glaubt nicht, wie oft ich diesen ärgerlichen Irrtum richtigstellen muss.«

»Was willst du hier?«, schnarrte Beorn ihn an. Er war nicht geneigt, sich Spitzfindigkeiten hinzugeben.

»Ihr stört eines der Geschäfte meines Herrn.« Er strich sich eine Strähne aus der Stirn. »Ich weile zufällig in der Stadt, und der Hafenmeister hat mich gebeten, mich des Thorwalerproblems anzunehmen.«

»Wem dienst du?«

Der Grolm runzelte die Stirn. »Glaubst du, weil ich die Größe eines Kindes habe, wäre ich mit harschen Fragen einzuschüchtern? Ich unterhalte freundschaftliche Beziehungen zu einem großen Handelshaus des Nordens. Einem sehr großen Handelshaus … Nicht einmal du willst es zu deinen Feinden zählen, Beorn. Wenn man sich im Süden *und* im Norden nicht mehr blicken lassen kann, gehen einem irgendwann die Orte aus, an die man sich zurückziehen kann.«

Beorn zog seinen Dolch und prüfte mit dem Daumen die Spitze. »Die meisten Leute, die glaubten, mir drohen zu können, sind entweder tot oder blind.«

Das Lächeln des Grolms wurde noch etwas breiter. »Deshalb drohe ich ja nicht, sondern schlage ein Geschäft vor, was in Anbetracht meiner Größe wohl klüger ist.«

Tjorne erhob sich und stellte sich vor die Tür, die zum Tempelplatz hinausging.

Zidaine stand bereits im Flur, der zum Hof führte.

Der Grolm blieb davon unbeeindruckt. Beorn war sich ziemlich sicher, dass der kleine Kerl auf keinem der beiden Wege gekommen war. Das hätte er bemerkt.

Der Drachenführer schob den Dolch zurück in die Scheide, trat vor und ging vor dem Grolm in die Knie. »Mit wem habe ich das Vergnügen?«

»Neerax Dal ist mein Name.« Etwas Zwingendes lag in seinem Blick.

»Versuch das nicht!«, kam es von Pardona.

»Was?«, wollte Beorn wissen.

Der Grolm leckte sich nervös die Lippen. »Ich hatte erwogen, den Prozess des freundschaftlichen Kennenlernens zu beschleunigen …«

»Magie?« Beorn war mit einem Satz bei dem kleinen Kerl, packte ihn bei seiner grünen Weste und riss ihn hoch. »Du …« Da war keine Angst in den unheimlichen Augen dieses Wichts.

»Wenn ihr zu den Drachen von Llanka wollt, sollte ich noch gehen können …«

»Es würde der Göttin missfallen, wenn du Neerax etwas antust«, sagte Pardona kühl.

Sprach sie von sich? Beorn setzte den Grolm wieder ab. Dieser zog seine Kleider straff und bemühte sich, gelassen zu wirken.

»Was geht in dieser Stadt vor?« Beorn hatte sich nicht wirklich wieder in der Gewalt. Ein falsches Wort, dachte er. Gib mir einen Grund, und ich werde dich … Er malte sich aus, wie er die Kehle unter dem zu groß geratenen Kopf zerquetschte.

»Phraischafwolle.« Neerax sagte das in einem Ton, als erkläre dieses eine Wort alles.

»Ja?«

»Seit dem Krieg auf Maraskan verlässt nur wenig Phraischafwolle die Insel, und die ist auch noch von minderer Qualität. Es werden absurde Preise dafür gezahlt … Hier in Ilsur fertigt man Kleider aus dem örtlich angebauten Bausch. Meist Umhänge. Auf Wunsch aber auch andere Kleidungsstücke. Es sind wunderbare, ausgesprochen langlebige Textilien, und obendrein durchdringt Wasser sie nur sehr schwer. In eine kostspielige Variante der Stoffe wird Phraischafwolle eingewoben. Diese Stoffe sind auf Maraskan überaus gefragt. Sie sind praktisch, wenn man sich viel in der Wildnis aufhält.« Er hüstelte. »Ich denke, ihr versteht, wer Bedarf daran hat. Vor allem in gedeckten Farben …«

»Ihr beliefert also die Rebellen. Und die Kaiserlichen sind euch auf die Schliche gekommen.«

Neerax hob abwehrend die schlanken Hände. »Natürlich beliefern wir nicht die Rebellen! Wir verkaufen an die Drachen von Llanka. An wen sie die Waren weiterverkaufen, entzieht sich unserer Einflussnahme.«

Beorn maß den Grolm mit abschätzendem Blick. »Und was hat das große nordische Handelshaus damit zu tun?«

»Ich werde hier keine Handelsgeheimnisse verraten. Stell dir einfach ein komplexes Gespinst aus Nehmen und Geben, Gefälligkeiten und uneingelösten Verpflichtungen vor. Etwas vertrackt das Ganze … und die kaiserlichen Biremen stören dabei sehr. Irgendwie haben sie Wind davon bekommen, dass Thorwaler in das Geschäft eingebunden sind.«

Beorn schmunzelte. »Schiffe mit flachem Kiel und wenig Tiefgang, die leicht auf jeden Strand gezogen werden können. Sie können die Ware fast überall an der Küste anlanden. Die idealen Schmuggler.«

»Das Wort Schmuggler würde ich nicht benutzen …«, sagte Neerax. »Sie sind Kauffahrer mit einem besonderen Gespür für Möglichkeiten. Sie bringen unsere Waren zur Insel und kehren mit Phraischafwolle allererster Güte, Schnaps und Silber zurück. Möglicherweise befördern sie auch noch Waffen, Heiltränke und haltbare Lebensmittel.« Neerax zuckte mit den Achseln. »Aber das sind nur Gerüchte, und mich geht das auch nichts an.«

Das klang ganz nach den Drachen, dachte Beorn. Die Rebellen unterstützen und dabei noch gutes Silber machen. »Wie sieht denn unser Geschäft aus, Grolm?«

»Ein Mann der klaren Worte, ganz wie ich es schätze! Also für heute feiert ihr einfach weiter. Und sobald ihr morgen wieder aus den Augen sehen könnt, verlasst ihr die Stadt in Richtung Norden, dort wo der Ilramwald liegt. Sollten die Kaiserlichen euch fragen, wohin ihr zieht, erklärt ihr einfach, dass ihr einen Soldherrn sucht. Das ist im Tobrischen immer glaubwürdig. Nach etwa drei Wegstunden erwarte ich euch und werde euch dann in weitem Bogen zurück nach Süden führen, in das Versteck der Drachen von Llanka.«

Beorn nickte. »Hört sich nach einem Plan an. Und was ist dein Gewinn?«

»Ich werde dafür bezahlt, Schwierigkeiten aus dem Weg zu räumen. Mein Silber kommt von anderer Seite, macht euch darum keine Sorgen.« Der Grolm deutete eine Verbeugung an. »Wir sehen uns im Ilramwald!« Mit diesen Worten trat er hinter den Tresen.

Beorn folgte ihm.

Hinter dem Ausschank war eine steinerne Bodenplatte zur Seite geschoben. Darunter klaffte ein dunkles Loch im Boden. Zu klein für einen ausgewachsenen Recken und selbst für Neerax ziemlich eng.

»Für euch hat dieses Haus wirklich nur zwei Ausgänge«, feixte der Grolm und verschwand im Dunkel.

Mendena,
einundzwanzigster Tag im Vinmond

Inmitten der Menschenstadt erhob sich ein grasbewachsener Hügel. Bis auf einen runden Tempel an seinem Rand war er unbebaut, eine Oase der Ruhe. Wenn Lailath die Augen schloss, verschwammen die Geräusche Mendenas zu einem indifferenten Teppich, beinahe wie das Säuseln des Sands in der Wüste.

Das Gras war noch feucht, weil es am Mittag geregnet hatte, aber das störte die Elfe nicht. Sie saß auf dem Boden, mit dem Rücken an den kühlen Marmor des Standbilds gelehnt. Auf dem Sockel erhob sich die Figur eines Kriegers inmitten erschlagener Goblins. Lailath hatte sein Gesicht lange betrachtet. Natürlich bestand es aus Stein, einem Material, in das man sich tief einfühlen musste, um die ihm innewohnende Härte aufzulösen. Die Rosenohren hatten sich jedoch augenscheinlich auch keine Mühe gegeben, durch die Formgebung oder eine sorgfältige Politur weiche Schwünge an den Wangen oder am Kinn zu erzeugen. Im Gegenteil, selbst für menschliche Bildnisse hatte dieses außergewöhnlich grobe Kanten. Das gab der Statue eine Melodie unnachgiebiger Entschlossenheit.

Lailath war ebenfalls entschlossen, und auch bei ihr hatte das etwas mit einem Schwert zu tun. »Selflanatil«, flüsterte sie.

Die Silben schmerzten in ihrer Brust, aber das war nur gerecht. Sie hatte versagt. Am Ende, nach über zwei Jahrhunderten, nachdem sie den Tod überwunden hatte, im Augenblick der Erfüllung, war sie überhastet vorgegangen. So war sie dem Blender in die Arme gelaufen, der ihr die Silberflamme abgenommen hatte. Die heilige Klinge der Orima war nicht mehr in einer Höhle in den Drachensteinen verschollen, aber sie bewegte sich auch nicht zurück in den Rosentempel. Stattdessen reiste sie mit diesem einäugigen Thorwaler, der nach allem, was Ohm Follker erzählte, vor gar nichts Respekt empfand.

Lailaths Herzschlag beschleunigte sich, als sie sich ausmalte, was mit Selflanatil geschehen mochte. Das Harmloseste war noch, dass der Blender das Schwert einsetzte, um diese merkwürdige Wettfahrt zu gewinnen. Immerhin sollte es nach der Prophezeiung ein *Schlüssel zu Orima der Allsehenden* sein. Zwar wusste Lailath um Orimas Rosentempel, konnte sich aber wenig darunter vorstellen, wie das Schwert zu einem Schlüssel werden könnte. Immerhin verhinderte dieser Teil der Prophezeiung hoffentlich, dass Beorn die Klinge einfach verkaufte. Und wenn er weiterhin dieselben Ziele anfuhr wie Phileasson, konnte sie ihm begegnen, indem sie beim Foggwulf blieb. Das war ihre Hoffnung.

Im schlimmsten Fall aber stieß dem Blender auf See etwas zu, sein Schiff kenterte, und Selflanatil sank unerreichbar in die Tiefen des Ozeans, in den Schlick des Meeresgrunds. Bei der Vorstellung bekam Lailath Atemnot.

Sie öffnete die Augen. Vom Hügel aus konnte sie über die Hafenmauer schauen. In trügerischer Ruhe erstreckte sich das Perlenmeer bis zum Horizont. Hellblau wie ein Aquamarin, unbewegt wie Glas. Die Nachmittagssonne schuf einen orangefarbenen Streifen, der eine entfernte Ähnlichkeit mit einer Schwertklinge hatte.

War das eine Verheißung oder eine Drohung?

Lailath misstraute dem Meer. Ihre Fahrt von Vallusa hierher war ihr erster Aufenthalt auf einem hochseetauglichen Schiff gewesen, und dabei hatten sie sich stets in Sichtweite der Küste gehalten. Das würde nun anders werden. Die Wüstenelfe schluckte.

»Ringsum nur Wasser, so weit das Auge reicht«, flüsterte sie. Unter ihr das schwankende Schiff, um sie herum Gefährten, die sie duldeten, weil sie zweien von ihnen das Leben gerettet hatte, die sie aber nicht verstanden.

Ein rundes Wurfgerät kam ein paar Schritt vor ihr im Rasen auf, prallte ab und machte noch drei Sprünge, bis es liegen blieb. Es war ein Reif, in dessen Mitte eine Scheibe an straff gespannten Fäden hing. Außen waren orangefarbene und rote Bänder befestigt, die beim rotierenden Flug flatterten.

Ein Knabe und ein Mädchen liefen zu dem Spielzeug. Sie trug bunte Holzperlen in den Zöpfen, bei ihm bedeckte eine ausladende Mütze den Kopf, deren harte Kanten sie zu einem Würfel machten. Je näher sie kamen, desto langsamer wurden sie. Das letzte Stück hielten sie sich an den Händen. Der Knabe blickte stur auf den Reif und sah Lailath nur aus dem Augenwinkel an. Das Mädchen war mutiger, oder die Faszination, einmal eine Elfe zu sehen, beraubte es aller Vorsicht. Es starrte sie mit hellen Augen an.

Lailath wusste, dass viele Menschen ihr ganzes Leben lang keine einzige Elfe zu Gesicht bekamen. Sie löste das Tuch, das sie als Schleier verwendete, und lächelte die beiden an.

Das Mädchen blieb erstarrt stehen, als hätte man es bei etwas Verbotenem erwischt.

Der Knabe dagegen flitzte zu dem Spielzeug, nahm es blitzschnell auf und rannte wieder davon. Er zog seine Spielgefährtin mit, als er an ihr vorbeikam.

Lailath lehnte den Hinterkopf an den Steinsockel. »Nantiangel … ich vermisse dich.« Sie dachte an den Zwergenplatz von Vallusa, wo sie dem ruhelosen Geist ihres Bruders begegnet war. Zu sehr war er an den Schwur gebunden, den sie beide geleistet hatten – den Shiannafeya das Schwert zurückzubringen –, um diese Welt zu verlassen. Zu schwach im Willen, um gleich Lailath erneut körperliche Gestalt anzunehmen und ihre Mission fortzusetzen. »Ich tue das auch für dich, Bruder. Ich werde dich erlösen.«

»Ich wusste, dass ich dich hier finde, Schwester.«

Lailath erstarrte. Sie erkannte Salarin Trauerweides einander umspielende Stimmen und fragte sich, ob er ihr Flüstern gehört hatte. Und ob das schlimm gewesen wäre. Ja, sie wollte Selflanatil zurückerobern, aber würde das ihren Anführer überhaupt stören? Freute sich Phileasson nicht über jede Niederlage des Blenders?

Sie wandte sich Salarin zu. Er lehnte an der Kante des Sockels, eine sanfte Brise zupfte an seinem Haar wie an den Staubfäden eines Goldkrokusses. Seine amethystfarbenen Augen sahen auf das Meer hinaus, aber durch die vor der Brust verschränkten Arme ließ seine Haltung keinen Platz für Unsicherheit. Lailath spürte seine Aufbruchsstimmung.

»Wieso suchst du mich?« Sie stand auf. »Müssen wir noch etwas aufs Schiff bringen?« Heute hatten sie sich den ganzen Tag über damit abgeplagt, die *Sturmvogel* nach Buckmanns Anweisungen zu beladen. Fässer, leer oder mit Trinkwasser gefüllt. Stockfisch, Obstkisten, Lampenöl, Ersatzleinen, Latten für Ausbesserungsarbeiten, die nötig werden mochten, Schöpfeimer …

»Nein«, sagte Salarin. »Die erfahrenen Matrosen überprüfen noch die Takelage, dabei können wir nicht helfen, meinen sie.«

Er stieß sich mit der Schulter ab. Eine elegante, fließende Bewegung, aber anders, als er in jener Nacht in den Drachensteinen gekämpft hatte …

»Wieso siehst du mich so nachdenklich an?«, fragte er.

»Du hast mir noch nicht gesagt, wieso du mich suchst.«

»Im Efferdtempel feiern die Geweihten eine Abschiedsmesse für die Haijäger, die in der kommenden Woche auslaufen.«

»Und wir müssen daran teilnehmen, weil wir jetzt Haijäger sind?«, vermutete Lailath.

»Es ist keine Pflicht, aber die Götterdienste der Rosenohren haben oft eine ganz eigene Harmonie. Hast du mal einen besucht?«

Lailath schüttelte den Kopf. Als Geist war sie in die Träume vieler Reisender gekrochen. Darunter waren auch Geweihte gewesen, aber für deren Vorstellungen von Göttern hatte sie sich nie interessiert. Sie hatte nach Hinweisen auf Selflanatil oder wenigstens den Schwerträuber Erm Sen gesucht.

»Harmonie ist gut«, überlegte Lailath.

Salarin nickte und ging voran, den Hügel hinunter. Sicher war auch ihm klar, dass niemand in der Ottajasko Lailath eine Träne nachgeweint hätte. Auf Dauer würde das ein Problem werden, erst recht in der Enge, die ein Schiff erzwang. Und ihre Suche nach der Silberflamme mochte noch lange währen …

Sie durfte nicht schon wieder ungeduldig werden!

Sie beobachtete Salarins Bewegungen, versuchte, darin etwas von dieser mühelos scheinenden und zugleich gnadenlosen Effizienz zu entdecken, die er im Kampf offenbart hatte. Das war nicht der einzige Beweis dafür, dass Salarin mehr war, als er selbst ahnte. Sie hatte dieses andere Selbst in ihm gesehen, in seinen Träumen, wo sich die Wirklichkeiten durchdrangen wie Nebelschlieren. Das Mal an seiner Schulter machte ihn zu einem Sternenträger, die Götter hatten ihm Großes bestimmt. Die *echten* Götter, die Götter der Elfen.

Galandel die-von-Ometheon-singt zog es wohl ebenfalls zum Götterdienst. Lailath sah sie neben einigen Matrosen hergehen, die das neue Jagdboot der *Sturmvogel* auf den Schultern durch ein Spalier von Schaulustigen zum Tempel trugen. Auch Phileasson und Ohm waren darunter, sie schwitzten, wirkten aber glücklich.

Obwohl sie keine Last stemmte, war Galandel die Erschöpfung

anzusehen. Den Schultern unter dem hellen Gewand fehlte die Spannkraft, das weiße Haar blieb auch in der Sonne stumpf. Das rührte nicht von der Hitze des Sommers.

»Hast du es ihr gesagt?«, fragte Lailath.

»Sie will es nicht hören.«

»Danach fragt das Alter nicht. Eine Elfe, die ihre Lebensaufgabe erfüllt hat, verlässt die Welt.«

Nahe Ilsur,
einundzwanzigster Tag im Vinmond

»Dort!« Neerax Dal wies auf die schmuddeligen Zelte, die im hohen Schilfrohr verborgen standen.

Der Grolm hatte sie auf einen kleinen, mit Birken bewachsenen Hügel im Sumpf geführt. Dunkle Arme aus schwarzem Schlick, durch den nur noch kümmerliche Rinnsale flossen, mäanderten durch das goldgelbe Schilf. Etwa eine Meile entfernt sah Beorn Asgrimmson das Meer.

»Unsere Wege trennen sich hier!«, erklärte der Grolm entschieden und wedelte mit der Linken, um die Mücken zu vertreiben, die ihn umschwirrten. »Ihr solltet euch etwas beeilen. Jetzt ist noch Ebbe. Wenn das Wasser wieder steigt, könnte es schwierig werden, zum Lager hinüberzukommen. Die Gezeitenströmung wird euch von den Beinen reißen und könnte zu stark sein, um gegen sie anzuschwimmen.«

»Wir stehen nicht auf so wackeligen Beinchen wie du«, spottete Eilif Sigridsdottir.

Der Grolm sah zu ihr auf. Er musste den Kopf sehr weit in den Nacken legen. »Stünde dein Verstand im rechten Verhältnis zu deiner Größe, so wie bei mir, wärest du wahrlich eine Riesin.«

Eilif runzelte die Stirn. »Wie meint der das?«

»Der findet, du hast einen zu kleinen Kopf«, feixte Olav Stirson.

Eilif kratzte sich im Nacken. »Das hat mir noch niemand gesagt …« Sie schien sich unschlüssig zu sein, ob sie das als Kompliment auffassen sollte. Ihr von Mückenstichen aufgequollenes Gesicht war ein Bild des Zweifels. Selbst ihre Riesenkräfte waren vom Weg durch das Marschland fast aufgezehrt. Sie stank nach Schweiß. Schwarzer Schlamm besudelte Eilifs gestreifte Hose bis weit über die Knie. Ihre Stiefel baumelten – wie bei ihnen allen – mit einem Strick zusammengebunden von ihrem Hals.

»Du solltest dich davonmachen, bevor sie entscheidet, dass deine Worte nicht schmeichelhaft waren«, riet Beorn ihrem Führer.

Neerax war klug genug zu wissen, wie gut dieser Rat war. Ohne großes Aufhebens zu machen, verabschiedete er sich mit knappen Worten und war binnen weniger Herzschläge zwischen den Birken verschwunden.

Beorn führte seine Ottajasko den Hügel hinab in den Schilfgürtel. Es war früher Abend. Die Sonne küsste bereits den Horizont. Den ganzen Tag waren sie gewandert. Der Drachenführer dachte an die See. Daran, wie sehr er die Weite des Meeres vermisst hatte. Am Ruder einer Otta zu stehen und zuzusehen, wie Gischt über den schnittigen Rumpf sprühte, wenn sie hart am Wind lagen – das war Freiheit! War der Titel *König der Meere* wirklich so wichtig? Ein paar Wörter nur!

Er dachte an seine tote Schwester. Es ging um Gilda! Er könnte nicht ertragen, dass dem Mann, der ihren Tod verschuldet hatte, diese höchste Ehre zuteilwurde!

Beorn trat als Erster durch die Mauer aus Schilf. Vor ihnen erstreckte sich ein mehr als fünfzig Schritt breites Band aus schwarzem Schlick. Schon sprudelte in der Mittelrinne Wasser landeinwärts. Er konnte zusehen, wie es höher stieg.

»Los!«, rief er. »Eine letzte Anstrengung noch, dann sind wir unter Freunden.« Hier würde es anders sein als in Ilsur! So beschaulich und bieder hatte die Stadt aus Fachwerkhäusern ausgesehen. Und so verkommen ging es hinter den Wänden aus Weidengeflecht, Stroh und Putz zu. Intrigen, Schmuggel, Betrügereien. Und alles nur, um am Ende ein paar Silbermünzen mehr zu besitzen. Was war das für ein kleinliches Leben im Vergleich dazu, mit einer Otta über die Meere zu segeln und keine Grenzen zu kennen!

Beorn stapfte voran in den Schlick. Er war warm, drängte zwischen seinen Zehen aufwärts und schloss sich mit weichem Griff um seine Knöchel.

Der Drachenführer streckte die Arme seitlich aus, um das Gleichgewicht zu wahren. Den Schild auf dem Rücken, dazu einen ledernen Rucksack, eine Wolldecke und die Stiefel um seinen Hals, fühlte er sich wie ein Maultier. Zweimal war er an diesem Tag bereits auf rutschigem Grund ausgeglitten. Er war über und über mit Schlamm bedeckt.

Vorsichtig schritt er voran. Schmatzend glitten seine Füße aus dem Schlick. Es fühlte sich an, als wolle ihn das Land mit aller Macht davon abhalten, wieder hinaus auf See zu gehen. Eine Seeschlange! Man musste schon ziemlich verrückt sein, so ein Biest zu suchen. Die meisten Seefahrer beteten darum, einem solchen Meeresungeheuer niemals zu begegnen. Er tat das Gegenteil.

Zornig dachte er daran, dass Phileasson ihm voraus war. Ob er vielleicht schon so ein Biest harpuniert hatte?

Beorn trat in die Rinne voll gurgelndem schwarzem Wasser. Es zerrte an ihm, wollte ihn landeinwärts reißen, als habe sich alles hier verschworen, ihn von der See fernzuhalten.

Fester stemmte er die Füße in den Schlick, kämpfte sich Schritt um Schritt voran. Ein sattes Klatschen ertönte hinter ihm, gefolgt von wüsten Flüchen Eimnir Hermsons. Beorn blickte über die Schulter. Die ganze Ottajasko steckte im Schlamm. Eimnir war der Länge nach hingeschlagen. Zidaine Barazklah ging einfach an ihm vorbei. Dafür streckte ihm Selime ihre Hand entgegen, um ihn hochzuziehen. Das Antlitz der Novadi war unter einer Maske aus schwarzem Schlamm verschwunden, in der ihre Augen unnatürlich hell wirkten. Einzig Pardona hatte kaum mehr als die Säume ihrer Geweihtentracht besudelt. Sie sollte vorsichtiger sein, oder seine Ottajasko würde noch bemerken, dass etwas mit ihrer Geweihten nicht stimmte. Seit dem Drachenritt wurde darüber getuschelt, wie sehr sie sich verändert hatte.

»Halt!« Aus dem Schilfdickicht auf der anderen Seite des Schlammfeldes traten mehrere Bogenschützen. Wilde Gestalten in Lendenschurzen oder abgerissenen Hosen, mit verschlungenen Hautbildern auf Brust und Armen. Die Haare rot oder blond, meist zu Zöpfen geflochten, erinnerten sie nur entfernt an Thorwaler.

Mehr als ein Dutzend sah Beorn. Alle hatten den Bogen gespannt. Pfeile lagen auf den Sehnen.

Er sprach sie auf Thorwalsch an. »Ich bin der Mann, der Leif den Grauen reich gemacht hat!« Beorn drehte sich halb, damit die Schützen die Seeschlange auf seinem Schild sehen konnten. Kein anderer Thorwaler wagte es, Swafnir auf diese Art herauszufordern. Seeschlangen dienten Hranngar, der großen Gegenspielerin des Gottwals.

»Für mich bist du das Großmaul vom schlammigen Grund!«, höhnte eine barbusige Rothaarige, die auf Beorns Brust zielte. »Was immer du auf deinen Schild gemalt hast, jetzt ist es nicht mehr zu erkennen!«

Beorn fluchte! Der Schlick! »Sagt Leif, Beorn Asgrimmson steht hier, um ihn ein zweites Mal reich zu machen!«

Einige der Schützen senkten ihre Bögen.

»Beorn jagt im tiefen Süden, auf den Waldinseln!«, beharrte die Reckin, die auf ihn angelegt hatte.

»Wie sah die Frau an der Seite des Mannes aus, der den Blender in der Seeschlacht vor Al'Toum besiegte?«, fragte eine vertraute Stimme aus der Schilfwand.

»Sie war eine Hexe, von mittlerer Statur, mit schwarz gelocktem Haar und einem Lächeln, das dir schlaflose Nächte bereitet hat, Leif!«

Schallendes Gelächter ertönte. Eine drahtige grauhaarige Gestalt trat aus dem Schilf und öffnete die Arme. »Kack den Mast an! Das ist der Blender, wie er leibt und lebt, Recken. Preist den Tag, an dem es euch vergönnt ist, einer lebenden Legende zu begegnen. Dem Mann, der Porto Paligan geplündert hat, wobei er freilich meine Hilfe brauchte!« Leif trug kurze Hosen und eine speckige Lederweste. »Willkommen in meinem Lager, Beorn Asgrimmson. Wir haben ein paar von den fetten Wildschweinen, die sich hier herumtreiben, auf den Spießen und ein Fässchen mit einem Brannt, von dem wir noch nicht wissen, ob er uns blind oder göttergleich machen wird. Das wohl!«

Mit weiten, platschenden Schritten stakste Leif ihm entgegen und packte ihn beim linken Unterarm im Kriegergruß. »Beorn! Tut gut, dich zu sehen!« Leiser fügte er hinzu: »Was machst du in dieser trostlosen Gegend, nur mit einer Handvoll Recken und ohne Schiff?«

Beorn schmunzelte. »Was ich immer tue, wenn ich in übler Lage bin: nach Leif Katlasson Ausschau halten.« Der Blender winkte seiner Ottajasko. »Folgen wir ihnen ins Lager!«

»Du musst unbedingt Stirbjörn kennenlernen, meinen Sohn!

War vor ein paar Jahren, als es in die Charyptik ging, noch zu nass hinter den Ohren. Ärgert ihn mächtig, dass er den Spaß in Porto Paligan verpasst hat. Aber jetzt rudert er auf meiner Otta.«

Der Hetmann stapfte neben Leif zum Ufer. »Was machst du hier, in diesen mückenverseuchten Marschen, als einfacher Schmuggler? Porto Paligan hat dich doch reich gemacht?«

»Ach«, seufzte Leif. »Das Silber und ich, wir haften einfach nicht aneinander. Zwei Drittel habe ich für schöne Frauen und teure Weine ausgegeben. Den Rest, fürchte ich, habe ich sinnlos verprasst!«

Beorn lachte. Leif war ohne Zweifel noch derselbe Draufgänger wie vor vier Jahren.

»Was hast du vor?«, bedrängte ihn sein alter Weggefährte erneut.

»Eine wirklich große Sache. Mehr kann ich jetzt dazu nicht verraten. Ich will kein Geschwätz.« In Wahrheit hatte er Sorge, dass nicht einmal Leif verrückt genug war, um mit ihm in einer Otta auf Seeschlangenjagd zu gehen. »Ich brauche ein Langboot und eine Ottajasko, die von deinem Schlag ist, Leif.«

»Haben wir beides hier!«

»Dann verspreche ich dir, dass ich entweder mit dir zusammen auf den Grund des Meers hinabfahre oder dich ein zweites Mal reich mache. Das wohl!«

Mendena,
zweiundzwanzigster Tag im Vinmond

Eigentlich hatte Kapitän Bacha mit der Morgendämmerung auslaufen wollen, aber das größte Schiff, das Shaya Lifgundsdottir jemals gesehen hatte, vereitelte das. Um sich dieses Wunderwerk des Schiffbauhandwerks genau ansehen zu können, war Shaya in die Wanten geklettert, die gleich grobmaschigen Netzen die Reling mit der Aufhängung der Rah oben am Hauptmast verbanden.

Die *Seeadler von Beilunk* ankerte mitten in der Hafeneinfahrt. Ihre Segel waren eingeholt, sodass die drei Masten wie Lanzen in den blauen Himmel stachen. Die dreireihig übereinander angeordneten Riemen lagen auf dem Wasser auf, was dem über vierzig Schritt langen Giganten eine Stabilität verlieh, als krallte er sich an den sanften Wellen fest. Phileassons Drachenschiff, mit dem die Ottajasko das Nordmeer befahren hatte, besaß vierundvierzig Riemen. Wenn Shaya richtig zählte, waren es bei diesem Kriegsschiff dreimal so viele, und an den obersten, besonders langen, mochten sogar jeweils zwei Ruderer sitzen, um sie zu bewegen. Das Eindrucksvollste jedoch war der goldene Adler, der über dem Rammsporn am Bug das Haupt mit dem aufgerissenen Schnabel vorreckte. Kein Wunder, dass Praioslob den Blick gar nicht davon lösen konnte.

Der Geweihte des Sonnengotts stand auf dem Achterkastell der *Sturmvogel*. Dort ging Asleif Phileasson auf und ab, als bekäme er für jeden Schritt eine Kupfermünze. Immer wieder umfasste er die Ruderpinne oder griff den Handlauf der Reling und starrte zum Flaggschiff der Perlenmeerflotte hinüber. Dabei beklagte er sich lautstark über den »Hornochsen von Kapitän, der zwar die gesamte Ostküste Aventuriens kartografiert hat, aber zu dumm ist, seinen Seelenverkäufer wie jeder andere auch an einen Anleger zu steuern«. Shaya kannte den Entdecker gut genug, um seinen Neid zu erkennen. Der große Foggwulf, Bezwinger des Meers der Sieben Winde und Güldenlandfahrer, fühlte sich herausgefordert.

»Und überhaupt … wenn ein Schiff den stolzen Namen ›Seeadler‹ verdient, dann ist das meine Otta, das wohl!«

Die Verzögerung von ein paar Stunden störte Shaya nicht, zumal es noch mehr als die *Seeadler von Beilunk* zu sehen gab. Die Bireme *Voltanswoge*, die man in der Werft gezimmert hatte, lief heute vom Stapel. Das war auch der Grund, aus dem das Flaggschiff einen hohen Gast gebracht hatte: Der Großadmiral würde eine Rede halten.

Die festlich gekleidete Menge drüben am nördlichen Kai hatte bereits Graf Hagen von Darboria zugejubelt. Nun räumte er die Bühne für den rothaarigen Befehlshaber der Westflotte. Der metallene Brustharnisch, dessen Ziselierung Shaya auf die Entfernung nicht genau genug erkennen konnte, um das Motiv auszumachen, blitzte in der Sonne, ein leichter blauer Umhang bewegte sich im Seewind. Zwei Rojern mit Speeren, deren breite Spitzen geformt waren wie Ulmenblätter, sah man an, dass sie das Rudern gewohnt waren. Sie bildeten seine Ehrengarde, und ein Ausrufer in samtenem Waffenrock trat vor. Auf seiner Brust prangte der rote Greif auf gelber Scheibe, das Wappen des Kaiserreichs. Er hob eine Pfeife an die Lippen, deren heller Ton mühelos bis zur *Sturmvogel* durchdrang. »Großadmiral Rateral Sanin der Zwölfte, Markgraf des Windhag!«, kündigte er seinen Herrn an.

Die Menge jubelte, und auf dem Hauptdeck unter Shaya johlten die Perricumer Harpuniere begeistert. »Hört, hört!«, rief Seebrecht, ihr Wortführer. Er hatte den Körper eines Halbwüchsigen, aber sein Gesicht war von hartem Wetter gegerbt, und seine Zähigkeit hatte er gestern am Flaschenzug bewiesen. »Solches Eisen schmiedet die Seeakademie unserer feinen Heimatstadt!«

Leider sprach Sanin leiser als sein Ausrufer. Die Zuschauer am Kai konnten ihn sicher verstehen, aber zu Shaya drangen nur einzelne Fetzen durch: »… *Voltanswoge* ist ein wackeres Schiff … mit jedem aufnehmen … den Umtrieben … Geschmeiß ein Ende setzen … maraskanisches Piratenpack …«

»Hört, hört!«, rief Seebrecht noch einmal. Er feixte den etwa zwanzig Maraskanern zu, die sich an der Reling versammelt hatten.

Von Shayas Position oben in den Wanten sah es aus, als sammelten sich Heerhaufen auf dem Deck. Die Perricumer hatten noch einige Freunde überredet, ebenfalls auf der *Sturmvogel* anzuheuern. Dadurch zählten sie jetzt ein gutes Dutzend.

»Genau, knüpft alle Räuber auf!« Cessimasab die Fröhliche, die in diesem Moment eher zornig wirkte, reckte die Faust in die Höhe. »Wer ein Schiff aufbringt, soll an der Rah baumeln! Und wer Silber stiehlt! Oder Tran! Oder Land!«

Die Perricumer wandten sich den Maraskanern zu.

Shaya hielt nach Kapitän Bacha Ausschau. Ihrer ersten Begegnung war keine weitere gefolgt, auch jetzt beobachtete er die Schiffstaufe wohl aus seiner Kabine heraus. Buckmann sah sie ebenfalls nicht.

Das war schlecht. Die Perricumer nannten die Maraskaner »Diener, die ihren Platz vergessen hatten« oder »wirre Plapperer« und mussten sich ihrerseits als »dumpfe Sänftenträger« und »ungebetene Gäste« titulieren lassen. Ein handfester Streit lag in der Luft. Dass der Großadmiral von »immer keckeren Frechheiten« und einer »unmissverständlichen Lehre« sprach, befeuerte den Zorn.

Shaya hangelte die Wanten hinunter.

»Was ist das eigentlich für eine Krankheit«, rief Seebrecht zu Cessimasab hinüber, »bei der einem die Haare nur auf einer Seite ausfallen?«

»Bestimmt einer von diesen Dschungelpilzen!«, meinte einer seiner Kameraden, ein breitschultriger Kerl mit zwei Warzen auf der rechten Wange. »Es gibt auch welche, die durch das Ohr in den Schädel wuchern. Da quetschen die Wurzeln das Hirn, ist schlecht fürs Denken.«

»Du meinst, die war schon mal schlauer?«, fragte Seebrecht.

Seine Freunde lachten höhnisch.

Shaya nahm den Wanderstab auf, den sie an der Reling abgelegt hatte, und ging zu den Maraskanern. Sie versuchte, Cessimasabs Blick einzufangen, aber die Aufmerksamkeit der Frau in der bunten Seidenkleidung war ganz bei den Perricumern. Die Augen der Maraskanerin schleuderten wütende Blitze über das Deck.

Ihre Stimme klang jedoch seltsam unbeschwert, als erzählte sie ein Kindermärchen. »Einen schönen Eisenharnisch trägt euer Großadmiral. Ich habe mal einen Garethja gesehen, dem sind ein paar Lissalkäfer unter so eine Rüstung gekrochen.«

Aus ihrer gestrigen Unterhaltung mit Cessimasab wusste Shaya, dass die Maraskaner die Bürger des Mittelreichs »Garethjas« nannten, nach Gareth, ihrer Hauptstadt. Manchmal sagten sie auch einfach »Fremdijis«, Fremde. Darin glaubte sie eine Spur Bitterkeit zu hören. Reto, der Vater des jetzigen Kaisers, hatte Maraskan besetzt, und noch immer führte die mittelreichische Armee dort ein hartes Regiment, wie man erzählte.

»Schöne Tiere, die Lissalkäfer, mit violettem und türkisfarbenem Panzer. Haben aber nadelspitze Füßchen. Da hat der Garethja lustig getanzt. Und gewedelt, so.« Sie warf die Arme weit vor und zurück und kratzte sich am Oberkörper. »Kam aber nicht mit seinen Fingernägeln durch das Eisen, und die Schnallen hat er auch nicht aufgekriegt. Ist dann in einen Teich gesprungen und hat die armen Käfer ertränkt.«

»Das war aber kein guter Tag für die Wanzen«, meinte Seebrecht.

Shaya stellte sich neben Cessimasab, die sie nun bemerkte und lächelnd ansah.

Dennoch wandte sie sich wieder den Perricumern zu. »Dieser Garethja kann noch heute die roten Punkte auf seiner Bleichhaut vorzeigen. Die Küsse der Lissals. Aber wenn euer Großadmiral ins Meer hüpft – welcher Fischer soll ihn dann wohl mit seinem Netz wieder vom Grund hochholen?«

»In Perricum lernen wir zu schwimmen, bevor wir gehen können«, versetzte Seebrecht. Seine Kumpane blickten jetzt ernst.

»Auch in einem Eisenharnisch?« Cessimasab lachte. »Das will ich sehen. Und bestimmt kommen ein paar Haie vorbei, um sich das anzuschauen. Vielleicht knabbern sie dann ja an eurem Großadmiral. Er ist immerhin kein einfacher dummer Garethja, viel zu schade für unsere Käfer.«

»Die frechen Sprüche wird Sanin dir schon austreiben!«

»Daran ist bereits meine Mutter geschei…«

Eine Ratte traf sie ins Gesicht und klatschte von dort aufs Deck. Das grauschwarz bepelzte Tier war schon tot, es stank. Offenbar hatte Padri, die Schiffskatze, ihm den Bauch aufgerissen.

»Zielgenauer Wurf!«, lobte Seebrecht. Seine Freunde lachten, der mit den Warzen schob die Ärmel hoch und entblößte dabei ein Hautbild, das einen Fisch und einen Säbel zeigte.

»Lass es gut sein«, bat Shaya flüsternd. »Wir gehören doch alle zur selben Mannschaft und fahren auf demselben Schiff.«

Cessimasab ballte die Hände zu Fäusten, ihre Unterarme zitterten. Trotzdem klang ihre Stimme noch immer beschwingt. »Herzlichen Dank für das Angebot. Dieses Zeug esst ihr also in Perricum? Versucht mal etwas Ordentliches, das gibt mehr Kraft.«

»Wir werden euch lehren, wer hier Kraft hat!« Drohend stapfte Warzenwange auf sie zu.

»Das reicht jetzt!«, donnerte Buckmann. Der Steuermann stellte sich zwischen die Gruppen. »Wer zu viel Kraft hat, kann bei der nächsten Flaute gern mit den Jagdbooten voranrudern, um die

Sturmvogel zu den Fanggründen zu ziehen. Bis dahin: Benehmt euch! Wir sind siebzig Seelen auf diesem Schiff, und wenn jemand glaubt, mit einer davon Streit anfangen zu müssen, darf er erst einmal mit mir kuscheln.«

Er war eher klein und gemessen an Warzenwange auch nicht besonders kräftig, aber seine Stimme, seine stolze Haltung und vor allem die stählern funkelnden dunkelblauen Augen verliehen ihm Autorität. Shaya schätzte ihn auf Ohms Alter, etwa fünfzig Jahre, und sie zweifelte nicht daran, dass er ebenso viel von der Welt gesehen hatte wie der Skalde.

Die Streitenden verlegten sich auf gegrummelte Bemerkungen innerhalb der jeweils eigenen Gruppe.

»Schau mich an«, bat Shaya Cessimasab.

Die Maraskanerin hatte ein wirklich schönes Gesicht. Die Fältchen an den Augenwinkeln und die Grübchen an den Wangen verrieten, dass sie gern lachte. Erst jetzt, da die Morgensonne sie beschien, erkannte Shaya die grünen Sprengsel in den hellbraunen Augen.

Shaya zog den Ärmel über ihre linke Hand und putzte das Dreckwasser ab, das aus dem Rattenfell auf das Gesicht ihres Gegenübers gespritzt war. »Ärgere dich nicht zu sehr wegen dieser Hässlichkeit.«

Unbekümmert hob Cessimasab den Kadaver der Ratte auf. »Sie ist nicht hässlich«, behauptete sie. »Siehst du die Nagezähnchen? Und die rosa Pfoten? Fast wie Hände.«

Shaya zwang sich, das tote Vieh zu betrachten. Sie hatte keine Angst vor Ratten, wusste aber um den Schaden, den sie in Kornspeichern und Vorratskammern anrichteten.

»Auf einem Schiff mit geschlossenen Laderäumen wie der *Sturmvogel* fahren immer welche mit, meint Ohm«, gab sie weiter, was der Gefährte erzählt hatte. »Man wird sie nicht los, es sei denn, man versenkt das Schiff und holt es dann wieder hoch. Das beseitigte alles Ungeziefer, wenn auch nicht für lange.«

»Hörst du?«, flüsterte Cessimasab der Ratte ins Ohr. »Sie hat dich ›Ungeziefer‹ genannt. Ich weiß auch nicht, was in sie gefahren ist. Eigentlich ist sie nett.«

Shaya versuchte, das Tier so zu sehen, wie die Maraskanerin es tat. Im Grunde unterschied sich der Pelz nicht so sehr vom Fell eines Hundes, und die Pfötchen waren tatsächlich niedlich.

Aber diese Kreaturen standen für den Namenlosen, so, wie man die Gans als Zeichen für Travia verwendete oder den Adler, um Praios zu verehren. Ob das für die Maraskanerin keine Rolle spielte?

»Alles, was Rur geschaffen hat, ist schön.« Cessimasab bewegte die Ratte wie eine Puppe.

Wer war dieser Rur, der angeblich die Welt geschaffen hatte? Shaya freute sich auf die Gespräche, die sie auf der Fahrt mit Cessimasab führen könnte. »Ich habe das Gefühl, dass wir gute Freundinnen werden.«

Cessimasab zuckte mit den Achseln. »Hörst du? Ich habe eine neue Freundin gefunden, und sie mag dich nicht.« Sie warf die Ratte über die Schulter. Platschend landete sie im Hafenbecken.

Abdul el Mazar kam zu ihnen. »Beste Cessimasab, Schwester des farbenfrohen Rohrpfeifers! Sind dir die echsischen Relikte deiner Heimatinsel bekannt?«

Fragend sah sie den Novadi mit den sorgfältig geschabten Wangen an. »Meinst du die Ruinen, die sich im Dschungel finden?«

»Eben jene. Ich hörte von ganzen Städten, die sich um gewaltige Paläste gruppieren. Weißt du, wer sie hinterlassen hat?«

»Diese Orte meidet man besser ...«

»Eine Haltung äußerster Klugheit für eine Unwissende!«, lobte der Magier.

Shaya fragte sich, wie Cessimasab ihn sah. Bei seiner Befreiung im Himmelsturm war er ein Bild des Elends gewesen, aber nun verhüllte eine graue Magierrobe die Narben. Er erschien darin auch nicht ganz so sehr als zierliches Männlein.

»Ich jedoch bin durchaus bewandert auf diesem Gebiet«, fuhr Abdul fort, »und könnte großen Nutzen daraus ziehen, jene Stätten in Augenschein zu nehmen. Es existieren nämlich widersprüchliche Theoreme, was ihren Ursprung angeht. Servan von Rashdul, Sohn des Rogiol, schreibt von einer hochstehenden Kultur, doch gilt Maraskan gemeinhin als Land der Wütechsen, die keinesfalls zivilisatorische Höhen erklommen haben können. Ihre blutrünstige Gesinnung verbietet es, sie sind vollauf beschäftigt damit, übereinander herzufallen.«

»Das mag sein«, meinte Cessimasab, »aber Ruinen mit seltsamen Glyphen habe ich mit eigenen Augen gesehen.«

»Und wo genau war das?«

Wieder lächelte Cessimasab ihr offenes Lächeln. Sie hieß zu Recht »die Fröhliche«. »Ich bezweifle, dass Kapitän Bacha Landaufenthalte eingeplant hat. Vermutlich werden wir nur lange genug anlegen, um Frischwasser und Proviant aufzunehmen.«

»Aber das wäre ein Unglück!«, rief Abdul. »Eine verpasste Gelegenheit! Ich muss sogleich mit dem Foggwulf darüber sprechen.«

Abrupt wandte er sich ab und schritt zur Achtertrutz.

Entschuldigend sah Shaya Cessimasab an und folgte dem Magier.

An der *Voltanswoge* pries man Efferd mit dem Choral »Du regnest«.

Phileasson stand noch immer an der Pinne und betrachtete die *Seeadler von Beilunk*. Er spottete und fluchte jedoch nicht mehr. Stattdessen murmelte er mit hörbarem Respekt. »Bei Swafnir. Wenn ich mir diese schwimmende Festung so ansehe, will ich nicht in der Haut der maraskanischen Piraten stecken.«

Abdul kniff die Augen zusammen, beugte sich über die Reling – Shaya war froh, dass die eingearbeiteten Haifischzähne nach außen gebogen waren, sodass er sich nicht darauf aufspießen konnte –, und starrte den prunkvollen Adler am Bug der Trireme an. Die Frage, die ihn vor einem Augenblick noch so aufgewühlt hatte, schien ihm entfallen zu sein.

»*Des Salzes Woge schlägt mit Wucht*«, sangen die Gläubigen.

»*An Ufer und an Klippen,*
beißt stets von des Landes Bucht
mit eisig kalten Lippen.«

Gleichzeitig durchschlugen Graf Hagen und Großadmiral Sanin die Halteseile an beiden Seiten. Zunächst schien das neue Schiff zu zögern, ins Wasser zu gleiten, wie ein abgeschirrter Zugochse manchmal seine Freiheit nicht begriff. Dann aber rutschte es immer schneller die Rampe herab. Zuerst begleitete ein Poltern diese Bewegung, dann ein Krachen, als der Bug in die Wellen schlug.

Einer der an Deck stehenden Matrosen hatte die Wucht des Aufpralls wohl unterschätzt. Er ging über Bord.

Erschrocken sog Leomara della Rescati die Luft ein und schlug die Hände vors Gesicht, wobei aber die aufgerissenen Augen zwischen den Fingern hindurchlugten. Shaya trat hinter das Mädchen und legte einen Arm um seine Schultern. Wenn sie sich nicht täuschte, war Leomara schon in den wenigen Monden, die sie sich kannten, merklich gewachsen. Sie war kaum noch kleiner als Shaya.

Der Matrose paddelte im Hafenbecken. Die Gläubigen sahen zu, wie man ihm eine Leine zuwarf und ihn aus dem Wasser zog. In ihrem Gesang ließen sie sich durch dieses Schauspiel nicht unterbrechen.

»Kein gutes Omen, wenn beim Stapellauf schon jemand über Bord geht.« Phileasson berührte die Klinge seines Schwerts.

Cessimasab kam auf die Achtertrutz.

Leomara versteifte sich in Shayas Umarmung.

»Was hast du, Kleines?«, fragte sie. Ängstigte sie sich etwa vor Cessimasab? Aber sie hatte doch mit den spiralartigen Locken gespielt!

Das Mädchen antwortete nicht. Es fühlte sich an wie eine Holzstatue, eine Galionsfigur vielleicht, als es sich von ihr fortdrehte. Es senkte die Hände, trat an die Reling, sah zur *Seeadler von Beilunk* hinüber und stützte sich schwer auf. Dabei spreizte Leomara die Arme ab.

»Inmitten der Finsternis ist auch das Grau beinahe weiß«, verkündete sie mit unnatürlich tiefer Stimme. *»Wo Dämonen in Menschenblut baden, will ich jeden Freund nennen, den ich ehedem verachtete, so er nun mit mir gegen das Banner von Rot und Schwarz fährt. Es geht nicht mehr um Ruhm. Es geht nicht mehr um Ehre. Es geht darum, dass es noch Menschen gibt, die mehr sind als Sklaven namenloser Schrecken.«*

Geistesgegenwärtig fing Cessimasab Leomara auf, als das Mädchen ohnmächtig wurde.

Überrascht sah die Maraskanerin Shaya an. »Die Kleine ist gesegnet.«

3 JÄGER

Tobrische See,
vierundzwanzigster Tag im Vinmond

»Zu-gleich! Zu-gleich!«, rief Buckmann. »Verdammt noch mal, habt ihr denn nur Butter in den Armen? Zu-gleich!« Über der groben Leinenkleidung trug der Steuermann seine blaue Seemannsjacke offen, sodass der Wind sie blähte.

An diesem Tag wehte eine beständige Brise aus Nordost, der Gebelaus, der auf der Tobrischen See häufig war. Die *Sturmvogel* segelte Kurs Südost zu den Gewässern, die Kapitän Bacha als besonders aussichtsreich erachtete, was die Jagd auf große Haie anging. Um Efferds Atem bestmöglich zu nutzen, durften die Segel dem Wind nicht die volle Fläche bieten, sondern mussten halb abgewinkelt werden. Hier galt es nachzutrimmen, wenn die Windrichtung wieder einmal ein wenig wechselte.

»Seht ihr denn nicht, dass die Leinwand killt?«, brüllte Buckmann. »Wir kommen kaum von der Stelle!«

Das war übertrieben, aber auch Tylstyr Hagridson sah, dass sich das Segel nicht in einer gleichmäßigen Wölbung spannte. An der Backbordseite sorgten Wirbel dafür, dass es flatterte.

»Zu-gleich!«

Tylstyr hätte Handschuhe anziehen sollen, die Leine brannte in seinen Händen. Trotzdem hielt er eisern fest und lehnte sich zurück, um ächzend die Rah ein Stück weiter vor den Wind zu zwingen. Die Linderung, die der Nieselregen dieses grauen Tages brachte, war ihm angenehm.

Vor ihm zog Irulla an der Leine, und vor der Waldmenschenfrau stand Praioslob. Die Haut auf der nur von einem blonden Haarkranz eingefassten Glatze verdunkelte sich, an den sonnigen Tagen hätte er besser eine Kopfbedeckung getragen. Das festliche Gewand, das man ihm im Tempel von Mendena geschenkt hatte, war in einer Seekiste verstaut. Leinenkleidung eignete sich besser für die Pflichten an Bord, die er mit Selbstverständlichkeit erfüllte. Dass die Kraft des gut vierzigjährigen Geweihten hinter der eines halb so alten Seemanns zurückblieb, konnte man ihm nicht vorwerfen.

»Zu-gleich! Na also, allmählich wird es was! Jetzt nicht nachlassen!«

Brolbert, der kräftige Matrose mit den Warzen im Gesicht, kam mit einem herablassenden Grinsen zu ihnen. Die Perricumer waren mit dem Fockmast bereits fertig. »Mach Platz, dann geht es schneller!«, forderte er Praioslob auf.

Mit sichtlichem Widerwillen trat der Gefährte zur Seite.

Brolberts Pranken griffen zu. Er trug kein Hemd, das die Kraft seiner breiten Schultern verhüllt hätte. Das Regenwasser schimmerte auf der gebräunten Haut.

»Zu-gleich!«

Tylstyr riss, und auch Irulla legte sich ins Zeug, aber Brolbert gab den Ausschlag. Die Muskeln an seinen Armen schwollen an, sodass der Fisch auf dem Hautbild zu springen schien. Die untere Rah bewegte sich einen vollen Schritt weit.

»Das reicht!«, urteilte Buckmann. »Sichern!«

»Gut gemacht, Brolbert!« Seebrechts Schritte hatten etwas Tänzelndes, was vielleicht daran lag, dass er so ein Hänfling war.

Er eilte an ihnen vorbei und begann, die Leine an einem Belegnagel zwischen den aus der Reling ragenden Haifischzähnen zu befestigen.

Damit ließ er sich reichlich Zeit, fand Tylstyr. Zwar mussten sie jetzt nicht mehr ziehen, aber die Position gegen den Druck des Winds in das Segel zu halten, war auch nicht gerade entspannend. Hinter ihm stöhnten die Matrosen, die ebenfalls die Leine hielten, insgesamt waren sie zu sechst.

»Ohne uns wären die ganz schön aufgeschmissen«, meinte Seebrecht. »Würden nie zu den Haifanggründen kommen.«

»Das wohl!«, prahlte Brolbert. Die Thorwaler an Bord reizten offenbar dazu, diese Redewendung spöttisch zu übernehmen.

Irullas Arme zitterten, ansonsten bewegte sie sich nicht. Von Orkengriff war nur ein Bein zu sehen, der Spinnenmann suchte unter dem langen Haar im Nacken seiner Freundin Schutz vor dem Regen.

»Besonders kräftig bist du auch nicht!«, rief Tylstyr Seebrecht über die Schulter zu.

»Auf einem Schiff gibt es verschiedene Aufgaben«, belehrte ihn der Wortführer der Perricumer. »Es kommt darauf an, dass die Mannschaft gut zusammenarbeitet.«

»Dann mach vorwärts mit deinen Knoten!«

»Immer mit der Ruhe. Eine solche Aufgabe will gewissenhaft erledigt werden.«

Buckmann prüfte die Vertäuung an Backbord, bevor er zu ihnen kam. »Noch nicht fertig?«

»Doch, alles klar!«, versicherte Seebrecht. »Sie können loslassen.«

Nachdem er so lange verbissen festgehalten hatte, öffneten sich Tylstyrs Hände nur widerwillig. Wie bei einem Scharnier, das sich nach langer Zeit schwer aufklappen ließ.

Seebrecht schlug Brolbert feixend auf die Schulter. Die beiden warfen den anderen Matrosen, auch Irulla und Tylstyr, geringschätzige Blicke zu. Die Brise übertönte, was sie miteinander sprachen. Tylstyr ermahnte sich selbst, dass das auch unwichtig war. Es kam nur darauf an, dass die *Sturmvogel* gut am Wind stand und ohne zu schlingern auf Kurs blieb.

Irulla sah über die Steuerbordreling. Ringsum lag nur bleigraues Meer im Regen. Ein verwaschener Fleck hinter den Wolken verriet, dass die Sonne beinahe den Horizont berührte.

Schweigend nahm sie eine Hailanze, etwa so lang wie sie selbst, und stieg die Treppe zum Achterkastell hinauf.

Tylstyr warf einen Eimer über Bord, holte ihn wieder ein und spülte mit dem frischen Wasser den Schweiß von seinem Gesicht.

Neben ihm taumelte Lailath über Deck. Auch sie hatte einen Eimer dabei, den sie nun über die Reling entleerte. Tylstyr wunderte sich, dass die Elfe überhaupt noch etwas im Magen hatte, das sie hervorwürgen konnte. Ob das einen Eintrag in dem Buch wert war, in dem er für Spektabilität Cellyana festhielt, was er über dieses Volk herausfand?

Dieses Buch war seltsam. Nicht nur dass es Feuer widerstand und auch nach Monden der Reise noch so ungebraucht aussah, als sei es frisch vom Binder gekommen. Auch dass die Schrift selbst dann nicht verwischte, wenn die Seiten nass wurden, war eine Eigenschaft, die Tylstyr damit erklärte, dass Cellyana sichergehen wollte, die Aufzeichnungen wohlbehalten zu empfangen. Aber da war mehr …

Tylstyr fühlte seine astrale Kraft gestärkt, wenn er in das Buch schrieb. Die Aufzeichnungen halfen besser als jede Meditation, seine magische Potenz zu regenerieren. Das merkte er besonders in den Wochen seit der Trennung von Zidaine, da er jeden Abend zauberte.

Lailath legte sich aufs Deck in den Regen. Aus offensichtlichem Grund trug sie keinen Schleier mehr. Wie bei Salarin und Galandel war auch ihr Gesicht völlig symmetrisch, die Augen waren größer als bei Menschen, die Ohren spitz. Lailaths Haut war jedoch dunkler, bronzefarben, wie bei Abdul.

Tylstyr ging zu ihr, beugte sich hinab und tätschelte ihre Schulter. »Es wird schon wieder«, versuchte er, sie aufzumuntern. »Wir sind den dritten Tag auf See. Morgen, spätestens übermorgen, wirst du es überstanden haben.« Er zweifelte an seinen eigenen Worten. Er selbst war kein großer Seefahrer, aber sein Magen hatte bislang keinerlei Probleme gemacht. Wie würde sich Lailath erst bei einem Sturm fühlen?

»Die Weite ...«, murmelte sie. »Die Tiefe ...«

»Morgen geht es dir besser, das wohl!«, bekräftigte Tylstyr. »Soll ich dir helfen, wieder unter Deck zu kommen?«

»Nein.« Sie schloss die Augen. »Frische Luft tut mir gut.«

Er nickte.

Die Sonne ging unter, es wurde Zeit. Tylstyr richtete sich auf und fasste Zidaines Dolch.

An den vergangenen Abenden hatte er sich für den Zauber in einen Laderaum zurückgezogen, um ungestört zu sein. Dennoch war es ihm besonders schwergefallen, sich auf die astrale Matrix zu konzentrieren. Es war ohnehin eine schwierige Formel, die eigentlich der magischen Tradition der Gilden entgegenlief. Die Worte, die dabei gesprochen wurden, hatten keine Wirkung, außer dass sie beim Fokussieren der Gedanken halfen. Es kam darauf an, mit den Elementen in der Umgebung eins zu werden. Am besten mit dem Humus des Waldes, aber den gab es hier natürlich nicht, und das Holz des Schiffs stellte sich als unzureichender Ersatz heraus.

Aber das Wasser des Nieselregens und die Luft, die der Gebelaus beständig heranwehte, waren nun einmal die beherrschenden Elemente auf See. Tylstyr beschloss, diesmal im Freien zu versuchen, durch die Augen seiner Geliebten zu sehen, auch wenn das neugierige Blicke provozieren würde.

Auf dem Hauptdeck musste es aber nicht gerade sein. Er stieg das Achterkastell hinauf.

Buckmann hielt selbst die Ruderpinne. Hinter ihm stand Irulla an der Reling. Sie holte die Leine ein, an der die Hailanze befestigt war. Auf dem letzten Stück schlug die Waffe polternd gegen den Rumpf.

Gut dreißig Schritt hinter dem Schiff, mit dem es ein Seil verband, trieb ein seltsames Gebilde im Wasser. Es sah aus wie ein aufgequollenes Kissen, auf dem der Kopf eines Schläfers ruhte. Oder besser eines Toten, eines Enthaupteten, denn vom Körper war nichts zu sehen. Ringsum kräuselten die Regentropfen die Meeresoberfläche.

Irulla holte mit der Lanze in der rechten Hand aus und streckte die Linke vor, in der sie die in lockere Schlaufen gelegte Leine hielt. Sie zielte und warf.

Die Waffe flog einen viel flacheren Bogen, als Tylstyr vermutet hatte, was wohl daran lag, dass ihre vordere Hälfte komplett aus Eisen bestand. Eine solche Bahn hätte er eher beim Geschoss einer Balliste erwartet. Die Leine wickelte sich aus Irullas offener Hand ab.

Das Wasser spritzte schräg hinter dem Ziel auf, als die Hailanze durch die Oberfläche schlug.

»Zu weit«, kommentierte Tylstyr überflüssigerweise.

»Die Geduld ist die größte Tugend des Todes.« Irulla begann, die Waffe wieder einzuholen, wobei sie die Leine direkt in Schlaufen legte.

»Auf was zielst du da eigentlich?«

»Auf das Herz eines Hais, gefesselt an aufgeblasene Wasserschläuche. Zwei Maraskaner haben von ihrem Lebensatem gegeben, um sie zu füllen.«

Tylstyr setzte an zu fragen, was die Matrosen dazu veranlasst hatte, entschied dann aber, dass er es gar nicht so genau wissen wollte. Irulla konnte sehr überzeugend sein, vor allem, wenn der weiße Umriss der Spinnenzeichnung auf ihrem Kopf im Halbdunkel unter Deck schimmerte. Zudem hatten die Maraskaner Grund zu der Annahme, dass die Waldmenschenfrau verärgert über sie war. Sie trug Cessimasab nach, dass die Geschichte von der roten Riesenspinne, die sich aus dem Himmel abseilte, um sich die *Sturmvogel* zu greifen, nur ein Gruselmärchen war. Irulla gebrauchte dafür den Begriff »leeres Versprechen«.

Sie zog die Hailanze hoch. »Ich will, dass dieses Eisen lernt, wem es den Tod bringen soll.«

Fragend sah Tylstyr sie an.

»Daher das Herz. Der Händler in Mendena hat versichert, es gibt Mut, wenn man es brät und verspeist. Aber ein Herz sollte man roh verschlingen. Findest du nicht?«

»Was soll ich sagen? Die Mittelreicher verstehen eben nichts von gutem Essen.«

Irulla nickte so bedeutungsschwer, als habe er ihr vom Ableben eines langjährigen Kameraden berichtet. Sie wandte sich wieder ihrem Ziel zu.

Wenn Tylstyr die Helligkeit hinter den grauen Wolken richtig deutete, berührte die Sonne inzwischen den Horizont. Falls es ihr möglich war, suchte Zidaine jetzt in der Hoffnung, dass er durch ihre Augen blickte, einen Ort abseits ihrer Begleiter auf und betrachtete eine geschriebene Botschaft. Selbst wenn es dazu heute keine Gelegenheit geben sollte, würde sich Tylstyr freuen zu sehen, wo sie sich befand und was sie gerade tat. Ob sie sich ebenso verlassen fühlte wie er? Oder noch mehr? Schließlich hatte sie keine Möglichkeit, seine Augen zu benutzen.

Aber auch ihm müsste dazu zunächst der Zauber gelingen.

Er hockte sich mit untergeschlagenen Beinen an die Reling und lehnte sich dagegen. Auch auf dem Achterdeck gab es kein geschlossenes Schanzkleid, die Streben drückten in seinen Rücken. Vor ihm füllte der Wind das Segel am Kreuzmast, das dadurch backbord mehr als die Hälfte des Schiffs verdeckte. Da sie halb vor dem Wind fuhr, stand die *Sturmvogel* auch nicht gerade auf dem Kiel. Tylstyr bemerkte die Neigung des Decks jedoch nur, wenn er darauf achtete.

Der Magier zog den Dolch, bei dem zwei einander umwindende Bronzeschlangen den Korb bildeten, aus dem Gürtel. Es bestand keine Notwendigkeit, ihn aus der Scheide zu ziehen, Zidaines Haarlocke war der entscheidende Fokus, und die war um den Griff gewickelt.

Tylstyr hielt die Waffe in der Linken und legte die freie Hand flach auf die Planke neben seinem Knie. Er schloss die Augen und wiegte sich vor und zurück, wobei er lautlos die Lippen bewegte. Er formte die Worte, die er gelernt hatte, nur in Gedanken.

Das Holz gab ihm keine Kraft. Er konzentrierte sich auf den Regen in seinem Gesicht, spürte der Schwere seines nassen Haars nach. Eine Strähne davon klebte an seiner linken Wange.

Er dachte an Zidaine. Sie war ein harter Mensch, ihre ganze Erscheinung machte das deutlich. Immer trug sie Schwarz, meist Leder, das nicht nur gegen Klingen Schutz bot, sondern mit klaren Linien auch vom ersten Augenschein an bedeutete, dass mit dieser Reckin nicht zu spaßen war. Ihr Rapier, die gerade Nase, die Wangenknochen, die schlanke Gestalt … alles war streng und stark. Auch das Haar trug sie gern in einem gerade auf den Rücken fallenden Pferdeschwanz.

Aber diese Härte war nicht alles an Zidaine. Sie hatte auch diese katzenhafte Eleganz, nicht nur, aber auch bei den Kampfübungen. Viel mehr genoss Tylstyr die Erinnerung an ganz alltägliche Begebenheiten. Er erinnerte sich, wie Zidaine an einem Morgen beim Viehtrieb mit den Sairan-Hokke in den Sattel gestiegen war, eine so fließende Bewegung, als hätte sie gar kein Gewicht. Die Sonne hatte auf ihr Gesicht geschienen, ihre tiefgrünen Augen hatten geglitzert, und sie hatte ihn angelächelt.

Das tat sie selten: lächeln. Jedenfalls wenn kein Spott darin lag.

Ob das anders gewesen wäre, wenn Stainakrs Jungmannen ihr als Mädchen keine Gewalt angetan hätten? Wie wäre ihr Leben verlaufen, wenn in jener verfluchten Nacht nicht das falsche Leuchtfeuer auf den Klippen vor seinem Dorf gebrannt hätte? Dann hätte die *Goldener Anker* wohl Thorwal erreicht, ihr Vater hätte die Waren, die Tylstyrs Heimatdorf über den Winter gebracht hatten, dort mit gutem Gewinn verkauft. Sie wären zurück nach Havena gesegelt, Zidaine hätte das Leben einer Kaufmannstochter geführt.

Aber sie hatte das Fechten schon als Kind gelernt, und ihre außergewöhnliche Stärke hatten die Götter ihr ebenfalls in die Wiege gelegt. Eine Seefahrerin wäre sie wohl in jedem Fall geworden. Man konnte sich eine solche Frau schlecht in der Schreibstube eines Kontors vorstellen.

Ob sie sich jetzt wohl ebenfalls auf einem Schiff befand? Strich ihr derselbe Wind um die Nase, der auch Tylstyr ins Gesicht wehte? Oder suchte sie einen trockenen Ort, um im Schein einer Lampe die Botschaft zu betrachten, die sie ihm übermitteln wollte?

Der Wind mochte eine Verbindung sein …

Tylstyr konzentrierte sich darauf. Er spürte ihm nach, lauschte, wie er über das Achterdeck strich und die Takelage knarren ließ, wie er in die Segel drückte und um die Haifischzähne säuselte. Er achtete auf den Zug an seinen Haarsträhnen. Und er wob seine astrale Kraft in den Versuch, Zidaines wunderschöne Augen zu finden.

Natürlich wäre es nützlich zu wissen, was der Blender trieb. Tylstyr war klar, dass Phileasson auf solche Neuigkeiten brannte. Er selbst aber wollte nur einen Satz lesen, geschrieben in Zidaines etwas ungelenker Handschrift.

»Ich liebe dich«, flüsterte er.

Er ordnete die magische Matrix immer neu an, bog das Gitter, das sich in seinem Verstand formte, fügte weitere Stränge hinzu, ließ andere fallen. Er tastete mit Zidaines Haar und der Sehnsucht nach ihr als Fokus. Sein Geist dehnte sich über seinen Körper hinaus aus, und zugleich versuchte der Magier, Wind und Regen zu riechen, zu spüren, zu hören.

Einige Zeit musste vergangen sein, als er aufgab, denn es war merklich dunkler geworden. Im Westen war der Himmel noch heller, aber vom Sonnenflecken hinter den Wolken war nichts mehr zu sehen.

Erschöpft und enttäuscht stand Tylstyr auf. Ein paar Sätze über Lailaths Seekrankheit in Cellyanas Buch würden wohl die einzige Ausbeute des Tages bleiben.

Irulla zog die Lanze an Bord. Die Spitze steckte im Haiherzen, einem dunklen, mehr als kopfgroßen Fleischklumpen. Wasser troff von den Dutzend Schläuchen, auf die es gebunden war. Einige davon waren zerstochen und erschlafft.

Die Gefährtin bemerkte seinen Blick. »Am Ende findet der Tod immer sein Ziel.«

»So wie ich«, grollte eine dunkle Stimme.

Kapitän Bacha, verhüllt von einem schweren Mantel und einem breitkrempigen Hut, trat an die Ruderpinne.

Perlenmeer,
achtundzwanzigster Tag im Vinmond

Beinahe eine Woche waren sie nun auf See, und Lailath ging noch immer ungern an Deck. Dafür kannte sie inzwischen jeden Winkel im Bauch des Schiffs. Die drei Masten gingen durch alle Zwischenböden bis hinunter zum Kiel, in dem sie verankert waren. Eigentlich war das logisch, weil sie dem Druck des Winds sonst wohl nicht standgehalten hätten, aber Lailath hatte sich zuvor nie Gedanken über Schiffe gemacht.

Ebenso wenig wie darüber, dass die schwere Ladung ganz unten verstaut war. Das stabilisierte die Pendelbewegung des Schiffs um seine Längsachse, das »Rollen«, wie Cessimasab es nannte. Die Maraskanerin plapperte den ganzen Tag und sprach jedes Besatzungsmitglied an, sogar einige von den Perricumern, die die Bewohner ihrer Insel wenig schätzten. Ab und zu brachte Cessimasab die grimmigen Harpuniere dennoch zum Lachen.

Im Hauptladeraum im untersten Deck stapelten sich die sorgfältig verzurrten Fässer, die dazu gedacht waren, den Tran aufzunehmen, den man aus den Haien kochte. Derzeit waren die meisten entweder leer oder, wegen des Ballasts, mit Wasser gefüllt. Manche enthielten auch Schweineblut, dem man Kräuter beigemengt hatte, damit es nicht gerann. Es taugte zum Anlocken der Beute. Bislang hatte man nur einige kleine Flecken- und Streifenhaie erjagt. Dabei gab es rings um das Schiff nur eine endlose Ödnis wogender Wellen, und Bacha wollte noch weiter auf dieses offene Meer hinaus, weil er glaubte, dort die riesigen Raubfische zu stellen, die alle reich machen sollten.

Bugwärts des großen Lagerraums bewahrte man die Kessel auf, dazu Kohlen und Sandsäcke. Letztere dienten nicht nur als Ballast, sondern sollten auch beim Löschen helfen, falls ein Feuer ausbräche. Nachdem der sehr von sich eingenommene Seebrecht Lailath erzählt hatte, wie schwer ein Brand auf einem Schiff trotz des umgebenden Wassers in den Griff zu bekommen war, hatte sie zwei Nächte nicht geschlafen. Natürlich bestand ein Schiff eigentlich nur aus brennbarem Material: Holz, Tauen, Segeltuch. Und vor allem dem Tran … wenn der in Brand geriet, meinte Seebrecht, wehrte sich das Feuer gegen das Wasser, das man darauf schüttete. Es blähte sich dann binnen eines Wimpernschlags zu einem riesigen Flammenball auf, wie eine Mehlwolke, die eine Kerzenflamme küsste. Daher musste man mit Sand löschen, sonst zerstörten die Flammen im Nu die Planken, das Wasser drang ein, und das Schiff versank binnen weniger Herzschläge.

Noch immer hatte Lailath panische Angst vor dem nassen Tod. Seit dieser Erzählung war sie nicht mehr ins unterste Deck hinabgestiegen, obwohl sie neugierig auf den »Herzraum« war, in dem die besonderen Kostbarkeiten verwahrt werden sollten: eingelegte Haiaugen, die man in einer Stadt namens Al'Anfa als Delikatesse handelte, zu Pulver zerriebene Zähne bestimmter Arten, die die Manneskraft stärkten, Elixiere aus dem Blut, das man in den Herzkammern der Tigerhaie fand. Aber dort hatte sie ohnehin keinen Zutritt, die Tür war stets verschlossen.

Also hielt sich Lailath meist im Mitteldeck auf, aber selten im Mannschaftsquartier über dem großen Lagerraum, wo sich die Hängematten spannten und die Seesäcke mit den Habseligkeiten der Matrosen unter der Decke hingen. Dort traf sie zu oft auf Mirandola, diejenige Gefährtin, die sie am deutlichsten spüren ließ, dass Lailath genau das nicht war: eine Gefährtin. Mehr als die anderen trug die Almadanerin ihr nach, dass sie versucht hatte, mit der Silberflamme zu entkommen.

Häufig zog sich Lailath in den Vorratsraum im Bug zurück, wo die Köchin Halda die Kisten mit Äpfeln, die Säcke mit Grieß und den Zwieback lagerte. Halda hatte die Elfe ins Herz geschlossen, seit Lailath ihr erzählt hatte, dass auch ihr Bruder gestorben war. Das verband die beiden Frauen, Halda hatte zwei Geschwister auf See verloren. Über Nantiangel hatte Lailath nur preisgegeben, dass ein Räuber ihn erschlagen hatte, und Halda hatte nicht weiter gefragt, sondern sie lange umarmt. Sie lieh Lailath immer den Schlüssel zur Vorratskammer, wenn sie danach fragte.

Hier fanden sie auch Galandel die-von-Ometheon-singt und Salarin Trauerweide. Die weißhaarige Elfe lächelte sie an. »Wir wollen mit dir singen.«

»Warum?«, fragte Lailath.

»Weil es krankmacht, wenn man ständig allein ist.«

Skeptisch betrachtete Lailath das Gesicht ihres Gegenübers. Wenn jemand krank war, dann war das Galandel, und ihr Leiden hieß »Alter«. Die Haare mochten stets weiß gewesen sein, aber die Falten hatten bestimmt nicht immer in ihren Augenwinkeln genistet. Den Rosenohren fielen sie vielleicht nicht auf, bei ihnen zeichneten sie jeden Erwachsenen. Aber die Haut einer Elfe war normalerweise glatter. Das musste doch auch Galandel bemerken, wenn sie sich in einer spiegelnden Fläche betrachtete. Oder tat sie das nie?

An ihrem Wanderstab hingen neben Federn, Perlen und einer Vogelklaue auch ein paar Metallstücke. Eines war groß und blank genug, um als Spiegel zu dienen.

»Komm mit uns«, bat Salarin. Er lächelte, doch darin lag nicht nur Freundlichkeit, sondern auch das Selbstbewusstsein eines Sternenträgers.

Wieder sah Lailath Galandel an. Die freundliche Elfe schien schon nicht mehr vollständig zu dieser Welt zu gehören. Als wollte sie sich nur noch einmal von allen verabschieden, um sich dann niederzulegen und nicht mehr aufzuwachen.

Doch lehrte man bei den Elfen der Wüste, dass man Sternenträgern mit Respekt begegnen sollte. »Wo wollt ihr denn singen?«, fragte Lailath.

»An der Treppe«, schlug Salarin vor. »Dort fällt Frischluft herein.«

Lailath verschloss den Vorratsraum und folgte den beiden. Obwohl draußen helllichter Tag war, schlief ein Dutzend Matrosen in den Hängematten. Auf einem Schiff war immer etwas zu tun, aber es gab auch immer Seeleute, die gerade nicht arbeiten mussten. »Freiwache« nannte man das. Wenigstens war Mirandola nicht hier.

Die drei Elfen setzten sich auf den Boden neben die steile Treppe. Von oben drangen nicht nur salzig riechende Seeluft und ein breiter Lichtstrahl herein, sondern auch die Töne von Ohm Follker, der auf dem Hauptdeck seine Leier zupfte und dazu sang.

»Das Südmeer war dem Foggwulf hold,
dort fand er reichlich Zimt und Gold.
Die Inseln voller Gewürze fein
sollten des Entdeckers Beute sein.
So schmeckte denn auch in Thorwal
gar lecker das Willkommensmahl.«

Galandel legte ihren Stab zwischen sich und die Treppe, sodass er trotz des Schaukelns des Schiffs nicht davonrollen konnte. »Wir wollen die Umgebung vergessen und uns auf unser Licht konzentrieren«, schlug sie vor.

Die Knie der Elfen berührten sich.

Galandel begann. Eine ihrer Stimmen sang einen mittelhohen getragenen Ton, der sehr gemächlich an- und abschwoll. Die andere umgarnte sie mit raschen Hebungen und Senkungen, war aber so leise, dass sich Lailath darauf konzentrieren musste, sie zu hören, als Salarins Gesang einfiel. Er nahm Galandels Trägermelodie auf und flocht mit seinen Stimmen Töne großer Klarheit darum. Sie hatten nichts mit dem Knarren des Holzes im Schiff oder dem Schlagen der Wellen zu tun. Obwohl er natürlich keine Worte benutzte, erkannte Lailath sofort, dass er von Gras und Bäumen sang, vom fruchtbaren Land.

Die Wüstenelfe erinnerte sich, dass sie das wild wuchernde Leben verunsichert hatte, als sie das erste Mal die Wüste verlassen hatte. Damals, auf der Suche nach dem Räuber Selflanatils …

Aber davon wollte sie nicht singen. Überhaupt war sie nicht bereit, zu viel von sich zu offenbaren. Sie verschloss ihre Heimat in ihrem Herzen und dachte lieber an ihre Reise durch das Land der Menschen. An jene regnerischen Monde, in denen sie das Land beiderseits der Schwarzen Sichel bereist hatte.

Bevor sie eine gute Stelle für ihren Einsatz fand, fauchte etwas auf der Treppe, und schnelle Schritte polterten herunter. Leomara della Rescati verfolgte wieder einmal Padri, die Schiffskatze. Das Mädchen vermutete, dass sich das rötliche Fell wunderbar streicheln ließe, aber Padri schien anderer Meinung zu sein. Vielleicht empfand sie auch die Bürste, mit der Leomara anrückte, als Bedrohung.

»Oh, ihr …«, setzte das Mädchen an, als es die Elfen bemerkte.

Da Padri aber unter den Hängematten herflitzte und im Halbdunkel des Mannschaftsquartiers zu entkommen drohte, hielt sich Leomara nicht mit Entschuldigungen auf, sondern rannte der Katze hinterher.

Lailath entschied, sich nicht ablenken zu lassen. Sie ließ sich in den gemeinsamen Gesang gleiten.

Wie die Melodien der Elfen verschmolzen, so floss auch ihr Fühlen ineinander. Es war eine Form der Kommunikation, unterschied sich jedoch von Worten und Gesten. Die Elfen öffneten sich füreinander und berührten gegenseitig ihr Sein. Auf diese Weise hätten sie auch konkrete Erfahrungen miteinander teilen können. So hatte Lailath im Salasandra ihrer Sippe die Grundzüge der Fechtkunst erlernt, bevor sie selbst einen Säbel in der Hand gehalten hatte. Man hielt es für zu gefährlich, einem Elfenkind eine Klinge in die Hand zu geben, bevor man es spüren ließ, wie man so damit umging, dass man sich nicht selbst verletzte.

Doch Erinnerungen konnten auch trügen. Jeder Elf hörte die Stimmungen der Welt ein wenig anders. Was ihm entging, konnte er nicht weitergeben.

»Singt doch lieber von Berta mit den dicken Glocken«, brummelte ein Seemann und wandte sich so weit ab, wie es seine durch die Bewegung schwankende Hängematte zuließ.

Lailath hörte das Alter auch in Galandels Gesang. Es war noch keine Gebrechlichkeit, aber eine Schwere in manchen Tönen, die einen Hauch zu spät auf ihren Vorgänger folgten, eine gewisse Trägheit der Zunge. Wie ein Erschöpfter, der seine müden Glieder zwingen musste, um mit den Gefährten auf einer Wanderung Schritt zu halten. Oder dessen Blick im Herbst unangemessen lang an einer Blume oder einem Schmetterling verweilte, der am Wegesrand tanzte, weil er fürchten musste, solcher Schönheit nicht mehr oft ansichtig zu werden, bevor der Winter kam.

Der Winter prägte auch Galandels Grundmelodie.

Oder nein, nicht die Jahreszeit … nur die Kälte, die man in den Ländern, die Lailath bereist hatte, damit verband. In der … Heimat, von der Galandel sang, war es immer klar. Der Blick war frei, die Dinge waren strukturiert. Grauer Fels, weißer Schnee, blauer Himmel. Und doch vielfältig: eine Flechte auf porösem

Gestein, der verwehende Hauch eines rauchenden Bergs in der Luft, hartes Eis unter lockerem Pulverschnee …

Leomara hatte Padri gestellt, konnte die Katze aber nicht erreichen. Das Tier kauerte zwischen zwei Seekisten. Das Mädchen versuchte, es mit seiner Kette hervorzulocken. Die hundert Holzglieder klapperten und tanzten vor den wachsamen Katzenaugen.

Galandels Gesang faszinierte Lailath. Seine Reinheit erinnerte sie an die große Khôm. Galandel hatte ebenfalls in einer Wüste gelebt, jahrhundertelang. Sie war ähnlich und doch anders als jene, durch die die Shiannafeya zogen. Dort war es so kalt, dass man sein Trinkwasser nicht vor dem Verdunsten schützen musste, sondern es nah am Körper trug, damit es nicht gefror. Man brauchte Metallbecken, wenn man dort ein Feuer machen wollte, weil das schmelzende Eis es sonst löschte. Andererseits schmolz man dort manchmal absichtlich Eis, wenn man durstig war. Oder man hackte Löcher in den gefrorenen Grund, um gefangenen Fisch hineinzutun und haltbar zu machen. Solche Verstecke wiederzufinden konnte ebenso schwierig sein, wie in der Khôm eine Quelle zu finden.

Wärme … Nahrung … Gemeinschaft … Galandels Erinnerung an dieses einfache Leben ließ Tränen in Lailaths Augen aufsteigen. Sie hatte nicht geahnt, wie sehr sie diese Art des Seins vermisste. Sie hatte die Khôm verlassen, um dem Räuber zu folgen, und dann hatte sie jahrhundertelang halb bewusst als Geist existiert. Die Rosenohren, in deren Verstand sie durch ihre Albträume gedrungen war, begriffen die Wüste nicht. Wenn seine Wanderungen einen Kaufmann aus dem Mittelreich dorthin führten, versuchte er, die Khôm möglichst rasch hinter sich zu bringen. Und was seine schalen Menschensinne dort wahrnahmen, war wie ein Hohn der wahren Größe der Wüste. Aber Galandel verstand sie, auch wenn sie nie auf einer Sicheldüne gestanden war.

Nur noch undeutlich nahm Lailath Ohm Follkers Gesang wahr. »… an des Güldenlands Strand … ist der Foggwulf bekannt …«

Die Leere war es, die dem eigenen Leben Raum gab, brachte Salarin einen Gedanken ein. In ihr konnten Träume Gestalt annehmen. Und nicht nur die Khôm und das ewige Eis boten Leere, sondern auch das weite Meer, auf dem sie gerade jetzt segelten.

Lailath erkannte den Versuch, ihr die Angst vor dem unendlich scheinenden Wasser zu nehmen, aber sie schrak zurück und konzentrierte sich wieder auf Galandels Melodien.

Ja, die Leere war darin zu hören. Sie prägte sie sogar, wie ein tiefer Brunnen, den sie umtanzte, der den Mittelpunkt ihrer Aufmerksamkeit bildete, obwohl sie nicht hineinsehen konnte.

Lailath runzelte die Stirn. Das war merkwürdig. Natürlich war die Wüstenelfe mit der Leere der Khôm vertraut, die sicherlich der Kargheit des hohen Nordens ähnelte. Gerade deswegen sollte sie erfassen können, wovon Galandel sang, statt den Eindruck von etwas Fehlendem, Unbegreiflichem zu empfangen. Konnte es sein, dass Galandel selbst etwas nicht begriff, das ihr Sein an jenem Ort betraf?

Und zwar etwas Zentrales, nicht nur irgendeine Einzelheit, die sie nie beachtet hatte und die sich ihr deswegen nicht eingeprägt hatte?

Lailath wob eine Frage in ihren Gesang.

Galandel wich ihr aus, schickte ihre Töne in eine andere Richtung.

Erneut fragte Lailath, nachdrücklicher diesmal.

Salarin bemerkte ihr Bemühen. Er ließ den Versuch, sie wegen des Meeres zu trösten, ausklingen, und schloss sich ihrer Frage an. Ohne Erfolg, Galandel ließ sich nicht in die von den beiden anderen Elfen gewünschte Richtung leiten.

Lailath löste sich so weit aus dem Gesang, dass sie Galandels Gesicht betrachten konnte.

Die Weißhaarige hielt die Augen geschlossen. Ihre weichen Lippen formten die Töne, mit denen sie das Leben im Eis beschrieb, voller Harmonie. Sie wirkte nicht verärgert, auch nicht angestrengt. Sie schien der Neugier der anderen ganz selbstverständlich auszuweichen. Als wäre sie sich dessen gar nicht bewusst.

Aber konnte das sein?, überlegte Lailath. Die Frage, die Salarin und sie vortrugen, war doch überdeutlich! Was lag in diesem … Loch?

Es schien auch nicht so, als wäre diese Erinnerung Galandel unangenehm. Obwohl an dieser zentralen Stelle etwas sein musste, war da einfach nichts, auch nichts, vor dem sie Angst hatte.

»Ich habe keine Angst.«

Schreiend fuhr Lailath auf, und auch Salarin und Galandel zuckten zusammen. Augenblicklich endete der Gesang.

»Ich bin *die Angst«*, fuhr die tiefe Stimme fort.

Sie kam von Leomara. Breitbeinig stand das Mädchen vor den Seekisten, die Hände zu Fäusten geballt, vorgebeugt, mit gefletschten Zähnen. Es beachtete Padri nicht, die maunzend hinter ihm davonhuschte.

»Wer wagt es, in mein Reich vorzudringen?«, schrie Leomara.

Der Matrose, der sich über den Gesang der Elfen beschwert hatte, zappelte in seiner Hängematte und stürzte heraus. Mit einem dumpfen Poltern fiel er auf den Boden. Seine Kameraden riefen aufgeregt durcheinander, einige schlugen mit kreisenden Armen die Sonnenscheibe des Herrn Praios oder berührten Eisen.

»Ich dulde keine Eindringlinge!«, donnerte Leomara. *»Dies ist*

meine See! Tausende habe ich gefressen, zehnmal so viele getötet! Ich bin der Hai, der Herrscher des Meeres. Erzittere, denn meine Flosse wird dich zerschmettern, meine Zähne werden dich zerreißen! Du bist Beute, und ich bin der Jäger des dunklen Wassers.«

Sie machte einen stampfenden Schritt vorwärts, doch da verließ sie plötzlich die Kraft. Die verkrampften Muskeln lösten sich, ihr Körper wurde weich. Sie verdrehte die Augen und fiel zu Boden wie eine Decke, die aus einem Regal rutschte.

Galandel griff ihren Stab und eilte zu dem Mädchen.

Salarin sah Lailath an. »Wir sollten Kapitän Bacha raten, die Jagdboote auszubringen«, meinte er mit entschlossenem Lächeln.

Perlenmeer,
achtundzwanzigster Tag im Vinmond

Sie hatten die Tobrische See längst verlassen. Nach Asleif Phileassons Einschätzung befanden sie sich mindestens zweihundert Meilen östlich von Maraskan im offenen Perlenmeer. Sie mochten aber auch doppelt so weit auf hoher See sein. Ringsum war kein Land zu sehen, und die Instrumente, mit denen Kapitän Bacha bei sternklarem Himmel ihre Position bestimmte, gab er nicht aus der Hand. Allein auf den Südweiser hatte er einen Blick erhascht. Das in Form eines Fisches geschnittene Erz war auf eine Scheibe aus Kork genagelt. In einem Eimer Wasser treibend zeigte er mit dem Horn an seiner Stirn stets nach Süden.

Phileasson hatte Bacha angeboten, ihn mit seinen Kenntnissen aus vielen Tausend Meilen Seefahrt zu beraten, aber der einarmige Kapitän war ein verschlossener Mensch. Jetzt stand er, sinnend auf eine Hailanze gestützt, im Bug eines der vier Jagdboote, die sachte auf den Wellen hinter dem Heck der *Sturmvogel* schaukelten.

Phileasson stand am Ruder eines weiteren Boots. Seine Harpunierin war Irulla, die ihm den Rücken zuwandte. Ihre braune Haut glänzte in der Mittagssonne, den linken Fuß hatte sie auf dem Rumpf abgestellt, neben dem Haihorn. An diesem Holzdorn hatte sie die Leine befestigt, an der die Hailanze festgebunden war.

Ohm Follker und Tylstyr Hagridson saßen nebeneinander an den Riemen, hinter ihnen vervollständigten zwei Matrosen von der *Sturmvogel*, Braron und Tellricht, die Bootsbesatzung. Braron wucherte ein Bart aus borstigen schwarzen Haaren, die so weit auseinanderstanden, dass die ledrige Haut hindurchschien. Bei Tellricht glänzte ein Bronzering in der platten Nase.

Die meisten thorwalschen Kapitäne bevorzugten es, in Sichtweite der Küste zu segeln, auch wenn das die Reisezeit verlängerte. Ein Drachenboot eignete sich schlecht für eine Übernachtung, anders als auf der *Sturmvogel* konnte man dort keine Hängematte spannen. Meist zog man es nachts an Land, kippte es um und stützte eine Seite mit Pfosten oder Felsen ab, sodass der Rumpf ein schräges Dach bildete, unter dem die Ausrüstung trocken blieb. Schmunzelnd erinnerte sich Phileasson an die Fahrt durch das Nordmeer, zur Insel der Schneeschrate. Die Ottajasko hatte jeden Fingerbreit in der *Seeadler* ausgenutzt, um halb liegend, halb sitzend einzuschlummern. Die Nähe hatte gegen die Eiseskälte geholfen, zumal sie kein Feuer hatten entzünden können. Das war noch vor ihrer ersten Aufgabe gewesen, vor dem zweizahnigen Kopfschwänzler … Waren sie in jenen Nächten zu einer echten Schiffsgemeinschaft zusammengewachsen? Vascal und Leomara waren schon zu ihnen gestoßen, aber Crottet und Galandel hatten sie erst später getroffen.

Phileassons Blick wanderte über den Horizont, eine nur andeutungsweise gewölbte Linie, wo sich Himmel und Meer berührten. Er lächelte. Er gehörte zu jenen, die sich frei fühlten, wenn nirgendwo mehr Land zu sehen war. Zugleich regte es seine Vorstellungskraft an, er malte sich gern aus, was für exotische Küsten in der Ferne ihrer Entdeckung harrten. Er liebte sie alle, die Strände aus weißem Sand, die Felsklippen, die palmenbestandenen Ufer, die brodelnden Hafenstädte …

Phileasson behielt die Linke auf der Pinne, hockte sich hin und sah über das Wasser. Es schimmerte rot vom Schweineblut, das sie ausgekippt hatten. Darin dümpelten zerteilte Fischkadaver, nach denen immer wieder kleine Haie schnappten. Eigentlich wollten sie größere ködern, und Bacha meinte auch, dass es in diesen Gewässern Tigerhaie gab. Noch hatten sie kein Glück.

Trotzig tauchte er eine Hand ins Wasser und spülte über sein Gesicht. Das bisschen Blut hielt ihn nicht davon ab, sich für den Kampf frisch zu halten.

Ohm grinste ihn an. Der alte Freund wusste genau, welche Mischung aus Ruhe und Anspannung Phileassons Herz in diesem Augenblick füllte. Die beiden hatten schon einige Male gemeinsam Haie gejagt, wenn auch nicht in schwüler Hitze auf spiegelglatter See. Vor dem heimatlichen Thorwal wühlte der Westwind die Wellen meist auf, und sie waren oft grau wie Eisen, nicht so blau wie hier.

Wieder sah Phileasson hinüber zu Bacha. Trotz der Hitze trug der Kapitän seinen schwarzen Mantel und den Hut, der Gesicht und Schultern beschattete. Wenn man es nicht gewusst hätte, wäre man wohl kaum darauf gekommen, dass der linke Arm fehlte. Die Rechte hielt die Hailanze, die er im Boot abgestellt hatte. Ein wenig wirkte er wie ein Wächter, der mit einer

Hellebarde reglos am Eingang eines Tempels des Totengotts stand.

Ob er bereute, die Köder ausgebracht zu haben? Immer wieder taten sich kleine Raubfische daran gütlich, aber ein großer Fang war nicht in Sicht.

Die Maraskaner in der Besatzung sprachen ständig von guten oder schlechten Vorzeichen. Zwei Wolken waren gut, vier Möwen besser, Orkengriff mit seinen acht Beinen betrachteten sie als Glücksbringer. Der Anblick von Bachas verbliebenem Arm dagegen war ihnen unheimlich, dass drei Elfen mit ihnen reisten, gefiel ihnen nicht, und ein einzelnes Kind beobachteten sie ebenfalls mit Misstrauen. Es kam wohl hauptsächlich darauf an, dass die Zahl der betrachteten Objekte ein Vielfaches der Zwei war, einer Zahl, in der sie ein grundlegendes Weltgesetz erkannten. Zum Glück hatte jedes Jagdboot vier Riemen.

Ob Bacha auch Leomaras Vision für Humbug hielt? Salarin hatte sehr überzeugend davon berichtet, aber man musste das Mädchen mit dieser dunklen Stimme reden hören, um zu begreifen, dass etwas Fremdes aus ihm sprach.

Irulla schleuderte die Lanze.

Sofort stand Phileasson auf. Surrend wickelte sich die in Schlaufen gelegte Leine ab. Er versuchte, das Ziel zu erspähen. Die Ruderer wandten sich um.

Tatsächlich traf der Wurf der Waldmenschenfrau etwas. Die Lanze versank nicht, sondern ragte aus dem Wasser. Und sie bewegte sich, eine kleine Bugwelle verursachend, also war das Ziel noch nicht tot.

Die Rückenfinne daneben war allerdings wenig imposant. Kaum mehr als eine Handspanne ragte sie aus den Wellen, schwarze Tupfen verdunkelten die graue Grundfarbe – wie bei den anderen Fleckenhaien, die zwischen den Booten nach den Ködern schnappten. Keiner von ihnen maß von der Schnauze bis zur Schwanzflosse mehr als zwei Schritt.

»Ist dir langweilig?«, rief Phileasson Irulla zu.

Ohne sich umzudrehen, zuckte sie die Achseln und holte die Leine ein.

Der Fisch zappelte im Wasser, war jedoch nicht völlig kraftlos. Er kam näher an das Boot, zog es aber auch seinerseits ein Stück heran.

»Versetze ihm lieber noch einen Lanzenstoß«, riet Ohm.

»Ich will ihn nicht töten.« Irulla hielt den Holzschaft fest und zog ihr Messer. »Er soll den großen Tod aus der Tiefe locken. Der lässt sich nicht mit Abfällen narren.«

Sie hockte sich in den Bug und brachte dem Hai einige blutende Wunden bei, bevor sie die Widerhaken der Lanze freischnitt und die Waffe löste.

Erzürnt durch die rüde Behandlung, schnappte der Hai nach ihr.

Irulla riss den Arm zurück und warf sich nach hinten, gegen die Matrosen von der *Sturmvogel*, die sie geistesgegenwärtig auffingen.

»Er hat dich doch erwischt!« Braron fasste ihren linken Arm, wo hellrotes Blut aus der braunen Haut quoll.

»Nur ein paar Kratzer«, brummte Irulla.

»Mit einem Biss von einem Fleckenhai spaßt man nicht«, mahnte Braron. »Die sind giftig.«

»Nur Kratzer«, wiederholte die Gefährtin und beugte sich über den Rand des Boots, um den Arm bis über den Ellbogen ins Wasser zu tauchen. Ihr Blick blieb bei dem verwundeten Hai, der auf seinem gewundenen Kurs eine kräftig rote Spur durch das rötlich schimmernde Wasser zog. »Der Tod wird mich mit größeren Ehren zu sich holen. Wir sollten ihm folgen.«

Tellricht und Braron sahen sich an.

»Na los, pullt!«, forderte Phileasson die Ruderer auf. »Langsamer, gleichmäßiger Schlag. Eins … zwei … eins … zwei …«

Platschende Geräusche begleiteten das Schnappen der kleinen Raubfische nach den Ködern. Auf Phileasson wirkten sie träge, wie Gäste bei einem Feiertagsmahl, die eigentlich schon satt waren, sich aber aus Höflichkeit auch der letzten Brocken Schweinefleisch annahmen. Er lenkte das Boot hinter dem verwundeten Fleckenhai her, und Irulla nahm erneut ihre Wurfposition im Bug ein.

Ihr Arm blutete noch immer, wenn auch tatsächlich nur schwach. Vielleicht war das sogar gut, es mochte das Gift, von dem der Matrose mit dem borstigen Bart gesprochen hatte, aus der Wunde spülen.

Triumphschreie drangen vom Boot der Perricumer herüber. Bei ihnen schleuderte Brolbert die Harpune, und er hatte einen Tigerhai erwischt! Bislang hatte Phileasson solch einen Raubfisch nur tot gesehen, am Kai in Mendena. Mit der Streifenzeichnung auf den Schuppen war er mindestens dreimal so lang wie der Fleckenhai, den Irulla als Lockvogel benutzte. Es war ein wundervoller Anblick, wie sein muskulöser Körper eine Kehre zog und er sein mit handlangen Zähnen gespicktes Maul dem Jagdboot entgegenreckte.

Brolbert ließ sich nicht davon einschüchtern. Er schleuderte eine zweite Lanze.

Sie streifte den Hai zwar nur, aber er tauchte ab. Die Bootsbesatzung johlte.

An der Bewegung der Leine war zu erkennen, dass sich das Raubtier entfernte. Schließlich straffte sie sich, der Hai zog das Boot hinter sich her.

Seebrecht, der am Ruder stand, grinste breit und winkte zu Phileasson herüber.

»Wo ist denn nun dieser große Tod, der angeblich Appetit auf deinen kleinen Fisch hat?«, fragte Braron missmutig.

Tellricht stieß ihm den Ellbogen in die Seite. Er hatte Angst vor Irulla.

»Der Tod beobachtet uns bereits«, sagte die Spinnenfrau. »Er weiß, dass wir ihm nicht mehr entkommen können. Wir haben uns zu weit vom Schiff entfernt.«

Phileasson sah zu, wie der Tigerhai die Perricumer nach Süden davonzog, der hellen Sonnenscheibe entgegen. Ihm blieb nichts Besseres zu tun, als weiter dem Köderfisch zu folgen. Wenigstens würde Shaya wohl Halda helfen, einen Tigerhai auszukochen. Das war die bislang fetteste Beute ihrer Fahrt. Ob Bacha das als Erfolg ansähe, nachdem sie all die Köder ausgebracht und mehrere Stunden gebraucht hatten?

»Noch ist nichts entschieden«, munterte Ohm ihn auf.

»Das muss nicht der letzte Hai des Tages sein«, stimmte Tylstyr ihm zu.

»Da!« Phileasson zeigte auf eine gestreifte Rückenflosse, die steuerbord durch das Wasser schnitt. Sofort hielt er darauf zu.

Irulla schüttelte ihren linken Arm aus. Der Widerwille, mit dem sie zielte, war ihr anzusehen.

»Du kriegst ihn, das wohl!«, rief Phileasson.

Die Wurfposition war ideal! Der Tigerhai hielt auf den von Irulla verwundeten Fisch zu, und wenn Phileasson nun einschwenkte – was er natürlich tat –, kreuzte er die Fahrtrichtung des Bootes. Er bot Irulla die gesamte Flanke als Ziel, und er war gerade einmal zehn Schritt entfernt.

Die Waldmenschenfrau hatte jeden Tag mit der Hailanze geübt. Sie enttäuschte ihren Drachenführer nicht. Die Flugbahn sah noch immer merkwürdig aus, sehr flach, und anders als bei einem Speer kippte die Spitze schon früh nach unten, aber sie traf. Mit einem dumpfen Geräusch schlug sie durch die Lederhaut.

Sofort drehte der Tigerhai ab und zog nach Norden davon. Schlaufe um Schlaufe lief die Leine aus.

»Riemen hoch!«, befahl Phileasson. »Er soll erst einmal seine Kraft beim Ziehen verausgaben!«

Die Ruderer drückten die Griffstücke hinunter, womit sie die Blätter aus dem Wasser hoben.

Phileasson hielt sich an der Pinne fest und stützte einen Fuß gegen das Heck. Gerade rechtzeitig, bevor die Leine vollständig abgewickelt war und sich mit einem Ruck straffte. Der Knoten, den Irulla um das Haihorn geschlungen hatte, hielt. Der Hai zog das Boot so schnell hinter sich her, dass das Wasser um den Bug aufschäumte.

Erfreut lachte Phileasson auf, und die Besatzung fiel ein. »Wie groß ist er, Irulla?«

»Sechs Schritt.«

»Nur?«, entfuhr es ihm.

Er sah zu den Perricumern hinüber, deren Boot nun gut dreihundert Schritt entfernt war. Zu weit, um die Größe ihrer Beute abzuschätzen. Aber es waren mehr als sechs Schritt gewesen, ganz sicher.

Phileassons Freude wandelte sich in Enttäuschung. Er wurde ungern Zweiter.

Immerhin war es ein kräftiger Gegner, versuchte er, sich zu trösten. Trotz des Stahls in seiner Flanke zog der Hai das Boot ohne erkennbare Mühe fort von den treibenden Ködern.

Auch diese Freude trübte sich. Der Fisch wurde langsamer.

»Taucht die Riemen ein«, befahl Phileasson. »Dieser Räuber der Meere soll nicht würdelos verrecken. Gönnen wir ihm einen Kampf.«

Die Männer senkten die Blätter und hielten die Griffstücke möglichst unbewegt. Dadurch setzte ihr Boot dem Wasser größeren Widerstand entgegen. Sie wurden noch langsamer.

Irulla band eine zweite Lanze an das Haihorn. Ihren linken Arm hielt sie merkwürdig.

Phileasson runzelte die Stirn. Sobald sie an Bord waren, müssten sie sich um das Gift kümmern. Er hätte Brarons Warnung ernster nehmen sollen.

»Tellricht, Braron! Helft Irulla, die Leine einzuholen. Zieht ihn ran.«

Er wollte den Hai mit einem Todesstoß ehren.

Hinter seinem Rücken splitterte etwas.

Phileasson fuhr herum.

Kapitän Bacha stand nicht mehr im Bug seines Jagdboots, er lag zwischen den Ruderern. Gebrochene Planken ragten aus dem geschundenen Rumpf. Das Boot schwankte bedenklich. Zwei Riemen trieben auf dem Wasser.

»Der große Tod ist gekommen«, verkündete Irulla düster.

»Dieses Jagdboot säuft gleich ab«, sagte Braron tonlos. »Alle an Bord sind Haifutter.«

»Nicht wenn wir es verhindern können«, widersprach Phileasson.

Die Perricumer waren weit aufs Meer hinausgezogen. Ihr Tigerhai kämpfte noch immer.

Im vierten Boot, das nur gut fünfzig Schritt von Bacha entfernt war, saßen die Maraskaner. Sie sahen erschrocken aus, legten sich aber dennoch unverzüglich in die Riemen, um Bacha zu Hilfe zu kommen. Cessimasab war an Bord der *Sturmvogel* geblieben, hatte jedoch in den vergangenen Tagen dafür gesorgt, dass sich Phileassons Ottajasko und die Maraskaner während der Freiwachen vermischten. Das war sicher auch Shayas Verdienst, die beiden Frauen hatten sich sofort angefreundet.

Phileasson hatte auch einen Becher Rum mit dem kräftigen Rossziber geleert, dem Harpunier des maraskanischen Jagdboots. Wie seine Gefährten bevorzugte er schreiend bunte Kleidung. Heute trug er ein hellgelbes Hemd, dessen weite Ärmel er mit roten Kordeln zurückgebunden hatte, damit sie ihn nicht beim Werfen behinderten. Eine breite rote Bauchbinde umschlang seine Hüften, der Hosenrock blähte sich im Wind wie ein Segel. Er hielt die Hailanze in beiden Händen. Die kräftigen Riemenschläge glich er aus, indem er leicht zurück und wieder vor pendelte, wobei er das Wasser vor sich beobachtete.

Bacha rappelte sich auf. Seinen Hut hatte er verloren. Auf die Entfernung erkannte Phileasson seinen Gesichtsausdruck nicht. Anscheinend besah er sich die Misere. Er konnte froh sein, dass sein Boot noch nicht sank.

Phileasson legte die Hände wie einen Trichter um den Mund. »Braucht ihr Hilfe?«, rief er hinüber.

Bacha winkte ihm mit dem einen Arm.

»Kapp die Leine.« Phileasson wandte sich zu Irulla um.

Sie hatte das Messer bereits angesetzt und zerschnitt die Verbindung zum Tigerhai.

»Ein Weißer!« Tellrichts Arm stieß vor. »Das ist ein Utharshai!«

Phileasson sah die weiße Rückenflosse die glatte See zerteilen. Die kleineren Haie schienen Abstand zu halten, nur in einiger Entfernung schnappten sie noch nach dümpelnden Ködern.

»Worauf wartet ihr Tratschmäuler?«, schrie er. »Pullt!«

Er schlug das Ruder so weit wie möglich ein, um eine enge Kehre zu fahren. »Nur backbord!« Dort saßen Ohm und Braron. »Pullt! Pullt! Pullt!« Er lachte. Trotz der Gefahr genoss der Drachenführer, wieder zu spüren, wie die Züge seiner Gefährten das

Boot unter ihm bewegten. Natürlich, diese Nussschale war keine Otta. Dennoch erinnerte ihn dieser Moment daran, wie es war, am Ruder der *Seeadler* zu stehen.

Sie kamen herum. Irulla wog die Hailanze in ihrer rechten Hand. Der linke Arm hing unbewegt an ihrer Seite.

Verdammtes Gift!, fluchte Phileasson in Gedanken. Aber jetzt war nicht die Zeit, Fehler zu bereuen.

»Alle zusammen! Pullt! Pullt! Los! Pullt! Weiter durchziehen, Tylstyr! Pullt!«

Er hielt den Atem an, weil sich die Rückenflosse immer höher aus der See schob. Sie ragte bestimmt schon einen Schritt über das zerwühlte Wasser.

Die Perricumer rangen noch immer mit ihrem Tigerhai. Sie machten keine Anstalten, sich am Kampf mit dem Weißen zu beteiligen.

»Pullt!«, rief Phileasson. »Bei Swafnirs Stärke! Pullt! Pullt!«

Der Hai hielt auf Bachas angeschlagenes Boot zu.

Der Kapitän nahm eine Lanze und stellte sich in den Bug. Das kostete das Boot jedoch seine Stabilität, vermutlich war der Kiel angebrochen. Der Rumpf gab noch weiter nach und neigte sich bedrohlich. Seine Leute zogen Bacha zurück, damit er nicht über Bord stürzte.

Drei Fleckenhaie begannen, sich für das nicht mehr seetüchtige Boot zu interessieren. Eng beieinander schwammen sie darauf zu.

Rossziber schleuderte eine Lanze. Er war ein kräftiger Mann, und er war die Waffe gewohnt. Sie flog einen höheren Bogen, als Phileasson es bei Irulla gesehen hatte, überwand dreißig Schritt – und traf!

Phileasson stieß einen unartikulierten Jubelschrei aus.

Ohm grinste ihn verstehend an. Da er mit dem Rücken zur

Fahrtrichtung saß, konnte er nicht selbst beobachten, was geschah, zog aber den richtigen Schluss aus dem Verhalten seines Freunds.

Rossziber hatte die Hailanze fast über die gesamte Länge der Leine geworfen. Sofort spannte sich das Hanfseil. Das Boot ruckte so hart an, dass der Harpunier zwischen seine Kameraden stürzte.

Immerhin ließ der Utharshai von Bacha ab. Er schwamm einen Bogen und zog die Maraskaner hinter sich her, beinahe auf Phileasson zu. Die Rückenflosse tauchte unter.

Phileasson korrigierte die Fahrtrichtung. »Irulla, lass ihn bluten!«

»Das wohl!«, bestätigte die Gefährtin.

Ihr Arm, dachte Phileasson erneut. Verdammtes Gift!

Wenigstens war es nicht der rechte.

Sie erreichten wieder die von den Ködern gerötete See. Die Haie schienen nun aufgeregter als zuvor, sie zogen schneller durch das Wasser. Ein Tigerhai biss einen gefleckten Kameraden aus dem Weg.

Die Leine erschlaffte, das Maraskanerboot verlor an Fahrt. Rossziber stand schon wieder mit einer neuen Hailanze im Bug. Die Ruderer hielten die Riemen still.

»Er kommt wieder auf sie zu«, murmelte Phileasson.

Bacha stand wie versteinert. Hinter ihm benutzten seine Leute Hüte oder die zusammengelegten Hände, um Wasser zu schöpfen, damit das Boot nicht sank. Er konnte unmöglich in den Kampf eingreifen.

Die Perricumer kümmerten sich noch immer nicht um das Geschehen.

Krachend rammte etwas von unten gegen das Boot der Maraskaner. Planken zersplitterten und flogen über das Wasser. Das

Boot zerbrach. Phileasson glaubte, etwas Großes, Helles zu sehen, das eigentlich nur die Schnauze des Hais sein konnte. Die Ruderer schrien. Rossziber wirbelte mit der Lanze herum, verlor aber das Gleichgewicht und kippte über Bord.

Der Hai ließ die Trümmer hinter sich wie ein Plünderfahrer eine sinkende Kogge. Die weiße Flosse zog drei Schritt entfernt zwischen den Ködern hindurch, von der Lanze, die ihn getroffen hatte, war nichts mehr zu sehen.

Auch den kleineren Raubfischen stand der Sinn nicht länger nach den kümmerlichen Fleischbrocken, wo nun reichlich lebende Beute im Wasser zappelte. Mehrere dreieckige Flossen hielten auf die Schiffbrüchigen zu.

»Hranngarverfluchtes Biest!«, brüllte Phileasson.

Rossziber klammerte sich an eine treibende Planke und spuckte Wasser.

Die Rückenflosse des Weißen zog einen Bogen.

»Irulla! Halte ihn auf!«

Die Waldmenschenfrau warf die Hailanze. Vielleicht verfehlte sie das mehr als zwanzig Schritt entfernte Ziel, vielleicht erwies sich die Haut als zu hart. Die Eisenspitze drang nicht ein, ohne Widerstand zog Irulla die Waffe zurück.

Aber sie konnte den linken Arm kaum noch dafür benutzen.

Schneller und schneller hielt die Flosse auf eine Frau zu, der ein Gewirr aus Zöpfen so dicht um den Kopf lag, dass Phileasson nicht erkannte, wo das Gesicht war. Sie sah die Gefahr dennoch nahen und schrie in heller Panik. Sie drückte die Planke, an der sie sich festhielt, herum und paddelte mit den Beinen.

Im letzten Moment vor dem Zusammenprall brach der Kopf des Utharshais durch die Wasseroberfläche. Die Nase ragte senkrecht empor, die Kiefer schoben sich vor, das mehrreihige Gebiss drohte.

Und es machte seine Drohung wahr. Gnadenlos schlugen die Zähne in den Leib der Schiffbrüchigen. Das Blut spritzte, ihre Schreie verstummten. Der Hai riss sie unter Wasser. Wo sie gerade noch um ihr Leben geschwommen war, drehte sich nun die Planke in einem roten Strudel.

Phileasson presste die Zähne aufeinander und beobachtete das Geschehen. Sollte er auf die Maraskaner zuhalten, von denen einer gerade erfolgreich einen Fleckenhai mit beherzten Tritten abwehrte? Er musste sich entscheiden, sie waren beinahe in Wurfweite.

Backbord tauchte die weiße Dreiecksflosse wieder auf. Diesmal hielt sie auf Rossziber zu.

»Pass auf!«, schrie Phileasson. »Schwimm, Rossziber, schwimm!«

Der Harpunier erkannte, dass ihm die treibenden Trümmer keinen Schutz bieten würden. Er ließ die Planke los und paddelte um sein Leben auf Phileasson zu. Hinter ihm schrien die Kameraden, denen sich immer mehr Tiger- und Fleckenhaie näherten. Aber keiner von ihnen konnte sich mit dem Weißen messen, der hinter Rossziber her war.

»Wir sind zu schnell!«, rief Phileasson. »Riemen halten!«

Die Recken tauchten die Blätter ein und hielten die Griffstücke eisern fest. Sie hatten den Schwimmenden beinahe erreicht, aber selbst wenn er jetzt die Reling zu packen bekäme, würde der Hai ihn erwischen, ehe er sich hereingezogen hätte.

»Verdammt!« Phileasson hastete zum Bug. Im engen Boot blieb er zwischen Tellrichts Oberschenkel und seinem Riemen hängen und fiel. Mit den Händen fing er den Sturz zwischen die Ruderer ab. »Hranngarverflucht!« Er griff nach einer Hailanze.

Tylstyr sprang auf und wirbelte herum.

»Ignifaxius Flammenstrahl!«, schrie der Magier.

Eine Feuerlanze sengte über Phileassons Rücken hinweg. Wo sie einschlug, spritzte das Wasser in einer Dampfwolke auf.

Phileasson ließ die Waffe liegen und lehnte sich über die Bordwand, um Rossziber beide Arme entgegenzustrecken. Jemand hielt ihn am Gürtel fest.

Der Maraskaner griff zu, erst das rechte Handgelenk, gleich danach das linke.

Phileasson riss ihn zu sich.

Er sah den Utharshai, gerade noch zehn Schritt entfernt. Er war gewaltig, das Maul weit aufgeklappt, die Augen in Hautfalten verborgen.

Irulla schleuderte die Lanze.

Sie traf am Rücken, ein paar Handspannen vor der Flosse. Diesmal drang das Eisen ein, Blut spritzte.

Phileasson griff Rosszibers Hosenboden und zog ihn das letzte Stück ins schwankende Boot. Der Maraskaner versuchte einen Dank, hustete aber zu viel Wasser, um verständliche Worte herauszubringen.

Mit einem Knall spannte sich die Leine, das Boot wurde mit solcher Gewalt herumgerissen, dass es gekentert wäre, hätten sich nicht alle Seeleute geistesgegenwärtig nach steuerbord geworfen.

Phileasson überließ es den anderen, sich um Rossziber zu kümmern. Er selbst griff nun eine Hailanze, schloss beide Fäuste darum, und stellte sich neben Irulla. Die Rückenflosse war nicht zu sehen, aber die Leine zog schräg nach unten, sodass sie die Oberkante der Reling beinahe ins Wasser zwang.

Die treibenden Matrosen schrien, bei einem kippte die Stimme. Bacha schleuderte eine Lanze auf einen Tigerhai. Einer seiner Leute schlug mit einem Riemen aufs Wasser, um die Raubfische von den Maraskanern abzulenken, obwohl auch Bachas eigenes Boot gewiss nicht mehr lange über Wasser bliebe. Immerhin taten die übrigen Kameraden ihr Möglichstes, um das endgültige Sinken hinauszuzögern.

Irulla hob ihr Messer, blickte auf die Leine und sah Phileasson dann fragend an.

Er presste die Zähne aufeinander und schüttelte den Kopf.

Sie steckte die Klinge weg. »Heute wird der Tod der dunklen Tiefe selbst sterben.«

»Das wohl.« Er nickte entschlossen. »Wenn wir ihn ziehen lassen, wird er sich Bacha schnappen und die Matrosen in seinem Boot großmütig seinem Gefolge überlassen.«

»Er ist nur ein Tier?« So, wie Tylstyr es sagte, klang es wie eine Frage.

»Er ist der Tod«, korrigierte Irulla. »Seine Zähne haben jeden zerrissen, der sich ihm entgegenstellte.«

»Er hat uns noch nicht kennengelernt«, grollte Phileasson.

Der Utharshai zog sie über eine halbe Meile weit hinaus. Dann erschlaffte die Leine. Die Bugspitze hob sich. Das Boot schaukelte noch einige Atemzüge lang, dann lag es still.

»Vorsicht jetzt!« Phileasson spähte ins Wasser.

Das Kreischen der Schiffbrüchigen klang nun leiser.

Auf dem Achterdeck der *Sturmvogel* drängte sich die Besatzung, weitere Matrosen standen in den Wanten. Aufgeregt schwenkte man die Arme, Mirandola Ernathesa wedelte mit ihrem Hut. Phileasson erkannte Salarin Trauerweide, Praioslob und Shaya Lifgundsdottir. Sogar Lailath war an Deck gekommen.

Keiner ihrer Warnrufe erreichte sie. Das Schiff lag zu weit entfernt. In der Flaute war es wie gelähmt, der Segler konnte niemandem zu Hilfe kommen.

Die Perricumer kehrten nun endlich zu den anderen Booten

zurück. Bachas Besatzung drohte, dem Sog der Tiefe zu unterliegen, obwohl sie eifrig weiterschöpfte. Ihre einzige Rettung war das unbeschädigte Boot, das sie zur *Sturmvogel* schleppen konnte. Aber die Not der Maraskaner war noch größer. Die Perricumer Harpuniere schleuderten ihre Lanzen, um die Haie von ihnen abzuhalten, und zogen eine schreiende Kameradin aus dem Wasser, deren Beine nur noch zerfetzte Stümpfe waren.

»Wir sollten die Leine kappen«, schlug Braron mit dünner Stimme vor. »Wenn der Utharshai in die Tiefe zieht, kentern wir. Das hilft niemandem.«

»Er taucht nicht ab«, widersprach Phileasson. »Er will siegen.«

Irulla stellte die Lanze ab, lehnte die Spitze gegen ihre Schulter und knetete den linken Arm. Er blutete nicht mehr.

Phileasson wischte die feuchten Handflächen an der Hose ab und packte den hölzernen Schaft fester. Der Kampfzauber hatte den Hai offensichtlich nicht außer Gefecht gesetzt. Jetzt lag es an ihm. Im Moment durfte er den Überlebenskampf der im Wasser Treibenden nicht beachten, sondern musste sich ganz auf diesen Gegner konzentrieren, sonst würde er unterliegen.

»Haltet euch bereit«, murmelte er.

Hier, so weit abseits der Köder, war das Wasser blau und klar, in der Flaute bewegte sich seine Oberfläche kaum. Phileasson erkannte den Hai schon in großer Tiefe. Sein weißer Körper war ein rasch größer werdender Fleck, blieb aber undeutlich wie ein Irrlicht im nebeldurchzogenen Hochmoor.

»Pullt!«, brüllte der Drachenführer. »Pullt! Weg von hier!«

Die beiden anderen Boote hatte ihr Gegner von unten angegriffen, und hier versuchte er dasselbe.

Ohm schrie unartikuliert, alle legten sich in die Riemen. Drei brutale Schläge, dann rammte der Hai gegen den Rumpf.

Seine Schnauze traf jedoch seitlich auf, die Wölbung leitete die Hauptwucht des Angriffs ab. Die Planken ächzten, aber sie hielten.

Doch das Boot kippte um. Die Ruderer, Rossziber, Irulla, Phileasson – alle stürzten ins Wasser.

Wasser drang Phileasson in Nase und Mund, aber er zwang sich, die Augen offen zu halten. Die Hailanze umklammernd, sank Phileasson tiefer. Seine Kleider umschlossen ihn wie eine Haut aus Blei. Er erinnerte sich an eine Lektion, die er bei seiner ersten Plünderfahrt gelernt hatte: *Wer in vertrautem Gelände und auf vertraute Weise kämpft, hat beinahe schon gewonnen*. Damals war es darum gegangen, bis zum Erbrechen zu üben, wie man ein Drachenschiff am besten auf einen flachen Strand steuerte, von Bord sprang und sofort einen Schildwall bildete, um dann in gerader Linie vorzurücken und den Feind vor sich herzutreiben.

Hier, unter Wasser, hatte der Utharshai alle Vorteile.

Nein, nicht alle, ermahnte sich der Thorwaler. Auch ihm war die See vertraut, hier fühlte er sich wohler als an Land. Er war ein Kind Swafnirs. Und er war nicht wehrlos, noch immer umfasste er die Hailanze.

Das Salzwasser brannte in seinen Augen. Ein heller Schemen schoss auf ihn zu. Wie ein Richtschwert kam Phileasson die mächtige Rückenflosse vor.

Er wusste die Gefährten hinter sich. Wenn die Bestie sie verschlingen wollte, musste sie zuerst an Phileasson vorbei, und das würde er verhindern, das wohl!

In Gedanken forderte er den Gottwal auf zuzusehen, wie er seinen Mut und seine Kraft bewies.

Es gab keine Zeit für raffinierte Pläne oder geschickte Manöver. Bei diesem Zusammenprall unter Wasser, den Schatten des umgekippten Bootes über sich, ging es nur um den unbändigen Siegeswillen und die Stärke, geschmiedet in einem langen

Leben, in dem man sich keiner Unbill gebeugt hatte. Das galt sowohl für den Thorwaler als auch für den Hai. Sie waren sich ähnlich.

Mit entschlossener Wucht rammte Phileasson die Lanze vorwärts.

Beinahe im selben Moment traf ihn eine Brustflosse des Hais in die Rippen. Der Aufprall trieb ihm die Luft aus der Lunge. Er schloss die Augen und schlang in einer instinktiven Bewegung die Leine um den Unterarm.

Der Hai riss ihn mit nach oben.

Die Lanze hatte sich tief in der Brust seines Gegners aufgespreizt, erkannte er voller Befriedigung!

Seine Lunge brannte, die Rippen schmerzten, und er musste atmen.

Er trat mit den Beinen.

Prustend brach er durch die Wasseroberfläche.

Irulla hockte auf dem umgedrehten Bootsrumpf und streckte ihm die Rechte entgegen.

Er griff zu und zog sich hoch.

Die anderen retteten sich ebenfalls aus dem Wasser, aber das bemerkte Phileasson kaum. Er sah zum mächtigen Utharshai hinüber.

Ein Dutzend Schritt war der bleiche Körper lang, in dem sich Kraft und Eleganz vereinten. Tintenschwarzes Blut breitete sich im Wasser aus. Die Lanze steckte so tief zwischen den Brustflossen, dass kaum noch etwas vom langen Eisenschaft zu sehen war.

»Du hast sein Mörderherz durchbohrt«, sagte Irulla anerkennend, sogar mit einer Spur Überraschung in der Stimme.

»Das wohl!«, bekräftigte Phileasson. »Eine weitere Strophe, die Ohm über den König der Meere dichten soll.«

»Das werde ich«, bestätigte der Skalde, der tropfte wie ein Köter, den man aus dem Bodir gezogen hatte. »Das werde ich.«

Perlenmeer,
achtundzwanzigster Tag im Vinmond

»Na los, macht vorwärts!« Blutflecken sprenkelten Buckmanns blaue Seemannsjacke. Das Ausnehmen und Verarbeiten der Haie färbte das Hauptdeck der *Sturmvogel* mit einem Gemisch aus Wasser, mit dem man immer wieder den Abfall durch die offene Reling spülte, und den Körpersäften der Raubfische. »Die Sonne steht schon tief! Dass wir Besuch haben, ist keine Entschuldigung für Müßiggang.«

Längsseits der *Sturmvogel* dümpelte die *Wellenblüte*, ein Zweimaster aus Maraskan mit dreieckigen Segeln, die mit Dutzenden Holzstreben unterteilt waren. Jetzt lagen sie zusammengelegt auf den Querbalken, während die bunt gekleidete Besatzung half, die beiden Jagdboote der *Sturmvogel* zu reparieren, die noch zu retten waren. Asleif Phileasson und Ohm Follker leiteten diese Arbeit. Sie hatten die ramponierten Boote auf das Deck des kleineren Schiffs gehievt. Immer wieder sah Shaya Lifgundsdottir hinüber. Wenn sie sich nicht täuschte, benutzten sie Planken aus Bachas zerstörtem Boot, um mit den gewonnenen Teilen die beiden wieder flottzumachen. Die wenigen verwertbaren Bretter von demjenigen, das der große Weiße zerlegt hatte, waren schon verbaut. Zusätzlich holten sie ab und zu Material von der *Sturmvogel* hinüber. Sie fluchten auf Hranngar, die launische See und die Durchtriebenheit des erlegten Utharshais, wirkten dabei aber ausgesprochen gut gelaunt.

Überhaupt herrschte ausgelassene Stimmung. Dass die Haie

drei Matrosen das Leben gekostet und viermal so viele verletzt hatten, nahm man hin. Shaya hatte ein menschliches Bein gesehen, das beim Aufschneiden aus dem Magen eines Räubers auf das Deck gespült war. Es war nicht der einzige Körperteil gewesen, eine Plane bedeckte gnädig den großen Korb, in den man das Bein geworfen hatte. Mit der Bestattung würde man warten, bis keine Raubfische mehr Kreise um die *Sturmvogel* zogen.

Shaya hatte Irullas Arm angesehen, der wohl stark schmerzte, sich jedoch uneingeschränkt bewegen ließ. Die Waldmenschenfrau meinte, das Brennen ihrer Sehnen sei ein Aufschrei des Lebens, weit entfernt vom tödlichen Schweigen. Jetzt half sie dabei, die verbogenen Hailanzen auf einem kleinen Amboss wieder in Form zu hämmern und die Waffen in den Halterungen am Achterkastell zu verstauen.

Klabija, eine Matrosin, die beide Beine an einen Hai verloren hatte, kämpfte unter Deck um ihr Leben. Galandel war bei ihr. Jetzt, da die Traviageweihte an sie dachte, sprach sie stumm ein Stoßgebet für sie. Aber auch Shaya hatte ihre Aufgabe zu erfüllen, und die gute Laune beim Verarbeiten der erlegten Haie nahm auch sie in Besitz. Seltsam, wie nah Freude und Leid beieinanderlagen. Aber war das nicht auch in einem Langhaus oft so? Dort konnte der Großvater das Leben aus einer verfaulenden Lunge keuchen, während unter demselben Dach seine Enkelin in die Welt kam.

Der Großteil der Mannschaft, vor allem jene, die nicht auf den Jagdbooten gefahren waren, beschäftigte sich mit der Beute. Die großen Kupferkessel standen auf den Steinplatten, die nun dort abgelegt waren, wo normalerweise zwei der Boote an Deck vertäut lagen. Dadurch waren die Hauptöffnungen zum Laderaum freigelegt, die an Haupt- und Fockmast befestigten Flaschenzüge beförderten Brennmaterial und leere Fässer herauf, um Letztere mit Tran gefüllt wieder in den Bauch des Schiffs abzulassen.

Das Auskochen der Speckschwarten leitete Halda, die Schiffsköchin. An den Kesseln war die dürre Frau mit der Rabennase in ihrem Element. Während sie mit einem Holzlöffel umrührte, dessen Dimensionen einer Ogerkeule alle Ehre gemacht hätten, trällerte sie Liebeslieder, die Shaya aus ihrer Zeit in Rommilys kannte. »Der Ritter mit dem grünen Hut« war dort bei den jungen Mädchen besonders beliebt, »Rosalindes Gänseblümchen« mochten die Novizinnen, aber Halda gab auch das zotige »Lasst die Röcke flattern« zum Besten.

»Die Welt ist schön, Shaya!«, rief Cessimasab die Fröhliche.

Auch die gelbe Bluse der Maraskanerin tupften Blutflecken. Sie lächelte Shaya aus dem Maul des Utharshais heraus an. Ein Haken steckte in einem Nasenloch, sodass man es mit einer Leine hatte aufziehen können. Cessimasab stand aufrecht darin und benutzte Meißel und Holzhammer, um die unzähligen Zähne herauszubrechen.

»Er war wahrlich ein Mörder«, meinte Shaya. »Aber ein bisschen tut es mir auch leid, ihn so zu sehen. Er war der Herrscher dieses Ozeans, und jetzt …«

Das Wasser um die beiden Schiffe herum war noch immer rot gefärbt, nun nicht mehr von den Ködern, sondern von den nicht verwertbaren Überresten der Haie. Kleinere Raubfische balgten sich darum.

Der Utharshai hatte den Gutteil des Hauptdecks der Länge nach bedeckt. Jetzt war er zerlegt, hinter dem Kopf war kaum mehr als ein Gerippe geblieben, und auch die Augen hatte man aus den Höhlen geschnitten. Eine Arbeit, die Bacha selbst erledigt hatte. In Al'Anfa waren sie ein Vermögen wert.

»Dies ist kein Tag für Traurigkeit, Schwester!« Mit drei hellen

Schlägen brach Cessimasab einen der riesigen Zähne heraus, die in mehreren Reihen aus den Kiefern wuchsen. Klappernd fiel er auf das Deck. »Denk an all die kleinen Fischlein, die wir von ihrem Tyrannen befreit haben.«

Shaya sah sich nach den Perricumern um. Seit sie ausgelaufen waren, gab es immer wieder Streit zwischen den Maraskanern und ihnen, weil Cessimasabs Leute darüber klagten, dass die Garethjas ihre Insel besetzt hielten und die Bevölkerung unterdrückten. Aber Cessimasabs Anspielung auf Tyrannen, von denen es sich zu befreien galt, hörten sie nicht. Sie waren damit beschäftigt, die Häute vom Fleisch zu lösen und sie in der letzten Sonnenstunde des Tages zum Trocknen aufzuhängen.

Shaya lächelte Cessimasab zu. Ihre Fröhlichkeit steckte an.

»Kannst du auch den Trangestank schönreden?« Shaya war froh, nicht an den Kesseln zu stehen. Die über das Deck wehenden Schwaden trieben ihr bereits die Tränen in die Augen, wenn sie sich nicht aus dem Wind drehte.

»Was gibt es denn an diesem lieblichen Duft schönzureden?«, rief Cessimasab mit gespielter Empörung. »Das ist der Geruch von scharfem Rum und glänzendem Silber, von gut gefüllten Tellern und schön bedruckten Kleidern.« Sie breitete die Arme aus und nahm einen tiefen Atemzug.

Das war dann doch übertrieben. Sie musste husten.

Lachend wandte sich Shaya wieder den Flossen zu, die sie einpökelte. Der Geruch der Säure kämpfte gegen den Trangestank. Sie rieb sie mit ihren behandschuhten Händen in das gesalzene Fleisch.

»Nimm noch ein bisschen mehr!« Halda wischte ihre Hand an der speckigen Lederschürze ab. »Viel hilft viel, Shaya!«

Sie winkte der Köchin zu, um ihr zu zeigen, dass sie verstanden hatte. Mit feinem Abschmecken hatte diese Arbeit nichts zu tun, aber es machte Spaß, die Regeln der Kochkunst einmal gänzlich beiseitezulassen. Shaya nahm den Tonkrug und leerte ihn über den Flossen.

»Gut so!«, ermunterte Halda sie und schwang ihren monströsen Löffel.

»Na, gib schon her!«, ächzte Cessimasab. Die zierliche Frau hing mit ihrem ganzen Gewicht am Meißel, den sie zwischen den Oberkiefer und einen Zahn getrieben hatte.

»Das ist ein schöner Hauer für unsere Reling«, urteilte Buckmann. »Aber wenn du den raushast, bring erst mal das Zeug runter, sonst rutscht noch jemand auf den Zähnen aus.«

»Alles klar, Bootsmann!«, bestätigte Cessimasab.

Shaya entschied, dass sie die Freundin unter Deck begleiten würde. Die Wanne mit den fertigen Flossen war bereits gut gefüllt. Sie legte noch zwei weitere dazu, bevor Cessimasab endlich den Sieg über den Zahn errang.

Shaya zog die Handschuhe ab und nahm das Behältnis auf. Sie war froh über die Schürze, die ihre Kutte vor Blut und Innereien schützte. Lächelnd erinnerte sie sich daran, dass Mutter Cunia immer sagte, dass man dem Gewand einer Traviageweihten ruhig ansehen sollte, dass sie keine Arbeit scheute, aber andererseits stets darauf bestand, dass man sich sauber hielt.

Cessimasab schien ihren Gedanken zu erraten. »Warte!«

Sie stellte den Korb mit den Haifischzähnen wieder ab, brachte Shaya dazu, ihre Last ebenfalls zurückzustellen, und zog sie an die Steuerbordreling.

»Rumbiseb!«, rief sie einem Maraskaner mit dermaßen verfilztem Haar zu, dass der Kopfputz Shaya an ein Vogelnest erinnerte. »Einen Wasserfall, bitte!«

»Ein Wasserfall für das hübscheste Paar an Bord – kommt sogleich!«

Gemeinsam mit zwei Kameraden zog er an der Leine, die über den Flaschenzug am Fockmast lief. Ein Fass hob sich aus dem Meer und schwenkte herum, bevor es über Cessimasabs und Shayas Köpfen kippte.

Ein Schwall lauwarmes Wasser spülte über die Frauen hinweg.

Prustend fiel Shaya in Cessimasabs Lachen ein. Zwar war das Wasser rund um das Schiff auch nicht gerade sauber, aber immerhin war es ein Fortschritt.

Mit dem Fass war ein bunter Fisch mit fächerförmigen Flossen an Bord gekommen, der nun auf den Planken zappelte. Cessimasab nahm ihn auf und warf ihn zurück. »Genieß den Tag, geschuppter Bruder!«

Es war wirklich ein schöner Tag, dachte Shaya.

Sie nahmen ihre Kostbarkeiten auf und stiegen die Treppe hinab.

»Was glaubst du, was deine Landsleute mit Bacha bereden?« Shaya meinte die Offiziere der *Wellenblüte*, die in der Kapitänskajüte verschwunden waren.

»Sie sagen, östlich von hier haben sie reiche Beute gemacht«, erzählte Cessimasab. »Bestimmt tauschen sie sich über die Fanggründe aus.«

»Aber wir haben doch heute so viele Haie erlegt«, überlegte Shaya.

Cessimasab lachte auf. »Es ist ein guter Tag für die *Sturmvogel*, aber wir können noch ein halbes Dutzend mehr davon vertragen, bevor alle Fässer gefüllt sind. Und vielleicht …«, am Fuß der Treppe erwartete sie Shaya mit einem verschwörerischen Blick, »… geht es ja auch um die gelbe Rirgit, die Bacha den Arm genommen hat.«

»Du immer mit deinen Gruselgeschichten!«, tadelte Shaya scherzhaft.

»Hast du den Schlüssel?«

Shaya fingerte ihn aus der Tasche unter ihrer Schürze. Buckmann hatte ihn ihr anvertraut, was einer Auszeichnung gleichkam. Offenbar mochte er sie, obwohl selten ein Lob über die Lippen des brummigen Steuermanns kam.

Cessimasab zündete die Laterne im Raum mit den vielen Regalen, Tiegeln, Bechern und Schalen an. Als sie das Licht an den Haken unter der Decke hängen wollte, entfiel ihr die Lampe.

Gerade noch fing Shaya sie auf.

»Meine Hand«, sagte Cessimasab zerknirscht. »Ich bin manchmal etwas ungeschickt.«

Shaya sah auf die Narbe, die über die mittleren Fingerglieder lief. »Wie ist das eigentlich passiert?«

»Die Kante eines Kriegsdiskusses ist scharf geschliffen … Es war nicht meine klügste Idee, ihn ohne Handschuh schleudern zu wollen.«

Shaya versuchte in ihren grün gesprenkelten Augen zu erkennen, ob sie wieder einen Scherz machte, aber das schien nicht der Fall zu sein. Es sah eher so aus, als wollte sie um Entschuldigung für ihr Missgeschick bitten.

Shaya hängte die Laterne auf. »Ein Diskus?«

»Auf Maraskan ist er unsere liebste Wurfwaffe«, erklärte Cessimasab, plötzlich wieder gut gelaunt. »Die ganze Welt ist ein Diskus, weißt du? Rur hat ihn gemacht und alle Schönheit hineingelegt, zu der ein Gott fähig ist. Sie ist ein Geschenk, und als es perfekt war, hat er es durch den Äthrajin geschleudert.«

»Wohin?« Shaya zog einen Handschuh an, die andere Hand ließ sie unbedeckt und nahm einen gebogenen Haken. Darauf steckte sie eine Flosse, um sie an eine Stange zu hängen. Sie musste an der Luft trocknen.

»Der Diskus fliegt noch immer. Irgendwann wird Gror, der

Rurs Bruder und auch seine Schwester ist, ihn auffangen. Dann dürfen wir Gror jene vierundsechzig Fragen des Seins stellen, die es wert sind, am Ende der Zeit beantwortet zu werden.«

»Dann glaubst du, dass das unmittelbar bevorsteht?«

»Nein, wieso?«

Stirnrunzelnd spießte Shaya eine weitere Flosse auf. »Na, wenn du denkst, dass du es noch erleben wirst …«

»Wir alle werden es erleben!« Cessimasab lachte fröhlich. »Aber wohl nicht in diesem Leben. Vielleicht fliegt der Weltendiskus noch hundert Menschenleben lang, vielleicht noch tausend. Wer weiß das schon? Wir haben es nicht eilig. Unsere Leben sind schön. Alle davon.«

Shaya seufzte leise. Die Wiedergeburt … ein weiterer von den vielen fremden Gedanken, die Cessimasabs Glauben ausmachten. Mit Praioslob sprach Shaya lieber nicht darüber. Er war ein netter Mann, aber seine Kirche sah es sicher nicht mit Wohlwollen, wenn die Maraskaner die Götter als »Zwölfgeschwister« bezeichneten. Die gastliche Schwester Travia, der penible Bruder Praios …

»Die Welt ist ein Geschenk«, plapperte Cessimasab. »Sie ist schön.«

»Du siehst in allem immer nur das Schöne! Das gefällt …«

Fauchend flitzte Padri in den Raum. Die Schiffskatze sprang auf das Regal mit den Steingutbechern.

»Pass auf, dass sie nicht an die Haiaugen geht!«, rief Shaya.

Geschickt fing Cessimasab das Tier ein, nahm es auf den Arm und streichelte es. »Wir haben auf Maraskan auch viele Katzen. Die großen Parder natürlich …« Sie schien zu überlegen, ob der rechte Moment für eine weitere Gruselgeschichte gekommen war, entschied sich jedoch dagegen. »Aber auch kleinere, so wie diesen Räuber hier.«

Durch die offene Tür sahen sie, wie Rossziber mit einer großen Haihaut über dem Arm herunterkam. Er bemerkte die beiden Frauen.

»Cessimasab, stell dir vor!«, rief der breitschultrige Mann. »Auf der *Wellenblüte* segelt auch Kallibele die in Federn badet. Sie ist eine Tochter von Turbalin ohne Sauerteig.«

»Ist das nicht Turbalin, die Base von Ulsike mit dem dicken Schinken?«, erkundigte sich Cessimasab.

»Eben jene!«

»Dann muss ich ihr unbedingt eine Nachricht für meine Schwester mitgeben.« Eine Denkfalte teilte Cessimasabs Stirn.

»Ja, und ich für meinen Neffen. Ich muss diese Häute noch ins unterste Deck bringen. Kann ich euch danach mit etwas helfen?« Seit seiner Rettung durch Phileasson war er besonders freundlich. Überhaupt mochte Shaya die Maraskaner.

»Wir schaffen das hier schon«, meinte Cessimasab.

Er nickte und ging zur Treppe.

»Du hast eine Schwester?«, fragte Shaya.

»Lirobajid die Blumige.« Lächelnd kraulte sie Padris Nacken. »Meine Schwester ist immer gut mit Katzen klargekommen.« Cessimasabs Blick huschte zu Shayas Augen, wich ihr aber sofort wieder aus.

Ob ihrer Schwester etwas Schlimmes zugestoßen war? Shaya sollte nicht fragen, auch wenn es sie interessierte. Wozu an einer alten Wunde rühren?

Sie steckte die nackte Hand in das weiche Fell der Katze. Die Finger der Frauen berührten sich.

»Ich liebe meine Schwester«, flüsterte Cessimasab.

»Das ist schön.« Shaya lächelte.

Cessimasab lehnte sich ihr entgegen.

Shaya hätte den Kopf wegziehen können, aber sie wollte es nicht.

Weich und warm drückten Cessimasabs Lippen auf ihre.

Shaya dachte gar nichts.

Erst als sie Cessimasabs Zunge spürte, zuckte sie zurück. Schweiß brach ihr aus, ihre Lider flatterten.

»Ich … oben …« Shaya zeigte zur Decke. »Da sind noch mehr Flossen. Haie, meine ich. Noch mehr Haie mit Flossen.« Ihre Lippen kribbelten.

Padri schnurrte auf Cessimasabs Arm.

Cessimasab legte den Kopf ein wenig schräg, sodass die Locken, die sie auf der rechten Seite trug, vor ihre Schulter rutschten. »Denk nicht ständig so viel nach, Bruderschwester.« Sie streichelte Shayas Wange. »Grübeln macht traurig.«

»Ich muss … weg.« Shaya flüchtete vor ihrem Drang, Cessimasab in die Arme zu schließen.

Perlenmeer,
neunundzwanzigster Tag im Vinmond

»Sie wird sterben«, sagte Lailath. »Trotz deines Zaubers.«

Liebevoll legte Galandel die-von-Ometheon-singt das feuchte Tuch auf die Stirn der Verletzten. Die weißhaarige Elfe saß im Schneidersitz hinter Klabija, die beide Beine an einen Hai verloren hatte. Ihre Wildlederkleidung knirschte leise, als sie sich wieder aufrichtete und Lailath ansah. »Das stimmt. Aber mein Zauberlied mag ihr die Zeit geben, sich auf die Begegnung mit ihren Göttern vorzubereiten.«

Lailath betrachtete Klabijas Gesicht. Im Licht der schwankenden Laterne war es rot und beinahe so dunkel wie der Sack, auf dem der Hinterkopf ruhte. Ihre vielen Zöpfe zeugten von der Verspieltheit der Maraskanerin. Manche waren kurz wie ein Finger, der längste reichte bis zu ihrer Hüfte. An der linken Seite hatte sie einige kleinere Zöpfe zu einem dicken zusammengebunden, in andere waren Bänder, Perlen und ein zerbrochener Kupferbogen eingeflochten, der einmal zum Gehäuse einer Lampe gehört haben mochte.

»Sie haben viele Paradiese, die Menschen, nicht wahr?«, fragte Lailath.

Mit verträumtem Blick streichelte Galandel Wange und Kinn der Sterbenden. »Für jeden Gott eines. Salarin weiß mehr darüber.«

»Wir sind von Wogen umgeben. Bestimmt fordert der Gott des Wassers sie für sich.«

»Efferd«, sagte Galandel. »Ich glaube, jene, die ihn besonders lieben, rudern seine Galeeren über den Grund des Meeres.«

Lailath schauderte.

Der Anblick von Klabijas Beinstümpfen war grausam. Sie trug keine Verbände, nach Galandels Gesang gab es keine offene Wunde mehr, noch nicht einmal Narben. Sie trug ein langes buntes Hemd, das die Beine frei ließ, damit man sie behandeln konnte. Oberhalb der Stelle, an der die Knie hätten sein sollen, endeten die Gliedmaßen in von makelloser Haut bedeckten Wölbungen. Sie wirkte viel frischer als Galandels alterndes Gesicht, aber das wagte Lailath nicht zu sagen.

Was ihre Beklemmung auslöste, war jedoch nicht die Verletzung. Ihr Säbel hatte viele Wunden geschlagen, und sie hatte viele Kameraden sterben sehen, ihre Schreie gehört, ihre verzweifelt krampfenden Hände gehalten. Sie wusste, wie es sich in einem Kampf starb oder danach, wenn die Hitze des Gefechts wich und der Körper erlahmte. Die Jagd auf die Haie unterschied sich kaum von der Wut auf einem Schlachtfeld.

Aber der Gedanke, auf ewig im Meer gefangen zu sein, ließ

Lailaths Herz trommeln wie die Hufe eines galoppierenden Pferds. Nie wieder auf dem Trockenen zu stehen …

Das hatte ihr schon immer Angst gemacht. Die Shiannafeya brachten ihre Toten zum Meer und legten sie in ein Boot, in das sie ihre Zauber sangen. So sollten sie den Weg zur Insel Gontarin finden.

Auf der *Sturmvogel* war sie die einzige Shiannafeya. Vielleicht waren sie und der Geist ihres Bruders die Letzten ihres Volkes. Ein Gedanke, der sie beunruhigte. Selbst wenn sie dem Blender Selflanatil abjagte, mochte ihre Heimkehr eine traurige sein. Womöglich erwartete sie nur Staub, keine Sippe, der sie neue Hoffnung brachte. War Orima so grausam, dass sie den Shiannafeya noch immer die Fruchtbarkeit vorenthielt?

Und was, wenn Lailath versagte? Wenn sie starb? Wirkte Urdiriels Zauber noch immer? Würde Lailaths Körper ein zweites Mal zu Staub zerfallen und ihren Geist ruhelos zurücklassen? Wäre er dann an die *Sturmvogel* gebunden, gezwungen, auf alle Zeit die Meere zu befahren, nur lange genug in einem Hafen zu liegen, um die Sehnsucht nach der trockenen Wüste lebendig zu halten?

Klabija hustete und würgte, wachte aber noch nicht einmal auf, als Galandel sie so zurechtrückte, dass sie blutigen Schleim ausspeien konnte. Gemeinsam betteten die Elfen sie wieder auf das Lager aus zusammengelegtem Segeltuch.

»Sie wird die Sonne nicht mehr aufgehen sehen«, vermutete Lailath.

»Doch, das wird sie«, versprach Galandel. »In ihren Träumen.« Ihre Stimmen begannen einen Gesang großer Schönheit.

Perlenmeer,
dreißigster Tag im Vinmond

»Bist du sicher, dass du nicht mitmachen willst?« Vascal della Rescati stand splitternackt auf dem Hauptdeck und kippte nun schon den dritten Eimer mit Meerwasser über sich aus. Prustend schüttelte er den Kopf. Die leicht gelockten schwarzen Haare klebten auf den sorgfältig geschabten Wangen und am Hals.

»Bei dieser Hitze wäre es vielleicht wirklich erfrischend.« Tylstyr Hagridson lehnte am Hauptmast. Er klappte Cellyanas Elfenbuch zu. Möglich, dass er es sich nur einbildete, aber er hatte den Eindruck, dass es seine astrale Kraft sogar belebte, wenn er nur das bisher Geschriebene las. Ganz sicher war es keine Einbildung, dass es mehr Seiten hatte, als es eigentlich haben sollte. Wenn man sie einfach durch die Finger gleiten ließ, konnte man den kompletten Block innerhalb eines Augenblicks umblättern. Wenn man aber Seite für Seite voranschritt, wurde die Seite mit den bereits umgelegten Blättern irgendwann nicht mehr dicker. Wenn er es richtig einschätzte, könnte Tylstyr beliebig lange in dieses Buch schreiben, ohne in die Verlegenheit zu kommen, es vollständig zu füllen. Seine Analysezauber versagten bei der Erforschung dieses Effekts.

Unter Tylstyrs grauem Hut staute sich die Wärme, aber wenigstens spendete er Schatten. »Was meinst du, Leomara? Sollte ich beim Reinigungsfest mitmachen?«

»Natürlich!« Das Mädchen hatte die Waschzeremonie bereits hinter sich. Es zog gerade das graue Reisegewand mit den eingenähten Metallscheibchen an. Es sah zwar warm aus, war aber zweifellos das beste Kleidungsstück, das sich in Leomaras Größe auf dem Schiff finden ließ. Sie hatte sogar die grünen Umhänge für sich und ihren Onkel bereitgelegt. »Nur was gereinigt ist, kann geprüft werden.«

Nachdenklich sah Tylstyr zu, wie sich Vascal ankleidete. Die Begegnung mit dem Praiosgeweihten in Mendena beschäftigte ihn noch immer. In der Hesindekirche sah man in der Zauberei kein Übel. Im Gegenteil, gerade die Akademiemagier galten als Menschen, die nach Wissen strebten, wie es der Göttin gefiel.

Diese Widersprüche zwischen den zwölf Göttern waren häufig. Phex, zu dem die Diebe beteten, und Praios, in dessen Namen man sie in den Kerker warf … Tsa, die das Leben schenkte, und Boron, der mit dem Tod segnete … Efferd und Ingerimm, Wasser und Feuer …

In Thorwal beteten Magier, wie jedermann, meist zu Swafnir. Ob sie sich im Mittelreich Hesinde zuwandten und weghörten, wenn die Diener des Sonnengotts predigten? War es so einfach?

Aber hätte das nicht bedeutet, dass Wahrheit nur das war, was die eigene Sicht bestätigte?

Vascal tat, als ob er sich zierte, legte dann aber doch den Umhang um die Schultern, den seine Nichte ihm reichte. Er steckte sich sogar ein paar bunte Schuppen hinter das Stirnband mit dem Einhorn. Leomara hatte sie von einem Fisch gezupft, den Cessimasab geangelt hatte.

Mit Abdul konnte Tylstyr nicht über die Fragen sprechen, die ihn beschäftigten. Das lag weniger daran, dass der Verstand des anderen Magiers oft abwesend war. Aber der Novadi glaubte, dass es ohnehin nur einen rechtmäßigen Gott gab, Rastullah, und dass es nicht nur unsinnig, sondern sogar schädlich war, sich nach den Geboten der anderen zu richten.

Leomara streichelte Padri, die sich das gefallen ließ, weil sie dafür ein Stück Fisch bekam. Als das Mädchen jedoch – ganz dem Ritus des Reinigungsfests folgend – einen Becher Wasser über dem rötlichen Fell leerte, war es mit der Geduld der Katze vorbei. Fauchend flitzte sie davon.

»Kümmern wir uns lieber um das Schiff.« Vascal strich über Leomaras Kopf und reichte ihr einen Stab mit Stofflappen am Ende.

Er selbst warf den Eimer über Bord und holte ihn wieder ein. »Wir sind weit im Osten«, meinte er.

Auch Tylstyr sah nirgendwo Land. Sie waren dem Rat der maraskanischen Haijäger von der *Wellenblüte* gefolgt, was die Jagdgründe in der Tiefsee anging.

Vascal löste die Leine vom gefüllten Eimer. »Tief eintauchen«, ermunterte er Leomara.

Sie tunkte die Stoffstreifen in das Wasser und spritzte das Nass in die vier Himmelsrichtungen. »Nur was …«, sagte sie dabei, wobei ihre Stimme sogar ein bisschen feierlich klang, »… gereinigt ist … kann … geprüft werden!«

»Sehr gut.« Fragend sah der Nandusgeweihte seinen Freund an.

Tylstyr schluckte und stieß sich vom Mast ab. »Ich begleite euch.« Er verstaute das ihm von Cellyana anvertraute Buch in einer Tasche seiner Robe und nahm seinen Stab. Hier auf dem Schiff hatte er die Zeit gefunden, sich intensiv mit ihm zu beschäftigen. Endlich war es dem Magier gelungen, einen Ignifaxis in seiner Struktur abzulegen – für alle Fälle. Diesen Kampfzauber könnte er nun einmal auslösen, ohne seine eigene magische Kraft zu erschöpfen.

Normalerweise reinigte man an diesem Festtag das eigene Heim. Die *Sturmvogel* kam dem derzeit am nächsten, in vielen Meilen ringsum stand kein Haus. Bei der Vorstellung wurde Tylstyr unwohl. »Morgen beginnen die Hranngar-Tage …«

Er sprach nicht weiter. In den fünf Tagen zwischen den Jahren sollte man jede Gefahr meiden. Man ließ scharfe Gegenstände in den Schubladen, ging besonders vorsichtig mit Flammen um, und man blieb zu Hause. Wenigstens aber in einem Hafen. Es war schlecht, in dieser Zeit, in der die Sternenleere am höchsten Punkt des Himmels klaffte und die Macht der Götter schwach war, draußen auf See zu sein. Tylstyr wusste, dass Phileasson Bacha zur Seite genommen hatte, um seine Bedenken mit ihm zu teilen. Aber auf jedem Schiff konnte es nur einen Kapitän geben, und dessen Wort war für alle Gesetz.

Sie schritten über das Deck zum Fockmast. »Noch einmal!«, ermunterte Vascal das Kind.

Leomara sagte die Formel auf und sprengte Wasser. Ein paar Seeleute beobachteten sie, aber die meisten würfelten oder beschäftigten sich mit den Segeln, die Buckmann nach steuerbord gebrasst haben wollte.

Die beiden Männer und das Mädchen stiegen die Treppe zum Bugkastell hinauf.

»Noch sechsmal schlafen, dann habe ich Geburtstag!«, verkündete Leomara. »Hast du ein Geschenk für mich, Onkel Tylstyr?«

»Vielleicht.« Er schmunzelte.

»Ohm Follker hat am selben Tag Geburtstag«, erzählte sie. »Hilfst du mir, eine Flöte für ihn zu schnitzen?«

»Darüber wird er sich freuen.« Tylstyr verdrängte seine Bedenken dazu, an den Hranngar-Tagen ein Messer zu benutzen. Aber Leomara würde er nicht damit hantieren lassen.

Sie stellten sich vor dem Aal auf. Leomara tauchte den Stab ein.

Als sie ihn hob, um ihre Zeremonie zu vollziehen, ertönte ein lautes Fauchen.

Tylstyr zuckte zusammen, aber es war nur Padri, die sich unter der Plane des großen Buggeschützes sicher gewähnt hatte. Nun kam die Katze mit gesträubtem Fell hervor und zeigte ihre spitzen Zähne.

Galt ihr Widerwille nur dem Wasser, mit dem Leomara um sich spritzte, oder spürte auch das Tier, dass sie einer ungreifbaren Gefahr entgegenfuhren?

Vor der Nordspitze Maraskans,
dreißigster Tag im Vinmond

»Willst du mir nicht sagen, was du vorhast?«

Beorn Asgrimmson maß Leif Katlasson mit Blicken. Der Drachenführer litt wirklich daran, immer noch nicht zu wissen, worum es auf ihrer Reise ging. Leif vertraute blind darauf, erneut große Schätze zu gewinnen, so wie damals in Porto Paligan. Er hatte seine Otta, *Nachtklinge*, ohne zu zögern, in Beorns Dienste gestellt und eine Mannschaft aus seinen besten Recken zusammengestellt. Und das, ohne zu wissen, worum es ging. Beorns Ruf hatte ihnen allen genügt, um sich auf eine Fahrt mit ihm einzulassen.

Der Blender lächelte versonnen. Porto Paligan war Teil seiner Legende. Nach dem Überfall war sein Name in aller Munde gewesen. Er hatte unglaubliches Glück gehabt, aber es waren die Wagemutigen und Tollkühnen, die Swafnir mit Glück belohnte. Noch heute lief ihm ein Schaudern über den Rücken, wenn er daran dachte, was für unverzeihliche Fehler er gemacht hatte. Er hatte die Festung nicht ausgespäht und einfach darauf vertraut, dass der größte Teil der Besatzung auf dem Siegesfest am Strand war. Die größte Torheit aber war es gewesen, sich keine Gedanken über den Rückzug zu machen. Auf den schwerfälligen Beuteschiffen, den beiden Koggen *Rose von Ilsur* und *Wogenstolz*, sowie der Karracke *Schwarzer Turm* wäre er den schnellen Biremen der Al'Anfaner niemals entkommen, hätte die Utulu Mulga nicht mit den besten ihrer Krieger ein großes Handelsschiff in der Hafeneinfahrt versenkt.

Es wäre seine Aufgabe gewesen, daran zu denken! Er hatte den Angriff geführt. Aber damals war er nur ein rachsüchtiger, junger Hetmann gewesen. Mehr als am Gold in dem Schatzgewölbe der Festung hatte ihm an Emilio Zornbrecht gelegen. Dem Mann, der ihm sein Auge genommen hatte. Ihn hatte er büßen lassen …

Heute würde er anders handeln. In den vergangenen Jahren hatte er jede Gelegenheit genutzt, sich Geschichten von Kämpfen um Befestigungen erzählen zu lassen. Auch hatte er in Büchern und Schriftrollen davon gelesen. Eines Tages würde er nach Porto Paligan zurückkehren, es nach allen Regeln der Kunst erstürmen und niederbrennen. Das würde geschehen, wenn er König der Meere wäre!

»Du bist nicht gerade in gesprächiger Stimmung«, grummelte Leif. Er drückte das Ruder der *Nachtklinge* nach steuerbord. Die Otta hielt auf einen Felsen zu, der sich wie ein Wachturm am Ende eines Walls von Klippen erhob, der sich weit in die See hinausschob.

Beorn sah von sanft wogendem Wasser umspülte Felsen. Ein schmaler, weißer Sandstrand lag vor den blassgrauen Klippen, die mit Buschwerk gesprenkelt waren und nur hier und da einem richtigen Baum Halt für sein Wurzelwerk boten.

Kreischende Möwen kreisten hoch über ihren Köpfen und beäugten sie misstrauisch. Das Wasser unter ihrem Bug war von hellem Türkisblau. Nur wenige Faden tief erkannte Beorn bunte Blüten und blutrote verästelte Korallen. Hunderte Fische zogen durch den Meeresgarten, über dem die *Nachtklinge* dahinglitt.

»Etwas Großes vor der Ostküste von Maraskan«, sinnierte Leif. »Du hast ungewöhnliche Frauen in deiner Ottajasko, mein Freund.«

»Das wohl«, murmelte Beorn und dachte, welches Grauen Leif erfassen würde, wenn er ahnte, wer die Traviageweihte Lenya wirklich war.

»Diese Fechterin … ich fand sie damals schon unheimlich. Hab gesehen, wie sie von der *Schwarzer Turm* ins Boot der Al'Anfaner gesprungen ist. Tödlich wie eine Viper!«

Beorn sah zu Zidaine Barazklah hinüber. Wie alle anderen auch saß sie an den Riemen des Drachenboots. Ihre Augen waren nur noch schmale Schlitze. Wie in Trance wiegte sie sich vor und zurück, im vollkommenen Gleichklang mit den Recken aus Leifs Ottajasko. Sie trug eine schwarze Lederrüstung. Die Hemdsärmel darunter hatte sie hochgekrempelt. Ihre Arme waren dünn und sehnig, aber voller Kraft.

Neben ihr pullte Lenya Yasmadottir. Sie blickte zum Heck, sah ihn an, und Beorn fragte sich, ob die aufstrebende Göttin ihm die Worte von den Lippen lesen konnte. Sie hatte die Geweihtenrobe abgelegt und um ihre Hüften gewickelt. Jetzt trug sie nur noch ein dünnes Hemd. Schweiß hatte das Leinen durchtränkt.

Beorn zwang sich, den Blick von ihr abzuwenden. Hinter Lenya saß Eilif Sigridsdottir. Ihr prächtiges rotbraunes Haar hatte sie zu zwei schweren Zöpfen geflochten, die vor ihrem Busen tanzten, wenn sie sich vorbeugte und zurücklehnte. Sie lächelte, war völlig im Einklang mit sich und zeigte nicht das geringste Anzeichen von Erschöpfung, obwohl die Ottajasko schon seit mehr als zwei Stunden ruderte. Sie waren in eine Flaute geraten. Nicht das geringste Lüftchen regte sich über der See. Nach Westen hin war sie spiegelglatt. Keine Seeschlange zeigte sich. Das hätte Beorn auch gewundert, schließlich versprach die Prophezeiung sie im Osten. Dort hatten sie eine Woche gesucht, aber nun bestand Leif darauf, seine Otta um die Nordspitze der Insel herumzuführen, um einen guten Ankerplatz für die Hranngar-Tage anzusteuern.

Beorn war bewusst, dass sie Jahre vor der Küste fahren könnten, ohne einem der legendären Seeungeheuer zu begegnen. Ganz sicher waren sie die Einzigen im gesamten Perlenmeer, die darauf hofften, solch eine Bestie würde ihren Weg kreuzen. Außer Phileasson natürlich. Beorn fragte sich, wo sein Rivale jetzt gerade wohl steckte. Und was für ein Schiff hatte er wohl gefunden?

»Deine kleine Novadi schleppt ein verdammt großes Schwert mit sich herum, das wohl«, bemerkte Leif. »Reißt es sie nicht von den Beinen, wenn sie das Ding schwingt?«

»Sag ihr das lieber nicht ins Angesicht. Selime saba Anaram mag wie ein zierliches Mädchen aussehen, aber im Kampf gebärdet sie sich wie eine Walwütige. Sie scheint den Tod nicht zu fürchten …«

Leif musterte die Novadi, die ihr Haar nachlässig zu einem Dutt gewickelt hatte. Sie trug ein gelbes langes Hemd und eine weit gebauschte rote Hose. »Sie ist noch sehr jung, nicht wahr …?«

»Glaub mir, sie hat Schrecken gesehen, wie sie selbst die Grauhaarigen in deiner Ottajasko nicht kennen.«

Leif sah ihn mit großen Augen an, stellte aber keine weiteren Fragen.

Sie umrundeten den Felsen, der wie ein Turm aussah, und vor ihnen öffnete sich die Einfahrt in eine enge, von Steilklippen flankierte Bucht. Im Osten gab es einen schmalen Sandstrand.

Leif steuerte die *Nachtklinge* mit sicherer Hand zwischen Felsbrocken im Wasser hindurch, bis sich der Rumpf auf den Strand schob.

Misstrauisch sah sich Beorn um. Maraskan war eine Insel voll giftigem Ungeziefer, so erzählte man sich. Er war noch nie hier gewesen. Und er hätte es vorgezogen, in Küstennähe zu ankern, statt an Land zu gehen.

»Der perfekte Liegeplatz, um durch die Hranngar-Tage zu kommen«, erklärte ihm Leif freudestrahlend. Er deutete auf den Felshang voraus, der nicht wie die anderen annähernd senkrecht aufstieg. »Dort vorne gibt es eine Quelle. Wir haben frisches Trinkwasser. Oben in den Wäldern können wir ein paar Affen erlegen und werden in aller Ruhe die nächsten Tage hier verbringen.«

»Du hättest mir sagen sollen ...«, begann Beorn.

»Was? Du bist doch auch nicht gerade gesprächig.« Leif schlug ihm kameradschaftlich auf die Schulter. »Diese Bucht ist das perfekte Versteck. Man kann die *Nachtklinge* vom Meer aus nicht sehen. Und hier sind wir in Sicherheit vor den Ungeheuern. Es gibt hier Malmer, riesige Hummer, die meine schöne Otta zwischen ihren Scheren wie eine morsche Walnuss zerdrücken werden. Und Seeschlangen gibt es dort draußen auch. Und Haie, fast so lang wie die *Nachtklinge*. Unheil liegt in der Luft, wenn das Jahr sich wendet und Hranngar aus der Tiefe aufsteigt. Nur Narren sind dann draußen auf See!«

Beorn war froh, Leif nicht gesagt zu haben, worum es ging. Wenn er wüsste, was das Große war, das sie vor der Ostküste der Insel suchten, würde er sie hier aussetzen und so schnell es ging das Weite suchen, auch wenn morgen die Hranngar-Tage begannen.

Nordspitze Maraskans,
dreißigster Tag im Vinmond

Tjorne Warulfson blickte über die Schulter, zum Lager in der Bucht. Da war sie noch, die schlanke, schattenhafte Gestalt. Zidaine Barazklah hielt sich ein wenig abseits der anderen. Auch sie gehörte nicht mehr richtig zu Beorns Vertrauten, obwohl der Blender sich um sie bemühte und sie oft in ihrer selbst gewählten Abgeschiedenheit störte, um mit ihr zu reden.

Grölendes Gelächter hallte von den Felsen wider. Leif und seine Ottajasko feierten noch ein wenig lauter als sonst. Sie lachten gegen die fünf Hranngar-Tage an, deren erster in dieser Nacht beginnen würde. Tage, an denen man besser in einem sicheren Hafen und unter Freunden weilte, denn etwas änderte sich in der Welt. Aus Ärger wurde Hass. Aus Wortgeplänkel eine wilde Schlägerei, und Streit, den man an anderen Tagen mit einem Faustkampf beigelegt hätte, wurde in Kämpfen auf Leben und Tod entschieden.

Es hatte schon begonnen. Zidaine hatte ihn vorhin über das Feuer hinweg mit Blicken bedacht, die ihm das Blut gefrieren ließen. Wenn er ihr heute Nacht in die Hände fiele, würde es keinen Tylstyr geben, der zu seiner Rettung herbeieilte. Die Voraussetzungen waren ideal. Sie lagerten am Meer! Er blickte auf die dunkle See, in der sich der Mond spiegelte. Es war immer noch windstill. Kein Blatt raschelte in den Büschen auf dem Hang. Alle Tiere hatten sich verkrochen, als spürten auch sie das Unheil, das heraufzog. Nur die Feiernden störten die Stille. Doch auch sie würden in ein paar Stunden verstummen, wenn Premer Feuer und die widerlich süße Offenbarung der Zwillinge ihr berauschendes Werk getan hatten und alle tief schlummerten. Nur Galayne wäre dann noch wach. Aber dem Krieger mit dem Hundskopfhelm mochte Tjorne sich nicht anvertrauen. Er war so ganz anders als die Elfen, die Phileasson begleiteten. Noch unnahbarer als Salarin und Galandel, strahlte er eine Kälte aus, als sei in seiner weißen Lederrüstung der unerbittliche Frost der Eiswüsten des Nordens gefangen. Galayne würde ihm nicht helfen, wenn Zidaine käme. Er würde beobachten, sich nicht einmischen und über die Torheiten der Menschen den Kopf schütteln.

Tjorne kletterte weiter den Hang hinauf. Er würde einen unzugänglichen Platz finden. Einen Ort, wo ihn an drei Seiten Felsen oder Gebüsch schützten und er nur noch darauf achten musste, was unmittelbar vor ihm geschah. Sie würde ihn nicht überrumpeln! Die ganze Nacht würde er mit der Axt in der Hand kauern. Und wenn Zidaine es darauf anlegte, dann würde er zu Ende bringen, was damals, in jener verfluchten Sturmnacht in Stainakr, begonnen hatte. Im Zweifelsfall würde er sich lieber in den Abgrund stürzen, als ihr noch einmal ausgeliefert zu sein. Nicht noch einmal allein mit diesen schwarzen Krebsen. Unfähig, sich zu rühren, verrückt vor Angst. Sie überall auf sich zu spüren, ihre kleinen Beine. Ihre zwackenden Scheren, die unendlich langsam das Leben aus seinem zerschundenen Fleisch schnitten.

Tjorne schüttelte sich bei der Erinnerung an die Marter in Festum. Er spürte sie wieder auf sich, diese kleinen Beine. Überall. Unter dem Hemd. In den Stiefeln, in seinem Haar. Er keuchte auf.

Das waren nur Erinnerungen! Er musste sich beherrschen. Er hielt sein Schicksal in Händen, und er hatte einen Plan, wie er durch diese Nacht kommen würde! Am nächsten Tag, wenn die anderen wieder zu sich kämen, würde er sich mitten am Strand schlafen legen. Dort, vor aller Augen, konnte Zidaine ihm nichts antun.

Er blickte hinab zum Lager. Eilif Sigridsdottir trug ein weiteres Fässchen von der auf den Sand gezogenen und auf die Backbordseite gekippten *Nachtklinge* herüber. Sie wurde mit begeisterten Zurufen empfangen und … Zidaine saß nicht mehr dort, wo sie vorhin noch gewesen war. Auch sonst entdeckte er sie nirgends. Das konnte nur eines bedeuten: Auch sie hatte die Gunst der Stunde erkannt!

Tjorne hastete weiter den Hang hinauf. Er strauchelte im Geröll. Kleine Steine purzelten hinter ihm klackend den Hang hinab. Unten am Strand schien niemand zu bemerken, was vor sich ging.

Immer wieder blickte er zurück. Suchte nach dem schlanken Schatten am Hang oder nach blankem Stahl, der das Mondlicht zurückwarf. Eigentlich sammelte man an den Hranngar-Tagen die Waffen ein, um Unfällen vorzubeugen. Aber so weit war es noch nicht.

Tjornes Herz schlug wie eine Trommel. Schweiß rann ihm in Strömen den Rücken hinab. Es war eine drückend heiße Nacht, aber plötzlich war ihm kalt. Verbissen arbeitete er sich den Hang hinauf. Seine Hände tasteten ins Dunkel.

Eine Felsspalte klaffte vor ihm. Sie war zu weit, um sie gefahrlos überspringen zu können. Rechts oder links? Welcher Weg würde ihn in Sicherheit bringen?

»Findest du nicht auch, dass die Götter manchmal einen eigenwilligen Sinn für Humor haben?«, fragte eine ganz und gar humorlose Stimme hinter ihm.

Tjorne fuhr herum und riss die Axt aus dem Eisenring an seinem Gürtel. Zu spät! Eine lange schlanke Klinge zeigte auf seine Kehle. Sein Tod war nur noch ein Zucken aus ihrem Handgelenk entfernt.

»Am Grund einer Felsspalte hat es begonnen, Tjorne Warulfson. Und nun könnte es dort auch enden.«

»Dann tue es«, sagte er mit gebrochener Stimme. »Ich bin es müde, vor dir davonzulaufen.«

Das Rapier senkte sich. »Du glaubst, du kommst so davon? Ein gnädiger Stich in die Kehle? Nach all dem, was du mir angetan hast?«

»Es tut mir leid.« Er fand die Kraft, ihr ins Antlitz zu sehen. In ihr hartes Gesicht. »Ich würde alles tun, um es ungeschehen machen zu können. Ich würde …«

»Worte!«, fauchte sie ihn an. »So leicht gehen sie von den Lippen. Glaubst du, damit könntest du von mir nehmen, was ihr mir angetan habt? Weißt du, wie oft ich nachts wach werde, mit dem Gefühl, ihr wäret gerade noch in mir gewesen? Ich möchte schreien und beiße mir auf die Lippen, um nicht aufzufallen. Ich möchte meinen Dolch nehmen und alles aus mir herausschneiden, das je von euch berührt wurde, um euch nicht mehr spüren zu müssen. Kannst du mich davon heilen? Mit ein paar Worten?«

»Nein, es … es gibt keine Entschuldigung.« Er schob die Axt zurück in den Ring. »Bringen wir es zu Ende.«

»Begreifst du nicht? Es gibt kein Ende! Ihr werdet selbst dann noch in meinen Albträumen sein, wenn ich euch alle getötet habe. Ich bin kein zerbrochener Schemel, den man wieder leimen kann. Kein …« Ihr versagte die Stimme.

»Welchen Sinn macht es dann, uns nachzustellen?«

»Gerechtigkeit!«, fuhr sie ihn an. »Ich muss mir nicht vorstellen, dass ihr irgendwo ein kleines beschauliches Leben führt und glücklich seid, als hätte es diesen Winter nie gegeben. Für mich wird es das nie geben.«

»Und Tylstyr? Ich dachte …«

Sie schnaubte. »Ich dachte auch, ich hätte ihm vergeben können …«

»Er hat doch nie …«, begann Tjorne.

»Er war der Schlimmste von euch! Er kam und hat mir Hoffnungen gemacht. Er …« Zidaine versagte die Stimme.

Schweigend standen sie einander gegenüber. Tjorne blickte zur Felsspalte. Ein Schritt, und das Grauen hätte ein Ende. Aber es stand ihm nicht zu, sich so davonzustehlen. Wenn er wirklich Buße für das tun wollte, was in jenem Winter geschehen war, dann musste er sich ihr ausliefern. Auch wenn dies hieß … Er dachte an das einsame Haus in Festum. Daran, wie er gegen den Knebel angeschrien hatte, bis sich sein Hals angefühlt hatte, als wollte er zerreißen. An die tausend kleinen Beine. Überall …

»Er …«, begann sie erneut. Sie würgte die Worte hervor, als würde sie scharfkantige Scherben erbrechen. » … er ist nicht gekommen. Er hat mich euch überlassen. Seine Versprechen sind nichts wert!«

»Er konnte nicht …«

Ihre Klinge schnellte hoch, berührte sanft seine Kehle. »Verdreh nicht mit Worten die Wahrheit. Ich kenne ihn! Du kommst jetzt mit. Wir gehen zum Strand. Fort von der Bucht. So weit, bis dich niemand mehr schreien hört. Du wirst der Erste sein, bei dem ich bleibe. Bis zum Schluss. Vielleicht ist es dann anders …«

Tjorne blickte zur Felsspalte. Vielleicht sollte er doch … er begann zu zittern. Die kleinen Beine, die Scheren …

»Senk deine Klinge, Zidaine!« Lenya Yasmadottir trat zwischen den Büschen am Hang vor.

Tjornes Hand glitt zur Axt. Was würde Zidaine tun, nun, da die Geweihte alles gesehen hatte? Er durfte nicht zulassen, dass Lenya etwas geschah! Er hatte ihr doch auf Sumarblot geschworen, sie zu beschützen.

Zidaine zog mit der Linken ihren Parierdolch und richtete die Klinge auf Lenya. »Geh!«

Doch die Geweihte ließ sich nicht aufhalten. Unbeirrt kam sie den Hang hinauf. Sie war so tapfer, dachte Tjorne verzweifelt. Und so arglos. Sie hatte keine Ahnung, was hier vor sich ging.

»Es sind die Namenlosen Tage«, sagte Lenya milde. »Mitternacht ist schon vorüber. Sie haben begonnen. Sie bringen unser Blut zum Kochen. Wir gehen uns wegen nichts an die Kehle, und wenn dann endlich der Morgen des ersten Tags im Praiosmond heraufdämmert, begreifen wir nicht mehr, was wir getan haben. Schütze deine Seele, Kind, und senke deine Klinge.«

Tatsächlich wich die Spitze des Rapiers von seiner Kehle.

»Wärest du so gut, hinab zum Lager zu gehen, Zidaine? Beorn soll kommen, und er soll Fackeln mitbringen.«

Die Fechterin schob Rapier und Parierdolch in die ledernen Scheiden an ihrem Gürtel. »Warum sollte er das tun?«, fragte sie trotzig.

»Deshalb.« Die Geweihte deutete in den Felsspalt hinab. Dort waren, tief in den Fels geschnitten, Bilder zu erahnen.

Tjorne konnte im blassen Mondlicht nicht genau erkennen, was sie darstellten, aber sie hatten etwas an sich, das einen eisigen Klumpen in seinem Innersten erwachsen ließ.

4 GLUTHITZE

Nordspitze Maraskans,
erster Hranngar-Tag

»Ich glaub, die fressen Kinder«, murmelte Leif Katlasson. Der Drachenführer war leicht angetrunken. Seine Augen tränten, aber das mochte am beißenden Rauch der Fackel liegen.

Beorn Asgrimmson war sich nicht ganz sicher. Im unsteten Licht waren die verwitterten Reliefs im Felsen schlecht zu erkennen. Menschenähnliche Gestalten mit langen Schwänzen trugen kleinere Geschöpfe auf ihren Armen zu einem großen Kessel auf einem lodernden Feuer. Andere Kreaturen schienen sich vor dem Kessel zu verbeugen.

»Das hier sind Seeschlangen«, verkündete Eimnir Hermson. Seine Fackel brannte heller als die der anderen. Er drückte seine Nase fast gegen den Fels, um besser sehen zu können. »Sie scheinen miteinander zu tanzen.«

»Tanzen?«, spottete Eilif Sigridsdottir. »Das ist ein anderes Spiel, du arglose Kaulquappe. Wann hast du denn zum letzten Mal bei einer Frau gelegen, dass du nicht erkennen kannst, was die Biester da miteinander treiben?«

Eimnir wurde rot. »Also für mich tanzen diese Schlangen …«, beharrte er kleinlaut.

Pardona betrachtete eine lange, merkwürdig geschwungene

Linie, die gegenüber der Felswand mit den Reliefs in den Stein gemeißelt war. An einigen Stellen oberhalb der Linie drängten sich Schriftzeichen zu Klumpen. Beorn bemerkte einige seltsam aussehende Vertiefungen. Hier waren die Ränder erstaunlicherweise nicht verwittert.

»Was ist das hier?« Beorn wandte sich von den Reliefs ab und trat an Pardonas Seite. Dieser Ort hatte etwas an sich, das ihn beunruhigte. Er fühlte sich beobachtet. Mehr noch ... Was immer da war, dachte daran, ihn zu verschlingen. Das war absurd, darüber war er sich im Klaren. Außer ihnen war niemand hier. Und doch hatte er sich nicht einmal im Himmelsturm so beklommen gefühlt wie zwischen den senkrechten Wänden dieser engen Felsspalte.

»Verwirrend ...«, murmelte Pardona. Ihre Finger fuhren über die seltsamen Zeichen.

»Kannst du das etwa lesen?«, fragte Stirbjörn Leifson neugierig. Leif hatte seinen Sohn auf diese Fahrt mitgenommen, weil er sich wünschte, dass er sich einen Namen als Krieger machte. Und ein Abenteuer an der Seite des Blenders war ihm als wunderbare Gelegenheit erschienen. Beorn hatte das missfallen. Wenn sie *Glück* hatten und endlich eine Seeschlange fanden, würde höchstwahrscheinlich nicht nur Schlangenblut fließen. Sie hatten starke Hailanzen mit an Bord der *Nachtklinge* genommen. Ihre mit Widerhaken versehenen Spitzen waren dazu geschaffen, schreckliche Wunden zu schlagen. Aber es hieß, dass die größten der Seeschlangen Schiffe zwischen den Windungen ihres Leibs zerdrücken konnten. Hailanzen mochten für solche Kreaturen kaum mehr sein als Nadeln.

Beorn hoffte, dass diese Geschichten nur Seemannsgarn waren. Erzählungen, die ins Grenzenlose wuchsen, während sie von Mund zu Mund gingen.

Leif glaubte, sie hätten die Lanzen mitgenommen, um bei Sichtung Haie zu erlegen. Verschiedentlich hatte der Drachenführer ihm aufgezählt, welche Körperteile von Haien besonders kostbar waren und wie man sie haltbar machte.

»Ist das überhaupt eine Schrift?«, bedrängte Stirbjörn Pardona. »Es sieht mehr wie kleine Bilder aus.«

»Es ist eine Schrift. Hier steht etwas über ein Grab der Schlangen. Ein Ort, an den sie kamen, weil es dort einen Kessel oder ein besonderes Becken gab, das ist nicht ganz eindeutig ...«

»Du kannst das wirklich lesen?«, staunte Stirbjörn. Er war ein junger schwarzhaariger Krieger. Die Arbeit an den Riemen hatte ihn gestählt. Ein breites Kreuz und schmale Hüften waren der Lohn der Mühen.

»Die Winter in Thorwal sind lang«, erklärte die falsche Lenya. »Neben meinen Pflichten im Tempel blieb mir viel Zeit, die Schriften in unserer Bibliothek zu studieren. Daher rührt mein Wissen.«

Beorn schluckte. Wahrscheinlich war er der Einzige hier, der die *Bibliothek* des Traviatempels in Thorwal aufgesucht hatte. Sie bestand aus drei Büchern. Eines über die Pflichten einer emsigen Dienerin der Gans, eines mit Kochrezepten und eines mit Lebensbeschreibungen berühmter Heiliger der Kirche. Dazu kamen noch zwei Dutzend Schriftrollen mit ähnlichen Inhalten. Er hatte dort nach Werken über die Kunst des Krieges, insbesondere Belagerungen, gesucht. Es hatte nur einiger Augenblicke bedurft, um zu erkennen, was für eine einfältige Idee das gewesen war.

»Das ist die Küstenlinie des östlichen Maraskan«, erklärte Leif leicht lallend. »Ziemlich gut getroffen.« Er legte einen Finger in eine kleine Einbuchtung. »Und hier die Nordspitze ... wir sind hier!«

»Eine Karte …« Pardona nickte sinnierend.

»Nicht sonderlich nützlich, wenn nichts darauf eingezeichnet ist«, bemerkte Iskir Svenson. Seit Ursas Tod im Tal der Türme war der junge Recke schweigsam und in sich gekehrt.

»Die Echsen benutzen gern Kristalle. Siehst du diese Vertiefungen hier im Fels, Iskir? Ich schätze, dass man hier Kristalle einsetzt. Ordnet man sie richtig an und fällt das Licht im rechten Winkel hinein, bin ich sicher, dass die Karte all ihre Geheimnisse preisgibt. Dann werden die Orte sichtbar, von denen hier geschrieben ist. Die Grüne Stadt, das Schlangengrab, der Herrscher im Stein oder der Thron der Kröte …«

»Herrscher im Stein, Thron der Kröte …«, äffte Eilif Pardonas Stimme nach. »Was sind das denn für Kindermärchen!«

Die falsche Geweihte hob beschwichtigend die Hände. »Ein Winter und ein altes Buch genügen nicht, um diese Bilderzeichen sicher zu übersetzen. Die Namen sind nur Vermutungen. Kann auch sein, dass ich mich irre.«

»Kann es sein, dass noch jemand verdurstet?«, fragte Eilif. »Ein paar dämliche Bilder im Fels … Was wollen wir damit? Unten wartet das Premer Feuer, und ich habe vor, in meiner Kehle einen Brand zu legen!«

Das Gelächter der Recken klang falsch, dachte Beorn. Aufgesetzt. So wie man lachte, wenn man sich im Schildwall einem viel stärkeren Feind stellte. Man lachte gegen die Angst an, während sich die Eingeweide in eisige Schlangen verwandelten.

Er blickte zu den Rändern der Felsspalte hinauf. Vor dem schmalen Streifen des Sternenhimmels sah er die Schatten der Wachen, die sie oben zurückgelassen hatten.

»Das ist kein Ort für törichtes Gelächter«, schalt die falsche Geweihte.

»So sieht also ein Tempel für geschuppte Glupschaugen aus«,

höhnte Eilif. »Wenn sich morgen mein Abendmahl verabschieden will, weiß ich, wo ich hingehe.«

»Man macht keine Späße über alte Götter …«, grollte Pardona. »Schon gar nicht an so einem Ort. Man weiß nie, wer zuhört.«

Eilif klatschte mit der flachen Hand auf den Fels. »Wer hier zuhört? Ein paar Steine. Das war es!«

»Genau: Das war's!«, rief Beorn aufgebracht. »Alle raus hier! Wir waren lange genug hier unten! Hier gibt es keine Schätze. Nur Steine!« Er sah den alten Mitgliedern seiner Ottajasko an, dass sie nicht zu Eilifs Späßen aufgelegt waren. Sie alle erinnerten sich noch an Hallar Uravson und wie etwas Unsichtbares im Himmelsturm gekommen war, um ihn zu zerfleischen, nachdem er eine der Toten in dem großen Grabmal bestohlen hatte, auf das sie im ewigen Eis gestoßen waren. »Raus mit euch …«

»Schau mal hier …« Olav Stirson hielt seine Fackel dicht an den Fels. »Ist das eine Otta?«

Eilif und ein Teil der Schaulustigen stiegen bereits wieder den Pfad aus der Felsspalte hinauf.

Beorn betrachtete das Bild. Das war tatsächlich ein Langboot. Der Vordersteven war schön geschwungen und endete in einem Pferdekopf. Genau wie bei der *Nachtklinge*.

»Kack den Mast an!« Leif trat zwischen ihnen hindurch. »Das ist meine Otta … Das … habt ihr das gesehen? Das Bild hat sich verändert. Da liegen zwei Schilde am Strand. Und ein Schwert … und das Fass, aus dem wir getrunken haben.«

Beorn keuchte auf. Wieder dachte er an das Grab im Eis. An das Wandgemälde, das sich verändert hatte.

»Etwas Altes, Böses lauert an diesem Ort«, sagte Pardona entschieden.

»Was ist das für ein Ding?« Leif deutete auf etwas, das aussah wie eine Kröte. »Der hängt etwas aus dem Maul. Eine Zunge? Und dieser Stein … der sieht aus wie ein Fels am Eingang zur Bucht. Das Biest muss …«

»Eine Kröte mit einer gespaltenen Zunge«, murmelte Stirbjörn Leifson. »Wie eigenartig …«

»Das ist keine Zunge«, verbesserte Pardona. »Das sind Beine, die aus dem Maul der Kröte ragen, weil sie ihr Mahl noch nicht beendet hat.«

Die steinernen Lider der Kreatur glitten zurück. Zwei blutrote Rubine starrten sie an.

»Es weiß, dass wir hier sind!« Pardona klang nicht länger beunruhigt, sondern eher fasziniert. »Und es ist hungrig.«

Die steinernen Lider schlossen sich.

Beorn blinzelte. Fragte sich, ob ihm seine Einbildungskraft vielleicht einen Streich gespielt hatte.

»Es wird zur *Nachtklinge* kommen«, sagte Pardona mit einschüchternder Bestimmtheit.

»Ich werd nicht vor einer Kröte davonlaufen!« Leif klang jetzt ganz nüchtern.

»Dann könnten es deine Beine sein, die dort aus dem Maul hängen. Sieh mal genauer hin. Sind das vielleicht deine Schuhe?«

»Was bist du für eine Geweihte?«, fuhr Leif sie an. »Warum weißt du so viel? Warum kannst du diese alte Schrift lesen? Warum …«

»Weil die Winter im Norden lang und finster sind.« Ihre Stimme hatte sich verändert. Sie klang, als würde sie vom Grund eines Brunnens heraufhallen …

»Was …?«

»Die Götter sprechen manchmal durch sie!«, log Beorn entschlossen.

»Das Ding wird uns folgen.« Immer noch klang Pardonas

Stimme verzerrt. »Es hat Witterung aufgenommen. Wir müssen in Menschen baden ...«

»Das ist doch absurd ...«, protestierte Leif.

»Ich fürchte nicht. Sieh!« Beorn deutete auf die Felswand. Das Relief der Kröte war verschwunden. Nur der große Stein, auf dem sie gerade noch gekauert hatte, war geblieben.

Vor Jergan,
zweiter Hranngar-Tag

Die groß gewachsene Kapitänin stampfte prüfend auf die Planken des Rumpfs, ging ein paar Schritte weiter und wiederholte es.

»Wenn du noch ein bisschen fester auftrittst, steht dein Fuß im Wasser«, murmelte Leif Katlasson.

»Ärgere sie nicht«, raunte Beorn Asgrimmson ihm ins Ohr. »Ihr prüft die Festigkeit des Rumpfs?«, fragte der Hetmann arglos, obwohl er natürlich ganz genau wusste, was die Kapitänin da tat.

Die kaiserliche Seeoffizierin blickte auf und strich sich lässig eine lange blonde Haarsträhne aus der Stirn, die sich aus ihrem Dutt gelöst hatte. »Ich weiß, wie ihr eure Schiffe zimmert. Jede Planke ist mit dem Beil aus dem Holz gearbeitet. Nichts gesägt. Vortreffliche Langboote.« Sie blickte über die Schulter zu der Bireme, die längsseits gegangen war. »Ich wünschte, unsere Galeeren wären so gebaut. Meine *Kaiserpfeil* nimmt Wasser wie ein Schwamm.« Sie seufzte, ging ein Stück weiter und stampfte wieder auf die Planken. Noch dreimal wiederholte sie das, bis sie am Heckruder ankam. Dann wandte sie sich um und musterte ihre Mannschaft.

Auch wenn die Kapitänin sich freundlich gab, standen auf

dem Vorder- und Achterdeck der *Kaiserpfeil* Bogenschützen, die Pfeile auf die Sehnen gelegt hatten und misstrauisch jede Bewegung an Bord der *Nachtklinge* beobachteten.

»Kein doppelter Boden«, bemerkte die Offizierin zufrieden. »Keine Taue, die über Bord hängen und vermuten lassen, dass etwas unter den Rumpf gebunden ist oder geschleppt wird. Entweder hast du einen Trick ersonnen, den ich noch nicht kenne, Leif Katlasson, oder dein Schiff ist tatsächlich gänzlich frei von Schmuggelgut.«

Leif hob in unschuldiger Geste die Hände. »Ich verstehe nicht, wie ich zu einem so schlechten Ruf komme.«

»Du bist ein besserer Schmuggler als Geschichtenerzähler, Leif. Lassen wir es für dieses Mal dabei bewenden. Ich gestatte dir, für die Namenlosen Tage in Jergan anzulegen, du solltest zum ersten Praios die Stadt aber wieder verlassen.« Sie maß die ganze Ottajasko mit strengem Blick. »Ich hoffe, dass ich diese Entscheidung nicht bereuen werde. In diesen Tagen sollte kein Schiff auf See sein.« Sie lächelte schief. »Wäre doch schade, wenn Beorn der Blender verloren ginge. Ich hoffe darauf, dass er den Al'Anfanern noch viel Ärger machen wird.«

Beorn war überrascht. »Sind wir uns schon einmal begegnet, Kapitänin?«

»Nein, aber es gehört zu meinen Aufgaben zu wissen, wer das Perlenmeer befährt. Es wäre mir eine Ehre, wenn Ihr mir die Hand reichen würdet. Der Überfall auf Porto Paligan war ein Meisterstück an Kühnheit und kühler Planung.« Ihre blauen Augen strahlten. »Zuletzt die Kogge in der Fahrrinne des Hafens zu versenken und damit die Flottille der Al'Anfaner im eigenen Hafen gefangen zu setzen – einfach brillant!«

Beorn überlegte kurz, das richtigzustellen. Schließlich waren es die Utulus gewesen, die für ihr Entkommen gesorgt hatten.

Dann jedoch entschied der Blender, dass es künftig von Vorteil sein mochte, wenn er in der kaiserlichen Flotte als herausragender Seestratege galt. Er reichte der Kapitänin die Hand. Sie packte mit festem Griff zu.

»Mögen die Götter euch gewogen sein!« Die Seeoffizierin winkte ihrer Besatzung zu. Zwei Riemen wurden aus dem Wasser gehoben und mit den Blättern auf der Reling der *Nachtklinge* aufgelegt. Geschickt balancierte die Kapitänin über die Schäfte zur Bordwand der Galeere, wo zwei Seemänner ihre Hände packten und sie an Bord der Bireme zogen.

Die beiden Schiffe trennten sich voneinander.

»Die Riemen ausbringen!«, befahl Leif.

Es herrschte eine gedrückte Stimmung an Bord. Die Geschichte von der Kröte an der Felswand hatte die Runde gemacht. Noch in derselben Nacht waren sie aus der Bucht in den Felsen geflohen. Iskir behauptete steif und fest, er habe gesehen, wie etwas Großes schwerfällig auf einen Felsen an der Küste gekrochen sei, als sie schon fast eine Meile von der Bucht entfernt gewesen waren.

Sogar Pardona vermied, über diese Kröte zu sprechen. Was hatten sie da aufgescheucht? Waren es Eilifs lockere Reden gewesen, die diese Bestie erweckt hatten?

Nicht zu leugnen war, dass sie alle schlecht schliefen … War etwas in ihre Träume gekrochen?

Beorn blickte voraus, zur Hafenstadt Jergan, auf die die *Nachtklinge* nun zuhielt. Sie zwängte sich in den engen Talkessel, den der wilde Hira aus dem Fels gespült hatte. Eine kleine, dicht bebaute Insel erhob sich in der Mündung des Flusses. Am Nord- und Südufer drängten sich weitere Häuser. Sie waren seltsam. Schmal. Dafür wuchsen sie aus dem Grund wie Türme. Beorn hatte nie eine Stadt wie diese gesehen. Sie schien zwischen den Felsen eingesperrt zu sein. Eine Gefangene von Wasser und Stein.

Er dachte an die letzten Worte der Prophezeiung. *An der Ostküste Maraskans, wo sich die Finsternis, das Meer und der Fels miteinander vermählen, werdet ihr finden, was ihr sucht.*

Jergan lag an der Nordspitze. Und es fehlte die Finsternis. Es konnte nicht der Ort sein, von dem die Prophezeiung sprach. Die Fahnen des Kaiserreichs wehten über den Festungstürmen der Stadt. Auf blauem Grund eine goldene Scheibe, in deren Mitte ein roter Greif stand.

»Hier werdet ihr trefflich in der Menge baden können.« Pardona trat an seine Seite, während die *Nachtklinge* den Hafenanlagen im Norden der Stadt zustrebte. »Ich kenne keinen Ort, der so dicht bebaut ist, wo so viele Menschen übereinander hinwegwimmeln, wie diese Stadt. Unsere Spur wird verwischen.«

»Und wie finden wir, wonach wir suchen?« Beorn blickte zur Ottajasko. Alle arbeiteten an den Riemen. Sie beide waren allein im Bug des Langboots. Niemand würde sie belauschen, wenn sie leise sprachen. »Wir kommen der Lösung nicht näher.«

»Das Schlangengrab … ich bin mir sicher, dass ich es richtig übersetzt habe. In solch einer Stadt findet sich immer Wissen, wenn man an der passenden Stelle zu suchen versteht. Ich bin sicher, wenn wir dieses Grab finden, werden wir nicht kämpfen müssen.«

»Und wenn uns eine Seeschlange findet?« Sollte es zu solch einem Kampf kommen, dann würde ihr Leben in Pardonas Hand liegen. Stimmte auch nur die Hälfte der Geschichten, die er über Seeschlangen gehört hatte, dann vermochten sie selbst großen Kriegsschiffen gefährlich zu werden.

»Begegnen wir so einem Biest, wird sich Eilif bewähren können.« Die Göttin bedachte ihn mit einem süffisanten Lächeln. »Dann wird sich zeigen, ob starke Arme allein genügen.«

»Und wenn nicht …«

Pardona hielt lächelnd seinem Blick stand und schwieg.

Er würde nicht betteln, dachte er trotzig. Sollten sie tatsächlich einer Seeschlange begegnen, dann würde er im Bug an Eilifs Seite stehen. Er war es gewohnt, sein Schicksal selbst zu schmieden. Zumindest, bis er den Himmelsturm betreten hatte …

Die Erinnerung schloss sich gleich eisernen Bändern um seine Brust und presste ihm den Atem ab. Seither war er ihr … ja, was war er eigentlich für sie? Eine Kreatur, die sie studierte, wie die Geschöpfe des Grauens, die er in den großen Glassäulen im Himmelsturm gesehen hatte? Sie lenkte ihn auf dieser Reise. Spielte mit ihm. Was war ihr Ziel? Es musste eines geben, da war er sich ganz sicher. Ebenso sicher war er sich, dass es nicht mit seinem Ziel übereinstimmen konnte. Der Titel *König der Meere* bedeutete Pardona nichts.

»Du solltest erwägen, dich von Zidaine zu trennen, auch wenn mir nicht entgangen ist, wie du sie ansiehst.«

Beorn wandte den Blick von Jergan und sah zur Göttin. War sie etwa eifersüchtig?

»Sie wird Tjorne töten. Und wer weiß, wen noch. Ihr Geist ist verwirrt. Sie könnte sich gegen dich wenden.«

Er schüttelte den Kopf. Dass Zidaine etwas Dunkles umgab, wusste er schon seit ihrer ersten gemeinsamen Fahrt in der Charyptik. Es war unmöglich, ihre Seele zu berühren. Wenn sie tatsächlich versucht hatte, Tjorne zu töten, dann musste es einen guten Grund dafür geben. Vielleicht war er ja ein Verräter. Er fügte sich einfach nicht in die Ottajasko ein. Er war zu lange mit Phileasson gesegelt … Vielleicht wäre es klug, sich von ihm zu trennen, so wie von Hrolf, damals auf der Schlangeninsel.

Bedrückende Stille lag über dem Hafen. Keine Schauerleute waren auf den Kais zu sehen. Keine Fischer, die Netze flickten.

Keine Händler, die auf einlaufende Schiffe warteten, um als Erste an Bord zu gehen und ein gutes Gebot für die Waren im Frachtraum zu machen.

Dafür standen ungewöhnlich viele Wachen auf Posten.

»Der Blender und ich haben gleich ein Geschäft zu erledigen«, rief Leif vom Ruder im Heck. »Ihr verlasst den Hafen nicht. Hier unten findet sich alles, was das Herz eines Seefahrers begehrt. Jergan ist schon an ganz gewöhnlichen Tagen ein schwieriges Pflaster. Also geht nicht in die Stadt hinauf!«

Jergan,
zweiter Hranngar-Tag

Ihre Schritte hallten von den Wänden des Tunnels wider. Die kleine Blendlaterne, die Leif Katlasson trug, spendete nur wenig blassgelbes Licht. Weit voraus war ein weiteres Licht zu sehen. Waren da noch mehr Schritte?

Beorn Asgrimmson packte Leif bei der Schulter. Der Hetmann verharrte. Ganz kurz war da ein Geräusch. Keine Schritte. Es klang, als bewege sich etwas Schweres im Dunkeln hinter ihnen. Oder hatte er sich das nur eingebildet?

»Was?«, fragte Leif leise.

»Hast du ein Geräusch hinter uns gehört?«

»Nein …« Jetzt klang sein Gefährte alarmiert. Er wandte sich um. Das Licht der Laterne reichte nicht weit. »Beeilen wir uns!«, entschied er und begann, mit weit ausholenden Schritten in die Richtung zu gehen, in der sie das Tageslicht erwartete. So weit und eilig waren die Schritte, dass es fast an eine Flucht gemahnte. Beorn hatte Mühe mit ihm mitzuhalten.

»Nicht mehr weit. Der Hafentunnel misst etwa zweihundert

Schritt …« Es klang, als würde Leif eher zu sich selbst sprechen. Als versuche er, sich Mut zu machen.

»Ich sag dir, Blender, dieses Mal tut es mir leid, dass ich mit dir segle. Deine Geheimniskrämerei und dann dieses … das … was da in der Bucht passiert ist. Lieber stürme ich Porto Paligan nur mit einem Messer in der Hand, als noch einmal eine solche Fahrt zu machen.«

»Wo bringst du mich hin?«, fragte Beorn, statt auf die Vorwürfe einzugehen.

»So fühlt sich das an, mein Freund, wenn man nicht ins Vertrauen gezogen wird.«

Das Licht weiter oben im Tunnel verharrte. Ein dumpfes Pochen ertönte, als falle ein schwerer Türklopfer auf Holz.

Ein Tor schwang auf. Graues Licht flutete in den Tunnel. Der Ausgang war höchstens zwanzig Schritt entfernt.

Die Wachen dort oben waren konturlose, schwarze Gestalten. Sie mussten sie bemerkt haben, denn das Tor schloss sich nicht wieder.

»Wir sind hier allein. Ich werde niemandem etwas verraten«, drängte Leif.

Beorn schüttelte den Kopf. »Es geht nicht.« Er war sich sicher, dass der Drachenführer nicht mehr mit ihm in See stechen würde, wenn er wüsste, worum es ging. Es war keine Frage des Vertrauens, ihn nicht einzuweihen, sondern eine Frage der Vernunft. »Wie ich schon sagte: Es wird dich umbringen oder reich machen.«

Leif grunzte leise, sagte aber nichts mehr.

Als sie das Tor des Tunnels passierten, empfing sie eine Ritterin in spiegelndem Plattenpanzer. Schweiß stand ihr in dicken Perlen auf dem Gesicht. Ihr Haar war zu einem schwarzen Bürstenschnitt gestutzt. Missmutig musterte sie die beiden. »Macht keinen Ärger, Thorwaler. Wir würden euch schnappen. Und ihr wollt nicht erleben, was dann passiert.«

Beorn blinzelte gegen das helle Sonnenlicht. Ein Stück abseits im Schatten bemerkte er weitere, ähnlich schwer gepanzerte Krieger. Das waren nicht einfach irgendwelche Stadtwachen …

Beorn lächelte die Ritterin an, hielt es aber für klüger, nichts zu sagen.

»Komm!« Leif zog ihn mit sich fort, in eine Gasse, die in tiefem Schatten lag.

Beorn blickte die Häuserfronten empor. Überall ragten Erker aus weiß getünchten Wänden, Balkone, ja sogar Brücken, die zum gegenüberliegenden Haus reichten oder mit Galerien verbunden waren, die sich um die Fassaden wanden, als gäbe es noch luftigere Wege, auf denen man durch die Stadt eilen konnte.

Leif schien den Weg genau zu kennen. Ohne zu zögern, durchquerte er dieses Labyrinth im Zwielicht. Führte sie unter tropfenden Wäscheleinen hindurch, vorbei an Garstuben, aus denen es nach scharf gewürztem Essen duftete. Nur wenige Passanten zeigten sich auf den Straßen, aber über ihnen wurde von Fenster zu Fenster getratscht. Ein eigenwilliger Dialekt, der Elemente von Garethi enthielt, aber immer wieder auch Worte, die Beorn nicht verstand.

Bei einem Fleischhauer, der frisch gehäutete Hunde an einem Balken vor seinem Geschäft aufgehängt hatte und verärgert mit einem Fächer die Fliegen vertrieb, bogen sie nach links ab. Sie erreichten einen Weg, der am Steilufer des Hira entlang zu einer Hängebrücke führte.

Beorn krallte sich in die Seile, die das Geländer ersetzten, und balancierte über die leicht schwingenden Bohlen. Irgendwo in der Ferne erschollen laute Stimmen, dann wütende Schreie. Das Klatschen von Fäusten auf Fleisch war zu hören.

Die Brücke führte sie auf die Insel, die inmitten des weiß schäumenden Flusses lag, der sich in den Maraskansund ergoss. Die Häuser hier waren besser gepflegt, die Stützbalken der Dachtraufen rot oder türkisfarben bemalt. Vor Türen und Fenstern hingen zierliche Käfige, in denen sich schillernd bunte Vögel duckten. Doch keiner von ihnen sang.

Drückende Schwüle lag über der Stadt.

Leif wählte eine enge Stiege, die an einer Hauswand hinauf zu einer Galerie führte. Sie kamen an einer jungen Dame vorbei, die das Haar mit einer Kette aus bunten Holzperlen zu einer merkwürdigen Turmfrisur hochgebunden hatte. Sie hatte auf einen Rahmen vor sich ein langes Kleid oder einen Mantel aufgespannt und malte mit einem Bambuspinsel auf den Stoff.

Beorn verharrte kurz. Mit Bildern wusste er sonst nicht viel anzufangen, dieses hier aber berührte ihn. Es zeigte stilisierte Wellen, gekrönt von sprühender Gischt. Ein wildes, ungezügeltes Meer, über dem dunkle Wolken dahintrieben. Und inmitten der Wogen erhob sich der gebogene Hals einer Seeschlange.

»Komm!«, drängte Leif und zog ihn weiter.

Sie umrundeten das Haus und befanden sich inzwischen auf Höhe des vierten oder fünften Stockwerks. Es bot sich ein wunderbarer Blick auf den weiten Maraskansund. In der Ferne eilte die *Kaiserpfeil* wie ein riesiger Wasserkäfer über die spiegelglatte See. Kein anderes Schiff war weit und breit zu sehen.

Der Schrei einer Möwe durchbrach die Stille. Das große, fast ganz weiße Tier saß auf einem Dachbalken etwa fünf Schritt über ihnen und beäugte sie misstrauisch.

Leif war vor einer Tür stehen geblieben, auf die schwarzes Astwerk mit schneeweißen Blüten gemalt war. Er klopfte in seltsamem Rhythmus an und bedachte Beorn mit einem verschwörerischen Blick.

Die Tür schwang auf. Ein schlanker Mann mit schulterlangem blonden Haar stand auf der Schwelle. »Leif Katlasson!«, rief er begeistert mit schwerem südländischem Akzent.

Der Blonde sah zu ihm herüber, stutzte, dann klappte ihm der Mund auf. »Beorn? Beorn Asgrimmson?«

Jetzt erinnerte sich auch der Blender, wo er den schlanken Mann schon einmal gesehen hatte. »Der Fechtmeister des Emilio Zornbrecht. Der ritterliche Al'Anfaner, der sich geweigert hat, mich zu blenden.«

Der junge Mann sah die Galerie hinab zur Seidenmalerin und blickte misstrauisch zu den Fenstern des gegenüberliegenden Wohnturms. »Gehen wir lieber hinein. Diese Stadt hat zu viele Ohren. Dolorita wird sich freuen, dich zu sehen, Leif.«

Beorn bemerkte durchaus, dass er nicht eingeschlossen war.

Orelio führte sie in ein bescheiden eingerichtetes Zimmer. Um einen niedrigen Tisch lagen Matten auf dem Boden und einige Kissen. Weitere aufgerollte Matten und gefaltete Decken ließen Beorn vermuten, dass diese Kammer auch ihr Schlafzimmer war. Zwei Seidenbilder hingen an den Wänden. Sie zeigten Sonnenuntergänge über einem südlichen Meer. Inseln mit Palmen. Eine weiße Stadt, die sich in eine weite Bucht schmiegte. Ob sie den Süden vermissten? Jedenfalls hatte er sich das Haus einer Hexe ganz anders vorgestellt. Es gab keine Kräuterbündel, keine Gläser und Tiegel, in denen Dinge verwahrt wurden, nach denen man besser nicht fragte. Keine Flakons mit geheimnisvollen Zaubertränken. Nicht einmal eine Feuerstelle.

Erst als sie sich neben den Tisch gehockt hatten, vernahm Beorn Geräusch im dunklen Zimmer nebenan.

Dolorita trug einen Wickelrock aus steifer roter Seide und darüber eine lange weiße Bluse, die mit stilisierten roten Rosen bedruckt war. Sie hatte keinerlei Schmuck angelegt.

Leif sprang auf und umarmte sie herzlich.

»Gut zu sehen, dass die Wogen dich nicht verschlungen haben«, begrüßte Dolorita den Drachenführer freundschaftlich. Dann blickte sie auf Beorn hinab. »Dein Ruhm ist in den letzten Jahren gewachsen, Plünderfahrer. Selbst hier in Jergan kennt man deinen Namen. Als Al'Anfaner müssen Orelio und ich uns wohl glücklich schätzen, dir nach unserer Begegnung noch mit zwei Augen ins Antlitz schauen zu können.«

Beorn erwiderte ihren kühlen Blick. »Ein Glück, das mir nach meiner ersten Begegnung mit euch nicht zuteilwurde.«

»Lassen wir doch diese Geschichten ...«, versuchte Orelio zu beschwichtigen.

»Nein«, beharrte Beorn. »Von dieser Geschichte werde ich niemals ablassen.« Er zog seine Augenbinde zur Seite, sodass alle die rot vernarbte Augenhöhle sehen konnten. »Es war mutig von dir, dich dem Befehl Emilios zu widersetzen, Fechtmeister. Das werde ich dir niemals vergessen.«

»Du bist also nach vier Jahren wiedergekommen, um dich noch einmal zu bedanken?«, fragte Dolorita.

»Mein Dank bestand darin, dass ich Leif gebeten habe, euch vor eurem grausamen Herrn in Sicherheit zu bringen. Eine Aufgabe, der er sehr gewissenhaft nachgekommen ist, wie ich sehe.«

Doloritas Gesicht war schmaler geworden. Erste Falten nisteten in ihren Mundwinkeln und um die Augen. Sie war immer noch eine schöne Frau, doch war ihr anzusehen, dass die letzten Jahre voller Entbehrungen gewesen sein mussten.

»Leif ist mehr für uns geworden als der Vollstrecker deiner Wünsche, Beorn. Er ist ein Freund.« Ehe Leif ein Wort sagen konnte, zog sie ihn zu sich heran und küsste ihn auf den Mund.

Der Drachenführer schien mindestens genauso verblüfft wie Orelio, der seine Gefährtin erstaunt ansah.

»Orelio?« Dolorita bedachte den Fechtmeister mit einem strahlenden Lächeln. »Sei so gut und hole einen Tee.«

»Natürlich. Bitte entschuldigt … In diesen Tagen wird es ein wenig länger dauern.« Mit diesen Worten trat er durch die Tür hinaus auf die Galerie.

Dolorita ließ sich gegenüber von Beorn an dem kleinen Tisch nieder und beobachtete ihn weiterhin. Er richtete seine Augenbinde, nahm den Flügelhelm ab und stellte ihn schweigend neben sich auf den Boden.

»Meine Liebe, ich will nicht lange um den heißen Brei herumreden«, begann Leif, nachdem auch er sich wieder gesetzt hatte. »Dieses Mal komme ich mit einer Bitte zu dir, Dolorita. Ich bin mit meiner Ottajasko in Schwierigkeiten geraten.«

Die Hexe hielt ihren Blick unverwandt auf Beorn gerichtet. »Das wundert mich nicht, wenn du mit dem Blender reist.«

Leif erzählte ihr, wie sie in der Felsenbucht geankert hatten. Von der Felsspalte, den Steinbildern und von der Kröte mit den Rubinaugen, die im Stein verschwunden war.

»Du bist eine Hexe, Dolorita. Bitte entschuldige, wenn ich das so offen sage …«

»Du müsstest dich nur dann entschuldigen, wenn ich mich dafür schämen würde, was ich bin. Ich bin stolz auf meine Gaben, auch wenn ich nicht mehr mit ihnen prahle.«

Leif räusperte sich verlegen. »Ich … Du kennst dich doch mit Flüchen aus. Kannst du uns helfen, dieses Krötenbiest wieder loszuwerden?«

Dolorita tat einen tiefen Seufzer. »Ich glaube nicht, dass das ein Fluch ist. Wenn ihr sehr viel Glück habt, dann ist alles nur Blendwerk. Nur eine Angst, die in eure Herzen gepflanzt wurde.«

»Aber warum musste das geschehen? Ich habe schon ein Dutzend Mal in dieser Bucht geankert …«

Dolorita sah Beorn an. »Wie ich schon sagte, du reist in gefährlicher Gesellschaft, Leif. Ihr wart zur falschen Stunde am falschen Ort, und diese Eilif hat unflätige Dinge gesagt. Was glaubst du, wäre mit euch geschehen, wenn sie am ersten Tag des Praios im Tempel des Praios zu Gareth verkündet hätte, sie würde ihre Notdurft inmitten der heiligen Hallen verrichten?«

»Es war aber an einer einsamen Küste in einer Felsspalte«, bemerkte Beorn.

»Nicht alles, das man nicht mehr sieht, hat aufgehört zu sein. Das, woran ihr dort gerührt habt, hat nichts mit der Art von Zaubern zu tun, die ich webe. Ich fürchte …«

Beorn löste die Geldkatze von seinem Gürtel und legte sie auf den Tisch. »Dies ist nur eine Anzahlung. Wenn ich in eine fremde Stadt gehe, trage ich meist nicht viel Silber bei mir.« Er zuckte mit den Achseln. »Es gibt immer einen Taschendieb, dessen Finger flinker sind als mein verbliebenes Auge.«

Orelio trat wieder ein. Er trug ein Tablett, auf dem vier flache Teeschalen standen, und eine Schüssel, in der irgendwelche goldbraun in Öl gesottenen kleinen Tiere lagen. Verblüfft sah der Fechtmeister auf den speckigen Lederbeutel auf dem Tisch.

Bevor er etwas sagen konnte, nahm Dolorita das Silber an sich und bedeutete ihm mit einer knappen Geste, das Tablett abzustellen.

»Nur damit Platz ist«, sagte sie, wog den Beutel aber prüfend in der Hand.

»Wäre es möglich, dass wir beide allein miteinander sprechen?«

Ein Blick der Hexe gebot dem Fechtmeister zu schweigen. Leif sah ihn mit großen Augen an.

»Möglich und angemessen«, entgegnete Dolorita ruhig. »Orelio, Leif, würdet ihr bitte auf der Galerie die unübertreffliche Aussicht genießen?«

Leif erhob sich ein wenig steif. »Pass auf, was du sagst«, raunte er Beorn ins Ohr. »Sie ist stolz und sehr empfindlich. Das gilt auch für Orelio.«

Beorn nickte knapp. Ihm war klar, dass es mit Dolorita nicht leicht würde.

Eine Weile maßen sie einander mit Blicken, nachdem der Fechter und der Drachenführer gegangen waren.

»Ich möchte dir dasselbe Angebot machen, das ich auch Leif gemacht habe. Ich suche nach etwas Großem. Wenn du mir dabei hilfst, wirst du entweder sterben oder reich werden.«

»Du findest, ich führe ein ärmliches Leben?«, entgegnete sie kühl.

»Ich kenne dich nicht gut genug, um mit dir darüber zu streiten, welches Leben das richtige für dich ist. Ich weiß lediglich, dass Silber hilft, die Möglichkeiten zu erweitern.«

Ein flüchtiges Lächeln spielte um ihre Lippen. »Eine derart geschliffene Antwort hätte ich nicht von einem Thorwaler erwartet.« Sie deutete auf die Schüssel. »Darf ich dir einige Meerschweinchen anbieten? Sie schmecken besser in Honigkruste, aber wie du schon richtig erkannt hast, sind mir und Orelio Grenzen gesetzt.«

Beorn zögerte zuzugreifen.

»Man isst sie mit den Knochen«, erläuterte Dolorita, nahm eines der Tiere und biss herzhaft hinein.

Der Drachenführer folgte ihrem Vorbild. Die kleinen Knochen brachen und ließen sich gut kauen. Einer setzte sich jedoch zwischen seinen Backenzähnen fest. Er versuchte, ihn mit der Zunge zu lockern.

Dolorita wirkte wieder ernst. »Sprechen wir über die Möglichkeiten, die Silber schafft. Ich bin geneigt, dir weiter zuzuhören. Auch wenn ich nicht sehe, wie ich dir helfen könnte. Ich bezweifle, dass es ein Fluch ist, der euch den Schlaf raubt. Und wenn doch, wäre es keiner, den ich kenne. Was ich hingegen in aller Klarheit sehe, ist der Fluch des Ehrgeizes, der dich zerfrisst, Beorn. Du wirst sein letztes Opfer sein, vorher sterben noch viele, die mit dir ziehen.«

Er nahm die hauchzarte Schale vom Tisch und roch am blassgrünen Tee. Er duftete nach Rosen. »Woher wusste Zornbrecht, wo Arnora Bjartasdottirs Flotte lauerte?«

»Das war mein Werk«, sagte sie ruhig.

Beorn betrachtete die Hexe über die Schale hinweg. Er entdeckte keinerlei Anzeichen von Angst. Das gefiel ihm!

»Wie?«, verlangte er zu wissen.

»Draußen auf dem Dach sitzt eine besonders schöne Möwe. Wenn ich will, kann ich durch ihre Augen sehen. Sie war mein Spion.«

Beorn dachte an die lang vergangene Nacht, in der die *Eisvogel* gesunken war und fast seine gesamte Ottajasko ein Grab im Meer gefunden hatte. Seine Hände begannen zu zittern, als in seiner Erinnerung die Schwarzen Galeeren auftauchten. Und Orelio, der ihn gedemütigt hatte.

Mühsam beherrscht setzte er die Schale ab, ohne vom Tee gekostet zu haben. »So wie ihr unsere Flotte gesucht habt, suche auch ich etwas. Im Gegensatz zu Leif sollst du wissen, was es ist. Das Silber ist der Preis für dein Schweigen. Du kannst es auch dann behalten, wenn du nicht bereit sein solltest, alles zu wagen, um dein Leben zu verändern. Ich suche …«

Jergan,
dritter Hranngar-Tag

Pardona war an Bord der *Nachtklinge* geblieben. Die Rah war am Mast herabgelassen, das Segel als Sonnenschutz über das Deck gespannt. Bedrückende, schwüle Hitze hing über dem Wasser. Gestern war sie mit der Ottajasko im Hafen gewesen. Sie hatte zugesehen, wie sich Thorwaler vergnügten. Viel Fantasie bewiesen sie dabei nicht. Fressen wie die Tiere, Saufen, Kräftemessen, freundschaftliche Schlägereien und sich fleischlichen Gelüsten ergeben … sie war es müde, sich das schon wieder anzusehen und Eilifs vulgäre Späße zu erdulden.

An Deck dösten jene, die sich selbst jetzt am Nachmittag noch nicht von ihren Abenteuern der vorangegangenen Nacht erholt hatten. Und dann war da noch diese Hexe … Beorn hatte ihr nicht verraten, wozu er dieses Weibsbild brauchte.

Pardona schlenderte zum Heck und blickte zu Dolorita hinab, die in einem kleinen Boot stand, das fest mit der Otta vertäut war. Sie trug einen breitkrempigen Hut, um sich vor der gnadenlosen Sonne zu schützen. Statt eines Parfums umschmeichelte sie der Duft frischer Farbe. Konzentriert malte sie ein fast kopfgroßes Auge auf den Rumpf der Otta.

»Wozu ist das gut?«

Die dunkelhaarige Frau blickte kurz zu ihr auf. »Es hilft, Kröten fernzuhalten, und täuscht Seeungeheuer.«

»Wirklich?« Pardona konnte sich ein abfälliges Lächeln nicht verkneifen. »Ich spüre keinerlei Magie.«

»Wie Ihr als Geweihte sicher wisst, liegt manchmal die stärkste Kraft im Glauben. Es wird schon helfen, wenn die Mannschaft nur glaubt, dass es so ist. Und manche Meeresgeschöpfe mögen sich durch die Augen täuschen und abschrecken lassen.«

Pardona fragte sich, ob die Malerin wusste, was Beorn jagte. Sie war sich ziemlich sicher, dass eine Seeschlange nicht mit ein paar aufgemalten Augen zu täuschen war.

Ein dumpfes hölzernes Knirschen erklang vom Kai. Iskir Svenson, Eimnir Hermson und Stirbjörn Leifson übten sich darin, Harpunen zu schleudern. Ihr Ziel war ein altes Weinfass, das der Blender gekauft hatte.

»Möge Travia dein Werk segnen«, sagte Pardona weihevoll und schlenderte unter dem Sonnensegel hindurch zur Laufplanke, die zum Kai führte.

Eimnir rang fluchend mit seiner Harpune. Die mit Widerhaken versehene Spitze hatte die Fassdauben durchschlagen und wollte nicht mehr freikommen. Als sie endlich nachgab, splitterte die Daube.

»Toll«, murrte Iskir. »Noch zwei oder drei solche Treffer von dir, und das Fass ist hinüber.«

»Kraft allein ist es eben nicht«, lallte Eimnir. »Man muss auch treffen können.« Er trat vom Fass zurück und legte die Harpune auf den Boden. Er blinzelte gegen die grelle Nachmittagssonne und begann, ganz in Gedanken, mit dem Daumen der Rechten den Handteller der Linken zu massieren, als sei ihm die Hand eingeschlafen. Seine Linke war auffällig heller als die sonnengebräunte Rechte. Und eine Narbe lief rings um das Handgelenk.

»Du triffst nur, weil du besoffen bist«, stichelte Iskir.

»Is nich wahr!« Eimnir rülpste.

»Darf ich mich auch einmal versuchen?«, fragte sie Stirbjörn mit aufgesetzter Schüchternheit.

»Das sind Hailanzen«, erklärte Leifs Sohn zweifelnd. »Die sind wirklich schwer und fliegen etwa so gut wie ein Kuhfladen.«

Pardona nahm die Harpune. »Wirklich schwer«, sagte sie kokett lächelnd, hob die Waffe und schleuderte sie nach dem Fass.

Die Hailanze durchbohrte das aufgemalte Stierauge.

»Bei Swafnir, was für ein Wurf!«, staunte Stirbjörn. »Und das von einer Traviageweihten! Du hast wahrlich Glück, Lenya!«

»Glück?« Pardona wusste, dass sie das jetzt nicht tun sollte, aber die Verlockung war einfach zu groß. »Iskir! Deine Hailanze, bitte.«

»Du musst dich nicht beweisen …«, lenkte Stirbjörn ein. »Das war ein großartiger Wurf. Belassen wir es doch dabei.«

»Beweisen«, prustete Eimnir. »Unsere Lenya reitet auf Drachen, wenn ihr der Sinn danach steht.«

»Ja, ja … Und mein Vater schlägt einen Riesen im Armdrücken, wenn er den richtigen Skalden für diese Mär bezahlt. Der …«

Pardona hob die Hailanze und schleuderte sie nach dem Fass. Keine Fingerbreite neben der ersten bohrte sie sich in das Stierauge.

»Das …« Leifs Sohn starrte sie entgeistert an. »Also, das ist wahrlich mehr als nur Glück!«

»Sach ich doch«, lallte Eimnir. »Ist ne verdammte Drachenreiterin unsere Geweihte, und keine strickende Betschwester, wie diese fette Kuh Eilif immer behauptet.«

»Eigentlich war es als Kind immer mein Traum, mich der Geweihtenschaft des Firun anzuschließen«, erklärte Pardona beschwichtigend. »Manchmal habe ich das Gefühl, dass der Gott der Jagd und des Winters noch heute voller Wohlwollen auf mich blickt, auch wenn meine Eltern mich in Travias Haus gaben.«

»Wenn wir das Biest treffen, dann sollte Lenya es harpunieren«, verkündete Eimnir. »Das wohl!« Er hob seine Harpune auf, doch Iskir nahm sie ihm sogleich aus der Hand.

»Das wird meine Ehre sein!« Der junge Recke trat ein paar Schritt zurück, holte aus und schleuderte die schwere Waffe mit aller Kraft. Auch er traf ins Stierauge.

»Nicht schlecht, Jüngelchen«, kommentierte Eimnir. »Aber sieh dir mal die Harpunen an, die Lenya geworfen hat. Die stecken mindestens zwei Fingerbreit tiefer im Holz. Wir wollen diese verdammte Seeschlange doch nicht kitzeln. Töten wollen wir sie!«

»Seeschlange?« Stirbjörn sah sie der Reihe nach an. »Ihr wollt eine Seeschlange erlegen?«

Eimnir begriff offensichtlich, was er angerichtet hatte. Fasziniert beobachtete Pardona den Taumel der Gefühle im Antlitz des Recken, der Beorns Gespinst aus Halbwahrheiten zerrissen hatte.

Er machte eine verlegene Geste mit Daumen und Zeigefinger. »Nur so ne ganz kleine Seeschlange ... ehrlich!«

Perlenmeer,
dritter Hranngar-Tag

Selten hatte der Praiosgeweihte die Sonne als so feindselig empfunden wie an diesem dritten Namenlosen Tag zwischen dem eintausendsiebten und eintausendachten Jahr nach dem Fall der Stadt Bosparan. Der gleißende Schild seines göttlichen Herrn sengte unbarmherzig auf das Meer herab, auf dem sich in der vollkommenen Windstille keine Welle regte. In einem düsteren Blaugrau erstreckte es sich in alle Richtungen bis zum Horizont, der in der hitzeflimmernden Luft zitterte. Es schien, als sei die *Sturmvogel* in einen gigantischen Eisenblock eingesunken.

Die Segel hingen schlaff von den Rahen. Ihr einziger Nutzen lag darin, dass sie Schatten warfen. In ihrem Halbdunkel versammelten sich die Mannschaftsmitglieder, wenn sie der stickigen Luft in den unteren Decks entkommen wollten. Die Perricumer gruppierten sich im Schatten des Kreuzmastsegels, die Maraskaner hatten sich den größeren des Hauptmasts gesichert, was den Neid der ersteren Gruppe zur Folge hatte. Der Schatten des Fockmasts war unbrauchbar, er lag auf der Wand des Vorderkastells und auf dem Kastell selbst, wo sich der mürrische Buckmann mit Asleif Phileasson und zwei alten Matrosen beriet. Auch sie haderten miteinander. Den Gesten und den herüberdringenden Gesprächsfetzen nach zu urteilen ging es um Seeschlangen und die Frage, ob sie in diesen Gewässern zu finden seien.

Praioslob saß mit Irulla bei den Maraskanern. Sie hatten die beiden gern bei sich. Oder eher Orkengriff. Irullas Spinne häutete sich, ihr Rücken war aufgeplatzt, und sie quälte sich zuckend aus dem haarigen Panzer. Im Moment schöpfte sie Kraft, wobei ihr dunkelfeuchter Leib pulsierte wie eine freiliegende Ader in der offenen Wunde einer Ratte.

Wieso dachte Praioslob gerade an seinem Geburtstag an diese Tiere, denen man eine Nähe zum Namenlosen zuschrieb? Nachdenklich schüttelte er den Kopf. Er erzählte kaum jemandem, dass er zwischen den Jahren geboren war. Besonders bei einem Geweihten des Sonnengotts verunsicherte so etwas die Gläubigen.

Auch das einfache Volk wusste vom Unheil, das in der Zeit zwischen den Jahren drohte. Der Streit der Gelehrten darüber, welche Sternenkonstellation mit welchen kosmischen Kräften zu verbinden sei, war ihm fremd. Aber jeder spürte, dass der segensreiche Einfluss der Götter an diesen Tagen geschwächt war. Als hätten sie sich von der Welt der Menschen abgewandt. Stattdessen nahmen die Bosheiten zu. Ein Knabe, der seine Schwester ständig ärgerte, schnitt ihr an den Namenlosen Tagen die Haare ab. Eine junge Frau, die gehässig über ihre Nebenbuhlerin schwatzte, tauschte das Duftwasser ihrer Rivalin gegen den Urin einer Ziege aus. Wo man im restlichen Jahr böse Worte sprach, schwang man nun die Fäuste. Und auch die Tiere … Praioslob würde nie vergessen, wie er seinen Lieblingsonkel an einem Namenlosen Tag gefunden hatte, zu Tode getrampelt von einem Bullen, den man wegen seines Gemüts Sanftfried genannt hatte. Das Tier hatte den Jungen mit blutunterlaufenen Augen angestarrt, und Praioslob – damals noch Rossbert – hatte gewusst, dass es das Böse, vor dem die Prediger warnten, wirklich gab.

Seufzend besah er Irullas Arm. Er betastete die dunklen Wundmale, die vom Haibiss zurückgeblieben waren. Nach Lailaths elfischem Heilgesang hatte sich die Verletzung geschlossen, aber das Gift war in Irullas Blut geblieben.

»Tut das weh?« Er drückte den Unterarm mit dem Daumenballen.

»Kaum noch«, gab die Waldmenschenfrau zurück.

Die Haut blieb hell, wenn er den Daumen wegnahm. Sie brauchte drei Herzschläge, bis sie die braune Färbung wieder angenommen hatte. War das normal?

»Gib mir den anderen Arm«, bat er und wiederholte es dort.

Kaum ein Unterschied, vielleicht einen Hauch langsamer am verletzten Arm. Ein Heilungssegen konnte dennoch nicht schaden.

Praioslob deckte die Wundmale mit der flachen Hand ab. »Gütige Herrin Peraine«, betete er, »mein Herr Praios, seht diese arme Sterbliche. Ich bitte Euch, nehmt ihr die Schmerzen, schenkt ihr von der Kraft des Lebens, heilt sie in Eurem Namen und zu Eurem Ruhm.«

Er hatte das Gefühl, ins Nichts zu sprechen, als ob es keine Götter gäbe, die ihn hören könnten. Der Geweihte legte den Kopf in den Nacken und sah in den stahlblauen Himmel. Die Namenlosen Tage waren schrecklich.

»Ich spüre nichts«, sagte Irulla.

Resigniert nickte er und ließ ihren Arm los. Er sollte sich wohl um Pritt kümmern, den Schiffsjungen, der auf der Treppe zum Bugkastell hockte. Leomara hatte dem Knaben ein blaues Auge verpasst, er hatte behauptet, die Katze würde das Mädchen hassen und wäre froh, wenn es endlich wieder von Bord wäre. Auch auf der *Sturmvogel* hatte die Zwietracht in diesen Tagen leichtes Spiel, Nichtigkeiten führten zu handfestem Streit.

Das zeigte sich in der gesamten Mannschaft. Buckmann hatte alle Waffen weggeschlossen, nur deswegen war es wohl bei ein paar Prellungen geblieben. Die Maraskaner schlugen sich mit den Perricumern, und wenn man die beiden Gruppen lange genug trennte, prügelten sie sich untereinander. Zudem flüsterten die Matrosen nicht einmal mehr, wenn sie sich darüber beschwerten, dass die *Sturmvogel* keinen Hafen anlief. Die ganz Schlauen wollten wissen, dass die Beute des Tages, an dem sie den Utharshai erlegt hatten, ausgereicht hätte, um die gesamte Heuer auszuzahlen und zudem eine Woche in einer al'anfanischen Schenke durchzufeiern. Stattdessen forderte Bacha die gelbe Rirgit heraus, an diesen Tagen, die die Maraskaner die Bruderlosen nannten. Ob das Ungeheuer zwischen den Jahren besonders blutrünstig war?

Rossziber sprang auf und zeigte auf Orkengriff. »Ein Unglück!« Der kräftige Mann riss die Augen weit auf.

Praioslob sah, dass sich die Spinne aus der alten Haut befreit hatte und ziellos, sichtlich ermattet, über die Planken stakste.

»Sie hat nur noch sieben Beine!«, rief eine Maraskanerin, der Pockennarben die linke Wange zerfurchten. »Nicht mehr die Glück verheißenden zwei mal zwei mal zwei.«

»Zertretet sie!«, rief jemand. »Sie ist eine Botin bruderlosen Unglücks.«

Sofort war Irulla auf den Beinen. »Niemand rührt Orkengriff an!« Mit schnellen Schritten war sie bei der Spinne, legte ihre Hände schützend um sie und hob sie vorsichtig auf ihre Schulter.

Seebrecht kam mit einem Korb über die hintere Treppe aus dem Mannschaftsraum. »Seht mal, was ich hier Leckeres habe!«, rief er den Perricumern zu, die mäßig interessiert zu ihrem Anführer hinübersahen.

»Das ist unser Essen!« Cessimasab sprang auf. »Die Marasfladen, die uns die Bruderschwestern der *Wellenblume* geschenkt haben!«

Hinter Seebrecht schleppten einige Perricumer weitere Körbe an Deck. Der Hänfling zog den geflochtenen Deckel ab und ließ ihn auf die Planken fallen. »Ah, wie das duftet!«

Träge regten sich seine Kumpane. Die meisten standen auf, einige kamen zu Seebrecht, der nun eine der Pasteten aus dem Korb nahm und unter seine Nase hielt.

»Ihr dürft euch nicht aneignen, was euch nicht gehört!«, mahnte Praioslob.

»Auf einem Schiff wird gerecht geteilt!«, blaffte Seebrecht. »Es ist ungerecht, wenn die eine Hälfte der Mannschaft schlemmt, während die andere bei Zwieback darbt.«

»Das gibt Ärger«, raunte Irulla.

Seebrecht knabberte am Marasfladen, kaute wie eine nagende Maus und spie den Bissen aus. »Ungenießbar! Damit kann man höchstens eine Planke abbeizen.«

Shaya Lifgundsdottir kam die Treppe herauf, die vor dem Bugkastell endete. »Wenn es euch nicht schmeckt, gebt die Speise doch zurück!«

»Das können wir unseren lieben *Bruderschwestern* nicht antun. Sie könnten sich vergiften.« Boshaft grinsend drückte er Brolbert den Korb in die Hände. »Werft es über Bord, sollen die Fische daran verrecken.«

»Das wagt ihr nicht!«, rief Cessimasab mit zornesrotem Gesicht.

»An dem Tag, an dem ich mir von einem Maraskaner-Rebellenkäfer den Mund verbieten lasse, muss die Sonne erst noch aufgehen!«

Die Maraskaner erhoben sich, aber die Perricumer handelten schnell. Im Nu kippten sie die Körbe über der mit Haifischzähnen bestückten Steuerbordreling aus. Die Marasfladen platschten ins unbewegte Wasser.

»Denen rücken wir die Kauleisten zurecht!« Cessimasab ballte die Hände zu Fäusten, ihre Kameraden standen auf und schoben die Ärmel hoch.

Buckmann, dem das Focksegel den Blick auf die Perricumer versperrte, kam das Bugkastell herunter. Er benutzte die Stufen nicht, sondern schwang die Beine auf den Handlauf und rutschte herab, über Pritt hinweg, der sich geistesgegenwärtig duckte. »Immer mit der Ruhe, Mädchen!« Er setzte an, ihr die Linke auf die Schulter zu legen.

Cessimasab wirbelte um die eigene Achse und stieß dabei einen hellen, beinahe pfeifenden Schrei aus. Mit erstaunlicher Gelenkigkeit klappte sie den Oberkörper ab und schwang das rechte Bein nahezu senkrecht in die Höhe. Aus der Drehung kommend, traf ihr Fuß Buckmanns Hinterkopf.

Der Steuermann taumelte gegen die am Achterkastell angeketteten Hailanzen und brach zusammen.

Die Maraskaner verstanden das wohl als Aufforderung. Sie stürmten auf die Perricumer zu, um sie mit Schlägen und Tritten einzudecken.

Praioslob eilte zu Buckmann und half ihm auf.

Der Seemann hielt sich den Kopf, etwas Blut sickerte in das blonde Haar. »Die sind ja verrückt geworden.« Er stöhnte.

Rund um den Hauptmast tobte eine wilde Keilerei. Cessimasab beteiligte sich als einzige Maraskanerin nicht daran. Zu Praioslobs Verwunderung stand Shaya bei ihr – und küsste sie!

»Was ist denn hier los?«, donnerte Phileasson, der nun ebenfalls herunterkam.

Die Maraskaner hatten die Überraschung auf ihrer Seite, und sie waren zahlreicher. Sie trieben die Perricumer unter Deck.

»Das ist Meuterei!«, schrie Buckmann.

»Wir wollen an Land!«, rief Rossziber. »Lauft einen Hafen an, wo wir die Garethjas von Bord werfen können!«

»Ich bin selbst ein Garethja!«, entgegnete Buckmann. »Er ist auch ein Mittelreicher!« Er zeigte auf Praioslob. »Und der Kapitän ebenso! Wollt ihr ihm etwa die *Sturmvogel* rauben?«

»Natürlich wollen sie das!«, rief Seebrecht, einer der wenigen Perricumer, die sich in die Wanten geflüchtet hatten. »Das hatten sie die ganze Zeit schon vor. Sie wollen das Schiff für ihren lächerlichen Aufstand! Maraskanern darf man niemals trauen, sie sind alle krank im Kopf.«

Cessimasab und Shaya schienen sich nur noch füreinander zu interessieren. Praioslob traute seinen Augen kaum, als er sah, wie heftig sie sich küssten. Tylstyr und Zidaine, Nirka und Sven waren wesentlich zurückhaltender gewesen.

Rossziber dagegen enterte die Wanten hinauf. Er hatte es auf Seebrecht abgesehen, und seine Statur im Vergleich zum beinahe gnomenhaften Seebrecht ließ keinen Zweifel daran, wer den Sieg davontrüge.

»Wir geben den Garethjas den Rest!«, rief die Maraskanerin mit dem zerfurchten Gesicht. »An die Hailanzen!«

»O nein!«, widersprach Phileasson. »Hier endet euer Spaß. Wer an die Waffen will, bekommt es mit mir zu tun!«

Praioslob stellte sich mit ausgebreiteten Armen vor die Maraskaner, eine bunt gekleidete Rotte mit zornigen Gesichtern. »Kommt doch zur Vernunft!«

Mirandola Ernathesa eilte aus dem tieferen Deck herauf und gesellte sich zu Phileasson und Ohm. Sie alle waren unbewaffnet, die Klingen waren eingeschlossen, sogar Shayas Wanderstab. Nur Buckmann hatte noch sein Entermesser, das er nun auch zog.

Damit forderte er die Maraskaner heraus. Schreiend stürmten sie heran. Um Shaya und Cessimasab machten sie erstaunlicherweise einen Bogen.

Praioslob blieb wenig Zeit, sich darüber zu wundern. Unversehens fand sich der Geweihte in einem Handgemenge wieder. An diesen Namenlosen Tagen verschaffte ihm die feierliche Robe, die er in Mendena erhalten hatte, keinen Respekt. Er wurde sogar gebissen!

Aufschreiend riss er den Ellbogen zurück und versetzte damit dem Angreifer einen Stoß vor die Brust. Praioslob war ein wenig stolz darauf, diese Lektion aus den abendlichen Kampfübungen anwenden zu können – umso mehr, als sich der Biss tatsächlich löste.

Dafür erhielt er jedoch einen Kniestoß ins Gemächt. Schmerz schoss durch seine Lenden, seine Beine gaben nach, er fiel, sein von Blitzen überlagerter Blick verschwamm in Tränen. Dass ihn mehrere Tritte trafen, bemerkte er kaum.

Man sprang über ihn, fiel auf ihn, um ihn herum tobte die Menge mit Schreien und Schlägen. Jemand riss ihn aus dem dicksten Trubel heraus.

Es war Ohm, der ihm mit grimmiger Entschlossenheit eine Hailanze in die Hände drückte. »Wir oder die, das wohl!«

Mit zitternden Oberschenkeln stand Praioslob auf. Seine Hoden schmerzten so sehr, dass er sich nicht gewundert hätte, wenn sie zerquetscht gewesen wären. Aber ein einzelner Kniestoß konnte doch unmöglich solche Wucht entfalten!

Ein Maraskaner mit einem zerrissenen grünen Hemd, das um seinen Oberkörper flatterte, rannte auf ihn zu. Mit der gesenkten Hailanze in den Händen ähnelte er einem Ritter in einer Tjoste. Hass verzerrte das Gesicht zu einer Fratze. Er wollte Praioslob ans Leben.

Ohm schmetterte die Eisenspitze mit dem Schaft seiner eigenen Hailanze zur Seite.

Der Maraskaner prallte gegen Praioslob und drückte ihn schmerzhaft an das Bugkastell. Seine Arme wurden an den Oberkörper gepresst, er konnte die Hailanze nicht nutzen. Eigentlich wollte er das auch nicht. Wieso sollte er den Mann aufspießen, mit dem er gestern noch die Segel getrimmt hatte? Wie war er überhaupt in diesen Kampf geraten?

Sein Gegner kannte solche Bedenken nicht. Ein Faustschlag traf ihn in den Magen.

Praioslob stampfte ihm auf den Fuß und stieß ihn weg.

Er sah kaum mehr als wirbelnde Arme, ineinander verschlungene Leiber, bunten Stoff und Lanzen, die zum Glück nur mit dem Schaft benutzt wurden, soweit er erkannte. Etwas Hartes traf seinen Kopf, ihm wurde schwarz vor Augen.

Als sich sein Blick wieder klärte, sah Praioslob Mirandola unter drei Gegnern begraben. Er eilte ihr zu Hilfe, doch nach dem Kopftreffer geriet er ins Torkeln. Mit zusammengebissenen Zähnen stellte er sich breitbeinig hin und stieß mit dem stumpfen Ende der Hailanze auf die Maraskaner ein.

Vom Hauptmast tönte triumphierendes Gebrüll herüber. Die Perricumer waren irgendwie an die Waffen gekommen, sie schwangen Säbel und Messer. Bacha stand zwischen ihnen. »Alle Meuterer ergeben sich sofort!«, donnerte der einarmige Kapitän.

»So leicht beugen sich die Lilien nicht!«, hörte Praioslob Rossziber rufen.

Das kam von oben, vom Bugkastell. Dort knallte eine Sehne, und dann zischte ein wuchtiger Speer über ihre Köpfe hinweg, durchschlug das Focksegel und pflügte durch die Perricumer. Dumpf bohrte er sich in die Planken.

Entsetzt starrte Praioslob auf die Verwundeten. Mindestens drei Männer und eine Frau hatte es erwischt, ihr Blut spritzte über das Deck. Eine Matrosin, die rote Federn an einem Armreif trug, presste die Hände um ihren Oberschenkel. Das Blut schoss in Stößen zwischen den Fingern hervor.

»Was ist nur in Rossziber gefahren? Der Wahnsinnige benutzt den Aal!«, rief Ohm Follker.

»Nicht mehr lange!«, kündigte Phileasson an und hetzte die Treppe hinauf.

Praioslobs Blick fand Shaya, die noch immer neben Cessimasab stand. Sie verständigten sich stumm. Andere konnten besser kämpfen, sie mussten sich sofort um die Verwundeten kümmern.

Doch es gestaltete sich schwierig, zu ihnen durchzukommen. Waffenschwingend rannten die Perricumer gegen die Maraskaner an, Praioslob und Shaya entgegen.

Wertvolle Zeit verstrich, während sich die beiden Geweihten durch die Menge vorarbeiteten. Sie zogen die Verletzten vor das Achterdeck, fort vom Getümmel. Die Frau mit der Beinwunde war bleich im Gesicht und zitterte. Sie hinterließ eine breite rote Spur auf den Planken.

»Bei Irulla wurde mein Heilungssegen nicht erhört!« Praioslobs Stimme überschlug sich.

»In den Hranngar-Tagen«, entschlossen riss Shaya einen Streifen aus dem blauweißen Hemd der Matrosin, »müssen wir uns selbst beweisen, das wohl! Nimm ihren Gürtel und binde das Bein ab.«

»Nicht … abnehmen!«, stöhnte die Frau.

Die Geweihten sahen sich in die Augen. Sie wollten ihr keine falsche Hoffnung machen, aber …

»Unsere Elfen beherrschen einen guten Heilgesang«, versicherte Shaya. »In einer Woche wirst du schon wieder tanzen.«

Praioslob sah sich um. Wo waren die Elfen?

»Das Bein abbinden!«, mahnte Shaya. »Sofort!«

Natürlich hatte sie recht. Zunächst einmal musste diese Frau überleben, von den Toten könnte sie auch kein Elfenzauber zurückholen. Er fingerte die Gürtelschnalle auf, zog das Lederband aus der Hose, legte es ums Bein und schloss es, so eng er konnte.

»Nicht so!«, rief Shaya von dem Mann herüber, den sie jetzt versorgte. Ihn hatte es am Arm erwischt. »Nimm einen Belegnagel und drehe es fest!«

Praioslob zog eines der Rundhölzer aus der Reling, die dort zwischen den Haifischzähnen angebracht waren, eilte damit zurück und folgte Shayas Vorschlag. »Herrin Peraine …«, begann er sein Bittgebet.

Cessimasab brachte einen humpelnden Perricumer herüber, der sich auf die viel zierlichere Frau stützte.

Die Matrosin schrie vor Schmerz, aber der Blutfluss versiegte.

Sie versorgten ein Dutzend weiterer Verletzter. Platzwunden, ein gebrochenes Schienbein, ein Schnitt in der Schulter. Ein Maraskaner starb am Stich eines Entermessers, bevor sie ihm helfen konnten. Einige Seeleute waren auch über Bord gegangen; laut schrien sie, dass man ihnen Leinen zuwerfen sollte.

Praioslobs Lenden kribbelten inzwischen. Ein unangenehmes

Gefühl, aber viel besser als der rasende Schmerz. Das Pochen seines rechten Arms, wo ihn ein Hieb getroffen hatte, war gar kein Vergleich dazu. Sein Kopf dröhnte noch, schmerzte aber nicht mehr.

Der Kampf dauerte an, er hatte sich bloß unter Deck verlagert. Von dort drangen Schreien, Poltern und Schläge herauf.

Und Rauch. Erst nur eine dünne Fahne aus der Backbordluke am Achterdeck, die aber schnell zu dunklem Qualm wurde.

Phileasson und Mirandola brachten drei Maraskaner herauf, die sich ergeben hatten. Sie bedrohten sie mit Hailanzen, die Hemden waren auf dem Rücken über die Ellbogen gezogen und verknotet.

»Ah, Cessimasab!«, rief der Drachenführer. »Ich hoffe, du kannst ein bisschen Verstand in deine Leute hineinreden. Wir müssen wieder runter und das Feuer löschen.«

»Während ihr noch kämpft?«, fragte Praioslob.

»Wir werden alle aufhören zu kämpfen«, meinte Mirandola. »Entweder sofort oder wenn wir ertrinken.«

»Steht es so schlimm?«, rief Shaya erschrocken.

»Das Feuer hat die Tranfässer erfasst«, erklärte die Gelehrte. »Wir brauchen den Sand, um …«

Das Schiff erzitterte unter einem tiefen Grummeln. Rasch stieg es zu einem Brüllen im Bauch des Seglers an. Das Hauptdeck wölbte sich auf, als bestünde es nicht aus festen Planken, sondern aus einem Tuch, gegen das von unten die Faust eines Riesen schlug.

Holz splitterte. Hitze traf Praioslobs Gesicht, als hätte jemand einen Glutofen geöffnet. Er wurde nach hinten geschleudert, hart prallte sein Kopf an das Achterkastell.

Er kämpfte gegen eine drohende Ohnmacht an, blinzelte, atmete tief und drückte sich mit beiden Armen hoch.

Neben ihm lag die Steinplatte, die eigentlich eine der zwei Hauptluken abdeckte. Wie kam sie dorthin? Hatte er doch das Bewusstsein verloren, und ein paar kräftige Seeleute hatten sie hierhergetragen?

Aber wieso hätten sie das tun sollen? Es sah so aus, als wäre die Platte wie ein Rammbock benutzt worden, um die Wand der Kapitänskajüte einzubrechen. Ein unsinniges Vorhaben; wenn überhaupt, hätte man die Tür angegriffen.

Nur langsam setzten sich die Umgebungsgeräusche gegen das Piepen in Praioslobs Ohren durch. Er drehte sich um.

Eine Wand aus Rauch, schwarz wie von einer rußenden Kerze, stand vor Praioslob. Oder besser: wie von tausend Talgkerzen, korrigierte er sich. Wo eben noch das Hauptdeck gewesen war, klaffte ein gewaltiges Loch. Den Hauptmast hatte es über Bord gerissen, straff spannten sich die Wanten von einer Reling zur anderen, wie Sehnen, die Gebein hielten. Die Wärme aus dem Schiffsinnern trieb Praioslob den Schweiß aus den Poren, der Qualm biss in seinem Hals.

Phileasson stand schon wieder. Er zog Cessimasab auf die Beine.

»Wenn dir dein Leben lieb ist, bleibst du hier«, sagte er mit fester Stimme. »Das mag dir einen Moment erkaufen, in dem du mit deinen zwei Göttern Frieden schließen kannst. Aber falls dir wichtiger ist, die kleine Möglichkeit zu nutzen, die wir alle noch haben, diesen Tag zu überleben, gehst du uns voran, wenn wir diese Treppe hinuntersteigen. Deine Maraskaner haben den Verstand verloren, vielleicht schlagen sie dir den Schädel ein. Dann hauen wir sie in Stücke, bevor wir gemeinsam untergehen, das wohl. Oder du kannst sie dazu bringen, diesen Wahnsinn zu stoppen und mit uns zusammen das Schiff zu löschen. Dann legen wir sie in Eisen, aber wir alle überleben.«

Ächzend sackte das Heck der *Sturmvogel* ab.

Jergan,
dritter Hranngar-Tag

»Belogen hast du mich, Blender!«, wetterte Leif Katlasson. »Niemals hätte ich dieser Fahrt zugestimmt, wenn ich gewusst hätte, dass du solch einen Irrsinn planst!« Seine Ottajasko hatte sich hinter Leif auf dem gemauerten Kai versammelt. Die meisten waren genauso wütend und enttäuscht wie ihr Anführer. Und sie waren betrunken. Stirbjörn war vor einer Stunde mitten in ein munteres Zechgelage geplatzt, um seinem Vater und der übrigen Ottajasko die Sache mit der Seeschlange zu verkünden.

»Niemand nennt mich einen Lügner, Leif Katlasson!«, grollte Beorn Asgrimmson. Seine Recken standen hinter ihm, entschlossen, sich die *Nachtklinge* zur Not mit Gewalt zu nehmen. Nur Dolorita und Orelio hatten sich keiner der beiden Gruppen angeschlossen. Sie warteten neben dem Fass, in dem immer noch die Harpunen steckten.

»Ich habe dir stets gesagt, dass ich etwas Großes plane«, fuhr Beorn fort. »Und was kann größer sein, als das gewaltigste der Ungeheuer aus den Tiefen der See zu erlegen? Es war deine Gier nach Gold, die dich glauben ließ, dass es ein zweites Porto Paligan geben würde. Ich habe das mit keinem Wort gesagt! Also nenn mich nie wieder einen Lügner!«

»Du wusstest, wie ich es verstehen würde, Blender. Mag sein, dass keine Lüge über deine Lippen gekommen ist, aber die Wahrheit hast du auch nicht gesagt. So behandeln Freunde einander nicht!«

»Das wohl!«, stimmten etliche von Leifs Recken zu.

»Wenn du dich und deine Recken umbringen willst, dann nimm dir ein anderes Schiff, Blender. Ihr werdet meine *Nachtklinge* nicht mehr betreten!«

Beorn rieb sich das verbliebene Auge. Er hätte die Finger von dem Fusel lassen sollen, den die Maraskaner den Fremdijis ausschenkten. Ein pochender Schmerz wütete hinter seiner Stirn, und es fiel ihm schwer, klar zu denken. Eigentlich wollte er das auch gar nicht. Er wollte diesen Feiglingen, die sich so hochtrabend *Drachen von Llanka* nannten, die Zähne einschlagen. Aber er brauchte sie. Seine Recken allein wären zu wenige, um das Langboot zu rudern, wenn es darauf ankam. Und wenn sie tatsächlich eine Seeschlange stellten, dann hing ihr Überleben davon ab, dass die *Nachtklinge* so wendig war, wie es nur ein Schiff unter Riemen mit einer gut aufeinander eingespielten Besatzung sein konnte. Er musste es anders anfangen.

»Was ist eine Seeschlange? Doch auch nichts als Fleisch und Blut und Schuppen.« Er wies auf das Fass mit den Harpunen. »Ihr alle kennt Lenya, die Geweihte der Travia. Eine echte Thorwalerin aus dem hohen Norden. Sie zögert nicht, mit mir zu gehen, und sie schleudert die Harpunen so gut, dass die Geweihten des Firun stolz wären, sie in ihren Tempeln zu sehen. *Eine Geweihte!*«, betonte er. »Ich weiß, ihr alle habt schon in vielen Kämpfen gestanden. Ihr habt einen Ruf als wagemutige Recken. Und jetzt tretet ihr hinter eine Geweihte der Göttin von Heim und Herd zurück.«

Beorn ließ die Worte wirken. Las in den Gesichtern von Leifs Mannschaft. Einige wichen beschämt seinem Blick aus.

»Keiner im Perlenmeer würde die Drachen von Llanka feige nennen, aber wahr ist auch, dass ihr seit vielen Monden eher Schmuggler als Plünderfahrer seid.«

Verärgertes Murren erklang.

»Außer Leif sehe ich unter euch noch fünf andere Recken, die damals in Porto Paligan dabei waren. Frauen und Männer, die nicht gezögert haben, mit mir eine vielfache Übermacht in einem befestigten Hafen anzugreifen. Ihr, die ihr dabei wart, ihr wisst, dass nicht einer von den unseren auch nur verletzt wurde.« Er sah die fünf mit stechendem Blick an. Zwei wichen aus. Die anderen nickten zustimmend zu seinen Worten.

»Ich weiß, wie schwer die Last des Ruhms wiegt. In den letzten vier Jahren habe ich etliche Schiffe aufgebracht. Ich habe eine Schatzkarawane geplündert und Küstendörfer der Sklavenhalter niedergebrannt. Doch all dies ist nur Asche, verglichen mit Porto Paligan. Es gibt keinen Ruhm mehr zu erringen. Nichts hat mehr die Größe dieser Tat. Außer wir wagen etwas noch Verwegeneres! Jeder von euch hat schon Geschichten von Seeschlangen gehört, die Schiffe angegriffen haben. Geschichten von verzweifelten Kämpfen, in denen es den Mutigsten gelang, den Bestien zu entkommen. Aber wer hätte je eine Saga von einer Mannschaft gehört, die ausgezogen ist, um eine Seeschlange zu erlegen? Niemand!«

Beorn ließ seine Worte wirken, beobachtete, wie es in den Gesichtern der Männer und Frauen arbeitete.

»Ihr werdet mich nicht davon abhalten, neuem Ruhm entgegenzuschreiten. Wenn ihr lieber in Jergan bleibt, dann werde ich ein anderes Schiff finden.« Er blickte zu den Seglern, die vertäut an den Piers des Hafens lagen. Er wusste, dass es kein anderes Schiff geben konnte. Es sei denn vielleicht eine Bireme. Kein Segler wäre wendig genug, um in so einen Kampf zu fahren.

»Porto Paligan … die Hälfte meiner eigenen Ottajasko hat damals nicht geglaubt, dass wir lebend wieder aus dem Hafen herauskämen. Fragt Zidaine, sie war dabei!«

Die schwarz gewandete Reckin stand zu seiner Linken, so wie Hallar einst.

»So ist es gewesen!«, sagte die Fechterin ernst. »Wir wollten Al'Anfa demütigen, so wie sie uns an dem Tag gedemütigt hatten, als Arnora Bjartasdottir starb und ihre Biremen unsere Ottas auf den Meeresboden geschickt haben. Es war uns gleich, ob wir sterben würden oder siegen. Wir alle wussten, wir würden für immer in den Liedern der Skalden weiterleben, ganz gleich, wie es ausginge!«

»Wir alle, die wir uns entschieden haben, Plünderfahrer zu sein«, erklärte Beorn mit volltönender Stimme. »Wir alle wissen, dass wir entweder durch den Stahl unserer Feinde oder die gnadenlose See sterben. Uns ist es nicht bestimmt, in unseren Betten von flennenden Erben umringt zu verrecken. Wann wir in unser Grab sinken, weiß keiner von uns. Eins jedoch liegt in unserer Hand.«

Wieder sah er die Frauen und Männer aus Leifs Ottajasko einen nach dem anderen an. »Was in unserer Hand liegt, ist allein, wie jene, die uns kannten, von uns reden werden. Oder nicht … Sind wir Recken, die bis ans Ende aller Tage in Heldenliedern weiterleben, oder werden wir vergessen sein? Wird Swafnir uns in seinen Schildwall rufen, wenn es gegen Hranngar geht, oder kennt er unsere Namen nicht? Meine Ottajasko hat ihre Wahl schon lange getroffen! Wie steht es um euch?«

»Ich segle mit dir, Blender!« Stirbjörn Leifson trat an seinem Vater vorbei und stellte sich zu Beorns Recken.

Dolorita verließ ihren Posten am Fass und schloss sich seiner Mannschaft an.

Weitere Recken aus Leifs Ottajasko folgten.

Als Letzter trat Leif Katalasson an seine Seite. »Wenn ich gewusst hätte, dass du ein Mann bist, dessen schärfste Waffe seine Zunge ist, hätte ich dich niemals an Bord genommen«, raunte er ihm ins Ohr, während der Rest der Mannschaft begann, die neu besiegelte Freundschaft zu feiern.

Perlenmeer,
vierter Hranngar-Tag

Wenn man ihrer Lage mit aller Gewalt etwas Gutes abgewinnen wollte, dachte Tylstyr Hagridson, dann war das wohl, dass zwar fünf Besatzungsmitglieder tot, aber alle Angehörigen von Phileassons Ottajasko vorerst mit dem Leben davongekommen waren und das Feuer erloschen war. Grund zum Jubel gab es dennoch nicht, denn die Flammen hatten den Rumpf zuvor dermaßen zerstört, dass die *Sturmvogel* leckte wie ein Sieb. Weniger als zwei Schritt lag das Hauptdeck über der Wasseroberfläche, obwohl die Mannschaft alles über Bord warf, was sie irgendwie vom Schiff lösen konnten. Seesäcke, Kisten, Fässer, die Segel, Tauwerk … anfangs hatte man die wertvollsten Dinge in die zu Wasser gelassenen Jagdboote gerettet, aber darauf achtete nun niemand mehr. Jeder begriff, dass sie den Platz in den beiden Booten bald für die Menschen bräuchten, wenn sie nicht sehr schnell das Sinken stoppten. Tylstyr wollte sich gar nicht vorstellen, wie hart man ums Überleben kämpfen würde. Mit einem mulmigen Gefühl sah er zu Leomara della Rescati, die im Laternenschein auf dem Bugkastell mithalf, das Schiffsgeschütz aus der Verankerung zu stemmen. Am Heck zerlegten die Matrosen bereits mit Äxten die Aufbauten. Ungeachtet der Tatsache, dass sie sich vor ein paar Stunden noch gegenseitig hatten umbringen wollen, arbeiteten Maraskaner und Perricumer zusammen.

»Schön oben halten, das Schiff!«, deklamierte Abdul el Mazar so schwungvoll, dass die Ermahnung an sich selbst einem Sprechgesang gleichkam. »Schön oben halten!« Er hielt die Handflächen nach oben, die Finger leicht gebogen, als ruhte eine unsichtbare Schale darin.

Tylstyr fragte sich, ob der novadische Magier wirklich einen

Zauber wirkte und sie nur deswegen nicht vollständig untergingen. Das war die einzige Erklärung, die ihm einfiel. Eigentlich hätten sie schon lange Fischfutter sein müssen. Nicht nur die Decksplanken waren aufgerissen, nicht nur der Hauptmast war über Bord gegangen. Tylstyr wollte gar nicht wissen, wie viele Lecks im Rumpf klafften.

Er widerstand der Versuchung, einen Analysezauber zu wirken, um Abduls Verhalten zu erforschen. Sicher würde er jeden Funken seiner astralen Kraft benötigen, um die Rettungsarbeiten zu unterstützen.

Gerade jetzt leuchtete sein magisches Licht im unter Wasser stehenden Hauptladeraum. Dort tauchten einige ausdauernde Matrosen, vor allem aber Galandel die-von-Ometheon-singt und Salarin Trauerweide. Ihr Elfenzauber ermöglichte ihnen, ohne Luft auszukommen. Damit waren sie diejenigen, die am besten Planken über die Löcher nageln konnten. Sie mit Teer und Werg abzudichten, würde warten müssen, bis das Wasser aus den Decks geschöpft wäre.

An dieser Aufgabe arbeiteten die meisten Besatzungsmitglieder. Ironischerweise erwies sich das Ausmaß der Schäden dabei sogar als Vorteil; das Hauptdeck war praktisch nicht mehr vorhanden. Statt durch enge Luken konnten sie das Wasser durch den nach der Brandkatastrophe offen liegenden Laderaum hinausschaffen. Wollte man sich zwischen Bug und Heck bewegen, musste man sich allerdings an der Reling festhalten, um nicht abzurutschen.

Mirandola Ernathesa dirigierte den Flaschenzug am Fockmast, Vascal della Rescati den am Kreuzmast. Letzterer war im unteren Bereich angebrochen, sodass er schräg stand, aber zumindest vorläufig hielt er noch das Gewicht eines gefüllten Fasses. So schnell wie möglich holten sie das eindringende Wasser aus dem Rumpf, ähnlich wie übergroße Schöpfeimer, die immer wieder in einen nie versiegenden Brunnen tauchten. Aber obwohl Eimerketten die Flaschenzüge mit den Fässern unterstützten, war kein Fortschritt zu sehen. Und die Arme würden erlahmen, lange bevor die Sonne aufginge.

Ein Schatten zog im Wasser, das den nach dem Brand offen liegenden Laderaum füllte, vor Tylstyrs Lichtkugel entlang. Er bewegte sich beinahe wie ein Fisch, aber es war Salarin, der die Arme an den Körper gedrückt hatte und Oberkörper und Beine wellenförmig schwang. Sein blonder Kopf tauchte durch die Wasseroberfläche.

»Ich habe deine Tasche gefunden.« Er zog den Lederriemen über den Kopf und warf das Behältnis über die gezackte Bruchkante auf die Planken vor Tylstyrs Füßen.

»Sehr gut!« Der Magier schüttete den Inhalt auf das Deck. Die Schreibfeder sah besonders traurig aus, die Nässe hatte sie zerstört. Cellyanas Elfenbuch dagegen überstand auch das Salzwasser problemlos, es klappte auf, als wäre es staubtrocken. Tylstyr legte es beiseite, auch wenn der Zauber, der es schützte, ihn wieder einmal beeindruckte. Ob Cellyana solche Artefaktmagie selbst zu wirken vermochte?

Mit angehaltenem Atem wickelte Tylstyr die Phiole aus dem vollgesogenen Tuch. Nach dem ersten Eindruck war sie heil geblieben. Er hielt das Glasfläschchen gegen das Licht der Laterne auf dem Bugkastell, wo gerade der schwere Fuß des Aals mit einem protestierenden Knacken aus den Decksplanken brach. Das Geschütz ging über Bord.

Die Helligkeit schien durch die purpurfarbene Flüssigkeit. »Swafnir sei Dank!«

Er legte die Phiole auf dem Tuch ab, stand auf und zog seine Robe über den Kopf. Beim Tauchen hätte sie ihn nur behindert.

Er atmete tief durch. Er wusste, was er tat. Schon in Riva hatte er das Purpurwasser analysiert. Es würde ihm ermöglichen, unter Wasser zu atmen wie die Elfen.

Tylstyr sah hinüber zu Lailath, die sich an Vascals Flaschenzug abrackerte. Unter der Wasserlinie, bei den Lecks, wäre ihre Hilfe wertvoller gewesen, aber die Wüstenelfe fürchtete sich zu sehr vor dem Meer, um denselben Zauber zu wirken wie Galandel und Salarin.

»Warum grinst du?«, fragte Salarin.

»Weil sich wieder einmal beweist, dass es immer auf die Thorwaler ankommt, wenn es hart zur Sache geht.«

Zweifelnd sah Salarin zu Abdul, der jetzt auf einigen instabil aussehenden Planken an der Backbordreling stand. Im Streulicht der Laternen war der kleine Novadi nur undeutlich zu erkennen, aber er schien die Hände noch immer zu formen, als hielte er eine unsichtbare Schale.

»Er spricht eine seltsame Sprache«, meinte Salarin. »Ich glaube nicht, dass das Tulamidya ist.«

»Das hörst du?« Für Tylstyrs Ohren übertönte der Lärm der Flaschenzüge, der Eimer, der Rufe und der Axtschläge Abduls Worte. Aber er würde wohl sprechen, um eine astrale Matrix stabil zu halten, die das Schiff am Sinken hinderte. Hoffentlich ermattete er nicht, bevor sie das Wrack stabilisiert hätten.

Eile war geboten. Nur mit einem Schurz bekleidet, umfasste Tylstyr den Hammer, den er bereitgelegt hatte, und nahm das Purpurwasser. Er drehte den Glasstöpsel los, nahm einen tiefen Schluck und zwang die laugig schmeckende Flüssigkeit die Kehle hinunter.

Die Phiole war halb geleert. Das würde reichen, und es war noch genug übrig, um in einer oder zwei Stunden, wenn die Wirkung nachließe, einen weiteren Zug zu nehmen.

Er verschloss das Gefäß, legte es zurück in seine Tasche und glitt ins Wasser.

In Riva hatte er einen Versuch unternommen, indem er den Kopf in eine Waschschüssel getaucht hatte. Deswegen hätte es ihn nicht überraschen sollen, dass er unter Wasser tatsächlich atmen konnte wie an der Luft, aber die Erfahrung war dennoch überwältigend. Das Ertrinken war eine ewige Furcht der Seefahrer. Manche verdrängten sie mit Scherzen, doch in Wahrheit war sie immer da.

Aber da war noch mehr. Eine kreatürliche Angst, die tief in jedem Menschen verankert war. Auch wenn sein Verstand wusste, dass er dem magischen Trunk vertrauen konnte, rebellierte Tylstyrs Körper, als das Salzwasser in Mund und Nase drang. Er wollte es einatmen, aber gegen seinen Willen würgte er.

Von unten stemmte sich Tylstyr an den Planken ab, auf denen er eben noch gesessen hatte. Dennoch blickte er sehnsuchtsvoll zur Wasseroberfläche, über der ihn freundliche Luft erwartete. Er fühlte sich, als täte er sich selbst Gewalt an, als er den Mund aufzwang und einen tiefen Zug nahm.

Das Gefühl war beängstigend fremd. Er spürte das Wasser in seinem Hals, in seiner Brust.

Doch Tylstyr ertrank nicht, nicht in dieser Nacht. Er konnte atmen und schwimmen wie ein Fisch! Das Brennen des Salzwassers in den Augen ließ schnell nach. Die Angst wich der Euphorie, die sich einstellte, wenn man eine Grenze überschritt.

Er ermahnte sich, dass er eine Aufgabe hatte, und tauchte tiefer. Seine blauweiße Lichtkugel begleitete ihn, den Verlust der magischen Kraft, die er dafür aufwenden musste, bemerkte er kaum.

Galandel die-von-Ometheon-singt tauchte aus den blauen Schatten auf. Die Elfe trug ihr weißes Gewand, das aber durch die Nässe eng an ihrem Körper klebte. Sie hatte einige Latten unter dem Arm und Nägel in der Hand. Tylstyr fand, dass sie die Bretter seltsam hielt, bis ihm einfiel, dass der Auftrieb das Holz im Wasser schwierig zu handhaben machte.

Salarin tauchte voran. Er führte sie durch zertrümmerte Zwischendecksbohlen hinab in den Hauptladeraum. Von den über einhundert Fässern, die hier gelagert hatten, waren nur noch Bruchstücke zu sehen.

Tylstyr wappnete sich für den Anblick eines Lochs von der Größe eines Portals, aber der Schaden sah anders aus. Zwar waren die Planken zertrümmert, verkohlt und verzogen, aber die Spanten, die sich vom Kiel emporschwingenden Rippen des Schiffs, hatten wie durch ein Wunder gehalten. Vielleicht gaben die Götter ihre Wacht über die Menschen auch an den Hranngar-Tagen nicht vollständig auf, dachte Tylstyr dankbar. Oder war auch das ein Werk von Abduls Zauber?

Die Elfen hatten mit der Reparatur begonnen, aber sie verstanden nichts vom Schiffbau. Hätten sie unter Wasser miteinander sprechen können, hätte Salarin wohl angeführt, dass er ein paar Monde der Melodie eines Zimmermanns in einem Hafen hätte lauschen müssen, um verstehen zu können, wie man Planken verlegte. Eigentlich war nicht erstaunlich, dass die beiden die Bretter an die Innenseiten der Spanten genagelt hatten, wo das Wasser sie binnen kurzer Zeit wieder losdrücken würde, sondern dass sie die ihnen neue Aufgabe überhaupt so rasch angegangen waren. Offenbar zeigte die gemeinsame Reise mit den Menschen Wirkung.

Dennoch, so konnte es nicht bleiben. Tylstyr fasste eines der neu angebrachten Bretter und zog daran, bis Salarin verstand und begann, die Nägel mit den Zinken seines Hammers wieder zu lösen.

Sie mussten die Planken außen anbringen. Dann würde das Wasser sie festdrücken, wenn der Innenraum trockengelegt wäre. Natürlich wären sie deswegen noch lange nicht dicht, die Besatzung müsste sich abwechseln und unentwegt schöpfen … Vielleicht hatte etwas von dem Teer aus der Schiffswerkstatt den Brand überstanden, dann könnten sie damit abdichten. Allerdings bezweifelte Tylstyr, dass sie beim Auslaufen genug geladen hatten, um Schäden dieser Größe auszubessern, zumal es zweifellos weitere Lecks gab.

Die Geräusche der eintauchenden Fässer, der Eimer und des knarrenden Holzes klangen dumpf unter Wasser. Sie zeugten nicht nur von der Katastrophe, sondern auch davon, dass die Besatzung mit vereinten Kräften dagegen ankämpfte. Das machte Mut.

Aber sie müssten die Bretter unbedingt von außen anbringen, sonst würde alle Mühe scheitern. Tylstyr zog sich aus dem Schiff hinaus. Jetzt nur keine Haie!, hoffte er. Doch für Zögerlichkeit fehlte die Zeit.

Er ließ sich die Planken angeben und vernagelte sie. Wenn er die Elfenmienen unter Wasser, im kalten Leuchten des magischen Lichts, richtig deutete, waren sie ratlos. Aber sie vertrauten seiner Führung. Mit Gesten und durch sein Beispiel leitete er sie an. Latte um Latte schlossen sie das Leck, bis ihnen die Bretter ausgingen und sie Nachschub holen mussten.

Tylstyr gönnte sich aufzutauchen. Er hustete einen Schwall Flüssigkeit aus. »Wie steht es?«, rief er Vascal zu.

»Der Wasserstand fällt!« Lachend winkte sein Freund mit der vierfingrigen Hand. »Nicht gerade schnell, aber wir werden nicht lockerlassen.«

»Wir brauchen noch mehr Latten. Ich glaube, die aus der Werkstatt sind zu wenig.«

»Welches Schiff braucht schon ein Achterkastell?«, fragte Vascal.

Tylstyr grinste. »Aus der *Sturmvogel* machen wir eine Otta, das wohl!«

»Wir nehmen die Kapitänskajüte auseinander und legen euch die Bretter bereit.«

»So machen wir es!« Tylstyr tauchte wieder ab. Der Hammer fühlte sich an, als hätte Swafnir selbst ihn in seine Hand gedrückt.

Perlenmeer,
erster Tag im Midsonnmond

»Auf Olgi Olsons erster Fahrt
da hatte er noch keinen Bart.
Am liebsten er Milch mit Honig trank
Darum war sein Schädel niemals krank.«

Lachend klatschte Leomara della Rescati den Takt mit.

Asleif Phileasson bewunderte Ohm Follker dafür, dass er die Kraft aufbrachte, ein fröhliches Kinderlied für den zehnten Geburtstag des Mädchens zu spielen. Er hatte ebenso wenig geschlafen wie sie alle. Sie mussten ständig Wasser schöpfen, damit die *Sturmvogel* nicht sank.

»Olgi Olson, der war recht schlau,
stibitzte sich nen Hering blau,
brachte den Fisch flott seiner Tante,
die grade Premer Feuer brannte.

Das war des Knaben erster Zug,
den Schnaps, den trank er aus dem Krug.
Doch gut schmeckte das überhaupt nicht,
die Milch mit Honig gar nichts anficht.«

Ohm zupfte ein paar verspielte Töne auf den Saiten der Leier, während Leomara weiter den Takt klatschte. Die beiden saßen auf den Überresten des Achterkastells, von dem wenig mehr geblieben war als der Bereich unmittelbar am Steuerruder. Immerhin war dieses unbeschädigt.

Aber das nützte ihnen kaum etwas, solange der Segler keinen Vortrieb hatte. Schon der Begriff »Segler« war derzeit fragwürdig, befand Asleif Phileasson. Der Hauptmast war über Bord gegangen, der Kreuzmast neigte sich bedenklich Richtung Heck. Allein der Fockmast hätte wohl ein Segel halten können, aber nach dem Brand hatten sie die schwere Leinwand ins Meer geworfen, um das Schiff leichter zu machen.

Während der verfluchten Hranngar-Tage hatte die Sonne gnadenlos auf eine spiegelglatte See herabgebrannt, und der erste Morgen des neuen Jahres begann ebenfalls mit einer Flaute. Doch ohne Segel hätte ihnen Wind auch nichts genützt.

»Wir müssen das Schiff mit den Jagdbooten schleppen«, schlug Phileasson vor.

Bacha stand neben ihm auf dem Bugkastell. Auch hier waren die Spuren der Zerstörung zu sehen, vor allem an den Planken, aus denen man die Halterung des Aals gebrochen hatte. Dennoch war es der Teil der *Sturmvogel*, der noch am ehesten einem intakten Schiff ähnelte.

»Sollen wir die Meuterer in die Boote setzen, wo sie die Leinen kappen und uns zurücklassen können?« Bacha sprach mit rauer Stimme. »Oder lassen wir sie hier mit uns auf dem Schiff, wo sie Wasser schöpfen sollen? Dann können sie uns jederzeit über Bord werfen.«

Für jeden Kapitän musste es eine Tortur sein, das eigene Schiff so zu sehen, mehr Wrack als hochseetüchtiger Segler. Die *Sturmvogel* knarrte und knarzte unentwegt. Niemand vermochte zu sagen, wie lange die Spanten der Belastung noch standhalten würden. Immerhin befand sich der Kiel glücklicherweise in passablem Zustand.

Bacha folgte Phileassons Blick über das geschundene Schiff. »Haben deine Elfen das Holz zusammenwachsen lassen?«

Beim Abgehen der Schäden waren sie auf einige merkwürdige Bereiche gestoßen, in denen die Planken verwuchert waren. So etwas sah man manchmal bei Bäumen, wenn Äste ineinanderwuchsen. Im Wald nahe Brattasö standen sogar zwei Buchen, deren Stämme sich vereinigten. Liebende suchten sie gern auf.

Jedenfalls verdankten sie diesen Verwucherungen vermutlich ihr Leben. In diesen Abschnitten hatten die Planken die Lecks geschlossen. Natürlich hatten auch Tylstyr, Galandel und Salarin Entscheidendes geleistet, aber ohne dieses seltsame Verhalten des Holzes wären sie dennoch gesunken.

»Ich glaube, das war Abdul.« Phileasson zeigte zu dem kleinen Novadi, der an vorletzter Position einer Eimerkette stand. Hinter ihm nahm Rossziber die Last an und leerte sie über die Reling.

»Mit deiner seltsamen …«, Bacha suchte nach dem Wort, »… Ottajasko habe ich die richtigen Leute an Bord genommen. Bei anderen habe ich weniger klug geurteilt.«

Zum Schlafen sperrte man die Maraskaner in den Raum, wo vor dem Brand die besonders wertvollen Teile der Haie gelagert hatten. Wenn sie arbeiteten, standen sie unter ständiger Bewachung. Die Perricumer genossen es, sie mit den Hailanzen zu bedrohen. Seebrecht, der Rossziber nur durch seine Gewandtheit in den Wanten entkommen war, übertraf sich selbst in immer neuen gehässigen Bemerkungen. Damit bahnte sich der nächste Streit mit Cessimasab der Fröhlichen bereits an. Sie war die einzige Maraskanerin, die sich frei auf dem Schiff bewegen durfte. Den Angriff auf Buckmann hatte Bacha ihr verziehen, weil sie ihre Leute überzeugt hatte, die Waffen niederzulegen.

»Eigentlich müsste ich die Meuterer an der Rah aufknüpfen«, meinte Bacha düster. »Das hätten sie verdient.«

»Ohne sie sind wir zu wenige«, gab Phileasson zu bedenken.

»So etwas muss bestraft werden.«

»Das wohl.« Phileasson legte die Hand um den in Form eines springenden Wolfs geschnitzten Schwertgriff.

»Was würdest du an meiner Stelle tun?«, fragte Bacha.

»Jedes Schiff hat nur einen Kapitän. Er entscheidet.«

»Das stimmt, und ich werde die Verantwortung tragen. Aber wie würdest du auf deinem Drachenboot damit umgehen?«

Unter Thorwalern galt nicht alles als Meuterei, was in den zivilisierten Reichen so gesehen wurde. Für eine Ottajasko war wichtig, dass der Fähigste Hetmann und Drachenführer war. Deswegen musste er sich immer wieder herausfordern lassen, um seinen Platz zu verteidigen oder an einen Besseren abzutreten. Solche Rangkämpfe waren eine ernste Sache, aber nur Tyrannen bestraften die Unterlegenen mit dem Tod.

»Ich würde sie wohl zu ihrem Drachenführer rufen. Die Ottajasko stellt sich in zwei Reihen auf, jeder von ihnen geht durch das Spalier bis zum Kapitän. Sie dürfen sich nicht wehren, wenn die Mannschaftsmitglieder sie schlagen. Sobald sie den Drachenführer erreichen, ist die Sache erledigt.«

Nachdenklich betrachtete Bacha die Männer und Frauen, die mit Eimern Wasser schöpften oder den Flaschenzug am Fockmast bedienten, um mit dem Fass die Last aus dem unteren Laderaum zu holen. Dem Kreuzmast trauten sie nicht mehr zu, diese Aufgabe zu erfüllen. Sie hatten sogar überlegt, ob sie ihn kappen und über Bord werfen sollten, aber die Hoffnung, auf eine Insel zu stoßen, die eine Reparatur ermöglichte, ließ Bacha zögern.

»Die Perricumer würden sie totschlagen«, vermutete der Kapitän.

»Wir sollten ihnen klarmachen, dass wir jede Hand an Deck brauchen, bis wir einen Hafen erreichen.«

»Und erst recht, wenn du deine Seeschlange findest.«

»Das wohl!« Phileasson grinste.

Momentan sank das Schiff nicht weiter, die Reling des Hauptdecks lag sogar wieder vier Schritt über der Wasseroberfläche. Die unmittelbare Lebensgefahr war vorüber, zumindest solange kein schweres Wetter aufzog. Zwar war ihre Lage alles andere als komfortabel, aber Phileasson hatte viele scheinbar aussichtslose Situationen überstanden. Der Wirbelsturm auf dem Meer der Sieben Winde, der die *Seeadler* gedreht hatte wie einen Kreisel … die Fahrt ins Nordmeer, mitten im Winter … die Rotte von Orks, die ihn und Ragnild eine ganze Nacht lang gehetzt hatte …

Dies hier war nur eine weitere Herausforderung, die Swafnir in seinen Weg legte, damit Phileasson Mut, Stärke und Klugheit beweisen konnte. Sie trieben auf einem Wrack auf landlosem Meer, ein Großteil ihrer Ausrüstung war verloren. Vielleicht spülten die Wellen den Rundschild mit dem Adlerwappen an irgendeine Küste, und das Kind, das ihn fand, träumte von dem Recken, dem er gehört haben mochte. Das Pergament, das beim Handelshaus Stoerrebrandt Phileassons Reichtum verbriefte, war nun wohl exquisite Speise für die Fische. Aber Garhelt hatte ihnen zu Beginn dieses Abenteuers prophezeit, dass sie mal wie Könige, mal wie Bettler reisen würden. Auf jede Nacht folgte ein neuer Tag, und am Ende würde Phileasson der König der Meere sein, das wohl!

»Du scheinst dich wirklich auf die Seeschlange zu freuen«, bemerkte Bacha mit einer Spur Unglauben in der Stimme.

Schmunzelnd zuckte Phileasson die Achseln.

Shaya Lifgundsdottir, Praioslob und Vascal della Rescati kamen über die Treppe aus dem Mannschaftsraum auf das Hauptdeck – oder den kümmerlichen Rest, der davon übrig war. Im Wesentlichen bestand es aus einem Loch. Vor dem Bugkastell boten die Planken zwei Schritt weit Halt. Achtern gab es eine vergleichsweise große Fläche, wo zuvor das Kastell gestanden hatte und die drei jetzt auch Aufstellung nahmen. Entlang der Reling zwischen Bug und Heck zu wechseln, glich steuerbord wie backbord dem Gang auf einem schmalen Bergpfad.

Die Geweihten trugen das beste Ornat, das ihnen die Umstände erlaubten. Shayas orangefarbene Robe war klatschnass, sie hatte wohl versucht, die Flecken bestmöglich auszuwaschen. Das Rot von Praioslobs Robe hatte gelitten, Brandflecken verunzierten das eigentlich prächtige Gewand. Eine halbhohe Filzmütze saß auf seinem Kopf, zwei bronzene Sphärenkugeln baumelten an seinem Gürtel. Vascal hatte das Stirnband mit dem Einhorn angelegt, eine Schlange aus Zinn wand sich als Reif um seinen linken Oberarm. Er trug das graue Gewand mit den eingenähten Metallplättchen, das der Reisekleidung eines Magiers ähnelte.

»Friede den Menschen!«, riefen sie, um das neue Jahr zu begrüßen. »Treue dem Adel! Gehorsam den Göttern!«

Vor allem Praioslob klang feierlich. Heute war der erste Tag in jenem Mond, den die Mittelländer dem Sonnengott weihten. Er hatte erzählt, dass er an einem solchen Tag einmal eine Greifenstatue durch Gareth hatte tragen dürfen, bevor der höchste Geweihte seiner Kirche eine Ansprache in Gegenwart des Kaisers gehalten habe.

Leomara jauchzte auf.

Der Grund dafür hatte nichts mit dem Segen zu tun. Sie hatte einen rotbraunen nassen Fellball auf dem Arm, bei dem es sich nur um Padri handeln konnte. Sie hatten die Schiffskatze bereits aufgegeben, aber irgendwo in den Eingeweiden der *Sturmvogel* musste sie sich gerettet haben. Glücklich präsentierte die nun Zehnjährige Ohm Follker das Tier. Der Skalde lächelte milde.

»Solange es Leben gibt, gibt es auch einen Grund zu hoffen«, flüsterte Phileasson.

Eiland im Perlenmeer,
dritter Tag im Midsonnmond

Die *Sturmvogel* ragte auf der Sandbank empor wie ein Haus, das sich im letzten Moment verzweifelt wehrte einzustürzen. Sie neigte sich weit nach steuerbord. Von backbord ertönten Hämmer, Sägen und die Rufe der Seeleute, die das Niedrigwasser nutzten, um die Ausbesserungsarbeiten so weit wie möglich voranzutreiben.

Shaya Lifgundsdottir saß am Strand des Eilands, das ein Wasserarm von fünfzig Schritt Breite von der Sandbank trennte. Sie vernähte Praioslobs arg ramponiertes Gewand mit ihrem eigenen Umhang. Ein Hügel von Kleidungsstücken lag neben ihr. Die Besatzung wusste, dass die *Sturmvogel* nichts dringender brauchte als ein Segel für den Fockmast. Dafür reichten die Leinenfetzen, die ihnen geblieben waren, nicht aus.

Cessimasab die Fröhliche schleppte Farne heran. Auch sie sollten den Wind fangen.

Shayas Blick blieb bei der beinernen Nadel. Sie gehörte zu den letzten Teilen der Ausrüstung, die Mutter Cunia ihr beim Aufbruch aus dem Tempel von Thorwal mitgegeben hatte. Die Gewürze waren längst aufgebraucht, die Gänsedaunen hatte sie verwendet, um die gute Mutter Travia in der Kälte des Himmelsturms um Beistand zu bitten, das Vademecum war beim Brand verloren gegangen.

Die Farne schleiften auf dem Sand. Schwungvoll ließ sich Cessimasab neben ihr nieder. »Kann ich dir helfen, Schwester?«

Shaya lächelte, und sie freute sich wirklich, dass Cessimasab hier war. Zugleich aber fühlte sie Tränen aufsteigen. Es war verwirrend.

»Ich brauche Zeit«, sagte sie.

»Davon haben wir viel«, meinte Cessimasab unbeschwert. »Vielleicht können wir ewig auf dieser Insel bleiben.«

Ob das ein Scherz war?

Das Eiland war keine zwei Meilen lang und höchstens eine halbe breit. Was sich an Holz für Planken und Stangen verwenden ließ, war bereits geschlagen, der Rest würde im Lagerfeuer verbrennen, wenn der Abend dämmerte. Dann war die Wahrscheinlichkeit am größten, dass ein anderes Schiff den Flammenschein bemerkte. Wobei hier draußen nur wenige Segler unterwegs waren. Östlich von Maraskan war kein Hafen bekannt, den sie ansteuern konnten.

Immerhin hatten sie hier Süßwasser gefunden, noch füllte sich die Grube wieder, wenn sie sie leerschöpften.

»Gibt es viele Haijäger, die die tiefen Gründe durchkreuzen?«, fragte Shaya.

Cessimasab begann, die Wedel zu verflechten. »Ein paar Wagemutige suchen stets die Schönheit, wo sie noch niemand gefunden hat.«

»Das klingt nach dem Foggwulf. Er will immer Neues entdecken.«

»Hast du schon von Ruban dem Rieslandfahrer gehört?«

»Der scheint vom selben Schlag zu sein wie unser Drachenführer.« Shaya blickte hinüber zur *Sturmvogel*. Sie sah aus wie ein Wrack, aber Ohm meinte, dass sie wieder schwimmen würde. Oder sagte er das nur, damit sie die Hoffnung nicht verlor?

»Ruban gehört zu den Wenigen, die das Riesland betreten haben und wiedergekommen sind«, erzählte Cessimasab voller Enthusiasmus. »Aber vielleicht haben es trotzdem schon viele erreicht. Es könnte doch sein, dass sie nicht nach Aventurien zurückgekehrt sind, weil es dort so schön ist und es ihnen gut gefällt.«

»Auch für das Schönste aller Länder würde man doch nicht seine Familie auf immer zurücklassen«, entrüstete sich Shaya.

»Ja, das stimmt.« Cessimasab lächelte, wie so oft. Dadurch entstanden niedliche Grübchen in ihren Wangen. Ihre Lippen bekamen einen so wunderschönen Schwung, dass Shaya ihnen kaum zu widerstehen vermochte, und die gesprenkelten Augen sahen sie schalkhaft an. »Was denkst du?«

Das war eine Frage, die Shaya nicht beantworten konnte. Gedankenfetzen schwirrten durch ihren Kopf wie ein Vogelschwarm. Schon bei Salarin hatte sie sich stets ermahnt, dass sie mit ihm keine Kinder haben könnte. Oder doch, natürlich, grundsätzlich schon, aber Salarin war viel zu unstet, zu verträumt, zu sehr Teil der Elfenwelt, um eine Familie mit ihm zu gründen. Er würde nie jahrzehntelang in einem Haus mit ihr und den Kindern leben. Erst recht nicht in einem Traviatempel!

Cessimasab würde das … vielleicht? Shaya wusste so wenig von ihr! Ganz selbstverständlich sprach sie immer wieder von Rur und Gror, aber sie respektierte auch die Zwölfe. Nein, Respekt war das falsche Wort. Sie *mochte* die Zwölfgeschwister. In ihnen sah sie wohlwollende Wesenheiten, deren Aufgabe darin bestand, die Schönheit zu bewahren, die Rurs Schöpfung durchdrang. Aber gemeinsame Kinder könnte Shaya mit ihr niemals haben.

Der leichte Wind, der die Wellen kräuselte, zupfte an Cessimasabs Haar. Auch an der linken Seite war es jetzt etwas länger, die Maraskanerin vernachlässigte die Rasur.

»Vielleicht ist das hier ja die Insel Korelkin, auf der Ruban der Rieslandfahrer gestrandet ist«, schlug Cessimasab in verschwörerischem Ton vor. »Dort hat er alle Reisegefährten verloren, weil …«

Abwehrend hob Shaya die Linke. »Bitte erzähle mir erst wieder eine Gruselgeschichte, wenn wir in Sicherheit sind.«

Shaya hoffte, dass Cessimasab sie wieder küsste, und zugleich fürchtete sie sich davor. Auf dem Schiff, während der Meuterei, hatte Shaya sie um jeden Preis festhalten wollen. Sie hatte den Gedanken nicht ertragen, dass Cessimasab bei den Kämpfen umgekommen wäre, vielleicht, weil der bullige Brolbert sie auf die Reling mit ihren Haifischzähnen gespießt hätte. Ihre Umarmung inmitten der tobenden Wut hatte sich so unsagbar schön angefühlt.

Aber das war während der Tage des Namenlosen gewesen, in der Zeit zwischen den Jahren, wenn die Welt in Unordnung war.

Die Geweihte wandte sich wieder ihrer Nadel zu. »Werden deine Leute die Strafe akzeptieren?«

»Sie werden zum Kapitän gehen, wie der Foggwulf es nennt, ja. Und sie werden ohne Widerspruch jeden Befehl ausführen, bis wir einen Hafen erreichen. Dort verlassen sie die *Sturmvogel*, und niemand redet mehr davon, was vorgefallen ist.«

Zweifelnd betrachtete Shaya den Segler. »Wenn dieses Schiff an einem Kai festmacht, wird die ganze Stadt davon sprechen, das wohl.«

Sanft strich Cessimasab über ihre Wange.

Shaya erstarrte.

Cessimasab zog ihre Finger fort, als hätte sie sich verbrannt.

»Nein, ich …« Shaya steckte die Nadel in den Stoff und nahm Cessimasabs Hand. Ihr trauriger Blick schmerzte sie. »Es ist neu für mich. Ich brauche einfach noch ein bisschen Zeit.«

Das Lächeln kehrte auf Cessimasabs Lippen zurück. »Wir haben so viel Zeit, wie wir wollen. Und weißt du was? Ich glaube, mit zwei so hervorragenden Kapitänen kann unsere Fahrt nirgendwo anders enden, als auf der schönsten Insel der Welt: auf Maraskan.«

»Ich freue mich darauf, deine Schwester kennenzulernen.«

»Ja.«

Shaya glaubte, einen Schatten über das Gesicht der anderen Frau huschen zu sehen, aber sie war sich nicht sicher, weil sich Cessimasab wieder dem Flechten der Farne zuwandte.

Perlenmeer,
vierter Tag im Midsonnmond

»Misstraust du dem Lied der Zuversicht?«, fragte Galandel die-von-Ometheon-singt.

Lailath nickte. Das tat sie wirklich, auch wenn die Mannschaft unübersehbar neue Hoffnung gefasst hatte. Die gemeinsame Arbeit hatte die Seeleute zusammengeschmiedet. Es gab sogar Freundschaften zwischen den Perricumern und den Maraskanern. Die Besatzungen der beiden Jagdboote, die den Segler nach Westen schleppten, waren gemischt.

»Nur wenig Wind«, murmelte Lailath.

Das Segel – das bunteste Flickwerk, dessen Lailath jemals ansichtig geworden war – schlug träge am vorderen Mast.

»Das wird sich ändern«, meinte Galandel. »Eine Brise wird kommen. Hier gibt es weder Wälder noch Hügel, die den Wind aufhalten könnten.« Die Perlen, Steinchen und Metallstücke an ihrem Stab klimperten leise, als sie ihn ein wenig schwenkte. »Ringsum ist alles flach.«

»Aber das würde sich ändern, wenn der Wind mit Macht käme. Turmhoch soll ein Sturm die Wellen aufpeitschen, habe ich gehört.«

Ihre Gesprächspartnerin legte die freie Hand auf die Brüstung des Bugkastells.

Lailath schrie auf.

»Was ist?« Galandel spähte voraus. Außer den Booten war dort nichts zu sehen. »Was hast du?«

Lailath suchte nach einer Ausrede, fand aber keine. Sie ging einen Schritt rückwärts.

»Du brauchst keine Angst haben, auch wenn ich mich verändere.« Ein trauriges Lächeln kräuselte Galandels Lippen. »Und du brauchst nicht davon zu schweigen. Ich weiß es.« Sie hob die Linke. »Flecken auf meiner Haut. Ich altere.«

Auf diese Eröffnung wusste Lailath nichts zu sagen. Merkwürdig, dass eine Wahrheit an Festigkeit gewann, wenn man sie aussprach.

»Ich bin nicht länger Galandel die-von-Ometheon-singt. Ich glaube, das war ich nie.« Sie sah nach rechts über das Meer hinaus. »Steuerbord« nannten die Seeleute diese Richtung. »Andere tragen die Geschichte der Hybris des Nordens in die Welt. Ohm, wenn er in den Schenken über die Reise Phileassons und seiner Recken singt. Tylstyr, Mirandola und Vascal, wenn sie mit Gelehrten disputieren. Ich werde nicht gebraucht.«

Lailath spürte, dass die andere Frau gern einen Trost von ihr gehört hätte. Ihre Unfähigkeit, ihn zu spenden, schnürte ihr die Kehle zu. Seit Wochen drängte sie Salarin dazu, Galandel auf das Alter hinzuweisen, das unter die Haut der zierlichen Elfe kroch. Nun sprach sie es selbst aus – aber wem half das? Was war nun besser als zuvor?

»He, ihr Langohren!«, rief Ohm Follker zu ihnen herauf. »Ganz so tadellos war unsere Reparatur wohl nicht. Das Schiff zieht schon wieder Wasser. Kommt und helft schöpfen!«

Lailath wusste nicht, ob sie wegen der Anspannung aus dem Gespräch mit Galandel zitterte, als sie aufs Hauptdeck hinunterstieg, oder weil das schreckliche endlose Meer sie noch immer in seinem nassen Griff hielt.

5 DIE HEILIGE

Bucht von Boran,
sechster Tag im Midsonnmond

»Traue keinem Maraskaner.« Der Rojer starrte durch das Loch im Hauptdeck der *Sturmvogel* auf die bunt gekleideten Männer und Frauen, die dort Wasser in das vom Fockmast abgelassene Fass schöpften. »Das ist meine Meinung.«

In das dreieckige Blatt seines Stoßspeers war der Greif des Kaiserreichs eingeätzt. Dass die Waffe dennoch kein Schmuckstück war, bewiesen die Scharten. Asleif Phileasson sah mit einem Blick, dass der Reichskrieger den Speer häufig gebrauchte und gut pflegte, den Schaft hatte er offensichtlich kürzlich ausgewechselt. Mit dem Schleifstein hatte er die Scharten geglättet, feine Kerben waren zurückgeblieben. Die Gefährlichkeit der Waffe verminderten sie nicht, eher im Gegenteil. Sie fransten den Wundrand aus, wenn er die Klinge frei zog. Ähnlich einer Säge, die Holz aufriss.

»Nicht jeder Maraskaner ist ein Rebell«, mahnte Praioslob. Sein Prachtgewand war ein roter Flicken im Segel, aber auch in seemännischer Leinenkleidung zeigte das vergoldete Amulett mit dem Auge, dass er ein Priester des Gottes von Recht und Gesetz war.

Den Rojer beeindruckte das wenig. Er verzog das wettergegerbte Gesicht unter dem spitzen Helm. »Sie sind tückisch, Euer

Gnaden. Während sie Euch zuckersüß anlächeln, rammen sie Euch den Dolch in den Rücken.«

Phileasson war froh, dass Praioslob schwieg. Die Gelübde des Geweihten verbaten jede Lüge, ja, jeden Schwindel. Dass er die Meuterei unerwähnt ließ, mochten andere Jünger seines Gotts bereits als Frevel auffassen.

»Euer Herr scheint die Begehung beendet zu haben«, sagte er schnell, auch um Praioslob abzulenken.

Der junge Offizier war tadellos gekleidet. Trotz der Hitze trug er weiße Handschuhe. Am schwarzen Hut prangte das Greifenwappen als Brosche. Die Silberkette über dem weiten blauen Hemd mochte seinen Rang anzeigen. Zusätzlich zum breiten Ledergürtel trug er ein Gehänge mit einem Degen, dessen verschlungener Korb eher Zierde als Schutz zu sein schien.

Aber auch bei der Silberflamme war der Handschutz mit äußerster Kunstfertigkeit gestaltet, erinnerte sich Phileasson. Besser, er zog keine vorschnellen Schlüsse. Dennoch hätte es ihn überrascht, wenn die Degenklinge ähnliche Scharten verunziert hätten wie den Speer des Rojers.

Zwei Kriegerinnen begleiteten ihren Befehlshaber und Kapitän Bacha, dessen schwarz gekleidete einarmige Gestalt bedrohlicher wirkte als die Bewaffneten. Phileasson verstand, warum in Mendena das Gerücht ging, er habe das Gefolge des Totengotts verlassen, um sich einem noch dunkleren Herrn zu verschreiben.

»Wie sieht es hier aus?«, erkundigte sich der Offizier bei seinem Mann.

»Maraskaner.« Missbilligend reckte der Rojer das mit drahtigen schwarzen Haaren bewachsene Kinn in Richtung der Wasser schöpfenden Matrosen. »Und was von den Thorwalern zu halten ist, kann man auch schlecht wissen.« Vielsagend richtete sich sein Blick auf Fejris, das Breitschwert an Phileassons Seite.

Der Drachenführer beherrschte sich, um den Griff nicht zu umfassen. Stattdessen verschränkte er die Arme.

»Liegt denn das Kaiserreich nun im Krieg mit der ganzen Welt?«, erkundigte sich Praioslob.

Phileasson fragte sich, wie die Oberste Hetfrau auf ein solches Flottenaufgebot reagiert hätte, wie es in der Bucht vor der letzten Stadt kreuzte, über der noch die Lilie des maraskanischen Königreichs wehte. Ein Dutzend Galeeren hatten die Kaiserlichen aufgeboten, bei derjenigen, die längsseits zur *Sturmvogel* gegangen war, lagen sogar drei Reihen von Riemen übereinander. Die Ruderer mochten Kriegsgefangene sein, vielleicht von Maraskan, möglicherweise auch aus einer anderen Weltengegend. Ketten fesselten sie an ihre Bänke, und grobschlächtige Aufseher hielten mit aufgerollten Peitschen Ausschau nach Anzeichen von Aufsässigkeit. Phileasson erinnerten sie an die Nachtalben im Himmelsturm, aber er ermahnte sich, dass die Ruderer auch Vergewaltiger oder Mörder sein mochten, die sich ihr Schicksal selbst zuzuschreiben hatten.

»Thorwaler liegen im Krieg mit jedem, bei dem es etwas zu holen gibt.« Der Kettenschutz des Helms rasselte, als der Rojer den Kopf abwandte und über die Reling spie. »Oft verdingen sie sich auch als Söldner.«

»Lass es gut sein«, näselte der Offizier. Sein Oberlippenbart war sauber getrimmt und gekämmt, er hatte sogar die Brauen frisiert. Außen bogen sich feine Spitzen wie Hörner in die Höhe. »Das hier ist offensichtlich ein Wrack. Wir repräsentieren das Kaiserreich. Seine Untertanen sollen es großmütig erfahren. Hal, Ehre seinem Namen, erweist diesen armen Menschen die Huld, den Hafen von Boran anlaufen zu dürfen, um dem Elend ihrer Reise ein Ende zu setzen.«

Eine der Kriegerinnen lachte. Auch sie trug eine silberne

Kette, die einen gehobenen Rang anzeigen mochte. »Du hast ja recht damit, dass sich Maraskaner überall wie Ratten einschleichen, wenn man nicht aufpasst.« Sie nahm den breitkrempigen Hut ab und fächelte sich Luft zu. »Aber ein paar futternde Mäuler in Boran nützen uns mehr als eine Handvoll aufgeknüpfter Rebellen. Falls es wirklich Aufständische sind, verhungern sie sowieso. Wenn nicht, helfen sie dabei, dass den Widerständlern eher das Fressen ausgeht.«

In der Tat war jeder an Bord hungrig, Ohm scherzte schon, dass Phileassons knurrender Magen den Namen Foggwulf eindrucksvoll bestätigte. Auch das Süßwasser wurde knapp, die Lippen platzten auf. Eine Hafentaverne mit reich gedecktem Tisch war ihnen allen inzwischen lieber als ein Palast. Sicher hätten die Kaiserlichen auch etwas zu trinken erübrigen können, aber Phileasson dachte gar nicht daran zu betteln. Die Stadt war bereits in Sicht. Zwei Landzungen schoben sich weit ins Meer und bildeten so einen vor Efferds Wüten geschützten Hafen. Auf dem nördlichen Vorsprung flimmerten die Mauern einer wuchtigen Festung in der Mittagssonne. Sie mochte der Grund dafür sein, dass sich das imposante Aufgebot des Kaisers nicht näher als eine Meile an die Stadt heranwagte.

»Wir sind hier fertig«, bestimmte der Offizier mit gekünstelter Stimme. »Verlassen wir dieses Schiff, dem so übel mitgespielt wurde. Ein Piratenangriff …« Mitfühlend schüttelte er den Kopf.

Das war also die Geschichte, die Bacha den Kaiserlichen erzählt hatte. In der Tat passte sie ebenso gut zu den Spuren wie eine Meuterei. Praioslob schwieg auch dazu.

»Es betrübt mich, Kapitän Bacha«, fuhr der Offizier fort, »dass wir diese Plage noch nicht von den Wellen des Perlenmeers getilgt haben. Aber seid versichert: Das neue Jahr wird das Ende unserer Geduld mit solchem Geschmeiß sehen.«

Bacha nickte stumm, und sogar diese Geste wirkte bedrohlich. Als würde einem der Tod selbst zunicken. Schon vor der Meuterei hatte Phileasson Bacha als grimmigen Mann kennengelernt. Jetzt schien er auch alle Freude, die in seiner Umgebung aufkommen mochte, mit einem Leichentuch zuzudecken.

Die Rojer kehrten auf ihre Galeere zurück.

»Ich entschuldige mich für meine Untergebenen«, sagte der Offizier. »Das sind raue Gesellen, das Kriegshandwerk ist ihre Berufung. Es braucht Menschen mit Kultur, um ihre Grobschlächtigkeit in Bahnen zu lenken, die der Zivilisation dienen.« Er griff mit gespreizten Händen in sein Haar und drapierte die blonden Locken sorgfältig auf den Schultern. »Ich wünsche Euch mehr Glück auf Eurer nächsten Fahrt, Kapitän Bacha.«

Auf den Gedanken, Rangniedere als den Kapitän überhaupt nur zu beachten, kam er offenbar gar nicht. Phileasson umfasste nun doch Fejris' Griff. Aber wie es aussah, ließ der Offizier sie die Blockade passieren, und das war es wert, das Ungestüm zu bezähmen. Auch wenn er diesem Gecken gern eingebläut hätte, dass mit thorwalscher Wut nicht zu spaßen war.

»Efferds Segen auch für Euer Schiff«, wünschte Bacha mit einer Stimme wie eine grobe Feile, die sich in trockenes Holz fraß.

»Rondra, guter Kapitän. Nicht Efferd. Wir sind Männer und Frauen des Kriegs.« Er tippte an seinen Hut und schritt über die Planke zwischen den Schiffen, die daraufhin eingeholt wurde. Die Leinen lösten sich, am Bug gab Buckmann das Kommando an die Schleppboote, die *Sturmvogel* in den Hafen zu ziehen.

Phileasson half mit, das gefüllte Fass heraufzuholen und über die Reling zu entleeren. Dann begab er sich auf das Bugkastell, wo Ohm Follker gedankenverloren seine Leier zupfte.

»Riemen bei!«, hörte er Rossziber bellen.

Die Hafeneinfahrt war nur noch zweihundert Schritt entfernt, aber die Ruderer in den Jagdbooten hatten die Riemen aus dem Wasser gehoben. Nach den Kaiserlichen wollten nun auch Borans Verteidiger die *Sturmvogel* überprüfen. Ein Dutzend bunt gekleideter Gestalten verteilte sich auf zwei Boote. Im Bug des ersten stand eine Frau mit wehendem rotem Haar, das ihr bei Windstille sicher bis zu den Knien reichte. »Preiset die Schönheit, Bruderschwestern!«, rief sie winkend herauf.

»Die scheinen freundlicher gestimmt zu sein«, meinte Phileasson und winkte zurück.

»Jedenfalls brauchen sie sich keine Sorgen zu machen, dass jemand ohne ihre Erlaubnis in ihre heilige Stadt einfährt.« Ohm löste die Finger von den Saiten und zeigte auf die Katapulte, die dicht auf der etwa fünfzehn Schritt hohen Stadtmauer standen. Die Festung war sicherlich ebenfalls gut bestückt, aber der vermutlich achteckige Bau war so hoch, dass Phileasson nur erkannte, dass oben auf der Plattform Metall das Sonnenlicht zurückwarf.

Mit den beiden Landzungen ähnelte die Stadt nach Phileassons erstem Eindruck der Schere eines Krebses, die sich dem Besucher entgegenstreckte. Das umschlossene Hafenbecken musste fünfhundert Schritt lang sein, bis man die Mündung des Bor erreichte. Er sah Masten und Türme aufragen. Erstere waren abgetakelt, Letztere ausgesprochen abenteuerlich gebaut. Nur die Grundform war ein geometrischer Körper, wie ein Zylinder oder ein viereckiger Pfeiler. Die Maraskaner zeigten einen atemberaubenden Erfindungsreichtum, wenn es darum ging, immer noch einen weiteren Vorsprung für einen An- oder Aufbau zu finden. Es gab Dächer, die auf halber Höhe aus einem Turm herausragten, Balustraden, schwalbennestartige Ausbeulungen und Brücken, die die Gebäude in luftiger Höhe miteinander verbanden. Aus zahllosen Kaminen stieg Rauch auf, der sich in einiger

Höhe zu einer dünnen blaugrauen Wolke vereinigte. Ebenso vermischten sich die Geräusche von Gesprächen, die man offenbar gern auf Rufdistanz führte, Glöckchen, Flöten, Lastkarren, Ziegen und Hammerschlägen zu einem Brandungsrauschen wirbelnden Lebens.

Cessimasab die Fröhliche schwang sich aus den Wanten auf das Bugkastell. »Warum so schwermütig, großer Entdecker?« Sie sprang auf die Reling, wobei sie die Füße geschickt zwischen die Haifischzähne setzte. »Gleich wirst du nicht nur die Schönste aller Inseln betreten, sondern auch die Schönste aller Städte. Niemand hat wahrhaft gelebt, der das nicht von sich sagen kann! Wenn Gror den Weltendiskus empfängt, ist Boran das Allererste, worauf sein und ihr Auge fallen wird. Deswegen hat Rur, der seine und ihre Schwester und Bruder ist, sie am allerschönsten geschaffen. Das ist doch ganz klar, oder?«

»Dagegen kann man unmöglich etwas sagen«, meinte Ohm trocken. »Aber der Foggwulf fände derzeit wohl eine Seeschlange schöner als jede Stadt.«

Phileassons alter Freund kannte ihn gut. Dies war keine Entdeckungsreise. Es ging darum, König der Meere zu werden. Dazu war ihm die Aufgabe gestellt, den Zahn einer Seeschlange zu erbeuten. Und nicht nur ihm, auch Beorn. Vielleicht hatte der Blender während der Hranngar-Tage ebenfalls Schwierigkeiten gehabt, aber das Ausmaß von Phileassons Rückschlag hatten sie bestimmt nicht erreicht. Ja, sie waren gerettet, und Phileasson war froh, dass kein Mitglied seiner Ottajasko umgekommen war. Auch Irullas Vergiftung hatte keinen bleibenden Schaden am Arm hinterlassen. Aber von der Lösung dieser Aufgabe war er weiter entfernt als bei ihrer Abfahrt aus Mendena. Er hatte noch nicht einmal mehr ein Schiff, um nach einer Seeschlange zu suchen.

»Sei mir gegrüßt, Heilige!« Mit beiden Armen winkte Cessimasab der Stadt zu.

Phileasson gefiel, dass ihr offenbar gar nicht in den Sinn kam, dass sie von der schwankenden Reling ins Wasser stürzen könnte.

»Lass uns schnell an Bord, Bruderschwester!«, rief die Rothaarige im Boot. »Wir wollen nur geschwind nachschauen, dass ihr keine raufllustigen Garethjas in die Stadt bringt.«

»Wir haben Harpuniere aus Perricum dabei, aber sie raufen am liebsten mit Haien.«

»Das soll uns recht sein. Bringt ihr das Fleisch der großen Räuber?«

»Das hätten wir, aber uns überkam selbst der Hunger.«

»Das ist zu verstehen«, meinte die Rothaarige. »Man muss essen.«

»Du sagst es, Bruderschwester. Ich hoffe, die Gewürze werden euch nicht knapp? Unsere sind über Bord gegangen.«

Das war eine zwar nicht ganz unzutreffende, aber doch etwas eigenwillige Beschreibung für die Aktion der Perricumer, die die Meuterei ausgelöst hatte, fand Phileasson. Aber besser als andauernder Händel. Wenn sie den Hafen erreichten, wäre es geschafft. Dort würden die maraskanischen Matrosen freigelassen und die Streithähne getrennte Wege gehen.

»Nun lass uns schnell nachsehen!«, drängte die Rothaarige.

»Sicher, kommt längsseits! Doch sage mir rasch: Ist Lirobajid die Blumige in Boran?«

»Ja, tatsächlich. Gerade gestern kam sie mit Nachrichten aus dem Gebirge.«

Cessimasab jauchzte. »Wie wundervoll! Sie ist meine Schwester.« Mit einem Rückwärtssalto sprang sie von der Reling. Die malträtierten Decksplanken ächzten protestierend unter ihren Füßen.

Sie prallte beinahe gegen Shaya Lifgundsdottir, die gerade die Treppe heraufkam.

Lächelnd nahm die Geweihte Cessimasabs Hand.

Vor dieser Fahrt hätte Phileasson nicht erwartet, was sich zwischen den beiden zierlichen Frauen entwickelt hatte. Ihm war nicht entgangen, dass Shaya eine aussichtslose Zuneigung zu Salarin gefasst hatte, weswegen er sich nun für sie freute.

Auch Cessimasab lächelte, aber Phileasson glaubte, zudem Unsicherheit in ihrer Miene zu erkennen.

Boran,
sechster Tag im Midsonnmond

»Das trägt man hier so.« Cessimasab die Fröhliche klopfte auf den hölzernen Griff, der beinahe so lang war wie die leicht gebogene Klinge, die in einer Scheide an ihrer Hüfte steckte. Dadurch ragte der Griff bis zu ihrer linken Schulter auf. Der Schwerpunkt der Waffe sorgte für eine Neigung nach vorn, sodass sie kaum im Weg war. »Jeder hat hier einen Schnitter.«

Shaya Lifgundsdottir sah sich um. Das Publikum von knapp einhundert Zuschauern stand vor der Bühne aus drei zusammengeschobenen Ochsenkarren. Dass diese die Straße bis auf schmale Durchgänge an den Seiten versperrten, schien niemanden zu stören. Zu aufgeregt verfolgte man die von den Schauspielern dargebotene Geschichte. Dabei reckte man die Fäuste den gelben und grünen Stoffbahnen entgegen, die sich wie ein Zeltdach zwischen den Hausdächern spannten, raufte sich selbst oder auch dem Nachbarn die Haare, weinte und tobte. Die Klingen, die tatsächlich die Mehrzahl der Anwesenden trug, zog jedoch niemand. Allenfalls Speisereste flogen manchmal auf die Bühne, wobei man den Darstellern lautstark, aber in für Shaya unverständlichem Dialekt, etwas zurief.

»Was wollen sie denn?« Shaya kicherte. Sie standen beinahe ganz hinten, wodurch sie die Menge gut im Blick hatten. Ihr Gebaren erschien der Thorwalerin viel interessanter als das Stück, bei dem eine junge Frau mit weiß bemaltem Gesicht gerade unter allgemeinem Jubel von einem grauen Ball aus luftiger Wolle getroffen wurde. Auf dessen Herstellung musste man einige Mühe verwendet haben, er durchmaß beinahe zwei Schritt, war aber offenbar so leicht, dass der Kumpan der Schauspielerin ihn über das Bühnenbild werfen konnte, das eine Burg in nebliger Nacht zeigte. Dass jedermann den auf dem rechten Karren stehenden Mann sehen konnte, womit der Effekt nur noch wenig überraschte, und die Darstellerin mit dem weißen Gesicht dem Ball entgegenlief, damit er sie auch traf, zählte zu den vielen Seltsamkeiten dieser Vorstellung.

»Ah, endlich.« Cessimasab rieb sich die Hände, wobei Shaya wieder die steifen Fingerglieder auffielen. »Das haben wir die ganze Zeit gefordert. Die Baruuna sollte sterben.«

»Was? Wieso denn?«

»Weil es so traurig ist! Sie ist doch die einzig Nette in dem Stück. Sie hat sich um die jungen Katzen gekümmert und ihrem kleinen Bruder geholfen, ihren Vater gepflegt, und sie war gegen den Giftmord. Sie musste unbedingt sterben, sonst wäre es nicht traurig.«

»Giftmord? Ich dachte, der alte Mann wäre an einer Gräte erstickt.«

»Das war schlecht gespielt«, urteilte Cessimasab.

»Vielleicht liegt es nur daran, dass ich euer Maraskani so schlecht verstehe«, schlug Shaya vor. In der Sprache der Insel mischten sich Tulamidya und Garethi. Letzteres beherrschte Shaya, aber ihre fehlenden Kenntnisse im Tulamidya führten dazu, dass ihr die Hälfte der Wörter entging. Zudem pflegten die Maraskaner ein eigentümliches Verhältnis zur Grammatik, und wenn sie unter sich waren, redeten sie so schnell, als wäre ein Satz so etwas wie eine enge Gasse, in der die Wörter einander anrempelten, um sich gegenseitig zu überholen. Wenn sie sich mit einem einzelnen Maraskaner unterhielt, der langsam sprach, ging es. Die tobende Menge vor ihr war das genaue Gegenteil. Dennoch fühlte sich Shaya hier wohl. Aber sie wäre überall gern gewesen, wo Cessimasab in ihrer Nähe war. Geküsst hatten sie sich nicht wieder. Noch nicht. Shaya genoss die zärtlichen, oft scheinbar zufälligen Berührungen.

»Schlecht gespielt«, bekräftigte Cessimasab. »Es war nicht ganz klar, dass er vergiftet wurde. Deswegen ist ja später sein Geist noch mal auf die Bühne gekommen und hat es bestätigt.«

Nun verstand auch Shaya, dass der dicke wankende Mann im Nachthemd ein Gespenst und nicht etwa ein betrunkener Vetter gewesen war. Das hatte sie zunächst vermutet, weil auf Maraskan offenbar jeder jedermanns Vetter oder Base war, wahlweise auch Bruder oder Schwester, wobei Letzteres je nach Betonung und Zusammenhang sehr unterschiedliche Bedeutungen annahm.

»Den Geist fand ich auch nicht so überzeugend«, meinte Shaya.

Derselbe Schauspieler, diesmal in einer schwarzen Kutte, schleifte gerade die nun tote Baruuna von der Bühne. Der Wollball stellte wohl ein Katapultgeschoss dar, was auch erklärte, wieso die Baruuna mehr oder minder unauffällig rote Farbe aus einem Beutel an der dem Publikum abgewandten Seite schöpfte und eine Blutspur auf den Boden malte. Das wiederum ließ einen Begeisterungssturm durch die Menge toben.

»Mit dem Geisterauftritt wollen wir nicht allzu streng sein«, bat Cessimasab. »Er war schließlich nicht geplant.«

»Was meinst du mit ›nicht geplant‹?« Shaya nagte an ihrer Mango. Sie war ein wenig überreif und daher sehr süß, aber im Vergleich zur mörderischen Schärfe des Reisgerichts, von dem sie nur der gütigen Herrin Travia zuliebe drei Bissen geschafft hatte, war das angenehm.

»So ist das bei den Honinger Geschichten. Die Zuschauer …«

»Honingen?«, unterbrach Shaya. »Das ist doch eine Stadt im Mittelreich.«

»Mag sein.« Cessimasab fuchtelte mit den Händen und sah dabei auf die Bühne, wo gerade ein intriganter Mann – im Zweifelsfall sicher ein Vetter sowohl der Baruuna als auch des zum Geist gewordenen Vergifteten – ein paar Mordgesellen anheuerte. »Jedenfalls ist es weit weg, das lässt der Vorstellungskraft Raum. In Honingen kann es alles geben, und alles kann geschehen.«

Shaya nickte. Unter diesem Aspekt war es auf verdrehte Art folgerichtig, einen Schauplatz zu wählen, von dem niemand etwas wusste. »Dort kann dann auch jeder sterben«, vermutete sie.

»Eben«, bestätigte Cessimasab. »Nur Vorteile. Jedenfalls halten wir es so, dass die Zuschauer den Schauspielern Ratschläge geben.«

»Während der Aufführung?«, vergewisserte sich Shaya.

»Natürlich! Hinterher nützt es doch nichts mehr, dann ist das Stück nicht mehr zu retten. Und das wäre ein Unglück! Die Darsteller wollen schließlich, dass sich der Säckel prall füllt, wenn sie ihn herumgeben. Und dazu muss das Stück dem Publikum gefallen.«

»Und deswegen ist der Geist aufgetreten?«

»Um klarzustellen, dass ein Mord geschehen ist, nicht einfach nur ein Unfall.«

»Aber der Schauspieler hatte diesen Auftritt gar nicht vorbereitet?«

Cessimasab legte den Arm um Shaya, eine Geste, die man freundschaftlich, aber auch intimer deuten konnte.

Shaya wollte sich an sie kuscheln, aber leider war der Schnitter zwischen ihnen. Vielleicht war das auch gut. Shaya genoss das Spiel der langsamen Annäherung.

»Der Darsteller war doch selbst schuld, dass er das Gespenst mimen musste«, tröstete Cessimasab. »Hätte er von Anfang an gut gespielt, wäre das Publikum nicht …«

»Ei, sieh!«, rief eine Frau, die mehr Falten im Gesicht hatte als Shaya Haare auf dem Kopf. Die Alte trug ein orangefarbenes Kopftuch und ein blaues Kleid, auf das weiße Blüten gedruckt waren. »Seid ihr zwei beiden nicht mit den anderen heute im Mina eingelaufen?«

»Im Mina?« Shaya wich einen Schritt zurück, wobei sie gegen einen Zuschauer hinter ihr stieß, der das aber gar nicht bemerkte.

»Im Hafen«, erklärte Cessimasab und wandte sich an die Alte, die einen Bauchladen mit Marasfladen trug. »Shaya ist eine Fremdiji.«

»Eiiii, das dachte ich mir schon.« Sie grinste zahnlos. »Meine Eayiis werden schlecht«, betont blinzelte sie, »da habe ich erst geglaubt, sie gehört auch zu den Rauschenden Klingen. Wollte ihr meine köstliche Speise zum halben Preis geben, weil sie wäre eine von uns ja dann gewesen.«

Shaya sah auf ihre orangefarbene Kutte, dann auf das Kopftuch der Händlerin. Farbige Stirnbänder oder Tücher, die man um Arme und Schenkel knotete, ergänzten die ohnehin schreiend bunte Kleidung der Boraner Bürger. Cessimasab hatte erklärt, dass sie die Zugehörigkeit zu einer der Rebellengruppen anzeigten, die Prinz Denderan mehr oder minder treu ergeben, in jedem Fall aber gegen die Garethjas eingestellt waren, deren Heer die Stadt belagerte. Wie viele solche Gruppen es gab, wusste niemand; das lag auch an den Unterfraktionen, und offenbar konnte man in mehreren zugleich Mitglied sein. Dass einer dieser Trupps Orange als Farbe gewählt hatte, lag nahe. Vielleicht auch mehrere. Aber das hätte ebenso für jede andere Farbe gegolten, vermutete Shaya.

»Eiii, jetzt fällt es mir ein! Von euch zwei beiden habe ich schon gehört. Ihr seid Cessimasab die Fröhliche und Shaya mit dem Mückenschwarm.«

»Wieso Mückenschwarm?«

Kichernd strich die Alte ihr mit den Fingern über das Gesicht. »Wegen der vielen niedlichen Punkte.«

»Ihr meint meine Sommersprossen?«

»Sehr niedlich«, bekräftigte die Händlerin. »Ich bin übrigens Ruryscha die Leckerzunge.« Schlagartig wurde sie ernst. »Schrecklich, was mit dem Schiff von Bacha dem Trümmerkapitän geschehen ist. Hat er wirklich Schwierigkeiten, die Heuer zu bezahlen?«

»Ja, es ist ein Unglück!«, klagte Cessimasab. »Alle seine Matrosen gehen leer aus.«

Auf der Bühne nahm das Stück während ihrer Unterhaltung seinen Lauf. Gerade wurde jemandem der Bauch aufgeschlitzt, der daraufhin effektvoll über seine eigenen Gedärme stolperte. Das stellte er durch ein rot gefärbtes Band dar, dessen Schlingen er unter seinem Hemd hervorzog.

»Na, na, Mädchen, so hart wird es nicht kommen.« Ruryscha tätschelte Cessimasabs Arm. »Wir sammeln für den armen Trümmerkapitän. Da wird schon zusammenkommen so einiges. Alle machen mit. Wer knausert, einen Geizhals wir den schimpfen.« Sie lachte meckernd. »Ich werde sogleich mit den Mimen tratschen. Sie sollen auch rausrücken etwas.«

»Eine ausgezeichnete Idee«, befand Cessimasab.

Die Alte zwinkerte ihr zu und verschwand in der Menge.

Shaya nagte das letzte Fruchtfleisch vom Kern ihrer Mango. »Wann kommt eigentlich deine Schwester?«

Cessimasab hatte Lirobajid die Blumige bereits getroffen und Shaya versprochen, dass sie sie heute kennenlernen durfte, worauf sie sich sehr freute. Die Familie verriet immer viel über einen Menschen. Shayas Eltern zum Beispiel waren Bauern. Sie dachte gern an sie, auch wenn sie schon mit sieben Jahren in Travias Haus geblieben war. Aber nicht, weil ihre Eltern sie nicht geliebt hätten. Bei der Gänsemutter hatte Shaya sofort eine solche Wärme und Geborgenheit gefühlt, dass sie gewusst hatte, dass sich ihr Platz im Leben unter den warmen Daunen befand. Daran änderte auch die Tatsache, dass sie jetzt schon mondelang auf Reisen war, nichts. Sie glaubte fest daran, dass sie eines Tages, wenn auch vielleicht erst zum Ende der festgesetzten achtzig Wochen, heimkehren würde. *Heimkehr*. Gab es ein schöneres Wort? Und um heimkehren zu können, musste man in die Fremde ziehen.

Alles ergab einen Sinn. Die Welt war schön.

»Lirobajid wollte vor dem Regen hier sein«, sagte Cessimasab. »Sie muss jeden Moment kommen.«

»Woher weiß sie denn, wann es regnen wird?«

»Es regnet jeden Abend«, erklärte die Maraskanerin.

Auf der Bühne hatten Schwerter und Messer ausgedient. In einem komplizierten, aber eigentlich nicht chaotischen, sondern gut koordinierten Knäuel würgten sich alle sieben Schauspieler mit bloßen Händen. Ein Zuschauer schien eine Möglichkeit zu vermuten, wie man dies noch dramatischer inszenieren könnte, stieg auf den mittleren Karren und legte selbst probeweise Hand an. Das Publikum äußerte jedoch lautstark sein Missfallen, sodass er den Versuch abbrach und den Schauspielern ihre Bühne wieder überließ.

Ein wenig später stieg Ruryscha auf den rechten Karren, neben dem Bühnenbild. Sie gab den Darstellern, deren Figuren gerade tot waren, Marasfladen und tuschelte mit ihnen, während zwei andere ein Duell mit einer Holzaxt, einem Kronleuchter und einem rötlichen Pelz austrugen.

Shaya erkannte Lirobajid sofort, sie glich Cessimasab wie ein Spiegelbild. Damit kokettierten die Zwillinge: Während Cessimasab ihr Haar auf der linken Seite geschoren hatte, trug Lirobajid es auf der rechten so kurz, dass die helle Kopfhaut hindurchschimmerte. Sie hatten dieselben leicht schräg gestellten Augen, sogar die grünen Sprengsel in den braunen Iriden fand Shaya bei Cessimasabs Schwester wieder. Während ihre Freundin eine gelbe Bluse mit braunem Blumenaufdruck trug, war Lirobajids Hemd allerdings blau mit weißen Blüten. Bastfäden umwanden den Griff ihres Schnitters.

Shaya umarmte sie. »Das mit den Haaren macht ihr, damit euch eure Eltern auseinanderhalten können, oder?«

Lirobajid strich über Shayas Rücken, bevor sie sie losließ. »Der Weltendiskus ist schön, aber unser Vater versteht das nicht.«

Fragend sah Shaya Cessimasab an.

Tatsächlich setzte jetzt der abendliche Regen ein, den sie angekündigt hatte. Die Tropfen knisterten auf den Stoffbahnen über ihren Köpfen, die wegen der Dämmerung ihre Farbe verloren. Nur wo die Laternen von der Bühne sie beschienen, waren sie noch bunt.

»Auf dem Schiff haben wir nie über unsere Eltern gesprochen«, sagte Cessimasab zögernd. »Unsere Mutter starb vor mehr als dreizehn Jahren in dem Feuer, das in der heiligen Stadt gewütet hat. Unser Vater … ich denke, sein Schmerz …«

»Erhatunsverlassen!«, rief Lirobajid, wobei sie zwar ausschließlich Worte aus dem Garethi benutzte, die Silben aber in maraskanischer Hast zusammenzog. »Ich hasse ihn.« Die Tränen in ihren Augen bewiesen, dass ihre Härte auch sie selbst traf.

»Schwester …«, setzte Cessimasab an und legte sanft eine Hand auf Lirobajids Wange.

Lirobajid ließ es zu, schluchzte aber. »Wieso bist du so langefortgeblieben?« Ihr Akzent war deutlicher als der von Cessimasab. Die Pausen schrumpften manchmal zur Unkenntlichkeit, sodass sich die Wörter vermischten, obwohl sie für eine Maraskanerin betont langsam sprach. »Ich habe michverlassen gefühlt.«

Die anderen Zuschauer rückten von den drei Frauen ab, und auch Shaya fühlte sich plötzlich fehl am Platz. Sie wusste nicht, wohin mit dem abgenagten Mangokern.

Ruryscha näherte sich mit dem inzwischen halb geleerten Bauchladen. Sie strahlte über das ganze Gesicht, offenbar hatte sie für »Bacha den Trümmerkapitän« etwas herausgeholt.

»Weiß die Fremdiji Bescheid?«, fragte Lirobajid mit einem Seitenblick auf Shaya. Die Hand ihrer Schwester ruhte noch immer auf ihrer Wange.

»Ich habe ihr gesagt, dass wir uns lieben«, flüsterte Cessimasab.

»Reden ist wenigerwahr als Handeln.« Mit einer schnellen Bewegung, die die erfahrene Kämpferin verriet, griff Lirobajid Cessimasabs Nacken.

Ihre Schwester hätte sich wohl dagegen wehren können, folgte aber dem Zug. Die Lippen der Zwillinge fanden sich in ganz und gar nicht geschwisterlicher Weise. Die Augen hielten sie geschlossen, ihre Münder bewegten sich. Shaya erinnerte sich daran, wie Cessimasabs Zunge in ihrem eigenen Mund getastet hatte.

Sie schrie auf und ließ den Mangokern fallen. Entsetzt stürzte sie zu Ruryscha, grapschte einen Marasfladen und nahm einen großen Bissen. Die Pastete verbrannte ihren Mund mit Hitze und Schärfe. Trotzig kaute Shaya. Der Schmerz in ihrem Mund war ihr willkommen. Jede Ablenkung war es.

Boran,
siebter Tag im Midsonnmond

Jedem Urteil musste eine gerechte Untersuchung vorausgehen, ermahnte sich Praioslob. Das galt auch, wenn man die Frömmigkeit des Volks beobachtete. Umso mehr natürlich, wenn man sich in einem fremden Land befand.

Er wischte sich den Schweiß aus dem Nacken. An diesem schwülen Tag lief er ständig unter den Kragen. Hier stand er also, inmitten von Ringen aus Gebäuden, die vielfach mit waghalsig konstruierten Türmen versehen und durch Brücken und Stege untereinander verbunden waren: der Haupttempel der Zwillinge, das Zentrum des Rur-und-Gror-Glaubens.

»Rund wie ein Diskus«, kommentierte Praioslob die gebogene Wand.

»Damit bringt man auf dieser Insel besonders gern den Tod«, sagte Irulla. »Man zerschmettert einen Schädel, statt mit einem Speer das Herz zu durchbohren.«

Den Wurfspeer der Waldmenschenfrau hatten sie benutzt, um die angebrochene Rah am Fockmast der *Sturmvogel* zu verstärken.

Gestern Abend hatte sie bereits versucht, irgendwo in Boran einen Ersatz aufzutreiben. Das Ergebnis dieser Bemühung fand Praioslob durchaus bemerkenswert. Im Gegensatz zu einem Diskus war ein brauchbarer Speer nirgendwo zu finden, aber die Händler hatten Irulla offenbar dennoch vehement belagert. In Praioslobs Vorstellung stürmten Horden maraskanisch brabbelnder Krämer, Weber, Bäcker, Schreiner, Schmiede und Pastetenköche von allen Seiten auf sie ein, benebelten sie mit Düften und betäubten sie mit Speisen, die auf dieser Insel entweder zuckersüß oder feuerscharf waren. Den Sieg hatten deutlich sichtbar die Schneider davongetragen.

Irulla besaß immer noch keinen Speer, war aber so bunt gekleidet wie sicher in ihrem gesamten Leben noch nicht. Sie trug eine schreiend gelbe Hose. Bis zu den Waden war sie mit den Riemen ihrer grünen Sandalen geschnürt, von den Knien an aufwärts entwickelte sie ein beeindruckendes Volumen. Dadurch kamen die aufgedruckten Rankenmotive gut zur Geltung. Rot, violett, grün, weiß und braun ringelten sie sich so wirr umeinander, dass Vascal beim Frühstück versucht hatte, eine Geheimschrift darin zu entdecken. Eine hellblaue Bauchbinde verbarg den Übergang von der Hose zum knallroten Hemd, an dem mehrere Dutzend eingenähte Bronzeplättchen glänzten, wenn die Sonne darauf traf. Dass diese Irullas Wohlgefallen gefunden hatten, konnte sich Praioslob leicht denken, denn sie alle waren in Form von Spinnen gestanzt. Vermutlich hatte die findige Händlerin den richtigen Schluss aus der Tatsache gezogen, dass Orkengriff auf der Schulter der Waldmenschenfrau gesessen hatte. Vielleicht hatte Irullas Freund ihr sogar leidgetan, weil er statt der glückbringenden acht nur noch sieben Beine hatte. Die türkisfarbenen Stoffbänder hatte Irulla dann sicher gern dazugenommen. Sie schnürten das weite Hemd über den Ellbogen, aber falls das verhindern sollte, dass die Ärmel in die Suppe fielen, wurde der Effekt dadurch zunichtegemacht, dass die Bänder selbst so lang waren, dass sie bis zu den Knien hinabbaumelten.

An der Bauchbinde konnte man natürlich nichts befestigen, weswegen Irulla selbstverständlich einen Schlangenledergürtel brauchte. Er hatte genug Schlaufen, um die Ausrüstung einer Bootsbesatzung zu verstauen. In einer Seitentasche mochten sich Feuerstein und Stahl finden, ein Kreuzgurt bot einer Wasserflasche Platz. Nur in einem hatte Irulla Standhaftigkeit bewiesen: Die runde Tasche, die zweifellos einen Kampfdiskus aufnehmen sollte, war leer.

Dafür hatte sich die Waldmenschenfrau allerdings bemalen lassen, nicht nur mit violetten Schwingen, die auf den oberen Augenlidern ihren Anfang nahmen und sich beinahe bis zu den Ohren zogen. Der krönende Abschluss war in der Spinne zu bewundern, deren Umriss weiß in ihre vorn geschorene Kopfhaut gestochen war. Man hatte sie mit roten und grünen Rauten ausgemalt, deren Farben sich dermaßen bissen, dass sie flimmerten, wenn man sie zu lange ansah.

»Du scheinst Gefallen an der maraskanischen Kultur zu finden«, meinte Praioslob.

»Hier gibt es riesige Spinnen.« Irulla streckte die Arme zu den Seiten, um die vermutete Größe anzuzeigen. Orkengriff machte sich mit seinen verbliebenen Beinen staksend auf den Weg zur linken Hand, als wollte er die Länge abmessen. »Sie heißen Marasken und sind die Königinnen des Urwalds. Ihr Stachel ist so giftig, dass er einen Menschen mit einem einzigen Stich töten kann.«

»Ich bin beeindruckt.« Praioslob überlegte, ob eine solche Spinne wohl das Ungeziefer aus der Tavern'uuzak vertrieben hätte, in der sie nächtigten. Nachdem der Stoerrebrandt-Schuldschein verloren war und Phileasson Kapitän Bacha großmütig versichert hatte, die Ottajasko verzichte auf ihre Heuer, konnten sie sich lediglich eine billige Absteige leisten, die nur Käfer und Schnaken gern frequentierten.

Er wandte sich wieder dem Tempel zu. Auf dem Flachdach des diskusförmigen Gebäudes spazierten die Gläubigen in kleinen Gruppen umher. Es war wohl keine Prozession, denn sie bewegten sich mit unterschiedlichen Geschwindigkeiten und schienen teilweise in angeregte Gespräche miteinander vertieft. Zwangsläufig umrundeten sie aber die beiden Türme, die sich aus der Mitte des Gebäudes erhoben. Zumindest waren es an der Basis und an den Spitzen zwei Türme. Auf halber Höhe verbanden sie sich mehr oder minder zu einem. Ihre Form glich eckigen Bauklötzen, die ein Kind verdreht aufgestapelt hatte. In der Mitte schoben sie sich ineinander.

»Also dann.« Praioslob atmete durch. »Danken wir den Göttern für unsere Rettung!«

Zum Eingang führte keine Treppe, sondern eine Rampe. Sie bestand aus dunklem Holz, in das bunte Steine eingelegt waren, die eine Winzigkeit aus dem Untergrund hervorstanden. So gaben die floralen Muster den Füßen Halt, was sicher besonders nach einem Regenfall nützlich war.

Schon in der Stadt fand Praioslob den Lärm erstaunlich. Auf dem Wochenmarkt in Gallys hätte jeder Maraskaner sofort als Schreier anfangen können. Die Fetzen, die Praioslob von der hier gebräuchlichen Mischsprache verstand, deuteten darauf hin, dass man auch Dinge lautstark diskutierte oder gar von Turm zu Turm schrie, die im Mittelreich allenfalls hinter vorgehaltener Hand getuschelt wurden. So wusste Praioslob nun von Furunkeln an Stellen, an die niemals die Sonne schien. Die Schulden des Sohns des Vetters des Schwagers der Fischverkäuferin Lisaba der

Wohlriechenden waren ihm ebenfalls bekannt. Der junge Mann musste sie bei einem Hundezüchter ableisten, indem er dessen Tieren die Zecken aus dem Pelz brannte. Zudem hatte Praioslob von der nach Meinung von Herziber dem Glockenschläger besten Methode erfahren, eine Dame siebenmal in Folge überglücklich zu machen. Und das alles war nur die Ausbeute des ersten Häuserrings, den sie durchquert hatten. Danach war der »Kladj« richtig ausgeufert.

Verglichen mit dem Orkan aus Stimmen, der im Tempel tobte, ging es draußen jedoch geruhsam zu. Dagegen war selbst die Markthalle von Riva ein Ort kontemplativer Einkehr. Praioslob beherrschte sich, um sich nicht die Ohren zuzuhalten, während er versuchte, aus dem bunten Gewimmel schlau zu werden. Es glich einem Vogelschwarm, in dem sich farbenfroh gefiederte Vertreter Hunderter Arten zusammenfanden, um mit- und gegeneinander anzuschnattern. Vor den Kapellen an der runden Wand der Haupthalle bildeten sich dabei Trauben, aber auch in der Mitte der Halle fanden sich Gruppen zusammen, deren Mitglieder immer wieder wechselten. Auf einem runden Podest zwischen Säulen, die das Gewicht der Holztürme auf dem Dach tragen mochten, standen zwei Männer an einem Schreibpult, auf dem ein aufgeschlagener Foliant lag. Der eine trug eine gelbe, der andere eine purpurfarbene Robe, die sich nach unten hin beständig erweiterte, sodass sie von den Achseln abwärts eine Kegelform annahm. Die Schulterstücke – in der Hauptfarbe der Robe des jeweils anderen gehalten – ragten so weit nach außen, als wollte man sie als Tabletts verwenden. Beide trugen eine mit hölzernen Schuppen besetzte Lederhaube.

Direkt neben dem Eingang reichte eine Statue beinahe bis zur Hallendecke. Trotz ihrer Größe strahlte sie eine tänzerische Leichtigkeit aus. Ein Jüngling war laufend dargestellt, nur der linke Fußballen und die Zehen berührten den Boden. Die Bewegung wies vom Eingang fort, als wollte er das Rund ablaufen. Der Oberkörper war so weit verdreht, dass er sich der Hallenmitte zuwandte. Die rechte Hand drückte gegen die Wand, was sicher nötig war, damit das Bildnis nicht umkippte. Die Linke war in der Blickrichtung des jugendlichen Gesichts ausgestreckt.

»Ob der etwas auffangen will?«, fragte sich Praioslob murmelnd.

»Den Weltendiskus natürlich, Fremdiji!«, schrie ihm eine Frau in einem rot und weiß karierten groben Hemd so laut ins Ohr, dass er zusammenzuckte. »Das ist Gror, die das Geschenk ihres Bruders erwartet.«

»›Die‹? Aber das ist doch …« Praioslob kniff die Augen zusammen. Das Gesicht war tatsächlich androgyn, es hätte auch zu einer Frau gepasst. Die zu Schnecken gedrehte Frisur ließ ohnehin keinen Rückschluss auf das Geschlecht zu, und das weite Obergewand verbarg möglicherweise vorhandene Rundungen. Die Figur war mit einer Hose dargestellt, aber auch mit einem kurzen Rock darüber, der noch nicht mal bis zu den Knien reichte. Zunächst hatte Praioslob einen Wappenrock vermutet, aber das war wohl falsch.

Als empfände man den allgemeinen Lärm noch als zu leise, kam nun auch noch heller Glockenklang dazu. Er ging von zwei Männern in Gewändern aus Hunderten bunter Längsstreifen aus, die schrittlange, mit Schellen behängte Stäbe schüttelten.

»Wir suchen den Schrein des Praios«, schrie Praioslob der Frau entgegen, die ihn angesprochen hatte.

Die verzog entsetzt das Gesicht und drückte den Zeigefinger vor ihre Lippen.

Plötzlich war es totenstill im Tempel. Jeder musste Praioslobs Ruf gehört haben. Er merkte, dass er errötete.

Immerhin sah ihn mit Ausnahme der Frau und Irullas niemand an. Alle richteten ihre Aufmerksamkeit auf das zentrale Podest.

Dort streckte der rechte der beiden Männer in den konischen Roben mit den ausladenden Schulterpolstern einen nackten Säugling der Decke entgegen. »Seht, ihr Glücklichen!«, rief er. »Eine neue …«

»… Schwester ist unter uns«, fuhr der andere fort. »Jamalieb mit den dicken Zehen« – hier war Praioslob unsicher, ob er das Kauderwelsch richtig verstand, obwohl das Maraskani in der Stadt des Lichts zum Unterricht für die Missionsvorbereitung gehört hatte – »und Ulsaber …«

»… dessen Schwein singen kann sind die Eltern«, übernahm wieder der erste. »Wir werden jetzt …«

»… den Namen unserer neuen Schwester in das Buch der Anwesenden …« Er fuchtelte mit einer Schreibfeder.

»… eintragen. Tuznelisab heißt sie. Ist das nicht schön?«

Sein Gefährte schrieb.

»Preiset die Schönheit!«, rief die Menge.

Irulla fiel ein. Sie reckte sogar die Faust in die Höhe, als handelte es sich um einen Schlachtruf. Orkengriff krabbelte über ihre Kehle auf die andere Schulter.

Während der eine Geweihte den Säugling einer Frau vor dem Podest reichte, die das Kind in ein Tuch wickelte, klappte der andere das Buch zu. Das allgemeine Geschnatter hob wieder an.

»Ist es nun erlaubt, eine Frage zu stellen?«, fragte Praioslob vorsichtig.

»Aber natürlich!«, schrie seine Gesprächspartnerin. »Wieso denn nicht?«

Er räusperte sich. »Wie du richtig erkannt hast, sind wir das erste Mal in Boran. Das ist Irulla, ich heiße Praioslob.«

»Ich bin Kraznele die gern Kröten streichelt.«

»Ach.«

»Hast du von mir gehört? Ich bin die Mutter von Glosilasab der Druckerin und Joskajin mit den schlechten Schuhen, woran ich aber nicht schuld bin, weil …«

Mit erhobener Hand unterbrach Praioslob die Familiengeschichte. »Es wäre überaus freundlich, wenn du uns den Schrein des Praios in diesem Tempel zeigen könntest.«

»Ihr sucht den peniblen Bruder?«, versicherte sie sich.

Praioslob überlegte, ob er an dieser Stelle etwas richtigstellen sollte, aber Irulla antwortete mit einem knappen »Ja«.

»Da müssen wir einmal ganz durch die Halle, bis fast zu Rur.« Sie zeigte zwischen den Mittelsäulen hindurch. An der gegenüberliegenden Wand hing ein gelbes Stofftuch von der Größe eines Segels. Darauf waren verschiedene Figuren gemalt, von denen eine die anderen deutlich überragte. Diese war so leicht bekleidet abgebildet, dass man genau sah, dass eine Hälfte männlich, die andere weiblich war. Rechts wölbte sich eine Frauenbrust, während links dichte Behaarung wucherte. Diese Gestalt hatte einen Zeigefinger erhoben und blickte auf die zu ihren Knien Versammelten herab.

»Das hier ist die Kapelle von Rondra der Mutigen«, erklärte Kraznele im Vorbeigehen. Sie sprach langsam und beinahe reines Garethi.

Praioslob betrachtete die beachtliche Menschenansammlung. Die meisten trugen Schnitter, diese Waffen mit den merkwürdig langen Griffstücken und den Klingen, die an Buschmesser erinnerten. Außerdem hatten viele die bunten Bänder um Stirn oder Oberarm gewunden, die die Zugehörigkeit zu einer Miliz anzeigten.

Der Geweihte versuchte, dem fremden Treiben etwas Gutes abzugewinnen. »Betet ihr zu allen Zwölfgöttern?«

Das würde sie immerhin von den Nivesen unterscheiden, die nur die Himmelswölfe kannten. Er dachte an Nirka und Hern'Sen. Sicher fügten sich die beiden gemeinsam mit Sven gut in die Gemeinschaft im Tal der Türme ein. Hern'Sen war den Ziegenhirten bestimmt eine große Hilfe, und Nirka, die auf ihre Weise ebenfalls eine Wölfin war, konnte zwischen ihnen und den Wulfen vermitteln.

In Krazneles Blick lag etwas von dem milden Spott, den man auch in Phileassons Ottajasko pflegte. »Man betet doch nicht zu den Zwölfgeschwistern. Sie sind doch keine Götter.«

»Sie sind keine ...?« Praioslob versagte die Stimme, bevor er die Frage zu Ende brachte.

»Tsa die Vielgestaltige.« Ihre Führerin wedelte zur Kapelle, die sie gerade passierte. »Die lacht jetzt vor Freude, weil ein neuer Name im Buch der Anwesenden steht.«

Auch hier sah Praioslob Gläubige. Sie plapperten auf eine mit Blumen behängte Statue aus rosa überhauchtem Marmor ein.

»Wenn sie nicht beten – was machen die denn da?«

»Sie erteilen Ratschläge.«

»Ratschläge?« Praioslob konnte nichts gegen die in ihm aufsteigende Wut tun. »Wie kann man sich anmaßen, den Zwölfen Ratschläge zu erteilen?«

»Oh, Fremdiji, es mag an deiner Sprache liegen. Vielleicht habe ich es falsch gesagt. Sie weisen die Zwölfgeschwister auf Dinge hin, die sie übersehen haben könnten.«

Verwirrt blinzelte Praioslob.

»Es ist doch so ...« Jetzt klang Kraznele, als würde sie zu einem Kind sprechen. »Rur hat die Welt geschaffen, und sie ist wunderschön. Aber der Diskus fliegt eine lange, lange Zeit durch den Äthrajin. Darum hat er den Zwölfgeschwistern genau erklärt, was sie tun sollen, damit alles auch schön bleibt.« Sie zeigte auf das Stoffgemälde. »Der Penible, die Gastliche, der Schwermütige – jeder hat seine Aufgabe bekommen, und sie geben sich ja auch viel Mühe, alles richtig zu machen. Aber natürlich sind das so viele Sachen, die man in einer so langen Zeit beachten muss, dass sich niemand jede Einzelheit merken kann. Auch der Penible …«, forschend sah sie Praioslob an, »… ich meine, die Vielgestaltige, zum Beispiel. Die muss doch genau aufpassen, dass wir alle zur richtigen Zeit wiedergeboren werden und in der richtigen Familie.«

»Wiedergeboren …«, stammelte Praioslob.

Breit lächelnd, nickte sie. »Jetzt verstehst du, nicht wahr, Bruderschwester? Bei mir hat Schwester Tsa zum Beispiel einen Fehler gemacht. Hat mich einfach in die falsche Familie hineingeboren werden lassen.« Sie lachte kopfschüttelnd. »So etwas kommt vor. Aber ich in einer Fischerhütte … das geht natürlich nicht. Das hätte ihr eigentlich auffallen müssen. Aber das trage ich ihr selbstverständlich nicht nach. Ich habe es ihr einfach gesagt. Na gut, nicht ›einfach‹, schon öfter, sie ist ja sehr beschäftigt, da hört sie nicht immer gut zu. Aber mit zwölf wurde ich dann von meiner richtigen Familie adoptiert.«

»Und deine alte … ich meine, die Fischer?«

»Die haben eingesehen, dass alles nur eine Verwechslung war.« Kraznele klatschte in die Hände. »Außerdem haben meine neuen Mütter ihnen ein schönes Boot geschenkt. Ganz neu, das hat der Vielgestaltigen bestimmt auch gut gefallen. Sie soll sich ja auch freuen, statt sich über ihren Fehler zu grämen. Jetzt ist ja alles wieder schön.«

Praioslob griff sich an die Stirn. Ihm wurde schwindelig.

»Wollt ihr jetzt noch den Peniblen besuchen?«, erkundigte sich Kraznele. »Dazu müssen wir noch ein Stück …« Sie unterbrach sich und verbeugte sich vor den beiden Geweihten, die das Kind ins Buch der Anwesenden eingetragen hatten.

Sie kamen direkt auf die drei zu. Oder auf Irulla, wie sich herausstellte, als sie die Waldmenschenfrau ansprachen.

»Wie schön, dass du uns …«, fing der mit dem violetten Gewand an.

»… besuchst, Bruderschwester«, fuhr der im gelben fort. »Wir haben in den Rollen von dir …«

»… gelesen. Schön hast du dich herausgeputzt.«

Praioslob beugte sich zu Kraznele hinüber, sodass er auch in dem Lärm halblaut sprechen konnte. »Wer ist das?«

»Darjin und Otajin«, gab sie ehrfürchtig zurück, wobei sie mit verhaltener Geste zunächst auf den Gelben, dann auf den Violetten zeigte. »Die Hochgeschwister von Boran.«

»Die Tempelvorsteher?«

»Sie verlassen den Tempel niemals. Das würde die Gläubigen betrüben.«

»In was für Rollen steht etwas über mich?«, erkundigte sich Irulla.

»Nicht nur …«, begann Darjin.

»… über dich. Auch von deinem Bruder wissen wir.«

Fragend sah Irulla Praioslob an. »Wir sind in einer Ottajasko. Dort reisen wir gemeinsam mit dem Foggwulf um Aventurien herum, damit er …«

Otajin trat an sie heran und umarmte sie. »Es ist ein Unglück, dass du so lange von deinem Bruder getrennt bist.«

»Erinnerst du dich denn gar nicht mehr an ihn?« Man sah Darjin das Mitleid an.

Vorsichtig löste sich Irulla aus der Umarmung. Orkengriff war auf Otajin übergewechselt, eilte nun aber zurück.

»Der Weltendiskus dreht sich fort und fort.«

Praioslob wunderte sich, wie gut er Otajin verstand. Nicht nur sprach der Rur-und-Gror-Geweihte das Garethi mit kaum wahrnehmbarem Akzent, seine Worte drangen auch inmitten des umgebenden Trubels deutlich an Praioslobs Ohr.

»Es besteht Hoffnung …«

»… dass du deinen Bruder wiederfindest.« Nun umarmte auch Darjin die Waldmenschenfrau.

Sie reisten länger als vier Monde gemeinsam. In dieser Zeit hatte Praioslob Irulla niemals so verwirrt gesehen.

Boran,
siebter Tag im Midsonnmond

»Shulinai hier – Shulinai da!«, ereiferte sich Mirandola Ernathesa. »Immer nur Shulinai. Praioslob spricht ständig von ihr. Sogar wenn er gar nichts sagt, verstehst du?«

»Das wohl«, brummelte Shaya Lifgundsdottir. Sie hob ihr Becherchen an, begnügte sich aber dieses Mal damit, lediglich die Nase hineinzustecken und den süßen Geruch einzuatmen. Der Zuckerrohrbrand war heimtückisch, das stand fest.

Sie hatte beschlossen, sich zu betrinken. Zu Hause in Thorwal sagten viele, dass das half, das Grübeln zur Ruhe zu bringen. Es zügelte die durch den Schädel galoppierenden Gedanken. Schließlich konnte niemand von Shaya erwarten, dass sie bei der Lösung der Aufgaben half. Das hatte sie bereits zu oft getan. Sie war Schiedsrichterin, keine Wettkämpferin, das wohl!

Obwohl sie sich seit ihrer Begegnung im Tal der Türme fragte, wieso Lenya in jener Nacht so kalt gewesen war, hätte sie sich am liebsten bei ihr ausgeweint. Sie bereute, nicht mit ihr gesprochen zu haben. Vielleicht hätte Beorn das auch nicht erlaubt, er war sofort mit der erbeuteten Silberflamme aufgebrochen. Trotzdem hätte Shaya es versuchen können. Nun war Lenya wohl irgendwo auf dem Meer, wo Beorn seine Seeschlange suchte. Möglicherweise hatte er sie auch schon gefunden?

Da ihre Freundin aus dem Tempel nicht hier war, Shaya ihr erstes Besäufnis aber auch nicht ganz allein absolvieren wollte, war sie mit Mirandola losgezogen. Die Almadanerin kannte sich mit Wein aus. Sie schwärmte ständig vom »wuchtigen Cavazaro« und vom »lieblichen Amazetti«. Den Rum, den man hier kredenzte, »die Offenbarung der Zwillinge«, kannte sie allerdings ebenso wenig wie Shaya, und die Thorwalerin hatte den Eindruck, dass er ihrer Gefährtin genauso zu Kopf stieg wie ihr selbst. Das gefiel ihr.

»Man sollte sich viel öfter betrinken!«, befand sie.

»Das wohl! Wieso ist mein Becher schon wieder leer?« Lachend hämmerte Mirandola die Faust auf die Platte des runden Tisches.

Das weckte den alten Mann, der hier bereits bei ihrem Eintreffen mit auf die Arme gelegtem Kopf gedöst hatte. Er war so generös, ihnen den Platz an seinem Tisch zu gewähren, und hatte sich als Halrech vorgestellt. Er war wohl Fischer, und an diesem Nachmittag schlief er die meiste Zeit. Das war Shaya nur recht, und die Bedienung gab ihnen netterweise sogar die Getränke aus, weil sie sich zu ihm setzten. Vielleicht war Halrech ein Verwandter der Wirtin, die es freute, wenn sich jemand mit ihm beschäftigte. Schließlich war ja auf Maraskan jeder mit jedem verwandt. Jedenfalls fand Shaya nett, dass sie umsonst trinken durfte.

Nein, nicht trinken. Besaufen, so hieß das, das wohl!

»Ich will mehr!«, rief sie der Schankmaid zu.

»Dein Becher ist doch noch halb voll«, meinte Mirandola. Sie sprach merklich langsamer als sonst.

»Na und?«, fragte Shaya. »Bis unser Vögelchen Nachschub bringt, ist das längst verdunstet.« Sie kicherte über den eigenen Scherz. Außerdem fand sie es komisch, dass Mirandola die winzigen Trinkgefäße, die Shaya in einer Hand verbergen konnte, »Becher« nannte. »Bercherlein« wäre treffender gewesen, oder »Becherleinchen«. Wenigstens fünf davon hätte man in ein ordentliches Trinkhorn leeren können.

Die Schenke hieß *Maranennest*, und sie klebte wie das Heim einer Schwalbe in luftiger Höhe außen an einem Turm in Borans Altstadt. Durch das Fenster konnte man leider nicht das Meer sehen, bei dessen Anblick sich Shaya hätte vorstellen können, irgendwo anders zu sein. Zwar waren die sonnigen und windstillen Tage zu Hause selten, aber wenn es sie doch einmal gab, dann konnte die See vor Thorwal dem Perlenmeer durchaus ähnlich sehen.

»Es ist ja auch überall dasselbe Wasser«, nuschelte sie. »Fließt einmal rundrum um Aventurien.«

»Genau, rundherum!«, bekräftigte Mirandola. »In achtzig Wochen, und dann ist der Foggwulf König der Meere.«

»Nur«, mahnend hob Shaya den Zeigefinger, ließ ihn dann langsam nach unten kippen und drückte ihn auf die Tischplatte, als läge dort ein Dokument mit den Wettkampfregeln, »wenn er mehr Aufgaben löst als der Blender. Darauf werde ich genau achten. Und Lenya auch. Wir sind die Schiedsrichterinnen.«

»Das ist klar«, bestätigte Mirandola. »Du musst natürlich unparteiisch bleiben.«

»Das wohl. Wenn so eine Seeschlange ihr Maul aufreißt, dann dürft ihr auf meine Hilfe nicht zählen. Der müsst ihr allein die Zähne rausbrechen.«

»Seeschlange?«, fragte Halrech. »Mit denen legt euch lieber nicht an.«

»Warum das denn nicht?«, fuhr Shaya auf. »Wir haben schon ganz andere Abenteuer …«

Sie unterbrach sich, weil die Bedienung endlich an ihren Tisch kam. Sie trug ein bauchfreies Gewand, auf das Federn genäht waren, an der Brust gelbe, sonst rote. »Noch mal dasselbe?«, fragte sie mit dieser falschen maraskanischen Freundlichkeit.

»Wenn ihr nicht inzwischen etwas Schärferes reinbekommen habt – ja!«

»Also zweimal Offenbarung der Zwillinge, kommt sofort!«

»Für mich hast du nichts?« Halrech netzte seine spröden Lippen.

»Willustu zahlen?«

Traurig sah er auf seine Füße.

Die Schankmaid entfernte sich durch die gut besuchte Schenke. Bestimmt fünfzig Gäste zechten im *Maranennest*. Im Moment tat sich Shaya schwer mit dem Zählen. Alle tranken nur, niemand aß etwas. Ob die Speisen in der belagerten Stadt knapp waren?

»Praioslob …«, setzte Mirandola neu an. »Ich finde, der könnte auch mal auf neue Gedanken kommen. Die Augen aufmachen, damit er sieht, was ihm entgeht. Täte ihm gut.«

Wahrscheinlich zankten sich zu viele Götter um die Liebe, dachte Shaya. Deswegen war sie so kompliziert und so ungerecht. Travia lehrte, dass sie Gemeinschaft schuf und in der Gemeinschaft blühte, allem voran in der Familie. Die Liebe wirkte in der Tiefe, ein Leben lang, jeden Tag gab sie Kraft, und man musste sie hegen wie eine Pflanze. Für Rahja dagegen zählte bloß die Freude des Augenblicks, wie die bebenden Flanken eines Pferds, die man nur spürte, wenn es galoppierte. Auch die anderen Kirchen hatten ihre Vorstellungen dazu, wer wem und wie zugetan sein sollte. In Rommilys hatte Shaya das alles gelernt, aber damals war sie zu jung gewesen, um zu verstehen, was das bedeutete. Für Phex musste eine Ehe Gewinn bringen, die Diener des Praios glaubten, sie müsste ihren Beitrag dazu leisten, die Stabilität in Reich, Grafschaft, Baronie und Dorf zu festigen. Die Geweihten der Hesinde hatten sie gelehrt, dass sich vor allem die Interessen der Eheleute ergänzen müssten, das sei viel wichtiger als körperliche Attraktivität.

An Halrech war überhaupt nichts attraktiv. Er erinnerte Shaya an das Wrack der *Sturmvogel*. Sie sah aus dem Fenster.

Ganz in der Nähe stand der Tempel von Rur und Gror, dessen Turmsegmente sich verschränkten wie die Finger, wenn man die Hände faltete. Dahinter erstreckte sich das Labyrinth der Altstadt mit ihren zahllosen Türmen. Die Hälfte von ihnen sah aus, als müssten sie jeden Moment umkippen, die anderen versprachen leidliche Stabilität dadurch, dass sie sich mit Brücken aneinander festklammerten. Überall wucherten Anbauten, Erker, Balkone. Wäscheleinen spannten sich, manche Bewohner legten Planken, um darüber zum Fenster eines Nachbargebäudes zu gelangen. Keine alltägliche Verrichtung ging vonstatten, ohne ausgiebig mit jedem in Rufweite diskutiert zu werden.

Hinter der Bebauung schien sich ein Streifen freies Land anzuschließen, jedenfalls ragten auf einer geschätzten Viertelmeile keine Türme auf. Allenfalls ein paar mit Gras oder grünem Getreide bewachsene Hügel hoben sich in Shayas Blickfeld. Dann aber drohten die kaiserlichen Schanzanlagen. Dunkel schlossen die Erdwälle die Stadt an der Landseite ein, gekrönt von einer durchgängigen Palisade, auf der das Greifenbanner flatterte. Nur dort, wo der Fluss sie durchquerte, gab es eine Lücke.

Da die Bedienung mit frischem Trunk nahte, nahm Shaya einen Schluck aus ihrem Becherchen. Die Offenbarung der Zwillinge brannte nicht, sie war süß wie Rübensaft. Nicht geradeheraus, anders als Premer Feuer, das der Trinkerin einen ehrlichen Hieb verpasste, sobald es die Lippen netzte. Heimtückisch, irgendwie falsch, so wie alles hier auf Maraskan.

Shaya schmetterte das Becherlein auf den Tisch und versuchte, sich aufrecht zu halten. Es gelang nur leidlich. Jeder Handspann, den sie den Kopf zur Seite bewegte, fühlte sich an, als kippte sie einen Schritt tief. Das kannte sie jetzt schon.

Während sich ihr Blick klärte, verwässerte die Süße in ihrem Mund. Eine wohlige Wärme in Brust und Bauch blieb zurück. Sie sah ein volles Becherchen neben dem alten stehen, das sie noch immer umklammert hielt. Jetzt schob sie es auf die Seite.

»Da ist ja noch etwas drin.« Halrechs Hals streckte sich zu unerwarteter Länge und wurde dabei dünn wie der einer Gans, was Shaya zum Lachen reizte.

»Travia ist überall, das wohl.«

Fragend sah der Alte sie an.

»Wegen deines Halses«, versuchte sie zu erklären. »Weil doch die Gans das Tier der Göttin … ach, vergiss es!«

»Deine Offenbarung … trinkst du das noch?«

»Nimm dir!«, forderte sie ihn großzügig auf.

Halrech griff das Trinkgefäß so langsam, als fürchtete er, jemand könnte ihm auf die Finger hauen.

Der Fischer tat Shaya leid. Sein Haar war weiß, nur noch wenige Strähnen ließen das verblichene Schwarz erahnen. In einem Gesicht, das Sonne und Seewind gegerbt hatten, lagen tief eingesunken dunkle Augen. Sie waren rund, nicht mandelförmig.

»Bist du hier geboren?«, fragte Shaya. »Auf Maraskan?«

»Nein, in Tobrien.«

»Sehr gut, das wohl!« Sie wollte mit ihm anstoßen, aber aus einem unerfindlichen Grund verfehlte ihr Becherchen das seine. Ein Schwall Offenbarung der Zwillinge schwappte auf den Tisch.

Halrech sah das mit Bedauern. Obwohl ja noch etwas in dem Becherlein war, das Shaya ihm überlassen hatte, beugte er sich vor, um die Pfütze aufzulecken.

»Lass das!«, bat Shaya und gab ihm auch den neuen Trunk. »Schankmaid! Noch einen!«

Die Frau im Federkleid winkte zum Zeichen, dass sie verstanden hatte.

»Also – bei den Seeschlangen können wir nicht auf dich zählen?«, nahm Mirandola das Thema wieder auf.

»Nein!« Entschlossen verschränkte Shaya die Arme. »Ich beobachte nur.«

»Und wenn sie unser Schiff angreift?«

»Das wird sie«, warf Halrech ein. »Seeschlangen tun das. Sie mögen keine Schiffe.«

Shaya ging nicht auf ihn ein. »Auch wenn sie euch alle frisst, darf ich nur zuschauen«, erklärte Shaya. »Ich werde dann aber einen Segen über eure Leichen sprechen.«

Halrech leerte das erste Becherchen, stellte es vorsichtig ab, und nahm das zweite mit beiden Händen. »Dann musst du auch die Seeschlange segnen, Schwester, weil sich die Leichen deiner Freunde nämlich in ihrem Bauch befinden werden.«

»Na und?«, fragte Shaya. »Dann mache ich das eben! Zu Hause segnen wir die Gänse. Wieso nicht auch eine Seeschlange?«

»Wenn du einer Seeschlange so nah kommst, dass du sie segnen kannst, wird sie dich zu einem unheiligen Mahl einladen.«

»Stimmt, das ist vertrackt!« Shaya tastete über ihr Kinn.

Mirandola lachte. »Ein bisschen verrückt bist du schon, Shaya. Und du, Halrech, redest daher, als wärest du schon einer Seeschlange begegnet.«

»Das bin ich auch!«, rief er. »Zweimal. Hier vor der Ostküste. Das zweite Mal war noch knapper als das erste. Es war ein riesiges Biest. Es hat meinen Vater gefressen.«

»Eltern leben wohl gefährlich auf Maraskan«, meinte Shaya. »Die Mutter von Cessimasab und Lirobajid ist verbrannt, und von ihrem Vater wollen sie nichts mehr wissen. Lirobajid jedenfalls nicht. Ist das nicht gemein? Ich meine, wenn man eine Familie ist und sich ...«

»Moment.« Mirandola wedelte vor ihrem Gesicht herum, sah aber Halrech an. »Hast du gesagt, du bist östlich von Maraskan auf die Seeschlangen gestoßen?«

Er leerte das Becherchen in einem Zug. »So ist es. Schon das erste Mal hat mir genug Angst für ein ganzes Menschenleben in die Knochen gejagt. Aber mein Vater meinte, wir wären Fischer, und Fischer fahren hinaus aufs Meer. Also haben wir wieder die Netze ausgeworfen, und das ging ja auch eine Weile gut, aber dann ... wieder eine Seeschlange. Ich schätze, sie war sehr alt, so riesig, wie sie war.«

Die füllige Almadanerin wirkte mit einem Mal unangemessen nüchtern. »Shaya, wie lautete noch einmal die Prophezeiung? Östlich von Maraskan ...?«

Shaya hielt die Tischkante fest und konzentrierte sich. Sie war die Schiedsrichterin! Sie musste sich doch an die Prophezeiung erinnern!

»Vor der Ostküste Maraskans, das Meer ...«

Stirnrunzelnd setzte sie neu an.

»Vor der Ostküste Maraskans, das Meer durchpflügend, werdet ihr finden, was euch bestimmt ist.«

Mirandola schlug die flache Hand auf den Tisch. Der Knall schmerzte in den Ohren. »Da haben wir es! Du musst uns beschreiben, wo das gewesen ist, Halrech.«

»Ich … nein, ich werde euch nicht in euer Unglück schicken. Auf keinen Fall.«

»Aber, aber.« Mirandolas Stimme war so zuckersüß wie die Offenbarung der Zwillinge. Sie gab Halrech ihr Becherchen. »Nimm noch einen Schluck. Ich tue dir einen Gefallen, du tust mir einen Gefallen.«

»Ich habe schon zu viel gesagt. Ich will nicht die Schuld an eurem Tod auf meine Schultern laden.«

»Tod? Wieso Tod?«, fragte Shaya. »Den gibt es doch gar nicht. Wir werden doch ständig wiedergeboren. Da kannst du hier jeden fragen.« Ihre Geste strich über die Gäste des *Maranennests*. Wenn man von lauter Verrückten umgeben war, die nichts von Borons Seelenwaage, den zwölfgöttlichen Paradiesen und den Niederhöllen wussten, konnte man das schließlich auch einmal zu seinem Vorteil nutzen.

»Tut, was ihr wollt«, sagte Halrech traurig. »Aber ich werde nicht euer Totengräber sein.«

»Warum so trübsinnig?« Mirandola zupfte an den Federn der Bedienung, die gerade am Nebentisch kassierte. »Noch eine Runde.«

»Nimm es mir nicht übel, Bruderschwester, aber ihr habt schon viel bestellt.«

»Na und?«, rief Shaya. »Wenn wir saufen wollen, dann saufen wir, das wohl!«

»Das will ich euchnichtverwehren, aber könnt ihr auch zahlen?«

Verdutzt sah Shaya sie an. »Zahlen? Wieso zahlen? Wir sind doch eingeladen.«

»Von wem?«

»Von dir. Das hast du gesagt, als wir uns hierhergesetzt haben.«

Die Maid lachte ohne jede Belustigung. »Die erste Offenbarung. Du hattest jetzt fünf und deine Freundin sieben.«

»Nur ein Becherleinchen ist frei?« Sie streckte die Finger ihrer Rechten, klappte den Daumen gegen den Handteller und zählte die verbliebenen nach, um ganz sicher zu sein. »Was kosten denn vier?«

»Zahlt ihr mit den Münzen der Garethjas? Dann sind es zwei Dukaten.«

»Was?«, empörte sich Mirandola. »Für diesen Zuckersaft?«

»Bei dir sind es drei Dukaten«, erklärte die Schankmaid ungerührt.

»Wucher!«, rief Mirandola.

»Es hilft nichts«, meinte Halrech resigniert. »Ihr müsst zahlen oder arbeiten.«

Sie legten zusammen und kamen auf drei Dukaten, einen Silbertaler und vier Kupferkreuzer. Für den Rest mussten sie den Abfall der Schenke den Turm hinuntertragen und neue Flaschen hinaufschleppen. Als sie das geschafft hatten, war Halrech verschwunden.

Boran,
achter Tag im Midsonnmond

Dass sich Abdul el Mazar entschieden hatte, ihn zu begleiten, wunderte Tylstyr Hagridson nicht. Die Gefährten hatten sich aufgeteilt, um nach Wegen zu suchen, die Seeschlangenjagd fortzusetzen. Phileasson und Ohm waren bei den Schiffen im Hafen, Vascal wollte sich erkundigen, ob vielleicht jemand einen echten Seeschlangenzahn feilbot. Bis auf Mirandola und Shaya, die ihren Rausch ausschliefen, hatte jeder eine Aufgabe übernommen. Abdul und Tylstyr verbrachten viel Zeit miteinander, der novadische Magier war ein faszinierender Gesprächspartner, wenn er halbwegs klar im Kopf war. Also lag nahe, dass die beiden Magier gemeinsam loszogen.

Auch dass sich Lailath im Schankraum der Tavern'uuzak *Zum grauen Schmetterling* von ihnen getrennt hatte, erschien Tylstyr normal. Er wusste inzwischen genug über Elfen, um ihre Erklärung nachzuvollziehen, dass sie in der Küche eine seltsame Melodie großer Schönheit gehört habe, der sie unbedingt lauschen müsse.

Was Tylstyr allerdings wunderte, war die Begrüßung, die sein Gefährte dem Magier entgegenrief, den sie in der Tavern'uuzak aufsuchten. »Der weithin berühmte Rakorium Muntagonus! So seht Ihr also aus.«

»Sicher«, brummelte der Mann, der gewiss schon sechs Jahrzehnte gesehen hatte. Sein grauer Bart verlängerte das hagere Gesicht um eine Handspanne. »Sehe immer so aus, wenn ich mich nicht verwandelt habe.«

»Es freut mich außerordentlich!« Abdul breitete die Arme aus und schob dabei mit der Rechten die Tür des Gästezimmers auf.

Rakorium ließ es widerwillig geschehen. Offensichtlich war er nicht auf Besuch eingerichtet. Obwohl die Sonne schon vor drei Stunden aufgegangen war, trug er ein Nachthemd, das ihm bis zu den Waden reichte, und eine Schlafmütze mit einem Bommel, die er der grellgelben Farbe nach zu urteilen wohl auf Maraskan erworben hatte. Die Füße standen nackt auf dem Holzboden.

Tylstyr folgte Abdul in den Raum. »Ihr kennt Euch?«

»Das wäre mir neu.« Er rollte das R, wie viele Bornländer es taten.

»Aber ja!« Noch immer enthusiastisch, stand Abdul mit weit geöffneten Armen vor dem Magier, den Cessimasab ihnen als

Experten für Echsen aller Art – »also auch für Seeschlangen« – angepriesen hatte.

Rakorium betrachtete den deutlich kleineren Mann skeptisch, bevor sein Blick zu dem Zauberstab schweifte, der neben dem Bett an der Wand lehnte. Ihm konnte nicht entgangen sein, dass seine Besucher ebenfalls Magier waren. Gemäß dem Codex Albyricus trugen sowohl Tylstyr als auch Abdul die grauen Roben, die reisenden Gildenangehörigen anstanden, und Tylstyr hatte auch seinen Zauberstab dabei.

Dennoch hob er die offene linke Hand, um seinem Gegenüber das dort gestochene Siegel seiner Schule zu zeigen. »Ich bin Tylstyr Hagridson von der Magischen Akademie zur Erforschung seherischer Phänomene sowie deren Umsetzung Neu-Hjaldingard.« Er hoffte, das Gespräch würde angenehm verlaufen und der berühmte Rakorium würde sich bereitfinden, Tylstyr einen Gefallen zu erweisen, der nichts mit der Wettfahrt zu tun hatte. Der sehr erfahrene Magier mochte erkennen können, welcher Natur die Zauber waren, die in Cellyanas Elfenbuch wirkten.

»Und ich bin Abdul! Abdul el Mazar, ebenfalls Echsenforscher. Wir stehen in Korrespondenz.«

Überrascht riss Rakorium die Augen auf. Sein Gesicht glänzte stärker, als es die Schwüle des Vormittags erklärte. »Natürlich, Abdul el Mazar! Weil ich so lange nicht von Euch hörte, war ich schon ... Aber Euer neuester Brief ... verwirrend.«

»Dann hat mein Schreiben aus Vallusa Euch erreicht?«

»In Festum haben mich die Beilunker Reiter nicht gefunden, aber gestern traf die Nachricht hier ...« Er drehte sich weg, nahm den Zauberstab, klopfte damit dreimal an die hölzerne Wand zu seiner Linken und stellte ihn wieder ab.

»Hätte gern von Eurer Ausgrabung in der Khôm ...« Er setzte

sich aufs Bett und sah Abdul an. »Aber die neue Nachricht gibt Anlass zur Sorge, wie mir …«

Die gerade Körperhaltung war wohl eine Eigenart Rakoriums. Es schien, als ersetze ihm eine Eisenstange das Rückgrat. Oder litt er Schmerzen, die er durch diese Haltung zu lindern suchte? Er schwitzte nicht nur wegen der feuchten Hitze, erkannte Tylstyr. »Was fehlt Euch, Meister Rakorium?«

Der alte Magier griff den Tonbecher auf dem Hocker neben seinem Bett und nahm einen Schluck. »Verdächtige diesen blaugrün schillernden Käfer … gebissen, das Biest … viel Gift auf Maraskan.«

Ein hellblonder junger Magier in vorschriftsmäßiger Robe erschien in der Tür. »Ihr habt geklopft, Meister? Oh, Ihr habt Besuch.«

Abdul ließ die Arme sinken, er sah wohl ein, dass die erhoffte Umarmung ausbliebe. »Euer Schüler?«, fragte er.

»Ich bin Hilbert von Puspereiken.« Der Blondschopf verbeugte sich. »Ich lerne bei Meister Rakorium an der Academia Magica Transformatorica Festumiensis, neu gestiftet und Hesinde zu Preis und Ehr im Zeichen des ewig wandelbaren Quecksilbers.« Er trug sein Akademiesiegel in der rechten Hand. Es zeigte ein Sechseck mit nach innen geschwungenen Kanten und den Elementarsymbolen an den Spitzen.

»Wir alle gehören der Großen Grauen Gilde des Geistes an«, stellte Tylstyr fest.

»Nur wenn wir wirklich sind, wer wir zu sein scheinen«, gab Abdul mit zu Schlitzen verengten Augen zu bedenken.

»Wer sollten wir denn sonst sein?« Tylstyr war unsicher, ob sich Abduls Verstand gerade wieder umwölkte.

»Ich versichere Euch, keine Verwandlungsmagie aktiviert zu haben«, sagte Hilbert.

»Mach erst einmal die Tür zu«, bat Rakorium.

»Genau, es ist wichtig, dass wir unter uns bleiben.« Abdul nickte glücklich wie ein Kind, das man fragte, ob man ihm Naschwerk aus der Stadt mitbringen sollte.

Klackend schloss Hilbert die Tür und sah die Besucher fragend an.

»Wir sind ...«, setzte Tylstyr von Neuem an.

»Abdul el Mazar«, unterbrach ihn Rakorium und zeigte auf den schmächtigen Novadi.

»*Der* Abdul el Mazar?«, rief Hilbert. »Was habt Ihr in der Khôm entdeckt? Wir stehen kurz davor, in den Dschungel aufzubrechen, um Akrabaal zu suchen. Bestimmt habt Ihr Kenntnis von der verlorenen Echsenstadt, Meister Abdul.«

»Ich hörte davon«, bestätigte er. »Ein spannendes Forschungsobjekt, so wahr die Sonne den Wüstensand bescheint. Aber im momentum ist dies nicht von höchster Bedeutung.«

»Das Sitzen strengt mich ...« Rakorium streckte sich auf dem Bett aus.

»Habt Ihr Skorpione versucht?«, erkundigte sich Abdul.

»Skorpione, Collega?«

»Ganz recht.« Der Novadi hob den Zeigefinger. »Der Skorpion ist der Vater der Giftmischer. Ich habe gesehen, dass man in den Gassen der Stadt gebratene Exemplare anbietet, auf Stöckchen gespießt. Esst sie, das wird die Verderbnis austreiben, die jener Käfer in Euer Blut gespuckt hat. Leider beherrsche ich keinen Zauber, der Gift neutralisiert. Ich habe es kürzlich beobachtet, ein Elfensang, aber ich kenne die Matrix nicht.«

Daran erinnerte sich auch Tylstyr. Das war in Ratheln gewesen, als Falnokul bei einigen von ihnen das Schlafgift neutralisiert hatte.

»Das könnte ein Klarum Purum gewesen sein«, vermutete Hilbert.

Rakorium wischte sich mit einem zerknüllten Leinentuch über die Stirn. »Hilbert, Skorpione.«

»Wie Ihr wünscht, Meister.« Er sah Abdul und Tylstyr an. »Ich denke, etwas Ruhe täte dem Väterchen ebenfalls gut.«

»Natürlich«, versicherte Tylstyr. »Wir wollen nur vorher ein paar Fragen stellen. Es ist sehr wichtig.« Er tastete nach dem Elfenbuch in seiner Tasche. Leider war Rakorium wohl zu erschöpft, um es zu untersuchen.

»Was führt Euch her?«

»Der Kladj!«, rief Abdul begeistert. »Cessimasab hat uns gesagt, er sei eine äußerst effektive Methode, Dinge aller Art herauszufinden. Man müsse nur die Frage in Umlauf bringen, dann springe sie ganz allein von Haus zu Turm, von Krämer zu Händler, von Koch zu Seefahrerin. Noch ehe man damit rechnet, kehrt die gestellte Frage mit einem Dutzend Antworten im Schlepp zu einem zurück.«

»Kladj«, erklärte Rakorium, wobei er an die Zimmerdecke blickte, an der die etwas krummen Holzbalken rötlich bemalt waren, »ist das Weitertragen von brühwarmen Halbwahrheiten unter massiver Einbringung der eigenen Interpretation. Schreib das auf, Hilbert. Für meinen Reisebericht.«

»Ja, Väterchen.« Er verbeugte sich.

Als er sich wieder aufrichtete, sah er Tylstyr an. »Welche Frage habt Ihr denn gestellt?«

Tylstyr entschied sich, zur Sache zu kommen. Rakorium drohte einzuschlafen. »Uns geht es um Seeschlangen. Wir müssen unbedingt eine finden.«

»Finden?« Ungläubig neigte Hilbert den Kopf. »Ihr sucht nicht etwa eine Möglichkeit, ihr Nahen zu erkennen, um ihnen auszuweichen?«

Tylstyr schüttelte den Kopf. »Wir tragen einen Wettkampf aus, bei dem wir uns zwölf Aufgaben stellen, die eines Helden würdig sind.«

»Ihr könntet uns nach Akrabaal begleiten«, schlug Rakorium träge vor. »Bei einer Expedition in den Dschungel kann man immer erfahrene Haudegen … Zeit aufholen, die der vermaledeite Käfer uns gestohlen …«

Tylstyr schüttelte den Kopf. »Unsere Aufgaben sind anderer Natur.«

Er überlegte, den Himmelsturm zu erwähnen, der sicher jeden faszinierte, der an mystischen Orten interessiert war. Vor allem, wenn er erläuterte, welche Rolle die Felsnadel im ewigen Eis bei der Entstehung der Magierphilosophie gespielt hatte. Aber wenn er davon anfinge, riskierte er tatsächlich, dass Rakorium in seinem geschwächten Zustand wegdämmerte, bevor sie herausfanden, ob der Echsenforscher ihnen mit den Seeschlangen helfen könnte.

»Wir brauchen den Reißzahn eines solchen Ungeheuers«, fuhr er daher fort. »Zwei Gefährtinnen haben von einem Fischer erfahren, dass er mehrmals Seeschlangen an einem bestimmten Ort an der Ostküste Maraskans begegnet ist. Leider hat er nicht verraten, wo genau sich diese Gewässer befinden.«

Jedenfalls hatten sie das, was Mirandola gestern Abend mit schwerer Zunge vorgetragen hatte, so verstanden. Shaya war auf direktem Wege ins Bett geschlingert.

»Es waren besonders große Seeschlangen«, ergänzte Abdul. »Der Fischer meint, sie müssten sehr alt gewesen sein.«

»Was alt ist, stirbt«, warf Rakorium ein. »Da war doch diese Sache mit der Gruft …«

»Welche Gruft?« Fragend sah Tylstyr Hilbert an.

»Ich glaube …« Eine Denkfalte erschien auf der Stirn des Jünglings. »Ich bin mir nicht ganz sicher, aber ich meine, der Drucker sprach von einem Friedhof der Seeschlangen.«

»Das klingt gut, das wohl! Wo ist das?«

»Das wissen wir nicht, wir haben nach Karten gesucht, die uns helfen, Akrabaal zu finden.«

»Er wird die Karte noch …«, begann Rakorium, ohne den Satz zu beenden. »Bring Abdul und seinen Freund dorthin.«

»Ja, Meister.«

»Ihr werdet ohne mich gehen müssen«, beschied Abdul. »Ich habe Wichtiges mit Rakorium zu bereden.«

»Euer Brief«, murmelte der Kranke.

»Das wohl.«

Tylstyr schmunzelte, weil Abdul ganz selbstverständlich die thorwalsche Redewendung benutzte.

»Es geht um unsere andere Forschung, Rakorium. Das Dunkel lauert nicht nur bei den Echsen.«

Skeptisch sah er Tylstyr und Hilbert an. »Weshalb seid ihr noch da? Belauscht ihr uns?«

»Gehen wir«, schlug Tylstyr vor.

Boran,
achter Tag im Midsonnmond

Hilbert von Puspereiken klammerte sich an seinen Zauberstab – einen geraden Stecken mit eingefasstem Kristall am Kopfende –, als müsse er sich gegen den Lärm der Druckstöcke stemmen, um nicht davon auf den Bor hinausgetragen zu werden. Der Fluss mündete hier ins Hafenbecken. Dabei nahm er die überschüssige Farbe der Stoffdruckerei mit. Die vorgefärbten Tücher tropften wie Wäsche an Leinen ab, die quer durch die niedrige Halle gespannt waren, die meisten auf doppelter Kopfhöhe, manche noch tiefer. Die Drucker hatten bunte Finger, weil sie prüften, welche

Stücke bereits trocken genug waren, um sie abzunehmen. Die Alten und Ungeschickten gossen Wassereimer auf dem Steinboden aus und schrubbten die Farbe in die handspannbreiten Abflusskanäle, die sich zum Fluss hin in einer Rinne vereinigten. In der Vergangenheit war der Erfolg dieser Arbeiter offenbar mäßig gewesen, dachte Lailath, denn das ursprüngliche Steingrau des Bodens war nur noch an vereinzelten Stellen zu sehen. Ineinanderlaufende bunte Flecken dominierten.

»Wir sollen mitkommen«, übersetzte Lailath den Schwall Kauderwelsch, mit dem der Herr dieser Druckerei sie bedacht hatte.

»Du verstehst, was er sagt?«, fragte Tylstyr Hagridson überrascht.

Auch Hilbert sah sie fragend an. Dennoch bestätigte er: »So habe ich Brüderchen Kannziber auch verstanden.«

Lailath dachte über Tylstyrs Frage nach. Die Worte des Maraskani waren eigentlich nicht ungewöhnlich. Man brauchte dafür nur eine Stimme, wie bei jeder Menschensprache. Manche ähnelten stark dem Garethi, andere dem Tulamidya, das die Stämme der Wüste sprachen und das Lailath auch manchmal gebrauchte, wenn sie sich mit Abdul unterhielt. Nur wenige Begriffe ließen sich weder aus dem einen noch aus dem anderen ableiten. Aber vor allem lauschte die Elfe auf die Melodie, in der die Wünsche ihres Gesprächspartners klangen. Der Mann mit dem zu einem halben Dutzend auf seine Brust fallenden Zöpfen geflochtenen Bart lud sie ein, er bot etwas an, und dabei machte er mit beiden Händen eine Geste an den Stoffleinen vorbei. Das verdeutlichte seine Absicht, obwohl auch Ungeduld, sogar eine Spur von Ärger, in seiner Stimme mitklang und aus seinen unter buschigen Brauen liegenden Augen sprach. Das war bei Menschen oft so, sie fühlten viele Empfindungen gleichzeitig. Darin lag ein wesentlicher Grund für ihre Hektik.

Tylstyr schien das Interesse an der Beantwortung der Frage, wieso Lailath den Maraskaner verstand, bereits wieder verloren zu haben. Gemeinsam mit Hilbert folgte er dem Stoffdrucker. Ergeben schloss sich Lailath an.

Tylstyr klemmte seinen Zauberstab, eine schmucklose Ausfertigung aus dem Holz einer Steineiche, unter dem linken Arm ein, um beide Hände benutzen zu können. Damit fasste er die Krempe seines spitzen Huts und zog ihn tiefer auf seinen Kopf. Da der Magier schwitzte, bezweifelte Lailath, dass ihm kalt war. Seine Absicht lag wohl darin, seine Ohren vor dem Klackern der Druckstöcke zu schützen.

Elfenohren waren viel feiner als jene von Menschen, aber Lailath störte sich dennoch nicht am Lärm. Die Zahnräder rasselten, die Ketten mit den Gegengewichten quietschten, die Kassetten knallten aufeinander, um die zwischen ihnen liegende Stoffbahn mit Mustern zu versehen. Diese stellten die Druckmeister mit aus Hartholz geschnitzten Stempeln zusammen, die sie in Spalten und Reihen in den Kassetten setzten, um sie dann mit Zapfen zu fixieren. Meist waren sie nicht sogleich zufrieden, nahmen einzelne Stempel heraus, ließen sie nachschnitzen, ersetzten sie durch andere. Das Holz klackte. Dazu kam das Rufen der Arbeiter, die sich nur selten über die anstehenden Aufgaben und meistens über ihre Verwandtschaft austauschten.

Ganz Boran war so, und Galandel und Salarin klagten deswegen über Kopfschmerzen. Lailath dagegen machte es nichts aus. Für sie war diese gesamte Stadt wie ein Kessel, in dem Suppe brodelte. Wenn man wollte, konnte man einzelnen Blasen zuschauen, wie sie sich vergrößerten, mit anderen zusammenwuchsen und schließlich platzten. Da man selten Grund dazu hatte, erfreute man sich meistens am Geblubber. Man durfte nur nicht den Fehler machen, jedes Geräusch wahrnehmen zu wollen.

Es fiel Lailath wohl leichter als den anderen Elfen, überlegte sie, weil sie mehrere Monde in Gareth verbracht hatte. Die Garethjas, wie man die Menschen des Mittelreichs auf dieser Insel nannte, waren zwar weniger hektisch als die Maraskaner, aber Gareth war die größte Stadt der Rosenohren.

Sie folgten Kannziber einen Turm hinauf. Offenbar bewahrte er seine Karten im obersten Stockwerk auf.

Die aus parallelen Holzleisten gefertigten Fensterläden des quadratischen Raums waren nach oben hin geöffnet, in den Rahmen verkeilte Stäbe hielten sie in Position. Ein milder Wind wehte durch die Öffnungen. Während Tylstyr augenscheinlich plagte, dass er auch den Lärm der Stadt und besonders der unter ihnen liegenden Druckerei hereintrug, schloss Lailath die Augen und genoss die Brise. Sie kam vom Land und trug den Geruch von Humus und Bäumen mit sich, nicht das Salz des schrecklichen Meeres.

Sie öffnete die Lider, weil Hilbert an ihrem Ärmel zupfte. »Könntet Ihr mir wohl helfen zu verstehen, was Herr Kannziber sagt, Tantchen Elfe?« Auch der junge Magier redete seine Gesprächspartner gern wie Verwandte an, aber das lag wohl nicht daran, dass er maraskanische Sitten angenommen hätte. Tylstyr meinte, bei den Bornländern drücke »Tantchen« Respekt aus.

Die Ungeduld dominierte nun die Melodie des Druckermeisters. Er gestikulierte zu einem in enge Rauten eingeteilten Regal. Jedes Fach enthielt ein aufgerolltes Stück Stoff.

»Man kann Botschaften darauf lesen …« Lailath beobachtete seine flatternden Hände und lauschte den Silben. »… aber er kann es nicht … nicht immer. Nicht bei jedem … jedem?«

»As'Haima«, half Hilbert. »So heißen diese Tücher. Die Botschaft steckt in den aufgedruckten Motiven. Man kann sie aber nur erkennen, wenn man die Tücher richtig faltet.«

»Genau das habe ich doch gesagt«, erklärte Kannziber in zwar seltsam betontem, aber von den verwendeten Begriffen her reinem Garethi, verfiel jedoch sofort wieder ins Maraskani.

»Er bedauert, dass Meister Rakorium …«

»… das As'Haima zu Akrabaal noch nicht zurückgebracht hat, ja«, vervollständigte Hilbert. Der junge Magier wandte sich direkt an den Drucker. »Leider konnten wir die Karte noch nicht auf Pergament übertragen.« Echtes Bedauern klang aus seiner Sprachmelodie. »Väterchen Rakorium wurde vergiftet.«

Kannziber riss die Augen auf. »Er ist zum schwermütigen Bruder gegangen?«

»Nein, nein, er lebt, und es geht ihm auch schon besser. Aber wir kommen langsamer voran als erhofft.«

Kannziber schlug vor, einige Vettern und Basen vorbeizuschicken, die den Kranken mit fröhlichem Kladj aufmuntern sollten.

»Das ist freundlich von Euch«, sagte Hilbert, »aber mein Meister erholt sich am besten, wenn man ihn in Ruhe lässt. Deswegen schickt er auch mich, damit ich mich nach dem Friedhof der Seeschlangen erkundige.«

Grübelnd trat der Maraskaner vor das Regal. Er zog ein Stück Stoff heraus, rollte es ein wenig auf, betrachtete es und legte es wieder zurück. Das wiederholte er dreimal, bevor er die Schönheit pries.

Mit für die Rosenohren üblichem Wankelmut händigte er das As'Haima Hilbert fröhlich aus, um gleich darauf betrübt festzustellen, dass er nicht wisse, wie es zu falten sei. Hilbert könne sich aber Zeit damit lassen und dürfe es auch gern mitnehmen, die Widerstandsgruppen, die für gewöhnlich nach Kartenmaterial verlangten, hätten noch nie danach gefragt. Sofort wurde Kannziber wieder ungeduldig. Er müsse sich nun dringend um die Druckerei kümmern. In seinem Geschäft ginge es schließlich nicht darum, etwas so Profanes wie Flugschriften oder Bücher zu drucken. Dabei brauchte man bloß ungefähr den Schwung der Buchstaben zu treffen, und wenn sie durch die Reihen tanzten wie betrunkene Ameisen, sei das auch egal, solange die Leser nur den groben Sinn erfassten. Bei Kannziber dagegen druckte man Schönheit, das verlangte äußerste Sorgfalt.

»Seid bedankt.« Hilbert verbeugte sich mit dem As'Haima in der Hand.

Kannziber umarmte Hilbert, nickte Tylstyr zu, bedachte Lailath mit einem nachdenklichen Blick und umarmte auch die Elfe. »Du bist schön, Schwester«, sagte er.

»Ich weiß«, bestätigte Lailath. Auf ihren Reisen hatte sie immer wieder gefunden, dass Menschen die zierliche Gestalt von Elfen und ihre ewige Jugend attraktiv fanden. »Man sieht mir nicht an, dass ich vor einem Vierteljahrtausend geboren wurde.«

»Nein, das …« Mit einem Räuspern löste Kannziber die Umarmung. Er fragte, ob Lailath von ihrem gegenwärtigen Leben sprach.

Sie bestätigte.

Zur Ungeduld gesellte sich Verwirrung. Kannziber pries nochmals die Schönheit und verließ das Turmzimmer.

Tylstyr sah Hilbert an. Sein Blick wanderte am jungen Mann hinab, um dann am As'Haima hängen zu bleiben. »Wie gehen wir vor?«

»Es wird schwer«, kündigte Hilbert an. »Man benutzt As'Haimas, wenn man verhindern will, dass jemand, den eine Botschaft nichts angeht, diese lesen kann.«

»Aber uns geht es doch etwas an«, wandte Lailath ein. »Wir müssen doch den Ort finden, wo wir auf Seeschlangen stoßen.«

Der Blick, mit dem die beiden Menschen sie bedachten, verriet, dass ihnen dieser naheliegende Gedanke gar nicht gekommen war. Manchmal waren die Rosenohren seltsam.

»Wegen der Prophezeiung.« Lailath sprach langsam, um sicherzugehen, dass sie ihr folgen konnten. »Die Wettfahrt. Wir müssen dem Foggwulf helfen, an den Zahn einer Seeschlange zu kommen.«

»Ja, schon«, gestand Tylstyr zu. »Aber derjenige, der diese Karte auf dem Stoffbild verborgen hat, wusste doch nicht … ach, egal. Probieren wir unser Glück.«

Sie setzten sich im Schneidersitz auf den Boden. Hilbert breitete das Tuch zwischen ihnen aus, es war quadratisch mit einer Kantenlänge von beinahe einem Schritt. Der Rand war rot gefärbt, ansonsten dominierten grüne Schattierungen. Über diese zogen sich verschlungene gelbe Linien.

»Und jetzt müssen wir es richtig falten?«, versicherte sich Tylstyr.

»Ja«, bestätigte Hilbert, »aber ich wüsste nicht, wie uns das ohne Anhaltspunkt gelingen sollte.«

»Das könnte eine gute Aufgabe für Vascal sein.« Tylstyr kraulte seinen kurzen Bart. »Er ist ein Nandusgeweihter, die lieben Rätsel.«

»Ich glaube, das Tuch will hier gefaltet werden.« Lailath fuhr mit dem Zeigefinger eine Falte nach, die vielleicht zu flach war, als dass Menschenaugen sie bemerkt hätten.

Da die beiden Männer nichts anderes taten, als sie fragend anzustarren, fasste sie das As'Haima mit den Fingerspitzen und klappte etwa ein Fünftel des Tuchs über den größeren Teil.

Es war beidseitig bedruckt. Wenn man sich die rote Kante wegdachte, passten die gelben Linien so, wie das Tuch jetzt lag, auf Vorder- und Rückseite recht gut zusammen … Aber sie waren noch nicht *schön*, im unteren Teil bog der Schnörkel zu flach ab.

Lailath korrigierte das, sie knautschte das Tuch an dieser Stelle.

»Moment.« Hilbert half ihr, indem er den Finger auf einen gelben Punkt drückte und ihn drehte. Dadurch ergaben sich geschwungene Falten wie bei einer mehrarmigen Spirale. In diesem Teil des Musters fanden die Linien zueinander.

»Das hier!« Aufgeregt sprang Hilbert auf, zeigte aber mit dem gestreckten Arm hinab auf den gerade gestalteten Bereich. »Das ist der Südosten von Maraskan! Wo das Grün ins Blaue hineinspielt, das ist das Meer, und die drei Tupfen, das sind Buli, Saijana und Andalkan.«

»Was sind Buli und … was auch immer?«, fragte Tylstyr.

»Vorgelagerte Inseln!« Vor Aufregung sprach Hilbert so schnell, dass er nach Luft schnappen musste.

Die Sprunghaftigkeit der Rosenohren machte Lailath viel mehr zu schaffen als der Lärm der Stadt. Sie vertiefte sich lieber in das Muster. »Ich glaube, hier muss noch ein Knick hin …«

»Nur zu!«, ermunterte Tylstyr sie. »Wir machen es ganz, wie du meinst, das wohl!«

Boran,
achter Tag im Midsonnmond

Eine Händlerin hatte Leomara della Rescati bunt bedruckte Stoffreste geschenkt, die das Mädchen nun mit großer Kreativität benutzte, um sich zu maskieren. Es verknotete sie, verkürzte die Zipfel mit Schleifen, drehte unterschiedliche Farben zusammen und schnitt Gucklöcher mit dem Bratenmesser. Die Gäste in der Tavern'uuzak *Tanzende Lilie* sahen immer wieder zu ihnen herüber, vor allem, wenn Leomara nicht nur kicherte, sondern lachte, so wie jetzt.

»Du siehst aus wie ein blühender Busch!«, rief sie.

Praioslob bewegte die Hände unter dem Tuch, das er sich übergeworfen hatte. »Und in dem Gebüsch hockt eine Horde Kobolde, die kleine Kinder rauben!«

»Ich bin gar nicht klein!«, versetzte Leomara schnippisch. »Ich bin schon zehn!«

»Oh, dann kriegen die Kobolde Angst vor dir und laufen weg.« Er zog die Hände zurück, der Stoff fiel um seinen Oberkörper.

Es tat gut, Leomara so fröhlich zu sehen, nachdem ihr Geburtstag wegen der Meuterei auf der *Sturmvogel* ein trübsinniger Jahresbeginn gewesen war. Warum waren die Menschen so dumm, dass sie ständig die gerechte Ordnung brechen wollten, die der Herr Praios ihnen gegeben hatte? Hätten sich die Maraskaner an Bord den Befehlen Kapitän Bachas gefügt, wäre dem gesamten Schiff viel Leid erspart geblieben.

Leomara zog ihre Tücher vom Kopf und machte sich daran, die Knoten zu lösen, um sie neu zu verbinden. »Dein Tuch ist auch schön mit den verschiedenen Grüntönen und den gelben Linien.«

»Das kriegst du nicht!«, rief Hilbert von Puspereiken. Er zupfte an dem Tuch herum, das er mehrfach gefaltet und in einige Wirbel gedreht hatte.

Tylstyr hatte den jungen Magier im *Garethja-Stiefel* abgeliefert, wo die Ottajasko abgestiegen war. Nun wollte der Magier Phileasson und Ohm im Hafen suchen, um sie herzuholen. Da der einzige Vorzug des *Garethja-Stiefels* jedoch darin bestand, dass er billig war, hatten sie beschlossen, sich ein wenig die Straße hinunter in der *Tanzenden Lilie* zu treffen. Sie lag am südwestlichen

Rand des Hafenbeckens, wo schon lange keine Schiffe mehr anlegten. Stattdessen schwammen hier seeuntüchtige Boote und Flöße, die man aus Fässern, zerbrochenen Brettern und Treibgut ebenso abenteuerlich zusammenzimmerte wie die Türme Borans. Mehr oder weniger eng hingen sie alle zusammen, sodass sich ein schwimmendes Dorf bildete.

Das knappe Dutzend Gäste wandte sich wieder seinen meist kargen Speisen oder der Attraktion zu, der die *Tanzende Lilie* ihren Namen verdankte. Ein sehniger Knabe, der gelbe Stoffbahnen an alle Gelenke gebunden hatte – dünne Bändchen an den Fingern, die größten an Knien und Ellbogen –, wand sich zu den Klängen einer Trommel und einer Flöte. Das tat er schon, seit sie gekommen waren. Er bewies Ausdauer.

Nur einer der drei Starrer am runden Tisch neben dem Eingang blickte noch zu ihnen herüber. Das Trio war merkwürdig. Einer saß auf einem Hocker, zwei auf Stühlen, aber mit den Lehnen auf der Seite, sodass sie jeweils einen Ellbogen darauf ablegen konnten. Außerdem bewegten sich die Männer kaum. Sie erinnerten Praioslob an einen versteinerten Verbrecher, den er einmal in Gareth gesehen hatte.

Eine schreckliche Strafe, versteinert zu werden … Man munkelte, dass der Verurteilte noch alles miterlebte, seine Umgebung wahrnahm, aber nicht mehr Teil des Lebens war, sich weder äußern noch sonst wie mit anderen Menschen interagieren konnte.

Die Meuterer der *Sturmvogel* gingen straflos aus, wenn man vom *Gang zum Drachenführer* absah. Das kam Praioslob milde vor, zumal man jemanden, der eines solchen Verbrechens schuldig war, normalerweise hängte oder wenigstens auf einer einsamen Insel zurückließ. Andererseits war unklar, wer welchen Anteil an der Meuterei hatte. Im Dunkel des Schiffsbauchs hatte wohl niemand gesehen, wer die tödlichen Hiebe gesetzt hatte.

Er verstand auch, dass sie die Maraskaner gebraucht hatten, um die *Sturmvogel* über die See bis in den Hafen zu bringen. Und generell war Strafe kein Selbstzweck. Aber es war etwas anderes, ob jemand aus Unwissenheit eine Verfehlung beging, wie der halbelfische Magier in Mendena, oder ob er etwas tat, von dem er wusste, dass er dem Bösen Vorschub leistete. In letzterem Fall galt es zu strafen, um zu erziehen. Sowohl die Übeltäter als auch jene, die am Beispiel ihres Schicksals lernen sollten. Die Milde gegenüber den Meuterern blieb ungerecht.

Gerechtigkeit gab es nur bei den Göttern, nicht bei den Menschen, dachte Praioslob. Er beobachtete den Tänzer. Die Meuterer lebten. Shulinai war tot. Wäre es anders gewesen, hätte sie sich vielleicht entschlossen, die Gäste mit ihren fließenden Bewegungen zu erfreuen, ihrem Lächeln, dem Glanz auf ihrer bronzefarbenen Haut, wenn der Schweiß auf den Schultern lag. Vielleicht hätte sie aber auch nur still zugesehen, um den Tänzer nicht zu kränken, den sie zweifellos in den Schatten gestellt hätte. Praioslob erinnerte sich so deutlich, als sei es erst vor Augenblicken geschehen, wie sie im Frühling zwischen den Jurten der Sairan-Hokke getanzt hatte.

Das Essen kam, Gemüse in einer dampfenden gelben Paste. Man hatte ihnen versprochen, dass es süß sei, nicht scharf. Die übliche Schärfe maraskanischer Gerichte verursachte bei jedem Bissen Atemnot. Wenn man dann etwas trank, wurde es nur noch schlimmer, weil es das Brennen verteilte.

Auch das Essen brachte Hilbert nicht davon ab, sich weiter am As'Haima zu versuchen. Er stellte den Holzteller vorsichtig daneben.

»O Herrin Travia«, betete Praioslob, »segne diese Speise, damit sie uns wohl bekomme.« Seit Ratheln achteten sie darauf, dass sie immer den Segen über das Essen sprachen. Meist erledigte das Shaya, aber die schlief noch im *Garethja-Stiefel*. Sie hatten eine Nachricht hinterlegt, wo sie zu finden waren, wenn sie aufwachte.

Jetzt glotzten wieder zwei der Starrer zu ihnen herüber. Sie blinzelten nicht einmal!

Praioslob pustete über seinen Löffel und schob ihn in den Mund. Das Gericht war süß wie eine in Rübensirup getränkte Zuckerrübe.

»Kommst du voran?«, fragte er Hilbert.

»Ich weiß nicht, wie Lailath das gemacht hat!«, klagte er. »Sie sagt, es müsste *schön* sein, dann würde sich alles fügen.«

Lailath ... auch bei der Elfe verwischten Strafe und Verzeihung, sogar Belohnung, ließen die Klarheit vermissen, die Praios gefiel. Sie hatte Salarin im Kampf gegen Räuber beigestanden und Ohm aus einem Abgrund gerettet, aber sie hatte auch Phileasson die Silberflamme gekostet. Auf dem Schiff war sie nahezu nutzlos gewesen, ihre Angst vor dem Meer lähmte sie, aber sie hatte sich gegen die Meuterer gestellt.

»Es ist eine Karte«, erklärte Hilbert zum wiederholten Male. »Der Ort, den wir suchen, liegt beinahe zweihundert Meilen südlich von hier an der Küste.«

Diese Starrer waren unerträglich! Praioslob starrte zurück.

Alle drei waren junge Männer mit Allerweltsgesichtern. Die Augen standen leicht schräg, und die Haut war dunkel, wenn auch nicht so sehr wie bei Abdul oder Lailath. Der Haarschnitt nahm sich für die Sitten dieser Insel sogar unauffällig aus, nur ein paar kurze Stacheln, die in alle Richtungen abstanden. Sie rieben wohl Fett oder so etwas hinein, damit die Frisur nicht zusammenfiel.

Der einzige Erfolg von Praioslobs Zurückstarren lag darin, dass nun auch der Dritte zu ihnen herüberglotzte. Gern hätte sich der

Geweihte den Blicken mittels seiner Tuchmaske entzogen, aber das Essen würde damit zu umständlich. Er wollte es rasch hinter sich bringen und verbrannte sich den Mund.

Abdul el Mazar betrat die Tavern'uuzak. Oft huschte sein Blick unstet umher, aber heute wirkte er gefasst. Sofort entdeckte er Leomara, Praioslob und Hilbert und kam zu ihrem Tisch.

»Ah, Ihr seid fündig geworden!«, sprach er Hilbert an. »Mithilfe dieses Tuchs könnt Ihr also bestimmen, wo der Friedhof der Seeschlangen liegt?«

»Wenn mir das nur so gut gelänge wie Lailath.« Hilbert seufzte. »Ich fürchte, wir müssen warten, bis sie zu uns stößt. Dabei tritt die Küstenlinie so klar hervor, wenn man den Stoff richtig legt!«

»Meister Rakorium hält große Stücke auf Euch.« Gönnerhaft tätschelte Abdul Hilberts Schulter. »Es ist gut, einen Lehrer zu haben, der einen leitet. Meinen Nichten war das leider verwehrt. Auch sie hatten Talent, und wenn man es besser gefördert hätte, wären sie möglicherweise vorbereitet gewesen.«

»Worauf?«, fragte Hilbert.

Plötzlich wichen Stolz und Selbstbewusstsein aus Abduls Antlitz. Der kleine Mann schien noch kleiner zu werden, als er ohnehin schon war. »Auf die Täuscherin.« Seine Augen füllten sich so rasch mit Tränen, dass sie sofort überliefen.

»Was hast du, Onkel Abdul?«, fragte Leomara.

Bevor er antworten konnte, drängte ihn einer der Starrer zur Seite. Er und seine beiden Freunde stellten sich hinter Hilbert und glotzten das As'Haima an. »Was macht ihr da, ihr Kothaufen?«

»Ich verbitte mir diese rüde Behandlung und die herabwürdigende Titulatur!«, rief Abdul. Mit beiden Händen versuchte er, den Starrer, der ihn weggeschoben hatte, zurückzudrücken. Es gelang ihm nicht, er war wohl zu schmächtig.

Dennoch machte er den jungen Mann wütend. Er stieß ein Fauchen aus, wie Praioslob es noch nie bei einem Menschen gehört hatte. Es jagte ihm ein Schaudern über den Rücken, weil es ihn an die Gletscherwürmer im ewigen Eis erinnerte.

Er stand auf. »Es besteht doch gar kein Grund zum Streit.«

Der mittlere Starrer wandte sich ihm zu. »Der Kothaufen, der sich ständig hinter der Stoffmütze versteckt, hat ein bisschen Verstand.«

»Das ist doch nur eine Verkleidung! Leomara ist zehn geworden. Ein Spiel für das Kind.«

»Iiiihhh, der kleine Kothaufen ist gar kein Krüppel, sondern ein Kind?«, fragte der Starrer, den Abdul noch immer wegzuschieben versuchte.

»Ich bin schon zehn!«, rief Leomara.

»Das ist ja eklig«, urteilte der Mittlere.

Praioslob ärgerte sich über das rüde Auftreten, doch etwas anderes verwunderte ihn: Es fiel ihm schwer, individuelle Merkmale bei den dreien zu erkennen. Drillinge schienen sie aber auch nicht zu sein. Solange man einen von ihnen anschaute, sah man den Leberfleck, den Schnitt am Kinn, der von der Rasur herrühren mochte, oder die Warze neben dem Auge. Aber sobald man sich einem anderen zuwandte, verblassten diese Merkmale sofort.

»Wie sollen eure Jungen jemals für sich sorgen können, wenn ihr es sie nicht lehrt?«, erkundigte sich der Linke. »Ihr solltet sie in der Wildnis aussetzen, wo sie groß und stark werden, bevor sie zu euch zurückkehren.« Mit einem Ruck schwenkte sein Blick zu Abdul. Er kniff ihm in den Oberarm.

Erschrocken schrie der schmächtige Magier auf.

»Den hat seine Kothaufenmutter bestimmt auch verhätschelt, der ist kümmerlich geblieben. Oder bist du auch noch ein Kind?«

»Ich bin über sechzig Jahre alt!« Der kleine Novadi wischte seine Tränen ab. »Welches Jahr schreiben wir eigentlich?«

»Eintausendundacht«, sagte Praioslob abwesend. Diese Leute waren seltsam! »Wer seid ihr?«

»Handelsreisende!«, antworteten alle drei gleichzeitig.

»In einer belagerten Stadt?«, zweifelte Praioslob, obwohl die Starrer akzentfreies Garethi sprachen.

»Das tut überhaupt nichts zur Sache.« Der Mittlere fuchtelte so schnell mit den Händen, dass Praioslob verblüfft feststellte, dass sie in seinem Blick verschwammen. Das kannte er von den Waffenübungen; wenn Salarin und Lailath kämpften, hatte das Auge manchmal Mühe, zu folgen. Aber bei einer Geste in einem Gespräch in einer Taverne …?

»Ihr habt über einen Friedhof der Seeschlangen gesprochen«, fuhr der Mann fort. »Was hat dieser bunte Stoff damit zu tun?«

Leomara stand auf, wobei sich das Mädchen schwer auf dem Tisch abstützte. *»Jahrhunderte und länger haben wir uns in der Zuflucht verborgen, in die der Grausame uns getrieben hat.«* Ihre Stimme war tief wie die eines beleibten Mannes.

Geister gaben ihr eine Vision ein, das war die beste Erklärung, die die Ottajasko und auch ihr Onkel Vascal für die Hellsichtigkeit des Mädchens hatten. Praioslob hielt den Atem an. Unheilige Mächte wirkten …

»Es ist Zeit, das Draußen zu erforschen. Legen wir Masken an«, das Mädchen stülpte den bunt bedruckten verknoteten Stoff über den Kopf, *»und sehen wir uns um!«*

Nicht nur die Starrer fixierten Leomara.

Einige Herzschläge stand das Mädchen unbewegt, dann sackte es kraftlos zusammen. Gerade noch rechtzeitig fing Praioslob Leomaras Kopf ab, bevor er auf die Tischplatte schlug.

Der Tänzer stellte seine Bewegungen ein, als er merkte, dass die Musik verstummt war und alle zum Tisch der Gefährten sahen. Der erste Gast legte eine Münze neben seinen Humpen und verließ eilig die Tavern'uuzak. Die anderen folgten ihm rasch.

»Geht es dem Mädchen gut?«, fragte Hilbert.

»Sie wird gleich wieder zu sich kommen«, versprach Praioslob.

»Der Kind-Kothaufen ist klug«, sagte der rechte Starrer.

»Zu klug«, meinten die beiden anderen.

Kalte Blicke richteten sich auf Abdul, Hilbert und Praioslob.

Boran,
achter Tag im Midsonnmond

Der Seemann, den Tylstyr Hagridson für einen Offizier hielt, lachte von der Reling herab. »Vorhin waren schon zwei Thorwalijis hier, Bruderschwester! Die wollten auf unserer schönen *Spinnenkuss* anheuern, aber nicht als Muhjibs. Wir sollten mit ihnen davonsegeln und die Heilige ohne unseren Schutz lassen.« Wieder lachte er und schüttelte dabei so heftig den Kopf, dass die Glöckchen in seinen zahllosen Zöpfen klingelten. »Kannst du dir das vorstellen?«

Diese Vorstellung fiel Tylstyr in der Tat leicht. Die *Spinnenkuss* war zwar sicher nicht das schnellste Schiff in Borans Kriegshafen, aber der breite Rumpf des Dreimasters böte ausreichend Platz für die Ottajasko und die Vorräte, die eine wochenlange Reise erfordern würde. Das mussten Phileasson und Ohm sogleich erkannt haben.

»Weißt du, wo sie hin sind?« Tylstyr sprach langsam, in der Hoffnung, der Maraskaner würde es ihm gleichtun.

Vage deutete der Mann nach Westen, an der geschwungenen Linie des südlichen Hafenbeckens entlang. »Vielleicht haben deine Freunde bei einem Kapitän Glück, der sein Schiff verkaufen will. Manche sind trübsinnig geworden und glauben nicht daran, dass die Garethjas dieBlockadejemalsaufhebenwerden.« Er redete immer schneller, sodass Tylstyr ihn nicht mehr verstand, was dem Maraskaner aber anscheinend entging.

Tylstyr war die gesamte Meile des Südufers abgelaufen und hatte alle Schiffe gemustert. In der Tat hegten viele Eigner wohl wenig Hoffnung, in nächster Zeit wieder zur See zu fahren, und bauten ihre Segler zu schwimmenden Häusern um. Andere ließen sie verrotten. Nur eines lag auf Kiel und wurde ausgebessert. Vielversprechend wirkten nur zwei Thalukken auf Tylstyr, aber dort waren Phileasson und Ohm nicht vorstellig geworden. Vielleicht erschien ihnen der Versuch aussichtslos, die Kapitäne mit der knappen Barschaft der Ottajasko zu überzeugen, ihre guten Schiffe auf einer Seeschlangenjagd zu riskieren, und sie sprachen lieber die Verzweifelten an.

»Es wird bald Abend, Bruderschwester.« Der Seemann streckte die Hand aus, als müsste er sich überzeugen, dass es noch nicht aus den Wolken regnete, die sich immer dichter zuzogen. »Vielleicht sind sie in einer Tavern'uuzak?«

Nachdenklich kraulte Tylstyr sein Kinn. Das mochte angehen, am Hafen standen viele Wirtshäuser. Aber es konnte auch sein, dass die beiden am Nordufer der Bucht suchten. Da gab es zwar weniger Liegeplätze, aber möglicherweise zog es dorthin die Kapitäne, die noch nicht von der allgemeinen Lethargie an den Kais der belagerten Stadt erfasst waren.

»Ich danke dir!«, rief er dem Seemann zu, der zum Abschied freundlich nickte.

Einige Fischerboote fuhren hinaus. Sie würden wohl nah an der Küste bleiben und im Schutz der Festung ihre Netze auswerfen. Ohnehin waren sie für die Ottajasko zu klein.

Unschlüssig machte sich Tylstyr auf den Rückweg.

Das größte Schiff im Hafen war die *Sturmvogel* – wenn man das Wrack noch mit dieser Bezeichnung bedenken wollte. Natürlich kam es für die Suche nach einer Seeschlange nicht mehr infrage, aber vielleicht statteten der Drachenführer und der Skalde dem glücklosen Kapitän einen Besuch ab …

Ein lärmender Mob veranlasste Tylstyr, seinen Stab fester zu packen. Er hielt Ausschau nach einer Möglichkeit, der Gruppe auszuweichen, doch rechter Hand lag das Wasser, und die schreienden Maraskaner näherten sich sowohl voraus als auch von links. Offensichtlich waren sie berauscht, sie riefen noch wilder durcheinander, als man es von diesem Volk gewohnt war, und manche bewegten sich mit seltsamen Sprüngen.

Er überlegte, umzudrehen und zum Kriegshafen zurückzugehen, auch wenn er die Gesuchten dort nicht fände.

Was ihn zögern ließ, war die Tatsache, dass die Maraskaner unbewaffnet waren. Bei einer marodierenden Menge hätte er wenigstens abgebrochene Stuhlbeine oder ähnliche Knüppel erwartet. Das Rot im Gesicht der Frau mit den blonden Zöpfen war wohl auch kein Blut, sondern Farbe. Überhaupt hatten sich einige bemalt, und kleine Kinder befanden sich in der knapp fünfzigköpfigen Gruppe. Die Rufe waren auch nicht aggressiv, sondern begeistert. »Schönheit«, kam immer wieder darin vor, und »das Paar«.

Die Anspannung wich aus Tylstyrs Muskeln. Er entdeckte einen Jüngling und eine vielleicht wenige Jahre ältere Frau, die sich an den Händen hielten und die Augen nicht voneinander lassen konnten. Sie bildeten den Mittelpunkt des Zugs, während die anderen mal vorausliefen, mal zu den Seiten sprangen oder zurückblieben, aber stets zu den beiden zurückkehrten. Ob es sich um eine maraskanische Hochzeitsgesellschaft handelte?

Bald war der Magier von den ausgelassenen Menschen umringt. Ein Kind streckte eine kleine Pastete zu ihm empor.

Mit einem Winken lehnte er die Speise ab. Das Mädchen sah aus, als bekäme es selbst nicht genug zu essen. Das war wohl das Los der Armen in einer belagerten Stadt, und die zwar farbenfrohe, aber oft geflickte Kleidung ließ vermuten, dass es dazuzählte.

Er verstand nicht, was die auf ihn einplappernden Feiernden sagten. Überall berührten ihn Hände, ohne böse Absicht rempelten ihn die Springer an, Greise und Knaben lachten ihm ins Gesicht, bevor sie weiterzogen. Vorsichtshalber legte er eine Hand auf seine Börse. Lailaths Verständnis des Maraskani wäre jetzt hilfreich gewesen, aber die Elfe hatte sich entschieden, gemeinsam mit Vascal zu Rakorium zu gehen. Sie wollten dort nach Abdul el Mazar sehen. Hoffentlich trafen sie ihn an. Wenn sich der Novadi mit dem umwölkten Verstand im Gewirr der Stadt verlief, könnte es Tage, wenn nicht gar Wochen dauern, ihn ausfindig zu machen.

Das Mädchen hüpfte weiter zum Ufer, wo es sich seiner Kleidung entledigte. Auch die anderen zogen sich aus, bald war der Boden mit bunten Hemden, Röcken, Kleidern und Hosen bedeckt. Splitternackt oder nur in Unterwäsche sprang man jauchzend ins Wasser und spritzte von dort aus die weniger Schnellen nass.

Das Paar bot Tylstyr eine weitere Pastete an.

Er fürchtete, die beiden zu beleidigen, wenn er ablehnte. Also nahm er den Bissen an, obwohl auch die Brautleute aussahen, als hätten sie sich lange nicht mehr satt gegessen. Die Augen lagen tief in ihren lächelnden Gesichtern, die Wangen waren eingefallen, und dem Mann gingen vor der Zeit die Haare aus.

Tylstyr schob das Gebäck in den Mund. Es war nur lauwarm

und nicht, wie er befürchtet hatte, scharf. Stattdessen war es unglaublich sauer, und das war genauso schlimm. Der Brei im Innern des Teigs schmeckte nach Essig.

Die beiden lachten, wohl weil Tylstyr das Gesicht verzog.

Während er noch überlegte, ob er ihnen den Streich übel nehmen oder zumindest ausspucken dürfte, klemmte die Braut eine Pastete zwischen die Zähne und bot sie so ihrem Liebsten an, der ihr mit einem Kuss die Hälfte abnahm. Auch bei ihnen zogen sich die Mienen zusammen wie ein verschrumpelnder Apfel, während sie kauten, aber nach dem Schlucken lachten sie und zeigten einladend auf das Wasser.

Tylstyr winkte ab. »Ich wünsche euch den Segen eurer seltsamen Götter.« Er setzte seinen Weg fort.

Er fand eine Tavern'uuzak, über deren Tür ein Schild mit einer grünen Kerze hing. Statt hineinzugehen, umrundete er das Haus und hockte sich an die Rückwand des angebauten Lagerschuppens. Hier war es halbwegs ruhig, auch wenn die ausgelassenen Rufe der Festgesellschaft noch zu hören waren.

Er sah zum bewölkten Himmel auf. Hier in der Stadt, wo die Häuser den Blick zum Horizont versperrten, war es nicht genau zu bestimmen, aber er vermutete, dass die Sonne nun unterging. Dafür sprach auch, dass der allabendliche Regen einsetzte.

Tylstyr nahm seinen Hut ab, um die Tropfen und den Wind besser zu spüren. Er legte Zidaines Dolch in den Schoß, schloss die Augen und murmelte die Formel, die ihm die Konzentration erleichterte. So lange schon hoffte er auf ein Lebenszeichen seiner Geliebten! Manchmal fürchtete er, dass ihr etwas Schlimmes zugestoßen sein könnte, aber dann sagte er sich, dass er das gespürt hätte. Nicht wegen seiner zauberischen Fähigkeiten, sondern weil sie eine ungleich stärkere Kraft miteinander verband. Oft haderte er mit der Entscheidung, dass sie Phileasson verlassen und als Spionin zu Beorn zurückkehren sollte, aber sie hatte es so gewollt. Vor allem, um Praioslob auszuweichen. Wenn er geahnt hätte, wie sehr das Getrenntsein ihn schmerzte, hätte Tylstyr alles getan, um sie umzustimmen. So aber hatte er sich gefügt, weil er sich dem Eid der Ottajasko verbunden gefühlt hatte, der verlangte, die persönlichen Wünsche der Gemeinschaft unterzuordnen. Er war anders als Nirka, Hern'Sen oder Firutin, dachte Tylstyr stolz. Er würde seinem Drachenführer bis zum Ende der Abenteuerfahrt die Treue halten, das wohl.

Obwohl seine Gedanken abschweiften, gelang der Zauber.

Tylstyr war so überrascht, dass er die Pendelbewegung seines Oberkörpers zu heftig ausführte und geräuschvoll mit dem Hinterkopf an die Holzwand des Anbaus schlug. Aber das beachtete er nicht weiter.

Endlich sah er durch die Augen der Frau, die er liebte! Das bestätigte seine Gewissheit, dass sie noch lebte.

Sie hatten verabredet, dass sie sich zur Abenddämmerung von Beorns Ottajasko entfernte, um auf ein Pergament oder etwas anderes Geeignetes eine Botschaft zu schreiben, die er durch ihre Augen lesen konnte. Heute war das aber wohl nicht möglich. Tylstyr erkannte sofort, dass sich Zidaine Barazklah auf einem sanft schaukelnden Schiff befand.

Es war ein Langboot, dessen Vordersteven ein Pferdekopf zierte. Zidaine war von Recken umgeben, sie musste irgendwo in der Mitte sitzen. Das Segel war eingeholt, und die Besatzung ruderte auch nicht. Die Otta lag ruhig im Wasser.

Tylstyr sah die riesige Reckin, die er in der Nacht im Tal der Türme bloß schattenhaft hatte ausmachen können. Sie wirkte missmutig. Geräusche übertrug der Zauber nicht, aber es sah so aus, als knackte die Hünin mit den Fingern.

Etwas weiter saß Eimnir Hermson, der rothaarige Kerl, der sich

Zidaine im Himmelsturm lüstern genähert hatte. Tylstyr erinnerte sich daran, wie Zidaine ihn mit den Kleidern der Hochelfen geneckt hatte. Er fuhr schon lange mit Beorn, und seine große Liebe galt dem Feuer, wie Tylstyr aus ihren Erzählungen wusste.

Im Bug stand ein grauhaariger Recke, der mit weiten Bewegungen gestikulierte. Er sprach mit zwei Offizieren, auf deren Waffenröcken der Greif des Kaiserreichs prangte.

Eine Galeere der Kaiserlichen kam in Sicht, als Zidaines Blick nach backbord schwenkte. Die beiden Schiffe waren miteinander vertäut. Sicher zeigte die auf dem Vorderdeck angebrachte Rotze nicht zufällig auf das Drachenboot, obwohl die Geschützmannschaft betont lässig danebenstand, statt zu zielen. Es wäre eine Sache von wenigen Herzschlägen, die bereits eingelegte Eisenkugel durch die Planken der Otta zu jagen. Länger würden auch die Seekrieger nicht benötigen, um sich kampfbereit zu machen. Viele hielten die Speere schon in den Fäusten, auch wenn sie sich darauf stützten, als seien es Wanderstöcke.

Zidaines Blick tastete wieder über den Grauhaarigen, der die Hände offenbar brauchte, um sprechen zu können, und wanderte nach rechts. Fünfzig Schritt entfernt lag eine weitere Bireme auf dem Wasser, das feine Regentropfen kräuselten. Die Riemen ruhten, der andere Kapitän wartete wohl ab, wie sich die Lage entwickelte.

Die meisten Recken auf Zidaines Schiff hatte Tylstyr noch nie gesehen. Viele von ihnen kleideten sich ein bisschen merkwürdig, etwa mit gestreiften Hosen. Eine Frau jedoch stach heraus, weil sie ganz offensichtlich keine Seefahrerin war, geschweige denn jemand, der Riemen pullte. Sie trug ein nach Art der Maraskaner bedrucktes Kleid, weiße Ranken auf rotem Grund, und achtete augenscheinlich darauf, ihre zarten Hände zu pflegen.

Die dünnen Arme öffnete sie zum Meer hin, aber nicht wie bei einer Beschwörung, sondern so, als begrüßte sie einen Freund, der ihr entgegenlief.

Tatsächlich flog ihr eine Möwe entgegen. Das überaus große Tier mit dem nahezu vollständig weißen Gefieder zeigte keinerlei Scheu. Im Gegenteil, es schien zu genießen, dass die schwarz gelockte Frau mit dem breitkrempigen Hut es in die Arme schloss, nachdem es ein wenig unbeholfen auf der Reling gelandet war. Es ließ sich sogar den silbrigen Fisch aus dem Schnabel nehmen. Selbst für ein abgerichtetes Tier kam Tylstyr das merkwürdig vor.

Er hätte die beiden gern beobachtet, aber Zidaines Blick wanderte weiter. Die Otta war voll besetzt, etwa vierzig Recken saßen auf den Seekisten. Und Beorn Asgrimmson stand im Heck, wo er sich auf das Ruder lehnte! Er trug das dunkle Kettenhemd und den Flügelhelm, Schwert und Axt hingen an seiner Seite. Doch schon seine Haltung allein hätte Tylstyr jederzeit überzeugt, dass es ein sehr schlechter Einfall gewesen wäre, sich mit diesem Krieger anzulegen. Sein graues Auge verfolgte das Geschehen mit einem Blick, aus dem ruhige Überlegenheit sprach.

Zidaine kehrte zu der Frau mit der Möwe zurück. Es wurde immer seltsamer! Mensch und Tier teilten sich einvernehmlich den Fisch. Die Frau scherzte offenbar sogar mit dem Vogel, neckend fuhr sie ihm durch die Federn am Nacken.

Im Bug wedelte der Grauhaarige noch immer mit den Armen, aber für die Offiziere war die Sache wohl erledigt. Sie kehrten auf die Galeere zurück.

Zidaine setzte sich zurecht und sah Beorn an. Er schien nicht gerade erfreut, fasste aber das Ruder und rief etwas.

Zidaine benutzte, ebenso wie die anderen Recken an der Backbordseite, ihren Riemen, um die Otta von der kaiserlichen

Bireme abzustoßen. Dort holte man die Leinen ein, die zuvor die Schiffe miteinander verbunden hatten.

Sobald der Abstand ausreichte, tauchten die Ruderblätter ins Wasser. Die Otta drehte den Bug nach Süden, während sich die Galeere mit sanften Schlägen entfernte. Die Seekrieger auf Vorder- und Achterdeck beobachteten die Thorwaler wachsam, auch wenn die Rotze noch immer nicht besetzt war.

Die Küste kam in Sicht. Tylstyr erkannte die weit vorspringenden Landzungen, die die Hafenbucht umschlossen, die kantige Festung auf der Nordseite und die abenteuerlich zusammengesetzten Türme, die hinter der Stadtmauer aufragten. Das war Boran!

Eigentlich hätte er das erwarten sollen, schließlich war die Reichweite des Zaubers begrenzt, und auch die *Sturmvogel* war von den kaiserlichen Biremen angehalten worden. Aber zu wissen, dass Zidaine so nah war ... dass sie sich bei freiem Blickfeld, ohne Häuser und Mauern, auch ohne Magie gesehen hätten ... das ließ sein Herz einen Sprung machen!

Im Rudertakt beugte sich Zidaine vor und lehnte sich zurück. Sie beobachtete Beorn, obwohl er keine Kommandos zu geben schien.

Die Otta hielt nicht auf den Hafen zu. Offenbar hatten die Kaiserlichen sie abgewiesen. Auch das wunderte Tylstyr nicht. Bachas Wrack hatte nur wegen seines erbärmlichen Zustands passieren dürfen. Beorn würde sich irgendwo an der Küste einen Lagerplatz suchen müssen.

Gern hätte Tylstyr den Zauber länger aufrechterhalten, aber Phileasson würde ihm nur schwer verzeihen, wenn er ihm nicht augenblicklich davon berichtete, dass sich sein Erzrivale in Sichtweite befand. Gut möglich, dass er tatsächlich mit eigenen Augen einen Blick auf Beorns Schiff werfen könnte, wenn

Tylstyr ihn rasch fand und sie sich sofort auf die Stadtmauer begaben.

Blinzelnd löste er die astrale Matrix auf, erhob sich und setzte die Suche nach seinem Drachenführer fort.

Boran,
achter Tag im Midsonnmond

Shaya Lifgundsdottir schrak aus dem Schlaf. Sie setzte sich senkrecht im Bett auf – was sie sogleich bereute, weil stechender Kopfschmerz sie bestrafte. Zischend drückte sie die Finger an die Schläfen.

Draußen donnerte das Gewitter, das sie geweckt hatte. Die Wolken machten den Abend grau, die niedergehenden Blitze schickten ein bläulich-weißes Flackern durch das Westfenster. In diesem Lichtschein huschten die Käfer umher, die unentschlossen schienen, ob sie flüchten oder abwarten sollten, dass sich ihre Leibspeise wieder ausstreckte. In ihrem Gesicht ertastete Shaya frische Pickel, die davon zeugten, dass sich das Ungeziefer an ihr gütlich getan hatte. An ihren Armen gab es neue Erhebungen, die jetzt, da sie sie wahrnahm, zu jucken begannen.

»Ich sollte Honig kaufen«, murmelte sie. In Vallusa hatten sie im Perainetempel Honig bekommen, um damit die Mückenstiche zu behandeln. Er hatte gut gewirkt.

Ihr schlechtes Gewissen holte Shaya ein. Sie hatte gelobt, als Dank für die Gabe Blumen in das nächste Haus der Göttin von Heilkunst und Ackerbau zu bringen, auf das sie bei ihrer Reise träfe. Noch hatte sie das Versprechen nicht eingelöst.

Die anderen fünf Betten im Zimmer waren leer. Bei Galandel war der Bezug noch unberührt, die Elfe hatte es bisher nicht benutzt. Seit wann war sie eigentlich so grüblerisch? Hatte sie sich auch schon auf der *Sturmvogel* abgesondert, um ihren Gedanken nachzuhängen?

Wenigstens schwankte der Boden nicht mehr. Vorsichtig, da jede Erschütterung den Kopfschmerz reizte, setzte Shaya einen Fuß vor den anderen. Vor dem Fenster waren die Bohlen nass, die Schritte machten patschende Geräusche.

Draußen lag Boran in bläulichem Dämmerlicht. Die Häuser sahen aus wie der über den Boden einer Schreinerwerkstatt verstreute Verschnitt aus kleinen und größeren Holzteilen beliebiger Formen.

Der Wind trieb den Regen gegen das Untergewand, in dem Shaya offenbar geschlafen hatte. Das war frisch und angenehm, aber sie wollte keine Lungenentzündung riskieren. Sie klappte den Haltestab ein und schloss den Fensterladen.

Da die Blitze, die die Käfer geängstigt haben mochten, nun nur noch durch die Ritzen zwischen den Querstreben fielen, fassten die Plagegeister neuen Mut. Das Rascheln ihrer Panzer und Füßchen übertönte den prasselnden Regen.

Shaya fühlte sich zu matt, um auf Insektenjagd zu gehen, und außerdem verbat der Schmerz in ihrem Kopf alle schnellen Bewegungen. Sich wieder ins Bett zu legen und damit als Proviant zur Verfügung zu stellen war aber ebenfalls kein reizvoller Gedanke.

Sie schüttelte ihre Kutte so lange aus, bis nichts mehr hörbar auf den Boden fiel. Kurz überlegte sie, ob sie Irulla bitten sollte, Orkengriff in ihrem Zimmer auf die Jagd gehen zu lassen. Aber der Spinnenmann konnte natürlich höchstens eine Handvoll Käfer verspeisen, und damit hätte er das Problem nur unwesentlich gemildert.

Shaya streifte die Kutte über, nahm ihren Wanderstab und verließ das Zimmer. Da es draußen gewitterte, musste es wohl Abend sein. Sie war aber mitten in der Nacht von ihrem *Besäufnis* – ein Begriff, der inzwischen seinen heroischen Beiklang verloren hatte – heimgekehrt. Also musste sie wohl den ganzen Tag verschlafen haben.

Bedächtig stieg sie die knarrende Treppe hinunter. Auf den Stufen hörte sie Phileasson in der Küche rufen, die im *Garethja-Stiefel* zugleich als Speisesaal, Treffpunkt und Schankraum diente.

»… diesen Laden auseinander, bis ich sie finde, das wohl! Irgendwer muss wissen, wo sie abgeblieben sind, und das werden wir aus ihm herausholen.«

Ob schon wieder jemand auf dem Zug durch die Kneipen verschwunden war, so wie Mirandola und Shaya gestern? Das mochte die Abreise natürlich verzögern. Andererseits konnte Shaya es niemandem verdenken, wenn er sich vom *Garethja-Stiefel* fernhielt.

Sie betrat die Küche. »Hast du ein Schiff gefunden, das uns …«

Asleif Phileassons Gesichtsausdruck war nicht das Einzige, was Shaya zum Schweigen brachte, obwohl die Miene des Drachenführers ihr Furcht einflößte. Wütend hatte er die hellen Brauen zusammengezogen, das Breitschwert war gegürtet, die Faust fest um einen Zauberstab geschlossen. Er sah ganz anders aus als Tylstyrs, aber Shaya erkannte das am Kristall, der in das obere Ende eingearbeitet war.

Außer Phileasson befand sich auch Ohm Follker in der Küche, die Leier mit dem elfenbeinernen Rahmen lag unbeachtet auf dem Tisch neben ihm. Mit betretenem Gesichtsausdruck saß der Skalde halb auf der Kante, die er mit beiden Händen umfasste.

Cessimasab die Fröhliche, die Shaya seit der Aufführung der Honinger Geschichten nicht mehr gesehen hatte, stand in der Mitte des Raums. Auch sie wirkte betroffen, und in ihren Augen glaubte Shaya, eine Verletzung zu erkennen. Die roten Locken an der rechten Kopfseite hingen nass herab, sie war wohl durch den Regen gelaufen.

Phileasson knirschte mit den Zähnen. »Ich weiß noch nicht, wem, aber irgendwem werde ich noch vor dem Morgengrauen die Knochen brechen, das wohl! Leomara! Wenn der Kleinen etwas zugestoßen ist …«

»Was ist mit Leomara?«, rief Shaya.

»Sie ist verschwunden«, erklärte Cessimasab kleinlaut. »So wie Abdul und Praioslob und dieser Gehilfe des Magiers.«

»Welches Magiers?«, fragte Shaya.

Cessimasab machte eine weite Geste. »Ein Fremdiji namens Rakorium. Lailath und Vascal wollten ihn nach diesem Ort befragen, an dem der Fischer auf alte Seeschlangen getroffen ist.«

»Woher weißt du denn davon?«, fauchte Shaya.

»Weil ich es ihr erzählt habe«, sagte Ohm. »Ich habe sie gebeten, den Fischer für uns zu finden oder jemand anderen, der uns damit weiterhelfen kann.«

»Wieso das?« Shaya merkte, dass das Rufen ihrem schmerzenden Kopf nicht guttat, und fuhr leiser fort. »Gehört Cessimasab plötzlich zur Ottajasko?«

»Nein«, stellte Phileasson klar. »Aber sie kann uns dennoch helfen.«

»Wir brauchen ihre Hilfe nicht.«

»*Wir*?«, fragte Cessimasab spitz. »Ich dachte, du beteiligst dich nicht an der Lösung der Aufgaben. Du bist doch bloß Schiedsrichterin.«

»Aber das heißt nicht, dass ich deswegen …«

Ja, was?

An den ersten Tagen auf See hatte Shaya noch nicht einmal mitgerudert. Inzwischen hatte sie Mannschaftsmitglieder geheilt, an Rätseln getüftelt und sogar in den Reihen der Ottajasko gekämpft. Die Leute des Foggwulfs waren Shayas Familie.

Aber war das falsch?

Hatte Travia sie mit den unerforschlichen Mitteln, die einer Göttin zur Verfügung standen, ermahnt und gestraft, indem sie eine solche Zuneigung zu Cessimasab in Shayas Herz gepflanzt hatte? Um sie dann mit dieser verruchten Geschichte zu entsetzen, die Cessimasab und Lirobajid verband? Vielleicht damit Shaya darüber nachdachte, was es bedeutete, *Schwester* zu sein. Dass dazu auch eine gewisse Distanz gehörte.

»Deine Faust wird dir einen schlechten Dienst erweisen, wenn du deine Leute finden willst«, sagte Cessimasab zu Phileasson. »Hier auf Maraskan gibt es andere Möglichkeiten.«

»Den Kladj?«, vermutete Ohm.

Cessimasab nickte. »Sammelt die Ottajasko, bereitet euch vor. Lasst Lirobajid und mich helfen, dann werden wir sehr bald wissen, an welcher Stelle eure Kraft am besten einzusetzen ist.«

Grimmig starrte Phileasson vor sich hin. Er war ein Kapitän, er bestimmte gern den Kurs, gab den Taktschlag der Riemen vor und befahl, das Segel zu setzen oder einzuholen. Es lag ihm nicht, andere handeln zu lassen und selbst untätig zu bleiben, das wusste Shaya.

»Es ist ein guter Vorschlag«, sagte Ohm.

Phileasson sah Shaya an. »Was meinst du?«

Sie dachte an Leomara, an das unübersichtliche Gewirr von Borans Gassen und daran, dass sich dieser komplizierte Aufbau durch die untereinander verbundenen Türme noch vervielfachte. Die Maraskaner siedelten nicht in Ottaskins, wo sich eine Handvoll Langhäuser, die aus kaum mehr als einer großen Halla bestanden, auf einem Hügel gruppierte.

»Ohm hat recht«, brachte sie mühsam hervor.

Phileasson atmete durch. »Ich danke dir, Cessimasab. Bitte finde heraus, was du kannst. In einer Stunde treffen wir uns wieder hier. Bis dahin werden Shaya, Ohm und ich versuchen, die anderen zusammenzuholen.«

»Dabei kann uns auch Mirandola helfen«, meinte Ohm. »Wenn Shaya wieder auf den Beinen ist, hat auch unsere Weinliebhaberin lange genug ausgeruht.«

Boran,
achter Tag im Midsonnmond

Alle verstanden den Ernst der Lage. Niemand beklagte sich über den nach dem Regen schlammigen Boden, durch den seine Ottajasko den Zwillingen westlich von Boran folgte, wie Asleif Phileasson mit grimmiger Zufriedenheit feststellte.

Sie bewegten sich auf den Wall der mittelreichischen Belagerer zu, der die Stadt auf der Landseite einschloss, wechselten dabei aber mehrfach die Richtung. »Fallen für die Garethjas«, hatte Lirobajid die Blumige erklärt. »Zweihundert von ihnen halten den Wall besetzt, manchmal auch mehr. Wenn ein neuer Kommandant eintrifft, glaubt er oft, alle seine Vorgänger wären unfähig und Boran sei im Handstreich zu nehmen. Eine Stunde später haben seine Krieger vielleicht noch alle Hände, aber die Hälfte von ihnen humpelt auf einem Fuß.«

Lirobajid war ebenso zierlich wie Cessimasab. Die beiden glichen sich wie Spiegelbilder, und dennoch war Lirobajid anders. Härter. An der Art, wie sie sich bewegte, erahnte Phileasson, dass sie wusste, was ein Pfeil aus dem Verborgenen anrichten konnte. Bestimmt hatte solch ein Todesbote schon einmal einen ihrer Kameraden niedergestreckt.

Phileasson verstärkte den Griff um die Haltestange des Rundschilds, den er in Boran gekauft hatte. Er war nicht in Eisen gefasst, und natürlich zierte ihn auch nicht der Seeadler, der eine Schlange in den Fängen hielt. Ein brauchbarer Schutz gegen Geschosse war er dennoch.

»Gehen wir nicht zur Lücke?« Ohm Follker zeigte auf die Öffnung in der Palisade, wo der Fluss Bor in das Vorgebiet der Stadt strömte.

»Nein, dort treffen wir doch niemanden.« Cessimasab die Fröhliche führte sie in einem Bogen nach links.

»Wir wollen doch auch niemanden treffen«, meinte Ohm.

»Außer diese drei Starrer, die meine Nichte entführt haben.« Die Wut war in Vascal della Rescatis Stimme zu hören. Sie alle teilten sie, aber Phileasson durfte sich nicht davon beherrschen lassen. Der Anführer war es seinen Leuten schuldig, einen kühlen Kopf zu bewahren.

Offenbar waren Abdul, Praioslob, Leomara und Hilbert mit drei unheimlichen Gästen in einer Tavern'uuzak aneinandergeraten. Falls dieser Hilbert kein Heißsporn war, mussten die Fremden den Streit begonnen haben, denn der Geweihte, der Magier und natürlich erst recht Leomara waren so gutmütig, dass sie sicher keinen Hader vom Zaun gebrochen hätten. Es gab auch niemanden, der Kladj über ruckelnde Tische, aus dem Boden quellenden Rauch oder Leuchterscheinungen verbreitete, die Abdul ab und zu beschwor.

Trotzdem hatte man beobachtet, wie die vier die *Tanzende Lilie* offenbar unfreiwillig inmitten der drei Starrer verlassen hatten. Danach waren sie noch ein paarmal gesehen worden. Wie die Zwillinge entschieden, welche dieser Begebenheiten sich tatsächlich ereignet hatten und welche der Fabulierlust ihrer Landsleute entsprang, war Phileasson ein Rätsel. Jedenfalls waren sie davon überzeugt, dass die Entführer den Belagerungswall überwunden hatten, und sie wussten sogar, wann. Die Verfolger lagen drei Stunden zurück.

Die Ottajasko sammelte sich am Fuß des Walls, dunkle Gestalten im Sternenlicht. Irullas Schattenriss war ungewohnt, was an ihrer neuen Kleidung lag. Die seltsame Hose verdoppelte die Breite ihrer Hüften. Außerdem fehlte der Speer, den sie sonst immer dabeihatte. Stattdessen hatte sie sich auf die Schnelle einen Schnitter besorgt.

Mirandola Ernathesa war an der bauschigen Feder, die auf ihrem Hut wippte, gut zu erkennen. Offenbar verband das kürzliche Trinkgelage sie mit Shaya Lifgundsdottir, die beiden blieben eng zusammen. Phileasson war froh über die abendlichen Kampfübungen. Zu Beginn der Reise hatte Shaya den Wanderstab nur benutzen können, um ihr Gleichgewicht zu halten. Inzwischen hatte sie den vierten oder fünften, weil sie sich nicht schonte und wuchtig austeilen konnte.

Vascal della Rescati bezähmte seine Ungeduld nur mit sichtbarer Mühe. Er lief immer ganz vorn mit, unmittelbar hinter den Zwillingen, und auch jetzt spähte er immerzu den Wall hinauf, als glaubte er, seine Nichte hinter der Palisade entdecken zu können.

An seiner Seite hockte Tylstyr Hagridson. Nachdem der Magier an diesem Abend schon Kontakt zu Zidaine hergestellt hatte, war es ihm inzwischen auch gelungen, mittels seines Zaubers durch Leomaras Augen zu blicken. Bei dem Mädchen fiel ihm das besonders leicht, ihr fühlte er sich noch mehr verbunden als Praioslob oder Abdul. Daher wussten sie, dass sich die Gruppe in einem unbesiedelten Gebiet bewegte. Mehr hatte der Magier wegen der Dunkelheit nicht erkannt, aber immerhin war damit auch das Wichtigste klar: Die Gefährten lebten. Wenn sie ihre

Gefangenen unverletzt freigaben, konnte sich Phileasson auch vorstellen, das Leben der Entführer zu verschonen.

Die drei Elfen trafen als Letzte ein, obwohl es so wirkte, als bereite ihnen der feuchte Untergrund weniger Schwierigkeiten als den Menschen.

Alle hockten sich in einen Kreis. »Wir sind ein bisschen früh für unsere Verabredung«, flüsterte Cessimasab. »Also werden wir noch warten, damit …«

»Ihr könnt warten, solange ihr wollt«, zischte Vascal. »Ich hole Leomara, und zwar bevor einem von diesen Starrern einfällt, die Schärfe seines Dolches an ihrem Hals zu erproben!«

»Das wohl«, stimmte Tylstyr deutlich ruhiger zu.

Starrer, so nannten alle die Entführer. Mit ihren bohrenden Blicken und der steifen Körperhaltung waren sie den anderen Besuchern der Tavern'uuzak unheimlich gewesen.

Phileasson sah in die Runde. »Wir müssen so schnell machen wie möglich. Wie lange wollt ihr noch warten?«

»Wir bekommen ein Zeichen«, erklärte Cessimasab. »Mit einer Laterne.«

»Wann?«, verlangte Vascal zu wissen.

»Es ist ungewiss. Sicher noch eine halbe Stunde, vielleicht eine ganze.«

»Oder länger«, ergänzte Lirobajid.

»Drachenführer …«, setzte Vascal mit zitternder Stimme an.

»Ich weiß. Wir müssen es wagen«, entschied Phileasson.

Cessimasab und Lirobajid wechselten einige schnelle Sätze in ihrer Muttersprache. Dann huschten sie die Schanze hinauf. Die Ottajasko folgte.

Aus einem steilen grasbewachsenen Erdwall ragte eine hölzerne Palisade. Mirandola fluchte leise, weil sie ausrutschte und die Steigung wieder hinunterschlitterte.

»Warte«, sagte Tylstyr. Plötzlich verlor der Zauberstab des Magiers die feste Form und wuchs in die Länge. Ob er ihn warf oder er von allein zur Spitze eines Palisadenpfahls emporflog, erkannte Phileasson nicht. Jedenfalls war er zu einem Seil geworden, das sich dort oben um irgendetwas herumwickelte.

Tylstyr traute seinen Künsten am meisten, er kletterte als Erster hinauf. Vascal folgte, dann Cessimasab, und dann war es an der Zeit für den Drachenführer.

Auf der Westseite führte ein Wehrgang an der schulterhohen Palisade entlang. Phileasson hatte kein Problem, auch ohne Seil auf den Boden zu springen.

Unmittelbar hinter der Palisade schluckte der tiefe Schatten alles. Wie erwartet fiel der Wall auf dieser Seite sanft ab. Irgendwo in der Senke, die Entfernung war schwer zu bestimmen, brannte ein Lagerfeuer. Ein zweites mochte sich weiter nördlich befinden, dort beschien ein warmes Licht einen Baum.

Die Geräusche des nächsten Recken, der Tylstyrs Seil hinaufkletterte, kamen Phileasson sehr laut vor. Die Füße, die über das Holz der Palisade scharrten, das Ächzen wegen der Anstrengung, eine metallene Waffe schlug gegen eine Rüstung …

Ansonsten war nur noch das Gurgeln des Flusses zu hören, der ein paar Dutzend Schritt nördlich floss.

»Wer da?«, rief eine fordernde Stimme.

Phileasson riss das Schwert aus der Scheide und hob den Schild.

»Kein Blut!«, bat Cessimasab. »Wir sind Freunde.«

»Dann verratet uns mal die Parole, *Freunde*!«

Mit Mühe machte Phileasson zwei behelmte Gestalten aus. Sie trugen Stangenwaffen, aber wenn er sich nicht täuschte, hingen auch Schwerter an ihrer Seite.

»Natürlich«, meinte Cessimasab, »die Parole. Die Parole lautet …«

»Veralbere mich nicht! Mitten in der Nacht hat hier niemand etwas zu suchen.«

Sein Kamerad hob etwas Gebogenes an die Lippen, vermutlich ein Signalhorn.

Bevor er hineinstoßen konnte, sprang Phileasson vor und schlug zu. Fejris erfasste das Horn und riss es dem Mann mit einem hohlen Geräusch aus der Hand.

»Was …?«, setzte er an, aber da krachte der Rand von Phileassons Schild bereits unter sein Kinn. Der Kopf flog nach hinten.

Phileasson setzte mit einem Kniestoß nach, der seinen Gegner ins Taumeln brachte.

Die Lanze entfiel ihm.

Phileasson trat ihm ein Bein weg, wirbelte herum und wandte sich dem anderen Krieger zu.

Aber um diesen brauchte er sich nicht zu kümmern. Cessimasab schlug ein Rad, das sie an den Gegner heranbrachte und ihr zugleich Schwung gab. Diesen nutzte sie für einen Doppeltritt, erst mit dem einen, unmittelbar darauf mit dem anderen Fuß. Der Mann ging zu Boden.

»Pass auf, dass deiner nicht schreit!«, forderte sie Phileasson auf.

Er wandte sich wieder seinem Gegner zu und presste dem Liegenden die Luft aus der Lunge, indem er ihm den Schild auf die Brust drückte und sich mit seinem ganzen Gewicht darauflehnte. Drohend hob er das Schwert. »Ich will keinen Mucks hören!«

Sie fesselten und knebelten die beiden, verbanden ihre Augen und legten sie an eine dunkle Stelle an der Wehranlage. Auch danach dauerte es noch eine ganze Weile, bis die drei Elfen über die Palisade kamen.

»Was ist mit ihnen los?«, fragte Phileasson seinen alten Freund flüsternd. »Haben die Spitzohren wieder auf irgendwelche Melodien gelauscht?«

»Es ist Galandel«, erklärte Ohm. »Wusstest du, dass sie nicht mehr die-von-Omtheon-singt heißt? Sie nennt sich jetzt Galandel deren-Lied-verklingt.«

Überrascht sah Phileasson zu der Elfe hinüber, deren weißer Schopf auch in der Nacht gut zu erkennen war.

»Ja«, bestätigte Ohm. »Das Alter steckt ihr in den Knochen.« Er spie aus. »Bei den Langohren ist das eine schlimme Sache. Kann verflucht schnell gehen, das wohl.«

Phileasson überlegte, ob er Galandel darauf ansprechen sollte. Soweit er wusste, war das Alter bei den Elfen so etwas wie eine schwere Krankheit, von der es keine Genesung gab.

Aber dies war der falsche Moment, und zudem wusste der Drachenführer nicht, wie er der Gefährtin hätte helfen können. Das unterschied sie von den Entführten. Sie mussten zuerst befreit werden, danach konnte man weitersehen.

»Was war denn das hier für ein Lärm?«, fragte eine feste Stimme aus der Dunkelheit.

»Noch einer.« Phileasson hob den Schild.

»Moment«, bat Cessimasab. »Er hat eine Laterne.«

Das stimmte, der Mann blendete seine Lampe gerade ein Stück weit auf. Viel zu erkennen war dennoch nicht von ihm, man erahnte ein Kettenhemd und ein Schwertgehänge.

»Lasst mich reden«, schlug Cessimasab vor. »Und du bleib möglichst weit weg von ihm, Salarin. Es wäre schlecht, wenn er deinen Säbel sehen würde.«

»Wieso das?«, fragte der Elf.

»Endurium«, flüsterte Cessimasab, während ihre Schwester schon mit dem Krieger sprach. »Bei einer so dunklen Klinge wie deiner steckt in dem Stahl eine Menge davon. Die Gier nach

Endurium war der Grund, aus dem die Garethjas überhaupt nach Maraskan gekommen sind. Wir sollten sie nicht neu entfachen.«

Phileasson sah, wie sie etwas aus ihrem Beutel holte, das ebenfalls unselige Gier entfachte. Die Früchte waren an einem Ende kugelförmig und liefen in einem länglichen Fortsatz aus.

»Ah, bester Weibel!«, sagte Cessimasab. »Die schönsten Rauschgurken von ganz Maraskan. Für Euch und Eure Geliebte. Ihr werdet träumen, wild wie noch niemals zuvor.«

»Das will ich hoffen«, sagte der Krieger.

»Ganz bestimmt!«, beteuerte Cessimasab. »Das hier sind keine gewöhnlichen Gewächse. Sie stammen aus dem Mondgarten, meine Base, Ruruljeb mit dem Zauberfuß, ist drei Wochen lang jede Nacht um das Beet getanzt. Ganz so, wie Ihr es wolltet. Esst davon, und Ihr werdet zu den Sternen emporschweben.«

»Ich hoffe, das Zeug hält, was man davon munkelt.« Die Begierde schwang deutlich in seiner Stimme mit. »Für weniger will ich euch nicht durch unsere Linien führen. Und ich hoffe, meine Kameraden sind nicht tot.«

»Wo denkt Ihr hin, Bruderschwester? Kein Blut, sagt die Fröhliche stets, kein Blut.«

6 IM LAND DER VIELBEINIGEN HEERE

Maraskanischer Dschungel,
neunter Tag im Midsonnmond

Die Hoffnung, die Entführer rasch einzuholen, erfüllte sich nicht. Tylstyr Hagridson hatte das Gefühl, dass die Ottajasko schnell vorwärtskam – auch weil Cessimasab und Lirobajid mit traumwandlerischer Sicherheit feste Pfade zwischen den sumpfigen Wiesen und den unter Wasser stehenden Reisfeldern fanden. Sie bewegten sich nun in besetztem Gebiet, auch wenn man von der kaiserlichen Armee nichts sah. Die Bauern waren sich jedoch sehr bewusst, wem sie die drückenden Abgaben zu verdanken hatten, und dass Phileassons bunte Truppe nicht den Garethjas zuzurechnen war, schien jedem offensichtlich. Oft liefen die Menschen zusammen, um die drei Elfen zu bestaunen. Bereitwillig gaben sie Auskunft, wenn man nach einer Gruppe fragte, die mit Gefangenen unterwegs war.

Trotzdem holten sie nicht auf, im Gegenteil, der Abstand wuchs an. Die Starrer trugen die Entführten inzwischen streckenweise in einem Käfig aus Bambusstangen, von denen zwei auf den Schultern der Träger ruhten. Ein erstaunlicher Umstand, wenn man bedachte, dass es sich um drei Erwachsene und ein Kind handelte, auch wenn Hilbert und Abdul Leichtgewichte waren.

Dennoch mussten die Starrer sehr starke Männer sein, und ausdauernd dazu. Offenbar waren sie ständig in lockerem Laufschritt unterwegs.

Diese Schilderungen hatten die Gefährten zunächst als farbenfrohe Ausschmückungen abgetan, wie sie im maraskanischen Kladj zu erwarten waren. Als Tylstyr jedoch durch Leomaras Augen geblickt hatte, waren sie bestätigt worden. Das Mädchen sah eindeutig die beiden Träger und den dritten Entführer, der in der Nähe lief. Abdul hatte eine große Beule, Hilbert eine Platzwunde an der Stirn, die stark geblutet haben musste. Alle waren geknebelt.

Jedenfalls war es am frühen Nachmittag so gewesen. Jetzt, da die Wolken den Abendregen androhten, lag Tylstyrs letzte Erkundung drei Stunden zurück.

Asleif Phileasson löste sich aus der Beratung mit Irulla und Ohm Follker. »In diesem Hain fließt ein sauberer Bach.« Er zeigte auf ein Wäldchen aus Bäumen mit hellen Stämmen und lichten Kronen. Um einen davon rankte sich ein feuerrotes Gewächs, was ihm augenscheinlich schlecht bekam. Er hatte sein Laub verloren.

»Dort schlagen wir unser Nachtlager auf. Morgen werden wir die Spur mit frischen Kräften wieder aufnehmen.«

Diese Ankündigung war stark geschönt. Selbst Irulla fand hier keine Spur im Sinne von Fußabdrücken, denen man hätte folgen können, und da sie in der Erwartung aufgebrochen waren, die Entführer rasch zu stellen, hatten sie beinahe ihre gesamte Ausrüstung zusammen mit Hilberts Zauberstab bei Rakorium in Boran zurückgelassen. Ohm Follker etwa hatte seine Leier nur deswegen dabei, weil er Leomara nach ihrer Befreiung etwas Aufmunterndes vorspielen wollte. Das Aufschlagen des Lagers würde sich also darauf beschränken, ein halbwegs weiches und trockenes Stück Boden zu finden. Mit abgespannten Umhängen – sofern die Gefährten überhaupt welche mitgenommen hatten – würden sie versuchen zu verhindern, dass der bevorstehende Regen ihr Nachtlager durchnässte.

»Den Göttern sei Dank, endlich eine Rast!«, rief Mirandola Ernathesa dennoch. Die untersetzte Frau hielt mit den anderen Schritt, schnaufte dabei aber wie ein Pferd und schwitzte wie ein feuchtes Tuch, das man auswrang. »Ich werde stromabwärts ein Bad nehmen. Das wird das Ungeziefer ersäufen, das sich schon den ganzen Tag an mir labt.«

»Tu das«, stimmte Phileasson zu, »aber geh nicht allein. Bleibt immer zu zweit oder noch besser zu dritt!«

Der Widerwille war dem Drachenführer anzumerken. Am Hafen, nachdem der Blick durch Zidaines Augen endlich gelungen war, hatte Tylstyr ihn und Ohm Follker rechtzeitig gefunden, sodass die drei Thorwaler zur Hafenmauer am äußersten Ausläufer der seeseitigen Befestigungsanlagen Borans hatten laufen können. Dort hatten sie in der Abenddämmerung die Ansammlung kaiserlicher Schiffe ausgemacht – und auch die Otta, die mit Südkurs davongezogen war. So nah waren sich die Rivalen seit Monden nicht gewesen!

Zwar hatte man Beorn die Einfahrt nach Boran verwehrt, aber das spielte für die Wettfahrt keine Rolle. Er hatte ein Schiff unter den Füßen, und damit war er der Begegnung mit einer Seeschlange zweifellos näher als Phileasson. Der Drachenführer wusste das, und es gefiel ihm ganz und gar nicht.

Tylstyrs Rücken juckte nun auch, und an der Schulter regte sich ebenfalls ein Kribbeln. Aber er musste das erlösende Bad noch aufschieben.

»Ich weiß«, kam er Phileassons Aufforderung zuvor, während sie das letzte Stück zum Hain zurücklegten. »Ich schaue noch einmal, wo sie sind.« Es ging um die Entführten, nicht um Beorns Ottajasko. Phileassons Ehrgeiz musste ebenso zurückstehen wie Tylstyrs Sehnsucht.

Der Drachenführer nickte und wandte sich Galandel zu.

Als er den Bach sah, konnte Tylstyr nicht widerstehen. Nur einmal kurz untertauchen … das konnte nicht schaden.

Er lehnte den Zauberstab an einen Baum, löste den Gürtel, wickelte ihn um Zidaines Dolch und legte ihn daneben ins Gras.

Ein türkisfarbener Käfer krabbelte seiner Hand entgegen.

Tylstyr zog sie schnell zurück. Der fingerlange Saugstachel des hühnereigroßen Viehs ragte unter seinem Kopf nach vorn.

Tylstyr zerstampfte das Insekt.

Eines erledigt – tausend mal tausend mal tausend übrig. Mindestens.

Vielbeinige Heerscharen führten einen erbitterten Krieg um Maraskan, in dem die Menschen gar nicht als Kombattanten wahrgenommen wurden. Sie dienten nur der Verpflegung der Truppen.

Tylstyr zog die Kutte, die für die schwüle Hitze viel zu warm war, über den Kopf. Er überlegte, sie ebenfalls ins Gras zu legen, aber dort wäre sie wohl nur zum Heim weiterer Krabbeltiere geworden. Er nahm Cellyanas Elfenbuch heraus. Zwar konnte ihm das Wasser nichts anhaben, soweit er wusste. Aber er wollte sein Glück nicht versuchen. Zu wertvoll war die Eigenschaft dieses Begleiters, die astrale Kraft wieder aufzufrischen – vor allem, da Tylstyr seinen Hellsichtzauber nun so häufig wirkte.

Die Kutte nahm er mit ins lauwarme Wasser, das würde auch den Schweiß auswaschen. Die sich in der Strömung bewegenden Algen kitzelten an seinen Waden.

»Pass doch auf!«, rief Vascal della Rescati. »Siehst du nicht, dass ich hier meine Trinkflasche fülle? Da will ich nicht deinen Dreck drin haben!«

Der Gefährte war verständlicherweise gereizt. Tausende Meilen hatte er mit seiner Nichte zurückgelegt, um sie vor der Gefahr zu schützen, die ihr im Lieblichen Feld drohte. Nun schien er sie an eine Bande Verrückter mit seltsamen Fähigkeiten zu verlieren.

»Ich bin schon fertig«, sagte Tylstyr, tauchte aber noch einmal unter.

Er stieg ans Ufer, klatschte die nasse Robe auf den Boden, setzte sich darauf und legte den Zauberstab über seine Schenkel. Mit geschlossenen Lidern spürte er der magischen Kraft nach, die diesen Ort durchdrang. Sie war nicht außergewöhnlich stark, sie befanden sich auf keiner der Linien, durch die besondere astrale Macht floss, aber überall in Aventurien gab es magische Ströme. Die Elfen nannten sie die Melodien der Welt, oder zumindest waren sie ein Teil dieser Musik. Vollständig hatte Tylstyr das nicht begriffen, und Salarin verstand seine Nachfragen nicht. Für den Gefährten war Magie so selbstverständlich wie Luft.

Der Wind strich angenehm über seine feuchte Haut. Wasser troff aus Tylstyrs Haar auf seinen Rücken, auf die Schultern, ein wenig auch auf die Brust. Er stellte sich vor, wie dieses Wasser zurück in den Bach gelangte, von dort in die Reisfelder, in denen es sich nur sehr langsam bewegte, und schließlich ins Perlenmeer. Es vereinigte sich mit den Wellen, die Maraskan umspülten. Sie leckten an der Insel, auf der sich irgendwo Leomara befand.

Das verfluchte Jucken war immer noch da, vor allem an seinem Rücken! Bestimmt hatten dort zahllose Biester geschlemmt, und dass er jetzt nur mit einem Schurz bekleidet hier herumsaß, verstanden deren Verwandte sicherlich als Einladung. Aber er würde seine Meditation nicht unterbrechen, um sich zu bedecken.

Stattdessen murmelte er die Formel, die er gelernt hatte, und konzentrierte sich auf Leomara. Darauf, wie sie ihm stolz gezeigt hatte, dass sie ihre Holzkette nun auch zu einem Fuchs zusammensetzen konnte. Sie hatte über das ganze Gesicht gelacht, und ihre blauen Augen hatten geleuchtet.

Leomaras Augen …

Ihre Augen …

Ausgerechnet jetzt dachte er an Zidaine und die Verabredung, die er mit ihr hatte. Zur Abenddämmerung würde sie versuchen, sich von Beorns Ottajasko abzusondern, und eine Nachricht notieren, die er durch ihre Augen sehen könnte. Gut möglich, dass sie sich noch in Reichweite des Zaubers befand …

Aber heute konnte er das Versprechen, sich jeden Abend mit ihr zu verbinden, nicht einhalten. Er musste das letzte Tageslicht nutzen, um etwas über die Entführer herauszufinden. Überhaupt war er gut beraten, sparsam mit seiner magischen Kraft umzugehen, er würde sie brauchen, wenn es zum Treffen käme. Es ging um Leomara, das würde auch Zidaine verstehen.

Ihre Augen … ihre Augen …

Tylstyr wippte vor und zurück, wiederholte die Formel, die letztlich nur ein Reim war, ohne Macht, die den Silben innewohnte. Sie diente lediglich dazu, sich auf die Kraft des Landes einzustimmen. Der Humus unter ihm, das Wasser, dessen Feuchtigkeit sich mit der warmen Luft vermählte …

Er sah, was das Mädchen sah.

Die Entführer rasteten, der Bambuskäfig stand zwischen wuchernden Büschen. Das sah anders aus als die Gegend, die sie bislang durchquert hatten. Leomara sah mehrere sehr hohe Bäume, an einem davon krabbelte ein Tier empor, das an einen nackten

Hund erinnerte, dem Häute zwischen den Läufen wuchsen. Es schien das Mädchen zu faszinieren.

»Sieh dich um, Kleine«, flüsterte Tylstyr, obwohl Leomara ihn nicht hören konnte. »Zeige mir etwas, das mir hilft, euch zu finden!«

Leomara ging auf den Baum zu. Sie beobachtete das Tier. Immerhin erfuhr Tylstyr dadurch, wie riesig der Stamm war. Er glich einem hölzernen Turm.

Leomaras Blick ruckte herum. Vielleicht wurde sie gerufen, von Ohren, Nase und anderen Sinnesorganen verriet der Zauber Tylstyr nichts.

Einer der Fremden stand bei Hilbert von Puspereiken. Praioslob und Abdul waren nicht zu sehen.

Hilbert trug einen Kopfverband, der wohl aus einem zerrissenen Kleidungsstück gefertigt war. Der braune Stoff sah aus wie ein ungeschickt drapierter Turban, schien aber fest zu sitzen. Dennoch zeugten das blutverklebte Haar und der dunkle Fleck auf der linken Gesichtshälfte davon, dass die Platzwunde noch Probleme machte. Der junge Mann kniete, was aber kein Zeichen der Erniedrigung war, sondern daran lag, dass er sich mit etwas auf dem Boden beschäftigte. Offenbar war der Starrer damit unzufrieden, denn er gestikulierte, als schlüge er auf einen Unsichtbaren ein, und die Mundbewegungen deuteten darauf hin, dass er schrie.

Wobei diese Bewegungen seltsam aussahen. Nicht nur die Augen starrten, in gewisser Weise starrten ihre gesamten Körper – in dem Sinne, dass sie genau das taten, was sie mussten, und nichts mehr. Sogar Zidaine, die sich durch außergewöhnliche Körperbeherrschung auszeichnete, spielte ab und zu mit den Fingern. Sie bewegte die Schultern, wenn sie ging, ihr Kopf legte sich mal eine Winzigkeit zur Seite, dann drehte er sich ein wenig, die Nasenflügel zitterten, ohne dass es einen konkreten Anlass dafür gäbe. Bei den Fremden war das anders. Ihre Bewegungen waren nicht nur sparsam, sie waren streng, als würde jedes überflüssige Zucken bestraft.

Kaum hatte er diese Überlegung angestellt, fand sich Tylstyr widerlegt. Zwar entsprach der Mann bei Hilbert seiner bisherigen Beobachtung, aber die beiden anderen, die Leomara etwas abseits sah, wichen davon ab.

Ihr Verhalten war sehr merkwürdig. Sie standen nebeneinander, und den Mundbewegungen nach unterhielten sie sich. Leider befanden sie sich am Rande von Leomaras Blickfeld, sodass sie nur schwer zu beobachten waren. Dennoch erkannte Tylstyr, dass sie abwechselnd mit ausgestrecktem Arm zeigten, aber nicht immer in dieselbe Richtung. Anscheinend machten sie sich auf verschiedene Dinge in der Umgebung aufmerksam. Dabei wurden sie ab und zu erschüttert, als würden sie von einem Unsichtbaren gestoßen.

Ein dienstbarer Geist in ihrer Begleitung oder ein anderer unsichtbarer Helfer mochte erklären, wie sie so rasch vorwärtskamen, auch wenn sie die Gefangenen trugen. Aber das erklärte nicht dieses seltsame Verhalten, das so gar nichts mit den Beschwörungsritualen gemein hatte, die Tylstyr kannte. Und jetzt biss der eine den anderen auch noch in die Schulter!

Sein Gefährte schien es ihm nicht nachzutragen, sie kehrten zu ihrer merkwürdigen Konversation zurück. Der Entführer bei Hilbert dagegen stand jetzt unbewegt wie eine Statue, die Arme gerade am Oberkörper, und starrte auf das, was der junge Magier am Boden tat.

Tylstyr erkannte einen Stoffzipfel mit rotem Rand. Das musste das As'Haima sein, die Karte, die zum Friedhof der Seeschlangen führte!

Leomaras Blick trübte sich.

Nein, es war der Abendregen, der sich wie ein Schleier vor den Blick des Mädchens legte. Leomara suchte Schutz unter einem Baum, neben Abdul el Mazar und Praioslob. Die beiden waren geknebelt und an den Händen gefesselt, aber immerhin am Leben. Praioslob wirkte erschöpft, während Abdul guter Dinge zu sein schien. Er sah sogar vergnügt aus. Manchmal war es ein Segen, wenn der Verstand die Lage nicht allzu deutlich erfasste.

Tylstyr löste seinen Griff um die astrale Matrix, der Zauber zerfaserte. Er sah wieder durch seine eigenen Augen, und er spürte den Regen, der auch hier niederging, auf der Haut.

»Sie wollen zum Friedhof der Seeschlangen«, sagte er. »Vermutlich haben sie unsere Gefährten deswegen entführt.«

Shaya Lifgundsdottir interessierte sich derzeit offensichtlich für etwas anderes. »Ich schneide sie jetzt raus! Sofort!«

Tylstyr drehte sich um.

Die äußerst entschlossen wirkende Geweihte zeigte mit einem Messerchen auf ihn.

Irulla stand neben ihr. In ihrem bunten Aufzug sah sie noch immer fremd aus, aber trotz der Anstrengung des Marschs, für den eine solche Garderobe mehr als unangemessen war, legte sie nichts davon ab. Das erstaunte Tylstyr umso mehr, als sie sonst auch in deutlich kälteren Gegenden mit leichtester Bekleidung unterwegs war, was ihr das Schleichen erleichterte.

»Lass mich das machen!«, verlangte die Waldmenschenfrau. »Du könntest sie verletzen.«

»Mir ist egal, ob ich sie dabei umbringe. Sie müssen raus. Das sind Spinnen!«

»Eben«, versetzte Irulla.

Eine ungute Ahnung beschlich Tylstyr. »Könnte mir jemand sagen, worum es überhaupt geht?«

Die beiden Frauen sahen ihn an, schienen sich aber nicht einigen zu wollen, welche sprechen sollte.

Tylstyr tastete nach einer besonders penetrant juckenden Stelle an seinem Rücken, kam aber nicht heran. Er zog Zidaines Dolch, um ihn als Verlängerung zu benutzen.

»Nicht damit!« Irulla schnappte das Messerchen aus Shayas Hand und hockte sich hinter Tylstyr.

»Dir wachsen Spinnen aus dem Rücken«, erklärte Shaya resignierend.

»Mir ... was?« Er wollte aufspringen, aber Irulla hielt ihn mit einem festen Griff auf seiner Schulter nieder.

»Vorsichtig«, mahnte sie. »Ich will sie nicht verletzen.«

»Sie?«, rief Tylstyr. »Wieso *sie*? Du hantierst mit einem Messer an meinem nackten Rücken, aber *sie* willst du nicht verletzen?«

»Es sind Kinder«, erklärte Irulla. »Es ist ohnehin grausam, sie aus der Wärme ihrer Brutstube zu reißen. Bestimmt sind sie noch nicht bereit für die Welt.«

Shaya verschränkte die Arme, wobei sie den Wanderstab am Ellbogen in die Umschlingung einschloss. »Du kannst dem Tod doch sonst so viel abgewinnen.«

»Es sind Kinder«, erinnerte Irulla. »Eine fürsorgliche Mutter hat sie Tylstyr anvertraut ...«

»Allerdings, ohne mich vorher in ihre Pläne einzuweihen!«, warf er ein.

»... und nun verlangt eine Schwester der Travia, dass wir so grausam mit ihnen umgehen.«

»Die Schwester der Travia wird die Wunde sicherheitshalber ausbrennen, bevor sie den Segen darüber spricht«, kündigte Shaya an.

»Macht bitte schnell.« Das Kribbeln an seinem Rücken ergab

für Tylstyr einen ganz neuen Sinn. Er wünschte sich die Vorstellung von geröteten Käferbissen zurück.

»Eure Einstellung ist sehr fragwürdig«, tadelte Irulla. »Wir sind zu Gast auf der Insel der Spinnen und sollten ihre Freundlichkeit erwidern.«

Tylstyr fragte sich, was besonders freundlich daran war, wenn man jemandem die eigenen Kinder unterschob, damit sie den Wirt wider Willen auffraßen. Er schwieg, denn immerhin spürte er nun, dass Irulla einen Schnitt setzte. Er wollte sie weder unterbrechen noch unnötig erzürnen.

»Stellt euch nur vor, diese Marasken!«, begeisterte sich die Reckin. »Die Königinnen des Waldes. Ich hoffe, wir werden bald eine sehen. Hat Leomara vielleicht eine beobachtet? Gelb und rot sollen sie sein, und sehr behaart.«

»Nein«, sagte Tylstyr, »aber sie sind in einem Wald. Unterwegs zum Friedhof der Seeschlangen.«

Shaya sah nach oben, als könnte sie die Sonne durch den Regen ausmachen, der ihr Gesicht netzte. »Die Richtung stimmt. Wir bewegen uns nach Süden.«

Sie war wirklich eine Abenteurerin geworden, dachte Tylstyr. Die klein gewachsene Frau fand sich nun auch außerhalb des Tempels gut zurecht.

»Ich sage dem Foggwulf Bescheid.« Shaya entfernte sich und folgte dem Bachlauf.

Irulla setzte kleine Schnitte und bewegte die Klinge, als wollte sie ein dünnes Brett durchbohren, ohne dass es entlang der Maserung brach. Sie schimpfte mit Tylstyr, wenn er zuckte. Wenn er stillhielt, summte sie eine Melodie, die zu einem Wiegenlied gepasst hätte. Es dauerte eine gefühlte Ewigkeit, bis sie fertig war. Sie zeigte ihm ein paar Spinnenkinder, klein wie Läuse, die über die Messerklinge krabbelten.

»Allerliebst.« Tylstyr nahm die Kutte noch einmal mit in den Bach und wrang sie gründlich aus, bevor er sie wieder anzog. Es würde eine Weile dauern, bis Shaya ein Eisen zum Glühen gebracht hätte, und in der Zwischenzeit wollte er seine Haut nicht mehr ungeschützt feilbieten. Die offenen Schnitte mochten den Käfern die Mandibeln wässrig machen, aber die Elfen zu bitten, ihre zauberische Kraft auf eine Heilung zu verwenden, wäre unverantwortlich gewesen. Schon bald würden sie ihre Magie brauchen, wenn es gegen die Starrer ging.

Asleif Phileasson erwartete Tylstyr mit Cessimasab der Fröhlichen am Ufer.

Er wollte sich nach Shaya erkundigen, aber der gut gelaunte Drachenführer kam seiner Frage zuvor.

»Der Friedhof der Seeschlangen also!« Phileasson rieb sich die Hände. »Lailath versucht, sich an die Karte zu erinnern. Vielleicht finden wir eine Abkürzung. Damit könnte sie ein Stück weit gutmachen, was sie bei der Silberflamme verdorben hat.«

»Sind sie wirklich bereits im Dschungel?«, fragte Cessimasab.

»Was ich gesehen habe, deutet darauf hin«, bestätigte Tylstyr.

Sie schüttelte den Kopf, auf der rechten Seite pendelten die nassen Locken. »Ich begreife nicht, wie sie so schnell sein können.«

»Wir können nicht noch schneller machen«, überlegte Phileasson. »Vielleicht, wenn wir Pferde hätten …«

»Nein«, meinte Cessimasab. »Nicht in dieser Gegend, erst recht nicht im Urwald. Dafür brauchen wir Haumesser.«

»Die wir auch nicht haben«, erkannte Phileasson.

»Vielleicht gibt es eine Lösung. Es ist zwar ein kleiner Umweg, aber das würde sich schnell bezahlt machen.«

»Am liebsten wäre mir, wenn wir morgen sofort aufbrechen könnten«, sagte Phileasson. »Am besten noch vor dem Morgengrauen. Möglicherweise holen wir sie ein, bevor sie ihren Weg fortsetzen.«

»Wenn sie im Dschungel sind, haben sie wenigstens fünf Stunden Vorsprung.«

»So viel?«, rief Phileasson.

»Und ohne Haumesser werden wir dort kaum vorankommen.« Missmutig verzog er den Mund. »Erkläre mir deinen Vorschlag.«

»Das kann ich nicht allein entscheiden«, sagte Cessimasab. »Ich muss mit Lirobajid darüber sprechen.«

Phileasson presste die Kiefer aufeinander, nickte aber. »Erinnere sie, dass ein neunjähriges Mädchen auf uns vertraut.«

»Zehn«, sagte Tylstyr. »Leomara ist zehn. Das ist ihr wichtig, das wohl.«

Maraskanischer Dschungel,
elfter Tag im Midsonnmond

»Das ist überhaupt keine Spinne!«, empörte sich Irulla.

»Besser, wir halten dennoch Abstand«, riet Shaya Lifgundsdottir.

Für sie sah die Maraske einer Spinne schon sehr ähnlich – allerdings einer Spinne von der Größe eines fetten Schweins. Sie war dicht behaart mit einem Pelz, der einem Mähnenschaf alle Ehre gemacht hätte. Grellgelbe Kreise besprenkelten dabei einen roten Untergrund.

»Eine Spinne hat neun Augen!«, ereiferte sich Irulla. »Neun, nicht zwei.« Anklagend stieß ihr Zeigefinger auf das Tier zu.

In der Tat beobachtete das achtbeinige Ungeheuer das Lager und die Ottajasko, die darin mit den Rebellen verhandelte, mit zwei tellergroßen Facettenaugen.

»Und der Schwanz erst!«

Orkengriff klopfte mit den vordersten Beinen auf Irullas Schulter, als wollte er seine Freundin beruhigen. Leider merkte sie davon wohl nichts, weil sie noch immer das bunte maraskanische Hemd mit den angenähten Bronzespinnen trug. Sie hatte sich sogar in für sie gänzlich ungewohnter Weise für die Begegnung mit der »Königin des Urwalds« herausgeputzt, das Haar gekämmt und die Spinnenzeichnung auf ihrem Schädel frisch mit Rot und Grün ausgemalt. Offenbar hatte sie so sehr auf eine Maraske gehofft, dass sie selbst bei ihrem überstürzten Aufbruch aus Boran daran gedacht hatte, die Farben mitzunehmen.

»Bitte, Fremdijis …« Bronkjin, der Bändiger der Maraske, sagte noch mehr, aber Shaya verstand ihn nicht. Er zog zwei unterarmlange, mit eingebrannten Symbolen verzierte Stöcke aus seinem Gürtelschal, hockte sich so seltsam hin, dass er die Schultern zwischen den Knien durchschieben konnte, und trommelte auf den Boden. Die Töne waren heller oder dunkler, je nachdem, ob er Erdreich, einen Ast oder einen Stein traf.

»Der Schwanz ist wirklich seltsam«, gestand Shaya zu.

Er sah aus wie bei einem Skorpion. In mehreren Segmenten ragte er über dem struppigen Hauptkörper auf, ein spitzer Stachel bog sich nach oben.

Bronkjins Trommeln schien das Tier zu beruhigen, die frei schwingenden Kiefer bewegten sich langsamer und schließlich im Gleichtakt mit den Schlägen.

»Keine Spinne!« Ablehnend verschränkte Irulla die Arme, wandte sich um und schritt in die Senke, wo die Laubhütten der Rebellen am Bach standen.

Shaya fand das Lager unübersichtlich. Seit eineinhalb Tagen bewegte sich die Ottajasko durch den maraskanischen Dschungel, wo man ebenerdig selten weiter als zehn Schritt sah. Büsche mit farbenfrohen Blüten versperrten die Sicht, Baumriesen erzwangen Umwege. Der Bewuchs gab auch vor, wie das Lager der *Nattern vom unteren Weg* aufgebaut werden konnte. Sie hatten mehrere Hütten passiert, die jetzt außer Sicht waren, und wie weit sich die Unterkünfte noch erstreckten, vermochte Shaya nur zu raten.

Natürlich hätte sie Cessimasab oder Lirobajid fragen können, aber sie zog es vor, nicht mit den beiden zu sprechen. Nicht weil sie beleidigt gewesen wäre. Dazu besaß sie kein Recht. Cessimasab hatte schon auf der *Sturmvogel* gestanden, dass sie ihre Schwester liebte. Dass Shaya die Bedeutung dieser Aussage missverstanden hatte, war nicht die Schuld der Maraskanerin. Aber das änderte nichts an dem Gefühl, dass etwas Shayas Brust zusammenquetschte, wenn sie Cessimasab sah. Vor allem, wenn diese mit Lirobajid eben jene zärtlichen, nur scheinbar zufälligen Liebkosungen austauschte, die Shaya so sehr vermisste. Nachts lagen die Schwestern beieinander, und Shaya konnte nichts dagegen tun, dass ihre Vorstellungskraft sie wachhielt.

Wenn sie daran dachte, wurde es schlimmer!

Sie wandte sich Bronkjin zu, der wohl der Ansicht war, die Maraske ausreichend beruhigt zu haben, und die Stäbe wegsteckte. »Ist deine Verbindung zu diesem Tier magischer Natur?«

Blinzelnd sah er sie an. Ob er sein Haar wohl so spektakulär frisierte, um von den hohlen Wangen abzulenken? Bänder hielten zahllose verfilzte Zöpfe in Form, sodass sie sich wie eine Vase auf seinem Kopf erhoben, bevor sie an den Seiten zurückfielen. Ein halbes Dutzend baumelte neben dem Kopf und vereinigte sich mit den Strängen des Barts. Oder sie nahmen am Kinn ihren Ursprung und waren nach oben gebunden, den Übergang konnte Shaya nicht erkennen.

»Magie.« Shaya fuchtelte mit ihrem Wanderstab herum und

vollführte mit der rechten Hand ausladende Gesten, die zu einem Zauberer passen mochten. »Du«, sie zeigte auf den Mann, dann auf die Maraske, »und sie?«

Bronkjin verstand sie wohl noch immer nicht. Er tat das Naheliegende.

»Lirobajid!«, rief er und winkte um Aufmerksamkeit.

Cessimasabs Schwester saß bei Phileasson und dem Rebellenführer. Jetzt sah sie zu ihnen hoch, erhob sich und kam den Hügel herauf.

Shayas Kehle wurde eng. Lirobajid die Blumige und Cessimasab sahen sich so ähnlich wie der Teig für zwei Fladenbrote, den man derselben Schüssel entnommen hatte. Die roten Locken auf einer Seite des Kopfs, die schmale Nase, der fröhliche Zug um die Lippen, der bei Lirobajid im Gegensatz zum Ernst in den gesprenkelten Augen stand …

Shaya sah wieder Bronkjin an. Er trug ein Ledergewand, das für den dornigen Urwald geeignet sein mochte. Es war an vielen Stellen offen, vor allem an den Gelenken. Dort hielten nur Schnallen die Komponenten zusammen. Aus diesen Übergängen kamen vielfarbige Stoffstreifen hervor.

»Was möchtest du von ihm wissen, Schwester?« Lirobajid schien keinerlei Vorbehalte gegenüber Shaya zu hegen.

Das machte ihr ein schlechtes Gewissen, was wiederum dazu führte, dass Shaya ihrerseits Lirobajid noch weniger mochte, weil sie ihr das Gefühl gab, eine klägliche Geweihte der Göttin zu sein, die so viel Wert auf Harmonie legte. Ihr gefiel der Gedanke, dass die Ottajasko so etwas wie eine Familie war, und im Moment gehörten Cessimasab und Lirobajid dazu. Nicht zur Ottajasko, natürlich, aber zu ihrer Reisegemeinschaft. So wie Lailath.

Wobei auch Lailath nicht so richtig zu ihnen zählte. Sie hatte Ohm gerettet, und Salarin hatte sie wohl zumindest sehr geholfen, aber die Silberflamme … Phileassons Ehre gebot ihm, der Rettung seines besten Freunds erhebliches Gewicht beizumessen, doch dass die Elfe seinem Rivalen einen Punkt verschafft hatte, konnte er nicht verzeihen.

»Ich frage mich, ob Bronkjin und die Maraske ein magisches Band verbindet.« Shaya hoffte, dass sie unbefangen klang.

»Nein«, sagte Lirobajid. »Er ist ein Mönch aus dem Kloster Eukolizana und erforscht die Schönheit der Maraske.«

»Schönheit?«, fragte Shaya ungläubig. »Der Maraske?« Sie versuchte vergeblich, sich an ein noch hässlicheres Tier zu erinnern. Egal, ob sie in Irullas Augen eine Spinne war oder nicht, wies sie doch alle Merkmale auf, die ein Unwohlsein beim Anblick eines achtbeinigen Krabbeltiers hervorriefen, noch dazu ins Riesenhafte vergrößert. Von den Mandibeln tropfte grünlicher Speichel.

»Die Königin des Urwalds ist ein gesegnetes Wesen«, behauptete Lirobajid. »Sie hat zweimal zweimal zwei Beine.«

Shaya wusste, dass die Zwei bei den Maraskanern eine herausgehobene Bedeutung hatte, nicht nur wegen der Zwillingsgötter. Sie sahen die Dualität überall: Tag und Nacht, Regen und Sonnenschein, Leben und Tod, Mann und Frau, Kindheit und Erwachsenenalter, Maraskaner und Fremdiji.

»Es ist ein Glück, dass sich Bronkjin mit dieser Maraske angefreundet hat«, fuhr Lirobajid fort. »Er wird sie bitten, uns den schnellsten Weg zu euren gefangenen Freunden zu führen.«

»Dieses Biest?«, rief Shaya.

Mit einer Schnelligkeit, die wohl nur acht Beine zu erreichen vermochten, stürzte ihr die Maraske entgegen. Dabei zischte sie wie ein Krebs, wenn beim Kochen die Luft aus seinem Panzer entwich.

Geistesgegenwärtig riss Shaya den Stab hoch.

Das mochte die schnappenden Mandibeln abhalten, aber der Angriff warf sie um.

Die Maraske war über ihr. Die wirbelnden Beine berührten sie, zupften an ihr, hoben und stießen sie. Shaya wurde gedreht, gerollt. Ob die Maraske sie in einen Kokon einspann?

Sie schrie unartikuliert, schlug mit dem Stab, merkte jedoch, dass es zu eng war und man überhaupt auf dem Boden liegend schlecht Schwung holen konnte. Sie musste an ihren Dolch! Aber eine Waffe zu ziehen, während man ständig herumgerollt wurde, erwies sich als schwierig.

Sie ermahnte sich, Ruhe zu bewahren. Das war wichtig, ganz gleich, wie hektisch ein Kampf wurde. Phileasson sagte das immer. Die Panik kämpfte aufseiten des Feinds.

Shaya ließ den nutzlosen Stab fahren.

Sie bekam den Dolch halb aus der Scheide, schnitt sich aber. Aufschreiend zuckte sie zurück.

Plötzlich ließ die Maraske von ihr ab, huschte zu einem Baum und krabbelte trotz ihrer Größte behände hinauf.

Bronkjin klopfte noch ein wenig mit den Stäben auf den Boden, bevor er sich aufrichtete und etwas zu Lirobajid sagte.

»Du hast sie erschreckt«, übersetzte die Maraskanerin.

»Sie mich auch«, gestand Shaya heftig atmend. Sie wickelte den Ärmel ihrer Kutte um den Schnitt.

»Bronkjin sagt, sie findet es unfreundlich, dass du nicht mit ihr spielst.«

Shaya versuchte, in Lirobajids Gesicht einen Hinweis auf einen Scherz zu entdecken, aber offenbar meinte sie ernst, was sie sagte.

»Kannst du dir vorstellen, dich bei ihr zu entschuldigen?«

»Ich? Bei dem Mons… bei der Maraske?«

»Das wäre gut. Schließlich soll sie uns zu deinen Leuten führen.«

Shaya sah zu Bronkjin, der ihr abwartend entgegenblickte, und versuchte dann, das spinnenartige Tier im Geäst der Baumkrone auszumachen. Sie scheiterte daran, was sie zusätzlich beunruhigte, weil es bedeutete, dass überall in diesem Urwald Marasken lauern mochten, die man nicht sah, bis sie sich auf den arglosen Wanderer fallen ließen.

Phileasson kam gemessenen Schritts den Hügel herauf. »Was war denn hier los?« Sein Gesicht, überhaupt jede freie Hautstelle, war von roten Pusteln übersät. Das war bei ihnen allen so, die Käfer der Insel bewiesen einen unstillbaren Appetit.

»Ich dachte, sie wollte mich umbringen.«

»Das ist auch nicht ganz falsch«, merkte Lirobajid an.

»Nicht ganz falsch?«, rief Shaya. »Du hast doch gesagt, sie wolle mit mir spielen!«

»Das schließt sich nicht aus«, erklärte Lirobajid. »Marasken töten gern. Es ist ihr liebster Zeitvertreib. So hat Rur sie geschaffen. Preiset die Schönheit!«

Phileasson sah auf Shayas Hand. »Alles in Ordnung?«

»Nur ein kleiner Schnitt.« Die Wunde pochte, aber Shaya wollte nicht weinerlich erscheinen.

»Die Elfen sollen es sich trotzdem ansehen. Hier entzündet sich so etwas schnell.«

»Ich gehe zu Galandel«, versprach sie.

»Vielleicht sollten wir sie schonen.«

Shaya merkte, wie sie errötete. Sie musste sich an den Gedanken gewöhnen, dass die Elfe alterte. Dabei war es auf der Wanderung offensichtlich! Ihre Bewegungen waren viel unsicherer als jene von Salarin und Lailath.

»Ich frage Salarin«, sagte sie.

Phileasson nickte. Er hielt ihr die geöffnete Hand hin. Darin lagen Holzkapseln, so groß wie ein Fingerglied. Löcher waren hineingebohrt wie mit einer Stricknadel, und im Innern klapperte etwas. »Nimm dir ein paar davon und trage sie unter der Kutte oder im Haar. Sie sollen gegen die Käfer helfen.«

»Nur gegen die kleinsten«, erklärte Lirobajid. »Der Duft lockt sie an, sie krabbeln durch die Löcher und bleiben im Innern kleben. Für die größeren brauchen wir Galle und Leber vom Wilf. Das gibt unserem Schweiß einen Geruch, der die meisten Käfer fernhält.«

»Das Zeug soll allerdings scheußlich schmecken«, sagte Phileasson.

»Wer hat bei den Schneeschraten das meiste von uns allen gegessen?« Shaya erinnerte sich an die kalten Gerichte, vor allem an den Brei aus Mastodontenhirn.

»Da hast du richtig zugeschlagen, das wohl!« Phileasson grinste.

Shaya nahm einige Kapseln aus Phileassons Hand.

Lirobajid entfernte sich ein Stück mit Bronkjin. Was sie redeten, war nicht zu verstehen. Ob sie überlegten, wie sie den garstigen Riesen-Spinnen-Skorpion-Mischling trösten konnten?

»Die Maraskaner sind seltsam«, meinte Shaya.

»Das wohl. Aber sie helfen uns.«

»Sollen wir uns wirklich der Führung der Maraske anvertrauen?«

»Sie sind überzeugt, dass uns niemand sicherer durch den Urwald bringen wird«, sagte Phileasson.

Zweifelnd suchte Shaya die Baumkrone nach dem Untier ab.

»Die Rebellen sind sehr großzügig mit ihren Proviantrationen, auch wenn sie uns nicht begleiten können«, berichtete Phileasson. »Sie warten auf ihren Anführer, den glücklichen Tetrarchen. Aber heute haben sich irgendwelche weiße Blüten an einem bestimmten Strauch geöffnet. Das sehen sie als Zeichen für einen Aufbruch. Da sie selbst nicht aufbrechen können, beziehen sie das auf uns und geben uns diesen Mönch mit seiner Spinne mit.«

»Keine Spinne.«

Fragend sah Phileasson sie an.

Shaya winkte ab und nahm den Stab auf, der ihr beim Gerangel entfallen war. »Nicht so wichtig.«

»Lailath versucht, ihnen zu erklären, wo sich der Friedhof der Seeschlangen befindet.« Phileassons Augen leuchteten. Zweifellos würde er alles tun, um Leomara, Praioslob und Abdul zu retten, aber wenn er dabei der Lösung der ihm gestellten Aufgabe näherkam, weckte das die Begeisterung des Drachenführers. »Möglich, dass wir mithilfe der Maraske abkürzen können. Damit machen wir unseren Rückstand wett.«

Wie weit ihnen die Entführer voraus waren, konnten sie nicht bestimmen. Tylstyr wusste lediglich, dass sie sich noch im Dschungel befanden.

Bronkjin klopfte mit den Stäben gegen den Baumstamm.

Die Maraske schob sich aus dem Laub, ihre Facettenaugen funkelten. Ein grüner Speicheltropfen löste sich von den Mandibeln und platschte auf den Boden.

»Sie tötet gern, weißt du?« Shaya lehnte sich gegen ihren Stab, bemerkte dabei den Schmerz am Schnitt in der Hand, griff aber aus Trotz noch fester zu. »Rur hat die Maraske als Mörderin geschaffen, um die Schönheit der Welt zu vervollkommnen, das wohl.«

Maraskanischer Dschungel,
zwölfter Tag im Midsonnmond

»Ihr solltet uns nicht ›Kothaufen‹ nennen«, sagte Praioslob mühsam beherrscht. »Das ist unhöflich.«

»Es ist besser für euch, wenn ihr Kothaufen seid«, meinte Alrech. »Kothaufen werden nicht gefressen.«

»Ich finde, es ist eine interessante Behauptung, dass sie keine Kothaufen seien!«, rief Daijin. »Wir sollten das ausprobieren und einen Arm kosten.«

Unter den drei Starrern erschien Daijin Praioslob als der Aggressivste. Er zeigte wenig Geduld und hatte Abdul so hart geschlagen, dass er dem Novadi eine Rippe gebrochen hatte. Eines der vielen Rätsel, die ihre Entführer Praioslob aufgaben, bestand in der Frage, womit Daijin zugeschlagen hatte. Er hatte gefaucht – ein Laut, den man keinem Menschen zutraute – und mit den Händen gefuchtelt, die er nicht zu Fäusten geschlossen, sondern wie Klauen verkrampft hatte. Aber damit hatte er Abdul nicht berührt. Das deutete auf Zauberei oder auf eine unsichtbare Waffe hin.

Alrech konnte ebenfalls rüde werden, das hatte Praioslob mehrfach erfahren. Aus irgendeinem Grund hassten die drei Leomara, vielleicht sogar alle Kinder, wenn er ihre Bemerkungen richtig deutete. Bislang hatte er das Mädchen ihrem Zugriff entziehen können, wofür er den Preis einiger Schläge gern in Kauf nahm.

Alrech war aber auch der Neugierigste der drei. Er war gern bereit, immer wieder Pausen einzulegen, die Gefangenen aus dem Tragekäfig zu lassen und ihnen Wasser zu geben, solange sie etwas erzählten oder er sie bei interessanten Tätigkeiten beobachten konnte. Das Braten des Leguans über einem Lagerfeuer etwa hatte ihn fasziniert.

Die Starrer waren hervorragende Jäger. Mehrfach war einer von ihnen im Unterholz verschwunden, manchmal, während die anderen in vollem Lauf die Reise fortgesetzt hatten. Der dritte war jedes Mal nach höchstens einer Stunde mit einer Beute wieder aufgetaucht. Auch diese Erfolge deuteten auf übernatürliche Kräfte hin.

»Bei ihnen ist das anders«, erklärte Alrech Daijin. »Wenn wir denen einen Arm ausreißen, wächst er nicht nach.«

»Das ist unbewiesen!«, rief Daijin. »Wir sollten es ausprobieren.«

»Du willst nur, dass sie kaputtgehen, damit du sie nicht mehr tragen musst! Deine Faulheit steht der Erkenntnis im Wege.«

Beide fauchten auf diese unmenschliche Weise und fielen übereinander her. Zumindest passten ihre Bewegungen zu einem wilden Gerangel, die Hiebe, das Stampfen, die hochgerissenen Knie. Praioslob hatte lange genug an den Waffenübungen der Ottajasko teilgenommen, um zu erkennen, dass kaum eine der Attacken den Gegner traf. Aber *etwas* traf. Alrechs Kopf wurde herumgerissen wie bei einem Treffer, Daijin beugte sich vor, als hätte ihn ein Schwinger am Bauch erwischt.

Globobsch, der dritte Entführer, blieb desinteressiert wie meist. Er badete, jedoch nicht etwa im verhältnismäßig klaren Bach, sondern im verschlammten Tümpel, in den dieser mündete. Dabei verzichtete er sogar darauf, sich auszukleiden.

Etwas Unsichtbares, aber sehr Hartes traf Praioslobs Hüfte. Er ächzte und zog sich ein Stück zurück.

Abdul el Mazar kümmerte sich um Hilbert von Puspereiken. Leomara della Rescati half, indem sie die ausgewaschenen Fetzen auswrang, die sie als Kopfverband verwendeten. Hilbert hatte mehr abbekommen als nur die Platzwunde, das war offensichtlich. Immer wieder musste er sich übergeben, und er klagte über Kopfschmerzen.

Abdul tastete über den Schädel des Jünglings. Bislang hatten sie keinen Bruch entdeckt, aber vielleicht gab es eine innere Verletzung.

»Habt ihr gesehen, wie sie schlafen?«, flüsterte Hilbert. »Sie legen sich aufeinander.«

»Du meinst, sie … zu dritt?«, fragte Praioslob.

»Nicht so. Sie bleiben angekleidet und bewegen sich auch kaum. Einer streckt sich auf dem Boden aus, der zweite legt sich darauf, der dritte ganz nach oben, und dann schlafen sie.«

»So bleiben sie warm«, sagte Abdul mit verträumter Stimme.

»Aber hier ist es doch gar nicht kalt«, wandte Leomara ein.

Praioslob sah sie an und schüttelte stumm den Kopf. Abduls Verstand wanderte wieder auf abseitigen Pfaden. Er hoffte, dass dem Novadi dadurch die Schrecken ihrer Lage erspart blieben.

Hilbert seufzte. »Lasst gut sein, Onkelchen Abdul.«

»Soll ich noch einmal schauen?«, fragte Praioslob.

»Es wird schon genügen.«

Leomara reichte ihm den Verband an.

»Die meiste Zeit werden wir ja getragen«, meinte Hilbert.

Praioslob wollte die Binden anbringen und dabei seinen Gott und die gütige Peraine um Genesung für den Verwundeten bitten, aber Alrech und Daijin kamen zu ihnen.

»Ich kann das machen«, bot Leomara an.

Nickend gab er den Verband an sie weiter und stand auf, um sich ihren Entführern zu stellen.

Diese indifferenten Gesichter, deren Eigenheiten man vergaß, sobald man sich nicht mehr darauf konzentrierte! War an diesen Männern überhaupt etwas normal?

»Ihr müsst interessant sein, damit wir euch nicht fressen!«, forderte Daijin.

Praioslob schob die Hände in die Ärmel seiner inzwischen zerrissenen und verdreckten Tunika. »Das könnt ihr nicht tun.« Er kratzte sich an den Unterarmen. Die Insektenbisse waren wahrhaft eine Plage!

»Doch, es ist ganz einfach«, widersprach Daijin. »Wir reißen euch das Fleisch von den Knochen, kauen ein bisschen darauf herum und schlucken es hinunter.«

»Bah, das schmeckt doch nicht!«, wandte Alrech ein. »Wenigstens müsste man sie vergraben und anfaulen lassen, damit …«

»Hier wird niemand verspeist!«, donnerte Praioslob. »Das wäre den Göttern zuwider.«

Die beiden starrten ihn an.

»Man darf keine Menschen essen«, fuhr der Geweihte fort. »Das ist Kannibalismus. Dafür schleudern einen alle Zwölfe in die Niederhöllen.«

Er betrachtete die abstruse Haarzier der beiden. Vor allem bei Daijin standen die gedrehten Locken so steif ab, dass nicht einmal der feuchtwarme Wind sie bewegte.

»Auch eure Zwillinge werden es fraglos missbilligen.« Er hoffte, dass mehr Sicherheit in dieser Aussage klang, als er empfand.

»Wieso?«, fragte Alrech.

Er warf die Hände in die Höhe. »Weil es ein Unrecht ist, das gegen alle Gesetze der Menschen und der Götter verstößt!«

»Gibt es noch weitere Gesetze, gegen die es verstößt?«, fragte Alrech.

Offenbar erregte das abstruse Gespräch sein Interesse. Das war immerhin besser, als wenn jemand gefressen wurde.

»Welche weiteren Gesetze sollte es denn noch geben?«, fragte Praioslob.

»Die natürliche Ordnung!«, half Daijin. »Ihr habt doch zum Beispiel diesen Leguan gegessen.«

»Das war ein Tier!« Das Fleisch der Echse hatte ein wenig nach Geflügel geschmeckt.

»Eben«, sagte Daijin, als ob Praioslob ihm zugestimmt hätte.

»Das ist jetzt unwichtig«, wiegelte Alrech ab. »Dieser Friedhof der Seeschlangen ist interessant. Erzählt uns davon. Wer bringt die gefressenen Seeschlangen dort hin?«

Hilbert lachte auf, zog dann aber zischend die Luft ein und fasste sich an den Kopf, den Leomara sorgfältig verband. »Seeschlangen werden nicht gefressen«, sagte er kleinlaut. »Sie haben keine Feinde. Sie fressen alles, was ihren Weg kreuzt.«

Die beiden Entführer starrten sich an.

In stummer Übereinkunft begaben sie sich zu ihrem Gefährten in den Schlammtümpel.

»Das könnte unsere Gelegenheit sein zu entkommen!«, raunte Praioslob den anderen zu.

»Wir sind jetzt eine halbe Woche im Dschungel«, flüsterte Hilbert. »Wohin sollen wir uns wenden? Wenn wir aufs Geratewohl losziehen, werden wir verhungern oder Raubtieren zum Opfer fallen.«

Unwillkürlich sah Praioslob Leomara an. Sie war viel zu jung, um zu sterben.

»In welcher Sprache hört ihr unsere Gegner eigentlich?«, erkundigte sich Abdul. »Ich frage mich, wieso ihr immer auf Garethi antwortet, obwohl sie das Tulamidya benutzen. Oder ist es vielleicht anders?«

»Sie sprechen ebenfalls Garethi«, sagte Praioslob ungeduldig. Er wollte die Möglichkeit zur Flucht nicht dadurch vertrödeln, dass er sich mit Abduls Verrücktheiten befasste.

»Genau«, pflichtete Hilbert ihm bei. »Garethi mit bornländischem Zungenschlag.«

Leomara lachte. »Das stimmt doch gar nicht! Sie reden wie daheim im Lieblichen Feld.«

Verdutzt sah Praioslob die anderen an.

Mit traurigem Gesichtsausdruck strich Abdul über Leomaras Haar. »Sie sind anders. Nicht, was sie zu sein scheinen. Großes Unglück liegt in Täuschungen. Jamilah …« Er schluchzte. »Und Selime! O Selime!«

Völlig verschlammt stiegen die drei aus dem Tümpel.

»Klettert in den Käfig!«, forderte Alrech. »Wir wollen die natürliche Ordnung mit den Seeschlangen besprechen.«

Maraskanischer Dschungel,
dreizehnter Tag im Midsonnmond

Lailath sah zum Lagerfeuer hinüber. Nach etlichen Versuchen brannte das nasse Holz jetzt endlich. Die Gefährten sangen »Du regnest«, ein eigentlich feierliches Lied, das den Gott des Wassers pries. In der Melodie von Phileassons Ottajasko dominierte jedoch Belustigung, und sie lachten dabei. Mirandola hatte dieses Lied erstmals vor drei Tagen angestimmt, seitdem sangen sie es ständig. Lailath hatte sich nach dem Grund dafür erkundigt, es hatte etwas mit den allabendlichen Regenfällen zu tun, die sie vor dem Schlafengehen durchnässten. Da man es nicht ändern könne, so Vascal, müsse man eben darüber lachen und den Gott des Regens für seinen täglichen Scherz loben.

Lailath verstand nicht, was daran so komisch war, aber Salarin Trauerweide erfasste es zumindest so weit, dass er mitsang. Seine beiden Stimmen waren mit Abstand die melodischsten in diesem Chor.

Doch etwas anderes beschäftigte Lailath. Sie hörte die Laute vom Lagerfeuer deutlich, sowohl die Stimmen als auch die Melodie, die Ohm Follker seiner Leier entlockte. Das Wasser des überstandenen Regens tropfte von Blatt zu Blatt, die Stockwerke herunter, die die unterschiedlich hohen Baumkronen bildeten. Vögel flatterten durch die hereinbrechende Dunkelheit und stritten lautstark um einen Schlafplatz.

Obwohl sie all diese Geräusche hörte, fühlte sich Lailath taub. So als habe sie Sand in den Ohren, der das Lied der Welt dämpfte.

Nun, da sie dieses Empfinden greifen konnte, beschleunigte sich ihr Herzschlag. Unruhig sah sie sich um. Das sollte sie ohnehin tun, schließlich war sie zur Wache eingeteilt. Natürlich zur ersten, wenn die meisten Gefährten noch wach waren. Sie misstrauten ihr.

Ihre Augen hatten nicht an Schärfe verloren. Lailath sah die Schattenrisse der Vögel auf den Ästen, und wohin das letzte Tageslicht fiel, machte sie Grüntöne aus. Auch auf die Entfernung sah sie, dass Ohm den Gurt mit seinen Dolchen neben sich über einen Busch gelegt hatte und dass Mirandola ihren Gesang mit entschlossenen Gesten unterstützte.

Sie sah, sie hörte. Sie roch auch das feuchte Gras, die Baumrinde, den Humus. Ihre Sinne waren scharf wie immer. Und dennoch beschlich sie das Gefühl der Taubheit.

Sie ging zu Galandel deren-Lied-verklingt, die ihren Schlafplatz in der Höhlung eines Baums einrichtete, in den Käfer ein großes Loch gefressen hatten. Die sechsbeinigen Marodeure waren lange weitergezogen, doch das Werk, das sie zurückgelassen hatten, versprach Trockenheit. Selbst Galandel könnte wohl nur sitzend darin ruhen, aber das mochte reichen.

»Ich merke es auch«, kam die Elfe ihr zuvor. »Das Lied der Magie ist an diesem Ort sehr leise.«

Natürlich, das war es! Nicht die einzelnen Töne, die die Welt formten, erklangen verhaltener, sondern die klare Melodie, die sie alle umspielte.

Lailaths Erleichterung darüber, dass ihre Sinne ungetrübt waren, wandelte sich zu Besorgnis, nicht mehr über die Magie die Töne ihrer eigenen Wünsche einbringen zu können. Sie versuchte, einen Lichtzauber herbeizusingen. Ein wenig Helligkeit würde sie jetzt trösten, und vielleicht auch Galandel.

Über ihnen schlugen die Vögel mit den Flügeln. Das Geräusch erfüllte ihre Gedanken. Es lenkte sie ab. Sie scheiterte bei dem Versuch, sich auf den Zaubergesang zu konzentrieren.

Verärgert sah sie nach oben. Im Schatten der Baumkrone und beim spärlichen Licht der Abenddämmerung vermochte sie nur wenig von den Vögeln auszumachen. Ihre runden Köpfe ähnelten denen von Eulen. Jetzt saßen sie wieder still.

»Lass es«, riet Galandel milde. »Wir können nicht alle Rätsel dieser Insel lösen. Lass dich nicht von ihnen verwirren. Du hast eine andere Aufgabe.«

In ihrer Jugend und wenn ein anderer so mit ihr gesprochen hätte, wäre Lailath sicher ärgerlich geworden. Aber Galandel war eine sehr besondere Frau. Man merkte, dass sie lange das Lied einer Heilerin gesungen hatte; die Sorge um das Wohlergehen derjenigen, mit denen sie reiste, war ihr stets anzuhören. Sicher war es auch ihr Anliegen gewesen, dass die drei Elfen der Reisegemeinschaft von Zeit zu Zeit gemeinsam singen sollten. Lailath wusste nicht, ob Galandel ihr vertraute, aber sie hatte das Gefühl, ihr zumindest nicht gleichgültig zu sein, und das war schon eine Menge.

Sie lockerte den Säbel in der Scheide und begann ihre Runde. Es gab wohl kein anderes Land, das so von Leben wimmelte wie dieses, überlegte sie. Als sie das erste Mal die Wüste verlassen hatte – damals, gemeinsam mit Nantiangel, bei der Verfolgung des schändlichen Räubers –, hatten sie die vielfältigen Melodien der Pflanzen und Tiere am fruchtbaren Ufer des Bosquir verwirrt und geängstigt. Inzwischen hatte sie gelernt, sich von den einzelnen Tönen zu lösen. Ähnlich, wie Galandel es ihr gerade geraten hatte.

Sie war stolz auf diesen Erfolg. Viele Shiannafeya würden auf Maraskan wohl vor Schreck erstarren, aber Lailath konnte sich dem Urwald stellen.

Sie benutzte den Säbel, um mit präzisen Hieben ein paar störende Zweige zu stutzen. Zwar hätte sie sie auch zur Seite biegen können, aber sie würde die Runde noch mehrere Male gehen. Später, wenn die Gefährten nicht mehr singen und nur noch die Melodien des Dschungels durch ihr Lager klingen würden, mochte sie das Geräusch verraten.

Bronkjin trat ihr in den Weg. »Vorsicht, Bruderschwester«, bat er. Danach verstand sie die einzelnen Wörter nicht, aber sie erfasste den Sinn. Er wollte, dass sie nicht weiterging.

»Warum nicht?« Sie hatte den Säbel noch in der Hand, was ihr auch sehr recht war. Dem verrückten Mönch, der für diese seltsame Spinne tanzte, misstraute sie.

Es ging darum, dass hier etwas wuchs. Den Namen sprach er so langsam und deutlich aus, dass Lailath ihn verstand, auch wenn er merkwürdig klang: »Eitriger Krötenschemel«.

Er drehte sich halb um und deutete die Richtung an. »Marasken lieben diesen Pilz.« Er erklärte, dass sie ihn hegten, und wenn Lailath ihn recht verstand, knabberten die Königinnen des Waldes immer nur ganz wenig an seinem Hut. Dann jedoch behauptete Bronkjin, dass sie ab und zu einen fraßen, aber darauf achteten, dass stets genügend stehen blieben.

»Wie schmeckt er denn?«, fragte Lailath.

»Das weiß niemand.« Sein Gesicht war nur eine Ansammlung von Schatten, die Miene undeutbar. In der Stimme klang jedoch echtes Bedauern durch. Nur Marasken äßen ihn, »keiner sonst«.

Lailath besann sich auf Galandels Rat, nicht jedes Geheimnis Maraskans erforschen zu müssen. Sie legte ihren Wachkreis kleiner aus, als sie vorgehabt hatte, und entfernte sich von Bronkjin und der Maraske.

Der Gesang der Nacht hob an. In dieser Gegend musste es Frösche geben, ihr Quaken tönte zwischen den Bäumen. Ein Vogel schrie, und etwas fauchte, aber das war weit weg.

Nur wenige Schritt entfernt bemerkte sie eine verdächtige Bewegung im Dickicht. Lailath beobachtete sie aus dem Augenwinkel und tat, als holte sie mit dem Säbel aus, um eine Liane zu durchtrennen.

Blitzschnell wirbelte sie nach links und machte einen Ausfallschritt, um sich dem Beobachter zu stellen.

Es war nur ein Blatt, aber so groß wie eine Zeltbahn.

Wer hatte es bewegt?

Sie erkannte niemanden.

Das Blatt gehörte zu einer Blume, deren Blüte beinahe so ausladend war wie eine Baumkrone. Man konnte zusehen, wie sie sich für die Nacht schloss. Ein faszinierendes Schauspiel.

Lailath lächelte, aber sie riss sich los und setzte ihre Wachrunde fort. Inzwischen musste sie das Lager beinahe umrundet haben. Rechter Hand hörte sie noch die Geräusche der Gefährten. Sie sangen nicht mehr, unterhielten sich aber noch.

Auf der anderen Seite tanzte eine Handvoll Lichter zwischen zwei Büschen. Sie waren sehr klein. Ob es Glühwürmchen in diesem Wald gab?

Lailath ging darauf zu.

Nein, das waren keine Würmchen, sondern Schmetterlinge, deren Flügel fluoreszierten. Sie umtanzten einander, und der Schwarm im Ganzen stieg auf und wieder ab, bewegte sich zwei Schritt von Lailath fort und kam einen zurück.

Es schmerzte die Elfe, dass sie sich seltsam unverbunden zu dieser schönen Erscheinung fühlte. Ob das an der Taubheit ihrer Magie lag?

Sie folgte den Schmetterlingen. Ihr Tanz wirkte so sorglos.

Schmetterlinge lebten nur einen Sommer. Die Last der jahrhundertelangen Jagd nach der Silberflamme – durch die Khôm, durch die Länder der Rosenohren, in Gareth, in der Geisterwelt, allein, mit ihrem Bruder, mit Phileassons Leuten – drückte nicht auf die Flügel dieser unbeschwerten Falter. Lailath sehnte sich nach ihrer Fröhlichkeit. Sie tanzten mit ihrem Licht durch die Dunkelheit, und Lailath ging ihnen nach.

Sie schritt zwischen den Büschen hindurch, die zwar Dornen hatten, die Elfe aber nicht ritzten. Als seien auch die Gewächse von der friedlichen Harmonie dieser Nacht ergriffen und zögen ihre Zweige freiwillig aus Lailaths Weg.

Es ging abwärts. Die Geräusche des Lagers blieben zurück. Die Bäume standen hier so dicht, dass kein Sternenlicht durch ihre Kronen fiel. Aber wozu brauchte Lailath eine andere Helligkeit als jene der Schmetterlingsflügel?

Alles war so einfach, so leicht, so schön …

Plötzlich gab der Boden nach. Lailath fiel in ein Loch, schürfte sich den Arm auf. Schreiend hackte sie mit dem Säbel zur Seite und traf etwas Hartes, Holz vielleicht.

Die Schmetterlinge – inzwischen waren es zwei Dutzend – versammelten sich in einer dichten Wolke und stürzten in ihr Gesicht.

Immerhin erkannte sie dadurch, dass sie sich in einem Loch befand, aus dessen Wänden sich Wurzelstränge hoben. Und sie bewegten sich auf Lailath zu!

Sie schrie, schlug mit der linken Hand nach den Schmetterlingen, die sie jedoch nur durcheinanderwirbelte, ohne ihnen zu schaden, und hackte mit dem Säbel nach den Wurzeln. Das Schreien befreite, die letzte Faszination für die Falter wich der Angst.

Angst war besser als die Lähmung zuvor, aber was sie brauchte, war Wut. Lailath schrie lauter und schlug entschlossener zu. Sie durchtrennte eine Wurzel, eine weitere und eine dritte. Triumph mischte sich in ihre Schreie.

Sie wollte aus dem Loch klettern, aber etwas hatte sich um ihren Fuß gewickelt. Eine Wurzel schlang sich um das Gelenk ihrer Linken, mit der sie im Erdreich der Wand nach Halt tastete.

Sie versuchte, ihre Fessel zu durchtrennen, aber der Säbel blieb stecken. Die Klinge war keine Elfenarbeit, sondern von Rosenohren geschmiedet. Sie wurde schnell stumpf.

Vielleicht ärgerte sich Lailath einen Moment zu lange darüber, statt die Waffe sofort wieder frei zu ziehen. Mehrere Wurzeln umschlangen den Stahl und hätten wohl auch ihren rechten Arm erwischt, wenn sie ihn nicht zurückgerissen hätte.

Die Schmetterlinge vollführten einen wilden Tanz um ihren Kopf, so dicht, dass sie trotz des Leuchtens nichts mehr erkannte. Etwas peitschte quer über ihren Oberkörper und hielt sie fest, ihr linkes Bein wurde abgeschnürt. Überall waren diese Wurzeln!

Lailath hörte Geschrei, das nicht ihr eigenes war. Sie spürte Hitze auf ihrem Gesicht, die Schmetterlinge zerstreuten sich und stiegen auf in die Dunkelheit.

Cessimasab die Fröhliche schwenkte einen brennenden Ast, den sie aus dem Lagerfeuer gerissen haben mochte. Diesen stieß sie gegen die Wurzel, die Lailaths linken Arm hielt. Sofort zog sie sich zurück.

Auch Salarin Trauerweide war hier. Er benutzte den schwarzen Säbel, um damit die Wurzeln zu durchtrennen. Dabei hatte er wesentlich mehr Erfolg als Lailath zuvor.

»Wie steht es?«, rief Asleif Phileasson von oben.

»Bleibt, wo ihr seid!«, antwortete Cessimasab. »Ihr müsst uns gleich rausziehen.«

Ungeduldig versuchte Lailath, sich loszureißen. Es gelang ihr erst, nachdem Cessimasab ein halbes Dutzend weiterer Wurzeln angesengt hatte. Wer immer ihr Gegner war, nun gab er die Elfe frei.

Sie nahm ihren Säbel auf. »Was war das?«

Cessimasab sah zu den weit verteilt tanzenden Lichtern hinauf. »Schmetterlinge gehören zu den gefährlichsten aller Tiere«, sagte sie. »Sehr schön. Sehr tödlich.«

7 SCHLANGENMAHL

Küstengewässer östlich vor Maraskan,
vierzehnter Tag im Midsonnmond

Sie liebte es, die Brise unter Pepitos Schwingen zu spüren. Auf dem Ostwind zu reiten, Teil des Himmels zu sein. Die strahlend blaue See eilte unter ihr hinweg. Links, gerade noch sichtbar, der Küstenstreifen Maraskans.

Zusammen mit Pepito schrie sie krächzend ihre Lebensfreude heraus. All ihre Sinne waren mit der Möwe verbunden. Es war der Zauber, den sie beherrschte wie keinen zweiten. Ihr Leben hatte sie ihm gewidmet. So sehr war sie eins mit Pepito, dass sie seine Stimmungen selbst dann spürte, wenn sie nicht kraft ihrer Magie in ihm war.

Sie mussten nur Blicke wechseln, und sie verstand Pepito. Sie kannte all seine Begierden und Nöte. Seinen Hunger. Seine wilde Lebenslust. Seine Trauer über eine verlorene Brut, die Nesträuber aus einem verborgenen Felsengelege geholt hatten.

Und er kannte sie. Er duldete es nicht nur, wenn sie sich seine Sinne aneignete. Er hieß sie willkommen. Sie war ihm näher als dem Mann, mit dem sie lebte. Orelio würde sie niemals so tief verstehen wie Pepito.

Sie kippte über die linke Schwinge, stürzte der türkisfarbenen See entgegen und fing den Fall erst im letzten Augenblick mit gespreiztem Gefieder ab. Ihre Krallen berührten kurz das Wasser. Keinen halben Schritt über der sanften Dünung glitt sie dahin. Genoss das Gefühl des Flugs.

In weiten Spiralen stieg sie wieder dem Himmel entgegen, bis der feuchte Ostwind unter ihre Flügel griff und sie trug.

Halb dösend schaukelte sie in der Höhe. Sie dachte an ihre Freundin Turamira. Die alte Hexe hatte sie zwar nie in den Bund ihrer Schwestern aufgenommen, aber sie doch stets freundlich behandelt.

Turamira war von dem Gedanken besessen, dass sich Echsen und Maraskaner verbünden sollten, um die kaiserlichen Besatzungstruppen von der Insel zu vertreiben. Sie sprach gern von der schlummernden Macht der Geschuppten.

Dolorita hatte sie über Seeschlangen befragt, in der Hoffnung, dass ihre Ängste mit dem Wissen über die Seeungeheuer schrumpfen würden. Turamira war ungewöhnlich zurückhaltend geblieben. Hatte davon gemurmelt, dass die Schlangen meist tief in der See blieben, dort, wo nie das Licht der Sonne hinreichte. Dass sie im ewigen Kampf mit den großen Walen und den Kraken standen. Dass dort, in der ewigen Nacht, Schlachten tobten, die den Kampf um Maraskan wie ein Gerangel zorniger Kinder aussehen ließen.

Wie man eine Seeschlange finden konnte, hatte auch Turamira nicht gewusst. *Bete, dass sie deinen Weg nicht kreuzen, meine Tochter*, so hatte ihre Mahnung gelautet. *Sie sind wie der Kauca. Sie brechen, was sich in ihren Weg stellt.*

Ihre Worte hatten einen törichten Ehrgeiz in Dolorita geweckt. Sie glaubte an Beorn und seine Recken. Wenn es irgendwo Männer und Frauen gab, die sich einer Seeschlange stellen konnten, dann war es diese Ottajasko. Da war etwas an diesem Blender … Die Verheißung von Größe umgab ihn. Und Boron war stets nahe, wo Beorn stritt. Das schreckte Dolorita nicht. Im Gegenteil, es machte ihn noch interessanter. Sie war eine Al'Anfanerin. Sie war im Schatten des Rabenfelsens aufgewachsen. Der Gott des Todes war in keiner anderen Stadt so gegenwärtig wie in Al'Anfa. Sie fürchtete ihn nicht. Ihr machte ein Leben in Bedeutungslosigkeit Angst.

Beorns Rede hatte sie regelrecht in Flammen gesetzt. Es war, als habe er in ihr Herz geschaut. Sie würde ihm helfen, und wenn es das Letzte war, was sie tat!

Glorie oder Grab, so hatte ein Lied geheißen, das sie als junges Mädchen sehr gemocht hatte. Diese verrückten Vorstellungen von Ruhm hatten sie dazu getrieben, sich der Schwarzen Flotte anzuschließen. Sie war dort gerne gewesen, bis man sie dem Befehl Emilio Zornbrechts unterstellt hatte. Diesen zügellosen Schlächter und Leuteschinder hatte sie von ihrer ersten Begegnung an gehasst. So hatte sie nicht gezögert, an der Seite von Orelio zu den Thorwalern zu desertieren. Doch das Leben, das dann gekommen war, hatte sie nicht erwartet. Maraskan war ihre Zuflucht geworden, aber die Insel hatte sie beide nie wirklich willkommen geheißen. Weder die Maraskaner noch die kaiserlichen Besatzer. Jahre der Entsagung waren ihrer Flucht gefolgt. Sie waren nicht wirklich arm gewesen, aber das Leben, das Dolorita aus Al'Anfa gewohnt war, hatte sie auch nicht mehr führen können. Hier und da hatte sie ein paar Tränke gebraut, ein wenig Magie gewoben. Doch sie war stets vorsichtig gewesen. Auch hatte hier niemand einen Fechtmeister wie Orelio gebraucht. Ab und an gab er Übungsstunden für kaiserliche Offiziere. Auch er war mit den Jahren des Exils verbittert. Dass Leif sie manchmal besucht hatte, um für Dinge, die er eigentlich nicht brauchte, großzügig zu zahlen, hatte geholfen, sie über Wasser zu halten, zugleich aber ihrem Stolz einen Dolch in den Rücken getrieben.

Beorns Erscheinen war wie eine Erlösung. Entfliehen aus der Enge der Stadt! Sich auf ein Abenteuer einlassen, vor dem der Verstand Reißaus nahm und von dem ihr Herz so lange geträumt hatte. Es war wundervoll!

Pepito zog in weiten Kreisen über das Meer. Aufmerksam musterte er die unzähligen Blautöne. Das helle, fast leuchtende Blau nahe der Strände, die dunkleren Töne, wo Korallen und Felsen unter dem Wasser lauerten. Das tiefe, unergründliche Blau, wo Abgründe in der See mit der Geduld von Jahrhunderten auf leichtsinnige Beute warteten. Sie bewunderte das anmutige Spiel einer Schule von Delfinen, die nach Westen strebten. Beobachtete die Schiffe, die mit einigem Abstand zu den Riffen entlang der Küste segelten.

Zwei Wochen währte dieses wunderbare neue Leben schon. Jeden Abend landeten die Thorwaler an einem flachen Strand. Seit dem Erlebnis in der Felsspalte gingen sie nicht mehr landeinwärts. Sie blieben am Ufer, entzündeten Feuer, die die ganze Nacht über brannten, und pflegten eine Gemeinsamkeit, wie Dolorita sie von den Galeeren Al'Anfas nicht kannte. Sie tranken und lachten und sangen in ihrer derben Sprache von Jurga und Eldgrimm und anderen Helden, deren Namen die Hexe noch nie gehört hatte.

Auch Orelio genoss die Reise. Manchmal nahm er auf einer der Kisten Platz, um sich im Rudern zu üben. Dabei erntete er freundschaftlichen Spott, für den ihn die begeisterten Rufe bei den abendlichen Fechtlektionen am Strand mehr als entschädigten. Einzig die düstere Zidaine konnte seiner flinken Klinge Paroli bieten.

Ein silberner Farbstich in der See erweckte Doloritas Aufmerksamkeit. Wie ein breiter, wild strömender Gebirgsbach teilte er das Blau. Sich windend wie eine Schlange!

Pepito legte die Flügel an. Sie ließ sich fallen. Keine Schlange! Das mussten Sardinen sein. Tausende und Abertausende in dichtem Schwarm. Sie waren auf der Flucht. Da war ein Schatten. Tiefer. Fast an der Grenze dazu, im satten Blau unsichtbar zu werden. Noch ein Strom von Fischen?

Dolorita kreiste geduldig über dem Schwarm. So viele Heringe. Gewiss genug, um Jergan ein Jahr lang volle Bäuche zu schenken. Noch nie hatte sie einen so gewaltigen Fischschwarm gesehen.

Der Schatten durchstieß das Silber. Kurz war ein roter Abgrund zwischen klaffenden Kiefern zu sehen. Ein geschuppter Leib. Ein Kopf umspielt von speerlangen Stacheln. Nur zwei Herzschläge war das Ungeheuer deutlich zu erkennen, dann glitt es zurück in die Tiefe. Folgte dem Schwarm. Die klaffende Lücke, die das riesige Maul ins Silber gerissen hatte, war bereits wieder verschwunden. Da war nur noch der Schatten, der dem Schwarm folgte. Ein Schatten von Ehrfurcht gebietender Länge.

Das musste eine der Bestien sein, von denen Turamira zuletzt gesprochen hatte. Eine Seeschlange, deren Alter nach Jahrhunderten zählte. Manche glaubten, dass diese Meeresungeheuer nie aufhörten zu wachsen und ihr Leib sich mit der Zeit veränderte. Dass er lange Dornen austrieb, die vor den Fangarmen der Riesenkraken schützten. Andere flüsterten davon, dass dies eine eigene Art sei. Seeschlangen, die mit dämonischen Wesenheiten gekreuzt worden waren. Die Leibwachen Charyptoroths, der dämonischen Herrin der Tiefen See. Jener Herrscherin, die der dunkle Widerpart Efferds, des Gottes der Wogen, war.

Dolorita entschied sich, dass dies nur haltloses Geschwätz sein konnte. Sie wollte es nicht wahrhaben. Wollte …

Pepito kreiste über dem Schwarm und der Seeschlange. Bewegte sich die Bestie träge? Vielleicht, weil sie den Fischen folgte.

Sowohl der Schwarm als auch die Jägerin näherten sich langsam der Küste. Pepito sank tiefer. Da war eine Verfärbung im Wasser. Dunkel, vom Schwarm und von den Bewegungen der Schlange verwirbelt. Wie Tinte …

Dolorita bedrängte Pepito, noch tiefer zu sinken. Seine Schwingen berührten jetzt fast das Wasser.

Das war Blut! Die Seeschlange war verletzt. Vielleicht war sie vor einem Feind in der Tiefe geflohen? War es eine schwere Wunde?

Turamira hatte von einer Legende erzählt. Von einem Friedhof der Seeschlangen. Einem Ort, zu dem sie schwammen, wenn sie spürten, dass die Stunde des Todes nahte. Irgendwo verborgen an der Ostküste Maraskans. War die Schlange auf dem Weg dorthin?

Sie würde Beorn holen!

Pepito stieg auf, ließ sich nicht länger vom warmen Wind tragen, sondern schlug mit aller Kraft mit seinen Schwingen. So schnell ihn die Flügel trugen, flog er gen Norden, bis er das kleine Drachenboot entdeckte. Die Seeschlange war um ein Vielfaches größer als die *Nachtklinge*.

Dolorita sah sich durch die Augen des Vogels auf einem Lager aus Umhängen zwischen den Ruderern liegen. *Glorie oder Grab*, sie dachte an das Lied ihrer Kindheit, und plötzlich war sie sich sicher, nur geboren worden zu sein, um diese Stunde erleben zu dürfen.

Dreimal kreiste Pepito um die *Nachtklinge*. Das war das Zeichen, ihm zu folgen.

Beorn Asgrimmson winkte. Er verstand.

Küstengewässer östlich vor Maraskan,
vierzehnter Tag im Midsonnmond

»Hier gibt es keine Seeschlangen!«, rief Leif Katlasson, und er klang nicht enttäuscht, sondern unendlich erleichtert.

Beorn Asgrimmson blickte zu der Möwe, die hoch über ihnen am stahlblauen Himmel kreiste, dann zu der Hexe, die auf ihrem Lager aus Umhängen ruhte. Sie schien zu schlafen. Orelio beharrte darauf, dass sie auf keinen Fall in diesem Schlummer gestört werden durfte. Sie sollte erst erwachen, wenn die Möwe neben ihr landete.

»Die Seeschlange ist hier.« Beorn sagte es halb, um sich selbst zu überzeugen. »Sie will nicht kämpfen.« Am Bug wie am Heck lagen mehrere Hailanzen bereit. Jede verbunden mit einem starken Seil, damit sie den treibenden Kadaver der Schlange längsseits ziehen konnten, wenn der Sieg errungen war.

»Wir müssen sie aufscheuchen. Sie ignoriert uns …«

»Hältst du das wirklich für eine gute Idee?« Leifs Blick schweifte über die See. »Ich fühle mich, als würde ich nur mit einer Knochennadel bewaffnet in die Höhle eines Bären treten.«

»Du siehst die Dinge zu schwarz. Wir werden siegen!«

Beorn wandte sich an die Mannschaft. »Die Zeit ist gekommen, eine neue Saga zu begründen. Eilif, Lenya, Zidaine und Olav! Nehmt die Harpunen und haltet euch bereit. Zielt auf Kehle und Augen der Bestie, wenn sie erscheint. Wir müssen sie hart und tödlich treffen. Galayne, Iskir, Stirbjörn und Ragnar. Zum Heck!« Er hatte Ragnar, den größten unter Leifs Recken, mit Bedacht ausgewählt, ebenso wie Stirbjörn. Leifs Ottajasko sollte Teil dessen sein, was nun geschah, und nicht nur an den Riemen gesessen haben.

»Und wie willst du das verdammte Biest locken?«, fragte der Drachenführer. »Ich sehe nichts, was man harpunieren könnte.«

»Darf ich der Mannschaft einen Befehl geben?«

Leif nickte.

»Ottajasko!«, rief Beorn lauthals. »Riemen bei!«

Die langen Riemen glitten aus dem Wasser. Waagerecht standen sie von der Otta ab.

»Schlagt die Ruderblätter aufs Wasser!«

Die Recken sahen ihn verwundert an.

»Jetzt!«, befahl Beorn scharf.

Laut platschend schlug das Holz aufs Wasser.

»Noch mal!«, befahl Beorn.

Die Ruderblätter zerwühlten die See rings um die *Nachtklinge* zu weißer Gischt.

»Noch mal!«, rief Beorn. Er blickte über das Wasser. Nichts! Nur die Möwe, die hoch über ihnen kreiste und mit einem schrillen Schrei grüßte.

»Noch mal!«, befahl Beorn und hoffte, dass man ihm seine Zweifel nicht anhörte.

Die Möwe winkelte die Flügel an und fiel wie ein Stein der Otta entgegen. Erst im letzten Moment spreizte sie das Gefieder, glitt dicht an ihrem Segel vorbei und landete neben Dolorita. Der große Vogel stieß seinen Kopf gegen die Hände, die auf der Brust der Schlummernden lagen.

Dolorita schlug die Augen auf. Einen Herzschlag lang wirkte sie verwirrt. Dann streckte sie den Arm vor und wies nach Osten. »Sie ist ganz in der Nähe! Dort!«

Beorn drehte sich halb um. Alle Augen an Bord folgten dem Arm.

Keine zwanzig Schritt entfernt schäumte das Wasser auf, und ein Kopf, groß wie ein Haus, hob sich aus den Wellen.

»Kack den Mast an«, raunte Leif. »Jetzt gehen wir zu Swafnir.«

Küstengewässer östlich vor Maraskan,
vierzehnter Tag im Midsonnmond

»Kommen lassen!«, befahl Beorn Asgrimmson. Eisige Ruhe hatte ihn erfasst. Ihr Leben war verwirkt! Das Biest war gewaltiger als alles, wovon er je hatte erzählen hören. Rings um sie ragten Windungen des Schlangenleibs aus der aufgewühlten See.

Die *Nachtklinge* tanzte wie ein Korken auf den Wogen. Gischt sprühte über die Reling.

Sturzbäche von Wasser troffen von dem Haupt, das sich neugierig zu ihnen herabbeugte. Ein Maul, groß wie ein Stadttor, klaffte über ihnen auf. Überdeutlich sah Beorn die Reißzähne, von denen in der Prophezeiung die Rede war.

Noch blickten kalte gelbe Augen unentschlossen auf sie herab. Die Stacheln an Kopf und Nacken der Seeschlange sträubten sich, als sie einen langen, zischenden Laut ausstieß.

»Achterharpuniere! Jetzt!«

Die Recken vor Beorn schleuderten vier Hailanzen.

Drei trafen die Bestie dicht unter dem Kiefer in den Hals. Die vierte Harpune prallte wirkungslos am Kopf des Ungeheuers ab.

»Pullt!«, brüllte Leif Katlasson.

Die Riemen der *Nachtklinge* tauchten ins Wasser. Das schaukelnde Langboot machte einen Satz nach vorn.

Zu langsam.

Der Kopf der Seeschlange schoss herab. Holz barst. Das große gelbe Auge kam Beorn so nah, dass er es hätte berühren können. Seine Hand fuhr zum Schwert.

Schnell wie bei einer zustoßenden Viper schnellte das Haupt zurück. Ein Teil der Reling war verschwunden. Ebenso Iskir und Ragnar.

»Steuerbord! Riemen bei«, befahl Leif.

Die *Nachtklinge* schwang herum, sodass ihr Rumpf nun zum Kopf der Seeschlange zeigte.

»Friss Stahl!«, schrie Eilif Sigridsdottir und schleuderte ihre Harpune, noch bevor Beorn den Befehl gab.

Das Schwanzende des Ungeheuers peitschte über Deck.

Beorn packte Leif und riss ihn auf die Planken.

Der Mast splitterte und wurde über Bord gerissen. Im Fallen sah Beorn, wie der schwere Stamm zwei Recken enthauptete.

Der Schlangenschwanz zog dicht über ihn und Leif hinweg und zerschmetterte den Achtersteven.

Leif war noch schneller wieder auf den Beinen. »Pullt!«, brüllte er die Ruderer an.

»Lenya!«, schrie Beorn und griff selbst nach einer Harpune. Er stürmte zwischen den Recken hindurch zum Bug.

»Sie ist verletzt!« Stirbjörn wies auf eine der Windungen der Schlange. Ein riesiger Fetzen Fleisch war aus der Flanke der Bestie gerissen. Es sah aus, als hätte ein Drache sie angegriffen, groß wie das Ungeheuer, auf dem Pardona ins Tal der Türme zurückgekehrt war. Ströme von Blut quollen aus der mörderischen Wunde.

»Swafnir ist mit uns!«, schrie Beorn. »Ein Kind des Walgotts hat das Biest gebissen, damit wir ihm leichter den Garaus machen können!«

Die *Nachtklinge* bockte wie ein wildes Pferd. Das Heck wurde aus dem Wasser gerissen.

Beorn stürzte der Länge nach hin. Die Harpune in seinen Händen ritze seine Wange.

»Die Leinen!«, schrie jemand hinter ihm. »Wir sind an das Biest gefesselt!«

Beorn rappelte sich auf.

Die *Nachtklinge* war vom Kurs abgekommen, sie schwang halb herum. Das Heck wurde aus der See gehoben.

Beorn sah die Seile der Harpunen. So straff gespannt, dass das Wasser von ihnen perlte, führten sie hinauf zum Hals des Ungeheuers, wo die Widerhaken im Fleisch steckten.

Leif zog die Axt aus seinem Gürtel und begann auf die Hanfseile einzuschlagen, die mit einem eisernen Ring am gesplitterten Achtersteven verbunden waren.

Galayne der-im-Schildwall-steht schleuderte seine Harpune. Sie traf in die Braue der Seeschlange. Rotes Blut floss über das schwefelgelbe Auge.

Eilif packte sich eine weitere Harpune und schleuderte sie nach der Kehle des Monsters. Im selben Augenblick warf auch Zidaine Barazklah ihre Harpune.

Nur Pardona stand ganz in sich selbst versunken. Sie hielt mit beiden Händen den oberen, eisernen Teil des Schaftes umklammert und hatte die Augen geschlossen.

Das Heck des Langboots klatschte ins Wasser.

Beorn machte einen Satz nach vorn und klammerte sich an den Vordersteven, um nicht erneut zu stürzen.

Pardona blieb ohne Mühe auf den Beinen. Während Eilif und Zidaine stürzten, war sie völlig im Gleichgewicht. Die Augen der Göttin öffneten sich. Ihre Iriden hatten die Farbe von Gold. Bedächtig hob sie den Arm, während sich das Haupt der Seeschlange herabbeugte, um das Langboot zu zermalmen. Ströme von Blut troffen aus der Kehle, dort, wo die Harpunen mehr als ein halbes Dutzend Wunden geschlagen hatten.

Beorn schleuderte seine Waffe. Sie traf am Kiefer, blieb stecken und wirkte an dem riesigen Kopf kaum größer als ein einzelnes, bei der Rasur übersehenes Barthaar.

Eilif hieb mit einer Axt auf Harpunenseile, die mit dem Vordersteven verbunden waren, ein.

Pardona schleuderte ihre Hailanze.

Für einen Moment erschien es Beorn, als umspiele ein blassblaues Licht die mörderische Spitze der Waffe. Die Harpune durchschlug das blutgefüllte Auge und trat darüber aus dem wuchtigen Schädel der Schlange aus.

Wie vom Schlag eines Riesen getroffen, schnellte das Haupt der Bestie zurück. Sie stieß einen ohrenbetäubenden, schrillen Schrei aus.

Beorn hatte das Gefühl, als durchbohrten Klingen auch seinen Schädel.

Die Seeschlange warf ihren Kopf hin und her. Die Windungen ihres Leibes zerpflügten die See.

»Recken!«, befahl Leif. »Pullt, wie ihr noch nie in eurem Leben gepullt habt!«

Die Ottajasko gehorchte. Auf den Wellen tanzend, entkam die *Nachtklinge*.

Beorn hob eine weitere Hailanze auf.

Pardonas Hand legte sich auf seinen Arm. »Nein!« Ihre Augen waren nicht länger golden. »Sie wird sterben. Folgen wir ihr. Sie hat uns in ihrem Schmerz vergessen. Sie will zur Küste …«

»Du weißt, was sie denkt?«

Die Göttin lächelte, ging aber nicht auf die Frage ein. »Reize sie nicht, Blender. Das nächste Gefecht mit ihr würde nur eine an Bord überleben. Jetzt ist Geduld unsere stärkste Waffe.«

Korallenbucht,
sechzehnter Tag im Midsonnmond

Die *Nachtklinge* glitt durch ein Labyrinth aus schroffen Felsinseln und treibenden Seetangfeldern. Beorn Asgrimmson wischte sich über die Stirn. Drückende Hitze lag über dem unübersichtlichen

Küstenstreifen. Es stank nach Verwesung. Alles rings herum kündete vom Tod. Das wenige Gestrüpp auf den Inseln war verdorrt, die abgestorbenen Bäume glichen weißen Skeletten.

Bedrückende Stille lag über dem Wasser. Kein Vogel zeigte sich am Himmel. Dafür glitten manchmal beunruhigende Schatten zwischen den Tanginseln.

Beorn hatte das Gefühl, dass sie beobachtet wurden. Vielleicht nur von irgendwelchen Räubern, die darauf lauerten, Beute zu machen.

»Bis dorthin ging die Blutspur im Wasser.« Dolorita deutete auf eine Klippe, die sich senkrecht aus dem Wasser erhob. Vor langer Zeit schien etwas Gewaltiges in den Stein gemeißelt gewesen zu sein. Doch Wind und Wetter hatten das Werk der Steinmetze fast gänzlich zerstört. Alles, was geblieben war, war die Ahnung von etwas Großem, sich Windendem, das unmöglich natürlich gewachsener Fels sein konnte.

Einen ganzen Tag lang waren sie der tödlich verwundeten Seeschlange gefolgt, die die Küste entlang nach Süden geschwommen war. Mit gebührendem Abstand. Allen an Bord war klar, dass die *Nachtklinge* keinen zweiten Kampf überstehen würde. Selbst tödlich verwundet war die Seeschlange ein Gegner, der ihre Kräfte überstieg. Doch es war auch unnötig, einen weiteren Kampf zu wagen. Alles, was sie tun mussten, war zu warten. Das Ende nahte. Und dann würden sie aus dem Kadaver die Eckzähne herausbrechen und ihre Aufgabe erfüllen.

»Seht nur!« Eimnir Hermson erhob sich von seiner Seekiste, die ihm als Ruderbank diente, und deutete nach steuerbord. »Dort. Die Bögen! Das sind …«

Beorn blickte nach links. Hintereinanderstehend erhoben sich mehr als zwei Dutzend Bögen aus dem brackigen Wasser. Seetang hing gleich schmuddeligen Fahnen von einigen herab.

Beorn schluckte. Sie mussten der Blutspur nicht länger folgen. Sie hatten gefunden, was sie suchten.

»Leif!« Er winkte dem Drachenführer im Heck. »Steuerbord!«

Sein grauhaariger Gefährte nickte ihm zu und änderte den Kurs. Geschickt steuerte er das Langboot an einem grellroten Korallenriff vorbei.

»Olav, Lenya, Eilif! Greift euch Hailanzen und kommt zu mir in den Bug!«

Die Genannten zogen die Riemen ein und erhoben sich von ihren Plätzen, während Beorn seinen Schwertgurt öffnete, sich vornüberbeugte und das Kettenhemd von den Schultern gleiten ließ.

Er deutete auf eine von dunklen Algen überwucherte Erhebung im Wasser, die dem flüchtigen Betrachter wie ein Fels erscheinen musste. »Dort liegt der Schädel!«

Beorn streifte Stiefel und Hosen ab.

Schließlich ganz nackt, zog er sein Messer aus dem Gürtel am Boden. »Ich hole uns die Zähne«, erklärte er und sah zu den drei Harpunieren. »Achtet ihr darauf, dass nichts mich holt.«

Die falsche Lenya Yasmadottir wollte etwas erwidern, aber er sprang über die niedrige Reling, ohne sich um ihre etwaigen Einwände zu scheren.

Das warme Wasser brannte ihm in den Augen. Er nahm seinen Dolch zwischen die Zähne und tauchte mit kräftigen Stößen am Seeschlangenschädel hinab. Der Kopf der toten Bestie war nach unten geneigt. Schlieren zogen sich durch das Wasser. Große grüne Flocken trieben an ihm vorbei. Am Grund sah er ein dichtes Feld aus in der Dünung wogendem Seegras.

Endlich erreichte er die Schnauze der Seeschlange und fluchte innerlich. Die großen Reißzähne des Ungeheuers waren herausgebrochen worden. Dort, wo sie einmal gesessen hatten, klafften dunkle Löcher im Kiefer.

Ein Stück entfernt sah er einen weiteren kleineren Seeschlangenschädel. Beorn schwamm hinüber. Auch hier fehlten die Reißzähne.

Die Luft wurde ihm knapp. Schnell stieg er zur Oberfläche auf. Etwa zehn Schritt von der *Nachtklinge* entfernt brach er durch das Wasser und fluchte.

»Was ist los?«, rief Eilif Sigridsdottir zu ihm herüber.

»Die Zähne sind fort!« Er schwamm zur Otta und ließ sich an Bord ziehen. »Irgendjemand ist uns zuvorgekommen.«

»Vielleicht nicht bei der Seeschlange, mit der wir gekämpft haben«, bemerkte Dolorita. »Womöglich ist sie noch nicht einmal tot …«

Beorn sah zu der Steilklippe mit dem verwitterten Relief. Dann nickte er. »Wir müssen dieses Biest finden, bevor die verdammten Zahndiebe es tun.« So dicht vor der Erfüllung ihrer Aufgabe zu stehen und dann doch das Scheitern kommen zu sehen setzte ihm zu. Er winkte Leif. »Zur Klippe!«

Der Drachenführer bellte einen Befehl, und langsam nahm die angeschlagene Otta Fahrt auf.

Beorn straffte die Schultern. Er durfte sich seine Niedergeschlagenheit nicht anmerken lassen. Er war das Vorbild seiner Recken. Wenn er verzagte, würden sie es auch.

Mit langsamer Fahrt näherte sich die *Nachtklinge* der Felswand, die sich fast senkrecht aus dem Wasser erhob. Selbst durch die trüben Wellen war eine Höhlenöffnung zu erkennen, die in etwa drei Schritt Tiefe lag. Sie verlor sich im Dunkel.

»Ich tauche hinab«, entschied Beorn. »Ihr wartet auf meine Rückkehr.«

»Ich sollte gehen.« Die falsche Lenya lehnte ihre Hailanze an die Reling und machte Anstalten, ihr Kleid abzulegen.

»Unmöglich! Ich bin es, der *König der Meere* werden will. Ich bin euer Anführer. Ich schicke euch auf keinen Weg, den ich nicht selbst ohne zu zögern gehen würde.«

»Das hast du immer wieder bewiesen. Aber ich kann besser schwimmen und tauchen.«

Er bedachte sie mit einem ironischen Lächeln. »Es ist schon erstaunlich, was man im Traviatempel zu Thorwal alles lernt. Da ich künftig nicht *Beorn der sich hinter einer Traviageweihten versteckt* genannt werden möchte, muss ich dein Angebot ausschlagen.«

Eilif Sigridsdottir lachte auf.

»Ich kundschafte den Weg aus. Dann komme ich euch alle holen. Macht euch bereit, mit mir zu schwimmen.« Mit diesen Worten stieg er auf die Reling und sprang mit den Füßen voran ins Wasser.

Beorn pumpte seine Lunge voll Luft, nahm erneut den Dolch zwischen die Zähne und tauchte zu der Öffnung im Fels hinab.

Es kam ihm vor, als würde er in einen riesigen Schlund schwimmen, als sei dort im Dunkel etwas, das nur darauf wartete, ihn zu verschlingen, und er opferte sich bereitwillig.

Er schob die Gedanken beiseite, kämpfte sich mit kräftigen Stößen voran. Der natürliche Tunnel, in dem er sich befand, machte eine weite Kehre nach links. Bald war das Licht hinter ihm verschwunden. Seine Lunge begann zu brennen. Wenn er jetzt umkehrte, blieb ihm noch genügend Atem, um es zurück zur *Nachtklinge* zu schaffen. Und dann? Ihm bliebe keine andere Wahl, als Pardona auf den nächsten Tauchgang zu schicken. Nach seinen Worten von vorhin hätte er damit für immer den Respekt seiner Ottajasko verloren.

Er schwamm weiter, versuchte, das Brennen zu ignorieren. Die

Dunkelheit raubte ihm die Orientierung. Schwerelos im Wasser, war er sich nicht mehr sicher, wo oben und wo unten war. Es fühlte sich an, als würde etwas von innen auf seinen Kehlkopf drücken. Eine Kraft, die mit jedem Schwimmzug größer wurde. Die ihn zwingen wollte, den Mund zu öffnen und zu atmen.

Lichtpunkte tanzten vor seinen Augen. *Nur ein ganz klein wenig atmen*, flüsterte eine Stimme in ihm. *Lass los!*

Jetzt war da ein dunkelblaues Licht im Wasser. Es schnitt Konturen aus der Dunkelheit. Ließ ihn erahnen, wie gewaltig die Ausdehnung des Tunnels war, in dem er schwamm. Eine Muräne kreuzte seinen Weg. Der schlangenhafte Fisch erschien ihm wie ein Hohn. Einer Seeschlange war er gefolgt, und das Letzte, was er sah, war das: ein besserer Wurm.

Flüssiges Feuer füllte seine Lunge. Er strebte der Höhlendecke über ihm entgegen, als könne er durch den Fels hindurchstoßen und den blauen Himmel darüber erreichen.

Seine Brust schrammte über das raue Gestein. Dann sein Gesicht. Seine Hände tasteten daran entlang. Er hatte verloren! Ein Herzschlag noch, dann würde er dem Druck in der Kehle nachgeben. Atmen, selbst wenn es hieß, seine Lunge mit Wasser zu füllen.

Ganz klar sah er in seiner Erinnerung das Gesicht seiner Schwester. Es war sonnenverbrannt. Gilda lachte und streckte ihm ihre Hand entgegen, so wie sie es an dem Morgen getan hatte, an dem sie gestorben war.

Sie zu sehen schenkte Beorn Frieden, und er gab nach …

Grotte der Einkehr,
sechzehnter Tag im Midsonnmond

Beorn Asgrimmsons Gesicht stieß durch das Wasser. Er atmete schale, abgestandene Luft, die ihm dennoch so köstlich vorkam wie ein blütenduftender Frühlingshauch. Unter der Decke des Tunnels gab es eine Handbreit Luft. Atmen war nur möglich, wenn er den Kopf ganz in den Nacken legte. Seine Nasenspitze berührte den rauen Fels.

»Swafnir sei Dank«, stammelte er. Ihm war schwindelig. Er brauchte einige Atemzüge, bis er sich besser fühlte.

Swafnir musste noch etwas mit ihm vorhaben, dachte Beorn. Langsam tastete er sich an der Decke des Tunnels entlang. Bald musste er wieder ein Stück tauchen, fand dann aber eine Stelle, wo eine breite Spalte hoch in den Fels hinaufführte und er endlich den ganzen Kopf aus dem Wasser heben konnte. Er würde seine Recken dicht an der Tunneldecke entlangführen. So würden sie es alle schaffen.

Wieder tauchte er. Der Fels wich nun immer weiter in die Höhe zurück. Vor ihm öffnete sich eine Kaverne, die in ein unnatürliches blaues Licht getaucht war. Es spiegelte sich im Wasser und tanzte in hellen Reflexen über die Höhlenwände.

Hier unten war die Luft noch stickiger und schwüler. Die Rückenstacheln der großen Seeschlange ragten aus dem Wasser. Sie hatte ihren Kopf auf einen Sandstreifen am Ufer gebettet, das dem Tunnel gegenüberlag. Schlanke, sogar mager wirkende Echsenmenschen standen in Gruppen am Strand. Sie waren knapp zwei Schritt groß, ihre Schnauzen liefen spitz zu, und Stützschwänze gaben ihnen zusätzlich zu den Beinen Halt. Sie trugen weder Hemden noch Kleider oder Hosen, hatten aber Lederbänder um ihre Glieder gewunden. Ein gezackter Hautkamm lief über ihren Rücken. Einige hielten leuchtend blaue Steine, von denen ein unstetes Licht ausging. Ähnlich wie bei Molchen wuchsen ihnen Schwimmhäute zwischen den Fingern. Zwei trugen eine zähe Paste auf die schreckliche Wunde auf, die Pardonas Hailanze geschlagen hatte.

Beorn hielt sich dicht an der Felswand. Er hoffte, bei dem ungewissen Licht unbemerkt zu bleiben.

Eine Gruppe von Echsenkriegern mit federgeschmückten Speeren trat aus einer Felsöffnung rechts vom Höhlenstrand. Staunend betrachteten sie die riesige Seeschlange. Eine andere Echse, die an Lederbändchen um die Arme und den Hals eine beeindruckende Menge von Amuletten trug, redete gestikulierend auf den Anführer der Krieger ein. Dieser nickte immer wieder. Dann winkte er seinem Gefolge. Sie gingen zu einem hölzernen Pflock, der tief in den Sand getrieben war. Mehrere Leinen waren dort festgemacht. Sie alle führten zum Wasser.

Sieben Echsen packten eines der Seile und begannen aus Leibeskräften, daran zu ziehen. Eine Rückenfinne tauchte aus dem Wasser. Dann ein grauer Leib.

Ein Delfin. Er bäumte sich auf. Kämpfte gegen das Seil. Blut rann aus seinem Maul. Gegen die vereinte Stärke der Echsen kam er nicht an. Sie zogen ihn auf den Strand und rissen den Fleischerhaken, der durch seinen Unterkiefer getrieben worden war, aus seinem Maul.

Immer noch kämpfte er, schlug mit seiner Schwanzflosse.

Auf ein Kommando des Anführers droschen die Echsen mit ihren Speerschäften auf den Delfin ein, bis er nur noch verhalten zuckte.

In stiller Wut ballte Beorn die Fäuste. Delfine waren die kleinen Geschwister Swafnirs. Sie führten Schiffe durch gefährliche See, retteten Seeleute aus den Fluten. Wer einen Delfin harpunierte, der wurde auf keinem Schiff mehr willkommen geheißen.

Beorn stieß sich von der Felswand ab und tauchte zurück in den Tunnel. Er würde diesem Frevel ein Ende setzen. Zorn und Stahl sollten über die Echsen kommen!

Korallenbucht,
sechzehnter Tag im Midsonnmond

Tjorne Warulfson lauschte den Worten des Blenders. Sie waren also tatsächlich am Ziel. Sie würden sich die Reißzähne der Seeschlange holen, und doch war dies nur noch Nebensache. Sein Drachenführer wetterte gegen die Echsen wie ein Geweihter, den heiliger Zorn erfüllte. Das hätte er von Beorn niemals erwartet. Doch die Worte des Blenders belebten den Geist der erschöpften Ottajasko.

»Nur wer gut schwimmen kann, sollte mir folgen!«, rief Beorn, der nackt neben dem Vordersteven auf der Reling stand. Er war eher drahtig als muskulös. Den Rücken beherrschte das Hautbild eines Raben mit ausgebreiteten Schwingen, über dem wie eine Sonne der Schild mit Beorns Seeschlangenwappen prangte.

Tjorne öffnete seinen Schwertgurt. Er bemerkte, wie Lenya Yasmadottir und Galayne der-im-Schildwall-steht einen kurzen Blick tauschten. Die Geweihte nickte dem Elfen zu. Es wirkte fast, als habe er eine Erlaubnis bei ihr eingeholt.

Tjorne lächelte und zog seine Stiefel aus. Das war natürlich absurd! Abgesehen davon, dass sie in derselben Ottajasko ruderten, hatten die beiden nichts miteinander zu tun.

Eilif Sigridsdottir öffnete die Schnallen ihres Lederharnischs. Sogar Orelio, der Fechter, den sie in Jergan an Bord genommen hatten, zog sein Seidenhemd aus und streifte die Hosen ab. Das Rapier band er sich mit dem Gürtel eng an den Rücken, sodass es ihn beim Schwimmen nicht stören konnte.

Zidaine Barazklah tat es ihm gleich. Tjorne wandte sich ab, als er sie nackt sah. Er wollte nicht daran denken, wie er … Er nahm seinen Gürtel wieder auf, schlang ihn um die Hüften und sicherte seine Axt im Eisenring mit einem Lederriemchen, damit er sie beim Schwimmen nicht verlieren konnte.

Viele von Leifs Recken nahmen einfach nur ein Messer zwischen die Zähne, so wie Beorn es bei seinem ersten Tauchgang getan hatte.

Nur eine Handvoll Kämpfer blieb auf der *Nachtklinge* zurück.

Tjorne blickte wieder zu Zidaine. Ohne zu zögern, stieg sie auf die Reling und sprang ins Wasser. Er würde darauf achten, hinter ihr zu bleiben. Beorn hatte davon gesprochen, dass mehr als dreißig Echsenmenschen dort unten waren. Tjorne war noch nie einem Geschuppten begegnet. Ob sie wohl zähe Krieger waren? Ohne Schild in einen Kampf zu ziehen, behagte ihm nicht.

Er war einer der Letzten, die auf die Reling stiegen. In eine Höhle zu tauchen ließ sein Herz schneller schlagen. Er war ein guter Schwimmer. Mühelos hielt er mit den anderen mit. Er fand die Atemplätze unter der Decke des Tunnels. Aber wenn es nach ihm gegangen wäre, hätte er in seinem ganzen Leben keine Höhle oder Felsspalte mehr aufgesucht.

Er schwamm, versuchte, die schlechten Gefühle einfach fortzuschieben. Als er zum zweiten Mal auftauchte, blickte er unmittelbar vor sich in ein schmales, von schwarzem Haar gerahmtes Gesicht. Zidaine! Ihr Blick traf ihn kalt und hart wie Eis.

»Hast du keine Angst vor Krebsen?«, fragte sie. »Sie warten auf dich, Tjorne Warulfson. Ich weiß es!«

Noch bevor er etwas erwidern konnte, tauchte sie ab. Er begann am ganzen Leib zu zittern. Wild mit den Füßen tretend, hielt er sich über Wasser. Etwas streifte seine Sohlen. Er schrie auf ...

Gewiss nur ein Schwimmer, versuchte er sich zu beruhigen. Zidaine würde ihm nichts tun. Nicht jetzt! Sie wollte, dass er einen langen Tod starb. Er war in Sicherheit.

Er lachte auf. Das war absurd! Er tauchte in eine Höhle voller Echsenkrieger, in der auch noch eine sterbende Seeschlange lag, und versuchte sich einzureden, dass er in Sicherheit war.

Tjorne holte tief Luft und tauchte erneut. Er sah das blaue Licht, von dem Beorn gesprochen hatte. Entschlossen hielt er darauf zu. Schatten bewegten sich vor ihm im Wasser. Die Ottajasko war bereit. Er tastete nach seiner Axt. Sie hing sicher im Gürtel.

Sein Kopf stieß durch das Wasser. Um ihn herum waren die anderen Recken. Ein schriller Schrei gellte durch die Höhle. Eine Kreatur mit einem Speer zeigte in ihre Richtung.

Es war etwas anderes, Beorn von Echsenmenschen sprechen zu hören und sie nun selbst zu sehen. Ein Schauder überlief den Thorwaler. Die Bestien erschienen ihm so widernatürlich wie die Kreaturen, denen er im Himmelsturm begegnet war.

Sie liefen nicht etwa fort! Die Echsen stürmten ihnen entgegen und warfen sich ins Wasser. Ein Speer wurde in seine Richtung geschleudert.

Tjorne riss instinktiv den linken Arm hoch. Doch da war kein Schild.

Selime war dem Strand schon so nahe, dass sie stehen konnte. Sie riss den schweren Khunchomer – einen Säbel mit breiter Klinge und überlangem Griff, der es der zierlichen Novadi erlaubte, die Waffe beidhändig zu führen – aus der mit Türkisen geschmückten Lederscheide auf ihrem Rücken. Als sei die Waffe ohne Gewicht, wirbelte sie herum. Der Echsenkrieger, der Selime angegangen war, riss seinen Speer hoch, um den Hieb mit dem Schaft abzublocken. Vergebens! Das Holz splitterte unter der Wucht des Treffers, und die breite Klinge schnitt tief in seine Brust.

Einige Echsen, die am Ufer unmittelbar vor dem Kopf der Seeschlange standen, redeten wild gestikulierend auf die Bestie ein. Träge bewegte das sterbende Ungeheuer seinen Schwanz. Wellen hoben Tjorne Warulfson an und zerstoben klatschend an den Höhlenwänden.

Schreiend versank links von ihm eine Reckin im aufgewühlten Wasser. Tjorne beeilte sich, dem Ufer näher zu kommen, als ein scharfer Schmerz in seine linke Wade schnitt. Er wurde hinabgezogen. Seine Hand fuhr zur Axt, doch im Wasser schaffte er es nicht, das Lederriemchen zu lösen. Eine Echse hatte sich in seinem Bein verbissen. Wolken von dunklem Blut wogten vor seinen Augen. Er schlug ihr mit der Faust auf den Kopf, doch das Wasser nahm seinem Hieb die Kraft.

Die Echse warf den Kopf nun hin und her, als wollte sie ihm die Wade abreißen. Tjorne schrie auf. Sein Mund füllte sich mit Wasser. In Panik schlug er mit den Armen um sich und versuchte, zur Oberfläche zu gelangen.

Eine gewaltige Hand packte die Echse, stemmte ihre Kiefer auseinander, und Tjorne kam frei.

Prustend kam er hoch und rang um Luft. Neben ihm erschien ein rundliches Gesicht, gerahmt von schweren, rotbraunen Zöpfen. »Du musst besser auf dich aufpassen. Wir wollen uns doch heute Abend ein nettes Echsenschwanzsüppchen köcheln und nicht erleben, dass die Geschuppten es umgekehrt halten. So ein Tjorneschwanzsüppchen wäre auch ein recht kümmerliches Mahl. Das wünscht man nicht mal seinen Feinden.« Eilif Sigridsdottir grinste ihn breit an, dann schwamm sie dem Ufer entgegen.

Endlich spürte er sandigen Boden unter den Füßen. Sein Bein schmerzte, aber es trug ihn noch. Mit zitternden Fingern mühte er sich, das Lederbändchen am Gürtel zu öffnen. Endlich gelang es ihm. Es tat gut, den vertrauten Schaft der Waffe in der Hand zu halten.

Tjorne hinkte zum Ufer. Er wollte Lenya Yasmadottir beistehen, sah aber, dass die Traviageweihte erstaunlich gut zurechtkam. Mit einem korallengeschmückten Speer griff sie die Echsen an, die beim Seeschlangenkopf standen. Zwei lagen bereits am Boden, und die dritte quiekte in schrillem Entsetzen. Was für ein Unterschied zu Shaya. Und er Trottel hatte geglaubt, er müsse Lenya beschützen.

Eine Echse schnellte hinter ihm aus dem Wasser. Ihr Kiefer hing ausgerenkt herab. Mörderische Wut funkelte in den geschlitzten Pupillen. War das etwa das Biest, das ihn vorhin angegriffen hatte?

Tjornes Faust schloss sich fester um den Griff seiner Waffe. Statt abzuwarten, stürmte er zurück ins Wasser. Er wich einem Dolchstoß aus und versuchte, seine Axt in die Kehle der Echse zu versenken, als ihn ein wuchtiger Schlag von den Beinen holte. Der Echsenschwanz!

Fluchend versuchte er hochzukommen. Der Dolch stieß zu ihm herab. Er riss den linken Arm hoch. Verdammter Reflex! Ohne Schild traf ihn die Klinge ins Fleisch. Mit einem wütenden Schrei rammte er den Kopf seiner Axt in den Bauch der Echse.

Das Biest gab ein gurgelndes Geräusch von sich und taumelte zurück. Tjorne kam auf die Beine. Seine Axt schnellte hoch. Er durchschlug die Deckung seines Gegners, und das Axtblatt fand die Kehle des Echsenmenschen. »Verrecke!«, zischte Tjorne.

Sein Gegner griff sich mit der Linken an den Hals. Der Dolch fiel ihm aus der zitternden Rechten. Er brach in die Knie.

»Du kommst nicht noch mal zurück«, murmelte Tjorne und wandte sich ab. Überall am Strand wurde gekämpft. Zwei Recken aus Leifs Ottajasko lagen am Boden. Aber es war deutlich, dass sie die Echsen besiegen würden. Beorn hatte sich mit Eilif, Selime und Eimnir Hermson zu einem Felsspalt gleich rechts vom Strand durchgeschlagen, wohl um den Echsen jeden Fluchtweg aus der Höhle abzuschneiden.

Ein Stück voraus focht Zidaine gegen einen ungewöhnlich großen Krieger. Sie bewegte sich mit der Eleganz einer Tänzerin, und Tjorne dachte kurz an die unbeschwerte Shulinai, die Phileassons Ottajasko so oft mit ihren wunderbaren Darbietungen und ihrem goldenen Lachen erfreut hatte. Zidaine war wie ein dunkles Spiegelbild von ihr. Ihr Gegner blutete bereits aus mehreren Wunden. Sie setzte zum Todesstoß an.

Die Bronzeaxt des Echsenmenschen fuhr herab. Lässig hob sie den Parierdolch, um den Schlag abzublocken, während ihr langes Rapier tief in die Brust des Gegners glitt.

Klirrend zerbrach die Dolchklinge. Zidaine beugte sich zurück, um dem Angriff auszuweichen, aber die Spitze der Axt streifte ihre Kehle. An jeder anderen Stelle wäre dieser winzige Schnitt eine bedeutungslose Wunde gewesen. Eine Verletzung, die vermutlich ohne Narbe verheilt wäre. Aber hier schoss pulsierend Blut aus der Wunde, das im blauen Licht der Leuchtsteine hellviolett aussah.

Der Echsenmensch sank zu Boden, doch ein sardonisches Grinsen spielte um seine Lefzen.

Zidaine ließ den Parierdolch fallen und drückte einen Daumen in die Wunde. Sie sah sich hilfesuchend um … Ihre Blicke kreuzten sich.

Tjorne wandte sich ab. Ein paar Augenblicke noch, und seine größte Sorge wäre von ihm genommen.

Grotte der Einkehr,
sechzehnter Tag im Midsonnmond

»Nein!« Beorn Asgrimmson rammte dem Angreifer vor ihm sein Schwert in den aufgerissenen Rachen.

Eilif Sigridsdottir schickte den sterbenden Achaz mit einem Fausthieb vor die Brust zu Boden.

Sofort sprang Beorn über den Gestürzten hinweg. Sein Schwert ließ er zurück. Die Kämpfe endeten. Sie hatten gesiegt, doch das bedeutete ihm nichts mehr. Nicht in diesem Augenblick.

Zidaine Barazklah schwankte am Strand. Sie sank auf die Knie.

Beorn war an ihrer Seite. Der Daumen, den die Fechterin auf ihre Wunde drückte, war bis zum ersten Gelenk in ihrem Hals verschwunden.

»Nur ein Kratzer ...« Sie lächelte. »Versuch bitte nicht, die Wunde abzubinden.«

Zidaine lächelte nur sehr selten. Aber wenn sie es tat, wurde sie einen Herzschlag lang ein anderer Mensch. Sie wirkte verletzlich und wunderschön.

»Ich ... ich muss dir noch etwas sagen, bevor ich gehe. Etwas Unerledigtes ...« Das Lächeln war verschwunden. Da war wieder die gnadenlose Härte in ihrem Blick, die Beorn so viel vertrauter war als Zidaines anderes, verborgenes Gesicht.

»Darf ich helfen?« Dolorita stand an seiner Seite und blickte auf das Blut auf dem Strand aus weißem Sand und gesplitterten Knochen. Überall waren schon Spritzer von Zidaines Blut.

»Tu es!«, befahl Beorn, während die Fechterin die Hexe skeptisch ansah.

Dolorita kniete sich hin, nahm mit sanfter Kraft Zidaines Daumen von der Wunde. Blut spritzte der Hexe ins Gesicht. Die Fechterin keuchte auf.

Dolorita spuckte in die offene Wunde.

»Verdammte Schlampe!«, schrie Zidaine auf und wollte der Hexe die Faust ins Gesicht rammen.

Beorn packte ihren Arm und drückte ihn nieder, während Dolorita etwas vor sich hinmurmelte und eine flache Hand auf Zidaines Hals legte.

»Sie hat …«, protestierte Zidaine.

»… dich angespuckt. Ja. Ich würde sie noch ganz andere Sachen tun lassen, wenn es nur hilft. Ich … du wirst mir hier nicht verrecken, hörst du? Nicht in dieser verdammten Höhle und auch nicht anderswo. Es sind schon zu viele draufgegangen. Es genügt! Nicht auch noch du!«

Dolorita nahm ihre Hand vom Hals der Fechterin. Die Blutung war gestillt. Eine feine Narbe blieb. »Gern geschehen«, sagte sie mit ironischem Unterton und ging zum nächsten Verletzten. Tjorne Warulfson lag ebenfalls am Strand. Er hatte sich eine üble Bisswunde am Bein eingefangen.

Beorn wurde sich bewusst, dass Eilif Sigridsdottir und die falsche Lenya ihn beobachteten. Sein Gefühlsausbruch war unangemessen gewesen. Er war Zidaine während der Zeit auf der *Schwarzer Turm* ein paar Mal nahegekommen. Aber eine letzte Distanz hatte er nie überwinden können. Sie hatten das Lager geteilt, aber ihr Herz hatte sie ihm nie geöffnet. So nah wie gerade waren sie sich nie zuvor gewesen. »Du sagtest, da wäre etwas Unerledigtes?«

»Da ist nichts.« Ihr Blick war hart. Die Distanz war wieder da.

Beorn nickte. Er stand auf. Ging hinüber zu Tjorne. »Wie geht's?«

Der Recke zwang sich zu einem Lächeln. »Nur ein paar Kratzer. Nicht der Rede wert.«

»Eines der Biester hätte ihm fast die Wade weggebissen«, widersprach Dolorita.

Tjorne schüttelte den Kopf. »Bin zäh …«

Beorn sah, dass es die Hexe war, die recht hatte.

»Da sind noch mehr von den Biestern!«, dröhnte Eilifs Stimme durch die Höhle. Die riesige Kriegerin deutete zum fernen Ende der Grotte, wo sich eine Stufenpyramide aus dem Sand erhob. Im blauen Licht der leuchtenden Steine wirkte sie seltsam unwirklich.

»Bringt sie um!«, befahl Beorn kalt. »Wir rotten dieses Geschmeiß aus!«

Lenya, Galayne der-im-Schildwall-steht und Selime saba Anaram folgten Eilif bereits. Beorn schloss sich ihnen an. Da war etwas an der kleinen Gruppe von Echsenmenschen … Sie zeigten keine Angst! Der Vorderste von ihnen streckte die Hand vor. Kaltes blaues Licht löste sich von den Krallenfingern und traf die Hünin in die Brust. Zuckend ging Eilif zu Boden.

Selime erreichte den Zauberer. Ihr Khunchomer beschrieb einen blutigen Bogen. Ohne sich nach ihrem ersten Opfer auch nur umzublicken, warf sie sich den anderen Echsen entgegen.

Jetzt war Beorn bei ihr. Seine Axt hob und senkte sich. Einer der Achaz schrie auf. »Irrrrtum …«

Beorn spaltete ihm den Schädel. Dann war es still.

Schwer atmend stand Selime über den erschlagenen Feinden.

Der Blender blickte zurück. Eilif lag noch auf dem Boden. Blutiger Schaum troff von ihren Lippen. Der Elf kauerte über ihr. Er presste ein Ohr gegen die linke Brust der Reckin.

»Verdammt!«, zischte er und wandte sich an Pardona und die Novadi. »Die Biester sind von der Pyramide herabgestiegen. Warnt uns, wenn noch mehr kommen!« Er sah Selime an. »Du bist wahrlich eine Kriegerin, Mädchen. Es wird Zeit, dass du einen Ehrennamen bekommst, so wie Galayne.«

Er ging zurück zu Eilif. Die Reckin zuckte immer noch. Mehr blutiger Schaum quoll aus ihrem Mund. Beorn kniete sich neben sie und nahm ihre riesige Hand. Sie fühlte sich kalt an.

»Was …?«

»Sie hat sich auf die Zunge gebissen, als es sie erwischt hat«, erklärte Galayne ohne jede Regung. »Das wird wieder. Soweit ich das sehe, hat *ihr Körper* keinen ernstlichen Schaden genommen.«

»Wie meinst du das?« Beorn war aufgefallen, wie seltsam der Elf *ihr Körper* betont hatte.

»So, wie ich sie einschätze, wird sie es schwer nehmen, dass – wie sie sagen würde – *so ein Hänfling* sie niedergestreckt hat.«

Grotte der Einkehr,
sechzehnter Tag im Midsonnmond

Versonnen betrachtete Pardona den Spalt in der Flanke der Pyramide. Die Steine aus grünem Marmor wirkten alt wie die Zeit. Von ungezählten Jahrhunderten fast ausgelöschte Glyphen schmückten den verwitterten Marmor. Blut war von der obersten Terrasse herabgelaufen.

Zum Spalt führte ein schmales Rinnsal, das jetzt trocken gefallen war. Wenn die Flut stieg, rann wohl frisches Meereswasser in den dunklen Eingangsschacht.

Pardona umrundete die Pyramide und setzte ihren Fuß auf die

Treppe, die zur Spitze des Bauwerks führte. Selime saba Anaram warf ihr einen besorgten Blick zu, sagte aber nichts.

»Wie überaus langweilig wäre mein Leben, müsste ich mich nach den Befehlen eines kleingeistigen Thorwalers richten.« Pardona belächelte die junge Kriegerin. Dann seufzte sie. »Manchmal wünschte ich, ich würde Phileasson begleiten. Ihm fehlt es ohne Zweifel nicht an Forscherdrang. Bleib du hier unten, Selime, und beruhige den Blender, falls er zurückkommt.«

Entschlossen stieg sie zur Spitze und fand auf einem Altar den Kadaver eines Delfins, der wohl noch keine Stunde tot war. Pardona schloss die Augen und stimmte sich ganz auf den Nachhall des Rituals ein, das hier gewirkt worden war. Es hatte nichts mit der Seeschlange zu tun gehabt. Die Echsen hatten keinen Versuch unternommen, die Bestie zu heilen. Es war um Ketten gegangen. Um Fesseln und etwas Dunkles … sie schauderte. Selbst nach ihren Maßstäben war dieser Ort alt.

Sie blickte auf die Tonschalen, in denen die Organe des Delfins lagen. Auf das Loch am Ende der Blutrinne. Nur die Hälfte des Bluts war über die Stufen der Pyramide geflossen. Das übrige hatte man ins Innere des Bauwerks geleitet.

Sie beugte sich über die Öffnung im Altar. Da war ein Gestank von fauligem Wasser, Salz und verrottendem Fisch. Was für ein überaus interessanter Ort.

Sie blickte über den Strand. Einige von Leifs Männern rammten den toten Echsenmenschen erneut die Waffen in die Brust. War das eine primitive Art, Rache für ihre eigenen Toten zu nehmen? Oder wollten sie nur ganz sicher sein, dass sich keiner der Achaz noch einmal erheben würde?

Die ersten Thorwaler begannen bereits, die Leichen der Achaz zu fleddern. Pardona lächelte. Manchmal waren sie einfach amüsant, diese tapsigen naiven Menschen. Bückten sich nach Armreifen aus Messing und ein paar Talismanen.

Sie blickte hinüber zu den Wänden der Grotte. Zu den blau leuchtenden Steinen. Gwen Petryl, ähnlich wie im Himmelsturm, auch wenn sie eine andere Farbe hatten. Jeder von ihnen wäre mehr wert als sein Gewicht in Gold. Und dann die Reißzähne der Seeschlangen, die in unzähligen in den Fels geschlagenen Nischen lagerten. Ein Vermögen war dort zum Greifen nah, und diese Barbaren bückten sich nach Bronzereifen.

Sie stieg die Stufen wieder hinab und dachte über das Ritual nach. Als sie Selime erreichte, musterte sie die Pyramide. Da musste es mehr geben, als zu sehen war. Es fehlte an Harmonie zwischen Größe und Bedeutung.

Sie betrachtete den mit Knochensplittern durchsetzten Sand. War das überhaupt Sand? Oder nur noch feiner zermahlener Knochen? Wie lange schon kamen Seeschlangen hierher zum Sterben?

Am Grund des überfluteten Tunnels, der in die Kaverne führte, hatte sie Bögen von Rippen und riesige Schädel gesehen. Überall hatten die Reißzähne gefehlt. Wie tief war diese Grotte einmal gewesen? Wie viele Schritt reichte der Boden aus zerstoßenem Gebein hinab? Was war eine angemessene Größe für diese Pyramide?

Sie blickte auf den Spalt im grünen Marmor. Lagen dort Antworten? Die Dunkelheit lockte sie. Neugier war stets ein Leitstern ihres Lebens gewesen. Vielleicht würde sie niemals hierher zurückkehren …

Sie ging hinein. Es stank nach fauligem Wasser. Schon nach wenigen Schritten musste sie in die brackige Brühe steigen, wenn sie weiterwollte. Obendrein war noch zu sehen, dass die Spalte ein Stück voraus mit einer Steinplatte verschlossen worden war.

Man müsste sie überwinden, um ins Innere der Pyramide zu gelangen.

Bleiche Moose und fluoreszierende Ranken wucherten über die Wände und tauchten die Steinplatte in ein geheimnisvolles Licht. Auch in sie waren Glyphen und Bilder geschnitten.

Pardona setzte einen Fuß in das Wasser. Es war von schleimiger Konsistenz, und das, obwohl über das Rinnsal, das vom Ufer zur Treppe führte, regelmäßig Meereswasser hier eindringen musste. Seltsam …

Um die Steinplatte zu erreichen, watete sie bis über die Hüften in Schleim. Menschenähnliche Meeresechsen, mit großen runden Augen und Ohren, die an Entenfüße erinnerten, waren auf dem Stein abgebildet. Sie schienen zu tauchen. Manche waren mit etwas beschäftigt, das aussah wie Ketten. Andere schienen Zauber zu weben oder massives Mauerwerk auf dem Meeresgrund zu errichten. In der Mitte des Bilds war verschwommen eine monströse Kreatur zu erkennen. Alle Aufmerksamkeit war auf sie gerichtet.

Pardona streckte die Hand vor und strich leicht über den Stein. Im selben Augenblick lief ein Zittern durch die schwere Platte, als habe sich etwas tief unten in der Pyramide bewegt.

Ein wohliger Schauder überlief sie. Das war wahrlich etwas Großes, das sich irgendwo in den Tiefen hinter dieser Platte verbarg. Sie würde hierher zurückkehren und dieses Geheimnis eingehender ergründen. Nun war nicht die Zeit, dies zu tun.

Sie wandte sich ab und verließ die Spalte. Davor erwarteten sie Beorn und Leif.

»Was war an meinem Verbot, sich hier umzusehen, unverständlich?«, fuhr der Hetmann sie an.

»Ich musste wissen, ob von diesem Ort eine Gefahr ausgeht«, entgegnete sie gelassen.

»Und?«, drängte Leif.

»Der Felsspalt an der Küste, an der wir vor Anker lagen, war im Vergleich zu dem hier harmlos. Wenn mein Gespür mich nicht trügt, dann haben die Echsen tief unter uns etwas sehr Dunkles weggesperrt …«

»Wir gehen!«, sagte Leif. »Verdammt, Blender, in meinem ganzen Leben hab ich noch nichts mit den finsteren Kulten der Geschuppten zu schaffen gehabt. Und jetzt zweimal in weniger als einem Mond … Verschwinden wir von hier! Ich nehme mir ein paar der Schlangenzähne …«

»Um sie dann in irgendwelchen Häfen zu verkaufen?«, fragte Beorn eisig.

»Ja, das auch …«

»Und Phileasson braucht sich dann nur einen zu kaufen, statt sich einer solchen Bestie zu stellen?«

Leif stieß ein ärgerliches Grunzen aus. »Der Foggwulf könnte auch hierherkommen.«

»Das wird ihm nicht helfen«, entgegnete Beorn. »Wir werden jeden Reißzahn, den wir nicht brauchen, zu nutzlosen Splittern zerschlagen.«

»Ich werde meinen Teil an den Zähnen nehmen.« Leif sah nicht aus, als würde er sich davon abbringen lassen.

»Wozu?«, drängte Beorn.

»Das wirst du sehen, wenn die Zeit kommt. Aber sei unbesorgt. Ich werde sie nicht verkaufen.« Leif blickte zu Pardona. »Ich habe nicht vor, mit leeren Händen nach Llanka zurückzukehren. Diese leuchtenden Steine, sind die was wert? Kann man die vielleicht an einen Efferdtempel verkaufen?«

Die Göttin nickte. »Ganz gewiss sogar. Aber dort würde ich es nicht versuchen. Die Geweihten werden dir bestimmt erzählen, dass es göttlicher Wille sei, wenn diese Steine in ihrem Tempel bleiben, und dir einen Spottpreis dafür bieten …«

»Und was wäre ihr Preis?«, wollte der grauhaarige Thorwaler wissen.

»Wer dir weniger als das Gewicht der Steine in Gold bietet, der betrügt dich.«

Leif legte den Kopf in den Nacken und blickte über die Wände der Grotte. Dutzende der Steine waren dort eingelassen, die größten so massig wie ein Pferdekopf. »Kack den Mast an«, hauchte er ergriffen.

»Ich hab dir doch gesagt, dass du am Ende unserer Reise ein toter oder ein sehr reicher Mann sein wirst.« Beorn wandte sich ab. »Machen wir uns an die Arbeit mit den Zähnen.«

Leif blieb stehen. »Eins noch, Blender. Ich bekomme den größten der Stacheln aus dem Rücken dieser verdammten Seeschlange, die meine *Nachtklinge* angegriffen hat. Das Ding wird mein neuer Achtersteven werden!«

»Das würde ich nicht tun«, mischte sich Pardona ein. »Dieses *Ding*, wie du es nennst, ist sehr wertvoll. Wenn sich herumspricht, woraus dein Achtersteven gemacht ist, wird eines Tages jemand kommen und dir die Kehle durchschneiden, um ihn sich zu nehmen.«

Leif hob trotzig das Kinn. »Frag mal die Seeschlange, ob ich leicht umzubringen bin.«

»Warst du es, der sie getötet hat?«, fragte Pardona amüsiert.

»Ich hab sie jedenfalls überlebt!«, entgegnete er entschieden. »Und dieser Dorn wird meine Trophäe sein, das wohl! Und ein paar der verdammten Reißzähne nehme ich auch noch mit.«

Grotte der Einkehr,
sechzehnter Tag im Midsonnmond

Leifs Auftritt vor der Pyramide hatte Beorn Asgrimmson nicht gefallen. Jetzt stand der Graue zusammen mit seinem Sohn Stirbjörn vor der Seeschlange. Sie besprachen etwas, deuteten auf verschiedene Stellen des Leibs der Bestie und riefen dann Eilif Sigridsdottir herbei, die wieder zu sich gekommen war.

Der Reckin drückten sie eine gewaltige Axt in die Hand, und Eilif begann mit aller Kraft, auf den Kadaver einzuschlagen. Wie man einen gewaltigen Baum fällte, trieb sie die Axt durch die zähen Schuppen des Meeresungeheuers.

Diesen Unsinn würde er unterbinden. Eilif war die Kräftigste in seiner Ottajasko. Sie sollte gefälligst helfen, die überzähligen Reißzähne zu zertrümmern, statt unter Leifs Aufsicht die verdammte Seeschlange auszuweiden.

Der Drachenführer eilte über den Strand. »Was soll das hier?«

Leif sah ihn säuerlich an. »Ich weiß nicht, wie du das hältst, aber ich lasse keinen meiner Recken auf dem Schlachtfeld zurück. Nicht, wenn ich gewonnen habe.«

Beorn wollte etwas erwidern, als er begriff … Iskir! Auch Ragnar hatte die Bestie verschlungen, den stärksten von Leifs Harpunieren.

Der Blender schluckte. Was würden sie von den Toten noch finden?

Klatschend schlug die schwere Axt in das Fleisch des Ungeheuers. Dunkles Blut spritzte jetzt bei jedem der Schläge. Eilif stand bis zu den Hüften im Wasser. Die Stelle, an der sie ihre Axt erprobte, lag etwa sieben Schritt hinter dem Kopf.

»Warum hier?«, fragte Beorn.

Leif sah ihn an. Deutlicher als sonst waren im blauen Licht die

Falten in seinem Gesicht zu sehen. Er wirkte um Jahre älter als bei ihrem Aufbruch in Ilsur. »Wir haben die Stelle auf gut Glück gewählt.«

Schweigend sahen sie Eilif zu, wie sie unermüdlich mit der Axt dreinschlug. Bald war sie über und über mit Schlangenblut bedeckt.

Hinter ihnen verstummten die Geräusche der zersplitternden Zähne. Einer nach dem anderen kamen alle, um der Reckin bei ihrer blutigen Arbeit zuzusehen. Niemand sprach ein Wort. Grimmiges Schweigen war ihr Tribut an die Toten.

Dolorita und Orelio tauchten aus der Bucht auf. Jeder von ihnen hielt einen Bootshaken, der auf einem langen Speerschaft steckte.

»Gut gemacht«, bemerkte Leif. Er nahm eine der Stangen.

Stirbjörn wollte nach der zweiten greifen, doch Beorn kam ihm zuvor.

»Ich sollte helfen. Iskir war mein Recke.«

Leif nickte seinem Sohn zu, und der ließ ab.

Beorn schlug das gekrümmte Eisen des Bootshakens in das Fleisch der Seeschlange. Gemeinsam zerrten sie die Wundränder auseinander, sodass Eilif tiefer eindringen konnte.

Schlag um Schlag arbeitete sie sich in das Fleisch, bis es plötzlich mit einem Geräusch wie ein Seufzer aufklaffte und sich eine dunkle Höhle öffnete, aus der ihnen säuerlicher Gestank entgegenschlug.

An den Bootshaken zerrend, vergrößerten Beorn und Leif die Öffnung. »Bringt ein paar von den leuchtenden Steinen!«, befahl der Hetmann.

Eimnir Hermson reichte ihm seine Beute. Beorn drückte ihm den Holzschaft in die Hand. »Halt das offen!« Er versuchte, sich mit Gleichmut zu wappnen, und zog seine Axt.

Entschlossen schlug er die Waffe in das zähe Fleisch des Ungeheuers und nutzte den Schaft als Halt, um sich hinaufzuziehen. Der Saft in der Bauchhöhle des Monstrums brannte an seinen nackten Füßen.

Das blaue Licht ließ die Fleischwände, die ihn umgaben, purpurn erscheinen.

Leif folgte ihm. »Was für ein Gestank«, murmelte der Drachenführer.

Sie wateten durch Hunderte silberner Fische in verschiedenen Stadien der Zersetzung. Nach ein paar Schritt fanden sie gesplitterte Planken aus der Bordwand der *Nachtklinge*.

Aus dem Silber toter Fische ragte ein Arm mit einem Reif aus zwei ineinander verflochtenen silbernen Ringen am Handgelenk.

»Ragnar!« Leif drängte sich an Beorn vorbei. Der Drachenführer zerrte an dem Arm. Rumpf und Kopf des Toten tauchten auf. Seine Beine fehlten.

Der Blender hob den Leuchtstein höher. Ein Stück entfernt schimmerte etwas in der Fleischwand. Er stieg über den toten Recken hinweg, den Leif in die Arme schloss.

Im Fleisch der Bestie steckte Iskirs Axt. Beorn keuchte auf. Der Junge musste noch gelebt haben, als er verschlungen worden war! Ungläubig starrte er auf die Wunden. Dutzende Hiebe hatten die Fleischwand getroffen. Große Lappen hingen in Fetzen herab. Wie lange hatte er durchgehalten?

»Iskir?« Er watete durch weitere Fische. Manche lebten noch und wanden sich zwischen den zahllosen Kadavern.

»Iskir?«, rief er erneut. Ein Stück voraus sah er eine hockende Gestalt. Mit dem Rücken lehnte sie an einem Rippenbogen. Die Arme waren um die Knie geschlungen.

»Iskir!« Deutlich war das lange blonde Haar des Recken zu

erkennen. Beorn beeilte sich, rutschte fast aus. Seine Füße brannten jetzt, als habe die Sonne die Haut gerötet.

Als er Iskir ins Gesicht leuchtete, prallte Beorn erschrocken zurück. Der junge Krieger sah aus, als sei er gehäutet worden. Sein Gesicht war nur noch rohes Fleisch, aus dem bleich der Nasenknochen ragte. Die zersetzten Lippen waren zurückgezogen, sodass es schien, als würde der Tote lächeln.

»Bei Swafnir ... du ...« Ihm versagte die Stimme. Sanft drückte er die Augen zu, die aussahen wie weiße Marmorbälle. »Du hast wie keiner von uns gegen die Schlange gekämpft. Bis zuletzt ... ich bin sicher, du wirst neben Ursa in Swafnirs Schildwall stehen.«

Er griff unter die Achseln des toten Recken und stemmte ihn hoch. »Ich bringe dich fort aus dieser Hranngar-Gruft, mein Freund. Du sollst ein Grab im Garten des Gottwals haben.«

Küstengewässer östlich vor Maraskan,
siebzehnter Tag im Midsonnmond

Beorn Asgrimmson zog die Knochennadel ein letztes Mal durch den Umhang aus schwerer Wolle, den Iskir während ihrer Reisen im Norden getragen hatte. Nun war sein Leichnam darin eingenäht. Beschwert war er mit den beiden Reißzähnen der Seeschlange, die ihm den Tod gebracht hatte.

Beorn biss den zähen Faden durch und erhob sich. Die Frauen und Männer seiner Ottajasko standen vor ihren Seekisten im Rumpf der sanft auf den Wellen schaukelnden *Nachtklinge* und betrachteten schweigend das Geschehen. Eimnir Hermson mit seinem flammend roten Haar und Olav Stirson, der einzige Ergraute unter ihnen. Die aufbrausende Eilif Sigridsdottir, Galayne der-im-Schildwall-steht, wie stets ganz in Weiß gewandet, neben ihm Selime in ihrer roten Brigantina, die falsche Lenya, schweigsam. Beorn hatte Pardona verboten, für Iskir zu sprechen. Er duldete keine Lügen an diesem Tag.

Zidaine Barazklah trug geflicktes Schwarz. Tjorne Warulfson, der mit verkniffenem Gesicht auf den Toten blickte. Iskir war der Einzige gewesen, der dem Verräter an Phileasson freundlich begegnet war.

Dolorita und Orelio standen ein wenig abseits, die Häupter respektvoll gesenkt. Beorn würde sich bemühen, die Hexe zu überreden, bei seiner Ottajasko zu bleiben. Ohne sie hätte er an diesem Morgen auch Zidaine in ihren Umhang eingenäht.

Beorn nickte den Recken zu. Zidaine, Eimnir und Olav traten vor und nahmen je einen Zipfel des Umhangs auf. Sie waren die letzten Überlebenden von jenen, mit denen Iskir die Reise in Thorwal begonnen hatte.

Gemeinsam machten sie die wenigen Schritte hin zu der Stelle, an der die Seeschlange ein Stück aus der Bordwand gebissen und Iskir verschlungen hatte.

»Sie haben dich oft verspottet, Iskir Svenson«, sagte Beorn in feierlichem Tonfall. »Haben davon gesprochen, dass dir erst zarter Flaum auf den Wangen spross. Doch ganz gleich, was sie gesagt haben, du hast nie hinter ihnen zurückgestanden. Nie bist du einen Schritt im Schildwall zurückgewichen. Furchtlos hast du dich auch deinem letzten Feind gestellt und selbst dann noch einsam weitergekämpft, als wir alle dich für tot hielten. Es sind Männer, wie du einer warst, Iskir Blutaxt Svenson, von denen die Skalden noch in hundert Jahren singen werden. Was bedeutet schon ein Bart? Was zählt, ist allein, das Herz eines Kriegers zu haben. Und das hattest du von Geburt an.«

Selime sah ihn seltsam an. Seine Worte schienen sie auf besondere Weise zu berühren.

Beorn nahm den anderen den Leichnam ab und hielt ihn wie ein Kind auf den Armen. Dann kniete er nieder und ließ den in seinen Mantel eingenähten Helden durch die Bresche in der Bordwand langsam in die türkisfarbenen Fluten des Perlenmeers gleiten.

»Steige hinab in die Gärten Swafnirs, mein Freund, und sei gewiss, der Gottwal wird dich finden und im Kreis seiner Helden willkommen heißen. Das wohl!«

Beorn blickte dem sinkenden roten Mantel nach, bis er außer Sicht geriet.

Leifs Recken hatten ihre Toten schon der See übergeben. Nun stachen sie ein kleines Fass mit Premer Feuer an und füllten jedem einen Schluck in Trinkhorn oder Becher.

»Auf die ruhmreichen Toten!«, schmetterte Leif und hob sein Horn.

»Auf die ruhmreichen Toten!«, erklang es aus Dutzenden Kehlen.

Beorn leerte sein Horn und stütze sich schwer auf die Reling beim Achtersteven. Noch war der Stachel der Seeschlange nicht angebracht, aber er lag im Rumpf bereit.

Beorns Füße schmerzten. Die Säure in den Eingeweiden der Seeschlange hatte sie verätzt, wie Dolorita ihm erklärt hatte. Die Hexe hatte angeboten, ihm Linderung zu verschaffen, doch er hatte abgelehnt. Er würde diesen Schmerz zum Angedenken an Iskir ertragen. Seit er den blonden Recken gestern gefunden hatte, dachte er immer wieder daran, wie schrecklich sein Tod gewesen sein musste. Allein in der Dunkelheit. Voller Verzweiflung weiterkämpfend, bis die Säure ihm die Haut von den Händen gefressen hatte und ihm seine Axt entglitten war. Wie lange hatte Iskir noch gelebt? Hätten sie ihn gerettet, wenn sie ein paar Stunden früher gekommen wären?

»Blender!«

Galaynes Ruf schreckte ihn aus seinen Gedanken.

Pardona taumelte mit dem Trinkhorn in der Hand. Sie presste die Linke auf ihren Bauch und stöhnte. Die schlanke Blondine sank auf die Knie. Ihr Kopf wurde in den Nacken gerissen, als habe ein unsichtbarer Folterknecht grausam an ihrem Haar gezogen.

Alle rings um Pardona wichen zurück.

In Tjornes Antlitz spiegelte sich blankes Entsetzen. »Was …?«

Ihre Augen rollten zurück, bis nur noch das Weiße zu sehen war. Ihre Lippen bebten. Ihr ganzer Leib wurde jetzt von Krämpfen geschüttelt.

Dolorita wollte ihr zu Hilfe eilen, doch Orelio hielt sie zurück. Beorn hörte ihn von Dämonen flüstern.

Er wusste es besser. Er eilte an die Seite der falschen Geweihten, als sie begann, mit dunkler verzerrter Stimme zu sprechen:

»Wo die See, die weder Meer noch Land ist, Schiffe hortet,
zwei alte Meister gefangen in des herrenlosen Sklaven Netz.
Schärft der geschuppten Herrn der Meere Waffen gegen
des Kelches Räuber, auf dass der Fenvar Erbe Schlüssel
zurückkehre in die verlorene Stadt.«

Pardonas Kopf sank nach vorn. Sie stöhnte.

Beorn war sich sicher, dass sie sich schnell wieder erholen würde.

»Was war das?«, fragte ihn Leif flüsternd.

»Die nächste Aufgabe, der ich mich stellen muss.«

»Du weißt, was das heißt, Blender?«

Beorn zuckte mit den Achseln. »Anfangs ist es immer ein Rätsel …«

»*Wo die See, die weder Meer noch Land ist* … Kennst du diesen Ort nicht?«

»Nein …«

»Bei allen Göttern, Mann! Kein Schiff, das dorthin fährt, kehrt je wieder zurück. In allen Häfen am Perlenmeer wird darüber gemunkelt: das Sargassomeer. Lass von dieser Wettfahrt ab! Sich mit einer Seeschlange anzulegen, ist schon der blanke Leichtsinn … Aber das Sargassomeer … dahin werde ich dich nicht begleiten!«

Beorn nickte müde. Er kannte die Geschichten über das Meer, das Schiffe verschlang. Einen Ort der Dämonen und Geister. »Kann dir nicht verübeln, wenn du dort nicht hin willst, Grauer … Aber einen letzten Gefallen musst du mir noch tun!«

Vor Sinoda,
zwanzigster Tag im Midsonnmond

»Du hast wirklich Glück, Blender«, flüsterte Leif Katlasson.

»Es ist nur ein bewölkter Nachthimmel«, entgegnete Beorn Asgrimmson ruhig. Er blickte zum tanzenden Feuer auf der Spitze des Leuchtturms von Sinoda. Er stand am Ende einer Landzunge, die wie ein riesiger Dorn in die See stach. An der Westseite des Vorsprungs gab es einige Liegeplätze. Östlich machten etliche Sandbänke das Fahrwasser gefährlich, sodass dort keine Schiffe anlegen konnten, die mehr Tiefgang hatten als ein Fischerboot.

»Ein Jammer, dass ich Sinoda nicht mehr besuchen kann.« Leif seufzte.

Der Drachenführer hatte von den vier Frauen erzählt, die ihm seine Tage im Süden Maraskans versüßt hatten. Eine davon war die Tochter des mittelreichischen Kommandanten, was sich wohl weniger übel entwickelt hätte, wenn eine andere nicht dessen Frau gewesen wäre. Seit diese herausgefunden hatte, dass in Leifs großem Herzen Platz für viele Frauen war, hing der Steckbrief des Schmugglers wohl überall in der Stadt.

Wegen der knappen Liegestellen ankerten meist mehrere Schiffe in der offenen Bucht. In dieser Nacht waren es vier. Ein Dreimaster, wohl eine Zedrakke aus den Landen der Tulamiden, eine kleine Kogge und eine Thalukke mit zwei Masten. Etwa dreihundert Schritt weiter im Westen schaukelte noch eine kaiserliche Bireme in der schwachen Dünung. Abgesehen von den Positionslichtern waren alle Lampen an Bord des Kriegsschiffs abgedunkelt. Die langen Riemen waren eingezogen.

Beorn schätzte, dass es noch etwa drei Stunden bis Sonnenaufgang waren. Mehr als genug Zeit, um zu tun, was zu tun war. Selbst die Nachtschwärmer würden jetzt in den Betten liegen und die Wachen halb dösend den nächsten Morgen herbeisehnen. »Wir nehmen die Thalukke«, entschied er.

»Die Thalukke? Nicht die Kogge? So 'ne Kogge ist leichter zu segeln …«

»Und lahm wie ein dreibeiniger Gaul. Auf der Kogge würde uns die Bireme spätestens zur Mittagsstunde eingeholt haben. Der kleine Zweimaster ist schnell und wendig. Genau das Schiff, das ich brauche.«

»Kannst du so einen Pott überhaupt segeln?«

»Ich bin drei Monde mit der Karracke *Schwarzer Turm* durch das Perlenmeer gekreuzt und den Al'Anfanern entkommen. Eine Thalukke wird da das reinste Vergnügen.«

Leif zuckte mit den Achseln. »Wenn du meinst. Ich bin ja nicht mehr in der Nähe, wenn es schiefgeht.«

»Das musst du auch nicht.« Schweigend blickten sie beide in

die offene Bucht. Die Stadt war nur ein Schattenriss am Ufer. Im Hafenviertel vor den Mauern brannte kaum ein Licht. Leif achtete sorgsam darauf, dass die *Nachtklinge* außerhalb des roten Lichtkreises blieb, den das Feuer auf dem Leuchtturm auf das dunkle Wasser warf.

Leifs Ottajasko hatte Stoffstreifen um die Riemen gewickelt, damit sie nicht knarrten, wenn sie sich in den Ruderlöchern bewegten. Lautlos wie ein Schatten glitt das Schiff in die Hafenbucht.

»Bring mich unter das Heck«, flüsterte Beorn.

Leif lehnte sich gegen das Ruder und änderte leicht den Kurs. Noch dreißig Schritt. Beorn spähte zu den anderen ankernden Schiffen. Nirgends konnte er eine Wache entdecken. Die wolkenverhangene Nacht begünstigte ihren Überfall. Das war ein gutes Omen für den Tag, an dem ihre Reise zum Totenmeer beginnen sollte.

»Danke.« Beorn sah den graubärtigen Drachenführer an, mit dem er halb Maraskan umfahren hatte.

Leif schmunzelte. »Alles gut. Ich sollte dir danken. Du hast mich zum zweiten Mal zu einem reichen Mann gemacht.«

Die Gwen-Petryl-Steine lagen dick mit Mänteln zugedeckt in der Mitte des Bootes.

»Wenn Swafnir mir gewogen ist, werde ich es noch ein drittes Mal tun. Wenn wir uns das nächste Mal begegnen, werde ich der König der Meere sein.«

»Weiß nicht, ob ich glücklich wäre, wenn ich dir noch mal begegne, Blender. Der Tod geht an deiner Seite.« Leif schlug mit der flachen Hand gegen den mächtigen Seeschlangenstachel, der bereits provisorisch seinen Achtersteven ersetzte. »Aber eins ist mal sicher: An dich werde ich mich immer erinnern, Beorn Asgrimmson. Das wohl!«

Beorn packte Leifs Rechte dicht über dem Handgelenk. »Du schleppst uns noch aus dem Hafen?«

»Wenn sich die Bireme an unsere Ärsche hängt, dann kappe ich die Taue. Ab dann bist du auf dich allein gestellt.«

Der Blender nickte. »So haben wir es besprochen. Möge stets das Silber in deinen Taschen klimpern und eine Handbreit Wasser unter deinem Rumpf sein.«

»Mögest du all deine Feinde auf eine Schwertlänge Abstand halten«, entgegnete Leif ernst.

Sie lösten den Kriegergruß. Beorn zog die Stiefel aus und hob den Wurfanker auf, der vor ihm auf dem Boden lag. Auch seine Eisenkrallen waren mit Stoff umwickelt. Es war alles gesagt. Er ging an seiner Ottajasko vorbei Richtung Vordersteven, während Leifs Recken weiter ruderten. Seine Streiter hatten ihre Habseligkeiten in gerollte Umhänge, Rucksäcke und Leinenbeutel verstaut. Viel war es nicht, was sie bei sich trugen.

Beorn nickte Dolorita zu, die sich gegen Orelios Rat entschieden hatte, bei den Thorwalern zu bleiben. So war dann auch der Fechtmeister zu seiner Mannschaft gestoßen. Dass ausgerechnet Pardona ihnen den Eid abgenommen hatte, stieß ihm sauer auf. Er hatte keinen Weg gefunden, es zu verhindern, ohne die Tarnung der falschen Traviageweihten endgültig auffliegen zu lassen.

Beim Vordersteven warteten Zidaine Barazklah, Galayne der-im-Schildwall-steht und Eilif Sigridsdottir, seine besten Kämpfer. Sie würden ihm an Bord folgen, sobald er hinaufgeentert war.

»Keine Toten, wenn es sich vermeiden lässt«, schärfte er ihnen ein letztes Mal ein. »Wir nehmen nur das Schiff, keine Leben.«

Noch zehn Schritt bis zum Heck der Thalukke. Beorn musterte den wunderbar schnittigen Rumpf des Schiffs. Es würde ihm gute Dienste leisten.

Die Riemen der *Nachtklinge* hoben sich aus dem Wasser. Mit langsamer Fahrt trieb sie dem Segler entgegen. Tjorne Warulfson kam mit einem Riemen gelaufen. Er drückte das Ruderblatt vorsichtig gegen das Heck des Seglers, damit die beiden Schiffe nicht aneinanderstießen.

Beorn schleuderte den Wurfanker zur Reling hinauf. Gleich beim ersten Versuch krallte er sich fest. Mit einem Ruck am Seil prüfte er den Sitz, dann kletterte er Hand über Hand hinauf.

Als er sich über die Reling gleiten ließ, schlug sein Herz wie eine Trommel. Keine Wache achtern! Erleichtert atmete er auf. Undeutlich sah er am Bug eine schattenhafte Gestalt, die zur Stadt hinüberblickte. Er lächelte. In dieser Nacht war das nicht die Richtung, aus der den Seeleuten Gefahr drohte, dachte er.

Zidaine stieg neben ihm an Bord. Er deutete nach unten. Sie sollte sich um die Mannschaft in den Heckaufbauten kümmern. Er würde die Wache übernehmen, Galayne und Eilif unter Deck hinabsteigen. Sollte es etwas lauter werden, wenn die Donnerfaust geschwungen wurde, würden die eichenen Bordwände den Lärm schlucken.

Barfuß schlich Beorn zum Bug. Seine Füße brannten immer noch.

Maraskanischer Dschungel,
zweiundzwanzigster Tag im Midsonnmond

»Das sieht nach Maden aus«, murmelte Praioslob.

Wegen des abendlichen Dämmerlichts war er etwas unsicher, aber er glaubte, dass sich die weißen Punkte an den Rändern von Hilbert von Puspereikens Platzwunde bewegten. Sie blutete nicht mehr, der brüchige Schorf hielt. Trotzdem wäre es gut gewesen, wenn sie den Riss hätten nähen können. Das war ihren Entführern jedoch nicht begreiflich zu machen.

»Leomara, wasch die Lappen gründlich aus und bring sie mir«, bat er das Mädchen. »Vielleicht kriege ich sie damit ab.«

»Das könnte eine schlechte Idee sein«, flüsterte Hilbert schwach.

Auf der Stirn des jungen Magiers glänzten winzige Schweißtröpfchen. Praioslob fürchtete, dass sie nicht von der Hitze rührten. Der Abendregen hatte die schlimmste Schwüle fortgewaschen.

»Ich habe gehört, dass Maden das faulende Fleisch wegfressen«, hauchte Hilbert. »Wenn ich Glück habe, geht die Entzündung dadurch zurück.«

Zweifelnd besah sich Praioslob die Wunde. Er hoffte eher auf den Heilungssegen, den er täglich auf Hilbert und auch auf Abdul herabrief. Aber niemand konnte ausschließen, dass die Götter das wimmelnde Leben Maraskans schickten, um in ihrem Dienst die erbetene Hilfe zu leisten.

»Was macht Abdul da?«, fragte Hilbert.

Der Novadi stand den Starrern gegenüber. Er reichte ihnen bis zur Brust. Praioslob hätte schwören können, dass sie in Boran noch nicht so groß gewesen waren. In den zwei Wochen ihrer Gefangenschaft hatte er gelernt, sich einige Merkmale einzuprägen, die sie unterschieden, Alrechs seltsam unbewegte Locken zum Beispiel. Aber er hatte auch entdeckt, dass sie sich veränderten. Der kleine Leberfleck befand sich mal auf Daijins linkem Nasenflügel, manchmal aber auch oben auf dem Nasenrücken.

»Ich glaube, er versucht, einen gelehrten Disput mit ihnen zu führen«, meinte Praioslob.

»Das sieht mir eher nach einem handfesten Streit aus.«

»Abdul verhält sich oft seltsam …«

»Das ist mir nicht entgangen, Onkelchen. Aber er wirkt selten, als wollte er eine Schlägerei anfangen.«

Die graue Robe des Novadis hatte mehrere lange Risse, die Reise durch den Urwald bekam ihr schlecht. Das trug zu seinem wilden Äußeren bei, aber auch in seinem Gesicht stand Zorn, und die Hände hatte er zu Fäusten geballt. Die Worte, die er seinem statuenhaften Gesprächspartner entgegenschrie, verstand Praioslob nicht. Der Novadi benutzte das Tulamidya. Dass er dabei aggressiv klang, mochte den Eigenheiten dieser Sprache geschuldet sein.

Unter der Wucht eines dieser unsichtbaren Stöße, die Praioslob in den vergangenen Tagen nicht nur mehrfach beobachtet, sondern auch selbst abbekommen hatte, taumelte Abdul el Mazar zurück. Den linken Arm hielt er an den Brustkorb gedrückt, um die vor etwa einer Woche gebrochene Rippe zu schützen.

»Spürst du, ob hier Zauberwerk im Spiel ist?«, fragte Praioslob Hilbert.

»So einfach geht das nicht.« Der Verletzte befeuchtete seine Lippen mit der Zunge. »Ich müsste einen Analysezauber wirken.«

Eigentlich war es für einen Praiosgeweihten undenkbar, jemanden zu bitten, Magie anzuwenden. Aber ihre Lage war brenzlig. Der Marsch durch den Dschungel erschöpfte sie, obwohl sie meist getragen wurden. Sie bekamen nur wenig zu essen, die Insekten zapften ihnen das Blut ab und pflanzten Entzündungen unter ihre Haut. Praioslobs eigene bescheidene Möglichkeiten, übersinnliche Kräfte zu erkunden, waren erfolglos geblieben.

»Beherrschst du einen solchen Zauber?«, fragte er.

Hilbert setzte sich auf, indem er seinen Rücken am Baum hochschob. »Ich habe Schwierigkeiten, mich zu konzentrieren«, gestand er. »Der Schlag auf meinen Kopf hat mich mitgenommen. Aber ich will es versuchen.«

Praioslob sah ihm die Anstrengung an.

Hilbert saß mit geschlossenen Augen da, der Schweiß sammelte sich in seinen Brauen zu Tropfen. Er flüsterte, und nach dem, was Praioslob verstand, benutzte er Bosparano. Eine Sprache, die man auch in der Stadt des Lichts oft verwendete, aber dort war der Geweihte seit seiner Ausbildung nicht mehr gewesen. Seine Kenntnisse waren etwas eingerostet. Außerdem wollte er lieber nicht zu genau wissen, welche mystischen Mächte der Magier beschwor. Er überlegte sogar, ob er ihn bitten sollte, seine Bemühung einzustellen. Er hätte ihn nicht verleiten sollen …

»Ich werde eure Täuschung nicht länger dulden!«, rief Abdul el Mazar in einer Lautstärke, die Phileasson alle Ehre gemacht hätte. »Ihr könnt mich nicht zum Narren halten!« Er streckte die geballten Fäuste in die Höhe.

Praioslob stand auf und eilte zu ihm. »Abdul, beruhige dich! Wir …«

Der Magier artikulierte Silben, die sicher nicht dem Tulamidya entstammten. Sie klangen nach berstendem Gestein und polterndem Geröll, brachen unvermittelt ab und wurden von einer Art Bellen abgelöst.

Leomara della Rescati, die gerade mit Hilberts behelfsmäßigem Verband vom Teich zurückkehrte, blieb verwundert stehen und sah die Starrer an.

Die Luft um die drei Entführer flimmerte, als stünden sie auf einer glühenden Metallplatte. Es war schwer zu sagen, ob sie noch immer stillstanden, weil ihre Erscheinung dadurch zu zerfließen schien.

Nein … sie zerflossen tatsächlich!

Praioslob kniff die Augen zu Schlitzen zusammen.

Die drei Männer wurden durchscheinend, wie Farbe, die auf

Wasser zerlief. Dort, wo sie standen, nahmen andere Gestalten feste Formen an.

Praioslob führte beide Hände im Kreis und schlug so das Sonnenrad, das heilige Zeichen seines Gotts. »O Herr der Gerechtigkeit, steh uns bei und zerschmettere das Dämonengezücht!«

Abdul schwieg unvermittelt.

Die Verwandlung setzte sich dennoch fort. Was zunächst nur Schattenrisse gewesen waren, wurde nun zu klar umrissenen Monstrositäten.

In Gareth hatte Praioslob einmal ein Krokodil gesehen. Ein Schausteller hatte die Bestie gegen Bezahlung auf einem Jahrmarkt vorgeführt.

Die langen Schnauzen, die hornige Haut, die kräftigen Schwänze, vor allem die starrenden Augen erkannte Praioslob in den dreien wieder. Aber sie standen aufrecht, der Schwanz stützte sie. Sie trugen auch Kleidung, wenngleich diese nichts mit den farbenfrohen Gewändern gemein hatte, die sich auf Maraskan solcher Beliebtheit erfreuten. Es waren Lederharnische, unterhalb des Bauchnabels waren sie nackt. Geschlechtsorgane erkannte Praioslob nicht. Die Beine wirkten ausgesprochen kräftig, sie erinnerten an die Hinterläufe von Pferden, liefen aber in krallenbewehrten Füßen mit langen Zehen aus. Die Arme dagegen erschienen beinahe verkümmert.

Die Ungeheuer blickten sich an und fauchten. Eines von ihnen – es stand in der Mitte, wo Praioslob zuvor Daijin gesehen hatte – griff über die Schulter und riss einen merkwürdigen Säbel aus der Scheide auf dem Rücken. Der Waffenschmied schien bemüht gewesen zu sein, die gebogene Klinge mit möglichst vielen bösartig aussehenden Zacken zu versehen. Der längste bog sich von der Spitze zurück, ähnlich einem ausgeklappten Widerhaken an einer Hailanze.

Leomara schrie, ließ die Binden fallen, wirbelte herum und rannte in den Wald.

Praioslob lief ihr nach.

Die Bestien waren schneller, als man bei ihrer Masse erwarten sollte. Eine von ihnen schnitt ihm beinahe den Weg ab.

Er schlug einen Haken.

Das Ungeheuer wirbelte um die eigene Achse. Sein mächtiger Schwanz fegte durch das niedrige Gras auf Praioslobs Schienbeine zu.

Er sprang darüber und rannte weiter Leomara nach.

Unwillkürlich stellte er sich vor, wie eine dieser fürchterlichen Waffen seinen Rücken zerriss.

Plötzlich bebte die Erde. Felsen schoben sich daraus hervor, einer mit solcher Wucht, dass er einen Baum umwarf, zwischen dessen Wurzeln er sich Bahn brach. Abdul lachte triumphierend.

»Leomara!«, rief Praioslob.

Er sah das Mädchen über eine Spalte springen, die im Boden aufriss.

Das Reiten fiel Praioslob leicht, aber er war kein guter Läufer. Er merkte auch, dass ihn das Sitzen im Käfig geschwächt hatte, seine Beine brannten schon jetzt. Dass irgendetwas an seiner Kleidung mit einem vernehmlichen Geräusch riss, beachtete er nicht.

Er stieß sich mit einem beherzten Sprung ab, ruderte mit den Armen und setzte so über die Spalte.

Er hatte sich unterschätzt, der Schwung trug ihn weiter als gedacht. Hinein in einen Busch, der eine sichere Landung verhinderte. Er fiel, überschlug sich, rappelte sich auf und rannte weiter. »Leomara!«

Noch immer bebte die Erde, aber je länger er lief, desto weniger hoch schoben sich die Felsen durch den Waldboden. Die

Vegetation blieb jedoch tückisch, vor allem im Dämmerlicht. Beinahe wäre Praioslob nochmals gestürzt.

Hinter ihm krachte und lärmte es. Ein Blitz in seinem Rücken erhellte die Umgebung, stanzte aber auch dunkle Schatten aus den Bäumen.

Was tat Abdul nur?

Und was wurde aus Hilbert? In seinem Zustand konnte er sich kaum wehren. Aber wer vermochte das schon – gegen diese Bestien?

Abdul hatte von Täuschung gesprochen, nicht von Dämonen. Ob die Starrer sich unter einer Illusion verborgen hatten, die sie als Menschen erscheinen ließ? Konnten die unsichtbaren Krokodilschwänze die rätselhaften Schläge ausgeteilt haben?

»Hierher, Onkel Praioslob!«, rief Leomara irgendwo von rechts.

Er hielt inne. Sein Atem rasselte, er fasste sich an die schmerzende Brust. In den Schatten war nichts zu erkennen.

»Hier!« Etwas Helles winkte. Das mochte Leomaras Hand sein.

Ächzend lief er darauf zu.

Leomara bog einen Strauch zur Seite und ließ ihn durch. »Was sind das für Leute, Praioslob?« Mit weit aufgerissenen Augen sah das Mädchen zu ihm hoch.

Er schloss es in die Arme. »Das weiß ich nicht.« Er atmete heftig. »So etwas habe ich noch nie gesehen.«

»Ich glaube, sie wollen uns fressen!«

Wenn er an die mit spitzen Zähnen bewehrten Mäuler dachte, konnte Praioslob diese Befürchtung gut verstehen. »Das hätten sie schon lange tun können, Leomara.«

»Vielleicht wollen sie uns auf besondere Weise zubereiten. Shaya erzählt doch auch immer, dass man eine gute Küche braucht, um ein leckeres Mahl zu kochen.«

»Wir befinden uns seit zwei Wochen in ihrer Gewalt. Findest du nicht, dass sie einen sehr weiten Weg zurücklegen, nur um gut zu essen?«

»Was ich finde, ist unwichtig.« Die Zehnjährige zitterte. »Es kommt darauf an, ob diese Monster so weit laufen wollen. Hast du gehört, wie Daijin davon geschwärmt hat, wie gut mein Arm schmecken könnte?«

Praioslob schluckte. »Ja.«

Der Boden zitterte nicht mehr, aber der Lärm blieb.

»Wir sind mitten in der Wildnis«, stellte er fest. »Ohne Proviant. Ohne eine Idee, wo die nächste Siedlung liegen könnte.«

»Ich habe Wellen gehört, als ich die Binden gewaschen habe.« Sie zeigte in eine Richtung, in der der Wald nach Praioslobs Eindruck genauso aussah wie in jeder anderen. »Onkel Vascal sagt, es ist gut, an einem Strand ein Feuer zu entzünden. Das könnte ein Schiff sehen, das uns dann einsammelt.«

Wieso dachte Praioslob ausgerechnet jetzt an Sklavenhändler, die ihren Warenbestand mit Zufallsbekanntschaften ergänzen wollten? Schon einmal war er verschleppt worden, um Zwangsarbeit zu leisten.

Außerdem durften sie Hilbert und Abdul nicht alleinlassen. Sie mussten zusammenhalten, alle fliehen – oder keiner. Sicher kämpften die beiden gerade jetzt gegen diese Krokodilmenschen.

Doch wie lange könnten sie sich halten?

Was, wenn Leomara und er die einzigen Überlebenden wären? Durfte er das Mädchen zurück in die Gefahr führen?

Aber sie allein in der Wildnis zu lassen wäre beinahe genauso verantwortungslos.

Vielleicht, wenn sie sich vorsichtig zurückschlichen, um die Lage zu erkunden …

Ein lautes Fauchen unterbrach seine Überlegungen. Krachen

kündete davon, dass sich jemand einen Weg durch das Unterholz hackte.

Leomara schrie.

»Lauf!«

Sie griff seine Hand und rannte in die Richtung, in die sie zuvor gezeigt hatte. Er hatte Mühe, ihre Geschwindigkeit zu halten.

Das konnte man von ihrem Verfolger nicht sagen. Hinter ihnen krachte das Holz, das Gebrüll schwoll an.

Obwohl er sich auf die Flucht konzentrieren wollte, kamen Praioslob die vielen Merkwürdigkeiten der vergangenen zwei Wochen in den Sinn. Da waren nicht nur die unsichtbaren Schläge, sondern vor allem das Starren. Wie bei Echsen! Und dass die drei nachts meist aufeinanderlagen, mochte tatsächlich dazu dienen, dass sie einander warmhielten, wie Abdul vermutet hatte. Echsen wurden träge, wenn sich die Umgebung abkühlte. Die beste Möglichkeit zur Flucht hätte sich also am Ende der Nacht geboten. Jetzt waren ihre Gegner von der Tageshitze gut aufgewärmt. Und der Tarnzauber … hätte Praioslob nicht bereits nach Atem gerungen, hätte er aufgelacht. Rückblickend war es so offensichtlich! Die Einzelheiten wie die Bewegungen des Haars im Wind waren ungenau, und wahrscheinlich bestand die echte Sprache dieser Ungeheuer aus dem Fauchen, das er auch jetzt hörte. Auch bei der Verständigung musste ein Zauber wirken. Deswegen hörte Abdul sie Tulamidya reden, während Praioslob, Leomara und Hilbert glaubten, sie würden das Garethi benutzen – sogar im Dialekt ihrer jeweiligen Heimatländer!

Sie gerieten auf schlammigen Grund, was ihr Vorwärtskommen behinderte. Ausgerechnet jetzt erinnerte sich Praioslob daran, dass der Tierbändiger in Gareth erklärt hatte, man könne einem Krokodil im Schlamm unmöglich entkommen. Man selbst sinke bei jedem Schritt ein, die Bestie aber gleite auf ihrem Bauch darüber.

Er konnte nur ein Stoßgebet sprechen, dass ihr Verfolger diesen Vorteil nicht hatte. Anscheinend bewegte er sich ebenfalls auf zwei Beinen, der Stützschwanz bot in dieser Hinsicht hoffentlich keinen Vorzug.

Dennoch war Praioslob froh, in einen Bereich zu kommen, in dem der Bewuchs den Boden wieder fester zusammenhielt. Doch diese Freude währte nur kurz. Sein Fuß blieb an einer Wurzel hängen. Er fiel und verdrehte sich dabei das Gelenk.

»Wir müssen weiter!«, drängte Leomara. »Hörst du das Meer?«

Ja, da rauschte eine Brandung.

Praioslob stützte sich auf, aber ein brennender Schmerz stach durch sein linkes Fußgelenk. Sofort knickte er wieder ein.

»Komm!«, rief das Mädchen.

Hinter ihnen krachte das Holz. Über das Fauchen verstand er jetzt Worte in klarem Garethi. »Bleibt stehen, Kothaufen! Ihr dürft nicht weglaufen, nachdem wir euch so weit getragen haben. Seid artig!«

Nochmals versuchte Praioslob, den Fuß zu belasten. Es ging nicht, der Schmerz trieb ihm die Tränen in die Augen. Das ganze Bein zitterte.

Ächzend setzte er sich. »Lauf weiter, Leomara! Ich werde ihn ablenken und aufhalten.«

»Aber Praioslob …«

»Geh.« Er tätschelte ihre Wange. »Es ist gut.«

Widerstrebend wandte sie sich ab, verschwand dann aber im Unterholz.

Praioslob sah sich nach einem Stein oder etwas anderem um, das er als Waffe gebrauchen konnte. Er glaubte nicht, dass er sich gegen das Ungeheuer behaupten könnte, aber wenn er ihm einen

Kampf lieferte, mochte es ihn erschlagen und somit wenigstens nicht bei lebendigem Leibe stückchenweise verspeisen.

Die Dämmerung erwies sich als trügerisch, das Licht seines Herrn war hinter den Horizont gesunken! Er tastete. Da waren Wurzeln, die dünnen Zweige eines Dornenbuschs, Gras ... nichts Brauchbares!

Er atmete tief durch. »O Herr Praios!« Ein Gebet an den Höchsten der Götter sollte man eigentlich stolz aus voller Brust verkünden, aber das traute er sich nicht. Er war nur ein schwacher Mensch. Er flüsterte. »Ich erflehe deinen Beistand in der Not. Gib mir Kraft, damit ich lange genug standhalte, um Leomara ...«

Was sollte nur aus dem Mädchen werden? Selbst wenn es den Strand erreichte ... Sicher, Leomara war klug und konnte entschlossen handeln, bestimmt würde es ihr gelingen, ein Feuer zu entzünden. Aber könnten diese Ungeheuer einen solchen Brand nicht viel eher erspähen als ein Schiff? Und was war das für ein Strand? Wenn die Wellen dort den Sand glatt spülten, würde Leomara unübersehbare Spuren hinterlassen.

»Herrin Tsa, ich bitte auch dich. Ein Kind ist in Not und bedarf deiner Fürsorge. Gewähre ...«

Doch Leomara hatte anderes im Sinn als Flucht. »Echsenmonster!«, rief ihre helle Mädchenstimme. »Ich bin hier! Ich ergebe mich, wenn ihr uns nicht fresst. Keinen von uns.«

Die Hackgeräusche verstummten. »Kothaufen werden nicht gefressen«, versicherte das Ungeheuer.

»Du bist Alrech, nicht wahr?«, rief Leomara.

»Und du bist das Kotkind. Wo ist der ohne Haare?«

Das fand Praioslob übertrieben, er pflegte einen Kranz, der seine Glatze zu Dreivierteln einrahmte.

»Er kommt auch«, versprach Leomara. »Was ist mit Abdul und Hilbert?«

»Sie sind wieder im Käfig«, behauptete Alrech.

»Denkt daran«, mahnte Leomara: »Ihr braucht uns, damit wir euch zum Friedhof der Seeschlangen führen.«

»Dafür reicht doch der kaputte Kothaufen.« Sicher spielte er auf Hilberts Kopfverletzung an.

»Der kann sich nicht mehr gut erinnern!«, rief Praioslob ins Dunkel. »Es könnte sein, dass er das Bewusstsein verliert. Dann müssen wir ihm helfen, damit sein Gedächtnis wieder arbeitet.«

Knackend brachen einige Zweige am Busch vor Praioslob. Der Krokodilmann trat hervor. Aus der sitzenden Position erschien er noch riesiger als zuvor, und er hielt diese bedrohliche Klinge mit den vielen Zacken in der Hand.

»Wie weit ist es noch zu den Seeschlangen?«, fragte Alrech.

»Nicht mehr weit.« Praioslobs Stimme zitterte. »Gar nicht mehr weit … hoffe ich.«

Dann fiel ihm ein, dass er keine Vorstellung davon hatte, was die Ungeheuer mit ihnen machen würden, wenn sie die Gefangenen nicht mehr brauchten.

Maraskanischer Dschungel,
dreiundzwanzigster Tag im Midsonnmond

Shaya Lifgundsdottir glaubte, dass Phileasson und Ohm Follker ebenso besorgt über Tylstyrs neueste Erkenntnisse waren wie sie selbst. Die erfahrenen Seebären wollten aber wohl verhindern, dass diese Sorge in der Ottajasko überhandnahm.

Nach zwei Wochen wussten die Gefährten, wie man sich im Dschungel bewegte. Shayas Arm erlahmte nicht mehr, wenn sie an der Spitze der Kolonne das Haumesser schwang. Je üppiger die Fauna spross, desto enger wurde die Marschkolonne. Notfalls gingen sie einer hinter dem anderen. Sie hatten jedoch gelernt, solche Bereiche zu meiden. Gerade jetzt war der Wald licht, das Buschwerk so weich, dass man die Haumesser kaum brauchte.

Bronkjin ging mit der Maraske voraus, im Moment sahen sie ihn nicht. Er markierte den Weg mit Kerben in den Stämmen, um das Tier nicht zurückhalten zu müssen. Lirobajid und Lailath sicherten die Flanken, sie liefen ebenfalls außer Sicht. Die anderen bildeten einen Pulk um Ohm Follker, der die Leier zupfte und dazu ein Lied über Maraskan sang.

»Des Käfers Panzer glänzet prächtig,
sein Stachel ragt hervor gar mächtig.
Er will am süßen Blut sich laben,
da hilft kein Meckern und kein Klagen.

Des Waldes König ist der Käfer,
den Wanderern ist er ein Schäfer.
Gern schröpft er den warmen roten Zoll:
Shayas Lebenssaft macht ihn ganz toll.«

Die Gefährten lachten.

Shaya winkte Ohm, dass sie gegenhalten wollte.

Der Skalde blickte sie auffordernd an. Er zupfte weiterhin die Saiten, überließ ihr aber die nächste Strophe.

»Travias Tochter ist verstimmt:
Bei Tisch man sich nicht einfach nimmt!
Der Käfer das nun lernen muss,
ihr Fuß beendet den Verdruss.«

Obwohl die unbeholfenen Reime nicht gut zur Melodie passten, lachten die anderen beifällig.

»Der Schwester Grimm ist Käfers Tod«,

übernahm Ohm.

»An Shayas Fuß ein Flecken rot.
Gar plötzlich ist des Königs Ende.
Foggwulf, niemals die Zeit verschwende!«

Phileasson ließ sich nicht nehmen, ebenfalls ein paar Verse beizutragen.

»Der Foggwulf viele Meere kennt.
Als er durch grüne Dschungel rennt,
doch da kommt ihm in den Sinn ganz schlau:
Die Käfer ich für die Otta klau!

Mit sechs Armen sich's gut rudert
und ein Käfer niemals schludert.
Ein Schillerpanzer, der ist fleißig.
Ein Käfer rudert wohl für dreißig.«

Die Gefährten lachten. Shaya überlegte, eine Strophe über Käfer zu dichten, die auf einem Drachenboot ihren Appetit auf die hölzernen Planken entdeckten, aber Ohm kam ihr zuvor und besang die Blütenpracht der Urwaldsträucher.

Shaya bemerkte, dass Vascal della Rescati und Tylstyr Hagridson nicht mehr mitsangen. Die beiden Männer ließen sich zurückfallen. Verständlicherweise war die Sorge bei Vascal noch stärker als bei den anderen. Tylstyr hatte am Morgen entdeckt und bei der Mittagsrast bestätigt gefunden, dass die drei Entführer verschwunden waren. Stattdessen befanden sich Leomara und die anderen nun in der Gewalt von aufrecht gehenden Echsen, die Krokodilen ähnelten, aber Rüstungen und furchterregende Waffen trugen. Praioslob sah schlecht aus, Leomara half ihm oft, einen nassen Lappen um sein Fußgelenk zu wechseln. Wenigstens Abduls Rippe schien es besser zu gehen.

Shaya nahm eine faustgroße Yagan-Nuss aus ihrem Beutel. Sie hielt sie gegen den beinahe schwarzen Stamm eines Baums, von dem sie wusste, dass sein Holz steinhart war. So gelang es ihr, die Schale mit einem einzigen Hieb des Haumessers aufzubrechen.

Sie schloss wieder zu den anderen auf und schlürfte im Gehen das Öl der Nuss. Sofort fühlte sie sich erfrischt. Solange sie diesen Trunk zur Verfügung hatten, konnten sie eine Rast am Vormittag und eine am Nachmittag sparen. Dennoch lagen sie vermutlich mehr als einen Tag hinter den Entführern – oder jetzt: hinter den Ungeheuern – zurück. Laut Tylstyr bewegten sie sich unglaublich schnell, wobei die Krokodilmenschen die Methode der Starrer übernahmen, ihre Gefangenen in einem Bambuskäfig zu transportieren.

Der Proviant, den sie von den *Nattern vom unteren Weg* bekommen hatten, war lange aufgebraucht, und das Jagdglück schwankte. Trotz ihres Hungers wagte Shaya nicht, den Kern der Nuss zu essen. Sie hatte an einem geknabbert, und sofort hatten ihre Augen geträrnt. Das hatte sich erst nach Stunden gelegt. Ohm vertrug sie besser.

»Wartet!«, rief Lirobajid die Blumige. Cessimasab winkte ihnen aus den Büschen zur Linken ihrer Marschrichtung. »Ich habe etwas entdeckt. Kommt her!«

Sie zeigte ihnen eine merkwürdige Anordnung unterschiedlich langer Zapfen, die in den Stamm eines rindenlosen weißen Baums getrieben waren. Im umgebenden Grün war er sehr auffällig, wegen seiner Größe taugte er sogar als Wegmarke.

Ohm Follker tastete über die zwei Dutzend Zapfen. Ihr Holz war viel dunkler als der Stamm. »Ihr kennt merkwürdige Tiere auf Maraskan«, sagte er, »aber ich nehme an, das hier haben Menschenhände gemacht?«

»Es ist ein Leg-ga-Leg«, erklärte Lirobajid.

Cessimasab nickte zustimmend.

»Nur Kundige können es lesen. Das hier ist ein Hinweis auf ein Versorgungslager.« Sie zeigte nach Osten. »Nicht einmal eine Meile entfernt müssten wir auf die Küste treffen.«

»Ein Rebellenlager?«, erkundigte sich Phileasson.

Sie nickte. »Wahrscheinlich eines der Freibeuter, die mit der kaiserlichen Flotte ihren Spaß treiben.«

Irulla trat an die Anordnung von Stäben heran. Sie trug keine maraskanische Kleidung mehr, sondern nur ein über dem Bauch geknotetes Leinenhemd und einen Schurz. »Es ist keine Woche her, dass dieses Holz getötet und in den Leichnam des Baums getrieben wurde.«

Phileasson fuhr sich durch den Bart. »Also sollte es dieses Lager noch geben.«

»Das wohl.« Ohm Follker sah ihn an.

»Wir sammeln uns!«, befahl Phileasson. »Lasst uns beraten, ob wir versuchen sollen, ein Schiff zu finden.«

»Auf dem Meer könnten wir schneller zum Friedhof der Seeschlangen vordringen«, erkannte Tylstyr.

Phileasson sah Vascal an. »Dadurch könnten wir den Entführern zuvorkommen und ihnen einen Empfang bereiten, den sie nicht erwarten.«

Der Nandusgeweihte nickte knapp. Shaya fragte sich, was ihn

in diesem Moment bewegen mochte. Hoffentlich verstand er, dass für niemanden die Aufgabe des Wettkampfs im Vordergrund stand, solange Leomara und die Gefährten gefangen waren.

Unwillkürlich legte Shaya eine Hand auf ihren Bauch. Sie sehnte sich nach einem gut gefüllten Teller, egal, wie scharf das Gericht darauf auch sein mochte. Sicher ging es den Entführten ebenso.

»Holen wir die anderen!«, forderte Phileasson sie auf.

Mirandola Ernathesa stieß zu ihnen, als sie nach ihr riefen. Nur Bronkjin fehlte noch. Sie folgten den Markierungen, die er in die Bäume geschlagen hatte, und fanden ihn nach dreihundert Schritt.

Der Mönch klopfte mit seinen verzierten Stöcken gegen einen Baum. Der Stamm war so riesig und ungleichmäßig geformt, dass sich Shaya in den nischenartigen Einbuchtungen hätte verbergen können.

Offenbar verbarg sich auch die Maraske, aber weiter oben. Bronkjin versuchte, sie in der Krone zu erspähen. Die Äste begannen fünf Schritt über dem Boden und waren so dick, dass sie selbst Stämme hätten sein können. Die sattgrünen fleischigen Blätter gewährten nur an wenigen Stellen Einblick in die höheren Geschosse dieses gewachsenen hölzernen Turms.

»Sie antwortet mir nicht«, klagte der Mönch. Mittlerweile verstand Shaya ihn manchmal. Der Wind zupfte an seinen vasenförmig hochgebundenen Zöpfen und den bunten Bändern, die an den Gelenken zwischen den Segmenten seiner Lederrüstung hervorkamen.

Shaya stellte sich neben ihn. In dem bewegten Grün dort oben war wirklich nichts zu erkennen.

Irulla senkte den Kopf. »Der Tod ist nicht allein«, verkündete sie mit dunkler Stimme. »Es gibt Seiner viele. Sie achten sich, sie hassen sich. Selten nur kommen sie zusammen.«

Orkengriff krabbelte ihr Bein hinunter, huschte über den Boden und kletterte den Stamm hinauf. Als er den halben Weg zur Krone zurückgelegt hatte, schienen ihn jedoch Zweifel an der eigenen Tapferkeit zu überkommen. Er verharrte.

»Hast du eine Fährte entdeckt?«, fragte Phileasson die Waldmenschenfrau.

Sie hockte sich hin, lehnte den Speer – nur ein gerader Stock, den sie angespitzt hatte – gegen ihre Schulter und rieb ein Grasbüschel zwischen den Händen. Sie roch an ihren Handflächen. »Die Maraske verliert Sekret.«

Cessimasab redete in ihrer schnellen Sprache mit dem Mönch.

Mit gerunzelter Stirn kniete sich Bronkjin neben Irulla und besah sich das Gras. Er drückte die Halme auseinander und schien etwas am Boden zu finden. Sichtlich besorgt, spähte er hinauf in die Baumkrone. »Ihr haltet euch besser fern von …«

Plötzlich schoss ein großes schwarzes Etwas am Stamm herunter.

Erschrocken sprang Shaya zurück und fasste gleichzeitig ihren Wanderstab mit beiden Händen. Das hatte sie in der Ottajasko gelernt: immer ihre Waffe festzuhalten. Daran, ihre eigene Angst wie die einer Fremden zu betrachten, um stets mit kühlem Kopf agieren zu können, arbeitete sie noch.

Das Etwas war eine riesige Spinne, nein, eine Maraske. Acht Beine, zwei Facettenaugen, schnappende Mandibeln, ein gerader Stachel, der vom Ende eines Skorpionschwanzes drohte. Ihr Pelz war schwarz, nicht rot mit gelben Kreisen, und sie war kleiner als jene, der sie gefolgt waren. Oder war es dasselbe Tier, das sich gehäutet hatte – so wie Orkengriff während der Namenlosen Tage auf der *Sturmvogel*?

Erleichtert sah Shaya, dass die schwarze Maraske an ihr vorbeirannte. Aber sie floh nicht etwa, sondern stürzte sich auf

Bronkjin, der nicht schnell genug aus seiner knienden Position hochkam, um ihr auszuweichen.

Der haarige Leib begrub den schreienden Mönch.

Irulla rammte ihren Speer in das Tier. Das knackende Geräusch, mit dem der Panzer brach, ließ Shaya schaudern.

Der Treffer war jedoch nicht tödlich. Die Maraske traktierte Bronkjin noch immer mit ihren acht Füßen, und ihr kugelförmiger Körper vollführte pumpende Bewegungen, als wollte das Tier den Menschen begatten. Der segmentierte Schwanz verschwand unter ihrem Bauch.

Shaya wurde übel, aber sie riss sich zusammen, fasste ihren Stab mit beiden Händen an einem Ende und schlug zu.

Der Widerstand war härter, als sie erwartet hatte. Das Holz vibrierte.

Mit einem tiefen Schrei stürzte Cessimasab die Fröhliche heran. Den Schnitter hatte sie mit beiden Händen über den Kopf erhoben. Aus vollem Lauf schlug sie zu.

Die leicht gekrümmte Klinge durchtrennte eines der acht Beine.

Seitlich entfernte sich die Maraske von Bronkjin. Der Stachel, den das Tier aus dem Bauch des Mönchs zog, erschien Shaya monströs groß. Die Lederrüstung hatte ihm offenbar keinen Widerstand geleistet.

Irulla stieß nochmals mit dem Speer zu, während Cessimasab versuchte, hinter das Tier zu kommen. Sie bewegte sich mit tief gebeugten Knien, wie sie es auch bei den Kampfübungen tat. Shaya wusste, dass die Maraskanerin die Kraft ihrer Oberschenkel blitzschnell freizusetzen mochte, für Sprünge ebenso wie für Tritte. Rur'Uzat nannte man diese waffenlose Kampfkunst. Jetzt setzte sie aber auf den Schnitter, den sie zwischen sich und der Gefahr hielt.

Zischend bewegte sich die Maraske rückwärts. Auf der linken

Seite, wo ihr ein Stück eines Beins fehlte, sackte sie bei ihren Schritten durch. Der Schnitt blutete nicht. Grünlicher Speichel troff von den Mandibeln.

Bronkjin gelang es leidlich, die Bauchwunde mit den Händen zu verschließen. Zitternd wand er sich auf dem Boden, Schaum quoll über seine Lippen.

Cessimasab versuchte, die Maraske mit einem unartikulierten Schrei und einem Ausfallschritt zu erschrecken.

Tatsächlich wich das schwarze Tier einen Sprung zurück.

Zugleich jedoch hörte Shaya ein Knacken und Rascheln über sich. Sie sah nach oben.

Die andere Maraske, die rote, die sie bislang geführt hatte, ließ sich aus der Baumkrone fallen. Sie stürzte genau auf Cessimasab! Ihre ausgebreiteten Beine gaben ihr etwas von einer geöffneten Hand.

»Vorsicht!«, schrie Shaya, aber es war zu spät.

Cessimasab setzte an auszuweichen, doch der spinnenhafte Körper begrub sie unter sich.

Shaya schlug zu.

Vergeblich! Der Panzer der Maraske war zu fest, als dass ihr Stab ihn hätte brechen können.

Lirobajids Diskus surrte heran und grub sich mit einem schmatzenden Geräusch in die Flanke des Tiers, wo die Beine wirbelten, um auf Cessimasab einzutreten.

Die Maraske krabbelte zurück. Mit erstaunlicher Biegsamkeit wölbte sich der segmentierte Schwanz über ihren Körper.

Cessimasab schrie auf, als sich der Stachel in ihre Brust bohrte.

»Nein!«, rief Shaya und ließ nun doch den Stab fallen.

Die rote Maraske huschte davon, als hätte sie kein Gewicht. Sie verschwand an derselben Stelle zwischen den Büschen wie ihre schwarze Artgenossin zuvor.

»Sichern!«, befahl Phileasson.

Die Gefährten bildeten einen Kreis, aber Shaya konnte sich nicht bewegen. Sie sah zu, wie sich Galandel deren-Lied-verklingt neben Cessimasab kniete, während sich Salarin Trauerweide Bronkjins annahm.

Tylstyr sprach einen Zauber. Wenn sich Shaya nicht täuschte, war es jener, der ihn die Lebenskraft verborgener Wesen erkennen ließ.

Cessimasab bäumte sich auf, fiel jedoch sofort zurück. Ein hässlicher Blutfleck dehnte sich auf ihrem Seidenhemd aus. Ihr Gurgeln störte die wunderschönen Melodien, mit denen Galandels zwei Stimmen den Heilzauber sangen.

Lirobajid verließ ihren Posten im Kreis, um ihren Diskus aufzuheben, der sich offensichtlich bei der Flucht aus der Maraske gelöst hatte. Besorgt sah sie zu ihrer Schwester hinüber. »Sie ruft nach dir«, sagte sie zu Shaya.

Nur widerwillig gehorchten ihr die Beine, als Shaya zu Galandel und Cessimasab ging. In den vergangenen Wochen hatte sie sich so vieles zurechtgelegt, was sie ihr sagen und welche Formulierungen sie verwenden wollte. An keinem Tag war es dasselbe gewesen. Es ging um Liebe, um Aussichtslosigkeit, um Dankbarkeit, auch um Wut. Sie war stolz auf sich, weil sie an einem Abend am Lagerfeuer oberflächlich über Gewürze gequasselt hatten, und am nächsten Tag hatte sie sich dafür geschämt, weil es sich angefühlt hatte wie eine Lüge. Jetzt tobten die widersprüchlichen Gefühle in Shayas Herz wie das Meer vor Olport, als Phileasson sie durch den Sturm gesteuert hatte. Aber diesmal stand kein Drachenführer am Ruder, und Shaya bezweifelte auch, dass es hierbei einen sicheren Hafen gab, den sie hätte ansteuern können. Ihr blieb nur, sich Galandel gegenüber hinzuhocken und Cessimasabs Hand zu nehmen.

»Ich bin hier«, flüsterte sie.

Cessimasab war bleich wie Wachs, Schweiß stand nicht nur auf ihrer Stirn, sondern auf ihrem gesamten Gesicht. Ihre Lippen zitterten.

»Gütige Herrin Peraine, meine Herrin Travia.« Das Gebet verließ ihren Mund ohne ihr Zutun. »Seht diese arme Sterbliche. Ich bitte Euch, nehmt ihr die Schmerzen, schenkt ihr Lebenskraft, heilt sie in Eurem Namen.«

Sie sah auf. »Wieso singst du nicht mehr?«, fragte sie Galandel.

Die smaragdgrünen großen Elfenaugen sahen sie an. »Vielleicht ist es schlecht, wenn sich die Wunde schließt.«

»Was? Wie kommst du darauf? Ist das wieder so ein Elfendenken?« Shayas Stimme überschlug sich. »Dem Lied der Natur seinen Lauf lassen, auch wenn sie daran stirbt?«

Galandel seufzte. »Ich kann die Wunde schließen, sie ist nur klein. Die Adern heilen, das Fleisch verbinden, sogar die Haut glätten. Aber dann ist das Gift in ihrem Körper eingeschlossen und singt dort das Lied der Zersetzung.«

Shaya brauchte einen Moment, um zu verstehen. »Du kannst die Verletzung heilen, die der Stachel gerissen hat, aber das Gift bleibt in ihrem Blut? Als ob sie es getrunken hätte?«

»Du sagst es.«

Sie dachte an das Pumpen des schwarzen Spinnenleibs, als er auf Bronkjin gehockt hatte. Wieder wurde ihr schlecht.

Der Mönch lag keine zwei Schritt entfernt. Salarin kniete neben ihm. Er sang noch.

»Komm her!«, rief Shaya ihm zu.

Er reagierte nicht.

Auf den Knien bewegte sich Shaya auf ihn zu. Sie wollte Cessimasabs Hand nicht loslassen, also beugte sie sich vor und streckte die Linke aus, um den Elfen am Ärmel zu ziehen.

Verwirrt sah er sie an.

»Komm her und hilf ihr!«, forderte sie.

Er sah auf Bronkjin, der so viel Speichel hervorwürgte, dass flockiger Schaum seinen Bart bedeckte. »Er braucht mich.«

»Er wird sterben«, urteilte Shaya hart. »Komm her und hilf Cessimasab.«

»Ich glaube nicht, dass er …« Galandel verstummte unter Shayas Blick.

Sie merkte erst, wie fest sie Cessimasabs Hand umschloss, als diese röchelte. Sofort ließ sie locker.

Cessimasabs Lippen zitterten noch immer, aber sie schienen auch Worte zu formen.

Shaya beugte sich hinab und brachte ihr Ohr so nah heran, dass sie den schwachen Atem spürte.

»Suche die Schönheit, Shaya«, hauchte die Maraskanerin. »Sie ist es wert, gefunden zu werden.«

Sie blinzelte die Tränen fort, um in Cessimasabs grün gesprenkelte Augen schauen zu können. »Wir werden sie gemeinsam finden«, versprach sie.

Salarin kniete jetzt neben Galandel. Sein Gesang war wunderschön.

Wieso gab es etwas so Schönes, wenn zugleich am selben Ort etwas so Schreckliches geschah? Cessimasabs Hand war schlaff und kalt. Wenn Shaya sie losließe, würde sie auf den Boden sacken.

Sollte sie den Schweiß vom Gesicht der Vergifteten wischen? Oder verschaffte er ihr willkommene Linderung?

Wieder bewegte Cessimasab die Lippen.

»Sei nicht traurig, Shaya. Wir werden uns in einem anderen Leben wiedertreffen. Vielleicht wird dann alles einfacher sein. Ich bin sicher, dass ich dich auch dann lieben werde.«

Shaya schluchzte.

Sie wusste nicht, wie lange sie zusammengesunken neben der reglosen Cessimasab gehockt hatte, als Salarin aufstand. »Sie sind beide tot«, stellte er fest. »Wenn wir sie zurücklassen, können wir dieses Rebellenlager vor Einbruch der Dunkelheit erreichen.«

Sie wagte nicht, den Elfen anzusehen, weil sie fürchtete, dass sie sich sonst auf ihn gestürzt hätte, um seinen Kopf so lange gegen einen Baum zu schlagen, bis das gefühllose Elfendenken daraus weichen würde. Sie hasste ihn.

»In meiner Ottajasko lassen wir niemanden als Fraß für die Tiere zurück«, bestimmte Phileasson. »Entweder wir bestatten sie hier, oder wir nehmen sie mit.«

»Wir haben weder Schaufeln für ein Erdgrab noch ausreichend trockenes Holz, um sie zu verbrennen«, gab Ohm zu bedenken.

Mit sanfter Gewalt löste Phileasson Shayas Griff um die Hand der Toten. »Wir tragen sie gemeinsam.«

Maraskanischer Dschungel,
vierundzwanzigster Tag im Midsonnmond

»Seht, unsere Geschwister sind gegangen!«, rief der Geweihte der Zwillinge Rur und Gror, der bei den *Smaragdkröten* lebte. Während er gemessen vor den Bahren herschritt, raschelten die vielen Hundert überlappenden Streifen seines Gewands. Da sie einander verdeckten und wieder freigaben, offenbarten sich mit jeder Bewegung immer neue Farben. »Seht, unsere Schwester Cessimasab und unser Bruder Bronkjin sind gegangen, seht alle her, sie sind nicht mehr unter uns!«

Der kleine Trauerzug hielt vor Asleif Phileasson. Entsprechend des Brauchs, den sich der Drachenführer hatte erklären lassen, trat er zwischen die Bahren und blickte in die Gesichter der Toten.

Die Ottajasko hatte länger zum Rebellenlager gebraucht als gedacht, am Strand war noch ein erheblicher Weg zurückzulegen gewesen. Sie hatten ein Nachtlager aufgeschlagen. Die dunklen Stunden hindurch hatte Shaya mit einem Wedel die Insekten von den Leichen ferngehalten. In diesem Klima verfielen die Toten so rasch, dass sie bereits unangenehm rochen. Bei auflaufender Flut hatten sie die Körper im Meer gewaschen. Das machte die Qual auf Bronkjins Zügen noch deutlicher. Cessimasab dagegen sah friedlich aus. Eigentlich sogar fröhlich, auch im Tod machte sie ihrem Beinamen noch Ehre.

»Ja, Bronkjin und Cessimasab sind wirklich weg!«, verkündete Phileasson mit lauter Stimme, wie man es von ihm erwartete. Er trat an den Rand des Pfads, der zwischen den gut getarnten Hütten hindurch in den Dschungel führte, und gab so den Weg frei.

Shaya Lifgundsdottir trug Cessimasabs Bahre am Fußende, Lirobajid die Blumige am Kopf. Alle vierundsechzig Schritte setzten die zierlichen Frauen ihre Last ab und wechselten die Position. Niemand wagte vorzuschlagen, jemand anderes könnte ihnen diesen Liebesdienst abnehmen.

»Seht, unsere Geschwister sind gegangen!«, rief der Geweihte nochmals. Als Nächster stellte sich Vascal della Rescati dem Zug in den Weg.

Mirandola Ernathesa bildete den Abschluss. Sie trug einen blütengefüllten Korb, der wohl bei der Bestattung eine Rolle spielen würde. Ohm Follker und Salarin hoben irgendwo zwischen den Bäumen die Gräber aus.

Das Verhalten der maraskanischen Trauergemeinde vermochte Phileasson nicht recht einzuordnen. Einerseits stand die schreiend bunte Kleidung in krassem Gegensatz etwa zu dem Schwarz, das die mittelreichischen Geweihten des Totengotts trugen, und auch das hastige Geplapper wäre dort wohl als Frevel erschienen. Phileasson erinnerte sich an den schweigenden Bruder auf dem Trümmerfeld von Ysilia. Andererseits klangen die Klagerufe echt, ja manchmal sogar verzweifelt. Hatten die *Smaragdkröten* die Verstorbenen etwa gekannt?

Die Rebellen waren mit Kampf und Tod vertraut. Nicht jede der bunten Schlaufen an ihrer Kleidung diente der Zierde, manche gaben auch gebrochenen Armen Halt, und Verbände zeugten von kürzlichen Auseinandersetzungen.

Mit nachdenklichem Kopfschütteln wandte Phileasson den Blick nach Osten.

Er erkannte Kodnas Han sofort. Weniger an dem roten Kopftuch, der Augenklappe, der bunt bedruckten Weste oder dem buschigen Schnauzbart, obwohl sie zu den meisten Beschreibungen passten, die man von dem berühmten Piraten des Perlenmeers hörte. Auf dem Steckbrief in Mendena war er gut getroffen. Sogar den großen Ring im rechten Ohr hatte der Zeichner abgebildet.

Aber es war die Haltung von Stolz und Umsicht, die den erfahrenen Kapitän verriet. Kodnas Han ging ein wenig breitbeinig, wie viele Seeleute, die es gewohnt waren, das Schaukeln eines Schiffs unter ihren Füßen auszugleichen. So kam er von der Bucht herauf, in der seine zweimastige Thalukke vor Anker lag. Einen Weg gab es nicht, vom Wasser aus musste alles nach unbesiedeltem Urwald aussehen.

»Der Foggwulf!« Kodnas streckte ihm die Hand hin. »Heute auf Maraskan und nicht im Güldenland?« Milder Spott funkelte in seinem grünen Auge.

Phileasson schlug ein. »Das wohl!«

Der Händedruck war fest, von beiden Seiten. Und lang. Und er wurde fester und länger.

Phileasson mühte sich, keine Miene zu verziehen und ungerührt in Kodnas' Antlitz zu blicken. Wind und Wetter hatten seine Haut gegerbt, an der linken Seite, wo das Auge fehlte, mochte sich eine verblasste Narbe über die Wange ziehen. Vielleicht war es auch nur eine Falte.

Phileasson beendete das spielerische Kräftemessen mit einem Lachen. »Ein feines Schiff hast du da.«

»Sie heißt *Tiger von Maraskan*«, erzählte Kodnas Han stolz. »Genau wie ich.«

»Havenisch getakelt«, stellte der Drachenführer fest. Beide Masten wiesen jeweils nur eine einzige, schräg gestellte Rah auf. Die dreieckigen Segel waren aufgerollt.

Kodnas Han nickte. »Wir liegen dichter am Wind als die Kaiserlichen oder die Al'Anfaner, und wir sind wendiger.«

»Das wohl«, bestätigte Phileasson. Auf seiner *Seeadler* zog er dennoch nach klassischer Art ein großes, rechteckiges Segel auf. Bei gutem Wind würde ihm die *Tiger von Maraskan* davonlaufen, aber bei Flauten war er mit seinen kräftigen Recken dem Segler überlegen.

Ärgerlicherweise wurden Phileassons Augen beim Gedanken an sein geliebtes Schiff feucht. Bestimmt hatte Swafnild es wohlbehalten zurück nach Thorwal gesteuert, er hätte es keiner Besseren anvertrauen können. Aber wenn die Glutströhm-Ottajasko es nicht benutzte, lag es wohl den ganzen Sommer über an Land und wartete auf ihn. Das war unwürdig für solch ein stolzes Schiff.

Er wollte nicht, dass Kodnas seine Rührung bemerkte, und sah deswegen dem Trauerzug nach. Gern hätte er Shaya noch ein paar Tage des Abschieds gegönnt, die sicher auch den anderen in der Ottajasko nach den Wochen im Dschungel gutgetan hätten.

Aber genau dieser Eid der Ottajasko verpflichtete sie zu schnellem Aufbruch. Es ging um Leomara, Abdul, Praioslob und natürlich auch um Hilbert, obwohl Phileasson Letzteren nie getroffen hatte. Erst mussten sie die Entführten befreien, dann konnten sie ruhen, das wohl!

»Willst du dabei sein, wenn sie ihnen die sechzehn Ratschläge und die sechzehn Forderungen für ihre nächsten Leben mitgeben?«, fragte Kodnas.

Phileasson schüttelte den Kopf und wandte sich wieder dem Piraten zu. Sie waren etwa im selben Alter, und beide hatten sich auf See einen Namen gemacht. Derzeit schien das Glück jedoch auf keinen von ihnen zu lächeln.

»Ich hörte, deine Mannschaft hat ebenfalls Verluste.«

»So ist es.« Kodnas nickte. »Vier gute Seeleute sind unter den Säbeln der Kaiserlichen gefallen. Wir haben sie gestern begraben. Dazu ein Dutzend Verletzte. Und das mag noch nicht das Ende sein.« Er blickte auf das Meer hinaus, das sich in kühlem Blau bis zum östlichen Horizont unter dem wolkenlosen Himmel erstreckte.

Tylstyr Hagridson saß auf einer Felsklippe. Der Seewind hielt bestimmt die vielbeinigen Plagegeister fern. Obwohl sie alle sich an die ständigen Stiche und Bisse gewöhnt hatten, mochte das die Konzentration des Magiers auf den Zauber fördern, der ihm gestattete, durch Leomaras Augen zu blicken.

»Wir müssen dringend zum Friedhof der Seeschlangen«, sagte Phileasson, »und dazu brauchen wir ein Schiff.«

»Ich habe von deiner Suche gehört.« Kodnas gönnte sich ein bellendes Lachen. »Ich hätte nicht gedacht, einmal jemanden zu treffen, der nach Seeschlangen sucht. Aber dieser Ort ist mir unbekannt.«

»Lailath kann eine Karte aufmalen. Bestimmt wirst du erkennen, wo er liegt.«

»Jemand aus deiner Besatzung?«

Phileasson nickte. »Eine Elfe.«

»Stimmt es, dass du drei Spitzohren dabeihast?«

»Das wohl.«

Ungläubig schüttelte Kodnas den Kopf. »Sind die in Thorwal so häufig?«

»Zwei von ihnen haben sich mir auf dem Weg angeschlossen, und auch der dritte ist nicht in meiner Heimat geboren.« Er hielt es für unnötig zu berichten, dass sie auf dieser Wettfahrt ständig auf Relikte der Elfen stießen: der Himmelsturm, Niamhs Zauberwald, die Silberflamme ... Jetzt ging es um anderes.

»Im Moment muss ich nur auf schnellstem Weg zu diesem Friedhof«, sagte er. »Kannst du mich dorthin bringen?«

»Womit willst du zahlen?«

»Mit der Dankbarkeit des künftigen Königs der Meere.«

Kodnas Han lächelte milde. »Wenn er gekrönt ist, wird Denderan der einzige König sein, der mein Wohlwollen genießt. Bis dahin haben Land und Meer für mich keinen Herrscher.«

»Unsere Besitztümer haben wir leider verloren.«

»Dein Schwert aber nicht.«

Phileasson legte die Hand um Fejris' Wolfsgriff. »Du willst mein Schwert für diesen Fährdienst?«

»Ja, aber du kannst es behalten. Ich will, dass du es für mich schwingst. Du sollst ein paar Kaiserliche damit entzweischneiden.«

»Wohl diejenigen, die deine Mannschaft so zugerichtet haben?«

Kodnas Han nickte grimmig. »Mit drei Schiffen haben sie uns aufgebracht. Zwei davon haben wir beinahe versenkt, sie brauchen Glück, um sich in einen Hafen zu schleppen. Aber ich kenne den Kapitän des dritten, der *Muräne*. Eine Bireme mit achtzig Ruderern, dazu die Krieger.«

Phileasson pfiff anerkennend.

Wieder nickte der Pirat. »Sicher haben sie die Mannschaften ausgetauscht, sodass die *Muräne* wieder volle Kampfstärke hat. Er sucht die Küste ab, das spüre ich. Wenn er diese Bucht findet, muss die *Tiger von Maraskan* das offene Meer gewinnen. Dann stehe ich vor der Wahl, meine Verwundeten mit auf See zu nehmen oder sie zurückzulassen.«

»Können die *Smaragdkröten* sie nicht in Sicherheit bringen?«

Kodnas Han schnaubte. »Durch den Dschungel braucht man eine Woche bis zum nächsten Dorf, und das schafft man nur, wenn man gesund ist. Wenn sie sich ergeben, werden die Kaiserlichen die Hälfte von ihnen aufknüpfen und die anderen an die Riemen schmieden.«

»Klingt schlecht.«

»Dass die Vorräte, die wir hier versteckt haben, auch verloren gingen, fällt dann kaum noch ins Gewicht.«

»Ärgerlich wäre es trotzdem.«

»Du sagst es.« Prüfend sah Kodnas ihn an. »Wie viele Kämpfer hast du dabei?«

»Zehn, mich selbst eingerechnet. Auch wenn einige dir nicht auf den ersten Blick kampftüchtig erscheinen werden«, er dachte an Shaya und Galandel, »sind sie alle erprobte Recken.« Lirobajid zählte er nicht mit, denn er vermutete, dass sie am Grab ihrer Zwillingsschwester bleiben würde.

»Ich bin mir sicher, dass kein Weichlappen beim Foggwulf segelt. Und ich verstehe, dass du deine Leute befreien willst. Bestimmt wirst du begreifen, dass ich die *Muräne* loswerden muss, bevor sie sich meine Verwundeten schnappt.«

Phileasson nickte knapp.

»Dann soll dies unser Handel sein: Wir vertreiben die Kaiserlichen aus diesen Gewässern. Danach bringe ich dich zu diesem Ort, an den du willst.« Kodnas streckte ihm die Hand hin.

»Was, wenn wir die Bireme nicht finden?«

»Wenn sie sich nicht in der Nähe aufhält, ist sie auch keine Gefahr für unser Lager. Wir suchen zwei Tage, dann bringe ich dich an dein Ziel.«

Wenn sich Phileasson nicht über die Lage des Rebellenunterschlupfs täuschte, würden sie länger als zwei Tage brauchen, um den Friedhof der Seeschlangen auf dem Landweg zu erreichen. Falls ihnen das überhaupt noch gelänge, ohne Führung durch die treulose Maraske.

Der Kampf dieses Piraten, der offenbar den Widerstand unterstützte, war nicht Phileassons Kampf. Aber der Kampf um die Freiheit seiner Leute war es. Dabei brauchte er Verbündete, er durfte nicht allzu wählerisch sein.

Phileasson sah in Kodnas Hans Auge und schlug ein.

8 DER GESCHUPPTE TOD

Perlenmeer,
vierundzwanzigster Tag im Midsonnmond

Südöstlich von Sinoda.
Nach schwerem Wetter jetzt ruhige See.
Ottajasko guter Dinge.

Im Licht der ertrinkenden Abendsonne fragte sich Zidaine Barazklah, wieso ihre Handschrift noch immer so ungelenk aussah. Eigentlich hatte sie sehr geschickte Hände, wie sie jeden Tag bei den Kampfübungen bewies. Diese waren interessanter geworden, seit mit Orelio ein weiterer Fechtmeister an Bord war. Doch bot die *Zwillingsmond* leider nur begrenzten Platz. Seit vier Tagen hatten sie nicht mehr angelegt, seit dreieinhalb gab es ringsum nur Wasser.

Hier im Bug wehte ihr der salzige Seewind ins Gesicht. Ihr Blick kehrte zu dem Pergamentfetzen in ihren Händen zurück. Sie wunderte sich darüber, dass sich die Schrift kein bisschen änderte, obwohl ihre Botschaft so anders war.

Dein Herz ist voller Wärme,
doch ihr habt mich aus Eis gehauen.
Mit dir zu träumen war ein kindischer Fehler.

Ich habe wieder zu mir gefunden.
Die Dunkelheit kann mich nie enttäuschen.
Lebe wohl, Tylstyr.

Ungerührt betrachtete sie die Zeilen, die sie in ihrer schwarz behandschuhten Hand hielt.

Mit einem Blick versicherte sie sich, dass die Sonnenscheibe nun bereits zur Hälfte ins Meer getaucht war. Die Zeit, die sie Tylstyr zugebilligt hatte, war vorüber.

Sie zerriss das Pergament und ließ die Schnipsel in die dunklen Wellen rieseln. Einer davon landete auf einem Fladen aus Seetang, der seit der Mittagsstunde in immer dichteren Klumpen an ihnen vorübertrieb.

Hinter sich hörte sie unverwechselbare, selbstsichere Schritte, machte sich aber nicht die Mühe, sich umzudrehen. Beorn Asgrimmson kam zu ihr. Selbst hier, wo meilenweit kein Gegner in Sichtweite war, trug er sein Kettenhemd. »Denkst du, das da vorn ist schon das Tangmeer?«

Im Südosten lag eine durchgängige dunkle Fläche auf dem Wasser, sie ähnelte einer lang gestreckten Insel ohne nennenswerte Erhebungen.

Zidaine zuckte mit den Achseln. »Dieser Tang hat uns heute den ganzen Tag genarrt. Kann es sein, dass er nur jene fängt, die vor ihm fliehen?«

»Kann es sein, dass er nicht der Einzige ist, der mich narren will?«

Nun sah sie ihn doch an. Seine Miene war ernst, er war nicht zu Scherzen aufgelegt.

»Was hast du in der Schlangenhöhle gemeint?«, fragte er. »*Ich muss dir noch etwas sagen, bevor ich gehe. Etwas Unerledigtes …* – das waren deine Worte.«

»Nur Narren geben etwas auf die Worte von Kindern, Verliebten und Sterbenden.«

»Du stehst vor einem Drachenführer, der Recken schon für weniger erschlagen hat, als dass sie ihn einen Narren nannten.«

»Hrolf würde dir sicher zustimmen«, meinte Zidaine.

»Ich bezweifle, dass er die Schlangeninsel wieder verlassen wird.«

»Du stehst vor einer Frau, die ihre Kerkermeister an einem dunkleren Ort aussetzt, als es deine Inseln jemals sein könnten, Blender.«

»Sind wir damit bei dem Unerledigten?«

Zidaine zuckte mit den Achseln. »Geduld ist die höchste Tugend der Jägerin.«

Beorn lehnte sich an die Reling und verschränkte die Arme. »Falls es um Tjorne geht …«

Sie bemühte sich um eine gleichmütige Miene, merkte aber, dass ihr dies nicht gelingen wollte.

»… dann erinnere dich daran«, fuhr Beorn fort, »dass ich ein Drachenführer bin und er zu meiner Ottajasko zählt. Ebenso wie du. Ihr seid mir zu Gefolgschaft verpflichtet. Alle Fehden müssen ruhen.«

»Du weißt nicht, was du verlangst.« Die Worte kratzten in ihrer Kehle.

»Weil du es mir nicht erklärst. Aber wie dem auch sei: Solange Tjorne seinen Schwur ehrt, steht er unter meinem Schutz.«

Sie versuchte, in seinem Gesicht zu lesen. Nicht nur wegen des schwindenden Tageslichts war es dunkel.

»Auch du trägst Wunden in dir, über die du nicht sprichst«, flüsterte sie. »Wenn sie glauben, dass du sie nicht hörst, erzählen deine Recken von deiner Schwester. Gilda soll tapfer und schön gewesen sein, voller Leben und Abenteuerlust, eine geschickte Seefahrerin …«

Der eisige Blick aus seinem verbliebenen Auge brachte sie zum Schweigen.

»Das geht dich nichts an«, sagte er mit rauer Stimme. »Aber ich bin der Drachenführer. Ich muss wissen, was in meiner Ottajasko vorgeht, das wohl.«

Sie spürte, dass er nicht nachgeben würde. Nicht, nachdem sie an seiner eigenen Finsternis gerührt hatte. Nie war er so gefährlich wie jetzt gewesen. Niemals hatte er ihr so sehr geähnelt.

»Manche Dinge bleiben besser ungesagt«, flüsterte sie vorsichtig. »Es gibt ein Wissen, das dich für immer von deinem Kurs abbringen wird. Das dich in eine verderbliche Strömung zieht.«

»Eine, in die du geraten bist?«

Sie schwieg.

»Man kennt mich nicht dafür, dass ich mich fürchte«, grollte er. »Sprich.«

Zidaine blickte zu den anderen. »Du willst sie schützen, sagst du. Dann bewahre ihre Ohren auch vor diesem Grauen.«

Er nickte zur Kabine am Heck.

Seite an Seite gingen sie an den Recken vorbei, die dort saßen, wo das Beiboot vertäut gewesen war, in dem sie in Sinoda die Schiffsbesatzung gefesselt und geknebelt ausgesetzt hatten. Die Ottajasko nutzte das letzte Licht, um Waffen aus den Seeschlangenzähnen zu schnitzen. Galayne der-im-Schildwall-steht erwies sich dabei als besonders geschickt. Er verschwendete keinen Splitter, aus dem sich noch eine Pfeilspitze gewinnen ließ.

Doloritas Möwe Pepito landete mit einem zappelnden Hering im Schnabel neben ihrer Herrin. Mit ruckhaften Kopfbewegungen klatschte sie den Fisch auf die Planken, bis er sich nicht mehr regte. Zärtlich strich die Hexe über das weiße Kopfgefieder und nahm das Mahl aus dem Schnabel, um den silbrigen Körper aufzubrechen und zu teilen.

Beorn zog den Vorhang im Eingang der Kajüte zur Seite und ging voran.

Zidaine achtete darauf, den Sichtschutz sorgfältig zu schließen.

»Also?«, forderte Beorn.

Er war nicht mehr als ein Schatten. Hier drin gab es kein Licht, und durch die Fenster schien nur das Grau der Dämmerung.

Zidaine fühlte sich wohl. Stark.

Dieser Mann war dunkel genug, um sie zu verstehen.

Sie schob ihre Bedenken beiseite. »Ich war ein Kind, das zu viel träumte. In einer Sturmnacht kämpfte sich unsere Kogge *Goldener Anker* an der thorwalschen Steilküste gen Norden. Auf Höhe von Stainakr flackerte ein falsches Leuchtfeuer …«

Bald war es stockdunkel in der Kabine. Sie sprach in die Schwärze, aus der nur das Geräusch von Beorns Atem zu ihr drang.

Sie endete.

Er schwieg.

Lange.

Sie hörte, dass er sich in der Kabine bewegte, und griff an ihr Rapier. Sie brauchte etwas, um sich daran festzuhalten, gestand sie sich ein.

Ein Klicken begleitete das Sprühen von Funken, bis diese den Docht einer Lampe entzündeten. Durch die Augenklappe wirkte die rechte Seite, als klaffte dort ein Loch wie in einem Totenschädel. In seinen Zügen stand kein Mitleid.

Zidaine straffte ihre Schultern. Sie würde sich allem stellen, was er nun gegen sie werfen mochte. Beugen würde sie sich nicht. Nie wieder.

»Ich werde jetzt Tjorne rufen und mir seine Geschichte anhören«, sagte der Drachenführer.

Zidaine lächelte. Es war nur ganz zaghaft. Das leise Zittern in seiner Stimme war ihr nicht entgangen.

Als er an ihr vorübergehen wollte, trat sie ihm in den Weg und legte ihre Arme um seinen Hals.

»Was soll …«

Stürmisch küsste sie ihn.

Willig öffnete er seine Lippen, ihre Zungen fanden sich.

Da wusste Zidaine, dass sie beide eine Dunkelheit verband, in die Tjorne niemals würde vordringen können.

Küstengewässer östlich vor Maraskan,
fünfundzwanzigster Tag im Midsonnmond

»Sie sind nicht blöd«, kommentierte Kodnas Han das Umlegen des Masts auf der *Muräne*.

Enttäuscht murrten die beiden Piraten, die im Bug der *Tiger von Maraskan* an der leichten Rotze standen. Noch eine halbe Meile trennte sie vom anderen Schiff. Zu viel, um einen gezielten Schuss mit dem Torsionsgeschütz abzugeben, das eher einer Zwille als einer Armbrust ähnelte. Die Wurfarme waren starre Hölzer, die in verdrillten Tauen steckten. Beim Schuss löste sich die Verdrillung, die Arme schnellten nach vorn, und die Sehne, die sie verband, schleuderte eine faustgroße Steinkugel über eine Führungsrille durch das Loch, das man auch zum Zielen benutzte. Gestern Abend hatte Kodnas Han dieses Gerät mit der Bemerkung vorgeführt, dass eine viel größere Version in Festum darauf wartete, dass er sie abholte. Phileasson hatte schon die Durchschlagskraft der kleinen Variante beeindruckt, die Kugel hatte einen Baum gefällt.

Gleichmäßiger Trommelschlag klang von der kaiserlichen Bireme herüber. Die beiden Reihen übereinander angeordneter Riemen tauchten ins Wasser. Der Bug drehte von der *Tiger von Maraskan* weg.

Phileasson glaubte nicht an eine Flucht. Noch bevor die Mittagssonne den höchsten Stand erreichte, wäre das Seegefecht entschieden.

»Du sagst doch, du kennst den Kapitän«, raunte er dem Piraten zu. »Was hat er vor?«

»Der Hund traut sich nicht heran. Ich habe keine Ahnung, was er plant.«

Zweifelnd betrachtete Phileasson den Hauptmast, an dem die rote Flagge mit dem schwarzgelben Tigerkopf flatterte. Das Dreieckssegel hing an einer schrägen Rah, die fast bis zur doppelten Höhe des Masts aufragte. Am Bug war das Segel eingeholt.

»Vielleicht sollten wir das Tuch bergen, damit sie es nicht in Brand schießen.«

»Das würde uns zu unbeweglich machen. Wir müssen anders vorgehen.« Kodnas spie in die Wellen. »Segel anfeuchten!«, brüllte er über das an Bug und Heck hochgezogene Deck. »Focksegel zuerst!«

Die Piraten füllten Wassereimer und bildeten Ketten, als stünde ihr Schiff bereits in Flammen. Sie gossen das Nass auf das Leinen des zusammengelegten Segels im Bug.

Die *Muräne* war im Vergleich zur wendigen *Tiger von Maraskan* ein Relikt vergangener Größe. Kupferbeschläge verstärkten den Rumpf, der in einem Rammsporn auslief. Auf dem Vordeck stand eine Handvoll Bogenschützen neben der Geschützmannschaft, die ihre leichte Rotze auf das Piratenschiff gerichtet hielt. Da der Mast umgelegt war, wehte die Fahne mit dem roten Greifen im gelben Kreis nun am Heck.

»Das reicht!«, bestimmte Kodnas. »Focksegel setzen, am Hauptmast reffen und Rah ablassen!«

Die Piraten eilten zum hinteren Mast. Geschickt fingen einige von ihnen das Segeltuch ein und legten es in Schlaufen übereinander. Andere kamen bereits mit den Eimern, um es mit Wasser zu durchtränken.

Derweil wurde das Segel am vorderen Mast hochgezogen. Die Piraten an ihrer Rotze sahen das mit deutlichem Unwillen. Kein Wunder, wenn das Segel auf die andere Seite gebrasst würde oder gar umschlüge, müssten sie die Köpfe einziehen, um nicht von Bord gefegt zu werden.

»Tylstyr!« Phileasson winkte den Magier zu sich. »Kannst du denen da drüben mit deinem Flammenstrahl zu Leibe rücken?«

»Ich denke schon.«

Bei Morgengrauen hatte der Zauberer durch Leomaras Augen geblickt, aber danach hatte er in dem Buch gelesen, in das er seine Erkenntnisse über Elfen schrieb. Er sagte, das frische seine magische Kraft auf. Auch die Entführten befanden sich nun am Meer, berichtete er, in licht bewaldetem Gelände. Immerhin schien es ihnen nicht schlechter zu gehen als gestern, Praioslob probierte anscheinend sogar, den angeschlagenen Fuß wieder zu belasten.

»Wir sollten diesen Gegner direkt beeindrucken«, überlegte Phileasson. »Kodnas hat mir zugesichert, dass er jeden leben lässt, der sich ergibt. Ich will keine Toten.«

»Ich verstehe, Foggwulf.«

»Erst recht nicht durch unsere Hand.«

Tylstyr Hagridson nickte entschlossen.

Phileasson wusste jedoch, dass auch der zurückhaltendste Schlachtplan meist ein Opfer des ersten Zusammentreffens wurde. Er selbst führte ein Breitschwert – keine Waffe, die den Gegner schonte. Er musste auf die Einsicht der Kaiserlichen hoffen. Keinesfalls durften die Piraten unterliegen, sonst würde Phileassons Ottajasko gemeinsam mit ihnen festgesetzt, und um die Entführten wäre es geschehen.

Ein Pfeifen kündigte das Geschoss aus der feindlichen Rotze an. Es knallte gegen den Rumpf, ließ Farbe vom Holz platzen und platschte ins Meer.

»Was ist?« Rufend eilte Kodnas zum Bug. »Schießt zurück!«

Zischend schickte das Geschütz die Steinkugel auf den Weg. In einem flachen Bogen flog sie über das Vorderdeck der Bireme. Ob sie zwischen den Ruderern einschlug und dabei einem von ihnen die Knochen zerschmetterte oder jenseits des Rumpfs ins Wasser fiel, konnte Phileasson nicht erkennen.

Die Geschützmannschaft spannte neu, indem sie die Speichenräder an den Seiten des Geschützes drehte.

Ein Schwarm Pfeile stieg vom gegnerischen Schiff auf.

»Jetzt wird es wirklich unfreundlich.« Phileasson hob den Schild.

Noch lagen knapp zweihundert Schritt zwischen den Schiffen. Kodnas Han bellte seine Befehle über Deck, um die *Tiger von Maraskan* zwar hart am Wind zu halten, zugleich aber dem Gegner so wenig Angriffsfläche wie möglich zu bieten. Der Kapitän der *Muräne* dagegen setzte auf die Angriffsstärke seiner Bogenschützen und versuchte, sein Schiff auf einem Kurs zu halten, der möglichst vielen von ihnen einen guten Schusswinkel bot.

Der Wind trieb die Pfeile der Kaiserlichen aus der Bahn, sodass sie hinter dem Heck der *Tiger von Maraskan* ins Meer fielen. Phileasson vermutete, dass bei ihren Gegnern deswegen kaum Trübsinn herrschen würde. Die ersten Schüsse dienten meist dazu, die Bedingungen des Gefechtsfelds zu klären. Noch zwei oder drei Versuche, und die Kaiserlichen würden wissen, wie sie zu zielen hatten.

Salarin Trauerweide trat mit dem Bogen neben ihn, ein Pfeil lag auf der Sehne.

»Kriegst du es so hin, dass du niemanden tödlich triffst?«, fragte Phileasson.

»Auf diese Entfernung kann ich das nicht zusagen.«

Phileasson rang mit sich. Er wollte ungern jemanden töten, mit dem er keinen Streit hatte. Andererseits war man auf der *Muräne* bestimmt der Ansicht, mit jedem, der auf dem Piratenschiff fuhr, im Krieg zu liegen. Entsprechend wenige Rücksichten würde man nehmen.

Eine Eisenkugel aus der kaiserlichen Rotze zischte nur eine Handbreit über die Reling. Auf dem Weg über das Deck erwischte das Geschoss zwei Piraten, dem ersten riss es eine Hand ab, dem zweiten schlug es mit einem dumpfen Geräusch in den Bauch. Er fiel auf die Planken und wurde noch zwei Schritt weit mitgerissen, bevor er reglos an der gegenüberliegenden Reling liegen blieb.

Phileasson durfte nicht warten, bis einer seiner Recken verletzt wurde. »Schieß!«, befahl er Salarin. »Nimm dir die Geschützmannschaft vor!«

In schneller Folge verließen fünf Pfeile die Bogensehne. Nur einer prallte harmlos gegen die Reling des Vordecks, die anderen flogen in die dort stehende Gruppe, in der nun solche Unruhe ausbrach, dass die Gegner die Rotze aufgaben und sich auf den Steg zwischen den Ruderern zurückzogen. Mindestens einen Kameraden trugen sie dabei.

»Sehr gut.« Phileasson bemerkte, wie die Kampfeslust von ihm Besitz ergriff. Er fasste den Schild fester.

Auf der *Muräne* wurde ein Befehl gebrüllt, der Trommeltakt änderte sich. An steuerbord bewegten sich die Riemen jetzt rückwärts. Beinahe auf der Stelle drehte die Galeere herum, bis der Rammsporn knapp vor den Bug der *Tiger von Maraskan* zeigte – in Fahrtrichtung, dorthin, wo sich die beiden Schiffe treffen würden! Einhundertfünfzig Schritt trennten sie noch.

»Hart steuerbord!«, brüllte Kodnas Han. »Focksegel reffen! Los, los, los, oder sie brechen uns den Rumpf auf!«

Das Segel am Hauptmast wurde gerade gesetzt. Im Bug lösten die Matrosen jetzt hektisch die Leinen, die die Rah hielten. Ohm Follker warf sich gemeinsam mit der Steuerfrau gegen das Seitruder. Der schlanke Rumpf ächzte, aber Phileasson sah, dass noch mehr ging.

»Tylstyr! Irulla! Mirandola!« Er ließ den Schild fallen und packte Salarin. »Du auch! Das Hauptsegel nach steuerbord trimmen!«

Auch einige der Piraten erkannten, was er vorhatte. Sie lockerten die Leinen an backbord, um dem Segel mehr Spiel zu geben.

Phileasson dagegen rannte mit seinen Leuten auf die andere Seite, verteilte sie an die dort gespannten Taue und griff selbst zu. »Herum damit!«, brüllte er. »Zu-gleich! Zu-gleich! Na los, das hat euch doch gefehlt in Maraskans *wunderschönem Wald!* Zu-gleich!«

Shaya rannte zu ihnen. Wilde Entschlossenheit stand im Gesicht der Geweihten.

»Zu-gleich!«

Die *Tiger von Maraskan* neigte sich so weit nach steuerbord, dass die Reling beinahe in die Wellen tauchte. Schreiend rutschten einige Matrosen aus und schlitterten über Deck. Sie griffen nach allem, was sie zu fassen bekamen: Leinen, der Reling, dem Bein eines Kameraden. Das brachte Unordnung in die Bemühungen der Mannschaft, aber wenigstens ging niemand über Bord, soweit Phileasson erkannte.

»Komm schon, altes Mädchen!«, presste Phileasson zwischen den Zähnen hervor, ohne nachzulassen. »Enttäusche uns nicht!«

Ringsum erschollen Rufe. Manche kündeten von Angst, die meisten aber von Entschlossenheit.

Das Deck pendelte nach backbord zurück.

Knallend füllte der Wind das Segel.

Diesmal war der Kapitän der *Muräne* ihnen voraus, seiner Bireme machten die wechselnden Böen weniger zu schaffen. In spitzem Winkel näherten sich die Schiffe einander an. Die Kaiserlichen machten mehr Fahrt. Keine zehn Schritt entfernt passierte die *Muräne* den Bug der *Tiger von Maraskan*.

»Deckung!« Phileasson warf sich auf den Boden.

Pfeile surrten über ihn hinweg. Shaya wurde getroffen. Sie schrie, ließ ihren Stab fallen und umklammerte das Geschoss, das aus ihrer linken Schulter ragte.

»Galandel!«, rief Phileasson.

Er hetzte zu seinem Schild und nahm ihn auf.

Die Piraten setzten nun alle Segel, um die Galeere einzuholen.

Tylstyr stand an der Reling. Ein gleißender Flammenstrahl verband seinen linken Arm mit der Ruderpinne auf dem Achterdeck der *Muräne*, die sofort Feuer fing.

»Das wohl!«, jubelte Phileasson und rannte zum Bug.

Der Wind stand günstig, und die Ruderer konnten ihren schnellen Takt nicht auf Dauer halten. Das Piratenschiff holte auf. Eine Steinkugel löste sich aus ihrer Rotze, durchschlug die Verkleidung des Achterdecks und verschwand im Innern des gegnerischen Schiffs.

Bogenschützen sammelten sich am Heck der *Muräne*. Einige halfen beim Löschen der Ruderpinne, aber die meisten nahmen den aufholenden Segler unter Beschuss.

»Tylstyr!«, rief Phileasson. »Zeig es ihnen!«

»Was ist damit, dass wir Tote vermeiden wollen?«, fragte der Magier.

Widerwillig drängte Phileasson seinen Kampfesmut zurück. »Ziele nicht auf die Menschen, sondern auf das Schiff.«

Tylstyr atmete mehrfach tief durch und umfasste seinen Zauberstab. Er schloss die Augen und ließ sich auch nicht davon stören, dass Phileassons Schild gerade noch einen Pfeil abfing, der ihm sonst in die Gedärme gefahren wäre.

Sie hatten das andere Schiff nun beinahe eingeholt.

Der Magier riss die Lider auf und stieß den linken Zeigefinger nach vorn. »Ignifaxius Flammenstrahl!«

Diesmal bildete das Feuer keine schlanke Lanze, sondern einen Kegel, der gegen das Heck der *Muräne* brandete. Fünf Herzschläge lang brüllten die Flammen, dann erloschen sie unvermittelt. Das Holz des gegnerischen Schiffs jedoch brannte weiter.

»Näher ran!«, hörte Phileasson Kodnas hinter sich das Kommando rufen.

Die *Tiger von Maraskan* legte sich kurz nach steuerbord, um unmittelbar darauf wieder hart backbord zu schwenken. Sie überholte die *Muräne* in solcher Nähe, dass sie über die Riemen fuhr, die nicht schnell genug eingezogen wurden. Holz splitterte, und die Schmerzensschreie der Ruderer, denen die Griffstücke gegen Brust und Kinn schlugen, drangen herüber.

Die Piraten schleuderten Wurfanker, die sich in die Reling der Galeere krallten.

Phileasson bekam kaum mit, dass die Seeräuber die Leinen kappten, die die Rahen der Thalukke hielten. Die Segel fielen herunter.

Stöhnend und fluchend zogen die Piraten die Schiffe aneinander. Phileassons Ottajasko schützte sie mit den Schilden vor dem Pfeilbeschuss von der *Muräne*, Salarin und Lailath hielten die Schützen nieder, so gut sie konnten. Die geborstenen Riemen der Bireme wurden in den Rumpf hineingedrückt, als die Schiffe keine zwei Schritt mehr voneinander entfernt waren.

Mit Dolchen zwischen den Zähnen sprangen die Piraten hinüber.

Phileassons heißes Blut rief ihn ins Kampfgemenge. Er ließ den Schild fallen, um besser springen zu können. Phileasson nahm einige Schritt Anlauf, rannte los, sprang auf die Reling und stieß sich mit einem unartikulierten Schrei ab.

Der Wellengang war gegen ihn. Trotz der Leinen drifteten die Schiffe voneinander fort. Nur beinahe erreichte er die *Muräne*, ein paar Fingerbreit fehlten. Er prallte gegen den Rumpf und fiel ins Wasser.

Vascal warf geistesgegenwärtig seine Enterleine Phileasson zu. »Beeil dich, Drachenführer!«

Phileasson sah, dass die Schiffe wieder aufeinander zutrieben, zumal die Piraten noch immer an den Leinen zogen. Nur noch ein kurzer Moment, und die zueinander driftenden Holzwände würden ihn zerquetschen.

Hand über Hand zog er sich am Seil hoch. Er konnte nur hoffen, dass der Wurfanker fest in der Reling der *Muräne* saß und kein Kaiserlicher die Leine kappte. Sein Fuß fand an den bronzenen Rumpfverkleidungen und den Riemenlöchern Halt. Wenn die Rümpfe gegeneinanderschlügen, würde er zerquetscht wie eine Mücke zwischen klatschenden Händen.

Entschlossen griff er über die Reling.

Ein Pfeil von der *Tiger von Maraskan* schlug unmittelbar über ihm in die Brust eines Seekriegers, der schon mit seinem Entermesser ausgeholt hatte, ihm die Hand abzuschlagen. Gurgelnd stolperte der Kaiserliche zurück.

»Danke, Salarin«, murmelte Phileasson und zog sich an Bord des gegnerischen Schiffs.

Ohm stand bereits im Kampf. Das durfte doch nicht wahr sein, dass der Greis ihm den Rang ablief! Gerade versenkte der Skalde einen Wurfdolch im Oberschenkel eines Kaiserlichen.

Phileasson riss Fejris aus der Scheide. Er sah den Seekrieger, den Salarins Pfeil in die Brust getroffen hatte, einen Mann mit so dichtem Bart und so tief in die Stirn gezogenem Helm, dass die Nase die einzige Stelle im Gesicht war, an der man Haut erkennen konnte. Er hatte noch nicht genug. Zwar steckte das Geschoss zwischen seinen Rippen, aber das hinderte ihn nicht daran, mit seinem Entermesser auf den Drachenführer loszugehen. Er taumelte beim Angriff, hatte sichtlich Mühe, sich auf den Beinen zu halten.

Phileasson wich zur Seite aus und hieb die breite Seite seines Schwerts gegen den Helm des Seekriegers. Es krachte metallisch, der Mann fiel aufs Deck, der Pfeil in seiner Brust brach ab. Mit etwas Glück war er nur ohnmächtig.

Phileasson sprang auf den Steg, der zwischen den Riemen hindurchführte. Einige Bänke waren geräumt, aber an anderen waren die Ruderer festgekettet und beobachteten furchtsam das Geschehen. Viele saßen schmerzgekrümmt, manche spuckten sogar Blut. Die Fahrt der *Tiger von Maraskan* über die Riemen hatte nicht nur Holz, sondern auch Rippen gebrochen.

Phileasson stellte den Aufseher, einen Mann mit langem Lockenhaar und einer Peitsche. In der Linken hielt er einen Dolch mit so dünner Klinge, dass er eher wie ein Schmuckstück denn wie eine Waffe erschien.

»Ergebt euch!«, hörte er Kodnas Hans laute Stimme. »Ergebt euch, und euch wird kein Haar gekrümmt!«

Das schien den Aufseher nicht zu interessieren. Er schwang die Peitsche gegen Phileasson.

Der Drachenführer riss Fejris zur Deckung hoch und duckte sich nach links.

Die Peitsche war eine heimtückische Waffe. Sie schlug gegen das Schwert und schwang herum, sodass das Leder schmerzhaft auf Phileassons Nacken klatschte. Das mochte eine blutige Strieme geben.

»Das wirst du bereuen, Hund!« Phileasson stürzte sich auf seinen Gegner.

Beim Anblick des anstürmenden Thorwalers bekam es der Lockenkopf mit der Angst zu tun. Er stolperte rückwärts.

Einer der Ruderer griff beherzt in den Kampf ein. Zwar verhinderten die Ketten, dass er den Aufseher mit den Händen erreichte, aber er bewies Gelenkigkeit, indem er aufstand, den Oberkörper verdrehte und einen Kreiseltritt anbrachte, der den Mann von den Füßen fegte.

Krachend schlug er auf den Rücken, der Dolch entfiel ihm.

Sofort war Phileasson über ihm und drückte ihm das Knie auf die Brust. Er hielt ihm die Schwertschneide an den Hals. »Danke allen Göttern dafür«, knurrte er, »dass dies nicht mein Kampf ist.«

Der Mann wimmerte erbärmlich.

»Es ist vorbei, Foggwulf!«, rief Ohm ihm zu. »Sie ergeben sich. Wir haben gewonnen!«

Maraskanischer Dschungel,
fünfundzwanzigster Tag im Midsonnmond

»Marus«, zischelte die schwarze Echse, wobei die gespaltene Zunge vor der Schnauze auf und ab wippte, bevor sie wieder im Maul verschwand. Kehlige Laute schlossen sich an.

Der Tragekäfig war nach der langen Benutzung in schlechtem Zustand. Praioslob hätte die Bambusstangen auseinanderbiegen und hinausklettern können, aber er bezweifelte, dass das seine Lage verbessert hätte. Wahrscheinlich war er hier drin sicherer als draußen, vor allem in Anbetracht der Gruppe aufrecht gehender Echsen, die sich ihren Entführern am steinigen Strand entgegenstellte.

»Ihr habt unseren schönen Tarnzauber verdorben!« Alrech peitschte mit seinem Schwanz so kräftig gegen den Käfig, dass das kleine Gefängnis auf die Seite kippte. Praioslob, Hilbert, Abdul und Leomara fielen übereinander. Ein kurzes Stechen schmerzte in Praioslobs Fußgelenk, weil Hilberts Ellbogen darauf drückte. Rasch wälzte sich der junge Magier zur Seite.

Die schwarze Echse und ihre Begleiter sahen anders aus als die drei Entführer, die Abdul inzwischen Wütechsen nannte. Sie hatten mehr von einer Eidechse als von einem Krokodil. Ihre Stützschwänze wirkten weniger kräftig, dafür aber biegsamer. Auch die Beine waren nicht so muskulös. Die Arme dagegen waren stärker ausgebildet, nicht so verkümmert wie bei den Wütechsen, eher wie bei Menschen, auch wenn Schuppen sie bedeckten und sich Schwimmhäute zwischen den Fingern spannten.

Dass auch Alrech jetzt aggressiv wurde, beunruhigte Praioslob. Bislang hatte er immer mäßigend auf die anderen beiden eingewirkt, aber nun schien auch seine Geduld am Ende. Sein Schwanzhieb hatte zwei Käfigstangen zerbrochen.

Das nutzte Abdul el Mazar, um hinauszuklettern. Dabei war er so flink, dass Hilbert von Puspereiken ihn nicht mehr zurückzuhalten vermochte. Seine Rippe schien kaum noch zu schmerzen.

»Was tust du?«, rief Hilbert ihm hinterher.

»Das sind Achaz.« Abdul zog sein durch die Zeit im Dschungel ramponiertes Gewand zurecht. »Wir sollten sie nach Akrabaal befragen. Sicher können sie Rakorium und dir bei der Suche helfen.«

»Ra-ko-ri-um …«, zischelte der schwarze Achaz.

Die Echse trug eine große Tasche an einem Riemen, der quer über die geschuppte Brust lief. Hinter den Augen mit den geschlitzten Pupillen hielt eine lederne Kopfzier einen durchsichtigen Kristall, in dessen Facetten das Sonnenlicht funkelte. Auch die dreieckige Obsidianklinge, die am Ende des Schwanzes befestigt war, schimmerte in der Helligkeit. Silberbänder umschlangen die Arme, geschmückt von grünen Juwelensplittern. Ein sichelförmiger Dolch steckte in einer Lederscheide, die an einem Hüftgurt hing. Ansonsten war die Echse nackt, sie trug weder Hemd noch Hose oder Schuhe.

»Isssst der elende … Rakorium auchhhhh chieeeer?«

Hinter dem schwarz geschuppten Achaz stand noch ein Dutzend weitere Angehörige seines Volks. Ihre Körperfarbe war vorwiegend grün, nur am Bauch waren die Schuppen bei den meisten rötlich, bei zweien kräftig gelb. Die weißen Spiralen und Zacken hielt Praioslob für Körperbemalung.

Sie hatten Gefangene dabei, ein halbes Dutzend Menschen, der Kleidung nach Maraskaner. Sie sahen elend aus. Die notdürftigen Verbände bluteten durch.

»Unglücklicherweise werdet Ihr nicht mit ihm disputieren können«, plauderte Abdul. »Eine Krankheit hat ihn in Boran aufgehalten, weswegen er …«

Fauchend schmetterte Daijin seinen Schwanz gegen Abduls Brust.

Die Wucht riss den kleinen Novadi von den Füßen. Er flog zwei Schritt weit, bevor er in die auf dem Kies des Strands auslaufenden Wellen stürzte.

Leomara kletterte aus dem Käfig und eilte zu ihm. Hilbert und Praioslob folgten ihr. Sein Fuß schmerzte noch bei jedem Schritt, aber es war nicht mehr unerträglich.

Ächzend setzte sich Abdul auf. »Wütechsen, fürwahr, und Achaz dazu! Und wir haben die Gelegenheit, sie aus der Nähe zu studieren.«

»Ich hoffe nur, dass wir unsere Erkenntnisse auch noch jemandem werden mitteilen können«, meinte Hilbert trocken.

Sie verstanden die Wütechsen noch immer in ihrer jeweiligen Muttersprache, hörten aber seit Abduls Zauber immer auch das Fauchen, mit dem sie sich wohl eigentlich verständigten.

»Wir müssen unsere Tarnmagie verbessern!«, forderte Globobsch gerade.

Seine Bemerkung reizte Daijin wohl aus irgendeinem Grund. Er stürzte sich auf den anderen und biss ihm in die Schulter.

Globobsch tat einen Satz zurück, fing sich mit dem Stützschwanz ab und versetzte Daijin einen Tritt in den Bauch.

»Hört auf!«, rief Alrech. »Wir sollten uns erst einmal höflich vorstellen.«

Er wandte sich an den schwarzen Achaz, der das Treiben ungerührt beobachtete.

»Wir sind da und haben Hunger«, sagte Alrech. »Unsere Namen sind …« Er deutete auf Globobsch und fauchte etwas Unverständliches, dann auf Daijin und sich selbst.

Der schwarze Achaz fauchte ebenfalls, aber auch Zischlaute mischten sich in seine Rede. Er zeigte unbestimmt auf die gefangenen Maraskaner, fauchte und zischte weiter und deutete auf Praioslob und die anderen.

»Diese Kothaufen gehören uns«, insistierte Alrech, wobei er die lange Schnauze in die Höhe reckte. »Wir brauchen sie, weil wir Forscher sind. Wir wollen die Seeschlangen nach der natürlichen Ordnung befragen.«

Abdul stand auf und winkte, als wollte er die Aufmerksamkeit der Wütechsen erregen. Mit dem rechten Arm umfasste er jedoch den offenbar schmerzenden Brustkorb. »Dieses Konzept der natürlichen Ordnung ist etwas, worüber ich unbedingt mehr erfahren muss!«

»Unser Zauber ist schlecht!«, klagte Globobsch. »Nur diejenigen sollten uns verstehen, von denen wir auch verstanden werden wollen.«

Wieder zischte der Schwarze, ein Geräusch, das sich mit dem sanften Rauschen der Wellen verband.

»Diese Kothaufen sind frech und widersetzen sich der natürlichen Ordnung«, ereiferte sich Daijin. »Sie begreifen nicht, dass es eine Ehre ist, von Höherstehenden gefressen zu werden.«

»Aber sie haben Interessantes über diese Seeschlangen erzählt.« Alrech wandte sich an Hilbert. »Zeige dem nachtblau geschuppten Priester dein Bild!«

Hilbert stand auf, wobei er ein wenig schwankte. Obwohl Praioslob seine Wunde täglich segnete, bereitete sie ihm noch immer ein leichtes Schwindelgefühl. Er holte den vorwiegend grünen Stoff, über den sich feine gelbe Linien zogen, aus einer Tasche im Ärmel seiner Robe, fasste ihn an zwei Zipfeln und entfaltete ihn wie eine Decke, die man lüftete.

Im Zischen des schwarzen Achaz machte Praioslob den Begriff »As'Haima« aus. Anscheinend wütend, stapfte er auf sie zu.

»Na los!« Daijins Schwanz donnerte in den Kies. »Zeige ihm die Karte.«

Gehorsam hockte sich Hilbert hin und faltete das Tuch.

»Stimmt es, dass sich Seeschlangen von niemandem fressen lassen?«, fragte Alrech währenddessen.

Der Achaz fauchte.

Einige andere Echsen gingen ein Stück weit ins Meer. Praioslob erkannte nicht, was sie damit bezweckten, die Hände in die Wellen zu tauchen und das Wasser zurückplätschern zu lassen. Am ehesten sah es wie eine kultische Handlung aus.

»Denkt ihr, wir können uns mit ihren Gefangenen zusammentun?«, fragte Praioslob flüsternd, während er so tat, als würde er Hilbert mit dem As'Haima helfen.

»Für mich sehen sie ziemlich elend aus«, gab der junge Magier zurück. »Keine Hilfe.«

Praioslob dachte daran, wie Phileassons Ottajasko ihn aus dem Himmelsturm geholt hatte. Auch er war elend gewesen, eigentlich am Ende seiner Kräfte. Rückblickend fragte er sich, woher er seinen Lebenswillen genommen hatte.

Aber er war einer von Wenigen gewesen, die meisten Sklaven hatten die Kraft, gegen die Nachtalben und ihre dämonischen Kreaturen zu kämpfen, nicht aufgebracht. Und selbst, wenn sich alle sieben Gefangenen ihnen anschlössen, wären sie nur zu elft ... Leomara war ein Kind ... Sie waren unbewaffnet, die Wütechsen dagegen trugen ihre gezackten Schwerter auf dem Rücken, und die Achaz führten Speere und gebogene Klingen.

Zudem blieb noch immer die Frage, wohin sie sich wenden sollten. Der Kiesstrand war ein zehn Schritt schmaler Streifen. Landeinwärts lauerte der Urwald, in dem Affen schrien, Schlangen krochen und die Käfer sich auf ein Festmahl freuten. Entlang der Bucht, die sich vor ihnen erstreckte, war kein Zeichen von Besiedelung zu erkennen. Anfangs hatte Praioslob die zwischen Rot und Gelb spielenden Flächen dafür gehalten, aber das war nur farbiges Gestein, das sich durch die Klippen zog, die das blaue Wasser in einem Dreiviertelkreis umschlossen. Wo sich die Felsen öffneten, lag nur endloses Meer, auf dem kein einziges Segel zu erspähen war.

Die Wütechsen wurden immer unleidlicher, und die Achaz erschienen Praioslob nicht minder gefährlich. Ihr schwarzer Anführer verströmte eine Aura kalter Bosheit.

»Du kannst diese, wie du sagst, ›elenden Warmblüter‹ nicht haben, bevor sie uns die Seeschlangen gezeigt haben«, stellte Alrech klar. »Wir sind Forscher und müssen mit neuen Erkenntnissen über die Welt zurückkehren.«

Der Achaz trat nah an das As'Haima heran.

So, wie Hilbert es zurechtgezogen hatte, erkannte auch Praioslob, dass sich die gelben Linien wie eine Küstenlinie formten.

Einige Inseln waren vermerkt, und Landmarken, die Erhebungen darstellen mochten.

»Ihr wisssst … vieeeeel«, lispelte der Achaz. »Zzzzzuuu … vieeeeel.«

Praioslob erinnerte sich daran, dass ihre Entführer, damals noch in Menschengestalt, in Boran etwas Ähnliches über Leomara gesagt hatten. Das war der Beginn einer unerfreulichen Reise gewesen, und das, was sich nun anbahnte, konnte leicht noch schlimmer werden.

Der Achaz sah die Wütechsen an. Er fauchte und zischte wieder.

»Es steht dir nicht zu, uns zu sagen, wo wir uns aufhalten dürfen und wo nicht!«, protestierte Daijin. »Die natürliche Ordnung sieht vor, dass sich Marus überall frei bewegen.«

»Und wir sind Forscher und wollen die Seeschlangen studieren«, ergänzte Alrech.

Der Achaz schrie und riss die Arme in einer weiten Geste auseinander.

Die Wellen zogen sich vom Strand zurück, zehn Schritt weiter spritzte das Meer in einer Fontäne auf. Eine Säule bildete sich, ähnlich einer Wasserhose. Sie wand sich wie ein Tentakel und griff nach Daijin.

Die Wütechse schnappte mit ihrem fürchterlichen Maul. Die Zähne rissen durch das Wasser, Tropfen spritzten, aber der Fangarm im Ganzen blieb.

Er wirbelte Daijin empor und schleudere ihn ins Meer.

Unvermittelt fiel der Tentakel in sich zusammen.

Das Wasser kehrte an den Strand zurück. Die Wellen beruhigten sich.

Prustend kam Daijin wieder an die Oberfläche. »Das ist gegen die natürliche Ordnung!«, rief er.

Der Achaz zischte Alrech etwas zu.

Der blickte zwischen dem Schwarzen und Daijin hin und her. »Wir haben viel gelernt und werden zu Hause darüber beraten«, sagte er. »Du kannst die Kothaufen haben.«

»Faszinierend!« Abdul klatschte in die Hände. »Ich hätte Maraskan viel früher besuchen sollen.«

Die starren Augen des Achaz richteten sich auf die Menschen. »Kommmmt mit mirrrrr ... Opffffferrrr.«

Korallenbucht,
sechsundzwanzigster Tag im Midsonnmond

Mit zwei Booten suchten sie die Inseln und Inselchen der Bucht ab. Die *Tiger der Maraskan* ankerte im tiefen Wasser. Kodnas Han würde die gesamte Nacht warten, den anschließenden Tag und eine weitere Nacht. Gäbe es bis dann kein Lebenszeichen, würde der Pirat die Gefangenen von der *Muräne* zu seinem Stützpunkt auf einer Insel südlich von Maraskan bringen, von wo aus sie gegen Rebellen aus den kaiserlichen Kerkern ausgetauscht werden sollten. Sämtliche Offiziere und viele Seekrieger lagen gut verschnürt im Laderaum der *Tiger von Maraskan*, während die Ruderer der Bireme das Schiff nun befreit von ihren Ketten in ein neues Leben steuern konnten.

Im Licht des Vollmonds suchte die Ottajasko nach ihren entführten Mitgliedern. Mehrfach hatte Tylstyr Hagridson am vergangenen Tag durch Leomaras Augen geblickt, und zweimal schon in der Nacht. Er wusste nicht, was er von der neuesten Entwicklung halten sollte. Die Krokodilmänner waren fort, aber frei waren die Gefährten dennoch nicht. Ein Dutzend Echsenmenschen bewachte sie. Nach den Zeichnungen, die Tylstyr aus gelehrten Büchern kannte, mochten es Achaz sein. Vascal stimmte dem zu, Tylstyr hatte ihm die vergleichsweise schlanken Gestalten, die langen biegsamen Schwänze und die an Eidechsen erinnernden Köpfe beschrieben.

Das zweite Boot war kaum mehr als ein lautloser Schatten. Es schob sich zehn Schritt entfernt durch die Schlingpflanzen, die überall das Wasser bedeckten. Einander abwechselnd, mussten die Ruderer die Riemen einholen und vom Seetang befreien.

Manchmal liefen sie auf trügerischen Grund. Besonders tückisch waren die Korallen dicht unter der Oberfläche, die man in der Dunkelheit kaum sah. Tylstyrs Boot hatten sie ein Leck eingebracht, wenn auch nur ein kleines, das nun ein zusammengerollter Fußlappen mehr schlecht als recht verstopfte.

»Falschheit schwimmt unter diesen Wellen«, flüsterte Salarin Trauerweide.

Auch Tylstyr hatte die Schatten im Wasser bemerkt. Sie erinnerten ihn an die Haie, die sie auf hoher See gejagt hatten, obwohl er noch keine Rückenflosse erspäht hatte. Er hielt aber auch nicht danach Ausschau. Was er suchte, war ein Lagerfeuer. Nach dem Letzten, was sein Zauber ihm offenbart hatte, scharten sich die Achaz darum. Beim ersten Blick, noch bei Tageslicht, hatte er Koralleninseln gesehen, zwischen denen sie sich mit schmalen Schilfbooten bewegt hatten.

Das musste einfach diese Bucht sein! Denn sonst hätten sie Leomara, Praioslob, Abdul und Hilbert verloren, und das durfte nicht sein.

Tylstyr überlegte, ob er den Zauber nochmals wirken sollte. Aber außer dem Feuer und seiner unmittelbaren Umgebung würde er wohl kaum etwas erkennen, und da die Befreiung sicher nicht friedlich abginge, würde er seine magische Kraft bald für Kampfzauber brauchen. Tagsüber hatte er seine eigenen Einträge in Cellyanas Buch studiert, aber auch das glich die Erschöpfung seiner astralen Macht gegenwärtig nicht mehr aus.

Genaue Beobachtung, hätte sein Tutor Eddrik gesagt, war meist wirkungsvoller als jeder Hellsichtzauber. Er lenkte das Boot nach backbord, um einem Baum auszuweichen, der im flachen Wasser stand. Es wirkte, als sehne er sich nach dem trockenen Land und wolle seinen Standort ändern, denn das Wurzelgeflecht ragte wie verbogene Zeltstangen zwei Schritt empor, bevor es in den Stamm überging.

»Wir sollten nicht dorthin fahren«, flüsterte Salarin.

»Warum nicht?«, fragte Tylstyr ebenso leise.

Der Elf stand auf, stellte einen Fuß auf den Rand des Boots und beugte sich vor.

Mirandola Ernathesa lehnte sich zur anderen Seite, damit sie nicht kenterten.

Salarins Haar schimmerte hell im Mondlicht. Er hielt den Bogen quer vor seine Brust, als wollte er sich damit schützen. »Etwas sehr Dunkles ist dort. Ein fremdes Lied, das nicht in diese Welt gehört.«

»Dann fahren wir genau dorthin.« Tylstyr hoffte, dass Phileasson im anderen Boot sein Handzeichen bemerkte.

Wenn er Salarins Schattenriss richtig deutete, sah der Elf ihn fragend an.

»Setz dich wieder«, forderte er ihn auf. »Es ist sehr gut möglich, dass die Dunkelheit, die du spürst, mit den Achaz zu tun hat. Der Schwarzgeschuppte ist vermutlich ein Schamane, und er wird mit Mächten im Bunde sein, denen man lieber nicht begegnet. Aber wo er ist, sind auch Leomara und die anderen.«

Salarin schien diese Erklärung zu akzeptieren. Er hockte sich in den Bug und legte einen Pfeil auf die Sehne.

Mirandola machte Tylstyr auf etwas aufmerksam, das im anderen Boot vor sich ging. Phileasson hielt an einem hellen Felsen. Er schien zunächst nicht weiterfahren zu wollen, sondern winkte zu ihnen herüber.

Tylstyr lenkte ihr Boot zu ihm. Im Näherkommen bemerkte er, dass der gewölbte Felsen nicht nur die Farbe von Knochen hatte. Es war ein Schädel, an den sich eine Wirbelsäule anschloss, aus der Dornen emporragten. Nach fünf Schritt verschwand sie im Wasser, aber der Schädel ruhte an einer so flachen Stelle, dass er weitgehend frei lag. Er war über zehn Schritt lang.

»Die Zähne sind herausgebrochen«, berichtete Ohm Follker.

Tylstyr wollte widersprechen, da dolchartige Spitzen den gesamten Kiefer säumten. Dann sah er, was Ohm meinte: Ganz vorn, wo die großen Reißzähne hätten sein sollen, klafften Lücken.

Im Swafnirtempel zu Olport hatte Tylstyr einen noch größeren Seeschlangenschädel gesehen. Dort bewahrte man die Trophäe auf, die an den Kampf Jurgas erinnerte, der Stammmutter, die ihre Hjaldinger aus dem Güldenland nach Aventurien geführt hatte. Tylstyr versuchte sich zu erinnern, wie groß dort die Reißzähne waren.

Wahrscheinlich spielte es keine Rolle. Ohne jeden Zweifel würde ein Biss eines solchen Ungeheuers ein Ruderboot zermalmen, und auch eine Thalukke wie die *Tiger von Maraskan* wäre in ernsten Schwierigkeiten, sollte sie als Beute auserkoren werden.

Vom erhöhten Standort auf dem Schädel aus erspähte Phileasson etwas. Er richtete sich zu voller Größe auf und zeigte nach Südosten. »Feuerschein!« Die Freude war seinem unterdrückten Ruf anzuhören.

Tylstyr atmete tief durch und stimmte sich auf die magischen Ströme in seiner Umgebung ein. Es wurde ernst.

Sie passierten ein schilfbewachsenes Eiland, dann sah auch

Tylstyr das unstete gelbe Licht, das einige niedrige Bäume auf einer Insel beleuchtete.

Salarin stand auf. Erkannten seine Elfenaugen mehr?

Noch bevor sie auf Grund liefen, blieben die Boote im dichten Bewuchs stecken. Die Recken sicherten sie mit Leinen und ließen sie zurück. Während er durch das niedrige Wasser watete, strich etwas über Tylstyrs Unterschenkel.

Er stieß mit seinem Zauberstab zu.

Der Stock traf nichts, aber die Berührung löste sich dennoch.

Der Magier schritt weiter voran zum Drachenführer, der die Gruppe von Tylstyrs Boot rechtsherum schickte, während er selbst die anderen nach links führte. Natürlich wollte er die Achaz in die Zange nehmen.

Die vage Hoffnung, ihre Feinde im Schlaf zu überraschen, verwehte, als Tylstyr Stimmen hörte. Die eine klang zornig, auch wegen der vielen Zischlaute. Die andere war ihm zwar bekannt, verursachte aber dennoch ein Kribbeln in seinem Nacken. Leomara benutzte sie, wenn Visionen aus ihr sprachen. Sie war viel zu tief für so ein schlankes Mädchen.

»… du noch, wer du bist?«

»Ischhhhh bin der Unterrrrgang der Warmblütigennnn … sssssie sssssehennn michhhh in ihren Albträumennnnn!«

»Schwarz und Rausch und Langzahn, das bist du«, bestätigte Leomara. *»So nennen sie dich auf den Inseln des Südmeers. Auf dem Rücken einer Seeschlange reitend, bringst du den Schrecken. Doch ist das alles von dir? Beschreibt es deine Angst?«*

»Ich habe keine Angssssst. Ich bringe sssssie.«

Vascal della Rescati hockte zwischen Baumwurzeln, die aus dem feuchten Boden ragten. Tylstyr kniete sich neben ihm in den Schlamm. Von hier aus hatten sie eine gute Sicht in die Senke.

Das Dutzend Echsenmenschen kauerte um das niedrig brennende Lagerfeuer. Einer aß einen rohen Fisch, der sogar noch zappelte.

»›*Nachtblau geschuppter Priester*‹ *nennst du dich erst kurze Zeit.*« Leomara stand zwischen dem Feuer und Tylstyr. Dadurch hatte ihre Gestalt etwas Schattenhaftes. Den Stolz erkannte man dennoch sofort. Das Mädchen hielt sich aufrecht wie eine Hetfrau, die ihre Recken auf den Schild hoben. Es hatte den Kopf leicht in den Nacken gelegt und verzog doch die Miene, als würde es voller Verachtung auf den schwarzen Echsenmann herabblicken.

Dabei war dieser über einen halben Schritt größer als Leomara. Das Licht glänzte auf den Schuppen, als wären Funken in ihnen gefangen. »Verrrrrrate mirrrr, wer du bissssst!«, forderte er. »Wer sprichhhhhht aus diesemmmm Warmblüter-Schlüpfling?«

Vascal setzte an aufzustehen.

Tylstyr hielt ihn mit der Hand auf der Schulter zurück und zeigte mit dem Zauberstab nach rechts.

Im Halbschatten des Lagerfeuers saßen die Gefangenen. Tylstyr sah geduckte Schatten zwischen den sitzenden Gestalten von sieben Maraskanern, Praioslob, Hilbert und Abdul. Ob sich Phileassons Trupp an den Fesseln zu schaffen machte? Es wäre gut, wenn sich die Frauen und Männer bewegen könnten, sobald es zum Kampf käme. Nicht nur, um den Recken zu helfen, sondern schon, um möglichen Attacken auszuweichen.

»Bisssst du ein Geisssst?« Der Achaz ging drei Schritte zur Seite, dann wieder zurück zum Feuer, ließ den Blick aber stets bei Leomara. »Neinnnnn … etwasssss anderesssss …«

Sollte der Echsenschamane tatsächlich eine Theorie dazu haben, wer oder was aus Leomara sprach? Die Gelehrten im Lieblichen Feld hatten ihren Schädel aufgebohrt, um diesem Rätsel auf die Spur zu kommen. Erfolglos. Gespannt hielt Tylstyr den Atem an.

»Du musstest nach dem Meer hungern.« Leomara verschränkte die Arme. *»Doch dein Stamm nannte dich nur Schwarzschuppe. Du warst eine Abscheulichkeit, ein Ausgestoßener.«*

Der Achaz fauchte unartikuliert und zog eine stark gebogene Klinge.

Vascal sprang auf und riss seinen Degen aus der Scheide. »Lass meine Nichte in Ruhe!«

Es gelang Tylstyr nicht, den Freund aufzuhalten. Also blieb nur, ihm zu helfen. Er stieß die Linke vor. »Ignifaxius Flammenstrahl!«

Die Feuerlanze löste sich von seinem Zeigefinger und brannte sich in die schuppige Brust des Achaz.

Fauchend griffen die Echsenmenschen nach ihren Waffen und eilten ihrem Anführer zu Hilfe.

»Foggwulf!«, erklang der Schlachtruf der Ottajasko aus dem Bereich, wo die Gefangenen saßen. Ohm Follker sah aus wie ein Berserker, als er schreiend in den Feuerschein lief, in einer Hand seine kleine Doppelblattaxt, in der anderen einen Dolch. Irullas selbst geschnitzter Speer schlug in die Brust eines Achaz, der daraufhin gurgelnd zusammenbrach.

Chaos brach los. Überall wurde gefaucht, geschrien, gehackt, gestoßen und geschnitten. Schnell drängten die ersten ineinander verkeilten Kämpfer aus dem Feuerschein hinaus.

Drei Achaz drückten die Menschen von ihrem Schamanen fort.

Für Tylstyrs Kampfzauber war das ein Vorteil, es schuf eine freie Sichtlinie. »Ignifaxius Flammenstrahl!«

Er traf, aber etwas stimmte nicht. Tylstyr hatte besonders viel Kraft in den Zauber gelegt, er hätte einen Ochsen fällen können. Der Achaz aber stand aufrecht und starrte grimmig zu ihm herüber. Er hatte die Hände zu Fäusten geballt, in einer hielt er den krummen Dolch. Sein beinahe nackter Körper glänzte, als sei er gerade aus dem Wasser gestiegen.

Er trat einen weiten Schritt vorwärts und rammte einem der Echsenmenschen, die ihn beschützten, die Klinge in den Rücken, riss sie wieder heraus und stieß nochmals zu.

In Schüben spritzte das Blut aus den Wunden und besudelte das Gesicht des schwarzen Achaz. Er brüllte, fauchte, riss ein Schmuckband von seinem Oberarm und warf es in die Dunkelheit.

Tylstyr fragte sich, ob dem Schamanen der Verstand entglitt. Sollte er sich auf einen anderen Gegner konzentrieren, weil sich dieser offenbar gegen seine eigenen Leute wandte?

Jetzt tauchte er sogar die freie Hand in das Blut des Sterbenden und schmierte es sich über die spitze Schnauze. Dabei zischte und brüllte er weiterhin.

Das war kein Wahnsinn! Das war ein Ritual!

Tylstyr sammelte seine Konzentration für einen weiteren Flammenstrahl, aber hinter ihm schwoll binnen weniger Herzschläge das Rauschen des Meeres zu einem Tosen an. Er wandte sich um.

Im ersten Moment dachte er, Wolken wären am Horizont aufgezogen. Aber es war eine Welle, die die Sterne verdeckte.

Ein so hoher Brecher konnte in der seichten Bucht unmöglich entstehen! Nicht, wenn es nach den Gesetzen ging, die Efferd dem Meer gegeben hatte.

Aber die Regeln der Götter galten wohl nicht mehr. Die Welle spülte über ihn hinweg. Er schluckte Brackwasser und prallte schmerzhaft mit der Schulter gegen den Baum, der Vascal und ihm Deckung gegeben hatte. Tylstyr würgte, hielt jedoch entschlossen seinen Zauberstab fest.

Das Wasser floss so schnell wieder ab, wie es gekommen war. Es war wirklich nur ein einziger Brecher gewesen.

Der aber hatte den Baum neben ihm gebrochen, das Lagerfeuer gelöscht und sie alle wild durcheinandergeworfen. Die Kämpfer kamen wieder auf die Beine, orientierten sich und warfen sich erneut auf die Gegner. Das Mondlicht reichte immerhin aus, Mensch von Achaz zu unterscheiden.

Tylstyr nutzte das, um den Zauberstab in einem weiten Bogen gegen einen Schädel mit langer Schnauze zu schmettern.

Sein Gegner stolperte außer Reichweite, wo ihn jemand mit einem entschlossenen Dolchstoß empfing. An dem unartikulierten Triumphschrei glaubte Tylstyr, Ohm zu erkennen.

Wo war der Schamane? Und wo steckte Leomara? Wenn ihre Vision zum Ende kam, wurde sie meist bewusstlos. Falls die Welle sie in diesem Zustand erfasst hatte, mochte sie ertrunken sein!

Hoffentlich war es noch nicht zu spät!

Auf der Suche nach dem Mädchenkörper rannte Tylstyr über das Schlachtfeld. Das Wasser hatte den Boden aufgeweicht. Er benutzte den Zauberstab, um auf dem schlüpfrigen Grund Halt zu finden, und erwehrte sich gleichzeitig der halbherzigen Angriffe der Achaz, die glücklicherweise eigentlich in anderen Kämpfen gebunden waren.

»Leomara!«, rief er. »Leomara, wo bist du?«

Wieder hob das Tosen an, das er nun bereits kannte.

Er hatte nicht nur Leomara, sondern auch den Schamanen aus den Augen verloren. Überall bewegten sich Schatten, wurde gefaucht und geschrien, Mondlicht schimmerte auf Klingen.

Dort, auf dem Hügel, neben einem Baum, dessen Form einer Kerze ähnelte! Ein Achaz, der eine Last trug, die von Größe und Form einem über die Schulter geworfenen Kind entsprach.

Tylstyr zielte auf den unteren Bereich des Schattenrisses, wo sich Beine und Schwanz befanden. Doch die Magie der vergangenen Tage und der Marsch durch den Dschungel forderten ihren Tribut. Tylstyr fand nicht genug Kraft, um einen weiteren Kampfzauber zu sprechen. Er griff in die Matrix des Zauberstabes, wo er für den größten Notfall noch einen einzigen Ignifaxius abgelegt hatte, und befreite den Spruch von seinen Fesseln. Die Feuerlanze blendete auch ihn selbst, aber er glaubte, getroffen zu haben.

Wassersäulen wirbelten den Sternen entgegen. Sie bogen sich wie Tentakel in die Senke herab.

Zweistimmiger Elfensang ertönte. Obwohl sie knackende und brechende Laute enthielten, umspielten sich die beiden Melodien in schöner Harmonie.

Die Erde bebte, kantige Umrisse brachen aus dem Boden. Viele Kämpfer stürzten, auch Tylstyr geriet ins Taumeln. Er stützte sich ab und fühlte Fels, hart und rau.

Jemand rief Worte in einer menschlichen Sprache, bei der Tylstyr einen Moment brauchte, um sie als Ur-Tulamidya zu erkennen. Magier aus dem Land der ersten Sonne benutzten sie oft für ihre Zauber. Das musste Abdul el Mazar sein!

Verwunderlicherweise fügte sich seine gerufene Formel in den Elfensang ein, als nutze er ihn wie einen Chor, der den Vortrag eines Schauspielers unterstützte.

Der Fels unter Tylstyrs Hand bewegte sich. Er wuchs nicht weiter an, sondern … rekelte sich.

Erschrocken machte er einen Schritt zurück. Dadurch rempelte er einen Achaz an, der ebenso verblüfft schien wie er selbst. Das hielt aber nur kurz an, dann hob die Echse eine gebogene Klinge.

Tylstyr schmetterte ihr den Stab gegen die Schnauze, nur um übergangslos das andere Ende zwischen den Beinen hochzuschlagen und dann nochmals den Kopf zu attackieren.

Der Achaz taumelte zurück.

Tylstyr fehlte die Zeit, sich weiter mit ihm zu beschäftigen. Der Achaz, der vermutlich Leomara auf der Schulter trug, war verschwunden. Tylstyr hetzte den Abhang zum kerzenförmigen Baum hinauf. Dabei fiel er beinahe über eine Kreatur, die wie ein roher Entwurf für die Statue eines Gnoms aussah. Sie war etwa kniehoch und sehr kantig. Ein Geisterwesen, das dem Element Erz entstammte?

Er würde Abdul später danach fragen. Jetzt lief er weiter. Hinter ihm rauschte Wasser in die Senke.

Am Baum vorbei rannte Tylstyr über die Kuppe des Hangs. Er wollte auf jeden Fall verhindern, dass der Achaz Leomara noch einmal verschleppte! Das Mädchen musste im Dschungel schon so viel erduldet haben, jetzt sollte seine Qual endlich vorbei sein.

Unvermittelt riss ein harter Schlag gegen die Schienbeine den Magier von den Füßen. Noch im Fallen erkannte er seinen Fehler: Der Achaz hatte nicht das Weite gesucht, sondern ihm aufgelauert.

Tylstyr fing sich mit der rechten Hand ab und versuchte gleichzeitig, sich dem Gegner zuzuwenden. Er sah nur einen undeutlichen Schatten, roch aber verbranntes Fleisch.

Bevor er sich hätte aufrichten können, wickelte sich der Echsenschwanz um seinen Hals. Tylstyrs Glück war wohl, dass die Umschlingung auch den Zauberstab einschloss, sonst hätte ihm die kräftige Gliedmaße sofort die Luftröhre abgeschnürt. Auch so wurde es bereits eng, ihm war, als würgte ihn ein Recke wie Phileasson.

Mühsam holte er Luft, während er mit beiden Händen versuchte, den Schwanz zu lösen. Er fühlte sich an, als bestünde er aus Stein, so fest waren die Muskeln angespannt.

Tylstyr merkte, wie sich seine Sicht verdunkelte. Hatte er seinen Gegner zuvor immerhin noch als am Boden liegenden Schatten ausgemacht, nahm er jetzt nur noch Dunkelheit wahr, in der Funken wie Glühwürmchen tanzten.

Aber er kannte die Richtung, in der der Achaz lag! Entschlossen zu zaubern, stieß die Linke vor. Doch von seinen Lippen kam nur ein Röcheln.

Schweiß brach ihm aus allen Poren. Ohne die Formel zu sprechen, vermochte er die astrale Matrix nicht zu weben! Die einzige Ausnahme war der Druidenzauber, mit dem er durch fremde Augen blicken konnte. Aber beim Ignifaxius hatte Tylstyr nie erlernt, die Vokalisation zu umgehen! Hinzu kam noch die Erschöpfung seiner Kraft …

Verzweifelt trat er nach seinem Gegner. Ob er ihn wirklich traf oder stattdessen nur eine Wurzel erwischte, konnte er nicht erkennen. Da ihm keine andere Möglichkeit der Gegenwehr blieb, machte er weiter, während er gleichzeitig mit beiden Händen versuchte, die Umschlingung durch den Echsenschwanz zu lösen. Schmerzhaft drückte der Zauberstab aus Steineichenholz gegen seinen Kopf.

Konnte er sich mit einem Stabzauber helfen?

Er konnte den Stab in ein Seil verwandeln, aber damit hätte er den Widerstand verloren, der seinen Hals wenigstens ein bisschen schützte. Er konnte auch Flammen aus dem Ende des Stabs lodern lassen, eine unauslöschbare Fackel. Doch das hätte eher ihn selbst verbrannt. Und der Ignifaxius, den er in die Matrix des Stabes eingewoben hatte, war bereits verbraucht.

Seine Sicht verschwand hinter Lichtflecken, die erschienen und vergingen wie Wellenkreise in einem Tümpel. Die Lunge brannte. Allzu spärlich nur gelang ihm das Luftholen.

In seinem wegdämmernden Verstand fragte sich Tylstyr, warum der Achaz auf dem Boden lag. Dass er ihn oben am Hang erwartet hatte, war ein kluger Zug gewesen. Aber wieso im Liegen?

Nur, um sich zu verbergen? Dann hätte er jetzt aufstehen können, um nach ihm zu treten oder gar eine Waffe einzusetzen. Es musste einen Grund geben, aus dem er das nicht tat.

Der Flammenstrahl, der ihn getroffen hatte! Er musste ihm eine schwere Wunde am Bein beigebracht haben. Deswegen auch der Geruch nach verschmortem Fleisch.

Das bedeutete, dass der Achaz eine empfindliche Stelle hatte, die sich nicht allzu weit außerhalb von Tylstyrs Reichweite befinden konnte.

Wenn er rasch handelte, hatte er sogar die Möglichkeit, die Distanz zu verkürzen. Bislang hatte er am Schwanz gezogen. Jetzt rutschte er über den Schlamm auf den Echsenmenschen zu.

Damit hatte der Achaz nicht gerechnet. Statt Tylstyr auf Abstand zu halten, riss ihn der Zug des Schwanzes in die gewünschte Richtung.

So kräftig er konnte, trat er zu. Einmal, zweimal, dreimal, achtmal, zwölfmal. Die Luft war so knapp, dass er husten wollte, aber der nun noch enger zugezogene Schwanz verhinderte es.

Endlich schien er die Wunde zu treffen.

Er spürte das Zucken im Körper des Achaz, sogar der Schwanz löste sich so weit, dass er die Umschlingung für einen tiefen Atemzug aufbiegen konnte.

Luft! Seine malträtierte Lunge schrie nach Luft, doch dafür war keine Zeit. Er musste seine Möglichkeit nutzen, bevor er doch noch ohnmächtig wurde.

Durch die Lichtflecke vor den Augen sah er kaum etwas. Trotzdem stieß er die Linke in die Richtung, in der er den Rumpf des Feinds als dunklen Umriss erkannte. »Ignifaxius …«, würgte er hervor, »… Flammenstrahl!«

Kopfschmerz füllte dröhnend seinen Schädel, aber er spürte die Hitze an seinem Bein und hörte ein Kreischen.

Der Schwanz löste sich.

Entschlossen krabbelte Tylstyr rückwärts.

Jetzt konnte er atmen, endlich! Gleichzeitig entfernte er sich weiter.

Mit einem lang gezogenen Fauchen richtete sich ein Schatten auf, den er hinter den Lichtflecken eher erahnte als sah. Keinesfalls würde er nochmals die Kraft für einen Ignifaxius aufbringen. Also richtete er sich in eine kniende Position auf und löste den Zauber aus, der den Stab zu einer Fackel machte. Auch das jagte schmerzhafte Stiche durch sein Hirn. Das brennende Ende des Stabs rauschte, als Tylstyr es in einem Halbkreis vor sich schwenkte.

Er atmete tief, und allmählich klärte sich sein Blick.

Auch der Achaz kniete, oder zumindest nahm er eine ähnliche Haltung ein. Sein aufgerichteter Oberkörper zeichnete sich als Schattenriss vor den Sternen ab, aber er war deutlich kleiner als der Schwarzgeschuppte, ein ganzer Spann fehlte an den zwei Schritt.

Tylstyr fasste den Stab weiter hinten und stieß ihn in den schuppigen Bauch.

Ein schmerzerfülltes Fauchen belohnte ihn.

»Verschwinde, wenn dir dein Leben lieb ist!«, brüllte er.

Anscheinend verstand ihn der andere. Humpelnd zog er sich zurück.

Leomara! Wo war das Mädchen?

Tylstyr war noch mitgenommen. Auf allen vieren suchte er die Stelle ab, an der sein Gegner gelegen hatte.

Tatsächlich, im Licht des brennenden Zauberstabs fand er sie. Da war der kleine Körper, mit angezogenen Knien lag er auf der Seite.

Sanft schüttelte er das Mädchen an der Schulter. »Leomara! Geht es dir gut?«

Das Kind regte sich nicht.

Er rüttelte es fester. »Leomara!«

Vascal della Rescati lief den Hang herauf. »Was ist mit ihr? Lebt sie?«

»Hol die Elfen! Ich glaube, sie braucht …«

Leomara hustete. Sie erbrach Wasser und holte keuchend Luft.

Mit einem erleichterten Seufzen sank Tylstyr zu Boden.

Vascal sprang über ihn hinweg und nahm seine Nichte in die Arme. »Alles gut«, sagte er, während er sie wiegte. »Jetzt ist alles wieder gut.«

Tylstyr gönnte sich einen Moment Erholung, bis seine Sicht wieder klar war. Dann stemmte er sich auf die Füße.

In der Senke war Ruhe eingekehrt, das hektische Gewimmel des Kampfes war versiegt. Wasser füllte die am tiefsten gelegenen Stellen, dort floss es nur langsam ab. Dunkle Gestalten lagen auf dem Boden, diejenigen, die zwischen ihnen gingen, hatten die Umrisse von Menschen oder Elfen, soweit Tylstyr erkannte.

»Ist der Kampf gewonnen?«, fragte er durch den pochenden Schmerz in seinem Kopf hindurch.

»Ja, vorerst«, bestätigte Vascal. »Deine erzenen Gnome haben uns sehr geholfen.«

»Die waren nicht mein Werk.«

Eines der kniehohen Männchen verschmolz auf einem mondbeschienenen Hang mit dem Boden. Gerade Flächen und harte Kanten zerliefen zu sanften Schwüngen, es wurde ein unregelmäßiger Hügel, Stein wurde zu Schlamm, und dann war es verschwunden.

»Ich nehme an, Abdul hat sie gerufen.«

»Dann schulden wir ihm eine Menge.«

»Das wohl.« Tylstyr drehte sich um.

Leomara stand auf. Nichts an ihren Bewegungen deutete auf

eine Verletzung hin. »Sie haben meine Kette kaputt gerissen«, klagte das Mädchen.

Tylstyr lachte, froh darüber, dass ihre größte Sorge dem Spielzeug galt, mit dem sie zwölf Tierfiguren hatte formen können. »Ich schnitze dir eine neue«, versprach er.

Grotte der Einkehr,
sechsundzwanzigster Tag im Midsonnmond

Draußen musste die Sonne nun vollständig über dem Horizont stehen, doch in dem engen Gang, der sich wie eine Schlange immer tiefer in den Fels wand, war davon nichts zu bemerken. Im Gestein verwitterten die Spuren von Meißelschlägen, aber Lailath vermochte nicht abzuschätzen, wie lange es zurücklag, dass die Arbeiter – ob es wohl die Achaz selbst oder Gefangene gewesen waren? – diesen Weg vorangetrieben hatten. Hier im fruchtbaren Land verfiel alles viel schneller als in der Khôm, wo die Hitze das Wasser fortnahm und konservierte, was blieb. Die Shiannafeya hatten sich bei den Kavernen unter Kei Urdhasa auch nie auf plumpe Werkzeuge verlassen, sie betörten das Erz mit ihren Gesängen.

Shaya Lifgundsdottir ging stumm neben Lailath. Ihre Bewegungen, ihre Miene, die abgesackten Schultern sangen ein Lied von Erschöpfung und Nachdenklichkeit. Sie hatte sich in der Nacht um die Verwundeten gekümmert. Dann noch die Suche nach dem Friedhof der Seeschlangen – der Drachenführer gönnte seiner Ottajasko keine Ruhepause. Er vermutete, dass die Achaz noch in der Nähe waren. Gut möglich, dass sie Verstärkung holten.

Ein Flämmchen tanzte über Shayas rechter Handfläche, die sie hielt, als ruhe ein Teller darauf. Seine Helligkeit zuckte über die Felswände. Sie konnten nicht weit sehen, in engen Kehren nur zwei Schritt, in vergleichsweise geraden Abschnitten höchstens zehn. Dann schickte Lailath eine blauweiße Leuchtkugel voraus. Sie verfügte noch über mehr zauberische Kraft als Galandel und Salarin, die sich bei der Heilung der Verwundeten verausgabt hatten. Drei der Maraskaner hatten die Befreiung nicht überlebt, die anderen vier begleiteten Phileassons Ottajasko hinab zu dem Ort, wo sie den Friedhof der Seeschlangen vermuteten.

Oder besser: Sie folgten Lailath, die sich mehr von ihrem Gespür leiten ließ als von dem As'Haima, das sie zusammengeknüllt in der linken Hand hielt. Sie nahm seine Melodie auf, und die hatte sie zu dem verlassenen Dorf aus runden Laubhütten geführt. Dort hatte sie den Einstieg in den Gang gefunden, dem sie jetzt bereits eine halbe Stunde folgten.

»Wie soll denn eine Seeschlange hier hindurchpassen?«, maulte Ohm Follker. »Wenn die hier durchmüssen, um zum Tod zu finden, sind sie unsterblich, das wohl. Das schafft keine von denen.«

An den meisten Stellen konnten sie nur zu zweit nebeneinander gehen.

»Du hast das Skelett in der Bucht doch gesehen«, erwiderte Asleif Phileasson gut gelaunt. »Hörst du nicht das Wasser rauschen? Wir werden das Meer bald erreicht haben. Es muss jetzt ganz nah sein.«

Phileasson bewies, wie schnelllebig die Menschen waren. Vor ein paar Stunden noch hatte die Sorge um die Entführten seine Melodie geprägt. Dann die ungezügelte Wut des Kampfs. Gleich darauf die Verantwortung für die Verwundeten. Ein Nachklang von dem war auch noch in seinem Lied zu erahnen, aber die Entdeckungslust überlagerte alles.

Bei Shaya war das anders. Seit Cessimasabs Tod dämpfte die Trauer jede Regung. Die Geweihte tat, was man von ihr erwartete, aber noch nicht einmal die Rettung des Mädchens, von dem sie auf der Wanderung durch den Urwald ständig gesprochen hatte, wob mehr als einen kaum wahrnehmbaren Hauch von Freude in ihr Lied. Ob sie den Elfen ähnlicher war als die anderen?

»Ich habe auch einen Bruder verloren«, flüsterte Lailath ihr zu, ohne den Schritt zu verlangsamen.

»Warst du in seinen letzten Momenten da, um seine Hand zu halten?«

»Nein.« Nantiangel hatte sich so sehr danach gesehnt, dem schändlichen Räuber endlich die Silberflamme zu entreißen, dass er ihn allein gestellt hatte.

»Das tut mir leid.«

Bevor Lailath fragen konnte, ob Shaya Mitleid mit ihr oder mit ihrem Bruder empfand, mündete der Gang in eine weite Kaverne. Über knirschenden Sand gingen die beiden Frauen zwei Schritte nach rechts, damit die Gefährten nachrücken konnten.

Praioslob keuchte leise, der lange Marsch machte seinem Fuß noch Probleme.

Die Größe der Kaverne war schwierig zu schätzen. Es gab türkisfarbene Lichter an den Wänden, so groß wie Kerzenflammen, aber unbeweglich und kalt. Sie leuchteten sowohl an der Seite, von der die Ottajasko kam, als auch gegenüber. Ihr Schein beleuchtete jedoch nur das Gestein in der unmittelbaren Umgebung, sie wirkten beinahe wie Sterne im Nachthimmel. Lailath fehlte ein Anhaltspunkt, um schätzen zu können, wie weit die gegenüberliegende Wand entfernt war.

Vor allem aber nahm die Melodie dieses Orts ihre Aufmerksamkeit in Beschlag. Linker Hand rollten Wellen auf den Sand.

Lailath hatte das Meer immer als bedrohlich empfunden, aber das hier war mehr. Wie das Flüstern einer bösartigen Präsenz, die damit drohte, jeden, der sich ihr näherte, in ein nasses dunkles Grab zu ziehen.

Nein … nicht nur *jeden*, sondern *alles*. Es ging nicht bloß um Lailath, um Phileassons Ottajasko, um die Besucher dieses Ortes. Der Hass dieser Präsenz kannte kein Maß. Er erstreckte sich auf ganz Maraskan, diese Insel voll wimmelnden Lebens, und darüber hinaus. Sie wollte jedes Land ertränken, an das Wellen spülten. Und selbst das war noch zu wenig … Sie wollte auch das Meer selbst besiegen, es … ertränken?

Lailath runzelte die Stirn. Das Meer war doch eine gewaltige Ansammlung von Wasser. Wie konnte man Wasser ertränken?

Das ergab keinen Sinn.

Widerwillig schritt sie auf die Wellengeräusche zu. Vielleicht war »ertränken« ungenau … Diese Präsenz wollte hinabziehen … umschlingen … ersticken, aber ohne zu töten … beherrschen … verderben. Nicht das Leben selbst sollte enden, sondern alles, was … *rein* in ihm war.

Lailaths Licht holte ein violettes Schlangenhaupt aus dem Dunkel. Ein Schädel, so groß, dass sich Lailath hätte hineinstellen können, dahinter ein gewaltiger Leib, aus dem sich Stacheln bogen und der in Wasser und Dunkel verschwand. Eine Seeschlange, aber sie rührte sich nicht. Verletzungen im Maul ließen keinen Zweifel daran, dass jemand die Reißzähne herausgebrochen hatte.

»Der Tod ist mächtiger als die größte Kriegerin«, verkündete Irulla düster.

Lailath ließ das Licht der Decke entgegenschweben, auch um den schrecklichen Anblick abzumildern. Dadurch war die Größe der Kaverne zu erahnen. Vierzig Schritt maß sie bis zur gegenüberliegenden Wand, zu den Seiten erstreckte sie sich wesentlich weiter. Lailath verharrte auf dem zerstampften Sand, die auslaufenden Wellen berührten beinahe ihre Füße. Ein Pfahl war in den Strand gerammt, einige Leinen hingen daran. An einer war ein Fleischerhaken befestigt.

»Efferdfeuer«, murmelte Ohm Follker.

Lailath drehte sich zu ihm um. Ihr war jeder Vorwand willkommen, sich vom Wasser und von dem monströsen Leib abzuwenden. Merkwürdig, dass sie überhaupt das Gefühl hatte, dafür einer Rechtfertigung zu bedürfen ... als sei diese dunkle Präsenz der Herrscher dieser Höhle, der die Regeln für jeden bestimmte, der seinen Hof aufsuchte.

Dieser Ort verwirrte die Elfe. Während die Gefährten vor allem den Schädel bestaunten, ging sie zu Ohm, der eine Nische in der Felswand betastete. »Efferdfeuer?«, fragte sie.

Er tippte auf einen taubeneigroßen Leuchtstein. »So heißen sie wegen ihrer Farbe. Blau und grün wie die See. Wenn sie größer sind, wiegt man sie mit Gold auf.«

Sie zeigte auf ein faustgroßes Loch über der Nische. »Da war wohl mal ein ziemlich großer.«

»Ja, den hat jemand herausgebrochen«, murrte Ohm. »Und das war wohl nicht das Einzige, was er zerstört hat.« Er hockte sich hin und schob die hellen Splitter im Sand zusammen. Sie ergaben einen Reißzahn. Vielleicht hatte er in der Nische gestanden. Lailath kannte das von den Bildnissen der Heiligen in den Tempeln der Menschen. Tatsächlich vernahm sie ein leises Echo, aus dem Verehrung klang.

Orkengriff krabbelte über den hellen Sand, der für die kleine Spinne eine Landschaft aus schroffen Hügeln war.

»Sie haben gekämpft«, sagte Irulla. »Thorwaler gegen Achaz.«

»Woher weißt du, dass es Thorwaler waren?«, fragte Lailath.

Irulla zeigte auf eine Stelle, an der Lailath überhaupt nichts erkannte.

»Zwei Axtkämpfer, sie hatten keine Schilde. Eine sehr schwere Frau.« Der deutende Finger der Waldmenschenfrau schwenkte ein Stück nach rechts. »Sie haben die Achaz zurückgedrängt. Die Echsen sind in Panik geraten.«

Sie ging fünf Schritte in die Höhle hinein, womit sie Orkengriff überholte, hockte sich hin, hob eine Handvoll Sand an und ließ ihn zurückrieseln. Die Körner waren beinahe weiß, aber unter der Oberfläche verklebte sie eine dunkle Masse.

»Ist das Blut?«, fragte Lailath.

»Hier hat der Tod den Ersten gefunden«, verkündete Irulla düster.

»Beorn!« Phileassons Schrei hallte durch die Kaverne. »Er hat alle Schlangenzähne zerstört!« Der Drachenführer rannte an der gegenüberliegenden Wand entlang. Auch dort gab es Nischen, in denen helle Splitter lagen. »Mehr Licht hierher!«, forderte er.

Tylstyrs Zauberstab spendete Helligkeit, er brannte wie eine Fackel, ohne dass ihn das Feuer verzehrte.

Das Licht brachte nicht nur weitere Nischen zum Vorschein, deren Position man bereits an den Leuchtsteinen erahnen konnte. Es holte auch ein klobiges Gebäude aus dem Dunkel.

»Eine Pyramide!« Abdul el Mazar lief zu dem Bauwerk, so schnell es der weiche Untergrund zuließ. »Wie in den Sümpfen bei Selem!«

Bis auf Phileasson, der noch immer fluchend nach einem Schlangenzahn suchte, folgten alle dem novadischen Magier. Das Gebäude bestand aus dunkelgrünen Marmorquadern, die in fünf zur Höhlendecke hin kleiner werdenden Stufen angeordnet waren. Die unterste war zwei Schritt hoch, die oberste noch einen. Es gab keinen Eingang, aber ein Spalt zerteilte mittig die den Gefährten zugewandte Seite. Er zog sich durch alle Stufen und reichte anscheinend bis in die Mitte des quadratischen Bauwerks. Ein Rinnsal verband ihn mit dem Wasser.

»Echsisch!«, frohlockte Abdul. »Und so gut erhalten.«

Wenn sich Lailath nicht sehr täuschte, war dieser Ort kein Relikt der Vergangenheit, sondern noch im Gebrauch. In dem Dorf, dort, wo der Felsengang seinen Ursprung nahm, mochten die Priester gelebt haben, bevor Beorn der Blender sie erschlagen hatte.

Die Elfe hatte sich vom Wasser ablenken lassen. Jetzt begriff sie, dass die dunkle Präsenz nicht von dort und auch nicht von der toten Seeschlange ausging, sondern von diesem Gebäude. Sie sah zu Salarin und Galandel deren-Lied-verklingt hinüber. Spürten sie dasselbe?

Leider bemerkten sie Lailaths Blick nicht. Salarins Gesicht war wie versteinert. Mit gezogenem Säbel trat er neben dem Wasserlauf in den Spalt.

Abdul folgte ihnen nicht. Weiterhin betrachtete er die gezackten Zeichen, die als Halbreliefs in die unterste Stufe geschlagen waren.

Vascal della Rescati und Tylstyr schlossen sich Salarin an, und Lailath folgte ihnen widerstrebend, als sie hörte, dass der Elf einen Lichtzauber sang. Solch vollkommene Melodien an einem derart abstoßenden Ort …

»Sie ist viel größer!« Im Innern des mit glimmenden Flechten bewachsenen Spalts hörte sie Abdul nur gedämpft. »Nur die Pyramidenspitze ragt aus dem Sand. Darunter geht es noch viel weiter!«

Bald füllte das Wasser die gesamte Breite der Öffnung aus. Trotz ihres Ekels watete Lailath hinter den anderen durch die brackige lauwarme Brühe.

Salarins Lichtkugel beschien eine verwitterte Steinplatte, die ihnen den Weg versperrte. Darauf erahnte sie Gravuren von Wesen mit großen Augen, fleischigen Lippen und Ohren, die wie gespreizte Fledermausflügel abstanden. Sie hielten Dreizacke und Netze und schienen zu tauchen, denn sie verteilten sich über die gesamte Höhe der Steinplatte. Die Stufenpyramide war als Umriss abgebildet. An ihrer Basis ketteten die Taucher etwas sehr Großes fest. Worum es sich dabei handelte, war nicht zu erkennen. Jemand hatte die Darstellung mit einem Meißel beschädigt. Da die Bruchkanten geglättet aussahen, vermutete Lailath, dass das vor langer Zeit geschehen war.

Tylstyr sprach einen Zauber, aber Lailath erfasste nicht, worum es ging. Zu sehr nahm sie die finstere Aura gefangen.

»Wir sollten diesen Ort verlassen«, flüsterte sie. »So rasch wie möglich.«

Niemand beachtete sie. Phileasson tobte noch immer, Abdul jubilierte. Vascal, Salarin und Tylstyr beschäftigten sich mit der Steinplatte.

Der Magier stellte sich unmittelbar davor. Er betastete einige Kerben. »Das sind tatsächlich Schriftzeichen«, sagte er. »Was in der Tiefe ruht … dann fehlt ein Stück, aber hier geht es weiter: … nicht auf immer ruhen.« Seine Hand wanderte auf die rechte Seite, neben die Figur eines dreizackbewehrten Tauchers, der die Betrachter direkt ansah. »… gefangener Tyrann bleibt ein Tyrann. Willst du leben, so besänftige die Wut der Tiefe.«

Lailath warf sich herum und floh aus dem Spalt. Auf dem Sand atmete sie befreit durch, obwohl sie über sich das Gestein der Höhlendecke wusste. Bestimmt türmte sich die Klippe wenigstens zwanzig Schritt hoch über ihnen.

»Hranngarverfluchtes Echsengezücht!« Ohms Gebrüll hallte von den Wänden wider. Gemeinsam mit Leomara stand er auf der obersten Stufe der Pyramide. Obwohl sich Lailaths Leuchtkugel einige Schritt entfernt befand, reichte ihr Licht aus, um das Entsetzen auf seinem Gesicht erkennbar zu machen. »Sie haben einen Delfin geschlachtet! Was immer der Blender mit ihnen gemacht hat, war …«

Ohm erblickte etwas hinter Lailath und verstummte. In seinem Unglauben stand sein Mund offen.

Neben ihm machte Leomara della Rescati einen Schritt zurück. Beinahe wäre sie ins Leere getreten, gerade noch hielt sie ihr Gleichgewicht.

Lailath schluckte und drehte sich um.

Eine gewaltige Masse schob sich auf den Sand. War die tote Seeschlange auch beeindruckend, erschien sie nun als kümmerlicher Versuch eines Puppenmachers, die Furcht einzufangen, die das lebende Tier weckte. Die Schuppen an der abgeflachten Schnauze waren so groß wie der Buckel auf Phileassons Rundschild. Zwei Spitzen einer schwarzen Zunge zuckten aus einem Loch zwischen den lippenlosen Kiefern. Unbewegte Augen mit senkrecht geschlitzten Pupillen beobachteten die kleinen Gestalten, die sich um die Pyramide bewegten.

»… zu bezweifeln, dass die Achaz diese Reliefs geschaffen haben.« Abdul war so vertieft in die Entdeckung, dass ihm die Ankunft des Ungeheuers entging. »Hilbert, sieh dir alles ganz genau an!«, forderte er. »Wir müssen Rakorium sämtliche Einzelheiten berichten.«

Das riesige Maul öffnete sich. Lailath fragte sich, wie viele von ihnen dieses Monster mit einem Schluck verschlingen könnte.

Unwillkürlich machte sie einen Schritt zurück, obwohl sie das wieder näher an den Spalt brachte, aus dem sie doch gerade geflüchtet war. Sie zitterte.

Phileasson teilte ihre Furcht nicht. Mit festen Schritten, den

Schild am Arm und das Breitschwert in der Hand, ging er an ihr vorbei, um gerade einmal zehn Schritt vor dem Ungeheuer stehen zu bleiben. »Ottajasko! Jetzt holen wir uns den Schlangenzahn!«

Etwas Seltsames geschah. Phileassons Aufruf veränderte das Lied, das in der Höhle klang. Von einem Augenblick auf den anderen stellte sich etwas der Dunkelheit entgegen, die diesen Ort beherrschte. Stolz, Trotz, Entschlossenheit, Mut …

Lailath begriff, was Phileasson zum Drachenführer machte. Bei jedem Menschen schlugen die Gefühle ständig um, und sie empfanden andauernd widersprüchliche Regungen. Aber Phileasson war es gegeben, auch die Stimmung in seiner Umgebung zu beeinflussen und das Streben aller in seiner Nähe auf ein gemeinsames Ziel auszurichten.

Verblüfft fragte sich Lailath, wie er das anstellte. Sie merkte nichts von magischen Klängen. Es schien wirklich mit Phileasson verbunden zu sein wie eine Gliedmaße oder das Blut, das in seinen Adern floss.

»Leomara, du bleibst dort oben und hältst Ausschau, damit uns niemand überrascht!«, rief er, ohne sich umzuwenden. »Die anderen: zu mir!«

Sogar einer der von den Achaz befreiten Maraskaner eilte an die Seite des Drachenführers, obwohl er nur mit einem Knüppel bewaffnet war. Ohm lieh ihm seinen größten Dolch und nahm selbst mit Schild und Axt Aufstellung. In Windeseile fand sich die Ottajasko ein.

»Foggwulf!«, rief Ohm, und die anderen fielen ein.

»Foggwulf?« Lailath schrie ebenfalls. Das erste Mal war es noch eine Frage, aber es fühlte sich gut an. »Foggwulf! Foggwulf!« Gut und stark.

»Schildmaiden! Recken!« Phileasson stieß Fejris in die Höhe.

»Vor euch seht ihr eine Kriegerin der Tiefsee! Schiffe hat sie zerschmettert, Kraken und Malmer zerrissen. Nun ist sie gekommen, um den Tod zu finden. Ist es ihrer würdig, elendig zu verrecken?«

»Nein!«, rief die Ottajasko.

»Hat sie verdient, in einem ehrenhaften Kampf zu sterben?«

»Das wohl!«

Weiterer Worte bedurfte es nicht.

Brüllend stürzte sich der Drachenführer auf die Gegnerin, und seine Ottajasko folgte ihm in den Kampf.

EPILOG

Küstengewässer östlich vor Maraskan,
siebenundzwanzigster Tag im Midsonnmond

»… und dann ist Lailath Schlangenschlächterin ins Wasser gesprungen!«, rief Asleif Phileasson den gebannt lauschenden Matrosen der Freiwache zu, die ihn auf dem Deck der *Tiger von Maraskan* umringten. »Ins Wasser, unsere Staubelfe!«

Mit mildem Spott lachten die Piraten, einige schüttelten die Köpfe. Lailath selbst befand sich unter Deck, sie mochte das Meer noch immer nicht.

»Hinter Salarin her, den das Biest ins Wasser gezogen hat.« Phileasson untermalte seine Erzählung mit weiten Armbewegungen, die den mit verschränkten Armen am Fockmast lehnenden Ohm Follker grinsen ließen. »Die Klinge steckte ja in der Flanke des Ungeheuers. Er wollte sie einfach nicht loslassen. Also ist Lailath …«

Shaya Lifgundsdottir beobachtete die Versammlung vom Heck aus, bis die Matrosen das Segel am Hauptmast hochzogen und ihr somit den Blick versperrten. Die beiden Seeschlangenzähne, die Trophäen ihrer Jagd, waren ohnehin sicher im Laderaum verstaut.

Sie sah auf die Wellen, die der Segler hinterließ. Schräg zu beiden Seiten setzten sie sich im ansonsten kaum bewegten Wasser fort, wurden immer flacher, liefen ineinander und verschwanden schließlich in der Weite der See. Im Westen lag Maraskan als grünes Band auf den tanzenden Wellen, im Osten passierten sie eine kleine Insel, aber im Norden bildeten Wasser und Himmel eine leicht gebogene Linie.

Von der *Wasserflügel* war nur noch das Segel zu erkennen, ein heller Punkt am nördlichen Horizont. Das Schiff fuhr unter aranischer Flagge und hatte einen Geleitbrief für die kaiserlichen Schiffe, machte aber Geschäfte mit beiden Seiten. Auf ihm reisten Hilbert und die befreiten Maraskaner – die Achaz hatten ihr Dorf überfallen und niedergebrannt, eine grausame Geschichte, die Shaya seltsam unberührt ließ – zurück nach Boran. Der junge Magier freute sich auf seinen Meister und, wie er sagte, auf den Zauberstab, den die Ottajasko bei diesem zurückgelassen hatte.

Kodnas Han fuhr Südkurs. Shaya vermutete, dass er früher oder später nach Westen schwenken würde. Alle redeten von einer Insel südlich von Maraskan, auf der die Familien der Piraten die Ihrigen erwarteten. Auch das löste nichts in Shaya aus, obwohl sie sich sonst immer freute, wenn Familien zusammenfanden. In Thorwal war sie, wann immer es ihre Pflichten im Tempel erlaubten, zum Hafen gegangen, wenn ein Drachenboot eingelaufen war. Die anderen hatten die Hälse gereckt, um das Plündergut zu bestaunen, das die Recken heimgebracht hatten. Shaya dagegen hatte beobachtet, wie sie ihren Lieben in die Arme fielen und darüber staunten, wie sehr ihre Kinder in den Monden ihrer Abwesenheit gewachsen waren.

Diese Erinnerungen erschienen ihr fern.

Wie alles.

Praioslob stellte sich neben sie und umfasste die Reling. Die völlig zerrissene Kleidung, die er im Dschungel getragen hatte, war auf der Klippe über der Pyramidengrotte in Rauch aufgegangen. Jetzt trug der Geweihte ein einfaches Hemd und eine Hose aus Leinen. Das runde Amulett mit dem Augensymbol schimmerte auf seiner Brust.

»Es ist, als ob die Sonne ebenso fahl scheint wie der Mond, nicht wahr?«, fragte er.

Shayas Hals wurde eng. Sie erinnerte sich an die vielen Male, an denen sich Freunde, Gläubige oder auch die Gefährten in der Ottajasko zurückgezogen hatten, und an ihre beständigen Versuche, mit solchen Menschen zu sprechen. Sie glaubte an die Gemeinschaft, daran, dass Nähe Trost spendete und man in der Liebe seiner Mitmenschen die Kraft fand, mit allem fertigzuwerden.

Aber so war es nicht. Nicht jetzt.

Ihr Herz pochte. Sie versuchte, ruhig zu atmen. »Wie bist du damit fertiggeworden?«, fragte sie.

»Das bin ich nicht«, gestand er. »Jeder tiefe Schnitt hinterlässt eine Narbe. Aber ich weiß, dass Shulinai tanzen würde, wenn sie jetzt hier wäre. Sie vermochte immer, das Schöne zu erkennen. Wir waren in großer Gefahr, aber wir sind alle davongekommen.«

»Nein, nicht alle«, schluchzte Shaya. Ihre Knie wurden weich.

Praioslob umarmte sie. »Weine ruhig.« Er tätschelte ihren Hinterkopf. »Ich bin bei dir.«

»Die Marasken«, wimmerte Shaya gegen seine Brust, »sie wollten sich paaren. So hat Lirobajid es mir erklärt. Die schwarze war ein Männchen, und sie hat den Mönch angegriffen, weil sie die rote aus der Sklaverei des Menschen befreien wollte. Es war ein Liebesdienst, Praioslob! Sie hat es aus Liebe getan. Wie kann etwas so Schreckliches daraus erwachsen?«

»Du hast getan, was du konntest, um es zu verhindern.«

»Wer sagt das?«

»Ohm«, antwortete er, »und Salarin und Vascal und Mirandola. Alle, die dabei waren.«

Sie weinte stumm, achtete auf das Schaukeln des Schiffs und blieb in seiner Umarmung. Nicht weil sie sich dabei wohlgefühlt hätte. Sie glaubte, weniger erklären zu müssen, wenn sie seine Fürsorge annahm. Und sie wollte nichts erklären, am liebsten gar nichts reden.

Ohm, Mirandola und die anderen wussten nicht, was sie wusste. Bei dem Kampf waren sie zugegen gewesen, bei Shayas stummen Gebeten jedoch nicht.

Wie oft, wenn sie nachts wach gelegen und auf die Geräusche vom gemeinsamen Lager der Schwestern gelauscht hatte, war ihr lautloses Flehen zur Mutter Travia aufgestiegen? Immerfort hatte sie über die Pein geklagt, eine Frau zu lieben, die ihr nie würde geben können, was sie sich stets ersehnt hatte: eine Familie mit eigenen Kindern. Kindern, die ihr selbst ebenso ähnlich sahen wie dem Menschen, den sie liebte. Die vielleicht Shayas Sommersprossen hätten, aber das Haar ihres Vaters.

Und noch dazu Cessimasab, die ihre leibliche Schwester so rückhaltlos liebte. Wie hätte das gehen sollen – zu dritt? Drei Frauen, zwei davon Geschwister? Selbst Mutter Cunia, die in vielem erstaunlich duldsam war, hätte das verdammt.

Und doch hatte sich Shaya so unwiderstehlich zu Cessimasab hingezogen gefühlt. Ihre gesprenkelten Augen, die Unbeschwertheit, mit der sie über einen umgestürzten Baum hüpfte, die kindliche Freude, mit der sie einen schillernden Käfer auf den Finger nahm …

Shaya hatte Travia gebeten, sie von ihrer Zerrissenheit zu erlösen.

Hatte Travia die Maraske geschickt, um Shayas Flehen zu erhören? Jetzt gab es keine Entscheidung mehr zu treffen …

Sie beschloss, dass sie sich nun aus der Umarmung lösen konnte. »Wir sollten mit den Segeln helfen«, flüsterte sie.

Besorgt sah Praioslob sie an. Er nickte.

Shaya ging voran.

Abdul el Mazar stieg aus dem Laderaum herauf. Er trug eine Laterne, in der ein orangerotes Flämmchen tanzte.

Shaya vermochte nicht, den Blick davon zu wenden.

Das Licht überstrahlte ihr gesamtes Sichtfeld, obwohl es nicht hell war. Alles wurde zu einem sanften Orange. Travias Farbe füllte Shayas Welt aus.

Sie streckte die Hände zu den Seiten.

»Höre die Prophezeiung, Asleif Phileasson, den man den Foggwulf nennt«, rief sie, »und vernimm die sechste Aufgabe der Wettfahrt, die entweder dich oder Beorn Asgrimmson, den Blender, zum König der Meere machen wird!«

METRIKEN

Zeitrechnung:

In der gebräuchlichsten Zeitrechnung Aventuriens werden die Jahre nach dem Fall der Stadt Bosparan gezählt (BF).

Das Jahr beginnt und endet im Hochsommer. Es ist in zwölf Monde zu jeweils dreißig Tagen mit vierundzwanzig Stunden eingeteilt. Am weitesten verbreitet ist die Benennung der Monde nach den Göttern des zwölfgöttlichen Pantheons, während die eigensinnigen Thorwaler ihre eigenen Bezeichnungen verwenden.

Zwischen dem letzten Mond des alten und dem ersten Mond des neuen Jahres liegen fünf »Namenlose Tage«, die keinem Mond zugeordnet sind und in denen der unheilvolle Dreizehnte, der Gott ohne Namen, wirkt. Die Thorwaler schreiben diese Tage Hranngar, der verderbten Seeschlange, zu.

Thorwal	***Zwölfgötter***	***irdische Entsprechung***
Midsonnmond	Praios	Juli
Kornmond	Rondra	August
Heimamond	Efferd	September
Schlachtmond	Travia	Oktober
Sturmmond	Boron	November
Frostmond	Hesinde	Dezember
Grimfrostmond	Firun	Januar
Goimond	Tsa	Februar
Friskenmond	Phex	März
Eimond	Peraine	April
Faramond	Ingerimm	Mai
Vinmond	Rahja	Juni

Wochentage:
Swafnirsdag
Traviasdag
Jurgasdag
Hjaldisdag
Orozarsdag
Ifirnsdag
Firunsdag

Längenmaße:
Finger – 2 Zentimeter
Spann – 20 Zentimeter
Schritt – 1 Meter
Meile – 1 Kilometer

Ränge der Traviakirche:
Gänslein – Novize
Travienlieb – Akoluth
Bruder/Schwester – Priester/Priesterin
Hoher Bruder/Hohe Schwester – Erzpriester
Mutter/Vater – Tempelvorsteher
Hohe Mutter/Hoher Vater – Als Hohes Paar Oberhäupter der Traviakirche

Ränge der Praioskirche:
Lichtsucher – Quaestor Lumini – Novize
Lichtverehrer – Venerator Lumini – Akoluth
Lichtbringer – Donator Lumini – Priester
Lichtträger – Luminifer – Erzpriester
Lichthüter – Custos Lumini – Prätor
Erleuchteter – Illuminatus – Erzprätor

Wahrer der Ordnung – Luminifactus – Metropolit
Bote des Lichts – Heliodan – Patriarch

GLOSSAR

Aal: Ein Geschütz, das mittels verdrehter und überspannter Seile Speere oder Harpunen verschießt.

Achaz: Eine Spezies von kulturschaffenden Echsen, von denen in den Dschungeln des Südens mehrere Völker leben.

Akrabaal: Eine sagenhafte Echsenstadt, die in den Dschungeln Maraskans verborgen liegen soll.

Al'Anfa: Reiche Stadt im Süden Aventuriens, herrscht als Imperium über weite Teile Südaventuriens. Gilt als Hort der Dekadenz.

Alveran: Die Heimstatt der Zwölfgötter.

Alveraniar: Ein Gesandter und mächtiger Diener der Götter.

Analys Arcanstruktur: Zauber, der die tiefere Natur magischen Wirkens enthüllt.

Asdharia: Die alte Sprache der Elfen, beinahe in Vergessenheit geraten.

As'Haima: Ein Tuch, das – auf bestimmte Art gefaltet – eine geheime Botschaft enthüllt.

Atar-Ator: Im Südmeer üblicher Ruf, um Aufmerksamkeit zu erregen.

Aventurien: Kontinent auf der Welt Dere.

Backbord: In Fahrtrichtung links.

Badilak: Ein Heiliger der Traviakirche, der vor etwa zwei Jahrhunderten Unmoral und Armut in Mendena bekämpfte.

Balliste: Ein Geschütz, das einer übergroßen Armbrust ähnelt.

Baruuna: Maraskanischer Adelstitel, entspricht etwa einer Baronin.

Belegnagel: Kurzes Rundholz, das in Löcher an der Reling eines Schiffes gesteckt wird und der Befestigung von Leinen dient.

Bireme: Eine Galeere mit zwei übereinanderliegenden Reihen von Ruderern.

Blakharaz: Ein Erzdämon, der an maßloser Rache Gefallen findet. Der Widersacher des Gottes Praios.

Bootshaken: Eine Stange mit einem gebogenen Eisen, mit deren Hilfe man Boote oder andere im Wasser treibende Gegenstände heranziehen kann.

Boran: Stadt im Osten Maraskans und Standort des Haupttempels des Rur-und-Gror-Glaubens, daher auch »die Heilige«.

Bornland: Ein von Rittern gegründetes Reich im Nordosten Aventuriens.

Boron: Gott von Schlaf, Tod, Schweigen und Vergessen.

Brassen: Horizontales Schwenken eines Segels um einen Mast, in der Regel mithilfe von Tauen, an denen die Matrosen ziehen.

Brigantina: Ein westenähnliches Rüstungsteil, bei dem Metallplatten zwischen zwei Lagen Stoff eingenäht sind.

Bronnjar: Adliger im Bornland.

Bruder: Anrede für männliche Geweihte; zugleich Bezeichnung für einen Priester der Traviakirche.

Bruderloser: Maraskanische Bezeichnung für den Namenlosen.

Bruderschwester: Gebräuchliche Anrede auf Maraskan, die die Dualität allen Seins beiläufig benennt.

Charyptoroth: Die erzdämonische Widersacherin Efferds, die

Gefallen an Meeresungeheuern, zerstörerischen Stürmen und verdorbenem Wasser findet.

Codex Albyricus: Ein grundlegendes Regelwerk der Magiergilden mit Gesetzescharakter.

Collega: Übliche Bezeichnung von Magiern untereinander.

Daube: Längsholz bei einem Fass.

Dogul: Fluss, der bei Ilsur ins Perlenmeer mündet.

Drache: In Thorwal häufig für die Langschiffe verwendet, die ein Drachenhaupt auf dem Vordersteven tragen.

Drachenführer: Kapitän eines Drachenschiffs.

Dromone: Eine moderne Kriegsgaleere mit zwei Riemenreihen und in der Regel zwei Masten.

Efferd: Gott von Wind, Meer und Seefahrt.

Efferdfeuer: Siehe Gwen Petryl.

Eitriger Krötenschemel: Ein für Menschen giftiger Pilz, Leibspeise der Marasken.

Elfen: Kulturschaffende, von Natur aus magiebegabte Spezies. Nach ihrem Lebensraum haben sich verschiedene Völker wie Firn-, Au- und Waldelfen herausgebildet. Alle weisen einen ähnlichen Körperbau mit spitzen Ohren, großen Augen und einem symmetrischen Gesicht auf.

Exposami Lebenskraft: Ein Zauber, der die Lebenskraft eines Tiers, Menschen, Elfen etc. offenbart.

Feylamia: Ein vampirisches Wesen mit besonderer Vorliebe für elfische Lebenskraft.

Firun: Gott des Winters, des Eises, der Natur und der Jagd.

Fockmast: Vorderer Mast eines mehrmastigen Segelschiffs.

Fremdiji: Maraskanisch für »Fremder«.

Frigifaxius: Ein Kampfzauber, der dem Element Eis zugeordnet ist.

Gareth: Hauptstadt des Kaiserreichs und größte Metropole Aventuriens.

Garethi: Verkehrssprache des Mittelreichs und am weitesten verbreitete Sprache Aventuriens.

Garethja: Maraskanische Bezeichnung für Mittelländer.

Gebelaus: Ein Nordostwind im nördlichen Perlenmeer.

Geweihter: Jemand, der die Weihe eines Götterkults empfangen hat.

Godi: Ein thorwalscher Weissager.

Gontarin: Eine mythische Insel im Meer der Sieben Winde. In der Vorstellung der Wüstenelfen ist dort das Tor ins Jenseits.

Grolme: Koboldartige Spezies, deren Angehörige als äußerst geschäftstüchtig gelten, denen man aber gerade deswegen häufig mit Misstrauen begegnet.

Gror: Diejenige Zwillingsgottheit des maraskanischen Glaubens, die dereinst den Weltendiskus fangen und sich an seiner Schönheit erfreuen wird.

Güldenland: Sagenumwobener Kontinent westlich von Aventurien, jenseits des Meers der Sieben Winde, auch: Myranor. Von hier stammen die Vorfahren der Thorwaler und der Mittelreicher.

Gwen Petryl: Ein grünblauer Edelstein, der von innen heraus leuchtet. Insbesondere an den Efferd geweihten Orten wird er gern als Lichtquelle verwendet.

Haijäger: Ein Schiff, dessen Zweck die Jagd auf Haie und deren Verarbeitung auf hoher See ist.

Hailanze: Eine spezielle Harpune mit beidseitig ausklappenden Widerhaken, bewährt in der Jagd auf Haie.

Hauptmast: Höchster Mast eines Segelschiffs.

Hesinde: Göttin des Wissens und der Magie, des Kunsthandwerks, der Wissenschaft und Geschichte.

Hesindigo: Ein blauer Farbstoff, den man aus dem Guraanstrauch gewinnt.

Hetleute, Hetfrau, Hetmann: Anführer der thorwalschen Sippenverbände.

Hornisse: Ein leichtes Geschütz, das Bolzen aus einem Trichtermagazin verschießt.

Hranngar: Die verderbte Seeschlange, Todfeindin des Gottwals Swafnir.

Ignifaxius: Kampfzauber, bei dem ein Feuerstrahl aus den Fingern des Magiers schießt.

Ilsur: Eine Hafenstadt in Tobrien, für Fischfang und Tuchweberei bekannt.

Ingerimm: Gott der Schmiede und des Handwerks, des Bergbaus und Feuers. Schöpfer der Zwerge, die ihn Angrosch nennen.

Isdira: Die Sprache der heutigen Elfen.

Jergan: Stadt im Nordwesten Maraskans, gilt als am dichtesten bebaute Siedlung der Welt.

Karracke: Hochbordiges, massiges Segelschiff.

Kauca: Ein Wirbelsturm, der im südlichen Perlenmeer wütet.

Kei Urdhasa: Die von den Shiannafeya bewohnte Oase in der Khôm, geschützt durch Elfenzauber.

Khôm: Aventuriens größte Wüste.

Khunchomer: Ein Krummsäbel, benannt nach der Stadt Khunchom.

Killen: Das Flattern eines Segels, was für gewöhnlich bedeutet, dass es nicht optimal am Wind ausgerichtet ist.

Kladj: Lustvolles Weitererzählen von Gerüchten, Halbwahrheiten und zweifelhaften Lebensweisheiten, die sich auf gut erinnerbare Einzelfälle beziehen.

Knorr: Ein dickbauchiges Lastschiff, oft in Thorwal in Gebrauch.

Kreuzmast: Hinterer Mast eines mehrmastigen Segelschiffs.

Krötenhaut: In Thorwal beliebte Lederrüstung, mit Eisennieten verstärkt.

Leg-ga-Leg: Eine Form verschlüsselter Botschaft, bei der es auf Position und Länge der Elemente ankommt. Bei diesen kann es sich um Holzzapfen, Metallnieten oder Ähnliches handeln.

Liebliches Feld: Reich im Westen Aventuriens, bekannt für seine feine Lebensart.

Magier: Zauberkundiger, der an einer Akademie ausgebildet wurde und in der Regel einer Gilde angehört.

Magierphilosophie: Denkschule, die die Macht einer Gottheit auf das Maß der Verehrung zurückführt, die ihr entgegengebracht wird. In der extremen Form vertritt sie die Annahme, große Verehrung und magische Potenz könnten Sterbliche vergöttlichen. Wegen dieses Aspekts von den Kirchen oft kritisch beäugt.

Mandra: In der Auslegung der Elfen die astrale Kraft, die die Welt durchströmt und Zauberei ermöglicht.

Marasfladen: Eine Pastete, kann unterschiedlich gefüllt werden.

Maraskan: Größte Insel Aventuriens mit sehr eigenständiger Kultur, von den Truppen des Mittelreichs besetzt.

Maraskani: Die Sprache Maraskans, entstanden aus dem Garethi und dem Tulamidya.

Maraske: Ein spinnenartiges Tier, gilt als Königin des Urwalds.

Marus: Äußerst aggressive Spezies kulturschaffender Echsen, die aufrechtgehenden Krokodilen ähneln.

Mendena: Hafenstadt im Osten Tobriens und nach dem Fall Ysilias vorübergehende Hauptstadt des Herzogtums. Besonders beliebt bei den Haijägern.

Meskinnes: Ein alkoholisches Getränk aus dem Bornland.

Mittelreich: Kaiserreich, größte politische Macht Aventuriens.

Nachtalben: Ein elfenähnliches Volk mit einfarbigen, pupillenlosen Augen und bleicher Haut.

Namenloser: Dreizehnter, verdammter Gott.

Nandus: Sohn der Hesinde, Halbgott, Rätseln und der Forschung zugeneigt.

Novadis: Menschliches Volk, das vor allem in Wüstenregionen und angrenzenden Gebieten lebt und den Eingott Rastullah verehrt.

Nurti: Elfische Göttin des Lebens.

Obaran: Ein Greif und Alveraniar des Gottes Praios.

Oberste Hetfrau: Gewählte Anführerin der Thorwaler.

Offenbarung der Zwillinge: Ein maraskanischer Zuckerrohrschnaps.

Oger: Eine Spezies von Menschenfressern, die vor fünf Jahren in Horden über Tobrien hergefallen sind.

Ometheon (Ort): Lyrische Bezeichnung für den Himmelsturm.

Orima: Elfische Göttin des Schicksals.

Otta: Thorwalsches Langschiff, Drachenboot.

Ottajasko: Eigentlich eine Schiffsgemeinschaft, wird aber auch auf einen Sippenverbund angewendet.

Penibler: Maraskanische Bezeichnung für Praios. Auch: penibler Bruder.

Perricum: Reichsstadt am Perlenmeer, Sitz der Rondrakirche.

Phex: Gott der Händler und Diebe, des Glücks und der List.

Phraischaf: Ein auf Maraskan verbreitetes Wollschaf.

Pinne: Ein großer Hebel, mit dessen Hilfe man ein (Steuer-) Ruder bewegt.

Praios: Gott von Wahrheit und Gerechtigkeit, Gesetz, Magiebann, Herrschaft und Sonne.

Premer Feuer: Hochprozentiges Getränk, beliebt in ganz Thorwal.

Pyr'Dakon: Elfischer Gott der Elemente.

Rah: Querstange an einem Mast, an der das Segel befestigt wird.

Rahja: Die Schöne Göttin von Rausch und Freude, Wein und Pferden.

Rapier: Ein Schwert mit gerader, schlanker Klinge.

Rastullah: Der Eingott der Novadis, der alleinige Verehrung einfordert.

Recke: Thorwalscher Krieger und Seefahrer. Allgemeiner für einen Angehörigen einer Schiffsgemeinschaft verwendet.

Riemen: Mit einem Ruderblatt versehene Stange, die dem Vortrieb eines Seefahrzeugs dient.

Rirgit: Ein seltenes Meerungeheuer, das oft als Mischung zwischen Molch und Krake beschrieben wird.

Rojer: Ein Seekrieger.

Rondra: Göttin von Sturm, Tapferkeit und ehrenhaftem Kampf.

Rosenohr: Elfische Bezeichnung für Menschen (leicht spöttisch).

Rotze: Ein Geschütz, das mittels verdrehter und überspannter Seile Kugeln aus Stein oder Metall verschießt.

Runen: Schriftzeichen der Thorwaler und Hjaldinger.

Rur: Diejenige der maraskanischen Zwillingsgottheiten, die den Weltendiskus erschaffen und geschleudert hat.

Rur'Uzat: Maraskanische Kampfkunst mit starker Betonung von Beintechniken.

Salasandra: Magische Vereinigung von Gedanken und Gefühlen einer Elfensippe im gemeinsamen Gesang.

Schnitter: Maraskanische Klingenwaffe mit überlangem Griff und leicht gebogener Klinge.

Schwester: Anrede für weibliche Geweihte; zugleich Bezeichnung für eine Priesterin der Traviakirche.

Selflanatil: Das heilige Schwert der Wüstenelfen.

Shakagra'e: Siehe Nachtalben.

Shiannafeya: Ein elfisches Volk, das in der Wüste lebt. Mit Unfruchtbarkeit geschlagen.

Sikaryan: Die an den Körper gebundene Essenz eines Lebewesens.

Simia: Elfischer Gott der Kreativität und Kunst. Im Zwölfgötterglauben wird Simia als Halbgott verehrt.

Siral: Ein ruhiger Wind, der im südlichen Perlenmeer aus Nordost weht.

Skalde: Thorwalscher Barde. Die Skalden sind Wahrer der Tradition und genießen als Kundige überlieferter Gesetze und der Runen höchstes Ansehen.

Steuerbord: In Fahrtrichtung rechts.

Swafnir: Der große Wal, höchster Gott der Thorwaler. Im Zwölfgötterkult als Halbgott und Sohn von Efferd und Rondra verehrt.

Taladur: Die Stadt der Streittürme, alte Königsstadt Almadas.

Taubra: In der elfischen Weltsicht: Erzwungene Magie, die nicht mit den Melodien der Welt harmoniert.

Tavern'uuzak: Maraskanisches Gasthaus, am ehesten mit einer Taverne vergleichbar.

Tetrach: Ein maraskanischer Titel, der keine Entsprechung in anderen Kulturen hat. Es handelt sich um einen weltlichen Herrscher, der aber religiös legitimiert ist; es kann mehrere Tetrarchen gleichzeitig geben.

Thalukke: Segler mit schmalem Rumpf und außergewöhnlich spitzem Bug.

Thorwal: Land im Nordwesten Aventuriens. Auch: Hauptstadt dieses Landes.

Tobrische See: Der nördlichste Teil des Perlenmeeres.

Travia: Göttin von Heim und Herd, Familie, Treue, Gastfreundschaft und Kochkunst.

Trireme: Eine Galeere mit drei übereinanderliegenden Reihen von Ruderern.

Tsa: Die Göttin der Jugend und des Neuanfangs, der Geburt und des Lebens.

Tulamiden: Menschliches Volk, das im Osten Aventuriens siedelt.

Tulamidya: Sprache der Tulamiden.

Utulus: Ein dunkelhäutiges Menschenvolk, das im tiefen Süden Aventuriens lebt, oftmals auf Inseln.

Vallusa: Eine freie Stadt, auf einer Insel in der Mündung der Misa errichtet.

Wanten: Oftmals netzförmig gezogene Seile zur Verspannung von Masten, die auch dazu dienen, zur Mastspitze oder zur Rah hinaufklettern zu können.

Wilf: Ein hundeähnliches Dschungeltier, das sich vorwiegend von Käfern ernährt.

Wütechsen: Siehe Marus.

Wurfanker: Ein Eisen mit mehreren Krallen, meist an einer Leine befestigt und verwendet, um ein anderes Schiff zu entern.

Yagan: Ein Strauch, der faustgroße Nüsse trägt, deren Öl heilsam und belebend wirkt.

Zerzal: Elfische Göttin des Todes.

DRAMATIS PERSONAE

Personenverzeichnis Prolog

Arnora »Goldhand« Bjartasdottir (33): Eine der berühmtesten Plünderfahrerinnen Thorwals.

Barroso (35): Kapitän der *Wogenstolz*.

Beorn Asgrimmson (28): Ein ehrgeiziger Hetmann, der sich als Plünderfahrer Ruhm erwerben will.

Boromeo (29): Ein Hauptmann in Emilio Zornbrechts Diensten.

Dolorita (27): Eine Hexe und Kundschafterin in den Diensten der Schwarzen Flotte.

Emilio Zornbrecht (37): Der Spross einer einflussreichen Grandenfamilie.

Hannah (37): Die Kapitänin der *Rose von Ilsur*.

Hralf Eskildson (39): Ein Hetmann auf Plünderfahrt.

Kalf »Armbrecher« Sigurdson (35): Ein Hetmann auf Plünderfahrt.

Leif »der Graue« Katlasson (43): Ein Drachenführer und Plünderfahrer.

Mulga (28): Eine Utulu mit weitem Horizont in engen Ketten.

Orelio (23): Ein Fechtmeister im Sold von Emilio Zornbrecht.

Ova Gurlisdottir (27): Eine stämmige Hetfrau auf Plünderfahrt.

Warulf Ulfson (47): Der Hetmann von Stainakr, ein kräftiger Axtkämpfer.

Zidaine Barazklah (19): Eine exzellente Fechterin auf Plünderfahrt.

Personenverzeichnis Hauptteil

Abdul el Mazar (63): Ein novadischer Magier, respektierte Kapazität auf dem Gebiet der untergegangenen Echsenkulturen und Kämpfer wider dämonische Umtriebe. Wurde in den Himmelsturm verschleppt und dort gequält.

Alrech (20): Ein wissensdurstiger Starrer.

Arnfried (31): Ein Eiferer für Praios' Sache.

Asleif Phileasson: Siehe Phileasson.

Bacha (47): Ein brillanter Haijäger und erfahrener Perlenmeer-Kapitän mit von Rachedurst zerfressenem Herzen.

Beorn Asgrimmson, der Blender (32): Der berühmteste Plünderfahrer Thorwals.

Braron (26): Ein Matrose von der *Sturmvogel*, der Erfahrung mit Fleckenhaien gesammelt hat.

Brolbert (28): Ein kräftiger Matrose aus Perricum.

Bronkjin (27): Ein Mönch und Maraskenführer.

Buckmann (51): Der Steuermann der *Sturmvogel*, seit 20 Jahren an Kapitän Bachas Seite.

Cessimasab die Fröhliche (31): Eine von Maraskan stammende Matrosin, die auf der *Sturmvogel* fährt.

Daijin (19): Ein aggressiver Starrer.

Darjin (57): Einer der beiden Hochgeweihten von Rur und Gror im Tempel zu Boran.

Dolorita (32): Eine Hexe, die besseren Tagen nachtrauert.

Eilif Sigridsdottir (33): Eine durchsetzungsstarke Plünderfahrerin.

Eimnir Hermson (26): Ein schweigsamer Ruderer in Beorns Mannschaft mit der Leidenschaft, Dinge niederzubrennen.

Fejris: Phileassons Schwert.

Foggwulf: Siehe Phileasson.

Galandel die-von-Ometheon-singt (etwa 350): Eine Elfe, die ihre vor drei Jahrhunderten begonnene Reise zum Himmelsturm vollendet hat.

Galayne der-im-Schildwall-steht (sehr alt): Ein uralter Feylamia, der weiße Kleidung und schwarze Künste liebt.

Globosch (22): Ein Starrer.

Halda (40): Die Schiffsköchin der *Sturmvogel*, die Freude an fröhlichen Liedern hat.

Halrech (54): Ein Fischer, der mehrfach Seeschlangen begegnet ist.

Hilbert von Puspereiken (17): Ein junger Magierschüler aus dem Bornland, den die Echsenforschung seines Meisters nach Maraskan führt.

Irulla (35): Eine Waldmenschenfrau und hervorragende Spurenleserin mit einer Vorliebe für den Tod.

Iskir Svenson (18): Der jüngste Recke in Beorns Ottajasko, sehr groß gewachsen.

Kannziber (42): Ein Meister der Druckerkunst, ansässig in Boran.

Klabija (28): Eine maraskanische Matrosin, die Opfer eines Hais wird.

Kodnas Han (33): Ein maraskanischer Pirat, der den Kaiserlichen zusetzt.

Kraznele die gern Kröten streichelt (41): Eine fromme Maraskanerin.

Lailath (etwa 300): Eine Wüstenelfe, die auch der Tod nicht von der Suche nach dem heiligen Schwert der Orima abbringen konnte.

Lenya Yasmadottir (32): Eine Schwester der Traviakirche, Bogenschützin, Schiedsrichterin der Wettfahrt, die Beorn begleiten soll. Jetzt Gefangene im Himmelsturm.

Leomara della Rescati (9): Ein Mädchen, das für Visionen empfänglich ist.

Leif »der Graue« Katlasson (48): Ein Kapitän bei den Drachen von Llanka und berüchtigter Schmuggler.

Lirobajid die Blumige (31): Eine maraskanische Widerstandskämpferin. Schwester von Cessimasab der Fröhlichen.

Mirandola Ernathesa (32): Eine gelehrte Adlige aus Taladur, die aus dem Himmelsturm befreit wurde.

Morlitte (24): Eine Matrosin, die ausreichend Erfahrung mit Kapitän Bacha gesammelt hat.

Neerax Dal (16): Ein geschäftstüchtiger Grolm.

Ohm Follker (51): Ein Skalde und alter Freund Phileassons.

Olav Stirson (49): Der Steuermann und nach Galayne ältestes Mitglied von Beorns Mannschaft.

Orelio (28): Ein exzellenter Fechter, der in Jergan ein ruhiges Leben führt.

Orkengriff (1): Ein Spinnenmann mit gesundem Appetit.

Otajin (57): Einer der beiden Hochgeweihten von Rur und Gror im Tempel zu Boran.

Padri (14): Die Schiffskatze der *Sturmvogel.*

Pardona die Vielgestaltige (einem vergangenen Zeitalter entstammend): Eine Sterbliche auf dem Weg zur Göttin.

Pepito (18): Eine prächtige Möwe, Vertrautentier von Dolorita.

Phileasson (36): Der berühmteste Entdecker Thorwals.

Praioslob (43): Ein Geweihter des Praios, der die Botschaft der Gerechtigkeit unter dem einfachen Volk verbreiten will.

Pritt (12): Schiffsjunge der *Sturmvogel.*

Rakorium Muntagonus (64)**:** Ein Magier und hochrespektierter Erforscher echsischer Kulturen, wobei er sich einer großen Verschwörung der Echsen auf der Spur wähnt.

Ragnar Ogilson (25)**:** Ein Drache von Llanka mit einem kräftigen Wurfarm.

Rangnid Thorkilsdottir (28)**:** Eine Thorwalerin, die sich als Walsachpiratin betätigt.

Rateral Sanin der Zwölfte (43)**:** Der Befehlshaber der kaiserlichen Westflotte, zudem ein ruhmreicher Entdecker und Markgraf des Windhag.

Rossziber (28)**:** Ein kräftiger und hilfsbereiter Harpunier an Bord der *Sturmvogel.*

Rumbiseb (25)**:** Ein maraskanischer Matrose mit verfilztem Haar.

Ruryscha die Leckerzunge (51)**:** Eine fliegende Händlerin.

Salarin Trauerweide (25)**:** Ein Elf, dem zunehmend unklar ist, was er im Leben sucht.

Sanftbert (49)**:** Ein Mönch, der dem Vorbild des heiligen Badilak folgt und sich um das Seelenheil der Prasser sorgt.

Seebrecht (29)**:** Der Wortführer der Perricumer Harpuniere an Bord der *Sturmvogel.*

Selime saba Anaram (16)**:** Eine Novadi, die der Himmelsturm verändert hat.

Shaya Lifgundsdottir (33)**:** Eine Traviageweihte und Schiedsrichterin der Wettfahrt, die mit Phileasson reist.

Siralina (35)**:** Die nach einem sanften Wind benannte Kapitänin des Haijägers *Donnerlanze.*

Tellricht (28)**:** Ein Matrose von der *Sturmvogel*, den der Tod ängstigt.

Tjorne Warulfson (23)**:** Der jüngste Sohn des Hetmanns von Stainakr, nun ein Recke des Blenders.

Tralbert (23): Ein Eiferer für Praios, im Kampf unvorsichtig.

Tuznelisab (0): Eine kürzlich eingetroffene Anwesende.

Tylstyr Hagridson (25): Ein Magier, der sich Phileasson angeschlossen und auf der Reise seine Liebe gefunden hat.

Ulan (30): Ein Hauptmann der Stadtbüttel in Ilsur.

Urischion (41): Ein Visitator der Praioskirche.

Utharion Firwyn (26): Ein halbelfischer Magier in unzüchtiger Kleidung.

Vascal della Rescati (53): Ein etwas eitler Nandusgeweihter aus dem Lieblichen Feld, der mit seiner Nichte die Welt bereist und sich Phileasson angeschlossen hat.

Zidaine Barazklah (24): Eine für ihre schlanke Gestalt ungewöhnlich kräftige Fechterin, die kürzlich zu Beorn zurückgekehrt ist.

Das große Abenteuer geht weiter in:

BERNHARD HENNEN

ROBERT CORVUS

TOTENMEER

DIE PHILEASSON-SAGA